Über dieses Buch Aus Anlaß der 40. Wiederkehr der Gründung der Bundesrepublik Deutschland wird dieses vierbändige Werk der Öffentlichkeit vorgelegt. Es handelt sich um die aktualisierte Neuausgabe des erstmals 1983 erschienenen Werkes »Die Bundesrepublik Deutschland. Geschichte in drei Bänden.«
Die Gesamtdarstellung der Geschichte der Bundesrepublik Deutschland in Form historischer Längsschnitte bot gegenüber anderen Darstellungsformen Vorteile. Zum einen konnten kompetente und spezialisierte Autoren für das Projekt gewonnen, zum anderen die Themenstellungen an den Problemen der Gegenwart orientiert werden. Das Ergebnis ist daher nicht nur der Blick zurück, sondern eine Geschichtsschreibung, die zum Verständnis unserer Zeit beiträgt.
Die Verbindung von politischer Geschichte und Sozialgeschichte ist Leitmotiv des Werkes. Neben der unerläßlichen Beschreibung und Analyse der Staatsaktionen stehen gleichrangig die Schilderung des Alltags der BürgerInnen der Bundesrepublik, der Veränderungen ihrer Lebensbedingungen im Zeitraum einer Generation.
Die Auswahl der Themen spiegelt diese Absicht wider. Hier wird erstmals der Versuch unternommen, Aspekte wie Freizeit, Sport und Wohnen oder Bereiche wie Jugend und Frauen mit der gleichen Intensität (und Kompetenz) in den Rahmen einer Gesamtdarstellung einzubringen wie die klassischen Themen Recht und Justiz, Außenpolitik oder Literatur, Bildende Kunst und Theater oder Wirtschaftsordnung, Gewerkschaften und Sozialpolitik.
Bei der Erweiterung des Werkes von drei auf vier Bände, die nicht zuletzt wegen des Erfolges der ersten Auflagen möglich war, sind nicht weniger als acht Beiträge neu hinzugekommen, die Lücken schließen oder die durch neue Entwicklungen notwendig geworden sind: Verbände und die wirtschaftlichen Verflechtungen der Bundesrepublik in der Europäischen Gemeinschaft und im Welthandel, Verkehr und Ökologie sind im zweiten Band (Wirtschaft) thematisiert, »Protestbewegungen« und Sport sind in den dritten Band (Gesellschaft) eingefügt. In unterschiedlichem, aber meist erheblichem Umfang wurden die aus der ersten Ausgabe übernommenen Kapitel überarbeitet und aktualisiert.
Vorgelegt wird eine leserfreundliche Geschichte der Bundesprebublik Deutschland, die neueste Forschungsergebnisse in wohl komponiertem Zusammenhang bringt. Die Beiträge der mehr als 40 Fachleute fügen sich mit ihren Beigaben (Literaturverzeichnissen, Anmerkungen, Chroniken, Tabellen, Grafiken und Abbildungen) zu einem Nachschlagewerk von höchstem Gebrauchswert zusammen.

Der Herausgeber Wolfgang Benz, geb. 1941, Dr. phil., ist Mitarbeiter am Institut für Zeitgeschichte in München, wo er u. a. als Herausgeber die Reihe »Biographische Quellen zur deutschen Geschichte nach 1945« betreut. Mitbegründer und Mitherausgeber der »Dachauer Hefte – Studien und Dokumente zur Geschichte der nationalsozialistischen Konzentrationslager«, Lehrbeauftragter an der TU München, Gastprofessor an der University of New South Wales in Sydney (1986). Zahlreiche Veröffentlichungen, zuletzt: Von der Besatzungsherrschaft zur Bundesrepublik. Stationen einer Staatsgründung 1946–1949 (1984). Die Gründung der Bundesrepublik (1984), Potsdam 1945. Besatzungsherrschaft und Neuaufbau im Vier-Zonen-Deutschland (1986). Die Juden in Deutschland 1933–1945 (Hrsg. 1988).

Die *Lebensläufe der Autoren* finden sich jeweils am Endes des Bandes.

Die Geschichte der Bundesrepublik Deutschland

Band 1: Politik
Band 2: Wirtschaft
Band 3: Gesellschaft
Band 4: Kultur

Herausgegeben von
Wolfgang Benz

Fischer
Taschenbuch
Verlag

Die Geschichte der Bundesrepublik Deutschland

Band 3: Gesellschaft

Mit Beiträgen von
Hanna Brunhöber, Ulrich Chaussy,
Josef-Otto Freudenreich, Martin Greschat,
Günter Hollenstein, Hermann Korte,
Michael Maurer, Kaspar Maase,
Dieter Rucht und Angela Vogel

Herausgegeben von
Wolfgang Benz

Fischer
Taschenbuch
Verlag

Lektorat: Walter H. Pehle
Bildredaktion: Carmen Durrant

Aktualisierte und erweiterte Neuausgabe
Veröffentlicht im Fischer Taschenbuch Verlag GmbH,
Frankfurt am Main, Mai 1989

Die Originalausgabe erschien unter dem Titel
›Die Bundesrepublik Deutschland. Geschichte in drei Bänden‹
im Fischer Taschenbuch Verlag GmbH, Frankfurt am Main 1983

Umschlaggestaltung: Buchholz/Hinsch/Hensinger
Gesamtherstellung: Clausen & Bosse, Leck
Printed in Germany
ISBN 3-596-24422-6 (Einzelband)
ISBN 3-596-24424-2 (Kassette)

Inhalt

Vorbemerkung

In diesem Band wird unter dem Titel Gesellschaft der Bundesrepublik die historische Entwicklung alltäglicher Zustände, politischer und sozialer Tendenzen, bestimmter Gruppen der Bevölkerung, deren Struktur und gegenwärtige Verfassung dargestellt. Zehn Beiträge ergeben zusammen ein Bild von den Lebensbedingungen in Westdeutschland. Die Gesellschaft der Bundesrepublik wird beschrieben und analysiert als Ergebnis historischer Prozesse und verstanden als Stadium der steten Veränderung der existentiellen Voraussetzungen von über 61 Millionen Individuen, aus denen die Bevölkerung dieses Staates heute besteht.
Um der Gesamtkonzeption dieser Geschichte der Bundesrepublik zu entsprechen, mußten die Autoren konkurrierenden Ansprüchen gerecht werden: enzyklopädische Information und kursorischer Überblick war auf knappem Raum ebenso verlangt wie problemorientierte und kritische Darlegung und Verdeutlichung des Wesentlichen, jeweils am möglichst konkreten Sachverhalt. Kompromisse und Selbstbeschränkungen waren in mancherlei Form vonnöten. In Beiträgen wie »Jugend«, »Wohnen« oder »Freizeit« konnten daher nur typische Aspekte ausgewählt werden. Es erschien wichtiger und sinnvoller, den strukturellen Wandel in den einzelnen Lebensbereichen konkret und exemplarisch deutlich zu machen, als mehr oder weniger abstrakte Vollständigkeit zu erstreben. Neu sind in diesem Band die Kapitel über Protestbewegungen und über den Sport, sie waren von Anfang an konzipiert, konnten aber in den ersten Auflagen noch nicht realisiert werden.
Vielfach ist in diesem Band von den gleichen Gegenständen die Rede wie in den drei anderen, von der Gleichberechtigung der Frau etwa, vom Familienrecht oder vom Umgang der Justiz mit Jugendlichen, vom Nierentisch und von Tütenlampen, von der legendären »Sünderin«, von Schlüsselkindern und von Wohngemeinschaften. Aber dort wird aus der Perspektive des Gesetzgebers, des Verfassungsrechts, der Nationalökonomie, des Staats, ein Sachverhalt beschrieben, hier wird das Problem oder das Ereignis auf der Ebene der Betroffenen erörtert. Die »Sünderin« entzündete in den 50er Jahren Diskussionen über Moral und rief die Propagandisten einer »Sauberen Leinwand« auf den Plan, der Film mit der Knef hat also erheblichen Stellenwert als gesellschaftliches und historisches Ereignis. Im Rahmen einer Filmgeschichte der Bundesrepublik ist

dieselbe »Sünderin« dann auch Objekt ästhetischer und kommunikationsgeschichtlicher Betrachtung. In diesem Band steht sie paradigmatisch für das Lebensgefühl in einem bestimmten Zeitraum – weiteres darüber im Kapitel »Familie«, im Beitrag »Frauen« und an anderen Stellen.
Möbel und Wohnung sind – selbstverständlich – unter dem Aspekt »Wohnen im Wandel der Zeit« von Interesse und ebenso aus dem Blickwinkel der Geschichte des Design und der Architektur; aber unter politischen und ökonomischen Gesichtspunkten lohnt sich die Betrachtung auch. Das soll heißen, daß sich bei aller Eigenständigkeit der einzelnen Beiträge der Sinn dieser Darstellung aus dem Zusammenhang aller Themen und Problemkreise ergibt. Die Absicht des Herausgebers und der Autoren war es, aus verschiedener Perspektive und mit unterschiedlichen Methoden die gesellschaftliche, politische und kulturelle Wirklichkeit der Bundesrepublik historisch zu begreifen und zu beschreiben.

München, im Oktober 1988 Wolfgang Benz

Hermann Korte

Bevölkerungsstruktur und -entwicklung

Im Jahr ihrer Gründung lebten auf dem heutigen Gebiet der Bundesrepublik Deutschland 49,2 Millionen Menschen. Bis 1986 nahm die Einwohnerzahl um mehr als 11,8 Millionen zu und lag bei 61,1 Millionen, nachdem sie 1974 die 62-Millionen-Marke für ein Jahr überschritten hatte.

Die Zunahme oder Abnahme der Bevölkerung auf einem bestimmten Gebiet hängt immer davon ab, ob die Zahl der Geburten die der Todesfälle übersteigt und ob das Verhältnis der Zuwanderungen zu den Abwanderungen positiv oder negativ ist. Die Zunahme der Bevölkerung der Bundesrepublik zwischen 1949 und 1985 ist zum Teil durch Geburtenüberschüsse und zum Teil durch Wanderungsgewinne zustande gekommen (siehe Abb. auf Seite 12).

Die Bedeutung dieser beiden Faktoren war im zeitlichen Ablauf allerdings unterschiedlich. So nahm die Bevölkerung zwischen 1949 und 1961 um 7 Millionen zu. An dieser Zunahme waren Geburtenüberschuß und Wanderungsgewinne zu etwa gleichen Teilen beteiligt. Die Steigerung in den Jahren bis 1968 um weitere 4,0 Millionen beruhte zu ⅔ auf Geburtenüberschüssen und nur zu ⅓ auf einem positiven Wanderungssaldo.

In den folgenden zwölf Jahren stieg die Bewohnerzahl nur noch langsam, obgleich in den meisten Jahren ganz erhebliche Wanderungsgewinne zu verzeichnen waren. In diesen Jahren sank aber die Zahl der jährlichen Geburten sehr stark und lag seit 1972 unter der relativ konstanten Zahl der Sterbefälle, d. h., es starben jährlich mehr Menschen in der Bundesrepublik, als neu geboren wurden.

Diese grob dargestellte Entwicklung hatte vielfältige Gründe. Die meisten Gründe für die Schwankungen, die Veränderungen der Geburtenziffer (Geburten je 1000 Einwohner) im Verhältnis zur Sterbeziffer (Todesfälle je 1000 Einwohner) finden sich zum überwiegenden Teil in der Geschichte der Bundesrepublik. Eine umfassende bevölkerungswissenschaftliche Analyse hätte zwar auch die Veränderungen vor und nach dem Ersten Weltkrieg zu berücksichtigen, als die Bevölkerung rasch zunahm. Dies kann hier aus Platzgründen nicht geschehen. Hingewiesen werden muß jedoch auf die Jahre zwischen 1934 und 1942, als die Zahl der jährlichen Geburten gegenüber den Jahren seit Ende des Ersten Weltkrieges

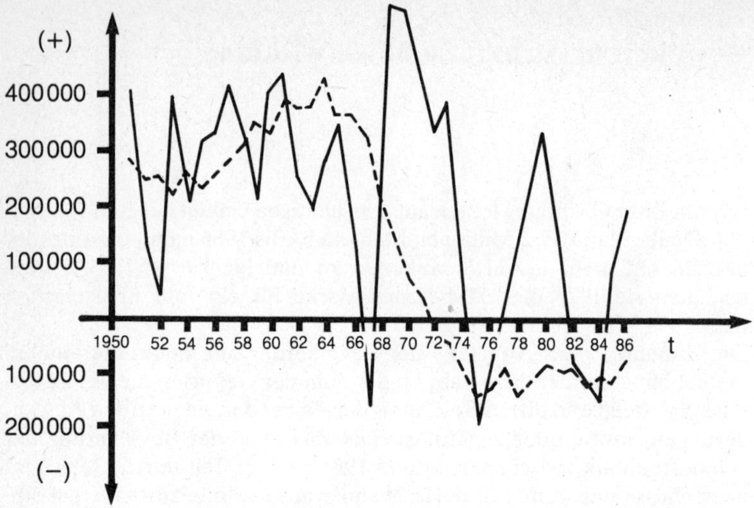

------- Überschuß der Geborenen (+) bzw. Gestorbenen (−);
——— der Zuzüge (+) bzw. Fortzüge (−); *Quelle*: Statistische Jahrbücher.

deutlich höher war. Ein Tatbestand, der für die Entwicklung der Geburtenzahlen zu Beginn der 60er Jahre von Bedeutung war und uns dort wieder begegnen wird.

Die Nachkriegsjahre bis zur Gründung der Bundesrepublik

Als die Bundesrepublik gegründet wurde, lebten auf ihrem Gebiete trotz der Millionen Kriegsopfer mehr Menschen als auf der vergleichbaren Fläche im Jahre 1939, als nur 43 Millionen Einwohner gezählt wurden. Der Anstieg um mehr als 6 Millionen auf 49,2 Millionen beruhte fast ausschließlich auf der Zuwanderung von Vertriebenen und Flüchtlingen. Sie kamen zum einen aus den Gebieten östlich von Oder und Neiße und zum anderen aus volksdeutschen Siedlungsgebieten in Südost- und Osteuropa. Hinzu kamen etwa 250000 der bei Kriegsende 8 Millionen Zwangsarbeiter (2 Millionen Kriegsgefangene, 6 Millionen Zivilpersonen), die nach Kriegsende nicht in ihre Heimat zurückkehren konnten oder wollten.

Es liegt auf der Hand, daß die amtliche Statistik in den ersten Nachkriegs-

Wohnungsnotstand nach 1945: Ruine mit Notwohnung.

jahren ganz erhebliche Schwierigkeiten hatte, genaue Einwohnerzahlen zu ermitteln und ausgefeilte Statistiken zu erstellen. Für 1945 fehlen Angaben in den Statistischen Jahrbüchern, dem Hauptnachschlagewerk zur Bevölkerungsentwicklung. In den unruhigen Zeiten zwischen 1946 und 1948 wechselten sowohl die Zuständigkeiten häufig als auch die Erhebungsrichtlinien und Erhebungsregionen. Eine Volkszählung in allen vier

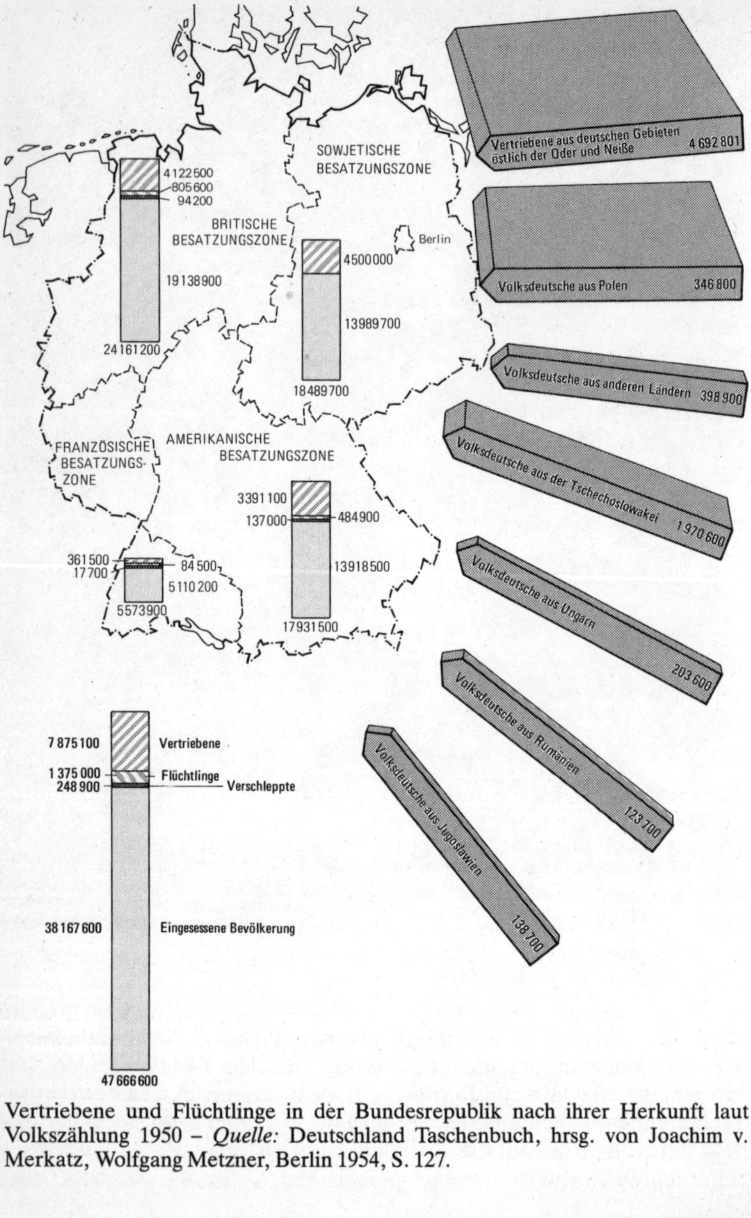

Vertriebene und Flüchtlinge in der Bundesrepublik nach ihrer Herkunft laut Volkszählung 1950 – *Quelle:* Deutschland Taschenbuch, hrsg. von Joachim v. Merkatz, Wolfgang Metzner, Berlin 1954, S. 127.

Besatzungszonen am 29. Oktober 1946 erbrachte daher nur begrenzt brauchbare und auch bald überholte Ergebnisse.
Genauere Daten lieferte erst die Volkszählung am 13. September 1950. Erst zu diesem Zeitpunkt war es möglich, Umfang und Struktur dieser außergewöhnlichen Bevölkerungsbewegung der Nachkriegsjahre rückblickend aufzulisten. Die Abbildung auf Seite 14 vermittelt einen guten Überblick. Die Begrifflichkeit des Schaubildes entspricht dem damals üblichen Sprachgebrauch. Zu berücksichtigen ist bei den Statistiken auch, daß West-Berlin und das Saarland (bis 1957) nicht mit erhoben wurden. Die damals getrennt erhobenen Werte sind mittlerweile in die heutigen Statistiken eingerechnet. Man kann das daran erkennen, daß immer das »heutige« Gebiet der Bundesrepublik als regionale Abgrenzung angegeben ist.
Wenn auch die Volkszählung von 1946 in den vier Besatzungszonen keine differenzierten und beständigen Ergebnisse erbrachte, so zeigen die Hauptdaten doch einen wichtigen Unterschied in der Struktur der Bevölkerung gegenüber der Vorkriegszeit. Die 43,0 Millionen im Jahre 1939 waren zu gleichen Teilen Männer und Frauen. Von 46,8 Millionen im Jahre 1946 waren dagegen nur 20,8 Millionen Männer, aber 25,7 Millionen Frauen. Dieser durch den Krieg entstandene Frauenüberschuß baute sich zwar bis zur Volkszählung 1950 auf das Verhältnis 23,7 zu 27,1 ab (u. a. wegen der Rückkehr von Kriegsgefangenen), blieb aber bis Ende der 70er Jahre erhalten. 1985 waren von den 61,0 Millionen Einwohnern 29,2 Millionen Männer und 31,8 Millionen Frauen. Ein einigermaßen ausgeglichenes Verhältnis zwischen Männern und Frauen wird erst Anfang der 90er Jahre erreicht sein.

Von der Gründung der Bundesrepublik zum Bau der Berliner Mauer

Im Einleitungskapitel war schon berichtet worden, daß die Bevölkerung der Bundesrepublik in diesem Zeitraum um 6 Millionen zunahm. Die wichtigsten Strukturdaten für diese Zunahme finden sich beim Wanderungsüberschuß, der Geburtenziffer, der Sterbeziffer sowie bei Alter und Zahl der Eheschließenden.
In allen Jahren gab es einen Überschuß von Geborenen gegenüber Gestorbenen. Dieser Überschuß sank allerdings von 315 609 im Jahre 1949 in unregelmäßigen Sprüngen auf 238 206 in 1955, nachdem er 1953 bereits einmal nur 218 069 betragen hatte. Dies hatte seinen Grund in einem kriegsfolgebedingten niedrigen Niveau der Geburtenziffer (1950–1955 = 15,7), die deutlich unter den Vorkriegswerten (1938 = 19,5) und auch unter den Werten der ersten Nachkriegsjahre lag. Eine Folge des Krieges

war dies deshalb, weil ein Teil der heiratsfähigen Männer und Frauen in jungen Jahren gestorben war, was zu einem Rückgang der Zahl der Eheschließungen bei gleichzeitig hohem durchschnittlichen Heiratsalter bei Männern und Frauen führte. Daß der Geburtenüberschuß trotzdem immer noch relativ hoch war, hat seinen Grund in der niedrigen Sterbeziffer. Menschen, die bei normaler Lebenserwartung in diesen Jahren gestorben wären, waren im Krieg umgekommen. Niedrige Geburten- und Sterbeziffern, hohes durchschnittliches Heiratsalter und eine relativ niedrige Anzahl von Eheschließungen bestimmen die Bevölkerungsentwicklung zwischen 1949 und 1956.
Ab 1956 ändert sich das Bild. Die Geburtenziffer beginnt stetig zu steigen, die Zahl der Eheschließungen nimmt von Jahr zu Jahr zu, und das durchschnittliche Heiratsalter, vor allem das der Frauen, sinkt ebenfalls. Da die Sterbeziffer nur leicht ansteigt, steigt der Geburtenüberschuß an und liegt 1959 mit 346438 deutlich über Vor- und Nachkriegsniveau (Tabelle 1).

Tabelle 1: Eheschließungen, Geborene und Gestorbene 1949–1961

Jahr	Eheschließungen	Lebendgeborene	Gestorbene (ohne Totgeborene)	Überschuß der Geb. (+) der Gest. (−)
		1000		
1949	506199	832803	517194	+ 315609
1950	535708	812835	528747	+ 284088
1951	522946	795608	543897	+ 251711
1952	483358	799080	545963	+ 253117
1953	462101	796096	578027	+ 218069
1954	453168	816028	555459	+ 260569
1955	461818	820128	581872	+ 238256
1956	478590	855887	599413	+ 256474
1957	482590	892228	615016	+ 277212
1958	494110	904465	597305	+ 307160
1959	503981	951942	605504	+ 346438
1960	521445	968629	642962	+ 325667
1961	529901	1012687	627561	+ 385126

Quelle: Statistisches Bundesamt (Hrsg.), Bevölkerung und Wirtschaft 1872–1972, Stuttgart/Mainz 1982, S. 103.

Hier nimmt eine Entwicklung ihren Anfang, die dann in den ersten Jahren nach 1961 eine ständige Zunahme der Bevölkerung bewirkt.
In der zweiten Hälfte der 50er Jahre wurde die wirtschaftliche Erneue-

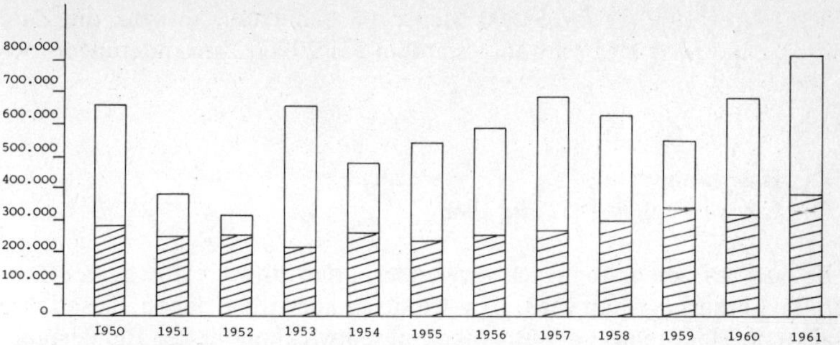

Bevölkerungswachstum in den Jahren 1950–1961. Gestrichelte Flächen: Geburtenüberschuß. Weiße Flächen: Zuwanderungsüberschuß.

rung der Bundesrepublik für jedermann spürbar. Zwischen 1950 und 1960 war, um eine kennzeichnende Ziffer zu nennen, die Arbeitsproduktivität der westdeutschen Gesamtwirtschaft jährlich um durchschnittlich 6,7 % gestiegen. Die erste Hälfte dieser Zeit war von erheblicher Arbeitslosigkeit gekennzeichnet. So wurden 1955 noch über 1,1 Millionen Arbeitslose gezählt und 1958 waren es immer noch 800200. Danach aber sank die Zahl der Arbeitslosen rasch innerhalb von drei Jahren auf einen Wert, der Vollbeschäftigung bedeutete. Nach einer langen und für die Menschen mühsamen Anlaufzeit beginnt um 1958 der eigentliche Aufschwung, ist dies der spürbare Beginn des »Wirtschaftswunders«. Der Rückgang der Arbeitslosigkeit und der ebenfalls erfolgte Abbau der schlimmen Wohnungsnot machten die Gründung einer Familie und den Entschluß, Kinder zu zeugen und zu gebären, leichter.

Der Geburtenüberschuß machte in dem Abschnitt bis 1961 etwa die Hälfte des Bevölkerungswachstums aus. Die andere Hälfte kam durch einen positiven Wanderungssaldo zustande (s. oben). Insgesamt kamen 6,2 Millionen Menschen über die Grenzen in die Bundesrepublik. Mehr als die Hälfte, nämlich 3,5 Millionen kamen aus der DDR. Der Wanderungssaldo betrug in dieser Phase zwischen 1950 und 1961 allerdings nur 3,55 Millionen, was seinen Grund darin hatte, daß auch die Fortzüge recht hoch waren. So war z. B. Anfang der 50er Jahre, z. Zt. des Korea-Krieges und wegen der damit für viele Menschen verbundenen Furcht vor einem dritten Weltkrieg, ein deutlicher Anstieg der Auswanderungszahlen zu beobachten. Als am 13. August 1961 in Berlin die »Mauer« gebaut wurde und danach in wenigen Monaten eine durchgehende Absperrung der gesamten Grenze durch die DDR erfolgte, versiegte der Zustrom aus dem anderen Teil Deutschlands. Waren in den ersten 7½ Monaten des Jahres 1961 noch 233500 Menschen geflüchtet, so sank die Zahl 1962 auf 15000 und schwankt seitdem bei 20000 Zuwanderungen pro Jahr.

Der Babyboom: Die Jahre zwischen 1962 und 1968

Es mag auf den ersten Blick verwundern, daß ein so relativ kurzer Zeitraum herausgegriffen wird. Es wäre sicher auch übertrieben, diese Jahre als eine Hauptphase der Bevölkerungsentwicklung in der Bundesrepublik zu bezeichnen. Es ist mehr ein Zwischenspiel, eine eher untypische Zwischenphase. In ihr beginnt die Anwerbung und der Zuzug der ausländischen Arbeitnehmer, damals noch Gastarbeiter genannt, *und* die Geburtenziffer steigt in den ersten Jahren dieses Abschnitts deutlich an, auf Werte, wie sie zuletzt in den 20er und 30er Jahren dieses Jahrhunderts im Deutschen Reich beobachtet werden konnten.
Richtiger muß man eigentlich formulieren: Der Anstieg der Zahl der Lebendgeborenen, der schon Mitte der 50er Jahre beginnt, setzt sich in diesen Jahren deutlich fort. Da die Zahl der Gestorbenen sich nicht so stark erhöht, nimmt der Geburtenüberschuß erheblich zu und damit auch die Gesamtbevölkerung. Allein aufgrund des Geburtenüberschusses steigt die Bevölkerungszahl um 2,5 Millionen.
Allerdings währt diese Geburten-Hochkonjunktur nur wenige Jahre: Ab 1965 sind die Zahlen rückläufig und 1966 ist mit einer Geburtenziffer von 16,1 der Wert von 1956 wieder erreicht. Danach, ab 1969 sinkt dann die Geburtenziffer rapide ab und erreicht weder in Deutschland noch sonstwo heutzutage oder in der Vergangenheit registrierte Tiefstwerte.
Es lohnt sich, diese kurze Zeitspanne genauer zu betrachten, da man an ihr einiges über die Gründe zeitweiliger Schwankungen von Geburten- und Sterbeziffern lernen kann, zumal dieser Anstieg gründlich mißverstanden wurde. Einige Bevölkerungsstatistiker glauben nämlich, der seit dem Beginn der Industrialisierung beobachtete stetige Rückgang der Geburtenziffer habe sein Ende gefunden. Es ist daher nicht verwunderlich, daß 1966 in Interpretation des Anstiegs zwischen 1955 und 1964 bis zum Jahre 2000 eine Bevölkerungszunahme um 14 Millionen errechnet wurde. Sechs Jahre später prophezeite eine neue Prognose dann schon, wiederum in recht linearer Interpretation des Rückganges zwischen 1969 und 1971, einen Rückgang um 5 Millionen Menschen bis zum Jahre 2000.
Man hatte nämlich nicht rechtzeitig erkannt, daß die Zunahme der Geburten Gründe hatte, die vorübergehender Natur waren. Ein Grund war

z. B., daß viele Eheschließungen, die in der Nachkriegszeit verschoben worden waren, jetzt nachgeholt wurden. Gleichzeitig sank das durchschnittliche Heiratsalter, wodurch viele Kinder geboren wurden, die bei unverändertem Heiratsalter später geboren worden wären. Außerdem nahm die Zahl der Heiratsschließenden und damit ein bis drei Jahre später die Zahl der Geburten zu, da nun die geburtenstarken Jahrgänge der Jahre 1934–1942 ins heiratsfähige Alter kamen. Schließlich muß noch bedacht werden, daß unter den Flüchtlingen aus der DDR die jüngeren Jahrgänge überwogen, wodurch die Zahl der Heiratsfähigen ebenfalls zunahm.

Diese Gründe hatten nur eine zeitlich befristete Wirkung, z. T. traten ab 1969 rückläufige oder gegensätzliche Entwicklungen ein. Die Zahl der Eheschließungen nahm stark ab, denn es folgten die geburtenschwächeren Jahrgänge der Kriegs- und Nachkriegszeit, der Zustrom aus der DDR war unterbrochen und das durchschnittliche Heiratsalter veränderte sich kaum noch.

Das macht den vorübergehenden Anstieg und den bald folgenden Rückgang erklärlich, nicht aber den sich anschließenden rapiden Abfall der Geburtenzahlen ab 1969. Zunächst müssen wir aber noch festhalten, daß nach dem Bau der Berliner Mauer eine Entwicklung begann, die Umfang und altersmäßigen Aufbau der bundesrepublikanischen Bevölkerung stark beeinflußte: die Zuwanderung ausländischer Arbeitnehmer und – später – ihrer Familienangehörigen.

Nachdem bereits ab Mitte der 50er Jahre vor allem in der süddeutschen Landwirtschaft italienische Saisonarbeiter beschäftigt worden waren, begann ab Anfang der 60er Jahre die Zuwanderung vieler ausländischer Arbeitskräfte. Der eigentliche Anstieg der Zahlen beginnt allerdings erst im Jahre 1962, als die Zahl der beschäftigten Italiener deutlich anstieg und auch immer mehr Spanier und Griechen in zeitlich befristeten Beschäftigungsverhältnissen standen. Die Jugoslawen folgten mit wenigen Jahren Abstand, ebenso die Türken, deren Zuwanderungszahlen allerdings erst ab 1968 stark anstiegen. Diese Zuwanderung von Arbeitskräften erfolgte auf der Basis von Anwerbeverträgen mit den Heimatländern der Gastarbeiter.

1966 war die Zahl der ausländischen Arbeitnehmer auf 1,31 Millionen angestiegen. Die genaue Zahl der ausländischen Wohnbevölkerung wurde in diesen Jahren nicht erhoben, man weiß aber, daß es sich bei den Ausländern hauptsächlich um Arbeitskräfte in zeitlich befristeten Beschäftigungsverhältnissen gehandelt hat und nur die Italiener zum Teil bereits Familienangehörige nachgeholt hatten. Die Gastarbeiter erhöhten damit zwar die Zahl der in der Bundesrepublik lebenden Menschen, beeinflußten aber wegen ihres durchschnittlich jungen Alters und des

Alleinlebens Zahl und Relation von Geburten und Sterbefällen nur unwesentlich.
Ihr Einfluß auf die Wanderungsstatistik war allerdings erheblich. Während der Wanderungsgewinn ab 1963 deutlich anstieg (s. Abb. S. 12), ging er 1966 plötzlich stark zurück und wurde 1967 dann negativ, d. h., es verließen mehr Menschen (ca. 176000) die Bundesrepublik, als über die Grenzen zuwanderten. Der Grund war die kurze Rezession 1966/67, als sich nach Jahren der Hochkonjunktur erste wirtschaftliche Schwierigkeiten zeigten, die auch zu einem plötzlichen Anstieg der Arbeitslosenzahlen auf knapp 0,46 Millionen führten. Die Zahl der als Arbeiter auf Zeit angeworbenen Ausländer wurde in diesen beiden Jahren deutlich – um mehr als 300000 – reduziert. Das der Gastarbeiteranwerbung unterstellte »Rotationsprinzip« funktionierte noch. Dies änderte sich dann im Verlauf der nächsten Phase, in der sich überhaupt in der Bevölkerungsentwicklung eine grundlegende Änderung vollzog.

1969 bis heute:
»Gastarbeiterboom« und »Geburtenschwund«

Dieser Abschnitt ist durch zwei Hauptmerkmale gekennzeichnet. Einmal durch den ständigen Anstieg der Ausländer von 2,3 Millionen im Jahr 1969 auf 4,6 Millionen im Jahr 1987 und zweitens den deutlichen Rückgang der Geburtenzahlen, der ab 1972 zu einem bis heute andauernden Überschuß der Gestorbenen führte (Tabelle 2).
Betrachten wir zunächst Umfang und Struktur der Ausländerzahlen. Bereits im Jahr 1968, als die Rezession überwunden war, stieg die Zahl der ausländischen Arbeitnehmer sofort um ca. 50% an und erreichte schon 1969 die Größenordnung von 1966. Es waren dann mehr als 2,5 Millionen ausländische Arbeitnehmer in der Bundesrepublik beschäftigt, als ab 1973 mit dem Anwerbestopp versucht wurde, ähnlich wie 1967/68 die Bremse zu ziehen, da sich beginnend im Jahr 1971 erhebliche Probleme im Beschäftigungssystem zeigten.
Tatsächlich ging in den folgenden Jahren die Zahl der ausländischen Arbeitnehmer um knapp 25% zurück. Alles schien so zu sein wie 1968, und doch hatten sich die Rahmenbedingungen ebenso verändert wie die Migranten und ihre soziale Situation. Nicht nur hatte sich ihre Zahl verdoppelt, auch die Aufenthaltsdauer war im Durchschnitt angestiegen, und die in diesen Jahren deutlich gestiegene Lohnquote machte den sozio-ökonomischen Unterschied zu den Heimatländern noch größer. Dies und die Tatsache, daß im Gegensatz zu früher eine Heimkehr definitiv war, führte dazu, daß zumindest ein Teil der Ausländer sich in der Bundesrepublik

Tabelle 2: Geburten, Ausländeranteil an Geburten, Sterbefällen und Überschuß der Geborenen (+) bzw. Gestorbenen (−) 1967–1986

Jahr	Lebend-geborene insgesamt	darunter Ausländer in %	Sterbefälle insgesamt	Überschuß der Geb (+) der Gest. (−)
1	2	3	4	5
1967	1019459	4,7	687349	+ 332110
1968	969825	4,6	734048	+ 235777
1969	903456	5,6	744360	+ 159090
1970	810808	7,8	734843	+ 75965
1971	778526	10,4	730670	+ 47850
1972	701214	13,0	731264	− 30050
1973	635633	15,6	731028	− 95395
1974	626373	17,3	727511	− 101138
1975	600512	16,0	749260	− 148748
1976	602851	14,4	733140	− 130289
1977	582344	13,5	704922	− 122578
1978	576468	13,0	723218	− 146750
1979	581984	13,0	711732	− 129748
1980	620657	13,0	714117	− 93460
1981	624557	12,8	722192	− 97635
1982	621173	11,7	715857	− 94684
1983	594177	10,3	718857	− 124160
1984	584157	9,4	696118	− 111961
1985	586155	9,2	701890	− 118141
1986	625963	9,4	701890	− 75927

Quelle: Wirtschaft und Statistik 2/1988; eigene Berechnungen.

niederließ und damit begann, den Nachzug der Familie zu organisieren. Statistisch schlug sich dies beim Wanderungssaldo zunächst nicht so stark nieder, da ja einige hunderttausend ausländische Arbeitskräfte in ihre Heimatländer zurückkehrten. Die Ausländerstatistik wurde im übrigen auch noch nicht sehr aufmerksam analysiert.
Der Wanderungssaldo war zwischen 1974 und 1977 negativ, und es wurde allgemein angenommen, diese Entwicklung würde sich fortsetzen. Das war eine folgenreiche Fehleinschätzung. Ab 1977 verstärkte sich der Familiennachzug bei allen Nationalitäten (Tabelle 3), vor allem aber bei den Türken, deren Zahl stark zunahm. Dieser Trend wurde 1982 und 1983 unterbrochen, als die Ausländer eine repressivere Ausländerpolitik befürchten mußten, und viele die angebotenen Abfindungen auf erworbene Ansprüche aus der Sozialversicherung annahmen und in ihre Heimatlän-

Tabelle 3: Zahl der Ausländer in der Bundesrepublik Deutschland 1977 bis 1981 unter Zunahme (+)/Abnahme (−) im jeweiligen Jahr

Jahr[1)]	insgesamt	Männer	Frauen	Kinder unter 16 Jahren
1977	3948278 + 32784	1820034 − 13165	1198145 + 22937	930099 + 23012
1978	3981062 + 162774	1806860 + 23304	1221082 + 42086	953111 + 97384
1979	4143836 + 309472	1830173 + 182651	1263168 + 55761	1050459 + 71060
1980	4453308 + 176471	2012824 + 66587	1318929 + 65791	1121555 + 44093
1981	4629779 + 37138	2079411 − 9995	1384720 + 29578	1165648 + 17555
1982	4666917 − 132054	2069416 − 73704	1414298 − 13819	1183203 − 44531
1983	4534863 − 171215	1995712 − 62746	1400479 − 25137	1138672 − 83332
1984	4363648 + 15294	1932966 + 29554	1375342 + 27265	1055340 − 41525
1985	4378942 + 133737	1962520 + 68239	1402607 + 57790	1013815 + 7708
1986	4512679 + 117539	2030759 + 46341	1460397 + 60677	1021523 + 10521
1987	4630218	2077100	1521074	1032044

Quellen: Statistische Jahrbücher 1978–1988; Berechnungen des Statistischen Bundesamtes.

der zurückkehrten. 1984 war der Wanderungssaldo bereits wieder positiv und überschritt 1985 deutlich die 100000er Marke.
Mit dem Familiennachzug änderte sich aber nicht nur die Zahl, sondern auch die Zusammensetzung der Ausländer in der Bundesrepublik. Immer mehr Frauen im gebärfähigen Alter wanderten zu, immer mehr Ehen wurden geschlossen und immer mehr ausländische Kinder geboren. Wie immer man diese Entwicklung in sozialer und politischer Hinsicht einschätzt, so muß im Hinblick auf die Bevölkerungsstatistik zunächst festgehalten werden, daß die ansteigenden ausländischen Geburten für den Ausgleich der ausgebliebenen deutschen Geburten sorgten. Seit 1969 sank die Zahl der deutschen Geburten zunächst stark und betrug 1978 nur noch 56% der Werte von 1967. Ohne die Ausländergeburten wäre der Rückgang seit 1972 noch stärker gewesen. Wie aus Spalte 3 in Tabelle 2 ersichtlich, war ab 1972 – je nach einzelnem Jahr – jedes sechste bis elfte geborene Kind ausländischer Nationalität.
Bei gleichzeitig relativ gleichbleibenden Sterbefällen erbrachte der Geburtenrückgang ab 1972 eine Abnahme der deutschen Wohnbevölkerung. Da seit 1977 der Wanderungssaldo bis auf 1982 und 1983 wieder positiv war, ist der Gesamtrückgang der auf dem Gebiet der Bundesrepublik lebenden Menschen aber relativ gering geblieben, und die Bevölkerungszahl schwankte um einen Wert von 61 Millionen: Allerdings darf der Anstieg des positiven Wanderungssaldos zwischen 1978 und 1980 auch nicht überbewertet werden, denn er resultierte z. T. aus einem vorübergehenden starken Anstieg der Asylbewerber. Ob es sich hier wie bei den ehemaligen Gastarbeitern um einen stationären Bevölkerungsteil handelt, oder ob er in absehbarer Zeit in großem Umfang das Land wieder verlassen muß, steht noch dahin.
Der Familiennachzug hat zu einer deutlichen Veränderung im Altersaufbau und im Verhältnis ausländischer Männer und Frauen geführt. Überwogen seit 1961 bis Anfang der 70er Jahre die 20–40jährigen Männer, so ist die Bevölkerungspyramide jetzt wesentlich ausgeglichener. Aus der Abbildung auf Seite 25 ist dies deutlich abzulesen. Zur Altersverteilung ist anzumerken, daß 1985 nur etwa 2,5% der Ausländer in der Bundesrepublik 65 Jahre und älter waren. Bei den Deutschen waren es dagegen 15%. Hier ist bereits absehbar, daß in den nächsten 10 Jahren die Ausländer verstärkt in jene Altersgruppen hineinwachsen, die öfter krank sind, unter Umständen vorzeitig arbeitsunfähig werden und schließlich in Rente gehen.
Bei den jüngeren Jahrgängen der Ausländer ist dagegen eine andere Entwicklung interessant. Hier hat sich die Basis der Bevölkerungspyramide in den 70er Jahren verbreitert. Neben den Zuwanderungen nachgeholter Kinder ist dies vor allem eine Folge der zunächst recht hohen Geburten-

häufigkeit ausländischer Frauen, die allerdings in den letzten Jahren stark zurückgegangen ist. Der Rückgang ist in der Öffentlichkeit mit gewissem Erstaunen registriert worden, ist aber ein vorhersagbarer und vorhergesagter Vorgang. Man weiß aus der internationalen Literatur, daß Einwanderer und Arbeitsmigranten bereits in der ersten Generation beginnen, ihr generatives Verhalten (Familienplanung, Geburtenkontrolle) an die Gegebenheiten des Aufnahmelandes anzupassen und daß daher die Geburtenhäufigkeit in der zweiten Generation nur noch wenig über der der einheimischen Frauen liegt.
Läßt sich dieser langsame Rückgang der Geburten bei Ein- bzw. Zugewanderten mit Hinweis auf die offensichtlich prägende Kraft der Verhältnisse im Aufnahmeland erklären, so sind damit diese Verhältnisse selbst noch nicht erklärt und es fällt insgesamt auch ziemlich schwer, auf die Frage nach den Gründen für den drastischen Rückgang der Geburten in den Jahren seit 1969 eine abschließende Antwort zu finden.

Die Gründe des Geburtenrückgangs

Betrachtet man die letzten 100 Jahre, dann stellt man zunächst fest, daß, von kurzfristigen Abweichungen abgesehen, die Geburtenzahl ständig gesunken ist. So lag die Geburtenziffer (Lebendgeborene auf 1000 Einwohner) 1880 bei 37,6, 1900 bei 35,6, 1910 bei 29,8 und 1940 bei 20,0, nachdem sie 1930 zwischenzeitlich bereits auf 17,5 gesunken war. Da außerdem der Rückgang der Sterbeziffer wesentlich früher einsetzte und sich schneller als bei der Geburtenziffer vollzog, hat es, von den Weltkriegsjahren abgesehen, immer einen Überschuß der Geborenen gegeben. Die Bevölkerung hat deshalb trotz des Geburtenrückganges an Zahl kontinuierlich zugenommen. Lebten 1880 auf dem Gebiet des Deutschen Reiches 45,09 Millionen Menschen, so waren es 1970 auf dem wesentlich kleineren Gebiet der Bundesrepublik 60,65 Millionen.
Obgleich es sich bei dem Geburtenrückgang um eine seit langem bekannte Entwicklung handelt, hatte man ihr wegen des immer vorhandenen Geburtenüberschusses und dem damit verbundenen Bevölkerungswachstum keine besondere Aufmerksamkeit geschenkt. Erst als es ab 1972 einen sich von Jahr zu Jahr vergrößernden Sterbeüberschuß gab, rückte die Geburtenzahl und damit das generative Verhalten in den Mittelpunkt des Interesses, nicht zuletzt auch deshalb, weil voreilige Statistiker das baldige Aussterben des deutschen Volkes prognostizierten. Inzwischen hat man gelernt, mit dieser Entwicklung sachlicher umzugehen, die Gründe zu analysieren und die Zukunftsprognosen realistischer vorzunehmen.

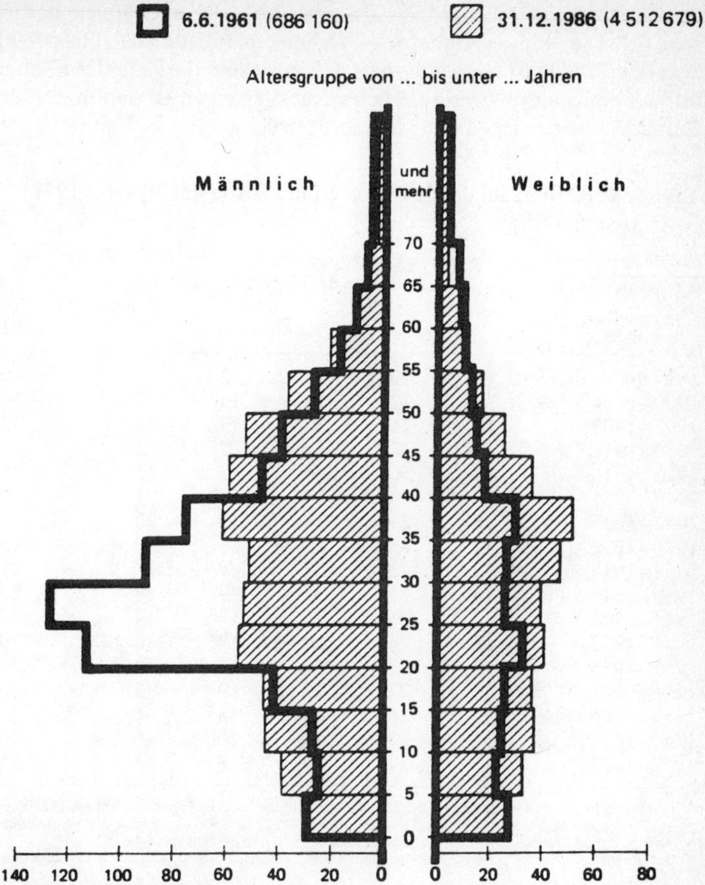

Altersaufbau der Ausländer am 6. 6. 1961 und 31. 12. 1986.
Quelle: Statistisches Bundesamt.

Die sinkende Geburtenziffer ist eine gebräuchliche Kurzformel für eine Entwicklung, in der die Zahl der Kinder pro Ehe geringer geworden ist. Mitte des vergangenen Jahrhunderts wurden pro Ehe 6 Kinder geboren, von denen im Durchschnitt nur 4 – wegen der hohen Kindersterblichkeit – das Erwachsenenalter erreichten. Um die Jahrhundertwende hatten die damals geschlossenen Ehen nur noch 4 Kinder und 1925 waren es im Durchschnitt nur noch 2,2. Bis zum Beginn der 60er Jahre blieb es dann bei durchschnittlich zwei Kindern pro Ehe, und erst danach wurden es weniger. Die Spalte »Kinder je 100 Ehen« in Tabelle 4 zeigt das deutlich. Aus der Tabelle ist auch ablesbar, daß vor allem die Zahl der Ehen mit 4 und mehr Kindern kontinuierlich zurückgegangen ist und in der letzten Zeit auch die der Ehen mit 3 Kindern zurückging.

Tabelle 4: Kinderzahl der 1899 und früher sowie der 1900 bis 1977 geschlossenen Ehen

Eheschließungs-jahr*	von 100 Ehen haben					Kinder je 100 Ehen
	keine	1	2	3	4 und mehr	
			Kind(er)			
1899 und früher	9	9	12	12	58	490
1900–1904	9	12	16	15	47	393
1905–1909	10	15	20	17	38	335
1910–1912	12	17	22	17	32	294
1913–1918	14	20	24	17	25	252
1919–1921	16	23	24	15	21	234
1922–1925	18	24	24	15	20	222
1926–1930	17	23	25	15	20	223
1931–1935	16	22	27	17	18	218
1936–1940	14	25	31	17	14	205
1941–1945	13	25	31	17	14	205
1946–1950	13	26	30	17	14	207
1951–1955	13	25	31	17	14	205
1956–1961	13	22	35	19	11	200
1962–1966	13	26	40	15	6	178
1967–1971**	15	27	43	10	5	164
1972–1977**	15	34	39	8	4	153

* 1899 und früher und bis 1912 Ergebnisse der Volkszählung 1933 in Preußen. 1913 bis 1921 Ergebnisse der Volkszählung 1933 und 1939 im Deutschen Reich. 1922 bis 1935 Ergebnisse der Volkszählung 1950 (ohne Berlin). Danach Ergebnisse der Volkszählung 1970 und des Mikrozensus 1977.

** Kinderzahl bis Mai 1977 Ergebnisse des Mikrozensus, danach Erwartungszahlen bis zu 20jähriger Ehedauer.

Quelle: Bericht über die Bevölkerungsentwicklung in der Bundesrepublik Deutschland (Stand 1. Mai 1980) des Bundesministers des Inneren.

Da bisher nur 90% der Frauen im gebärfähigen Alter heiraten und auch nicht alle verheirateten Frauen Kinder bekamen, bedeutet dies, daß jetzt von 100 Frauen durchschnittlich 140 Kinder geboren werden. Die Elterngeneration der Frauen hatte noch ein Drittel mehr Kinder, d. h. die aufwachsende Kindergeneration umfaßt heute nur noch zwei Drittel der vorhergehenden. Die Einwohnerzahl eines Landes bleibt nur dann in etwa gleich, wenn 100 Frauen im Durchschnitt 210 Kinder gebären, bzw. 230 Kinder pro 100 Ehen geboren werden. Diese Rechnung berücksichtigt aber keine Zu- und Abwanderungen. Wir haben gesehen, daß ein positiver Wanderungssaldo den Rückgang in der Bundesrepublik bisher in etwa ausgeglichen hat.

Während über die Darstellung der Entwicklung und ihre Folgen für die Kinderzahl pro Ehe Einigkeit besteht, gehen die Meinungen über die Gründe, die zu diesem starken Geburtenrückgang der letzten 20 Jahre geführt haben, weit auseinander. Man hat dabei nach kulturkritischen, vorwissenschaftlichen und wissenschaftlichen Meinungsdifferenzen zu unterscheiden.

Wie bei anderen Entwicklungen auch, sind gegenüber dem Phänomen des Geburtenschwunds Kulturkritiker aufgetreten, für die alle modernen Lebensformen und -erscheinungen von Übel sind und für die es deshalb auch kein Wunder ist, daß in dieser gott- und sittenlosen Zeit Frauen ihrer natürlichen Verpflichtung zum Kinderkriegen nicht mehr nachkommen. Diese Positionen verbinden sich gelegentlich mit einem völkischen Nationalismus, der das Aussterben der »Deutschen« fürchtet. Es gibt hier daher auch gelegentliche Personalunionen mit denjenigen, die eine rassistisch geprägte Ausländerfeindlichkeit herbeireden und schüren.

Eine vorwissenschaftliche Erklärung ist mit dem in der Öffentlichkeit immer wieder gehörten Begriff »Pillenknick« verbunden. Mit ihm verbindet sich die Vorstellung, daß das Erscheinen von hormonalen Kontrazeptiven auf dem deutschen Pharmamarkt die Ursache für den Geburtenrückgang sei. Dieser Zusammenhang ist allerdings nicht nachweisbar. Als der Geburtenrückgang bereits voll eingesetzt hatte (1975), nahmen erst ein Drittel der gebärfähigen Frauen die ›Pille‹, 1970 waren es nur 20 % gewesen. Richtiger ist wohl, daß die seit langem bekannten Verfahrensweisen der Geburtenplanung (z. B. Verlängerung der Stillzeit nach einer Geburt, Rhythmuskontrolle nach Knaus-Ogino, mechanische Vorkehrungen wie Präservative, Pessare, Diaphragma) von mehr Menschen aus fast allen Schichten der Bevölkerung angewendet wurden. Es sei in diesem Zusammenhang daran erinnert, daß es bereits Mitte der 60er Jahre öffentliche und, im Vergleich zu früheren Zeiten, auch sehr offene Diskussionen über das sexuelle Verhalten von Männern und Frauen (z. B. durch Oswalt Kolle) gab, in deren Verlauf über Möglichkeiten der Geburtenkontrolle ebenso diskutiert und informiert wurde wie über die gemeinsame Verantwortung *beider* Ehepartner für die Familienplanung. Es wird heutzutage oft übersehen, daß viele gesellschaftliche Entwicklungen und die damit verbundenen Diskussionen bereits Mitte der 60er Jahre einsetzten. Die päpstliche Enzyklika »humanae vitae« wurde bereits 1968 verkündet, sie war schon eine Reaktion auf die öffentliche Verbreitung des Gebrauches verschiedener Empfängnisverhütungsverfahren.

In der bevölkerungswissenschaftlichen Diskussion sind einzelne Faktoren genannt worden, die erklären sollen, warum es zu einer so breiten Anwendung von geburtenregelnden Maßnahmen gekommen ist. So sind z. B. die in der Nachkriegszeit entstandenen Siedlungs- und Wohnstrukturen in Betracht zu ziehen. Die hohe Zahl der nach dem Kriege als Ersatz oder zusätzlich gebauten 2–3½-Zimmer-Wohnungen läßt es verständlich erscheinen, daß der Einfluß der Religionszugehörigkeit rückläufig ist und eher Wohn- und Siedlungsstrukturen das generative Verhalten bestimmten.
Eine solche Ursachenanalyse ist aber doch zu kurzfristig und mechanistisch. Es handelt sich um einen langfristigen Strukturwandel, der bereits im 19. Jahrhundert zu beobachten ist. Bei John Stuart Mills findet sich um die Mitte des vorigen Jahrhunderts schon der Hinweis auf den Zusammenhang von sozialem Aufstieg, Familienplanung und Sicherung der Lebens- und Berufschancen für (weniger) Kinder. Allerdings betraf das bis vor 20 Jahren immer nur zahlenmäßig recht kleine Aufsteigergruppen. In diesen Gruppen kann man in der Vergangenheit einen Rückgang der Geburtenziffern beobachten, wenn nach Phasen wirtschaftlichen Aufschwungs mit individuellen Aufstiegsmöglichkeiten eine Phase wirtschaftlicher Stagnation oder Rezession zur Verteidigung erreichter sozialer Positionen zwingt. Dies betrifft vor allem die sich dann nach unten anschließende Mittelschicht, die nun in zunehmendem Maß von bekannten Möglichkeiten der Geburtenkontrolle und Familienplanung Gebrauch macht. So ist es zu erklären, daß Familien von Mittelschichtangehörigen wie Angestellte und kleine Beamte bereits in den 20er Jahren die durchschnittliche Kinderzahl pro Familie erreicht hatten, die heute inzwischen auch für große Teile der gut verdienenden Arbeiterschaft zu beobachten ist.
In der Nachkriegszeit begann ab 1955 eine langsame Verbesserung der allgemeinen Lebensbedingungen. Einen deutlichen Schub gab es da ab 1960, als die Befriedigung eines erheblichen Nachholbedarfes an Lohnsteigerungen für die große Masse der westdeutschen Arbeitnehmer erstmals zu Buche schlug. Die 60er Jahre gelten allgemein als Phase eines beginnenden Wohlstands. Wohlstand, der erstmals in der Geschichte nicht nur kleinen Gruppen, sondern dem größten Teil der Bevölkerung zugute kam.
Begleitet wird der allgemeine wirtschaftliche Aufschwung, der sich äußerlich am steigenden Motorisierungsgrad und zunehmenden Massentourismus festmachen läßt, von ersten Diskussionen über Technisierung, Automation und Rationalisierungsmaßnahmen. Gleichzeitig beginnt die Öffnung der Bildungseinrichtungen, die den Besuch weiterführender Schulen und eine akademische Ausbildung für Gruppen in der Gesell-

schaft möglich werden läßt, die bisher nur Hauptschulabschluß und Lehre kannten.
Die Zeit nach 1960 ist eine Transformationsphase, in der in allen gesellschaftlichen Bereichen Veränderungen festzustellen sind und in deren Verlauf sich auch das generative Verhalten großer Teile der Bevölkerung verändert. Breite Gruppen beginnen mit Geburtenkontrolle und Familienplanung und nähern sich damit an bereits praktiziertes Verhalten kleiner Gruppen in der oberen Mittelschicht und der Oberschicht an. Die kleiner werdende Unterschicht, die nur wenig an der allgemeinen Wohlstandsentwicklung teilnimmt, behält dagegen ihr traditionelles Verhalten bei, aber nicht deshalb, weil Kenntnisse und Zugang zu Verhütungsformen und -mitteln fehlen, sondern weil es für Menschen in Armut keine Motivation gibt, Kinderzahlen zu begrenzen.

Tabelle 5: Entwicklung der Anzahl der nicht-ehelich geborenen Kinder und ihres Anteils an den Geborenen insgesamt

Jahr	Lebendgeb. insgesamt	Index	nicht ehelich	Index	%
1965	1044328	100	48977	100	4,7
1970	810808	77,6	44280	90,4	5,5
1975	600512	57,5	36774	75,1	6,1
1980	620657	59,4	46923	95,8	7,6
1981	624557	59,8	49363	100,8	7,9
1982	621173	59,5	52750	107,7	8,5
1983	594177	56,9	52442	107,1	8,8
1984	584157	55,9	52998	108,2	9,1
1985	586155	56,1	55070	112,4	9,4
1986	625963	59,9	59808	122,1	9,6

Quelle: Statistische Jahrbücher 1970–1987; eigene Berechnungen.

Je weniger Kinder eine Familie hat, um so mehr können die Eltern in deren Ausbildung investieren. Dies dient dazu, den Kindern das Weiterkommen, den weiteren sozialen Aufstieg zu ermöglichen und gleichzeitig die eigene schwer errungene Position abzusichern. Dieser Zusammenhang wurde ab Anfang der 70er Jahre für die Familie von zunehmender Wichtigkeit. Neben einem zunächst noch steigenden Arbeitseinkommen gab es eine erhebliche Inflationsrate, Ölkrise und steigende Arbeitslosenzahlen. Der Anteil der fixen Kosten pro Familie am Einkommen für Miete und Sozialversicherung stieg. Es fehlten Ausbildungsplätze, und es

gab einen scharfen Wettbewerb um Studienplätze in prestigereichen Studiengängen (Numerus clausus). Hier liegt ein wichtiger Grund für den Abfall der Geburtenrate in den 70er Jahren: Aus der Wahrnehmung von Aufstiegschancen ist die Absicherung des Erreichten geworden.
Es wäre allerdings überzogen, in diesen gesamtgesellschaftlichen Entwicklungen allein die Gründe zu sehen. Die innerfamiliären Entscheidungssituationen sind damit zwar auch, aber noch nicht hinreichend erklärt. Man muß auch das in der Transformationsphase sich langsam verändernde Verhalten von Männern und Frauen, das auch das gegenseitige Verhalten von Eheleuten beeinflußt, mit heranziehen. Die Gleichberechtigung der Frau, früher nur von Bedeutung für eine kleine Gruppe gebildeter Frauen in der Oberschicht, beginnt sich langsam in breiten Schichten der Bevölkerung durchzusetzen. Äußere Zeichen sind bessere Schul- und Ausbildung und eine steigende Erwerbsquote der Frauen. Vordergründige Diskussionsbeiträge haben dann auch versucht, einen direkten Zusammenhang zwischen Frauenarbeit und Geburtenrückgang zu behaupten. Ein solcher Zusammenhang ist zwar in bestimmten Einzelfällen gegeben, für das starke Absinken der Geburtenzahlen ist aber bislang kein Beweis dieses Zusammenhangs erbracht worden.
Mit einer besseren Ausbildung, dem Wunsch, einen Beruf auszuüben, und dies nicht nur als vorübergehendes Zubrot zum Lohn des Mannes, der rechtlichen Besserstellung der Frauen, steigen auch das Selbstbewußtsein und der Wunsch, das eigene Leben selbst zu bestimmen. Die steigende Zahl von Kindern, die von allein lebenden Frauen geboren werden (Tabelle 5), gehört ebenfalls in diesen Zusammenhang. Eine solche Entwicklung hat auch eine Wirkung auf die Entscheidungen, die Eheleute fällen, ob, wann und wie viele Kinder sie gemeinsam haben wollen.

Die zukünftige Entwicklung

Diese Entwicklungen sind noch nicht zu Ende. Welche Richtung sie schließlich nehmen werden, ist schwer vorherzusagen. Die Entwicklung menschlicher Gesellschaften – und der Menschen, die diese Gesellschaften bilden – verläuft ungeplant. Die demographische Entwicklung ist hier ein gutes Beispiel, und dies in doppelter Hinsicht, denn man kann an ihr auch sehen, daß die Veränderungen auf lange Sicht betrachtet bestimmte Strukturen erkennen lassen, die sich langfristig herausbilden und über die Gegenwart hinausführen.
Eine Prognose der zukünftigen Entwicklung ist daher relativ schwierig. Es werden zwar immer wieder Vorausschätzungen der Bevölkerungsentwicklung versucht, sie weisen aber erhebliche Schwankungsbreiten auf,

da die Eingabedaten in die Modellrechnungen schon bei kleinen Schwankungen langfristig erhebliche quantitative Auswirkungen haben. Je nachdem, ob man z. B. die aktuelle Geburtenhäufigkeit als konstant, eher noch etwas abnehmend oder etwas zunehmend unterstellt, hängt es ab, ob für das Jahr 2030 42,6 Millionen (konstante Geburtenhäufigkeit), 39,7 Millionen (abnehmende) oder im günstigen Falle der leichten Zunahme 47,5 Millionen Deutsche in der Bundesrepublik leben werden. Immerhin ein Schwankungsbereich von fast 8 Millionen Menschen. Da die Zuwanderungen und die zahlenmäßige Entwicklung der Ausländer in der zweiten und dritten Generation ebenfalls mit Annahmen über das zukünftige Verhalten berechnet werden, kommen weitere Unsicherheiten hinzu. Reduziert man den Prognosezeitraum bis zum Jahre 2000, dann wird bei konstanter Geburtenhäufigkeit unter Einbeziehung verschiedener Varianten der Entwicklung bei den Ausländern die Gesamtbevölkerung in der Bundesrepublik auf unter 60 Millionen zurückgehen. Zum Vergleich sei daran erinnert, daß 1949 auf dem Gebiet der Bundesrepublik 49,2 Millionen Menschen lebten.

Allerdings interessiert bei den Prognosen nicht nur die Zahl insgesamt, sondern auch die zu erwartende Altersstruktur, da z. B. die Menschen im erwerbsfähigen Alter die Kosten für die Erziehung der Kinder und auch für die Alterssicherung der Rentner und Pensionäre aufbringen müssen. In der bisherigen Entwicklung der bundesrepublikanischen Bevölkerung ist das Verhältnis der jungen und alten zur arbeitenden Bevölkerung relativ gleich geblieben, seit 1970 sogar etwas günstiger geworden (Tabelle 6). Die Frage ist, ob das so bleibt.

Schaut man sich den Altersaufbau der Wohnbevölkerung am Ende des Jahres 1986 an, so kann man – sieht man von den historisch bedingten Einschnitten ab – die Form einer Zwiebel erkennen. Diese Form des Bevölkerungsaufbaus hat sich erst in diesem Jahrhundert gebildet. Noch 1910 hatte sie die Form einer Pyramide. Bleibt es in Zukunft bei den derzeit niedrigen Geburtenzahlen, die sich bereits in der kleinerwerdenden Basis der Bevölkerungs-»Zwiebel« widerspiegeln, so wird der Altersaufbau der Bevölkerung in 50 Jahren eher einem Pilz ähneln, bei dem die 10–20jährigen des Jahres 1986 den Kopf und die nachfolgenden Jahre den Stiel darstellen. (Abb. auf S. 33)

Ob das so kommt, ob die Geburtenzahl noch weiter sinkt oder aber wieder leicht ansteigt, ist ungewiß. Aber selbst im ungünstigsten Modellfall, der ein weiteres Absinken der jährlichen Geburtenzahlen unterstellt, wird die sogenannte Belastungsquote (sie mißt, wieviel unter 20- und über 60jährige auf je 100 20–60jährige kommen) erst in 35 Jahren ungünstiger sein als im Jahr 1985. Im Gegenteil, durch die niedrigen Geburtenzahlen werden in den Modellprognosen die Belastungsquoten zunächst

Tabelle 6: Altersaufbau der Bevölkerung

	%-Anteile der Altersgruppe			
	unter 15 Jahre	15–60 Jahre	über 60 Jahre	Spalte 1 + 3
Jahr	1	2	3	4
1950	23,5	62,7	13,8	37,3
1955	21,2	64,0	14,8	36,0
1960	21,6	62,0	16,4	38,0
1965	22,6	59,3	18,1	40,7
1970	23,2	57,6	19,2	42,4
1975	21,2	58,7	20,1	41,3
1980	17,8	62,8	19,4	37,2
1985	15,0	64,5	20,5	35,5

Quelle: Statistische Jahrbücher 1952–1987; eigene Berechnungen.

noch zurückgehen, wohingegen sie bei konstanter oder leicht steigender Geburtenzahl bereits im Jahre 2000 ungünstiger sind als 1985. Erst im Jahre 2030 wird die Belastungsquote in allen drei Modellvarianten (zunehmende, abnehmende und konstante Geburtenhäufigkeit) drastisch ansteigen. Nimmt man die ausländische Wohnbevölkerung hinzu, wird die Belastungsquote zwar bereits im Jahre 2000 höher sein als 1985, wird aber bis zum Jahre 2030 nicht so drastisch ansteigen.
Die entsprechenden Modellrechnungen basieren auf der Entwicklung bis zum Jahre 1985. Sie können verschiedene gesellschaftliche Entwicklungen nicht vorhersagen und deshalb kann die Entwicklung eine ganz andere Richtung nehmen. Gelingt es z. B., die Säuglingssterblichkeit, die in der Bundesrepublik immer noch relativ hoch ist, zu senken, steigt die jährliche Zahl der Lebendgeborenen; gelingt eine bessere Bekämpfung der Krebserkrankungen, steigt die Zahl der älteren Menschen; kommt es im Zusammenhang mit einer konservativen Gesellschaftspolitik zu einer deutlichen finanziellen Prämierung dritter und vierter Kinder, ist zu vermuten, daß die Zahl der Geburten ansteigt. Von diesen drei hier exemplarisch genannten und vielen weiteren Faktoren hängt die zukünftige Entwicklung von Zahl und Struktur der Bevölkerung ab. Ob sie eintreten, ist nicht vorhersagbar. Manche sind zwar wahrscheinlich, wie das

Rechte Seite: Altersaufbau der Wohnbevölkerung am 31. 12. 1986. Zum Vergleich: Alterspyramiden um 1910 und 1925. *Quellen*: Statistische Jahrbücher 1960 und 1988.

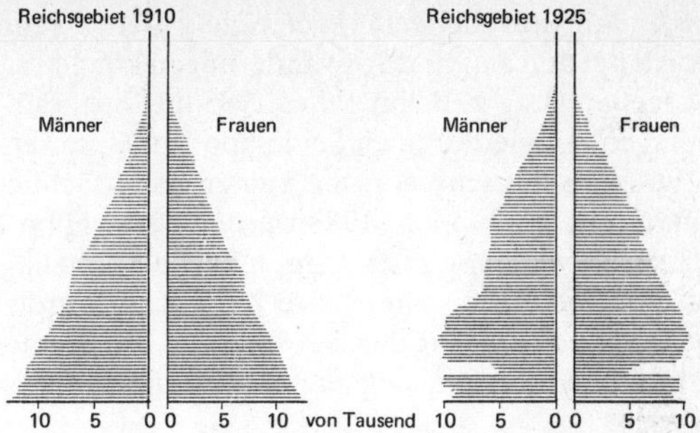
Reichsgebiet 1910
Männer
Frauen
10 5 0 0 5 10 von Tausend
Reichsgebiet 1925
Männer
Frauen
10 5 0 0 5 10

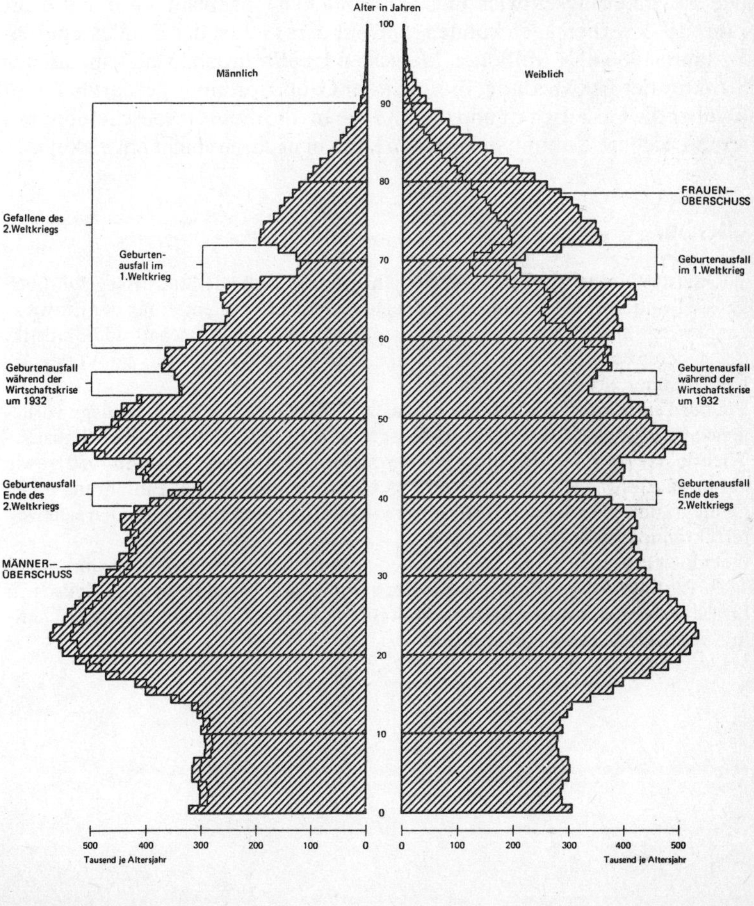
Alter in Jahren
Männlich
Weiblich
100
90
80
70
60
50
40
30
20
10
0
Gefallene des 2.Weltkriegs
Geburten-ausfall im 1.Weltkrieg
Geburtenausfall während der Wirtschaftskrise um 1932
Geburtenausfall Ende des 2.Weltkriegs
MÄNNER-ÜBERSCHUSS
FRAUEN-ÜBERSCHUSS
Geburtenausfall im 1.Weltkrieg
Geburtenausfall während der Wirtschaftskrise um 1932
Geburtenausfall Ende des 2.Weltkriegs
500 400 300 200 100 0
Tausend je Altersjahr
0 100 200 300 400 500
Tausend je Altersjahr

Sinken der Säuglingssterblichkeit, aber richtig sicher kann man dabei nicht sein. Auch bei den Zu- und Abwanderungen können sich neue Entwicklungen ergeben. Lag z. B. im Jahre 1985 die Zahl der registrierten deutschstämmigen Aussiedler noch bei knapp 39000, so reisten 1987 bereits 78523 Auslandsdeutsche ein. Sie kamen hauptsächlich aus Polen, der Sowjetunion und Rumänien. 1988 werden es ungefähr 200000 sein. Sollte sich diese Entwicklung fortsetzen, manche Schätzungen sprechen von 1 Million Aussiedlern bis zum Jahre 2000, dann würde das die Prognosen über Zahl und Struktur der Bevölkerung der Bundesrepublik im Jahre 2030 stark beeinflussen. Genaueres wird man aber erst Mitte der 90er Jahre wissen.
Die Bevölkerungsentwicklung verläuft eben ungeplant. Wer hätte im Jahre 1949 vorhersagen können, daß auf dem Gebiet der Bundesrepublik im Jahre 1986 61,1 Millionen Menschen leben würden. Man kann an der Struktur der Entwicklung, die zu dieser Größenordnung geführt hat, vieles über die Gesellschaft und die Menschen, die diese Gesellschaft bilden, lernen, sichere Zukunftsprognosen kann man daraus nicht entwickeln.

Literatur

Wichtigstes Nachschlagewerk ist das jährlich erscheinende Statistische Jahrbuch für die Bundesrepublik Deutschland; eine laufende Kommentierung der Entwicklung erfolgt in der monatlich erscheinenden Zeitschrift Wirtschaft und Statistik, beide herausgegeben vom Statistischen Bundesamt Wiesbaden, im Verlag W. Kohlhammer, Stuttgart und Mainz.
Bei der Einführungsliteratur sei auf das als Taschenbuch in der 4. Auflage vorliegende Buch von Karl Bolte, Dieter Kappe, Josef Schmid: Bevölkerung – Statistik – Theorie, Geschichte und Politik des Bevölkerungsprozesses, Opladen 1980, sowie auf das ausführliche Lehrbuch von Ingeborg Esenwein Rothe: Einführung in die Demographie, Wiesbaden 1982, hingewiesen. In beiden Büchern finden sich weiterführende Bibliographien.
Detaillierte Berichte und Diskussionen wissenschaftlicher Probleme und politischer Einflußfaktoren finden sich in der viermal im Jahr erscheinenden Zeitschrift für Bevölkerungswissenschaft, die vom Bundesinstitut für Bevölkerungsforschung in Wiesbaden herausgegeben wird.

Angelika Vogel
Familie

Als der Krieg zu Ende war

Wer entsinnt sich nicht der längst klischierten Bilder von den Frauen mit Eimern an Hydranten, der Schlangen vor Geschäften, der verzweifelten Frauen auf Bahnhöfen, die Fotografie ihres Vaters, ihres Mannes, ihres Liebsten, ihres Sohnes vielleicht in der Hand: Feldpostnummer, Name, zuletzt Nachricht aus – kennen Sie ihn? Wer weiß nicht mehr von den Heimkehrern, die in Trümmern stochern, karg und verbissen.
Millionen irren zwischen den Zonen herum, suchen ihre Angehörigen, ihre Väter, ihre Mütter, ihre Frauen, ihre Männer, ihre Kinder. In Kreide auf Mauerresten hinterlassene Nachrichten. Suchmeldungen, Vermißtenanzeigen, Ungewißheit – doch auch Szenen des Wiederfindens, das kurze Glück des Augenblicks, überschattet von der andauernden Sorge ums Überleben: Brot, Milch, Eier, Mehl. Wer entsinnt sich nicht der Bilder einer mit kostbaren Teppichen, mit Silber und Porzellan vollgestopften Bauernstube, an deren Tür die Bäuerin steht, eine hamsternde Stadtfrau gestisch abweisend?
Worte wie »Kohlenklau« oder »Organisieren« haben ihre Spuren in der Sprache hinterlassen. Andere Spuren aber sind längst verwischt, wurden unkenntlich gemacht und blieben doch prägend. Familien nach 1945: Da spannt sich der Bogen weit. Da mag heute kaum noch erforschbar sein, was die Realitäten der einzelnen waren. Ob verstrickt in nationalsozialistische Verbrechen oder in grausamste Kriegsgeschehnisse, ob Täter, ob nutznießend mitgelaufen, ob blöde und rachsüchtig gejubelt, ob von Nazis oder Nachbarn bespitzelt, reglementiert und verfolgt und gefoltert oder den Nächsten durch Mord verloren: Da war kaum eine Familie, die nicht in der einen oder anderen Weise betroffen gewesen wäre. Da war kaum eine Psyche, kaum ein Körper ohne Schmerz, ohne Entsetzen, ohne Strafangst oder neue Rachsucht und stummes Verschließen.
12 Jahre lang nationalsozialistische Familienideologie, 12 Jahre lang nationalsozialistische Politik – die Folgen sollten noch lange spürbar bleiben, in den Köpfen, in Weltanschauung und Moral. Wer hatte auch schon Zeit, darüber nachzudenken. Der Alltag forderte alle Kräfte: 1945 war die öffentliche Verwaltung weitgehend zusammengebrochen, viele Verkehrsmittel und -wege unbenutzbar. Strom, Wasser und Gas gab's nur

Typisches Bild aus der Nachkriegszeit: hamsternde Frauen in und auf einem überfüllten Eisenbahnzug (ca. 1947).

zu bestimmten, oft nicht vorhersehbaren Zeiten. Die Ernährungslage spitzte sich zu. Es fehlte einfach an allem: Kleidung, Möbel, Hausrat, alltägliche Gebrauchsgegenstände, Wohnraum. 22% des Wohnraums waren völlig zerstört. 1947 etwa lebten in Frankfurt am Main 54% der Familien in Untermiete. Noch 1950 standen statistisch 0,6 Wohnung je Haushalt zur Verfügung. In den Wintern drängten sich die Familien im einzig beheizbaren Raum zusammen – wenn sie denn etwas zum Heizen hatten.

Bis 1950 strömten 12 Millionen Flüchtlinge in die Westzonen, viele politisch Belastete darunter, viele auch, die die Nazis vor wenigen Jahren erst in den eroberten Ostgebieten angesiedelt hatten. Allein diese Zahlengröße erschreckte. Sie ließ eine nach 1945 geschwind zur Demokratie bekehrte Wissenschaftlerin wie Elisabeth Pfeil befürchten, man könne der »Flüchtlingsfrage« vielleicht »ebensowenig Herr werden, wie das England des 15. und 16. Jahrhunderts der Not und Plage der beggars Herr« geworden sei.[1] Düster orakelte sie, in »der Gestalt des Flüchtlings« trete nun »dem deutschen Volke sein eigenes Bild« entgegen.[2]

Vom ›Volk ohne Raum‹ zum beklagenswerten ›Volk auf der Flucht‹? Flucht, das hieß Leiden, und dem Leiden des *deutschen* Volkes galt denn auch rasch alle Sorge. Es sollte auch fürderhin kein beggar, kein Bettler sein, trotz tiefer Wunden.

Helmut Schelsky, ein auch schnell rehabilitierter Wissenschaftler, listete auf: 1,4–2,5 Millionen Kriegerwitwen, 2,5 Millionen Schwerversehrte und 1,5–2,5 Millionen Deklassierte. Die Zahl derer, die in der Nachkriegszeit von »typisch sozialen Schicksalen« getroffen worden waren, bezifferte er auf ein Drittel der westdeutschen Bevölkerung.[3]

Tatsächlich mußte die gesamtgesellschaftliche und individuell wirtschaftliche Lage vielen hoffnungslos erscheinen. In den Zonen wurde die Industrie demontiert, die Sieger patrouillierten, niemand hatte einen Überblick, und politisch – weiß Gott, oder die in Moskau, in Washington, London, Paris. Zukunft? Einstweilen regierte der Schwarzmarkt, Erwerbsarbeit brachte wertloses Geld, manchmal freilich Bezahlung in Naturalien, immerhin. Zukunft? Man wagte kaum weiter zu denken – auch nicht in jenen Kreisen, für die die Niederlage des ›Dritten Reiches‹ Befreiung hieß. Ihre kulturellen, ihre politischen und sozialökonomischen Neuansätze waren bereits auf Grenzen gestoßen: schon vor 1948 warfen der Kalte Krieg und die deutsche Teilung lange Schatten voraus und tauchten in Dunkel, was zu beleuchten gewesen wäre.

Notgemeinschaften

1946 zählte man 7283000 mehr Frauen als Männer. Davon waren 6–7 Millionen Frauen im heiratsfähigen Alter. Bis 1947 erhielten Kriegswitwen keine Rente; ein großer Teil von ihnen wurde zur Erwerbsarbeit zwangsverpflichtet. Schon 1946 kam es allein in Berlin zu 25000 Ehescheidungen. Auf 724625 anwesende, verheiratete Männer bezogen, waren das 3,5 % Ehescheidungen. Zu dieser Zeit waren noch 140793 Berliner in Gefangenschaft.[4] 1948, dem Rekordjahr und Nachkriegshöhepunkt der Scheidungswelle, entfielen in den Westzonen auf 100000 Einwohner 186 Scheidungen. In diesen Jahren wurden 80000 Kinder zu sogenannten Scheidungswaisen. Noch 1950 lebten nur etwa 60 % der gesamten westdeutschen Bevölkerung in ›vollständigen‹ Familien – erst um diese Zeit kündigte sich in diesem Punkt eine Trendwende an.
Hinter diesen Zahlen freilich verbargen sich unzählige Tragödien und familiäre Konflikte.
Familie nach 1945: mit der Niederlage des extrem patriarchalen Nationalsozialismus wies auch das Leitbild der bürgerlich-patriarchalen Familie Risse auf – Risse, die der Nachkriegsalltag ungleich verschärfte. Frauen bereiteten Ersatznahrungsmittel zu und schrieben. Schrieben über »Freie Liebe«, über »Mutterfamilien«, über Eheprobleme in allen Facetten. In der progressiven Frauenzeitschrift »Constanze« tauchten Artikel dazu auf. Artikel, die böse »den Mann« als »Ballast« betitelten oder konstatierten: »Wiederverheiratung nicht gefragt« oder auch kühn fragten: »Muß Liebe amtlich beglaubigt sein?« Der Kontrast konnte nicht größer sein: 1946 hatte das Kontrollratsgesetz Nr. 16 der alliierten Interregnumsgesetzgeber das alte BGB-Familienrecht wieder in Kraft gesetzt, gereinigt von expliziten NS-Bestimmungen. Damit hatten sie deutschen Männern erneut das private Kontroll- und Verfügungsrecht über ›ihre‹ Ehefrauen eingeräumt. Die Ehefrauen fanden sich auf juristisch angestammten, unterprivilegierten Plätzen wieder, die Patriarcheninternationale wollte es so. Selbst der Stichentscheid (§ 1628 BGB) und das generelle familiäre Entscheidungsrecht des Mannes (§ 1354 BGB) kamen zu morschen, aber alltagswirksamen Ehren – mithin die väterliche Gewalt über die Kinder. Was das für alleinstehende Mütter hieß, mag deutlich sein: die Entscheidungsrechte lagen bei den Sozialbehörden. Dementsprechend verlangten Mütter mit Kindern hier und da öffentlich die rechtliche Absicherung der »Mutterfamilie« als »Vollfamilie«, also das Sorgerecht für ihre Kinder. – Vergeblich, wie man weiß.
Restriktives Recht hie – Wirklichkeiten da, die Not und wohl auch Wünsche ließen Frauenwohngemeinschaften entstehen, und der Publizist Walther von Hollander berichtete von »nicht wenigen Frauen«, die das

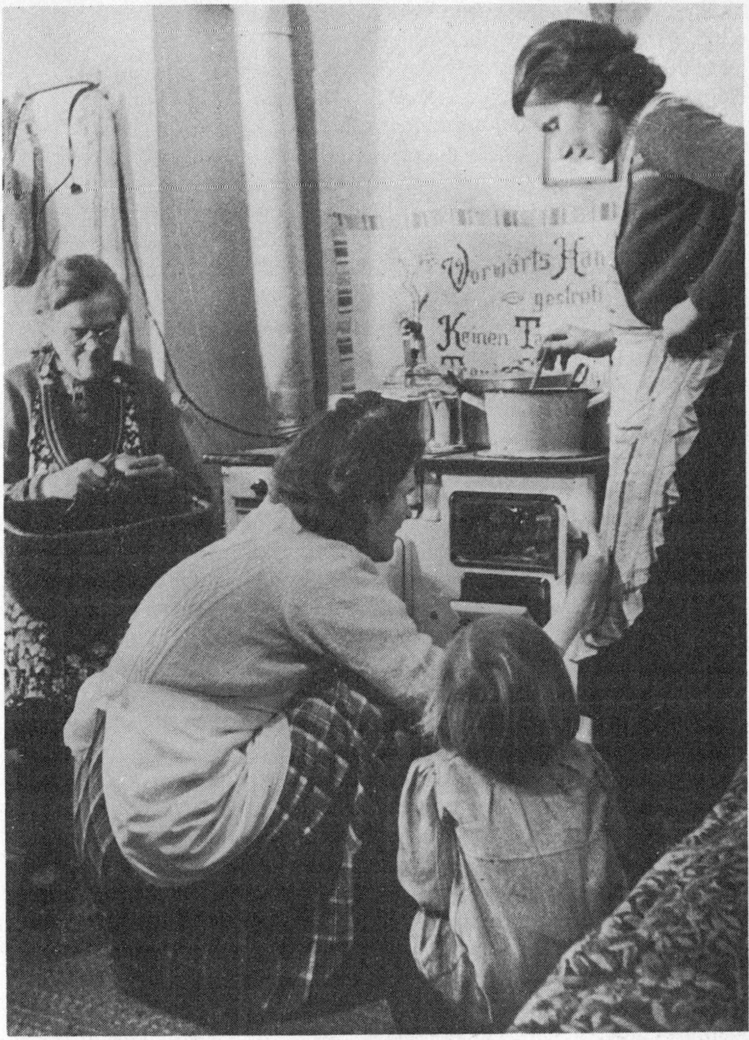

Wohnungsnot in Frankfurt am Main. Mehrere Generationen mußten auf engstem Raum zusammenleben.

»Leben« einer »berufstätigen Frau dem Leben« einer »Ehefrau bei weitem vorziehen«, ja, es gäbe Frauen, die »über den Mann zur Tagesordnung übergehen, wenn sie erst das Kind haben.«[5] 1950 wurden 9,5 % aller Neugeborenen unehelich zur Welt gebracht, doch unbekannt blieb, wie viele ungewollte ›Besatzungskinder‹ darunter waren, wie viele die Folge von Vergewaltigung. Schwangerschaftsabbrüche wurden gerade nach 1945 hart geahndet, auch nach einer Vergewaltigung. Da wurden Exempel statuiert, die zwingend ins Leben von Frauen hineinwirkten. Nicht zuletzt deshalb hatten die sogenannten »Engelmacherinnen« Hochkonjunktur. Freie Liebe? Wiederverheiratung nicht gefragt? Heiraten und ein Leben als Hausfrau? Wieder zusammenleben mit einem Mann, der verstört, nicht eben selten verroht, egoistisch und mit eifersüchtig patriarchalen Wünschen zurückgekehrt war? Ohne Mann, ohne Kinder leben – trotz der schlechten Zeiten? Wie überhaupt einen Mann finden und die Angst vor der Einsamkeit: es sind Fragen, die Frauen in jenen Jahren, ausgesprochen oder unausgesprochen, bewegten. Es gab freilich wenig Alternativen; weder gesellschaftlich noch soziokulturell. Zudem hatte das ›Dritte Reich‹ mit weiblichem Selbstbewußtsein, jenen zaghaften Ansätzen in der Weimarer Republik, gründlich aufgeräumt. Jeder Schritt, jede aufmüpfige Frage war ein Schritt ins Unbekannte und solche Schritte wurden auch jetzt nicht honoriert – ganz im Gegenteil. Alleinstehende Frauen – ob sie willentlich alleinstanden oder nicht – fielen schon bald unter die abschätzige Rubrik »Frauenüberschuß«: sie waren gleichsam ›unverkäuflich‹ und die Ladenhüter im zerstörten Westdeutschland, die niemand haben wollte. Eine Metapher übrigens, die sich bis in die 60er Jahre hielt und zum Schrecken aller heranwachsenden Mädchen wurde, undurchschaut in ihrer Funktion.

Schon früh waren auch in renommierten Zeitschriften wie den »Frankfurter Heften« makabre Überlegungen zu lesen. So scheute sich der christliche Sozialist Walter Dirks nicht, im »Frauenüberschuß ... eine Versuchung zur schlechteren Wahl auf beiden Seiten« zu sehen, denn, so urteilte er ökonomisch falsch, »nach dem Gesetz von Angebot und Nachfrage« werde »die Frau als Liebes- und Ehepartner ›billiger‹«.[6] Doch es ging nicht um *diese* Ökonomie, Walter Dirks sorgte sich um anderes, nämlich: Was sollte werden aus der ehelichen Monogamie, wenn all die alleinstehenden Frauen nicht an den zölibatären Zügel zu legen waren? Dahinter lauerte freilich die Phantasie, diese Frauen hätten nichts Besseres zu tun, als sexuell lockend, Ehemänner zu umspielen.

Männerphantasien der frühen Jahre, darüber freilich sprach man nicht, auch nicht die Publizistin Helga Prollius, als sie heftig zürnend das Wort vom »Frauenüberschuß« kritisierte: »Welch häßliches Wort! Und welch noch häßlichere Bedeutung! Ein Wort, das aus der Handelssprache übernommen worden ist und nicht mehr und nicht weniger bezeichnet als eine Ware, und zwar eine Ware, die überschüssig und in letzter Folge überflüssig ist.«[7]

Gleichwohl kam Helga Prollius der Wahrheit nahe. Faktisch ging es tatsächlich um eine Ware, die Ware weibliche Arbeitskraft nämlich, die es galt, zu entwerten, um sie unentgeltlich nutzen zu können: im Namen der Liebe.

Es ließen sich viele Beispiele anführen, wie Ehe- und Familiengründungen in der Nachkriegszeit unter dem Aspekt des ›dumping‹ abgehandelt wurden – individuell wie öffentlich. Frauen sollten sich glücklich schätzen, daß sie überhaupt gebraucht und der Liebe für wert befunden wurden. Weder Wissenschaftler noch Publizisten fanden etwas dabei, die Familie, und das war immer weibliche Hausarbeit, weibliche Sorge, Liebe und Mühe, als gloriose und rettende Notgemeinschaft in schwerer Zeit zu feiern. So wollte man es und so brauchte man es. Freilich, es war ein mühsames Geschäft, denn *davon* mußten eben nicht wenige ehemüde Frauen erst überzeugt werden und das ging nicht ohne Repression.

Im Alltag mag es sich u. a. so abgespielt haben: da waren etwa die Düsseldorfer Gastwirte, die 1949 (!) Frauen *ohne* männliche Begleitung Lokalverbot erteilten. Da waren Vermieterinnen, die möblierte Zimmer nur mehr an alleinstehende Männer vermieten wollten. Da griff der Kuppeleiparagraph plötzlich wieder und Vermieterinnen achteten auf den Besuch beim ›Fräulein‹ und setzten ihn – gegebenenfalls – um 22 Uhr vor die Tür und das ›Fräulein‹ dazu. Alleinstehende Frauen erhielten von Wohnungsämtern keine Wohnungen, nur Haushaltungsvorstände. Der Fall von Lehrerinnen, die zu zweit wohnen wollten, denen aber eine bereits zugesagte Dienstwohnung zugunsten eines jungen, frisch verheirateten Lehrers wieder entzogen wurde, dürfte gleichfalls kein Einzelfall gewesen sein. Zwei Lehrerinnen, so mögen sich die im Hintergrund wirkenden Rasse- und Erbhygieniker – jetzt Bevölkerungswissenschaftler genannt – gedacht haben, zeugen schließlich keine Kinder, und Kinder wurden dringendst gebraucht.

Das Stichwort »Fräulein Veronika« – ein bis in die 60er Jahre hinein häufig zu hörender Prostitutionsverdacht, geäußert gegenüber selbständig wirkenden Mädchen und Frauen – avancierte in diesem Klima zu *der* Dolchstoßlegende im Nachkriegsgeschlechterkampf. Fräulein Veronikas waren mit schlappen Tommys oder kaugummikauenden US-Boys davongezogen und hatten deutschen Männern in schwerer Stunde die Loyalität aufgekündigt.

Unermüdlich wiederholte man auch die Behauptung, Kinder alleinstehender Mütter trügen Erziehungsschäden davon, denn solche Frauen konnten nur schwach oder – auch dies kein Vorbild – Flintenweiber sein.

Die Botschaft war klar: ohne Mann geht es nicht, und welche Frau es sich dennoch traute, war Freiwild oder – Kommunistin.
Tatsächlich schloß die Ausgrenzung andersdenkender Frauen auch hier eine Wendung ins antikommunistische Ressentiment mit ein und wurde zur staatstragenden Handlung. So wandelte sich zu Beginn der 50er Jahre das Bekenntnis zur heiligen, monogamen Familie zum Bekenntnis zur freiheitlich westlichen Welt. ›Hosenweiber‹ sollte es nur noch in der SBZ geben. Risse und repressiver Kitt: es konnte einem sensibleren Beobachter – wie es der Publizist Walther von Hollander wohl war – nicht entgehen, daß hier »der Staat« alleinstehende Frauen wohl wegen »Eheverweigerung« bestrafen wolle. Was Walther von Hollander nicht sehen konnte: Die gesellschaftliche Diffamierung alleinstehender Frauen und Mütter traf alle Frauen und kam objektiv einem Zwang gleich, zu heiraten und Kinder zu gebären, denn: diffamiert hier und – wie schon nach dem Ersten Weltkrieg – entlassen da, was sollten Frauen tun und wovon sollten sie sich ernähren? Und so schickten sie sich und erfüllten, was die bundesdeutsche Nachkriegsgesellschaft von ihnen verlangte. Sie wurden zu abhängigen Familienmüttern, die gebärend das dezimierte Bevölkerungskontingent auffüllten. Sie taten, was sie tun sollten, nämlich der in den Startlöchern des Wiederaufbaus hockenden Nachkriegsgesellschaft – pflegend, heilend, Wunden leckend und mit fröhlicher Sparsamkeit – in Haushalt und Familie kostenlos zuarbeiten, ohne selbst irgendwelche Forderungen zu stellen. Schließlich hatte man sie ja bereits belohnt mit dem Artikel 3 Absatz II Grundgesetz, der da lautet: Männer und Frauen sind gleichberechtigt. Indizien dafür, daß das Gebrauchte politisch von einem breiten Spektrum interessierter Kreise gewollt und daß gezielt darauf hingearbeitet wurde, finden sich auch in der liberalen Publizistik. Scheidung, Eheromantik oder gar Freie Liebe wurden hier als das verwerfliche Obwalten (weiblicher) Unvernunft gesehen und galten als Ursachen für schuldhafte Zerrüttung von Ehen und Familien. Der Verfechter des Ehesakraments, Walter Dirks, hielt das »Ideal der Autonomie« für schädlich, weil es »für das öffentliche Bewußtsein die absolute Geltung des ehelichen Bundes zerstört« habe, und Rüdiger Proske nannte die romantische Ehevorstellung »einen Bazillus«. Er finde immer mehr »Opfer« und sei nichts als eine Verwechslung mit Liebe.[8] Schwangerschaftsabbruch nach dem Willen einer Frau gar galt als Fortsetzung nationalsozialistischer Verbrechen – in Verdrehung historischer Tatsachen. Mit der eugenischen Indikation hatten die Nazis den für sie unerwünschten oder nicht brauchbaren Nachwuchs selektiert – die eugenische Indikation galt nach 1945 weiter, ansonsten *mußten* Frauen gebären.
Längst vergessen und politisch verdrängt waren zu dieser Zeit – nämlich 1951 – die Ergebnisse einer repräsentativen Befragung, 1949 im Auftrag

von »Constanze« durchgeführt. Auf die Frage: Würden in Ihren Augen junge Frauen, die keine Hoffnung auf Heirat haben, Ansehen verlieren, wenn sie ein sogenanntes Liebesverhältnis eingingen? antworteten 29% der Befragten mit »Ja«, aber 61% mit »Nein« und 10% äußerten keine Meinung. Das war damals für die Publizistin Petra Lundt Anlaß, von einer »grundsätzlichen Verschiebung« im Moralempfinden zu sprechen, die zu »klaren Entscheidungen« dränge: Es sei »ganz zuerst die Sache der Frauen ... ihre Ansichten zu einer Ehereform von Grund auf« kundzutun und »zu verfechten«, denn: »die bewußte Schlechterstellung der Frau, die sich wie ein roter Faden durch das gesamte deutsche Recht zieht und die furchtbare soziale Not unserer Tage sind die Hauptursachen der Ehekrisen«. Und: »Man sollte sich ... nicht darüber hinwegtäuschen, daß sich unsere Generation in aller Formlosigkeit anschickt, das Recht auf Freie Liebe zu einer selbstverständlichen Einrichtung zu machen.«[9]

Die bewußte Schlechterstellung der Frau sollte bleiben (und wahrscheinlich ist sie der Publizistin Petra Lundt selbst zum beruflichen Verhängnis geworden – ihr Name tauchte danach nicht mehr auf) und auf das Credo verpflichten: Familie ja! Nationalsozialistische Familie nein! Man hatte ja schließlich etwas gelernt, auch wenn die abgrenzende Unterscheidung nur undeutlich gelang. So sollte dem westdeutschen Staat zwar ein unmittelbarer Zugriff auf die Familie und die Familienmitglieder, insbesondere die Kinder, verwehrt sein. Unbeaufsichtigt wollte man sie aber auch nicht lassen ... zu unwägbar die Resultate. Statt staatlicher Zugriffe – außer im Steuer-, Wohnungsbau-, Bildungs-, Ehe-, Familien- und Gesundheitsrecht – produzierte so die Nachkriegsgesellschaft ein Übermaß an Familienideologie und Sozialmoral. Doch sie stand in einem gleichsam reziproken Verhältnis zur tatsächlichen Verfassung so vieler Familien. Sie grenzte nahezu 40% der westdeutschen Bevölkerung aus, die nicht in sogenannten vollständigen Familien lebten. *Diese* Lebensverhältnisse erhielten fortan den Status von Randerscheinungen.[10]

Indes, die Verhimmelung der schlechten Realität dürfte auch den diversesten *subjektiven* Bedürfnissen sehr entgegengekommen sein, denn: wer wünschte sich nicht unbeaufsichtigtere Intimitätsräume, Normalisierung der Verhältnisse und freiere Handlungsmöglichkeiten? Man wollte sich zurückziehen, wollte neu, besser, illusionsloser anfangen, oder aber: wollte privat und ungestört im alten, ja nur militärisch besiegten Geist weitermachen, Kontakte halten und warten – auf ›bessere‹ Zeiten. So kann angenommen werden, daß der Zwang zur Familie, ihre ›freiheitliche‹ Reprivatisierung und die immer wiederkehrende öffentliche Forderung, Familie stabil zu halten, subjektiv nur von wenigen als repressiv wahrgenommen wurden. Insbesondere die junge Generation strebte seit 1950 aus den elterlichen Familien, strebte nach einer eigenen Wohnung, nach ökonomischer Unabhängigkeit und – noch ganz vorsichtig – nach Glück. Wie das aber anders als über Heirat und Familiengründung erreichen? Der Drang war groß. 1950 schlossen 536000 Paare den Bund der Ehe – nie wieder wird eine Generation eine solche Heiratsfreude entwikkeln. Und 1953 scheinen – bis auf das Nachwuchsproblem, dem ›Willen zum Kind‹ – die Verhältnisse schon wieder gefestigt. So glaubte denn auch Helmut Schelsky befriedigt feststellen zu können, die Familie habe sich trotz aller Schwierigkeiten und Gefährdungen als Institution und Idee bewährt. Sie würde sich auch weiter bewähren, wenn – ja, wenn auch die Frauenbewegung endlich zur Vernunft gelangte. Sie dahin zu bringen, war denn auch eines der Herzensanliegen der Familiensoziologie in ihrer Blütezeit zwischen 1947 und 1957.

Moral und Sauerkraut: Familiensoziologen ante portas

1946 erschien René Königs »Materialien zu einer Soziologie der Familie« und 1953 Helmut Schelskys »Wandlungen der deutschen Familie der Gegenwart«. Wie schon Elisabeth Pfeil maß auch Helmut Schelsky der Gestalt des Flüchtlings besondere Bedeutung zu und entwickelte erste Ansätze seiner Theorie von der nivellierten Mittelstandsgesellschaft: In der demokratischen Leistungsgesellschaft hatten Klassenkampf und Klassenkonflikte künftig ebenso als überholt zu gelten wie der Geschlechterkonflikt. Beide Untersuchungen sind indes auch familientheoretische Entwürfe, die bis heute in keinem diesbezüglichen Anmerkungsapparat fehlen (dürfen). Zeichen dafür, wie wichtig auch heute noch die bange Frage ist: Wie stabil ist die Familie und wo bedarf es helfender Interventionen?[11]

Ebenso wie Königs und später Schelskys Forschungen stand auch eine der frühesten Untersuchungen im Zeichen dieser Sorge, gemeint ist Hilde Thurnwalds »Probleme Berliner Familien« von 1948. Die unmittelbare Zeiteingebundenheit dieser Studie – mitnichten nur eine empirische Bestandsaufnahme, wie etwa Heidi Rosenbaum meint – verdeutlicht, welches familiäre Leitbild man zu restaurieren gedachte, an welchem Leitbild man die Realitäten maß und kritisierte. Hilde Thurnwalds Studie vermag da einen unvergleichlich dokumentarischen Einblick zu geben und ist selbst ein beredtes Zeichen der ersten Nachkriegsdekade.

Bei Thurnwald sozusagen vorausgesetzt ist das Schema der zwei Generationen umfassenden Mittelstandsfamilie ohne produktives Eigenkapital. Als hauswirtschaftliche Konsumeinheit bestimmt sich ihr sozialer Status über die Qualifikation und Berufstätigkeit des Mannes im Erwerbsleben auch dann, wenn die Frau allein erwerbstätig ist. Generell zielte Hilde Thurnwalds Glaube an ein gewisses Maß familiärer Selbstheilungskräfte auf erneute Befestigung traditioneller Werthaltungen. Innerfamiliale Konflikte sind – ihr zufolge – dann zu meistern, wenn die Familien zur Moral der bürgerlich-christlichen Leistungsethik zurückfinden. Mehr noch: Die familialen Konflikte sind selbst Ausdruck von individuellem Versagen: a) mangelnder *Anpassungsfähigkeit* an die *gegebenen* Umstände und b) dem Versagen vor der Moral. Kurz, es ist dies der klassische double-bind familiärer Erziehung, nur gerät jetzt die Familie selbst zum Objekt pädagogisierender Maßnahmen. So ist die Rede von in destabilisierten Familien vorgefundenen »minderwertigen Charakteren«. Diese, sozusagen familienuntauglich, genügten jenen bürgerlichen Tugenden nicht, die familiäres Leben bestimmen und organisieren sollten: Sparsamkeit, Ordnungsfähigkeit in Zeit und Raum, Repetitionsfähigkeit bei Frauen und in unteren Schichten, physische und psychische Belastbarkeit (oberste Ziele sind absolute Selbstbeherrschung, Ausgleichsvermögen, Opfer- und Leidensfähigkeit), Häuslichkeit, Planungs- und Einteilungsvermögen, Fähigkeit zum Lustaufschub und -verzicht, Seßhaftigkeit, Gehorsam, Disziplin, Fleiß, Gewissenhaftigkeit, Arbeitsfreude, Bescheidenheit, Achtung des Privateigentums usw. usf. Alles andere ist von Übel und wird auch so benannt: Faulheit, Schlampigkeit, Depressivität, Verzweiflung, Verschwendung, Ich-Sucht und Egoismus, sexuelle Hemmungslosigkeit, Übervorteilung (Schwarzmarktgeschäfte werden bedingungslos als moralische Verfehlungen angeprangert). Oberster positiver Wert ist generell die Fähigkeit zur widerspruchslosen Triebzügelung bzw. -unterdrückung bei allen Familienmitgliedern.

Daß damit vor allem die Ehefrauen und Mütter gemeint waren, deren ›Reich‹ schließlich Haushalt, Familie (neben eventuell notwendig werdender Erwerbsarbeit) zu sein hatte, ist evident. Es galt, jene Fähigkeiten verstärkt zu entwickeln und Werte zu internalisieren, die – zukunftsorientiert – den Wiederaufbau nach marktwirtschaftlichem Modell gewährleisten sollten. Daß dabei vor allem die Ehekonflikte als Störpotentiale ins Blickfeld rückten, hängt mit der Funktion dieses Moralkodexes zusammen. Vielfach hatten sich die kriegs- und fluchtbedingten Trennungen von Eheleuten und Familienmitgliedern »entfremdend« ausgewirkt. Man fand sich verändert wieder, Bild und Wirklichkeit stimmten oftmals nicht mehr überein, d. h. auch geschlechtsspezifische Projektionsfelder brachen in sich zusammen. Kinder konnten sich schwer wieder an ihre Väter gewöhnen, die nicht eben selten verstört, aber auch verroht und nicht ansprechbar aus dem Kriegsgeschehen zurückkehrten. Vätern erging es umgekehrt nicht anders: Schnell empfanden sie die Kinder als nervtötenden, hungrigen Ballast.[12]

Angesichts dieser wohl häufig anzutreffenden Situation brachte die Studie Hilde Thurnwalds durchgängig Verständnis für die Kriegsheimkehrer auf, die sich nur schwer an das wieder geltende Monogamiegebot gewöhnen konnten, währenddessen dasselbe bei Frauen zur »Verwahrlosung« wurde und strenge sozialpädagogische Mängelbehebungsblicke auf sich zog. Verständnis verrät auch die Situationsdiagnose, daß »vielfach die heimgekehrten Männer gegen die ›zu große Selbständigkeit‹, die ihre Frauen während der langen Trennung erworben haben«, opponierten. Das sei einsichtig, denn »auch wenn der Mann die Nötigung der Frau zu selbständigem Planen, zu verantwortlichem Handeln in den Jahren der Trennung anerkannt hat, wünscht er meistens die Frau bei seiner Heimkehr so vorzufinden, wie er sie verlassen hat«. Gesteigert werde dieser Wunsch öfter durch eine »überbetonte Selbständigkeitshaltung jüngerer Frauen, vor allem aber durch die niedergedrückte Seelenverfassung, in der viele Männer heimkehren«. Die harte Wirklichkeit hole sie ein: Arbeitslosigkeit, u. U. Deklassierung, unbefriedigender Berufswechsel, Kriegsversehrung, Niederlagengefühle, Verlust von Haus und Habe, die »verblühte Frau«, die »öfter unter der jahrelangen Last der Verantwortung und Ausschöpfung aller Kräfte eine Gefühlsverhärtung und betont rationalistische Haltung ausgebildet« habe. Hilde Thurnwald konstatierte korrekturbedürftige »Minderwertigkeitsgefühle« und »Autoritätsverluste« der Männer. Schreckliches sei zu verzeichnen: Bei mangelndem Verständnis der Frau für die »besondere und schwierige Seelenlage des heimgekehrten Mannes« flüchte dieser zu seinen Eltern. Bei »Vater und Mutter« suche »der Mann als Kind den Trost, den ihm die Frau als Gefährtin nicht zu geben« vermochte. Auf die Tatsache, daß Frauen als Scheidungsgrund häufig Gewalt und Brutalität der Männer angaben, ging Hilde Thurnwald nicht ein.

Hinter all diesen Phänomenen vermutete sie nun das Walten von »Geistesströmungen«, die, bedingt »durch politische, soziale und andere Faktoren« eine »generelle Änderung in der Einstellung der Geschlechter zueinander« bewirkt hätten. »Tatsächlich«, so stellte sie fest, habe »die traditionelle Stellung des deutschen Familienvaters schon mit der Frauenbewegung und weiterhin durch die Jugendbewegung« gelitten, beschleunigt durch die beiden Weltkriege und »einsetzende politische Gleichberechtigung der Frauen«. Die »nationalsozialistische Ideologie« habe sich lediglich als »retardierendes Moment« dazwischengeschoben. Nun setze sich der Prozeß fort. »Bei der jüngeren Frauengeneration« scheine »der Nimbus männlicher Überlegenheit mehr oder weniger erloschen«. Zahlreiche Frauen würden »im alltäglichen Existenzkampf« erkennen, wieviel von »ihrer Initiative und Tatkraft« abhänge. So gelangten sie »ihrerseits manchmal zu einer Überschätzung ihrer Person«, während-

dessen bei Männern »die mangelnde Tatkraft« auffiele und »Gleichgültigkeit gegenüber den Alltagslasten der Frauen«.[13]
Als ideologieträchtige Handlungsanweisung zielte die Studie, darin ist sie paradigmatisch für das Familienverständnis im westlichen Nachkriegsdeutschland, auf Regulierung familiärer Arbeitsteilung und deren geschlechtsspezifischer Internalisierung. Die Hausfrau, die Hüterin des Hauses und liebendes, pflegendes, heilendes Aktionszentrum der Familie, sollte eigenverantwortlich, aber ungratifiziert reproduktiv wirtschaften, Nachwuchs gebären und im Sinne der dargestellten Moral sozialisieren. Der Mann aber sollte physisch, psychisch und moralisch zugunsten des außerhäuslichen Erwerbslebens entlastet werden. Als Haushaltsvorstand jedoch sollte er kompensativ jene Autorität (zurück)erhalten, die ihm die Gesellschaft durch Industrialisierung, Technisierung, Zerstörung von Besitz, Macht und Einfluß (u. a. auch als Folge von Faschismus, Krieg, Niederlage und Aufteilung des Deutschen Reiches) jenseits der Familie in unterschiedlichem Maße entweder genommen hatte oder sowieso verweigerte. Analog zur privatkapitalistischen Arbeitsorganisation sah diese Arbeitsteilung zwischen Ehemann und Ehefrau hierarchisch strukturierte Eigenverantwortlichkeiten für die jeweiligen Tätigkeitsfelder und Aufgabengebiete vor. Die so genormte Geschlechtshierarchie, strukturelles Merkmal der bürgerlichen Familie überhaupt,[14] erschien in der damals anerkannten Wahrnehmung und der dazugehörigen Sprachregelung als ›Gleichwertigkeit in der Verschiedenheit‹. Der gesellschaftlichen Wertschätzung und ideellen Wichtigkeit nach könne keine Rangordnung von männlicher Erwerbs- und weiblicher Hausarbeit behauptet werden, so hieß es. Nur krudem Materialismus fiel damals (wie heute) auf, daß die unter dem Kommando des Kapitals stehende Arbeit des Mannes in Geld ausdrückbar ist, während die unter dem Kommando des Mannes stehende Tätigkeit der Hausfrau solcherlei Wertausdruck nicht kennt, also ungratifiziert bleibt. Auf dieser konzeptionellen Basis erfolgte denn auch die Kritik an einem Zuviel/Zuwenig an väterlich-männlicher Autoritätsausübung und umgekehrt an weiblicher Selbständigkeit/Unselbständigkeit. Natürlich präsentierte sich diese Normalisierung allerorten als fortschrittliche, moderne Verheißung. Das Erbe von Krieg und Faschismus verharmloste man auf dieser Ebene zur subjektiven Verhaltensunsicherheit oder zu verständlichem Fehlverhalten mit eher momentanem Charakter, bedingt durch die politische Ausnahmesituation.
Damit waren für lange Zeit die ideologischen und strukturellen Familienweichen gestellt. Die Chancen wurden vertan, Form und Struktur intimen Zusammenlebens von Erwachsenen und Kindern als Frage des Freiheitsanspruchs und der Selbstverwirklichung zu diskutieren.

Die Fassadenfamilie

Mit der Währungsreform, dem Marshallplan und der Verabschiedung des Grundgesetzes, d.h. der Gründung eines beschränkt souveränen, westdeutschen Staates, veränderten sich, langsam, aber stetig, die objektiven Bedingungen für die materielle Lage vieler Familien. Subjektiv wichen die von Hilde Thurnwald beschriebene tiefe Resignation, Geducktheit und politische Enttäuschung weiter Bevölkerungskreise – freilich aus unterschiedlichen Motiven – einem sachlich orientierten (Schelsky), zaghaften Pioniergeist. Dieser war wohl besonders in den Kreisen protestantischer, mittelständischer Flüchtlingsfamilien zu finden. Wohnung, Arbeit, Gebrauchsgüter, Möbel, Kleider zu beschaffen waren vordringliche Ziele. Allerdings: Allein um Arbeit zu erhalten, mußten Familienväter wiederum langjährige Trennungen von ihren Familien hinnehmen. Der Wiederaufbau der Städte, der öffentlichen Verwaltung und Dienstleistungen, der Verkehrswege und die Aktivierung der Privatwirtschaft standen auf der Tagesordnung. Sie boten im Zusammenhang mit den genannten innerfamilialen Zielen Möglichkeiten für gemeinsame Zweckgerichtetheiten familialen Handelns. Das Grundgesetz hatte die Familie unter den besonderen Schutz des Staates gestellt (Art. 6, Abs. I GG), die Unverletzlichkeit der Wohnung garantiert (Art. 13 GG) und die Gleichberechtigung der Frau zum Grundrecht erhoben, wenn auch erst nach längeren Auseinandersetzungen. Am 18. Juni 1957 wurde das Familienanpassungsgesetz verabschiedet, es trat am 1. Juli 1958 in Kraft. Ihm zufolge konnte die Frau nun gleichberechtigt am Erwerbsleben teilnehmen, aber, so Petra Milhoffer, »das Leitbild ihrer unentgeltlichen Dienstpflicht in der Ehe, die *Hausfrauenehe*«, blieb unangetastet.[15] Die familiale Hierarchiestruktur war im Bürgerlichen Gesetzbuch festgelegt:

§ 1356: Die Frau führt den Haushalt in eigener Verantwortung. Sie ist berechtigt, erwerbstätig zu sein, soweit dies mit ihren Pflichten in Ehe und Familie vereinbar ist.

§ 1360: Die Ehegatten sind einander verpflichtet, durch ihre Arbeit und ihr Vermögen die Familie angemessen zu unterhalten, die Frau erfüllt ihre Verpflichtungen, durch Arbeit zum Unterhalt der Familie beizutragen, in der Regel durch die Führung des Haushalts; zu einer Erwerbstätigkeit ist sie nur verpflichtet, soweit die Arbeitskraft des Mannes und die Einkünfte des Ehegatten zum Unterhalt nicht ausreichen.

Die bisherigen Bestimmungen über Ehe- und Familiennamen wurden ebensowenig geändert wie der umstrittene Stichentscheid des Vaters. Letzteren revidierte schließlich das Bundesverfassungsgericht mit Urteil vom 29. Juli 1959.

1951 war die Studie »Leitbilder gegenwärtigen deutschen Familienlebens« von Gerhard Wurzbacher erschienen – eine Sammlung von Familienmonographien, die die Familie der einsetzenden 50er Jahre beleuchtet. Wurzbacher zufolge existierten in den Klein- oder Kernfamilien zu diesem Zeitpunkt mehrere familiale Leitbilder. So glaubt der Autor neben ausgeprägt patriarchalen Entscheidungsstrukturen und Mischformen eine starke Tendenz zur partnerschaftlichen Ehe-Beziehung ausmachen zu können. Partnerschaftlichkeit – vormals wohl Kameradschaft genannt – bedeutete für Wurzbacher freilich lediglich, daß die Ehefrau und Mutter also solche, die ihre Tätigkeitsbereiche betreffenden Fragen teils allein, teils gemeinsam mit ihrem Mann entschied.
Was die Kinder anbelangte, meinte der Autor, ein Schwinden starker elterlicher Verfügungsgewalt zu bemerken. Weder würden Kinder als Arbeitskräfte eingesetzt, noch als Prestigeträger oder als Ballast begriffen. Eher hieße es: alles für das Kind, es soll es einmal besser haben und *mehr werden*, oder aber: ein Kind muß von den Eltern geachtet werden und soll sich frei entwickeln können. Beide Tendenzen hielten sich, so der Autor, in etwa die Waage. Ohne hier bestreiten zu wollen, daß es freiheitlichere Erziehungs- und Lebensversuche in Familien gab, die versuchten, an die Reformpädagogik der 20er Jahre anzuknüpfen, mutet die Interpretation Wurzbachers freilich merkwürdig an. Sie wirft ein bezeichnendes Licht darauf, wie wenig die Familiensoziologie ihre eigenen Wahrnehmungsmuster, ihre eigenen soziokulturellen Werthaltungen kritisch bedachte. Tatsächlich sprechen die in dem Band dokumentierten Familienmonographien fast durchweg eine andere Sprache: Wer gehorcht, darf Achtung beanspruchen und ist im Gehorsam frei, so ließe sich der elterliche Wille jener Jahre zusammenfassen. Natürlich duldete man da und dort kleinere Abweichungen, aber im Prinzip glaubte man, Abweichung führe immer ins Chaos. Was freilich die Ausbildungs- und Berufswahl der Kinder anbelangte, zeichneten sich durchaus Dialogbereitschaften zwischen Vätern und Söhnen ab – bei den Mädchen war der Lebensweg sowieso definiert, was sollte es da zu reden geben? Bemerkenswert ist, daß die Familiensoziologie der 50er Jahre keine dem Grundgesetz gemäße Vorstellung von Gleichberechtigung zu entwickeln vermochte.
Das freilich hing nicht nur mit ihren familienpolitischen Intentionen zusammen, es hatte wohl auch theoretische Gründe. In Anlehnung an die Institutionenlehre Arnold Gehlens definierte etwa Gerhard Wurzbacher die Familie als eine »vertraute, selbstbestimmte, eigene Welt«. Und das hieß: »Der im gesellschaftlichen Getriebe einflußloseste oder als bloßer ›Funktionsträger‹ ›Entpersönlichte‹ bedeutet hier als Vater, Mutter, Kind unendlich viel und findet totale menschliche Teilnahme. Hier sind nicht die Ohnmacht des einzelnen der vorherrschende Eindruck und Abschie-

bung der Verantwortlichkeit die Folge, sondern der ständige Anruf an die ganze Persönlichkeit fordert vielseitige Entfaltung der sozialen Fähigkeiten.«[16]

Familie als Komplementärinstitution, sprich: dampfender Schoß für die gebeutelten Befehlsempfänger oder Funktionsträger, vertrug sich mit Partnerschaft nicht, im Gegenteil. Die Definition sprach aus, was faktisch wohl auch so angesagt war. Draußen ohnmächtig, drinnen Herr und schutzmächtig, man offerierte dem Mann einen individuellen Herrschaftsbereich: im Zuge des Wiederaufbaus wurden Frauen und Kinder zur Morgengabe der Gesellschaft an die Männer, mit ihnen sollten sie leben können, was ihnen das gesellschaftliche ›Getriebe‹ versagte.

Familie als privateigentümliche Nische war jedoch auch nicht unproblematisch. Längst konterkarierte die Realität das theoretische Kalkül. So entdeckte auch Wurzbacher, daß die »totale menschliche Teilnahme« offenbar zu einem ungünstigen binnenfamiliären Treibhausklima führe, ja, ständig emotionale und soziale Überforderung erzeuge. Zu bemerken sei eine »immanente Spannung zwischen Innen- und Außenverhältnis«, die zu bewältigen »im allgemeinen ein zu hohes Maß an sozialer Bildung« verlange. So beklagte Wurzbacher denn auch die »starke Isolierung« vieler Familien von der »Gesamtgesellschaft« und einen »Rückzug der sozialen Teilnahmewilligkeit und -fähigkeit fast ausschließlich auf die Familie«.

Über ein Drittel der Befragten lebe »für sich... zurückgezogen«, wolle »mit Nachbarn, der Öffentlichkeit, der Politik, mit ›den Leuten‹ nichts zu tun haben... Trautes Heim – Glück allein«, sei ihr Wahlspruch.

Dennoch, so hält Wurzbacher fest, stelle »die Entwicklung zur eigenständigen Familie in der industriellen Gesellschaft eine wesentliche soziale Leistung dar«. Sie stärke »uns in der Überzeugung, daß der moderne Mensch nicht hilflos einer wirtschaftlichen und technischen Entwicklung ausgeliefert ist, der gegenüber ihm nichts übrigbleibe, als sich ›anzupassen‹, sondern daß er imstande ist, sie zu meistern – wenn ihm die Entfaltung einer Eigenständigkeit mehrerer einander ausgleichender und ergänzender Lebenssphären durch unsere Gesellschaftsstruktur ermöglicht wird».[17] Sentimentaler konnte die zynische Absicht, die Familie politisch als Ventil zu nutzen, um den Status quo zu erhalten, nicht formuliert werden. Konsequenterweise zeigte sich Wurzbacher auch nur dort wirklich besorgt, wo eine solche humanistisch verbrämte Instrumentalisierung von Familie faktisch zu mißlingen drohte. Familie als Seelenbad und Privathaushalt: Gerade in den 50er Jahren verschaffte sich die Gesellschaft materiell, psycho-sozial und ordnungspolitisch Einlaß und beeinflußte familiäres Leben nachhaltig. In diesen Jahren setzte der Bau von durchgängig genormten Trabantenstädten in großem Maßstab ein – »Ringelsocken« der Städte genannt und zu 69% als Sozialwohnungsbau –, wurden die ersten seriell gefertigten Küchengeräte, die ersten Fertiggerichte, die Kleiderkonfektion ebenso wie der Einzug des Fernsehens in das Familienleben gefeiert. In den zumeist kleinen, dünnwandigen Wohnungen breitete sich der Stil der knappen ›funktional organischen Sachlichkeit‹ aus. Nierentisch und Tütenlampen liefen mitsamt der hell furnierten Wohnzimmergarnitur von den Fließbändern der Möbelindustrie, wurden zur ideologisch besetzbaren Mode. Die Möbel, insbesondere die Betten, präsentierten sich leicht und multifunktional. Sinn ergab nur, was nutzbar war. Vespa und Goggomobil lockten, schon erzählten die ersten Mallorca-Reisenden, ihnen sei am sonnigen Strand die ›eigene‹ Putzfrau begegnet. Das frühere Hausmädchen gehörte inzwischen zu den aussterbenden Berufen. Das Wirtschaftswunder rollte. Die sogenannte ›Freßwelle‹ zeugte von eigenartigen Bedürfnissen, Raum zu nehmen. Soziale Marktwirtschaft: Wer will, zielstrebig arbeitet und was kann, dem ist Erfolg beschieden. Man arbeitete tatsächlich wie besessen, die 48-Stunden-Woche war Wochenregelarbeitszeit, Überstunden an der Tagesordnung. Ein neuer Produktionsfetischismus breitete sich aus – selbst in Familienküchen maßen REFA-Spezialisten die Laufwege der Hausfrauen aus und empfahlen, überflüssige Körperbewegungen zu reduzieren. Folge: die Küchen konzipierte man schon am Reißbrett kleiner – die Küche verlor ihren Familiencharakter, wurde zu eng und eher eine Quelle häuslicher Querelen denn ein Ort häuslichen Austauschs. Quantitativ an Arbeit zu sparen, um qualitativer arbeiten zu können, rationaler zu produzieren, ganz in Arbeit aufzugehen und zu beweisen: Wir sind wieder wer! – diese Doktrin spiegelte sich überall. Bekanntlich sühnt Arbeit und hilft über vieles hinweg – auch über die jüngste deutsche Geschichte. »Arbeit macht frei«, oder »Laufen von Pontius zu Pilatus – bis zur Vergasung – bis das Judenknöchelchen schmerzt«: unerkannt kehrte das Verdrängte in murmelnder Alltagssprache wieder – als selbstvergessene Redewendung, stereotyp bis zum Trotz. Daß die Formeln vom Holocaust sprachen, es war tabu. Das war ›nichts‹ – Erfolg war etwas, und da lag des Pudels Kern. So mancher Heranwachsender aus nivellierter Schicht hielt dem ›alten Herrn‹ die Erfolglosigkeit von gestern vor – um alsdann türenschlagend zu verschwinden, auf dem in pausenloser Nachtarbeit selbst erarbeiteten, nagelneuen Moped – sprachlos auch er.

Allenthalben wurden jetzt Erfolgsmeldungen *gesehen*: die neuen Einrichtungen, Anzüge, der spiegelblanke VW, ein Kühlschrank, eine Küchenmaschine, eine Schleuder, neue Tapeten und vielleicht, ein Haus. Mithalten wurde zur neuen Devise, Erfolglosigkeit die neue Schuld. Da konnte es schon zu dramatischen Mißverständnissen kommen. In »Die 50er

In der Dachwohnung mit »Gelsenkirchner Barock«: Start ins Fernsehzeitalter, 1952.

Jahre – Lebensgeschichtlich ein Zwischenland« erzählt Peter Brückner eine mehr als anekdotische Geschichte:
»Da sind Leute, die gleich nach dem Krieg enttrümmert und aufgebaut haben, sie hungern, schwarzhandeln und bauen Kohlrabi an, ein Kaninchen im Stall; dann fängt ihre materielle Lage an, sich zu bessern. 1954 oder 1955 konnten sie sich schon mal die ersten neuen Möbel kaufen – Gelsenkirchner Barock, ein unsäglicher ›Stil‹, und wenn dann die ganze Familie arbeitet – Mann, Frau, der älteste Sohn – dann kriegen sie zu dritt ›ganz schön‹ was zusammen, konnten sich vielleicht eine etwas bessere Wohnung nehmen oder ihr Häuschen ausbauen (in den drei Zimmern saßen sie immer noch zu fünft und ungeheuer eng). Und dann, vielleicht 1957, kauften sie sich ein Goggomobil. Danach ging es nicht mehr weiter, *mehr* war nicht zu erreichen, für ihre Klasse nicht vorgesehen, und sie brachen zusammen – der Mann wurde schwer krank oder die Frau bedurfte dauernder ärztlicher Behandlung oder/und eines der Kinder

wurde psychiatrie- und ›fürsorge‹bedürftig, nachdem es lange ein Schlüsselkind gewesen war. Die Familie verwandelte sich in eine Szenerie von Kälte, Streß und Auseinandersetzung.«[18]
Noch 1954 verfügte jede zehnte Familie (11 %) über ein *Gesamteinkommen* von unter 250,– DM mtl. netto. Jede 4. Familie hatte ein solches zwischen 250,– und 400,– DM. Nur ein knappes Drittel der Familien hatte ein Gesamteinkommen von über 600,– DM. Fast jeder fünfte *Haushaltungsvorstand* verfügte über ein Einkommen von unter 250,– DM (18 %) und mehr als ein Drittel verdiente zwischen 250,– und 400,– DM und nur jeder vierte hatte ein Einkommen zwischen 400,– DM und 600,– DM (23 %). Nur jede zweite Frau hatte ein Einkommen über 250,– DM, d. h. die meisten *Mutterfamilien* vegetierten am Rande des Existenzminimums dahin. Immer mehr Mütter verdienten mit. Nach Kuczinsky[19] gab es 1957 rund eine Million Familien, in denen die Frau hauptberuflich außerhalb des Hauses tätig war. Dazu wußte z. B. die Bundesregierung nur die Befürchtung auszudrücken, »daß durch die Berufstätigkeit der jungen Ehefrauen nicht nur die Geburten hinausgezögert werden, sondern daß die Geburtsfreudigkeit überhaupt abnimmt«.[20] Tatsächlich blieb das generative Verhalten – wie es so schön heißt – bis 1953 rückläufig und begann erst 1954 wieder zuzunehmen. Im Jahre 1957 wurde der höchste Stand der Lebendgeborenen seit dem Krieg (außer 1949) erreicht. Es kamen auf 1000 Einwohner 17 Geburten, wobei die allgemeine Tendenz zur Ein- oder Zweikinderfamilie faktisch, Zweikinderfamilie ideell ging. 1950 wurden 84 % Erstgeborene während der drei ersten Ehejahre geboren. 1956 waren es nur noch 77 %, wobei anzumerken ist, daß die bundesdeutsche Müttersterblichkeit bis in die 70er Jahre hinein und im Vergleich zu anderen europäischen Ländern skandalös hoch war.
Die realen Verhältnisse waren also für viele Familien keineswegs so rosig, wie es die Propagandareden vom Wirtschaftswunder glauben machen wollten. Der Produktfetischismus war auch ein Zeichen des Mangels und scharfer sozialer Konkurrenz. Verschwiegen wurde, daß häufig genug die Not zur Konzentration auf den Erwerb, zu familienfeindlichen Akkord-, Schicht- und Nebenarbeiten, zu Überstunden in allen Branchen zwang. Freilich, *subjektiv* wurde gearbeitet, um die Familie zu erhalten und vorwärtszubringen, um Verlorenes wiederzugewinnen oder gesellschaftlich aufzusteigen, anders und besser und freier als etwa in der ›sowjetisch besetzten Zone‹, gegen die schließlich so viele ›mit den Füßen abstimmten‹. Zu kurz dürfte dabei das familiäre Leben selbst gekommen sein – nicht zuletzt auch deshalb, weil sich Not und Mangel in ihrer gesellschaftlichen Bedeutung wandelten. Die Not wurde mehr und mehr zum Konsumzwang selbst, weil die konsumable Finanzpotenz einer Familie mehr und mehr ihren schichtspezifischen Status definierte. Die Konsumkraft zog

soziale Anerkennung auf sich. So geriet auch die Familie selbst, das »positive Bildzeichen Familie« zum Privateigentumsersatz. Ob eine Ehefrau ›mitarbeiten‹ *mußte* oder nicht, wurde zur Prestige- und sozialen Zugehörigkeitsfrage.

Das *Haben* einer Familie, einer modernen Familie, wurde selbst zum Statuskriterium – und entschädigte für so vieles. »Wir sind glücklich – über unser Graetz-Radio« verkündete denn auch eine flotte, eine jung-dynamische Kleinfamilie von großformatigen Werbeplakaten. Mutter und Sohn strahlen den Vater in hierarchischer Ordnung von unten nach oben hin an. Er, breitschultrig und ganz die graue Eminenz, wendet dem/der Bildbetrachter(in) Rücken und Hinterkopf zu.

Modern ist nur das Design. Glück hat dinghaften Charakter. Es korrespondierten also die Universalität des Tauschprinzips (Adorno) mit verschärften innerfamilialen Refeudalisierungen im Verhältnis Mann–Frau und Eltern–Kinder, wobei die Söhne das Feudalverhältnis des Vaters zur Mutter rasch verinnerlichten – und kopierten. Stoff also für weitere innerfamiliale Konflikte, die folgerichtig 1961 zu einer gesetzlichen Erschwerung der Scheidung führten.

Wie sich dies alles im familiären Leben selbst ausdrückte, beschreibt der Familiensoziologe Rolf Fröhner. 1956 vermeldet er in einer umfangreichen Studie bestürzt, in bundesdeutschen Familien zeige sich – neben der »Verpersönlichung des Familienlebens« – eine zunehmende »Personifizierung der Störungen und Hindernisse im Familienleben.«

Zwischenmenschliche Konflikte, berufliche Sorgen und Nöte, Wohnraumbeengung, Geldmangel, unzureichender gesellschaftlicher Aufstieg oder gesundheitliche Störungen führten Familienmitglieder »zum großen Teil auf Personen, vor allen Dingen auf die Ehepartner zurück«. Realitätsverlust und Schuldzuweisungen breiteten sich demzufolge aus, d. h. die mangelnde Einsicht in objektive Strukturen und Einflußfaktoren gingen mit der Überschätzung individueller Möglichkeiten einher. Gleichzeitig sei ein »innerfamiliarer Drang zum ›Beisammensein‹« auffällig, obwohl die »Unfähigkeit, tatsächlich etwas gemeinsam zu tun«, ständige emotionale Brüche und Enttäuschungen erzeuge. Die Einsamkeit aber wirke wesentlich öfter belastend, als umgekehrt die mangelnde Möglichkeit, sich abzusondern und etwas allein zu tun: »Der Wunsch nach Gesellung«, so faßt der Autor das Ergebnis seiner Forschung zusammen, »ist einerseits ein Streben nach Herstellung menschlicher Kontakte und andererseits ein Ausweichen oder gar eine Flucht vor der Leere der Einsamkeit. Es scheint, daß der negative Aspekt der Gesellung, diese ›Flucht vor der Einsamkeit‹, einen wesentlichen Einfluß auf die Gesellungswünsche der Menschen der Gegenwart ausübt.«[21]

Tatsächlich, die Leistungsgesellschaft und die von ihr permanent veröf-

fentlichte Ideologie von der Familie als Ort der »totalen Teilnahme«, legte binnenfamiliär ihre Leimruten aus. In der Familie – ihren Mitgliedern kaum gegenwärtig als feudales Relikt, basierend auf dem Prinzip des ›Blutes‹, der natürlichen Verwandtschaft, dem Inzest-Tabu und der faktischen Leibeigenschaft der Ehefrau und der Kinder – stießen die Widersprüche brutal zusammen. Humanitätsansprüche und die Erwartungen, wenigstens hier emotionale Bedürfnisse nach Liebe, Zuwendung, Verständnis *jenseits* von Leistung, Status und Konkurrenz befriedigen zu können, brachen sich in der Doppelnatur von Familie. Ohne auf Leistung zu schielen oder Leistung zum Maßstab ihrer – wie man heute sagen würde – Beziehungsarbeit zu machen, sollte Familie als privat wirtschaftender Haushalt, als Sozialisationsagentur *und* Reproduktionsstätte für eben jene Fähigkeiten zur Konkurrenz, zur Anpassung und Leistung leistungsfähig sein.
Dieser – bis heute gültigen – Quadratur des Kreises, diesem in den 50er Jahren besonders harten Druck von innen und von außen zeigten sich denn auch die wenigsten Familien gewachsen.
Sie entwickelten relativ spezifische Unterdrückungsinstrumentarien nach innen und sonderten nach außen eine sonderbare Sentimentalität und Seelenseichtigkeit des normiert ›Guten‹ ab: Es sind dies die Ingredienzen des Familienschweißes der 50er und auch noch 60er Jahre, die durch die Poren der Fassaden drangen. Sie verliehen den Neubauten jene besondere Patina, die sie heute noch so unheimlich-heimlich wirken läßt.
Im Kulturleben der 50er Jahre induzierte dies eine sonderbare Eindimensionalität. Mit ihr gingen – wie im familiären Leben selbst – regelrechte öffentliche Konfliktverbote einher. Der Kulturkonsum – vom »Spiegel« als »Taschenbuch-Dramatik und Heide-Romantik« ironisiert – ist allerdings, genauer besehen, selbst nur Code, und zwar Code der Kollisionen. Alle Kollisionen prinzipieller Art verschweigend, wirkt er erdrückend, wenn nicht atemberaubend beredt. Filme wie »Grün ist die Heide«, »Sissi«, »Die Försterchristl«, aber auch »Des Teufels General« führten in *qualitativer Steigerung* das vor, was Otto Brunner als die »spezifische Gefühlsbetontheit« heraushebt, die »mit der Aufspaltung des ganzen Hauses in Betrieb und Haushalt« der »Rationalität des Betriebes die Sentimentalität der Familie entgegenhalte«.[22] Diese qualitative Steigerung taumelte dabei ihrem eigenen Widerspruch nicht zufällig in puncto »Sexualität« zu: Der Film »Die Sünderin« veranlaßte z. B. 1951 biedere RCDS-Studenten zu spektakulären Unbotmäßigkeiten. In Tübingen sprengten sie kurzerhand (und mit geschlossenen Augen) die Filmvorführung. Anlaß war, daß wenige Sekunden lang ein als nackt *vorstellbarer* Frauenkörper auf der Leinwand zu sehen war. Die »Aktion saubere Leinwand«, in den 50er Jahren von dem katholischen Rechtsanwalt, Abge-

ordneten und Minister Adolf Süsterhenn initiiert und bis in die 60er Jahre künstlich beatmet, reproduzierte das so gewaltsam Verdrängte gleichfalls. Die »Heile Welt« betätigte sich unablässig als eine riesige Ausgrenzungsmaschinerie. Überall witterten paranoiagebeutelte Mittelständler schmutzigen Unrat. Der Sauberkeitswahn tobte auf allen kulturellen Ebenen. Daß manifeste Sprachverbote einhergingen und kritische Stimmen als »Brunnenvergifter« (!) und »Nestbeschmutzer« (!) öffentlich stigmatisiert wurden, liegt dabei auf einer Ebene. Allein der Sprachgebrauch zeigte die familial aufgeladene Überemotionalisierung an. Frauen und Mädchen – die adrette, pferdebeschwänzte, punktierte und eng taillierte Kindsweiblichkeit und die unscheinbare ›Dame‹ bezeugen dies – waren »zu beschützen, zu behüten, heilig zu halten«.

An diesem Punkt bot sich der Konsum als Ausweg an, vermittelt über die Propaganda aus der Warenwelt. Die Strumpfindustrie zeigte als erste ›nackte‹ Beine, die torsogleich im Bilde schweben. Das von Industrie, Bürokratie, Kultur und Familie Ausgegrenzte verschob sich in die Bereiche der Warenwelt und kehrte dort, freilich fast unkenntlich, als orale Kauflust wieder.

Nicht zuletzt deshalb schwand die Notwendigkeit, sich weiterhin genauer mit Familie und familiären Lebensformen zu beschäftigen. Die Befriedung schien geglückt und für Schelsky war annehmbar, daß »gerade durch die schwere Wandelbarkeit und das tiefe, begründete Beharrungsvermögen« die Institution Familie »Restbestand einer erhöhten Stabilität in einer solchen Welt bildet, deren umfassendere und öffentliche Gebilde sich zur Zeit in einer stetigen Krise und ihrerseits auf der Suche nach neuen Stabilitätsfaktoren befinden«.[23]

Die Kühlschrank-Waisen

In den 60er Jahren standen die Definitionsmerkmale der modernen Familie fest: hohe Mobilität, Funktionsverlust als Produktionsstätte, Reduktion auf die Kernfamilie, Privatisierung und Partnerschaftlichkeit. Zeitweise bewegte das Problem der ›Schlüsselkinder‹ die Öffentlichkeit heftig. In diesem Zusammenhang veranlaßte das ›Für und Wider‹ um mütterliche Berufstätigkeit, Soll und Haben zu überschlagen. Doch die nach wie vor prosperierende Wirtschaft versprach, mit steigendem Wohlstand und schwindendem Nachholbedarf der Konsumentengruppe »Familie«, auch dieses Problem zu lösen. Diverse Untersuchungen vermeldeten zudem Beruhigendes: Berufstätige Mütter arbeiteten nur mit größtem Schuldbewußtsein ihrer Familie gegenüber und identifizierten sich selten mit ihrer Berufstätigkeit. Die Familien als Freizeit- und Konsumenten-

Eine der als anstößig empfundenen Szenen aus dem Film »Die Sünderin« mit Hildegard Knef in der Titelrolle.

gruppen schienen ihr Bestes zu tun. Die Do-it-yourself-Bewegung versprach neuerlichen familiären Funktionszuwachs, die Möglichkeit für Väter nämlich, ihren (männlichen) Kindern Sachwissen zu vermitteln und so ihre Autoritätsstellung zu verbessern. Die These Schelskys von der nivellierten Mittelstandsgesellschaft schien erwiesen, die gesellschaftliche Orientierung quer durch alle Schichten und Klassen auf Leistung und Erfolg hin fest verankert.

In diese Welt platzte dann 1964 der publizistische Alarm von der »deutschen Bildungskatastrophe« (Georg Picht) und stieß offenbar auf ein längst verbreitetes, latent wirksames Unbehagen. Das Selbstverständnis der Nachkriegsbildungsinstitutionen, »für die Begabten« und »nicht für die Begüterten« da zu sein, stimmte in keinem Punkt mit der Realität überein. Die Quote der Arbeiterkinder an den Universitäten war mit 6% äußerst gering. Die BRD drohte, auch was die berufliche Qualifikation und die Allgemeinbildung ihrer Bevölkerung anbelangte, hinter die Standards ihrer westlichen Nachbarn zurückzufallen. Industrie, Staat und gesellschaftliche Großorganisationen bangten plötzlich um Nachwuchs und sahen sich mit gesellschaftspolitischen Legitimationsproblemen konfrontiert: Der freie deutsche Westen, eben doch die alte Klassengesellschaft? Bildungs- und Politikabstinenz der bundesdeutschen ›Ohne-Michel‹ schienen – wie man schuldsuchend bald vermutete – Hand in Hand zu gehen. Nicht zufällig führte die Spur, sorgfältig an dem westdeutschen Bildungssystem vorbei, hin zur Familie. Wie vor nicht ganz zwei Jahrzehnten der allgemeine Mangel der familiären Situation Aufmerksamkeit eingetragen hatte, so jetzt – besonders von konservativer Seite – der ›Wohlstand‹ und dessen Folgeprobleme. Die zuvor gelobte »Zweckgerichtetheit« und »Sachlichkeit« geriet nun ins Zwielicht, als sich steigernder Wunsch »nach dem ›Mehr‹, nach dem ›Besseren‹, nach dem ›Größeren‹«.[24] Wissenschaftler empörten sich über »Mißbrauch« von Freizeit in Arbeiter- und unteren Mittelstandsfamilien: Mißbrauch deshalb, weil diese Familien »den Gewinn an freier Zeit nicht dazu benutzen, sich in zweckdienlicher Weise zu erholen, sich fortzubilden oder sich im Dienst allgemeiner oder überpersönlicher Interessen zu betätigen«. Ja mehr noch: »Die Demokratisierung der allgemeinen Lebensbedingungen und die Nivellierung der Konsumgewohnheiten, die früher schicht- und einkommensmäßig differenziert waren«, hätten »in Verbindung mit Werbung und Reklame, die alles allen zu bieten scheint, eine Steigerung der Lebensansprüche in allen Schichten« zur Folge gehabt. »Das ordentliche Arbeitseinkommen der Familie« werde »häufig überfordert« und zwinge »zu zusätzlichen Verdiensten«, die »nach Art und Ausmaß desintegrierend und desorientierend auf die innere Struktur und das Leben der Familie« wirken.[25] Die Studie von Richard Wolf, eine der ersten schichtspe-

Freizeit: Familienporträt vor einem Statussymbol (1963).

zifischen Untersuchungen, hatte 1962 ergeben, daß, gemessen an den Konsum*wünschen* das Einkommen von Arbeiter- und unteren Angestelltenfamilien nicht reichte. Zur Standardausrüstung zählten breite Bevölkerungskreise den Besitz von Radio, Plattenspieler, Tonbandgerät, Waschmaschine, Kühlschrank, elektrischen Küchengeräten.
87,5 % der Industriearbeiterfrauen arbeiteten mit. Die Männer machten Überstunden, daneben übernahmen sie Reparaturarbeiten bei Nachbarn und Freunden.
Das durchschnittliche Einkommen betrug bei gelernten Arbeitern – je nach Qualifikation und Akkord – zwischen 410,- und 600,- DM netto. Wunsch und Wirklichkeit: Nicht wenige der befragten Arbeiter gaben an, mit dem Geld aus Nebenverdiensten ihre morgendliche Betriebsbrotzeit, Tabak und Getränke kaufen zu müssen. 35 % hatten 1961/62 ein Auto und 38,5 % Fernsehen. Letzteres nahm bereits Anfang der 60er Jahre einen breiten Raum im familiären Leben ein, heftigen Widerstand gegen das neue Medium leisteten wohl vor allen Dingen bildungsbürgerlich geprägte Familien. In großstädtischen Arbeiterkreisen und auf dem Land waren damals noch die Fernsehgemeinschaften mehrerer Familien üblich, wie sich überhaupt Geselligkeit und Geselligkeitsformen signifikant von Angestelltenfamilien unterschieden. Nachbarschaftskontakte in so-

zial relativ homogenen Wohngegenden waren häufiger, lockerer im Umgang und dichter. Verwandtschaftsverhältnisse wurden stärker gepflegt. Im Unterschied dazu pflegten Angestellten-Familien eher den gezielten Umgang mit Freunden und Bekannten, der »wesentlich konventioneller und unter Wahrung der Intimsphäre« verlief. In diesen Kreisen dürfte auch das familiäre Konkurrenzsyndrom sehr viel stärker ausgeprägt gewesen sein, d. h. der permanente Zwang, die eigene Familie positiv von allen anderen abzuheben, eine der prägnantesten Ursachen familiärer Isolation. Angestellte konservierten, häufiger lesend, den traditionellen Bildungsbegriff auch als Abgrenzungsmöglichkeit nach außen, währenddessen Arbeiterfamilien »alles, was ihnen in Bild, Wort und Ton zu Augen und Ohren kam, für weiterbildend« hielten. Auch im Verhältnis zu den Kindern zeichnete sich ab, daß die Krise der väterlichen Autorität damals eher ein Mittelstandsproblem gewesen sein mag und die Konstitution der traditionell bürgerlichen Familie betraf, die sich mehr und mehr im Umbruch befand. Nach der Untersuchung von Richard Wolf beschäftigten sich Arbeiterväter an Wochenenden eher mit ihren Kindern als Angestellte. Diese benutzten ihre freie Zeit häufiger für sich und überließen ihren Frauen die Kinder, bzw. die dankbare Aufgabe, ihnen die Kinder fernzuhalten. Wie jedoch die Arbeiterväter mit ihren Kindern umgingen, darüber gibt die Studie keine Auskunft. Anzumerken bleibt, daß auch in den 60er Jahren – freilich hinter vorgehaltener Hand – von häufigen Kindesmißhandlungen erzählt wurde. Betroffen waren Kinder und Jugendliche aller Schichten. Daß die Prügelstrafe an den Schulen erst 1971 verboten wurde, mag da für sich und die Vermutung sprechen, daß das familiäre Spannungspotential in den damaligen Mittelstandsfamilien höher war als in vielen Arbeiterfamilien. Die soziale Isolation, die krampfhafte Statusabgrenzung und Konkurrenz nach außen, die emotionale Erwartungshaltung untereinander bei gleichzeitiger starker Regelhaftigkeit, Konventionalität und Problemtabuisierung im innerfamiliären Umgang: All das dürfte die Konflikte zugespitzt und die familiäre Identität wesentlich schärfer bedroht haben. Die Irrationalität der Verhaltenskodices war sichtbarer. Selbst kaum zu begründen, mußten sie vor allem den Kindern gegenüber imperativ durchgesetzt werden, und das sollte nicht ohne Folgen bleiben.

Die damalige Familiensoziologie widmete demgegenüber ihre Aufmerksamkeit verstärkt den Arbeiterfamilien und hob Fragen der Sozialisation, Rollenverteilung, Sprach- und Wertvermittlung in den Problemstatus. Damit betrat sie relatives Neuland, aber in gewohnter Weise: Die »Ausscheidung der eigentlich ökonomischen Fragen, der nach dem tragenden Produktions- und Reproduktionsprozeß der Gesellschaft, der den sogenannten Formen der Vergesellschaftung ihr Leben einbläst«, führte

sie, so Adorno, »bis zur Verdünnung der soziologischen Problematik« und zur Fetischisierung des Rests der »zwischenmenschlichen Beziehungen«.[26]
Andernorts siedelten auf zäh kulturpessimistischer Ebene die Klagen um den unheilvoll zerstörerischen Einfluß von Fernsehen, Comic-strips und seichter Schlagerwelt. Noch ahnte niemand, daß es noch ganz anders kommen sollte: Mit der Beat-Generation und der die Welt der Erwachsenen allseits beunruhigenden ›Gammler‹-Bewegung tauchten wenig später völlig neuartige habituelle und wertbestimmte Züge unter Jugendlichen auf. Die schmerzvolle Einsicht lag nahe, daß *das* keine Neuauflage der ›leichten Halbstarkenkrawallerie‹ zu James Deans Idolzeiten mehr war. Deren motorisierte Männlichkeitsrituale hatten immerhin noch altvertraute Charakteristika. Pilzköpfe und Uni-look aber, die den generellen Angriff auf die ›Zahnbürste‹ – *das* Symbol nachkriegsbürgerlicher Sozialisationshygiene – anzeigten, kündeten auch von den ersten manifesten Rissen im Gestrüpp von Leistungsdenken, Lebensaskese, Statusideologismen und gesellschaftlicher Mimikry: Dem Erbe von Nationalsozialismus und dessen Nachkriegsverdrängung. Mit der neuen Jugendbewegung – so unpolitisch sie zunächst auch immer war – deutete sich an, daß die Leistungsgesellschaft unglaubwürdig geworden war und an ihre Grenzen geriet. Nicht zufällig fiel das Ende der ökonomischen Rekonstruktionsperiode der westdeutschen Wirtschaft in dieselbe Zeit. Man war verunsichert. Was war in den Familien los?
Harsche Antwort kam wenig später von seiten der Studentenbewegung, allerdings auch auf für deutsche Wissenschaftler und Kulturschaffende unbekanntem Terrain: der Praxis! In Berlin entstand ein Alternativentwurf zur Familie und zur Familienidee des Bürgertums. Dieses Gebilde machte als Kommune I bundesweite Schlagzeilen und leitete die Gründung vieler Wohngemeinschaften ein. 1975 wurde ihre Zahl inoffiziell auf etwa 80000 geschätzt.[27] Eine ganze Republik erregte sich angesichts nackter Kommunard(inn)en und wenig später flüchtete selbst Altmeister Adorno – bewaffnet mit Aktentasche – vor barbusiger Weiblichkeit vom Katheder. Folgende Thesen – entwickelt in der bislang nicht hoffähigen Tradition von Sigmund Freud, Wilhelm Reich, Max Horkheimer und Theodor W. Adorno – kündeten von der Generalabrechnung mit der Familie:

- Die Verdrängung der genitalen Sexualität (vom Säugling an) erzeugt autoritätsgläubige, untertanenhafte Charaktere. Sie garantiert damit die Aufrechterhaltung der herrschenden gesellschaftlichen Verhältnisse, Herrschaftsstrukturen und Produktionsverhältnisse. Der autoritär strukturierte Mensch ordnet sich ihnen – wenn auch oft widerstrebend – unter und erfüllt in ihnen systemerhaltende Funktionen.

- Die sexualverneinende Psychostruktur erzeugt die Disposition zu entfremdeter Arbeit. Ohne entfremdete Arbeit würde das ökonomische, auf Produktions- und/oder Profitmaximierung ausgerichtete System der Warenproduktion zusammenbrechen.
- Die sexuelle Unterdrückung vermindert die Kritikfähigkeit und ermöglicht die Ideologisierung des Bewußtseins mit Inhalten, die den wahren Bedürfnissen entgegengesetzt sind.
- Die gesellschaftliche Institution zur Unterdrückung der Sexualität ist die bürgerliche Familie... Die Erwachsenen sind durch die Gebote von *Monogamie* und ehelicher Treue sowie durch das *Postulat der Lebenslänglichkeit* der Ehe sexuell eingeschränkt.
- Die Dreieckstruktur der Familie (Vater-Mutter-Kind) nimmt für das Kind die Autoritätsstruktur der Gesellschaft vorweg. In der Familie übt das Kind die *Anpassung an autoritäre Hierarchien* ein, verinnerlicht die Realität der Herrschaft von Menschen über Menschen, des ›Oben‹ und ›Unten‹, des Befehlens und Gehorchens.
- Der Mann erhält in der Familie ein besonderes Herrschaftsreservat, das seine Beherrschung durch Übergeordnete am Arbeitsplatz kompensieren soll. Der autoritäre Charakter (Gehorsam nach oben, Befehlen nach unten) kann sich erst unter dieser Bedingung voll entwikkeln.
- Die Herrschaft des Mannes über die Frau produziert aus sich selbst heraus die Beherrschung des Mannes durch die Frau. Aus materiellem Familien- und Selbsterhaltungstrieb erzwingt die Frau ein auf Anpassung, Absicherung der gesellschaftlichen Position und sozialen Aufstieg gerichtetes Verhalten des Mannes am Arbeitsplatz und wirkt jedem Rebellionsdrang entgegen.[28]

Selbstverständlich vermochte weder die Familiensoziologie noch die Gesellschaft solcherlei Generalabrechnungen zu folgen. Das ging entschieden zu weit. Doch die Praxis des »Andersdenkens und Anderswerdens« erwies die Familien als genau das, was von ihnen behauptet wurde: Gegenüber ihren Kindern *beklagten* sie ihr *Versagen* als repressive Anpassungsinstanz an den gesellschaftlichen Status quo, als Einübungs- und Konditionierungsmaschinerie oder, anders ausgedrückt: als Erziehungseinrichtung zur Anerkennung gesellschaftlicher Produktion und privater Aneignung. Kaum geklagt, schlugen sie zu und machten ihrem Ruf doppelt Ehre. Es wurde klar, wenn es die Familie nicht gäbe, sie müßte erfunden werden. Für Jahre rückte der Herrschaftscharakter des scheinbar so Unpolitischen und Privaten ins Zentrum emanzipativen Denkens und damit das, was die Familiensoziologie so sorgsam aus jeglicher Thematisierung ferngehalten hatte: die polit-ökonomische Dimension. Auf dieser

Folie konnte erstmals reflektiert werden, wie normengeleitet die Familiensoziologie vorging und wie weit internalisierter Triebverzicht Familie und Familiensoziologie inhaltlich verband. Ersatzbefriedigung war hier wie dort die Kehrseite des Triebverzichts. Erst der Kritik zeigte sich die *spezifische* Wohlstandsentwicklung der bundesdeutschen Nachkriegsgesellschaft als Verweigerung dessen, was die bürgerliche Gesellschaft seit ihrer Existenz stereotyp versprach und nie einzulösen vermochte: die Emanzipation zum allseits entwickelten Individuum – zur Freiheit, nicht zur Freizeit.

Öffnungen

Die Thesen der Studentenbewegung und die wenige Jahre später – u. a. in Reaktion auf deren habituellen Patriarchalismus[29] – entstandene Neue Frauenbewegung artikulierten gesellschaftliche Spannungen und Brüche im familiären Leben. Sie bewirkten aber ihrerseits eine breite Öffnung der Diskussion um Familie, familiäre Lebensformen und familienbestimmte Werthaltungen. Als real besonders veränderungsanfällig zeigten sich dabei Teile des Mittelstandes: Die Ritualisierungen um Verlobung, Heirat, Geburt und Tod bröckelten ab, die Wohnkulturen tendierten zu größerer Flexibilität und die traditionelle Einteilung in Wohn-, Schlafzimmer und Küche begann sukzessiv dem Konzept ›ein Zimmer für jedes Familienmitglied‹ zu weichen. In finanziell besser gestellten Familien traf man sich jetzt im integrierten Wohnraum, dem Zentrum der Wohnung. Traditionelle Feste wie Weihnachten, Ostern und Pfingsten verloren mehr und mehr ihren religiös-familiären Sinn, wurden zu Urlaubstagen, nicht eben selten zu Reisen genutzt. Im Eltern-Kind-Verhältnis wich – zumindest dem Anspruch nach – der Imperativ einer Suche nach Verständnis und Vertrauen, lockerten sich die Erziehungsstile, auch die Erziehungsinhalte: Selbständigkeit, Kritikfähigkeit, Toleranz und Kommunikationsbereitschaft durchmusterten die Werthorizonte, freilich noch zaghaft, da wenig geübt.

Wieviel für Eltern und Kinder zu lernen war, zeigte sich in der Kinderladenbewegung. Da wie anderswo stieß sich hehres Wollen und Wünschen zu häufig an Geschichte und Gegenwart, brach sich das Erkannte in den Tiefenregionen der Schädigungen und Verletzungen, die die Eltern als Kinder davongetragen hatten. *Diese* Eltern waren einst Kriegskinder, waren aufgewachsen im beschriebenen Treibhausklima der 50er und 60er Jahre und hatten das Widersprüchliche – je nach Sozialstatus – mehr oder weniger verinnerlicht.

Angriffsziel der Neuen Frauenbewegung war der Biologismus in der

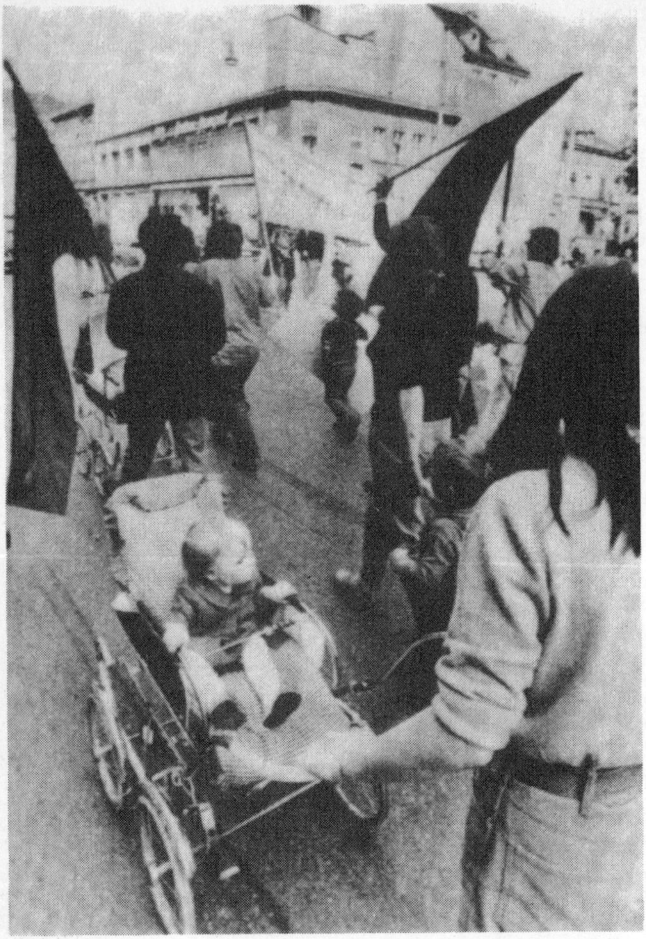

Eine Politisierung der Frauenfrage: Kinderwagendemonstration in den 60er Jahren.

sozialen Definition weiblicher Rollen und damit das feudale Relikt nichtgratifizierter Haus- und Erziehungsarbeit des Geschlechtswesens Frau: Der kleine Unterschied und die großen Folgen, wie es Alice Schwarzer nannte. Biologische und soziale Mutterschaft in eins zu setzen, ließ sich so ohne weiteres nicht mehr halten; Blutsbande und Verwandtschaftlichkeit als gleichsam naturgegebene Begründungsmerkmale der bürgerlichen Familie verloren ihren als selbstverständlich genommenen Charakter. Sie konnten nicht mehr – nach allen Erfahrungen – als Bedingung zur Möglichkeit gegenseitigen Verständnisses, Kommunikationsbereitschaft und gemeinschaftlicher Selbstverwirklichung gelten.

Familie nein? Gruppe ja? Aber wo liegt da der Unterschied? War Familie nicht auch eine Gruppe? Zwar eine biologisch miteinander verwandte Gruppe, aber eben eine Gruppe – neben anderen Gruppen? Und wie ist sie als Gruppe existent? Diese Fragen rückten die Gruppe »Familie« neu ins Blickfeld. Die Aufmerksamkeit galt nun mehr der *Struktur* dieser Gruppe, ihrem materiellen, interaktiven, sozialen Beziehungsgeflecht und den Räumen, die sie so den einzelnen Familienmitgliedern bot oder eben nicht bot. Es entstand eine neuartige Familienforschung, die – anders als die Familiensoziologie vergangener Tage – Konzepte soziopsychologischer Familienberatungen erarbeitete. Dreh- und Angelpunkt wurde das, was der Familienforscher Klaus Wahl 1973 so formulierte: »Ehe, Familie und Erziehung in der Familie werden in der kritischen Öffentlichkeit nicht mehr als ›Selbstverständlichkeiten‹ hingenommen, sondern auf ihre Angemessenheit zur Befriedigung der Bedürfnisse und Interessen der Betroffenen hin befragt und gegebenenfalls als modifizierbar betrachtet.«[30] Und, auch das ein Novum, so der Psychoanalytiker und Arzt Horst Eberhard Richter in dem wegweisenden Band »Familie und seelische Krankheit«: »Es liegt an einer allgemeinen Wandlung des Lebensgefühls, daß der Mensch in sein seelisches Wohlbefinden bzw. in sein seelisches Leiden in zunehmendem Maße seine Umweltverhältnisse einschließt. Es ist ihm mehr als früher bewußt, daß sein innerer Zustand unmittelbar verflochten ist mit seinen Beziehungen zu anderen Menschen und zu seiner sozialen Lage allgemein... Paartherapie, Familientherapie, Gruppentherapie und Sozialtherapie sind teils Ausdruck, teils Resultat solcher tiefgreifender Modifikationen des allgemeinen Selbstverständnisses.«[31]

Solche Neubewertungen reflektierten einen wohl tiefgreifenden Wandel. Sie modifizierten die Bestimmung der Funktion familialer Sozialisation aus der Sicht von Familien. Sie wollten – jedenfalls dem Anspruch nach – nicht mehr autoritäre Charaktere heranziehen, sondern Menschen mit aufrechtem Gang, selbstbewußte und widerständige Individuen, die nicht kuschen. Familie und Sozialisationsziele drohten, sich gegeneinander zu kehren. Zeitweilig erhoben sich auch Stimmen, die es nicht mehr für legitim hielten, überhaupt noch in Kategorien einer Funktionalität von Sozialisation zu denken. Eine solche Denkweise degradiere ein ›Leben mit Kindern‹ zum Objekt des gesellschaftlichen, des ökonomischen, des staatlichen Kalküls. Alle diese Diskussionen veränderten Legitimitäten und das hieß: die Basis geltenden Rechts, jedenfalls nach idealrechtstheoretischer Bestimmung. Auch das konnte nicht ohne Folgen bleiben. Schon 1973 stellte eine im Auftrag des Bundesministeriums für Familie, Jugend und Gesundheit erstellte Expertise zwei Fragen an den Gesetzgeber, die zu stellen noch vor 10 Jahren undenkbar gewesen war:

- Was rechtfertigt die öffentliche und rechtliche Bevorzugung einer bestimmten Familienform?

und:

- Ist es nicht im Gegenteil die dem Grundgesetz angemessene Verpflichtung des Staates, die erheblichen (und keineswegs selbstverschuldeten) Schwierigkeiten aller familialen Gruppen in unserer Gesellschaft zu erleichtern?

Neu war auch die Interpretation, daß das Grundgesetz Familienschutz nicht nur für eine bestimmte Familien*form* vorsehe. Erstmals mußte der Staat zur Kenntnis nehmen, daß das herrschende Bild von Familie und staatlich legitimierter Ehe andere Formen von Lebensgemeinschaften ins Dunkel des illegitim Randständigen verwiesen und diskriminiert hatte, wie z. B. die seit den 50er Jahren weitverbreitete Onkel-Ehe.

1975 – die Reformära der sozialliberalen Koalition wirkte noch – wurde es schließlich offiziell – wenn auch mit Abstrichen. Der zweite Familienbericht der Bundesregierung hob heraus, daß die Familie eine »Gruppe besonderer Art« sei, deren »Begriff... die Besonderheit der Eltern-Kind-Beziehung eindeutig« zu erfassen habe, doch solle das Untersuchungsfeld nicht mit einem zu engen Begriff von Familie eingeschränkt werden.[32] Familie, das umschließe alle Formen privaten menschlichen Zusammenlebens mit Kindern. Die Eheschließung bleibe freilich die formale Grundlage, um als Familie ein »Anspruchsrecht sozialen Charakters» gegenüber Staat und Gesellschaft geltend machen zu können.

Trug dieser zweite Familienbericht auch alle Zeichen harter politischer Auseinandersetzungen mit konservativen Kräften, denen schon die 1970 erfolgte Gleichstellung unehelicher mit ehelichen Kindern zu weit gegangen war, so bedeutete er doch einen Schritt voran. Erstmals überhaupt war die Rede von einem »Anspruchsrecht sozialen Charakters«. Dieses Recht versprach, den grundgesetzlich verbrieften, besonderen staatlichen Schutz für die Familie, materiell mehr aufzufüllen, als es der spärliche Familienlastenausgleich als Beigabe zur bisherigen Familienideologie getan hatte. 1975 führte die sozialliberale Koalition ein einheitliches Kindergeld ein und erhöhte es in den folgenden Jahren mehrmals. Andere Gelder, wie BAFöG für Schüler und Studenten etwa, sollten mehr Chancengleichheit für sozial schwächere Familien herstellen. Und es tat auch wirklich not, Mehrkinderfamilien waren auch in den 70er Jahren materiell nicht auf Rosen gebettet, viele Kinder konnte sich kaum jemand ›leisten‹.

Doch es gab noch ganz andere massive Probleme in und um Familien herum, die sich schleichend verschärften und staatliches Handeln zwingend erforderten. Die Doppel- und Dreifachbelastung so vieler Frauen, ihre eklatante Diskriminierung im Sozialversicherungs- oder Scheidungsrecht und die Tatsache, daß verheiratete Frauen keine vollen Bürgerrechte qua Familienrecht hatten: kurz, die Männerzentrierung machte Ehe und Familie für immer mehr junge Frauen unattraktiv. Waren die Kinder aus dem Haus, sahen vielfach auch ältere Frauen keinen Grund mehr, Tisch, Bett und Leben mit einem Mann zu teilen. Sie strebten nach ökonomischer und sozialer Selbstbestimmung.

So kletterten die Scheidungsziffern, die der Geburten aber sanken, dank Pille und trotz einer immer noch unverhältnismäßig hohen Quote von ›Mußheiraten‹ – was auf bestimmte Verhältnisse ein bezeichnendes Licht warf. Hinzu kam ein anderer, wichtiger Faktor:

Streß, höhere Leistungsanforderungen, stärkere Einbindungen in industrielle Rationalitäten und das Gefühl, zu wenig vom Leben zu haben, ließen das Interesse vieler Väter am häuslichen und familiären Leben zunehmend erlahmen. Sie absentierten, die vaterlose Familie präsentierte sich in neuer Gestalt: all das und mehr zeigte Entwicklungen an, die sich dem Staat krisenhaft darboten. Entweder brachen Familien schier unter der Last alltäglicher Bürden zusammen und retteten sich von Tag zu Tag oder – sie mochten nicht mehr in gewohnter Weise. Insbesondere die Kampagnen der Neuen Frauenbewegung gegen den § 218 des Strafgesetzbuches, die lautstarke Forderung von Frauen an Frauen, weibliche Diskriminierung mittels Eheverweigerung und Gebärstreik zu bekämpfen, stellten darüber hinaus massive Konfliktpotentiale dar. Richtig erkannte man, daß sie geeignet waren, faktisch an den Grundfesten der bürgerlich-kapitalistischen Ökonomie zu rütteln, denn: Wer sollte in Haushalt und Familie der Gesellschaft weiterhin kostenlos zuarbeiten?

Spätestens die Diskussion »Lohn für Hausarbeit« hatte ergeben, daß diese Gesellschaft unfähig ist, Haus- und Familienarbeit nach marktwirtschaftlichen Maßstäben zu bezahlen, obwohl sie die Resultate dieser Arbeit selbstverständlich für sich in Anspruch nimmt und damit wuchert. 1 Stunde Haus- und Reproduktionsarbeit wurde bis Ende der 70er Jahre volkswirtschaftlich und versicherungsrechtlich mit sage und schreibe

1,- DM angesetzt. Erst zu Beginn der 80er Jahre legte eine Studie offiziell dar, daß sie mit 18,30 DM zu veranschlagen sei. Haus- und Erwerbsarbeit: Die Relationen erläuterte 1983 das bayerische Ernährungsministerium und sprach von 40 bis 50 Milliarden Arbeitsstunden Haus- und Familienarbeit, »fast ebensoviel wie in der gesamten Erwerbswirtschaft mit 54 Milliarden Arbeitsstunden«. Im gleichen Jahr stellte eine EG-Studie fest, daß bundesdeutsche Ehemänner und Väter sich mit weniger als einem Drittel an den Hausarbeiten und mit nicht einmal 10% an der arbeitsintensiven Kleinkinderversorgung beteiligten. Süffisant kommentierte eine Tageszeitung: Deutsche Männer gehen am liebsten einkaufen.
Schon 1975 hatten die Verfasser des zweiten Familienberichts kühl angemerkt, daß ein »Familienersatz« in mehrerlei Hinsicht zu kostspielig sei, so daß »der Gedanke an eine allgemeine Auflösung der familialen Eltern-Kind-Gruppierung zu einer schlechten Utopie« gerate[33] – ein wahrlich denkwürdiger Satz in einer Gesellschaft, deren alles motivierende Leitbild in Sätzen steckt wie: Lohn für Leistung, und: Leistung bringt's. So war wenigstens eine Reform des geltenden Familien- und Scheidungsrechts dringend geboten – nicht nur, um den still oder laut rebellierenden Frauen entgegenzukommen, sondern auch, um die Väter stärker einzubinden, was – es kann nicht überraschen – auf erbitterten Widerstand stieß. Doch 1977 war es soweit. Die entscheidenden Passagen lauteten nun:

§ 1365: Die Ehegatten regeln die Haushaltsführung im gegenseitigen Einvernehmen. Ist die Haushaltsführung einem Ehegatten überlassen, so leitet dieser den Haushalt in eigener Verantwortung. Beide Ehegatten sind berechtigt, erwerbstätig zu sein. Bei der Wahl und Ausübung haben sie auf die Belange des anderen Ehegatten und der Familie die gebotenen Rücksichten zu nehmen.

§ 1360: Die Ehegatten sind einander verpflichtet, durch ihre Arbeit und mit ihrem Vermögen die Familie angemessen zu unterhalten. Ist einem Ehegatten die Haushaltsführung überlassen, so erfüllt er seine Verpflichtung in der Regel durch die Führung des Haushalts.

Bei Scheidung galt nun – statt des bisherigen Schuldprinzips – das Zerrüttungsprinzip. Der Versorgungsausgleich sollte endlich dem ökonomisch Schwächeren ein Mindestmaß an finanzieller Sicherheit nach einer Scheidung und im Alter garantieren. Das gemeinsam Erarbeitete sollte nicht mehr nur dem Mann zufallen. Um das Scheidungsfolgenrecht realisieren zu können, richtete man die Institution des/der Familienrichter(s)in ein, der/die verpflichtet wurde, eng mit dem Vormundschaftsgericht zu kooperieren. 1980 trat denn auch die Reform des elterlichen Sorgerechts in Kraft. Erstmals war die Rede von »elterlicher Sorge«, statt »elterlicher

Gewalt«. Das »Kindeswohl« sollte stärker berücksichtigt werden. Mit dem Mutterschaftsurlaub und einem Mutterschaftsurlaubsgeld von 750,- DM hatte die sozialliberale Koalition auch ihren guten Willen gezeigt, Mütterarbeit nicht länger nur mit anerkennenden Worten abzuspeisen, obwohl ihre damit verbundenen bevölkerungspolitischen Intentionen natürlich nicht zu übersehen waren: nur erwerbstätige Frauen konnten es beanspruchen.

Zurück nach vorn

Das modifizierte Familienrecht, das etwas gerechtere Scheidungsfolgenrecht, der verbesserte Familienlastenausgleich, das Mutterschaftsurlaubsgeld – es waren Rechnungen ohne den Wirt. Ende der 70er Jahre zeichnete sich auch für breitere Bevölkerungsschichten präziser ab, was Berufspolitiker bereits zu programmatischen Schwenks veranlaßt hatte.

Die Wachstumsraten sanken, die Arbeitslosenquote schnellte nach oben, der Staatshaushalt schwoll defizitär an. Nur die Gewinne bestimmter Industrien und die der Banken stiegen ungebrochen weiter. Niemand vermochte zu sagen, ob es sich um einen normalzyklischen Konjunktureinbruch oder um eine neue, tiefgreifende Umstrukturierung handelte. Nur eines schien gewiß, daß nämlich die Krise nicht so sehr eine des Kapitals, sondern vor allem eine Arbeitsmarktkrise war. Die Meinungspresse spuckte Begriffsmünzen aus: Dienst- und Informationsgesellschaft, Postindustrialismus – Postmoderne, Zweidrittelgesellschaft... Hinter Wohnungstüren wuchs Bangigkeit. Die Angst schlich um, vom ›Kollegen Computer‹ ersetzt zu werden. Es wuchsen aber auch Hoffnungen, mit Hard- und Software, mit PCs und Heimcomputern neu und lukrativ zu reüssieren. Doch dazu mußten die Lohnkosten, mußten die Sozialkosten geringer werden, sollte es gelingen. Die Interessen waren denkbar verschieden, unisono tönte nur eine mit Macht einsetzende wirtschaftsliberale Propaganda, die die Krise beschwor und das überspannte ›Anspruchsdenken‹ von Bundesrepublikaner(n)innen an den Staat geißelte. Dieses Anspruchsdenken habe der Wirtschaft, habe dem Staat und den Privathaushalten ökonomisch die Luft abgeschnürt.

Schon Mitte der 70er Jahre hatte die oppositionelle CDU mit der Behauptung aufgewartet, zwischen Arbeit und Kapital fänden nur noch Scheinkämpfe statt. In Wahrheit sei es so, daß Kapital und Arbeit gemeinsam ihre Macht nutzten, um die Einkommen unter sich zu verteilen, während Nichterwerbstätige, Alte, Kinderreiche und Frauen darbten. 6 Millionen ›vergessene‹ Arme zählte die CDU, sprach von einer völlig »Neuen sozialen Frage« und forderte eine neue Sozialpolitik. Es sollten endlich die ›wirklich‹ Bedürftigen unterstützt, es sollten die Staatssozialausgaben *solidarisch* gekürzt und umverteilt werden. Mit einem Erziehungsgeld für werdende Mütter oder Väter und einem neu durchdachten Familienlastenausgleich ließe sich auch das generative Problem endlich angehen und der ›Generationenvertrag‹ erneuern. Ihn sah die CDU besonders in Gefahr und damit die Sicherheit der Rentenfinanzierung.[34]

Jetzt gewann die »Neue soziale Frage« an Popularität. Arbeitsplatz›besitzer‹ sahen sich plötzlich aufgefordert, mit den Besitzlosen die Früchte ihres Besitzes zu teilen – indem sie auf Sozialleistungen und ›überzogene Lohnansprüche‹ im Geiste der Solidarität verzichteten und damit halfen, neue Arbeitsplätze zu schaffen.

Die allgemeinen ›Solidaritäts‹appelle schlossen sich bald mit der in der Bevölkerung wachsenden Meinung kurz, daß ein Staat ja nun wirklich nicht mehr umverteilen könne, als er einnähme, und eine weiter wachsende Staatsverschuldung bringe auch keine Lösung. Es müßten also wirklich Abstriche gemacht werden. Und in der Tat: die Arbeitslosigkeit drückte auf das Gesamtlohnvolumen und bescherte das Debakel sinkender Lohnsteuereinnahmen. Gekoppelt an annähernde Vollbeschäftigung drohte der Sozialstaat gerade in dem Moment zu versagen, in dem er zeigen sollte, wozu es ihn gab.

Doch, so war alsbald zu hören, war dieser sozialliberale Sozialstaat überhaupt noch der von der Verfassung gemeinte? Überschüttete er nicht alle – ob bedürftig oder nur faul – mit seinen Wohltaten? Unterminierte er nicht so die Leistungsfundamente der Gesellschaft, die den Sprung in eine neue Zukunft wagen mußte?

Diesen Fragen verschlossen sich auch die sozialliberalen Koalitionäre nicht, längst hatte die Stunde der Lobbyisten geschlagen und nirgends war eine Alternative in Sicht, die gewisse Interessen befriedigt hätte. So sprach man in Regierungskreisen resigniert vom Ende des Keynesianismus, freilich noch hinter vorgehaltener Hand. Doch einen Vorgeschmack davon, was das alles faktisch bedeuten sollte, erhielten Ende 1981 zuerst sozial schwache Familien.

Unter dem bezeichnenden Titel »Operation 82« strich die Bundesregierung die Ausbildungsförderung, das Kindergeld, Kosten im öffentlichen Dienst und in der Krankenversicherung zusammen.[35]

Operation 82 war nur ein Anfang – er sollte sich nach der Bonner Wende vertiefen, familienideologisch grundiert im Sinne konservativer Ordnungspolitik, freilich um einige Komponenten reicher als vor Jahrzehnten.

Schon 1981 war die CDA mit ihren auf der 19. Bundestagung beschlossenen familienpolitischen Leitsätzen »Die sanfte Macht der Familie« medienwirksam an die Öffentlichkeit getreten. »Wir sind für die Mütter« hatte ihr Vorsitzender Norbert Blüm bekannt und die Verwirklichung eines umfassenden Programms gefordert: 1) Erziehungsgeld für Mütter, 2) Anrechnung der Erziehungszeit im Rentenrecht, 3) Teilzeitarbeit für Mütter, 4) eine Tage-, Wochen- und Lebensarbeitszeit, in der Erwerb und das Haus besser miteinander verbunden werden können, 5) eine berufliche Bildung, die auch in einem späteren Lebensabschnitt das »Wiedereinfädeln« ermöglicht, und – last not least – 6) Gleichberechtigung von nichterwerbstätigen mit erwerbstätigen Müttern, denn, so Blüm: »Anerkennung der Mutter ist kein Programm, das sich auf Sentimentalitäten beschränken ließe. Es verlangt handfeste Konsequenzen.« Geschickt komponiert und mit Blick auf soziale Problemkonstellationen versprach das Programm, familiäres Leben ordnungspolitisch zurechtzurücken: »Gegen eine Welt, in der die Mächtigen alles machen können, was sie nur wollen, schützen uns nur natürliche Dämme. Einer davon ist die Familie. Der zentrale Angriff auf die Familie ist der Angriff auf die Mutter. Ihr die Anerkennung zurückzugeben, ist ein Gebot der Stunde. Das ist freilich auch ein Appell an die Väter... Die Väter müssen mehr Anerkennung geben, damit die Mütter Mütter sein können.«[36]

Am 1. Oktober 1982 stürzte die Regierung Schmidt, die sozialliberale Koalition brach auseinander. Helmut Kohl wurde Kanzler und prognostizierte in seiner Regierungserklärung die »Renaissance der Familie«. Er meinte die staatlich legitimierte, ein Leben lang vereinte Verwandtengruppe.

Damit wurde ein neues Kapitel in der Geschichte bundesdeutscher Familien*politik* aufgeschlagen, nicht aber ein neues Kapitel in der Geschichte bundesdeutscher Familien. Erster Familienminister wurde Heiner Geißler. Und er schuf – so die Politikwissenschaftlerin Ingrid Langer 1986 – »in voller Übereinstimmung mit dem gesamten Kabinett, in dem der Justiz-, Finanz- und Arbeitsminister das Ihre taten«, mit »sehr wesentlichen Gesetzen« einen »familienpolitischen Rahmen«, der »die geschlechtsspezifische Arbeitsteilung in der Familie, der Arbeitswelt und der Gesellschaft befestigen oder wieder erzwingen sollte«.[37] Freilich, und das wäre anzumerken: man arbeitete mit Gespür für Opportunitäten und mit Sinn für mögliche, gesamtökonomische Erfordernisse. Frauen bildeten längst ein auch in der Erwerbswirtschaft gebrauchtes Begabungs- und Qualifikationsreservoir. Da galt es, rasch schichtspezifische Prioritäten zu setzen und flexibel zu steuern, zumal es in Sachen §218 in konservativen Kreisen nachgerade militant rumorte.

Schon im Dezember 1983 unterbreitete der Familienminister sein Gesamtpaket »Programm zum Schutz des ungeborenen Lebens« – während überall im Land konservativ-christliche neben rechtsradikalen Gruppie-

rungen gegen die soziale Indikation mobilisierten und lautstark verlangten: Keinen Schwangerschaftsabbruch auf Krankenschein mehr.
Dagegen setzte der Familienminister mit Bedacht die Stiftung »Mutter und Kind«. Ohne Rechtsanspruch zu gewähren, sollte sie Schwangeren finanzielle Hilfe geben und sie, trotz sozialer Notsituation, dazu bringen zu entbinden. Gemäß dem Frauenbild der CDU schnurrte *soziale* auf *finanzielle* Notsituation zusammen, deretwegen Frauen nicht zu Müttern würden. Im Juli 1984 stimmte der Bundesrat der Stiftungsgründung zu. Binnen kürzester Frist waren die 50 Millionen Einstandsstiftungsgelder ausgegeben, was zeigen mag, wie die faktische materielle Situation von Frauen, von Familien war.
1984 hatte nur jeder fünfte Arbeitnehmer mehr als 2500,- DM Nettoeinkommen mtl. 37 % brachten zwischen 1700,- DM und 2500,- DM und 43 % weniger als 1740,- DM netto nach Hause. In der Regel mußten die Haushalte 25 % ihres Einkommens für Mieten auf den Tisch legen, in den Ballungsgebieten noch mehr. Krankheit oder Ausfall eines Verdieners – z. B. wegen Schwangerschaft – konnten so rasch zu Notlagen führen. Viele Familien nahmen Kredite auf und verhedderten sich im Zinsendienst. Das Gesetz zur Änderung der Pfändungsfreigrenzen trug genau dieser Entwicklung Rechnung.[38] Noch schlimmer erging es freilich Ein-Eltern-Teil-Familien oder besser: alleinerziehenden Müttern. Ein Viertel der Geschiedenen und zwei Drittel der ledigen Mütter lebte von Sozialhilfe, die Hälfte der ledigen Mütter kam auf weniger als 1400,- DM monatlich, jede vierte war erwerbslos.[39] Verständlich also, warum die Stiftung »Mutter und Kind« öffentlich auf heftige Kritik stieß, wieder wurden die Mütter billig abgespeist. Das im Gesamtpaket enthaltene »Erziehungsgeld«, der »Erziehungsurlaub« und das sogenannte »Babyjahr« – ein Jahr Rentenanspruch pro Kind für einen ausgewählten Kreis von Frauen – traten 1986 in Kraft. Erziehungsurlaub und -geld von 600,- DM wurde Müttern oder Vätern 10 Monate, ab 1988 12 Monate lang gewährt. »Gebärprämie« nannte es die Opposition. Trotz massiver Proteste aus Gewerkschafts- und Frauenkreisen garantierte das Gesetz den Erziehungsurlauberinnen nicht den Arbeits*platz*, sondern nur das Arbeits*verhältnis*. Dies freilich auch nur dann, wenn es einem Betrieb unter 5 Mitarbeiterinnen wirtschaftlich zumutbar sei, oder wenn in einem größeren Betrieb die Betriebseinheit noch existierte, oder ein anderer Arbeitsplatz in einer anderen Betriebseinheit zur Verfügung gestellt werden könne.
Dieses arbeitsmarkt- und familienpolitische Steuerungsinstrument griff schon bald. 1987 nahmen 513871 Frauen und ganze 7529 Männer Erziehungsurlaub. 49 % aller Bezieherinnen waren zuvor erwerbstätig.[40] Eine weitere gesetzliche Maßnahme war die Anrechnung eines Babyjahres in der Rentenversicherung für Noch-nicht-Rentnerinnen. Die Trümmer-

frauen etwa gingen leer aus, ja, hatten sogar das Nachsehen, denn gleichzeitig, *ohne* es freilich groß zu publizieren, behielt man die hausfrauendiskriminierende Hinterbliebenenregelung bei, daß Witwen nur 60% der Versichertenrente, Witwer hingegen den vollen Satz erhalten. Ein Jahr zuvor hatte man die Zeit für den Erwerb einer Rentenanwartschaft von 15 auf 5 Jahre abgesenkt. Frauen konnten nun also mit 3 Erwerbsjahren und 2 Erziehungsjahren beispielsweise zu einem Mindestrentenanspruch von 32,50 DM kommen.[41]

Hatte die konservativ-liberale Regierung gleichsam die Einstandsvoraussetzungen ins familiäre Leben mit Kind solchermaßen versüßt, so war die Modifikation der Ausstandsfolgen auch schon auf dem Weg. Gerade hier galt es eine Wählerklientel zu bedienen, deren Einfluß nicht gerade gering zu veranschlagen war. Ob in Boulevardblättchen oder in seriösen Zeitungen, überall war zu lesen: Einmal Chefarztgattin – immer Chefarztgattin? Und, wie zuletzt noch in der Frankfurter Allgemeinen Zeitung am 1. Juli 1987: »Ehe billiges Versorgungsinstitut für Frauen.« Besser verdienende Männer trachteten danach, sich geltenden Verpflichtungen zu entziehen.

Im Namen mangelnder »Einzelfallgerechtigkeit« hatte das Justizministerium – als gleichsam eine der ersten Amtshandlungen – im Januar 1983 das vorläufige »Versorgungsausgleichsergänzungsgesetz« auf den Weg gebracht. Sodann plante man eine Reform des Scheidungsfolgenrechts insgesamt – nicht des Scheidungsrechts selbst, denn kein Mann agierte gegen eine schnelle, problemlose Scheidung.

Dem kam entgegen, daß Familienrichter inzwischen unterhaltsbegehrende Frauen verschiedentlich abschlägig beschieden und sich nicht gescheut hatten – wie die Scheidungsrechtexpertin Barbelies Wiegmann in der Frankfurter Rundschau 1983 schrieb – »das Schuldprinzip durch die Hintertür im Unterhaltsrecht wieder einziehen zu lassen.« Ein Präzedenzurteil hatte der Bundesgerichtshof bereits am 23. April 1980 gefällt. Er verweigerte einer Hausfrau – sie hatte sich nach langjähriger Ehe und Familienarbeit von ihrem Mann getrennt und sich einem anderen zugewandt – Unterhalt mit der Begründung, sie habe *dadurch* schwerwiegendes Fehlverhalten an den Tag gelegt. Für den Ex-Mann sei es grob unbillig, Unterhalt an eine Frau zu zahlen, die mit einem anderen Mann zusammenlebe. Solcherlei von »MannzuMannRichterrecht« kam also einer nachehelichen Zölibatsklausel für geschiedene Frauen gleich, wollten sie ihre Existenz nicht gefährden. Laut Wiegmann gab es längst ein »Männerrecht und ein Frauenrecht«.[42]

Männer, die häufigst ohne ihre Frauen die Karriereleiter nie erklommen hätten, Männer, die die Arbeit ihrer Frauen nie hätten bezahlen können, sie gleichwohl in Anspruch genommen hatten: sie konnten – nach Richterrecht – tun, was sie wollten, doch die von ihnen wirtschaftlich abhängige Ehefrau verlor ihre Existenzgrundlage, wandte sie sich *nach* der Scheidung einem anderen Manne zu. Doch: Von allen geschiedenen Frauen bezogen 1983 nur knapp 12 % Unterhalt – diese Zahl mag den Charakter solchen Richterrechts beleuchten. Auch die Unterhaltssummen reichten den Frauen oft weder zum Leben noch zum Sterben – Indiz dafür, welche Männer aus welchen Schichten Unterhalt zahlten.[43] Kleine Gehälter geteilt – da blieb für beide wenig. Trotzdem stiegen die Scheidungsziffern weiter an. Ende 1983 zählte man 120000 Scheidungen, zu 70 % von Frauen eingereicht. Männer, waren sie überdies befangen in einem traditionellen männlichen Selbstbild, fühlten sich bedroht und ausgeplündert, denn warum sollten sie für eine Frau zahlen, die ihnen nichts mehr nutzte? Zudem: wollten sie wieder heiraten, so würden eventuelle weitere Kinder die Kosten nach oben treiben, also verzichteten sie darauf.

Gerade daran dürften bevölkerungspolitisch motivierte Bundespolitiker der neuinstallierten Bundesregierung Anstoß genommen haben, denn mehr Kinder – deutsche Kinder – das war ihr Anliegen. 1983 hatte Bundeskanzler Kohl in seiner Regierungserklärung versprochen, beim Versorgungsausgleich werde in Zukunft wieder die Ursache für die Zerrüttung einer Ehe berücksichtigt. Damit lag er im Trend. Doch, ob »Trostpflaster für verletzte Mannesehre« – wie das Vorstandsmitglied des Deutschen Familiengerichtstages Siegfried Willutzky vermutete oder ob »Zähmung der Widerspenstigen« – wie die Juraprofessorin Jutta Limbach glaubte,[44] das mag gleich sein. Es war in jedem Fall Ausdruck dafür, daß Familien, daß Ehepaare ihr Zusammenleben nicht mehr als ein Zusammenleben bis zum Tode begriffen. Eine mögliche Scheidung war wohl den meisten präsent, doch wurde sie wohl noch immer als Störung, als Bruch, als Entzug erlebt – eben als ein durch personale Anstrengung vermeidbares Scheitern einer Lebenskonzeption. Wer ist schuld, wer hat versagt? Solche Fragen stellten sich unter solchen Voraussetzungen ganz selbstverständlich ein. So mag es nicht verwundern, daß laut einer Emnid-Umfrage von 1984 60 % aller Bundesbürger *gegen* das Zerrüttungsprinzip waren einzig deshalb, weil »die Schuldfrage vor Gericht nicht mehr geklärt« werde.[45]

Schuldzuweisungen und Strafbedürfnisse regierten allemal, auch wenn zutreffend sein sollte, daß schon Mitte der 80er Jahre »die lebenslange Einheitsfamilie, die die in ihr zusammengefaßten Elternbiographien von Männern und Frauen in sich aufhebt« zum Grenzfall geworden war und ein »lebensspezifisches Hin und Her zwischen verschiedenen Familien auf Zeit, bzw. nichtfamilialen Formen des Zusammenlebens« die Regel.[46] Die von Forschern wie Hans Bertram und Renate Borrmann-Müller beschriebene Pluralisierung und Individualisierung[47] in familiä-

ren oder quasifamiliären Lebensformen entriet wohl nicht der »alltäglichen Tragödie in der Familie«, die sich aus noch ganz anderen Faktoren speiste. So hatten Forscher der Hessischen Stiftung für Friedens- und Konfliktforschung in einer Studie über »Gewalt in der Familie« 1984 herausgefunden, daß Familienmitglieder aus allen sozialen Schichten die Angst beherrsche, sie kämen jeweils zu kurz. Diese Angst treibe sie an, einen dafür Schuldigen zu suchen, zu finden, zu stigmatisieren und auszuschließen: »Typisch für Mütter und Väter war es, sich von der Familie eine Form der Anerkennung zu wünschen, die diese ihnen nicht geben konnte. Der Vater stand zu sehr außen und bekam keine vollwertige Rolle zugewiesen. Leistungen der Mutter in der Familie wurden nicht anerkannt. Dabei war sie es, die in den Rollenspielen immer wieder versuchte, etwas in Gang zu bringen, die Familie zum Leben zu erwecken. Vorschläge, die die Handlung vorantrieben, kamen in der Regel von Mädchen, bzw. Frauen. Die Jungen und Männer waren auf den Kampf um ihre Positionen konzentriert.«[48] Solcher Geist durchwehte auch die Familienpolitik auf höchster Ebene.
Um das Scheidungsfolgenrecht wurde heftig gerungen. Fast alle gesellschaftlich relevanten Gruppierungen – außer der katholischen Kirche – sprachen sich gegen die Wiedereinführung des Schuldprinzips aus. Auch der Deutsche Familiengerichtstag erhob massive Bedenken – vergeblich. Der familien- und frauenpolitische Wille von Konservativen und Wirtschaftsliberalen erwies sich als unbeugsam. Am 31. Januar 1986 passierte die Reform der Reform den Bundesrat und trat am 1. April in Kraft. Jetzt konnte der Unterhalt nach der *Dauer* einer Ehe befristet, konnte die Unterhaltssumme z. B. wegen Fehlverhalten nach unten hin »abgeschmolzen« werden. Aber auch wenn eine Ex-Ehefrau arbeitslos sei, war dies nun Grund genug, Unterhalt zu verweigern, denn keinem Unterhaltsverpflichteten könne zugemutet werden, das »Arbeitsmarktrisiko« der Frau zu tragen. Damit war wohl alles auf den Kopf gestellt. Die Frau trug nun wieder ganz allein das Risiko des Scheiterns einer Ehe, vorher und nachher. Insgesamt ist das nunmehr geltende Scheidungsfolgerecht vom Geist der »nachehelichen Solidarität« – wie es Justizminister Engelhard nannte – beseelt. Und das sollte heißen, der Besserverdienende zahlt (in der Regel der Mann) nur dann, wenn der Minderbemittelte (in der Regel die Frau) vor und nach der Scheidung Wohlverhalten übt.[49]
Im Februar 1987 entschied das Oberlandesgericht Celle, eine »Ehebrecherin« habe keinen Anspruch auf Unterhalt für sich und ihre Tochter gegenüber ihrem geschiedenen Mann. Die Ehe sei durch ihre »ehebrecherischen Beziehungen« zerrüttet worden. Sie sei »durch ein einseitig evidentes Fehlverhalten aus einer intakten Ehe ausgebrochen«.[50]
Die für Familienmütter eindeutigen Verschlechterungen im Scheidungs-

folgenrecht gingen mit anderen Maßnahmen einher, die das familiäre Leben – besonders in sozial schwächeren Familien – hart trafen. Nach dem Regierungsantritt der konservativ-liberalen Koalition war kaum mehr die Rede von der »Neuen sozialen Frage« oder gar von den so medienwirksam entdeckten ›wirklich Bedürftigen‹. Im Zuge der sogenannten Haushaltssanierung stellte man statt dessen auf rigorose Sparsamkeit – bei sowieso schon Armen ab. Jetzt hieß es: Familienpolitik solle und dürfe das Subsidiaritätsprinzip nicht verletzen, was hieß: Der kleinen Einheit »Familie« sollte es anheimgegeben sein, ihre materiellen, leistungsbezogenen, kreativen Ressourcen – nicht aber ihre normativen Problemlösungskapazitäten zu reaktivieren. Letztere zu definieren, beanspruchte der Staat für sich. In diesem Sinne pseudosubsidiaritär schickte er sich an, der kleinen Einheit vorzuschreiben, wie und in welchem Sinne sie ihre Rolle zu begreifen, wie und in welchem Sinne sie ihre Probleme zu lösen habe. Innerfamiliäre Probleme gab es genug, doch dominierten mehr und mehr finanzielle Sorgen. 1984 meldete der »Tagesspiegel«: »Hauptstreitpunkt ist das Haushaltsgeld.« Abstriche bei der Sozialhilfe, Heranziehung von Großeltern und Geschwistern zu Unterhaltszahlungen, sinkende Versehrtenunterstützung, Streichung der Schülerausbildungsförderung, Minderung des Wohngeldes bei gleichzeitiger Verschlechterung von Mieterrechten, Senkung der Kindergeldzulage in der gesetzlichen Unfallversicherung, Beseitigung von Kinderbetreuungskosten, Verschlechterungen beim Zugang zu Leistungen aus der Arbeitslosigkeitsversicherung usw. usf.: Mit all diesen Einzelmaßnahmen sparte die Regierung allein 1983 ca. 1,5 Milliarden DM. Von 1983 bis 1988 ergaben sich durch die Erhöhung der Kinderfreibeträge bei gleichbleibendem Kindergeld Einsparungen in Höhe von knapp 7 Milliarden DM – wobei durch die Erhöhung des Steuerfreibetrags Gutverdiener um so mehr erhielten, um so mehr sie verdienten. Auch die Kürzung des Mutterschaftsgeldes und die Einführung des Erziehungsurlaubsgeldes benachteiligte indirekt schlechtergestellte Familien, weil das Erziehungsurlaubsgeld unabhängig vom Einkommen gewährt wird.

Es waren freilich nicht nur Einsparungen zu verzeichnen, doch unterm Strich ergibt sich bis 1988 ein Negativsaldo für Familien von 4,5 Milliarden DM insgesamt.[51] Sieht man genauer hin, zeigt sich allerdings, daß weniger gut situierte Familien ungleich stärker geschröpft wurden. Eine Erklärung dafür blieb die konservativ-liberale Koalition bislang schuldig. Doch ist eine solche Politik nicht neu – als Anleitung zu staatlichem Handeln finden sich ihre Grundrisse schon im Werk von Wilhelm Schallmayer »Vererbung und Auslese im Lebenslauf der Völker. Eine staatswissenschaftliche Studie aufgrund der neueren Biologie« – um die Jahrhundertwende geschrieben und von F. Krupp prämiiert.

Wohin freilich die – wie der »Spiegel« schrieb – von einer Familien- zur Bevölkerungspolitik transformierte Steuerung der konservativ-liberalen Koalition heute führen kann, ist nicht zu prognostizieren. Die seit Ende der 60er Jahre wirkenden Wandlungen und Strukturveränderungen, die sogenannte »Pluralisierung« von lebensgemeinschaftlichen Formen, hat sie jedenfalls nicht wesentlich beeinflußt – etwa in Richtung »Zurück an den Herd«. Diese Politik hat die Wandlungen eher versucht in ihrem Sinne zu nutzen. Die Wandlungen selbst wirken offenbar weiter. Etwa 1 Million alleinerziehender Mütter und Väter, ca. 2 Millionen Lebensgemeinschaften, die in 8,863 Millionen Einpersonenhaushalten lebenden, sogenannten ›Singles‹ und sonstige nach Millionen zählende kuriosesten Verwandtschafts- und Sozialbeziehungen: es sind Indizien dafür. Ob und wie sie allerdings fortbestehen werden, das läßt sich gegenwärtig soziologisch kaum deuten. Eines aber läßt sich ganz klar sagen. Die Lebensbedingungen haben sich sehr viel stärker auseinanderdividiert, die sozialen Gegensätze sind heute schärfer: Die Fassade gediegener Finanzkraft aufrechtzuerhalten, scheint freilich heute überlebensnotwendig geworden zu sein, um sich nicht alles ›aufdrücken‹ lassen zu müssen (Wohnung, Arbeitsverträge, Löhne usw.). Es sind in erster Linie die Frauen, die Mütter der unteren und mittleren Schichten, die darunter leiden. Sie wurden und werden gezwungen, wieder zu ›haushalten‹ – ihren so geringen Gewinn an Freiheiten bezahlen sie bitter und mit hohem Preis, denn an den strukturellen Grundlagen hat sich nichts geändert. Die auf Risiko setzende Familien- und Bevölkerungspolitik wurde in den 80er Jahren in erster Linie nicht zuletzt deshalb für die Frauen riskant – wie immer sie sich entschieden, ob für Ehe und Familie in traditioneller Form oder nicht, weil, wie Franz Xaver Kaufmann in »Sozialpolitik und Familie« sagt: »Unser gesamtes sozialpolitisches System (...) primär auf das vollzeitige Normalarbeitsverhältnis abgestimmt (ist): Teilzeitarbeit und vorübergehende Beurlaubung erscheinen als systemfremd... Die starke Fragmentierung der deutschen sozialen Sicherung und die daraus resultierenden Belastungsverschiebungen erschweren die Berücksichtigung familiärer Belange«. [52]
Das problematische Konstrukt »Familie«: hier liegt das wirkliche Problem – die Zeit reift, um es zu erkennen.

Anmerkungen

1 Bernhard Schäfers, Sozialstruktur und Wandel der Bundesrepublik Deutschland, Stuttgart 1981, S. 261; Presse- und Informationsamt der Bundesregierung (Hrsg.), Gesellschaftliche Daten 1979, Reihe Berichte und Dokumente,

Bd. 20, S. 236ff.; Elisabeth Pfeil, Fünf Jahre später. Die Eingliederung der Heimatvertriebenen in Bayern bis 1950, Frankfurt 1951, S. 9; dies.: Der Flüchtling, Hamburg 1948, S. 49.

2 Elisabeth Pfeil, Der Flüchtling, a. a. O., S. 7.

3 Helmut Schelsky, Wandlungen der deutschen Familie der Gegenwart, Stuttgart 1953, S. 48. Unter die Gesamtzahl fallen auch die Bombengeschädigten. Der Autor gibt sie mit 4,5–6 Mio an.

4 Hilde Thurnwald, Gegenwartsprobleme Berliner Familien, Berlin 1948, S. 20.

5 Walther von Hollander, Der Mann als Ballast, in: Constanze, H. 5, 1948; vgl. auch Helga Prollius, Frauen haben keine Ehefrauen..., in: Constanze, H. 12, 1948, Petra Lundt, Muß Liebe amtlich beglaubigt sein?, in: Constanze, H. 1, 1949.

6 Walter Dirks, Was die Ehe bedroht. Eine Liste der kritischen Punkte. Zur Krise der modernen Ehe I, in: Frankfurter Hefte, 6 (1951) H. 1, S. 22.

7 Helga Prollius, in: Constanze, a. a. o.

8 Walter Dirks, a. a. O., S. 26; Rüdiger Proske, Krise der modernen Ehe III, in: Frankfurter Hefte, 6 (1951), H. 4, S. 182.

9 Petra Lundt, in: Constanze, a. a. O.

10 Gabriele Strecker, Frau-sein heute, Weilheim 1965, S. 25ff.; vgl. auch Lucie Stampfli, Die unvollständige Familie, Zürich 1951.

11 Vgl. dazu die ausführliche Würdigung dieser Studien in: Heidi Rosenbaum, Familie als Gegenstruktur zur Gesellschaft, Stuttgart 1978, S. 30ff.; S. 52ff.

12 Die Ehebilder dieser Zeit finden sich auch in Artikeln der Frauenzeitschrift »Lilith«: Sind Sie immer noch verheiratet? Nr. 16/1948; Soll die Ehescheidung erleichtert werden oder nicht? Nr. 18/1948; Teils geschieden – teils verheiratet, Nr. 20/21/1948; Die Ehe ist tot – es lebe die Ehe! Nr. 22/23/1948; Ist die Ehe ein Geschäft? 1. Sept. 1949.

13 Hilde Thurnwald, a. a. O., S. 197ff.

14 Dagmar Ohl, Ursula Rösener, Und bist du nicht willig... Ausmaß und Ursachen von Frauenmißhandlung in der Familie, Frankfurt am Main 1979, S. 144ff.

15 Petra Milhoffer, Frauenrolle und Familienrecht, in: Dieter Claessens, Petra Milhoffer (Hrsg.), Familiensoziologie. Ein Reader zur Einführung, Königstein/T. 1979, S. 169.

16 Gerhard Wurzbacher, Leitbilder gegenwärtigen deutschen Familienlebens, Stuttgart 1969[4], S. 247.

17 Ebenda, S. 250; S. 253.

18 Peter Brückner, Die 50er Jahre – Lebensgeschichtlich ein Zwischenland, in: Fuffziger Jahre, hrsg. von Götz Eisenberg und Hans-Jürgen Linke, Gießen 1980, S. 30; vgl. dazu auch die Schizophrenieforschung: Heino u. Susanne Gastager, Die Fassadenfamilie, München 1973. Diese Studie enthält reichliches Fallmaterial aus den 50er Jahren und den damals gegebenen, besonderen Konfliktfeldern.

19 Jürgen Kuczynski, Frauenarbeit. Geschichte der Lage der Arbeiter, Bd. 18, Berlin 1963, S. 290f.

20 Die Frau, in: Deutschlandbuch, Hrsg. Presse- und Informationsamt der Bundesregierung, Bonn 1960, S. 669.

21 Rolf Fröhner, Maria v. Stackelberg, Familie und Ehe, Bielefeld 1956, S. 135.

22 Otto Brunner, Das ›ganze‹ Haus und die alteuropäische Ökonomik, in: Ferdinand Oeter (Hrsg.), Familie und Gesellschaft, Tübingen 1966, S. 33f.

23 Helmut Schelsky, a. a. O., S. 13.

24 Richard Wolf, Zur Lebenssituation der Industriearbeiterfamilie, München 1963, S. 61.

25 Dorothee-L. u. Theodor Scharmann, Das Verhältnis von Familie, Beruf und Arbeit in ihren Sozialisationswirkungen, in: Gerhard Wurzbacher, a. a. O., S. 262; S. 266.

26 Theodor W. Adorno, Zum gegenwärtigen Stand der deutschen Soziologie, in: Kölner Zeitschrift für Soziologie und Sozialpsychologie, Bd. 11 (1959), S. 257ff.

27 Paul Petersen, Wohngemeinschaft oder Großfamilie. Versuch einer neuen Lebensform, Wuppertal 1972; Johann A. Schülein (Hrsg.), Kommunen und Wohngemeinschaften. Der Familie entkommen? Gießen 1978; Dieter Kerbs (Hrsg.), Die hedonistische Linke, Neuwied–Berlin 1970; Reimut Reiche, Sexualität, Moral und Gesellschaft, Gießen 1975[2].

28 Dietrich Haensch, Zerschlagt die Kleinfamilie?, in: Sozialistische Politik 4, 1969, S. 81ff.

29 »... wenn's uns mal hochkommt, folgt: sozialistisches schulterklopfen, väterliche betulichkeit: dann werden wir ernst genommen, dann sind wir wundersam, erstaunlich, wir werden gelobt, dann dürfen wir an den Stammtisch, dann sind wir identisch: dann tippen wir, dann verteilen wir flugblätter, malen wandzeitungen, lecken briefmarken: wir werden theoretisch angeturnt! kotzen wir's aus: sind wir penisneidisch, frustriert, hysterisch, verklemmt, asexuell, lesbisch, frigid... BEFREIT DIE SOZIALISTISCHEN EMINENZEN VON IHREN BÜRGERLICHEN SCHWÄNZEN!« Aus dem Flugblatt des Frankfurter Weiberrates im Oktober 1968, abgedruckt in: Frauenjahrbuch, hrsg. und hergestellt von Frankfurter Frauen, Frankfurt am Main 1975.

30 Klaus Wahl, Familienbildung und -beratung in der BRD, Schriftenreihe des Bundesministers für Jugend, Familie und Gesundheit, Bd. 8, Bonn-Bad Godesberg 1973, S. 13.

31 Arbeitsgemeinschaft für Familienforschung und Familientherapie, Familie und seelische Krankheit, Reinbek bei Hamburg 1976, S. 9.

32 Zweiter Familienbericht der Bundesregierung, Bonn-Bad Godesberg, 1975, S. 17.

33 Zweiter Familienbericht, a. a. O., S. 60.

34 Heiner Geißler, Die neue soziale Frage, Freiburg 1976; vgl. Friedrich Krotz, Zwischen Ahlen und Wahlen. Konzeptionen christdemokratischer Sozialpolitik, in: Peter Grottian/Friedrich Krotz/Günter Lütke/ Heide Pfarr, Die Wohlfahrtswende, München 1988, S. 32ff.

35 Wolfram Bickerich (Hrsg.), Die 13 Jahre. Bilanz der sozialliberalen Koalition, Reinbek bei Hamburg, 1982, S. 45ff.; S. 163.

36 Familie – Zukunft. Leitsätze und Entschließungen der 19. CDA-Bundestagung, 9.–11. Okt. 1981 in Mannheim, Flugschrift.

37 Ingrid Langer, Scheinbare Progressivität täuscht über die wahren Ziele. Über die Familien- und Frauenpolitik der Union, in: Frankfurter Rundschau (künftig: FR), 27. 9. 1986; vgl. auch, Gunter Hofmann, Aufbruch zu alten Ufern, in: Die Zeit, 22. 2. 1985.
38 Sigrid Latka-Jöhring, Der Verdienst der Mütter ist bitter notwendig, Frankfurter Neue Presse (künftig: FNP), 19. 1. 1985; vgl. auch: Sozialbericht 1986, Hrsg. Bundesminister für Arbeit und Sozialordnung, Bonn 1986.
39 Hans Bertram/Renate Borrmann-Müller, Individualisierung und Pluralisierung familialer Lebensformen, in: Aus Politik und Zeitgeschichte, B 13/88, 25. 3. 1988, S. B 13/20.
40 Heide Pfarr, Ein Danaergeschenk, das die traditionelle Frauenrolle festschreibt, in: FR, 25. 2. 1988; Erziehungsurlaub und Kündigungsschutz, in: Handelsblatt, 16. 7. 1985; Erziehungsgeld/Bundesfamilienministerin R. Süssmuth zieht positive Bilanz, in: Handelsblatt, 7. 4. 1988.
41 Zur Sache. Themen Parlamentarischer Beratung 1/84, Probleme der Frau in unserer Gesellschaft, Bonn 1984, S. 152.
42 Barbelies Wiegmann, Früher wurden »Hexen« eben verbrannt, in: FR, 10. 9. 1983.
43 Renate Faerber-Husemann, Ich erhielt nie einen Pfennig Unterhalt, in: Deutsches Allgemeines Sonntagsblatt, 17. 3. 1985.
44 Dirk Cornelisen, Wie die Widerspenstigen gezähmt werden sollen, in: FR, 5. 7. 1984.
45 Rosemarie Callmann, 60 % der Bürger mit Scheidungsreform unzufrieden, in: FNP, 9. 11. 1984.
46 Ulrich Beck, Risikogesellschaft. Auf dem Weg in eine andere Moderne, Frankfurt am Main 1986, S. 188.
47 H. Bertram u. a., a. a. O., S. B 13/15 ff.
48 Iris Schürmann-Mock, Die alltägliche Tragödie in der Familie, FNP, 2. 6. 1984.
49 Im Wortlaut: Das neue Unterhaltsrecht, in: FR, 5. 7. 1984; Justizminister Engelhard, Mit Frauenfeindlichkeit hat das gar nichts zu tun, FR, 19. 9. 1984; Wolfgang Zeidler, Vom Zeitgeist der Rechtsprechung, in: Tagesspiegel, 28. 7. 1985; Rainer Klose, Kürzungen sollen Ausnahme bleiben, Der deutsche Familiengerichtstag kritisiert Bonner Reformpläne, in: SZ, 16. 10. 1985; Rolf Lamprecht, Zur ewigen Marter für beide Teile. 10 Jahre Eherechtsreform, in: Spiegel, 6. 7. 1987.
50 FR, 31. 1. 1987.
51 Grottian u. a., a. a. O., S. 41 ff.
52 Franz-Xaver Kaufmann, Sozialpolitik und Familie, in: Aus Politik und Zeitgeschichte, a. a. O., S. B 13/40.

Literatur

Arbeitsgemeinschaft für Familienforschung und Familientherapie (Hrsg.), Familie und seelische Krankheit, Reinbek 1976

Hans Bertram, Renate Borrmann-Müller, Individualisierung und Pluralisierung familialer Lebensformen, in: Aus Politik und Zeitgeschichte, Beilage zur Wochenzeitung »Das Parlament«, B 13/88, 25. März 1988

BMJFFG (Hrsg.), Nichteheliche Lebensgemeinschaften in der BRD, Bd. 170, Stuttgart 1985
Franz Filser, Einführung in die Familiensoziologie, Paderborn 1978
Fuffziger Jahre, hrsg. von Götz Eisenberg und Hans-Jürgen Linke, Gießen 1980
Heimo und Susanne Gastager, Die Fassadenfamilie, München 1973
Gesellschaftliche Daten 1982. Bundesrepublik Deutschland, hrsg. vom Presse- und Informationsamt der Bundesregierung, Stand: Januar 1982
Dietrich Haensch, Repressive Familienpolitik, Reinbek 1969
Renate Köcher, Ehe und Familie, Einstellungen zu Ehe und Familie im Wandel der Zeit, Stuttgart 1985
Ilse Langner-El Sayed, Familienpolitik: Tendenzen, Chancen, Notwendigkeiten, Frankfurt am Main 1980
Herbert Marcuse, Triebstruktur und Gesellschaft, Frankfurt am Main 1968
Jutta Menschik, Gleichberechtigung und Emanzipation, Frankfurt am Main 1971
Petra Milhoffer, Frauenrolle und Familienrecht, in: Dieter Claessens, Petra Milhoffer (Hrsg.), Familiensoziologie. Ein Reader als Einführung, Königstein/T. 1979
Petra Milhoffer, Familie und Klasse, Frankfurt am Main 1973
Alexander Mitscherlich, Die vaterlose Gesellschaft, Frankfurt am Main 1966
Claus Mühlfeld, Familiensoziologie, Hamburg 1976
Alva Myrdal, Viola Klein, Die Doppelrolle der Frau in Familie und Beruf, Köln 1962
Friedhelm Neidhardt, Die Familie in Deutschland. Gesellschaftliche Stellung, Strukturen und Funktionen, Opladen 1966
Ferdinand Oeter (Hrsg.), Familie und Gesellschaft, Tübingen 1966
Dagmar Ohl, Ursula Rösener, Und bist du nicht willig... Ausmaß und Ursachen von Frauenmißhandlung in der Familie, Frankfurt am Main 1979
Elisabeth Pfeil, Die Berufstätigkeit von Müttern. Eine empirisch-soziologische Erhebung an 900 Müttern aus vollständigen Familien, Tübingen 1961
Meinrad Perrez (Hrsg.), Krise der Kleinfamilie?, Bern 1979
Paul Petersen, Wohngemeinschaften oder Großfamilie. Versuch einer neuen Lebensform, Wuppertal 1972
Helge Pross (Hrsg.), Familie – wohin?, Reinbek 1979
Hans-Werner Richter (Hrsg.), Bestandsaufnahme. Eine deutsche Bilanz, München 1962
Heidi Rosenbaum, Familie als Gegenstruktur zur Gesellschaft, Stuttgart 1978[2]
Horst-Eberhardt Richter, Eltern, Kinder und Neurose, Reinbek 1969
Christa Rotzoll (Hrsg.), Emanzipation und Ehe, München 1968
Bernhard Schäfers, Sozialstruktur und Wandel der Bundesrepublik Deutschland, Stuttgart 1981
Helmut Schelsky, Wandlungen der deutschen Familie der Gegenwart, Stuttgart 1953
Georg Schwägler, Soziologie der Familie – Ursprung und Entwicklung, Tübingen 1970
Lucie Stampfli, Die unvollständige Familie, Zürich 1951
Hilde Thurnwald, Gegenwartsprobleme Berliner Familien, Berlin 1948

Klaus Wahl, Greta Tüllmann, Michael S. Honig, Lerke Gravenhorst, Familien sind anders. Wie sie sich selbst sehen. Anstöße für eine neue Familienpolitik, Reinbek 1980

Ingeborg Weber-Kellermann, Die deutsche Familie. Versuch einer Sozialgeschichte, Frankfurt am Main 1974

Richard Wolf, Zur Lebenssituation der Industriearbeiterfamilie, München 1963

Gerhard Wurzbacher, Leitbilder gegenwärtigen deutschen Familienlebens, Stuttgart 1969

Gerhard Wurzbacher (Hrsg.), Familie als Sozialisationsfaktor, Stuttgart 1968

Chronik

1949

23.5. Verkündung des Grundgesetzes; Art. 6 stellt Ehe und Familie unter den besonderen Schutz der staatlichen Ordnung.

1950

Gründung des Müttergenesungswerks.

Gründung des »Deutschen Familienverbandes e. V.« (beide Konfessionen) in München.

1952

24.1. Gesetz zum Schutz der erwerbstätigen Mutter (Mutterschutzgesetz).

1953

Okt. Gründung des Ministeriums für Familienfragen in Bonn.

1954

Entstehung der »Arbeitsgemeinschaft Deutscher Familienorganisationen«.

13.11. Gesetz über die Gewährung von Kindergeld und die Errichtung von Familienausgleichskassen (Kindergeldgesetz).

1956

27.6. 2. Wohnungsbau- und Familienheimgesetz fördert u. a. den Bau von Sozialwohnungen für einkommensschwache und kinderreiche Familien.

1957

Bildung eines Bundestagsausschusses für Familien- und Jugendfragen.

Okt. Erweiterung des Bundesministeriums für Familie zum Bundesministerium für Familie und Jugend.

1958

1.7. Gesetz über Gleichberechtigung von Mann und Frau auf dem Gebiet des Bürgerlichen Rechts (Familienanpassungsgesetz) tritt in Kraft: Stärkung der Rechte der Frau und Einführung der Zugewinngemeinschaft.

1959

29.7. Mit Urteil vom 29.7.1959 korrigiert das Bundesverfassungsgericht das Familienanpassungsgesetz.

1961

Erschwerung der Scheidung.

18.7. Gesetz über die Gewährung von Kindergeld und die Errichtung von Kindergeldkassen.

1964

14.4. Bundeskindergeldgesetz bringt neben Verbesserungen der Leistungen die Übernahme der Kosten durch den Bund (Kindergeldkasse).

1965

24.8. Gesetz zur Änderung des Mutterschutzgesetzes und der Reichsversicherungsordnung.

1968

Jan. Erster Familienbericht der Bundesregierung.

18.4. Mutterschutzgesetz stellt die berufstätige Mutter vor u. nach der Geburt für insgesamt 14 Wochen von der Arbeit frei.

1970

1.7. Gesetz über die rechtliche Stellung nicht-ehelicher Kinder und ihrer Mütter tritt in Kraft.

1971

26.8. Bundesausbildungsförderungsgesetz.

1973

»Aktion Familienplanung«, eingerichtet von der Bundeszentrale für gesundheitliche Aufklärung.

1974

1.1. Gesetz zur Verbesserung der Leistungen in der gesetzlichen Krankenversicherung, das Eltern eines erkrankten Kindes zur Pflege freistellt und bei Erkrankung der Sorgeperson im Haushalt einen Ersatz finanziert, tritt in Kraft.

24.4. Zweiter Familienbericht der Bundesregierung.

5.8. Gesetz zur Reform der Einkommensteuer, des Familienlastenausgleichs und der Sparförderung (Einkommensteuerreformgesetz).

1976

14.6. Reform des Familien-, Eltern- und Scheidungsrechts durch das 1. Gesetz zur Reform des Ehe- und Familienrechts.

1979

25.6. Mutterschaftsurlaubsgesetz stellt die berufstätige Mutter für 6 Monate nach der Geburt von der Arbeit frei, gewährt 750,- DM Mutterschaftsgeld und erhöht den Kündigungsschutz auf 8 Monate.

1980

1.1. Gesetz zur Neuregelung des Rechts der elterlichen Sorge tritt in Kraft; es schränkt die elterliche Gewalt zugunsten des Kindes ein, schützt erstmals das Pflegekindverhältnis und stärkt die richterlichen Eingriffsmöglichkeiten in für Kinder ungünstige Familienverhältnisse.

1981

9.–11.10. Die 19. CDA-Bundestagung verabschiedet ihre Leitsätze »Die sanfte Macht der Familie«.

12.11. Der Bundestag verabschiedet die 18 Milliarden DM umfassenden Spargesetze zur Sanierung des Bundeshaushaltes 1982, »Operation 82« genannt.
Die Ausbildungsförderung, die Arbeitsförderung, das Kindergeld und Krankenversicherungsleistungen werden abgesenkt.

1982

2.3. Bundesfamilienministerin Antje Huber tritt zurück, weil ihre Forderungen nach einer besseren Regelung ihrer familienpolitischen Kompetenzen und nach einer sozialen Abstufung des Kindergeldes unberücksichtigt blieben.

9.9. Wirtschaftsminister Otto Graf Lambsdorff legt sein »Konzept für eine Politik zur Überwindung der Wachstumsschwäche und zur Bekämpfung der Arbeitslosigkeit« vor. Er plant eine fünfzigprozentige Kürzung des Arbeitslosengeldes und die ersatzlose Streichung des Mutterschaftsurlaubsgeldes.
Die sozialliberale Koalition zerbricht.

1983

1.1. Das Haushaltsbegleitgesetz 1983 bestimmt:
- Einführung eines steuerlichen Kinderfreibetrages.
  Kindergeldanträge müssen jetzt mit Einkommensnachweis bei den Arbeitsämtern eingereicht werden.
- Die Kindergeldzulage in der gesetzlichen Unfallversicherung wird abgesenkt.
- Einkommensabhängige Reduzierung des Kindergeldes.
- Einschränkung der Schülerförderung und Umstellung der Studentenförderung auf Darlehen.

1.4. Das befristete »Versorgungsausgleichsgesetz« tritt in Kraft (Scheidungsfolgenrecht).

20.7. Die Hamburger Justizsenatorin Eva Leithäuser startet eine Bundesratsinitiative; Vergewaltigung in der Ehe soll unter Strafe gestellt werden.

20.7. In der Bundesrepublik wird die Entscheidung des Europäischen Gerichtshofes bekannt, Vätern sei kein Mutterschaftsurlaub zu gewähren.

12.10. Justizminister Hans A. Engelhard kündigt Änderungen im Scheidungsfolgenrecht an.

24.11. Die Bundesratsmehrheit lehnt Bestrafung von Vergewaltigung in der Ehe ab.

23.12. Familienminister Heiner Geißler legt in Bonn das »Programm zum Schutz des ungeborenen Lebens« vor. Es sieht die stufenweise Einführung eines Erziehungsgeldes, die Anerkennung von »Erziehungsjahren« in der Rentenversicherung, die steuerliche Gleichbehandlung alleinerziehender Eltern nach dem Familiensplitting und die Stiftung »Mutter und Kind« vor. Ziel ist es, »die Einstellung zum Kind in der Gesellschaft zu wandeln«.

1984

1.1. Das Haushaltsbegleitgesetz 1984 bestimmt:
- Der Kinderzuschuß in der gesetzlichen Rentenversicherung wird durch das gesetzliche Kindergeld ersetzt.
- Die Witwenabfindung in der gesetzlichen Rentenversicherung wird bei Wiederverheiratung herabgesetzt.
- Das Mutterschaftsurlaubsgeld wird von 750,- DM auf 510,- DM reduziert.
- Die Ausbildungsfreibeträge werden halbiert.
- Das Wohngeld wird gekürzt.

25.2. 17 Organisationen (Wohlfahrtsverbände, Frauen der Gewerkschaften, der SPD, der Grünen u. a.) veranstalten einen bundesweiten Protesttag gegen die Stiftung »Mutter und Kind«.

1.7. Der Bundesrat stimmt der Stiftung »Mutter und Kind« zu und verfügt, die Stiftung mit jährlich 50 Millionen DM auszustatten.

1985

1.1. Das Haushaltsbegleitgesetz 1985 bestimmt:
- Alleinerziehende erhalten Kinderbetreuungskosten gewährt.
- Für arbeitslose Jugendliche unter 21 Jahren wird das Kindergeld wiedereingeführt.

März Der Essener Parteitag der CDU verabschiedet Leitsätze für eine »neue Partnerschaft zwischen Mann und Frau«.

August Die Professorin Rita Süssmuth wird Bundesministerin für Frauen, Familie, Jugend und Gesundheit.

15.10. Der Deutsche Familiengerichtstag kritisiert die Reformpläne zum Scheidungsfolgenrecht.

1986

1.1. Das Haushaltsbegleitgesetz 1986 bestimmt:
- Streichung des Mutterschaftsurlaubsgeldes und Inkrafttreten des Erziehungsgeldgesetzes. Bis 1988 wird Müttern und Vätern bis zum 6. Monat des Kindes einkommensunabhängig 10 Monate lang Erziehungsgeld von 600,- DM mtl. gewährt, ab 1988 12 Monate.
- Berücksichtigung von Kindererziehungszeiten (1 Jahr pro Kind) für Frauen in der Rentenversicherung.
- Aufstockung des Kindergeldes.
- Verbesserung der steuerlichen Berücksichtigung von Unterhaltsleistungen.
- Erhöhung des Haushaltsfreibetrages für Alleinerziehende.

1.4. Die Reform des Scheidungsfolgenrechts tritt in Kraft. Das Schuldprinzip findet wieder Berücksichtigung.

5.6. Der Baden-Württembergische Verwaltungsgerichtshof bestätigt: auch eheähnliche Gemeinschaften ohne Sexualgemeinschaft können zu Sozialhilfeleistungen nach dem Bundessozialhilfegesetz herangezogen werden.

8.10. Vorlage des vierten Familienberichts.

1987

31.7. Bundesministerin Süssmuth kündigt die Einführung eines für Frauen auf die Rente anrechenbaren Pflegejahres an.

8.11. Der 7. Deutsche Familiengerichtstag zieht eine Bilanz der Scheidungsreform von 1977. Die Mehrheit der Richterinnen beklagt »die Diskriminierung der Hausfrauenehe im Unterhaltsrecht«.

Martin Greschat

Die Evangelische Kirche

Die Anfangsjahre (1945–1949)

Am 8. Mai 1945, am gleichen Tag also, an dem die deutsche Wehrmacht bedingungslos kapitulierte, richtete der Düsseldorfer Pfarrer Lic. Joachim Beckmann ein Gesuch an die Militärregierung, worin er um die Genehmigung bat, sich mit dem Fahrrad im Umkreis von 40 km frei bewegen zu dürfen, um in Wuppertal und Essen mit den beiden anderen Führern des Bruderrates der Rheinischen Kirchenprovinz Kontakte aufnehmen zu können. Denn, so begründete Beckmann seinen Antrag: »Die Bekenntniskirche hat sehr gelitten und muß baldigst wieder aufgebaut werden.«[1]

In diesem Votum kommen sowohl die Gegebenheiten des Jahres 1945 treffend zum Ausdruck als auch wesentliche Voraussetzungen, die dann den Weg der evangelischen Kirche in der Nachkriegszeit – und darüber hinaus – bestimmt haben. Zunächst konnte man sich nur auf der lokalen oder einer eng begrenzten regionalen Ebene bewegen; hier lagen die ersten Anfänge eines Neuanfangs. Aber relativ rasch gelang dann die Reorganisation der Institutionen sowie des kirchlichen Lebens in den traditionellen evangelischen Landeskirchen. Sie bildeten bald – wie vorher auch – die eigentliche und entscheidende Form der kirchlichen Organisation.

Mehrere Faktoren wirkten bei dieser Stabilisierung des Überkommenen, die zunächst alles andere als selbstverständlich war, zusammen: Die relative Unversehrtheit dieser Institutionen und ihres Apparats bis hinunter in die Kirchengemeinden; das Ansehen, über das beide Großkirchen in gewissem Maße bei den Siegermächten und insbesondere bei den westlichen Alliierten verfügten, weil sie sich von den Nationalsozialisten nicht einfach hatten gleichschalten lassen; schließlich die aus beidem resultierende Bereitwilligkeit der Sieger, kirchliche Vertreter als Gesprächspartner zu akzeptieren und mit ihnen in konkreten Einzelfragen zusammenzuarbeiten. Das wiederum hob das Ansehen dieser Kirchen in der deutschen Öffentlichkeit beträchtlich. Sie erschienen jetzt als die Garanten von Kontinuität und Ordnung inmitten eines allgemeinen inneren und äußeren Chaos.

Das Fehlen jeder übergeordneten politischen, aber auch kirchlichen Zentralgewalt in Deutschland tat ein übriges, um die landeskirchlichen Institutionen zu festigen. Nicht selten hatten sie es auf ihrem Kirchengebiet mit verschiedenen Besatzungsmächten zu tun. Den daraus erwachsenden Schwierigkeiten korrespondierte umgekehrt von Anfang an die Möglichkeit, über die allgemeine »Regionalisierung des Bewußtseins« (H.-P. Schwarz) als Organisation hinauszugreifen und dadurch stabilisierend und integrierend zu wirken. Am Beispiel der Rheinischen Landeskirche lassen sich diese Gegebenheiten besonders gut veranschaulichen. Sie bildete 1945 noch keine eigene Landeskirche, sondern war eine Provinz der Kirche der Altpreußischen Union, die das Territorium Preußens vor den Annexionen Bismarcks umfaßte und an deren Spitze der Evangelische Oberkirchenrat in Berlin stand. Zum Gebiet der ehemaligen preußischen Provinz Rheinland – und somit zu dieser Kirchenprovinz – gehörten nun aber nicht nur der westliche Teil des späteren Landes Nordrhein-Westfalen und der Norden des dann ebenfalls neugegründeten Landes Rheinland-Pfalz, sondern auch das abgetrennte Saarland sowie eine Enklave um Braunfels und Wetzlar. Dementsprechend hatte diese Kirche es – abgesehen von Kontakten nach Berlin – mit der englischen, französischen und amerikanischen Besatzungsmacht zu tun und mußte sich mit deren unterschiedlichen Verwaltungspraktiken und Zielsetzungen auseinandersetzen.

Allerdings hatten sich die »Großen Drei« – die USA, Großbritannien sowie die Sowjetunion – noch vor ihrem Sieg über Deutschland Ende 1944 auf Grundzüge einer gemeinsamen Religionspolitik geeinigt. Dazu gehörte die Ausschaltung aller nationalsozialistischen Tendenzen innerhalb der Kirchen ebenso wie die Garantie der Freiheit des Gewissens und das Recht der selbständigen Neuordnung des kirchlichen Lebens. In den Schulen sollte Religionsunterricht erteilt werden, der Einzug von Kirchensteuern wurde zugestanden. Erlaubt sein sollte auch die kirchliche Jugendarbeit sowie der Wiederaufbau einer kirchlichen Presse. Der von den Nationalsozialisten beschlagnahmte kirchliche Besitz war den Religionsgemeinschaften möglichst umgehend zurückzugeben, und insgesamt wollten die Besatzungsmächte Kirchen und kirchliche Einrichtungen ihrem besonderen Schutz unterstellen. Der erhebliche Freiraum, der den Kirchen mit diesen Bestimmungen eingeräumt wurde, kam nicht zuletzt darin zum Ausdruck, daß man ihnen – freilich unter der Aufsicht der Militärgouverneure – die Durchführung der Entnazifizierung ihrer Geistlichen und sonstigen Mitarbeiter zugestand.

Diese Grundsätze wurden von einem Unterausschuß des Alliierten Kontrollrats in Berlin, der im Juni 1945 die oberste Regierungsgewalt in Deutschland übernommen hatte, in Einzelheiten überarbeitet und im Oktober 1946 von allen vier Besatzungsmächten – wozu nun also auch

Frankreich gehörte – akzeptiert. Allerdings handelte es sich lediglich um Rahmenrichtlinien, die für unterschiedliche Auslegungen in den einzelnen Besatzungszonen durchaus Raum ließen. Die Diskussion im »Allied Religious Affairs Committee« (ARAC) des Kontrollrats konzentrierte sich dann vor allem auf die Fragen der Zulassung von Bekenntnisschulen, die Ausdehnung der kirchlichen Jugendarbeit sowie die Kirchensteuer und die weitere Gewährung von Staatszuschüssen an die Kirchen. Eine einheitliche Regelung gelang nicht mehr. Insofern spiegelt sich auch in diesen Verhandlungen die wachsende Unwilligkeit und Unfähigkeit der Siegermächte, das zerschlagene Deutschland gemeinsam aufzubauen und zu regieren. Auch im religiösen und kirchlichen Bereich lag somit alle Entscheidungsgewalt alsbald in den Händen der Militärgouverneure der einzelnen Besatzungszonen, die jene gemeinsame Übereinkunft entsprechend ihrer nationalen religiösen Tradition sowie ihrer politischen Ziele konkretisierten.

Diese Realität sowie die schwierigen und langfristigen innerkirchlichen Verhandlungen und Auseinandersetzungen, die den Weg zu einem Zusammenschluß aller evangelischen Kirchen in Deutschland begleiteten, boten den einzelnen Landeskirchen zusätzliche Möglichkeiten, ihre traditionell starke Position zu behaupten, wenn nicht sogar noch auszubauen. In die gleiche Richtung wirkte sich die »Selbstreinigung« der Kirchen aus.

In zähen Verhandlungen mit den jeweiligen Besatzungsmächten konnten die Kirchenleitungen in den Westzonen durchsetzen, daß ihre Pfarrer und Mitarbeiter im Rahmen der allgemeinen Entnazifizierung ausgesprochen glimpflich davonkamen. Die Kirchenleitungen selbst schieden belastete Persönlichkeiten aus der Zeit des Dritten Reiches möglichst schnell aus, hielten an »neutralen«, also weitgehend unbelasteten, entschieden fest und übergaben, vor allem in den ehemals von »Deutschen Christen« regierten Kirchen, Vertretern der Bekennenden Kirche Führungspositionen. Auf diese Weise unterstrich man einerseits die Rechtskontinuität und integrierte andererseits – freilich mit recht unterschiedlichem Nachdruck – die verschiedenen Erfahrungen des Kirchenkampfes gegen die Überfremdung und Gleichschaltung der Lehre und des kirchlichen Lebens durch den Nationalsozialismus in die Neugestaltung der einzelnen Landeskirchen. Auch dieser Prozeß kam schneller zum Abschluß als die gleichzeitigen Bemühungen um einen Zusammenschluß aller evangelischen Kirchen in Deutschland.

Mit alledem bildeten schon sehr bald nach dem Zusammenbruch die Landeskirchen die eigentlichen Zentren und dann auch die entscheidenden Machtfaktoren in der evangelischen Kirche in Deutschland.

Von den älteren, übergreifenden Organisationen war die ehemals größte

Kirchentag 1959 in München: Die Bischöfe Lilje und Dibelius (v. l.) im Gespräch mit Bundespräsident Theodor Heuss. Rechts von ihnen mit Amtskette Oberbürgermeister Wimmer, ferner Kirchentagspräsident von Thadden-Trieglaff.

deutsche evangelische Kirche der Altpreußischen Union (APU) durch den Krieg sowie die darauf folgende Zerschlagung Preußens weitgehend vernichtet worden. Ost- und Westpreußen waren verloren, ebenso Schlesien und der größte Teil Pommerns; in den übrigen Gebieten (Brandenburg, Provinz Sachsen, Westfalen und Rheinland) überwog das Verlangen nach kirchlicher Selbständigkeit. Dem wurde bereits in einem am 31. August 1945 in Treysa angenommenen Statut entsprochen. Dadurch wurden die früheren preußischen Kirchenprovinzen zu eigenständigen Landeskirchen; die neugeschaffene Organisation der Evangelischen Kirche der Union (EKU) hatte und hat noch die Aufgabe, die aus der ge-

meinsamen Tradition erwachsenen Verbindungen und Verpflichtungen zu pflegen.
Sehr viel komplizierter war die Neuordnung des Zusammenschlusses aller evangelischen Kirchen in Deutschland. Die 1933 geschaffene Deutsche Evangelische Kirche (DEK) war aufgrund der Vergangenheit diskreditiert; nichtsdestoweniger bestand ein außerordentliches Interesse an einer gesamtkirchlichen evangelischen Organisation. In den Bemühungen um deren Verwirklichung spielten dann sehr unterschiedliche Gesichtspunkte eine Rolle. Man übertreibt nicht, wenn man in diesen Auseinandersetzungen *auch* ein Spiegelbild der wichtigsten innerkirchlichen Tendenzen jener Zeit sieht.
Da war einmal das Selbstbewußtsein und Eigeninteresse der einzelnen Landeskirchen, die nicht gewillt waren, sich ihre Position durch eine übergeordnete Organisation schmälern zu lassen. Da bestand zum andern der konfessionelle Gegensatz der Lutheraner gegenüber den Reformierten und insbesondere den Unierten, der in der Vergangenheit durch die Opposition des Luthertums gegenüber der mächtigen Kirche der Altpreußischen Union mit erheblichen Vorbehalten, auch Ressentiments, aufgeladen war. Hinzu kamen weiterhin die für die Folgezeit kaum hoch genug einzuschätzenden unterschiedlichen Erfahrungen – und dann auch Interpretationen – des Kirchenkampfes im »Dritten Reich«. Dieser Kirchenkampf hatte in den »intakten« Kirchen (Württemberg, Bayern und Hannover), wo die Kirchenleitungen sich 1933 des Ansturms der Deutschen Christen hatten erwehren können, ein entschieden anderes Gesicht und Gewicht gehabt als in jenen »zerstörten« Kirchen, wo in Gestalt der Bruderräte eigene kirchenleitende Organe der Bekennenden Kirche im Gegensatz zu den deutschchristlichen Kirchenleitungen mühsam und unter Verfolgungen agiert hatten. Aber auch dabei war es dann im einzelnen zu mancherlei Kompromissen gekommen. Insofern verknäulten sich nach 1945 durchaus landeskirchliche und konfessionelle Zielsetzungen mit organisatorischen und theologischen Neuansätzen.
Neben dem offenkundigen Gegensatz der lutherischen Theologie und derjenigen Karl Barths, die im Kirchenkampf für die entschiedenen Opponenten gegenüber jeder Anpassung von entscheidender Bedeutung gewesen war, gehörte dazu an zentraler Stelle die unterschiedliche Interpretation des selbst Erfahrenen. Nimmt man die Spannungen hinzu, die bei alledem zwischen »Jungen« und »Alten« bestanden, zwischen kirchenleitenden Persönlichkeiten und sich kirchlich verantwortlich wissenden einzelnen, hat man ungefähr jenes Spektrum von Kräften vor Augen, die 1945 innerhalb des deutschen Protestantismus um die Neugestaltung der kirchlichen Verhältnisse rangen.

Zu Auseinandersetzungen darüber, aber doch auch zu einer gewissen Verständigung kam es auf der Kirchenführerkonferenz in Treysa (27. bis 31.8.1945). Eingeladen hatte der württembergische Landesbischof D. Theophil Wurm (1868–1953), der durch sein mutiges Auftreten gegen die sogenannte Euthanasie und andere Verbrechen in Briefen an hochgestellte nationalsozialistische Persönlichkeiten sowie durch seine Bemühungen um eine innerkirchliche Einigung (seit 1941) angesichts der im Krieg unübersehbar hervortretenden massiven antikirchlichen und antichristlichen Tendenzen im Nationalsozialismus als der weithin anerkannte Sprecher der evangelischen Kirche galt. Wurm hoffte, auf der Basis seines »Kirchlichen Einigungswerkes«, in dem sich die unterschiedlichen Richtungen der Bekennenden Kirche sowie Neutrale und auch einzelne ehemalige Deutsche Christen zusammengefunden hatten, eine neue gesamtkirchliche evangelische Organisation bilden zu können. Das Gelingen dieses Planes hing jedoch ganz wesentlich von zwei innerkirchlichen Zusammenschlüssen ab, die sich aufgrund der Erfahrungen im Kirchenkampf gebildet hatten: des 1934 entstandenen Reichsbruderrates sowie des 1936 gegründeten Lutherrates.
Auf Einladung Martin Niemöllers trafen sich die Mitglieder des Reichsbruderrates, also die Vertreter des bruderrätlich organisierten Flügels der Bekennenden Kirche vor allem aus den ehemals »zerstörten« Kirchen der Deutschen Evangelischen Kirche, vom 21.–24. August 1945 in Frankfurt. Es ging um die Frage, welche Rolle die Einsichten und Überzeugungen dieser entschiedensten Gruppe innerhalb der Bekennenden Kirche bei der künftigen Neuordnung der deutschen evangelischen Kirche spielen sollten. Sehr schnell zeigte sich allerdings, daß man zu einem geschlossenen Handeln nicht in der Lage war. In mehreren Landeskirchen hatten bereits Bruderräte »Koalitionsregierungen« gebildet; andere neigten zu einem betont lutherischen, konfessionellen Zusammenschluß. Niemöller und seine engsten Freunde mußten erkennen, daß praktisch alle Voraussetzungen fehlten, um die evangelische Kirche im Sinne der zweiten Bekenntnissynode von Dahlem (19.–20.10.1934) von den Gemeinden aus mit bruderrätlichen Leitungen neu zu gestalten. Nur um den Versuch, die eigenen Erfahrungen nicht völlig untergehen zu lassen, konnte es jetzt noch gehen.
Sehr viel stärker, auch siegesgewisser waren demgegenüber die Vertreter des Lutherrates, die sich vom 24.–27.8.1945 unter der Führung des bayerischen Landesbischofs Hans Meiser (1881–1956) in Treysa trafen. Zusammengeschlossen waren hierin die Kirchen von Hannover, Bayern und Württemberg sowie die Landesbruderräte von Mecklenburg, Sachsen und Thüringen. Ihr Ziel war die Bildung einer umfassenden lutherischen Konfessionskirche in Deutschland, ein Konzept, das nicht zuletzt ange-

sichts der Zertrümmerung Preußens und der offenkundigen Krise der Kirche der Altpreußischen Union realistisch erschien.
Es gelang Wurm und seinen Freunden auf der Kirchenführerkonferenz in Treysa, einen Mittelweg zu steuern, der sowohl die Ausgrenzung des Reichsbruderrates bei der kirchlichen Neubildung verhinderte als auch das Ausscheren des konfessionellen Luthertums durch die Schaffung einer eigenen und unabhängigen lutherischen deutschen Kirche. Damit war grundsätzlich der Weg freigemacht für die Bildung der »Evangelischen Kirche in Deutschland« (EKD), deren Grundordnung am 13. Juli 1948 in Eisenach von der Kirchenversammlung angenommen wurde. Allerdings handelte und handelt es sich hierbei lediglich um einen Bund selbständiger Kirchen, anders als bei der am 8. Juli 1948 am gleichen Ort konstituierten Vereinigten Evangelisch-Lutherischen Kirche (VELKD). Diese ist ein Kirchenbund insofern, als die VELKD über Fragen der Lehre und des Bekenntnisses, der Gottesdienstordnung oder der Pfarrerausbildung verbindliche Entscheidungen für ihre Gliedkirchen fällen kann. Doch sind auch diese lutherischen Kirchen zugleich Mitglieder der EKD.
Diese komplizierte, an vielfältigen Widersprüchen, aber auch an mannigfachen Kompromissen reiche Vorgeschichte des Zusammenschlusses der deutschen evangelischen Kirche nach dem Ende des Dritten Reiches bestimmte und bestimmt in vieler Hinsicht immer noch den Weg, die Möglichkeiten und Grenzen der EKD. Andererseits trat in den folgenden Jahrzehnten zunehmend die schnell abnehmende kirchliche und theologische Relevanz der innerprotestantischen Lehrunterschiede zutage. In der Lauenburger Konkordie (1973), die im europäischen Rahmen erarbeitet und verabschiedet wurde, gewann diese Einsicht dann verbindliche Gestalt: Die unterschiedlichen evangelischen Bekenntnisse der Reformationszeit besitzen heute für den Protestantismus keine kirchentrennende Bedeutung mehr.
Eindeutig hatte die Grundordnung der EKD also bestimmt, daß es sich hier um einen Kirchenbund, d. h. um den Dachverband von insgesamt 27 selbständigen lutherischen, reformierten und unierten deutschen Kirchen handelte. Die EKD konnte und kann dementsprechend wohl Richtlinien formulieren, aber keine Weisungen erteilen. Ihre Organe sind die Synode, die alljährlich tagt (mit 100 gewählten und 20 vom Rat berufenen Mitgliedern), die Kirchenkonferenz als Vertretung der Kirchenleitungen sowie der Rat der EKD, der zunächst aus zwölf Mitgliedern bestand, danach aus fünfzehn (seit 1966: 6 Lutheraner, 6 Unierte, 3 Reformierte) und an dessen Spitze – als primus inter pares – der auf sechs Jahre gewählte Ratsvorsitzende steht. Das Verwaltungsorgan der EKD ist die Kirchenkanzlei (jetzt Kirchenamt) in Hannover. Als wichtige Institution ist da-

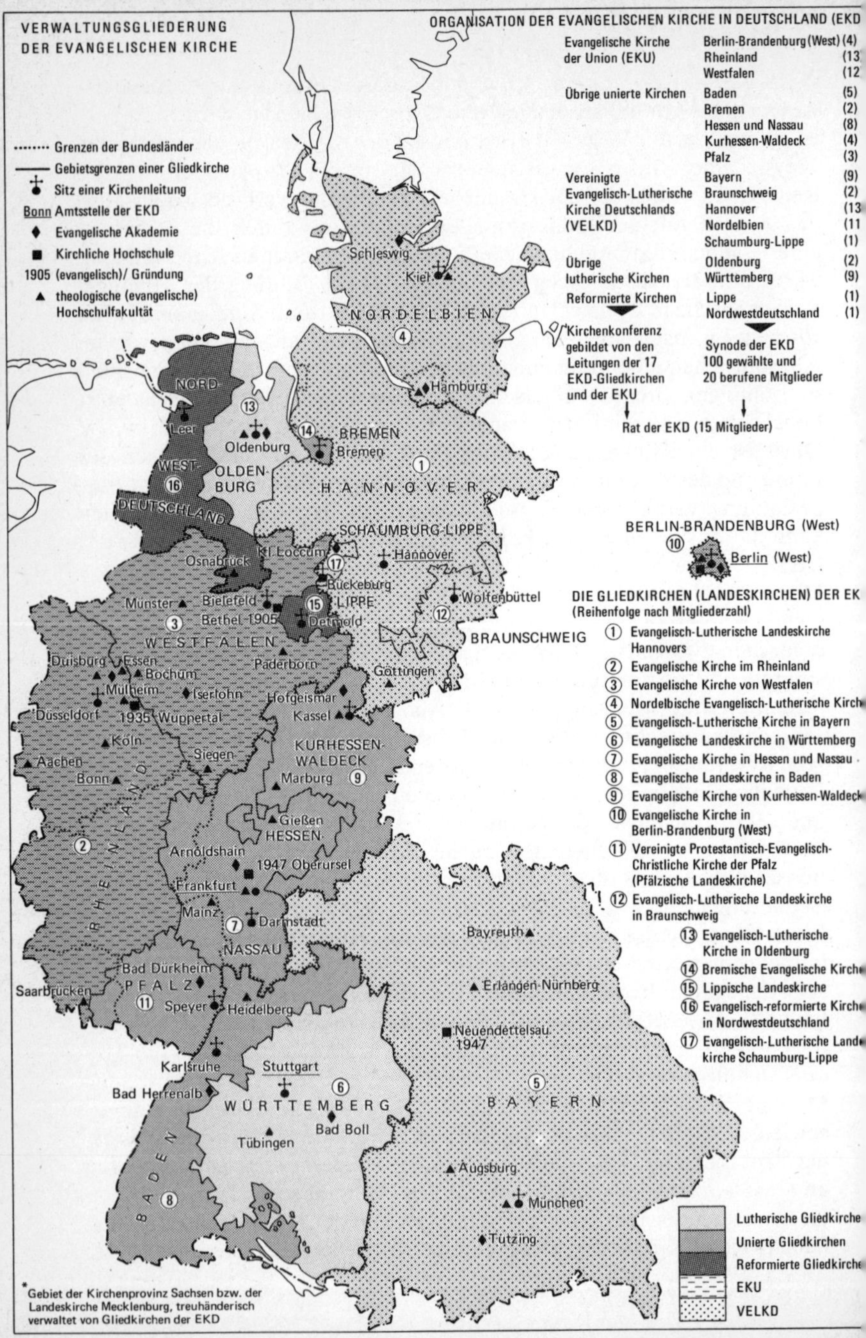

VERWALTUNGSGLIEDERUNG DER EVANGELISCHEN KIRCHE
Grenzen der Bundesländer
Gebietsgrenzen einer Gliedkirche
Sitz einer Kirchenleitung
Bonn Amtsstelle der EKD
Evangelische Akademie
Kirchliche Hochschule
1905 (evangelisch)/ Gründung
theologische (evangelische) Hochschulfakultät
ORGANISATION DER EVANGELISCHEN KIRCHE IN DEUTSCHLAND (EKD
Evangelische Kirche der Union (EKU)
Berlin-Brandenburg (West) (4)
Rheinland (13
Westfalen (12
Übrige unierte Kirchen
Baden (5)
Bremen (2)
Hessen und Nassau (8)
Kurhessen-Waldeck (4)
Pfalz (3)
Vereinigte Evangelisch-Lutherische Kirche Deutschlands (VELKD)
Bayern (9)
Braunschweig (2)
Hannover (13
Nordelbien (11
Schaumburg-Lippe (1)
Übrige lutherische Kirchen
Oldenburg (2)
Württemberg (9)
Reformierte Kirchen
Lippe (1)
Nordwestdeutschland (1)
Kirchenkonferenz gebildet von den Leitungen der 17 EKD-Gliedkirchen und der EKU
Synode der EKD 100 gewählte und 20 berufene Mitglieder
Rat der EKD (15 Mitglieder)
Schleswig
Kiel
NORDELBIEN
4
Hamburg
NORD-
13
Leer
Oldenburg
14
BREMEN
Bremen
1
WEST-
16
DEUTSCHLAND
OLDEN-
BURG
HANNOVER
SCHAUMBURG-LIPPE
Kl. Loccum
17
Hannover
Osnabrück
Bückeburg
15
LIPPE
Wolfenbüttel
12
BRAUNSCHWEIG
Münster
Bielefeld
Bethel 1905
Detmold
3
WESTFALEN
Paderborn
Göttingen
Duisburg
Essen
Bochum
Mülheim
Iserlohn
Hofgeismar
Kassel
Düsseldorf
1935 Wuppertal
Köln
Siegen
KURHESSEN-
WALDECK
Aachen
Bonn
Marburg
9
Gießen
HESSEN
2
RHEINLAND
Arnoldshain
1947 Oberursel
Frankfurt
Mainz
7
Darmstadt
NASSAU
Bayreuth
Bad Dürkheim
PFALZ
Saarbrücken
11
Speyer
Heidelberg
Erlangen-Nürnberg
Neuendettelsau 1947
Karlsruhe
Stuttgart
6
Bad Herrenalb
WÜRTTEMBERG
5
BAYERN
Bad Boll
Tübingen
Augsburg
BADEN
8
München
Tutzing
BERLIN-BRANDENBURG (West)
10
Berlin (West)
DIE GLIEDKIRCHEN (LANDESKIRCHEN) DER EK
(Reihenfolge nach Mitgliederzahl)
1 Evangelisch-Lutherische Landeskirche Hannovers
2 Evangelische Kirche im Rheinland
3 Evangelische Kirche von Westfalen
4 Nordelbische Evangelisch-Lutherische Kirch
5 Evangelisch-Lutherische Kirche in Bayern
6 Evangelische Landeskirche in Württemberg
7 Evangelische Kirche in Hessen und Nassau
8 Evangelische Landeskirche in Baden
9 Evangelische Kirche von Kurhessen-Waldeck
10 Evangelische Kirche in Berlin-Brandenburg (West)
11 Vereinigte Protestantisch-Evangelisch-Christliche Kirche der Pfalz (Pfälzische Landeskirche)
12 Evangelisch-Lutherische Landeskirche in Braunschweig
13 Evangelisch-Lutherische Kirche in Oldenburg
14 Bremische Evangelische Kirch
15 Lippische Landeskirche
16 Evangelisch-reformierte Kirch in Nordwestdeutschland
17 Evangelisch-Lutherische Land kirche Schaumburg-Lippe
Lutherische Gliedkirche
Unierte Gliedkirchen
Reformierte Gliedkirch
EKU
VELKD
*Gebiet der Kirchenprovinz Sachsen bzw. der Landeskirche Mecklenburg, treuhänderisch verwaltet von Gliedkirchen der EKD

neben noch das Kirchliche Außenamt (früher in Frankfurt, jetzt: Hauptabteilung III des Kirchenamtes in Hannover) zu nennen, das die Verbindungen zu den deutschen Auslandsgemeinden sowie zur Ökumene pflegt.

Unter dem politischen Druck der DDR zerbrach 1968 die EKD. Am 10. Juni 1969 trat die Ordnung des »Bundes der Evangelischen Kirchen in der DDR« in Kraft, wodurch diese Kirchen endgültig aus der bis dahin festgehaltenen gesamtdeutschen Organisation der EKD ausschieden. Die EKD umfaßt seitdem 17 Landeskirchen, von denen Nordelbien (1977 durch den Zusammenschluß von Hamburg, Schleswig-Holstein, Lübeck und Eutin entstanden), Hannover, Bayern, Braunschweig und Schaumburg-Lippe zur VELKD gehören, Berlin-Brandenburg (West), Westfalen und Rheinland zur Evangelischen Kirche der Union (EKU); reformierte Landeskirchen sind Lippe und Nordwestdeutschland; nicht der VELKD angeschlossen haben sich die lutherisch geprägten Kirchen Württembergs und Oldenburgs; weitere unierte Kirchen sind Hessen-Nassau, Kurhessen-Waldeck, Baden, die Pfalz und Bremen.

Vor allem aufgrund von Kirchenaustritten hat in jüngster Zeit der Katholizismus in der Bundesrepublik den Protestantismus zahlenmäßig überholt: waren 1950 noch 50,5 % der Bevölkerung Glieder einer evangelischen Landeskirche (ohne die evangelischen Freikirchen), so waren es am 31. Dezember 1979 lediglich 42,8 %; der Anteil der Katholiken sank in der gleichen Zeit nur von 44,3 % auf 43,5 %.[2]

1945 fanden sich, wie erwähnt, beide Großkirchen in Deutschland, insbesondere natürlich in den westlichen Besatzungszonen, in einer ungemein günstigen Position. Ihre Organisationen waren intakt. So konnten sie nicht nur direkt zur Bevölkerung reden und ihre Not zu lindern versuchen, sondern auch den Besatzungsmächten gegenüber als Anwalt der Besiegten die verschiedensten menschlichen, sozialen und nationalen Probleme zur Sprache bringen. Allein die Kirchen verfügten in dieser Situation in Deutschland über einflußreiche außenpolitische Kontakte. Bereits zur zweiten Sitzung des Rates der EKD am 18. und 19. Oktober 1945 in Stuttgart waren führende Vertreter des im Entstehen begriffenen Weltrates der Kirchen gekommen, die den Deutschen die Einladung zur Mitarbeit in der Ökumene anboten. Bei dieser Gelegenheit gab der Rat der EKD seine bald berühmt gewordene, aber alsbald auch innerhalb der Kirche leidenschaftlich umstrittene Schulderklärung ab. Der Text ermöglichte unterschiedliche Deutungen und wurde dementsprechend sogleich

Linke Seite: Verwaltungsgliederung der evangelischen Kirche. – *Quelle:* Fischer Informationsatlas Bundesrepublik Deutschland, Frankfurt am Main 1982, S. 127.

verschieden interpretiert: Man konnte – wie Martin Niemöller oder Gustav Heinemann – den Akzent auf den ersten Satz legen und dann auf eine grundsätzliche Neuorientierung des gesamten deutschen Volkes unter der Führung der evangelischen Kirche abheben: »Mit großem Schmerz sagen wir: Durch uns ist unendliches Leid über viele Völker und Länder gebracht worden.«[3] Man konnte andererseits allen Nachdruck auf das Mühen um Versöhnung mit den Christen in der Ökumene legen, dabei auch den eigenen Einsatz in der Vergangenheit hervorheben: »Wohl haben wir lange Jahre hindurch im Namen Jesu Christi gegen den Geist gekämpft, der im nationalsozialistischen Gewaltregiment seinen furchtbaren Ausdruck gefunden hat; aber wir klagen uns an, daß wir nicht mutiger bekannt, nicht treuer gebetet, nicht fröhlicher geglaubt und nicht brennender geliebt haben.« Und man konnte schließlich das Thema mit dieser Erklärung als abgetan und erledigt ansehen, in der Konzentration auf den Satz: »Nun soll in unseren Kirchen ein neuer Anfang gemacht werden.« An Verharmlosungen, Entschuldigungen und mehr oder weniger offenen Selbstrechtfertigungen hat es in der innerkirchlichen Diskussion um diese Erklärung, die bis in die Mitte des Jahres 1947 mit großer Intensität geführt wurde, jedenfalls nicht gefehlt. Aber auf der anderen Seite muß man doch auch in Rechnung stellen, daß keine andere deutsche Kirche, Organisation oder Institution nach 1945 öffentlich von ihrem Versagen und der eigenen Schuld am »Dritten Reich« gesprochen hat. Ohne deshalb die Grenzen dieser Erklärung zu übersehen: mit diesem Wort sind die evangelischen Kirchenführer, die mehrheitlich durchaus konservativ geprägt und zutiefst national gesonnen waren, in der Tat über ihren eigenen Schatten gesprungen!

Die evangelische Kirche nahm in der Nachkriegszeit eine Fülle von Aufgaben wahr, die in normalen Zeiten nicht in ihre Verantwortung gefallen waren: angefangen bei Verwaltungsaufgaben über mannigfache materielle Hilfeleistungen bis hin zu politischen Einflußnahmen. Die außerordentliche Not in Deutschland drängte dazu. Aber man war auch grundsätzlich entschlossen, das öffentliche Leben mitzugestalten. Ein starkes Selbstbewußtsein beherrschte jene Männer, die im Kirchenkampf gelernt hatten, der Obrigkeit zu widersprechen und die dadurch mit einer langen protestantischen Tradition der politischen Unterordnung und des Gehorsams gebrochen hatten. Nun wollten sie verantwortlich mitreden und mitgestalten. Man sprach deshalb von einem »Wächteramt« der Kirche und proklamierte ihren »Öffentlichkeitsanspruch« innerhalb der Gesellschaft.

Die Folge davon war eine Fülle von kirchlichen Worten, Erklärungen und Verlautbarungen zu praktisch sämtlichen brennenden Themen der Nachkriegszeit, bis hin zu Fragen der Bodenreform oder der wirtschaftlichen

Neuordnung. Durchmustert man diese Aussagen, mutet ihr konstruktiver Beitrag allerdings recht bescheiden an. Am guten Willen mangelte es sicher nicht – wohl aber an Sachkenntnis. Man analysierte nicht, sondern proklamierte. Und das war um so leichter möglich, als man glaubte, im Letzten und Entscheidenden komme es auf die Überzeugung des einzelnen an. So hieß es etwa, im Blick auf die Wirtschaftsfrage: verwerflich seien weder der Sozialismus noch der Kapitalismus, sondern der selbstsüchtige, begehrliche Mensch, der in beiden Systemen gedeihen könnte. Faktisch wurde auf diese Weise die unaufhebbare Gültigkeit eines Großteils der alten bürgerlich-mittelständischen Werte verkündet: die zentrale Bedeutung der Persönlichkeit, des Individuums; das Recht auf Eigentum und die Unverletzlichkeit des Besitzes; eine Wirtschaftsordnung, die gewiß dem Großkapital kritisch gegenüberstand, aber die einen Kapitalismus mit sozialen Sicherungen doch jeder Form von Sozialismus entschieden vorzog; und schließlich eine Staats- und Gesellschaftsordnung, die demokratische Elemente durchaus akzeptierte, sofern nur eine starke politische Autorität sowie die klare Gliederung der Gesellschaft in oben und unten gewährleistet waren.
Die Konzentration aller dieser kirchlichen Äußerungen auf die Haltung und Einstellung des einzelnen wird freilich erst wirklich verständlich, wenn man sie im Zusammenhang mit dem gesellschaftlichen Leitbild der evangelischen Kirche in jener Zeit sieht. Dieses läßt sich als Programm der »Rechristianisierung« bzw. der Aufrichtung und Durchsetzung einer umfassenden christlichen Gesellschaftsordnung umreißen. Der Nationalsozialismus galt als der letzte und eindeutigste Beweis für die Überzeugung, daß Gesellschaften, die mit ihren Werten und Ordnungen nicht eindeutig in Gottes Geboten verankert waren, in Zuchtlosigkeit, Chaos und Unmenschlichkeit enden müßten. Um das zu verhindern, bedurfte die Gesellschaft notwendig der kritischen Begleitung sowie der autoritativen Weisungen seitens der Kirche. Ein wahrhaft menschliches Zusammenleben erschien nur auf dieser Basis möglich; andernfalls würden Willkür und Vermassung die Folge sein, als die unumgängliche Konsequenz der Zerstörung der entscheidend im christlichen Glauben gegründeten personalen Verantwortung des einzelnen.
Die Grenzen dieses Ansatzes liegen auf der Hand. Von hierher war es der Mehrheit innerhalb der evangelischen Kirche grundsätzlich kaum möglich, zu einer einigermaßen nüchternen Beurteilung der Entwicklung in der Sowjetischen Besatzungszone zu kommen, nicht nur im Westen, sondern durchaus auch dort, im Osten. Aber auch gegenüber der Sozialdemokratischen Partei sah man sich aufgrund dieses Ansatzes durch einen unüberbrückbaren Graben getrennt. Und man wird noch einen Schritt weiter gehen müssen: Jenes Rechristianisierungsprogramm zehrte in

einem erheblichen Ausmaß von der Tradition des alten Obrigkeitsstaates und einer dementsprechend gegliederten Gesellschaft, wo Staat und Kirche zusammen die Untertanen regierten. Die mentalen und sozialen Realitäten einer modernen Industriegesellschaft mit ihrer faktischen Emanzipation des Individuums, ihren sozialen Antagonismen und politischen Gegensätzen – die nicht zufällig zur Forderung nach dem weltanschaulich neutralen Staat geführt hatten, zum Wertepluralismus sowie zum pragmatischen Kompromiß als dessen Konkretion – fanden aufgrund dieses kirchlichen Konzepts kaum Raum, begegneten eher entschiedenem Widerspruch.

Die gleichwohl unübersehbare Wirkung dieses Konzepts der Rechristianisierung in der Nachkriegszeit, in das antikommunistische Emotionen, Traditionen des »christlichen Abendlandes« sowie Hoffnungen auf ein in diesem Geiste geeintes Europa anstelle der diskreditierten und verspielten Realität des Vaterlandes einmünden konnten, beruhte nicht zuletzt darauf, daß die Gegebenheiten und Bedingungen einer modernen Industriegesellschaft in diesen Jahren nicht bewußt waren, weil sie kaum funktionierten. In dem Maße allerdings, in dem die Verhältnisse sich normalisierten, d. h. die wirtschaftliche und sozialpolitische Realität zutage trat, wurde die Fragwürdigkeit und Brüchigkeit dieser kirchlichen Zielsetzung einer christlichen Gesellschaftsordnung zunehmend offenkundig.

Zur Eigenart der evangelischen Christenheit nach 1945 gehörte allerdings auch, daß nicht allein innerhalb der kirchlichen Organisationen, d. h. von den Kirchenleitungen angefangen bis hinunter in die einzelnen Gemeinden, ein intensives Bemühen bestand, die Bedeutung des christlichen Glaubens zu entfalten, sondern auch in vielen anderen Zusammenhängen. Einige Beispiele müssen hier genügen. Da existierte einmal die Evangelische Studentengemeinde, die sich bislang streng auf Bibelarbeiten beschränkt gesehen hatte – und die sich nun mit einer Fülle nicht nur theologischer, sondern auch sozialer und politischer Probleme konfrontiert fand. Die Verbindung mit den Gemeinden im Osten Deutschlands sowie die Beschäftigung mit Themen der Dritten Welt spielten und spielen hier eine wichtige Rolle. Da entstanden die Evangelischen Akademien, ausgehend von einer Tagung in Bad Boll vom 29. September bis zum 12. Oktober 1945, die unter der Leitung von Eberhard Müller dem Ziel dienen sollte, im Gespräch mit führenden Vertretern der Öffentlichkeit die Bedeutung des Christentums für die Neuordnung der politischen, wirtschaftlichen und sozialen Verhältnisse bewußt zu machen. Bis zum heutigen Tag wird von diesen Akademien eine breit angelegte Erwachsenenbildung mit unterschiedlichen religiösen, sozialen und politischen Schwerpunkten geleistet. Ebenfalls 1945 wurde nach den Vorstellungen und unter der Leitung von Eugen Gerstenmaier das Hilfswerk der EKD als eigene Organisation neben der Inneren Mission geschaffen, um mittels ausländischer Unterstützung die deutsche Selbsthilfe bei der Beseitigung der allgemeinen Not sowie beim kirchlichen Wiederaufbau anzukurbeln. Das schnell expandierende Unternehmen leistete in beiden Hinsichten bald Außerordentliches. 1957 wurde die Vereinigung des Hilfswerks mit der Inneren Mission zum Diakonischen Werk der EKD beschlossen. 1949 schließlich war aufgrund der intensiven Bemühungen von Reinold von Thadden-Trieglaff in Hannover der Deutsche Evangelische Kirchentag als dauerhafte Einrichtung proklamiert worden. Hierbei ging es um die Sammlung, Förderung und Mobilisierung der Laien, um von der Basis her einen lebendigen Zusammenhalt der EKD zu erreichen. In der Folgezeit entwickelten sich die Kirchentage, die zunächst jährlich, dann alle zwei Jahre stattfanden, zu großen Foren des Protestantismus, auf denen sämtliche aktuelle Themen aus Kirche, Politik und Gesellschaft zur Sprache kommen.

Aktiv wurden evangelische Christen nach 1945 auch in der Politik, sowohl Pfarrer als auch Gemeindemitglieder – und zwar vor allem in der CDU/CSU. Bei diesen Parteien handelte es sich um echte Neugründungen; ihre Mitglieder kamen – katholischerseits – vor allem aus dem Zentrum, im evangelischen Teil aus dem ehemaligen Christlich-sozialen Volksdienst, der Deutschen Volkspartei sowie der Deutschnationalen Volkspartei. Doch nicht gering war auch die Zahl derjenigen, die aufgrund ihrer Erfahrungen mit den Schrecken der Diktatur und des totalen Krieges politische Verantwortung übernehmen wollten, damit sich derartiges nie mehr wiederholte.

Die CDU/CSU dieser Anfangsjahre war zumindest *auch* Ausdruck der hohen Erwartungen, die Menschen in beiden Konfessionen mit einer Neuordnung der Gesellschaft aus dem Geist des Christentums verbanden. Ganz in diesem Sinn hieß es in den Leitsätzen der CDU in der britischen Besatzungszone vom September 1945: »Gott ist der Herr der Geschichte und der Völker, Christus die Kraft und das Gesetz unseres Lebens. Die deutsche Politik unter der Herrschaft des Nationalsozialismus hat diese Wahrheit geleugnet und mißachtet. Das deutsche Volk ist deshalb in die Katastrophe getrieben worden. Rettung und Aufstieg hängen ab von der Wirksamkeit der christlichen Lebenskräfte im Volk.«[4] Die vorsichtige Annäherung beider Konfessionen, die in der Spätphase des »Dritten Reiches« von einzelnen Christen eingeleitet worden war, setzte sich damit fort. Der weitgehende, wenngleich langsame und auch mühsame Abbau der konfessionellen Feindseligkeiten und Gegensätze, die bis dahin die deutsche Innenpolitik begleitet hatten, ist in den folgenden Jahrzehnten in der Bundesrepublik in einem nicht geringen Ausmaß auch das Ergebnis des politischen Wirkens der CDU/CSU gewesen.

In der Situation des Jahres 1945 lag es nahe, daß erhebliche Kräfte innerhalb der evangelischen Kirche die CDU/CSU als ihre Partei ansahen. Auf der Kirchenführerkonferenz in Treysa legte ein Ausschuß ein »Wort zur Verantwortung der Kirche für das öffentliche Leben« vor, in dem unmißverständlich für die CDU geworben wurde, liege es doch im ureigensten Interesse der Kirche, »daß sie die Bildung einer politischen Partei, die sich selbst auf christliche Grundsätze verpflichtet, mit Wohlwollen aufnimmt.«[5] Obwohl dieser Text weder diskutiert noch offiziell angenommen wurde, drückte sich darin ohne Frage die Überzeugung eines großen Teils der versammelten Kirchenführer aus.

Überblickt man dieses Panorama, wird verständlich, warum in diesen Jahren in evangelischen Kreisen so oft und gern von der »Stunde der Kirche« die Rede war, die jetzt angebrochen sei. Unverkennbar fand ein breiter Teil der Bevölkerung, insbesondere aus der mittelständisch-kleinbürgerlichen Schicht, in der kirchlichen Verkündigung nicht nur Trost und Hilfe für den Augenblick, sondern die überzeugende Sinndeutung der eigenen Existenz sowie ein richtungweisendes Wertsystem in einer Situation des allgemeinen inneren und äußeren Zusammenbruchs. Treffend spiegelt eine autobiographische Erinnerung diesen Vorgang: »Der Nationalsozialismus war die selbstverständliche Luft des Aufwachsens gewesen, da die eigene kleinbürgerliche Herkunft kaum ein Gegengewicht gesetzt hatte. Jetzt drängte die Trostlosigkeit der äußeren Lage auf die Entfaltung der inneren Kräfte. Wie viele meiner Generation begegnete ich jetzt dem, was man heute zuweilen verächtlich ›die abendländische Tradition‹ nennt, die ich jedoch auf der Tabula rasa, auf der ich mich befand, begierig einsog. Das reichte von Thornton Wilders ›Wir sind noch einmal davongekommen‹ bis zu Hermann Hesses ›Glasperlenspiel‹ und postierte Johann Sebastian Bach in die Mitte. Ich lernte die historische wie die aktuelle Bedeutung der christlichen Botschaft begreifen. Vor allem ihr Menschenbild faszinierte mich; das hat bis zum heutigen Tage angehalten und viele spätere Jahre der Kirchenfremdheit überdauert.«[6]

Die hier angesprochene zunehmende Distanzierung vieler von der Kirche in der Folgezeit gründete sowohl in den öffentlichen Erfolgen der Rechristianisierung der Gesellschaft als auch in der zunehmenden Normalisierung der Verhältnisse. Die Kirche zahlte für die Durchsetzung ihres Konzepts mit einem faktischen Realitätsverlust angesichts der komplizierten Bedingungen und Erfordernisse einer modernen Industriegesellschaft und mit der grundsätzlichen Ausgrenzung aller Sinndeutungen und Weltanschauungen, die sich dem eigenen Modell der christlichen Gesellschaftsordnung nicht integrieren ließen. Das betraf, wie erwähnt, die Sozialdemokratie; das betraf auch die Entwicklung im anderen Teil Deutschlands, in der Sowjetischen Besatzungszone, die aufgrund des

kirchlichen Rechristianisierungsprogramms nur prinzipiell abgelehnt werden konnte. Insofern hat ein Großteil evangelischer Christen – trotz ihres subjektiv ganz anders gerichteten besten Wollens – faktisch zur Vertiefung der deutschen Spaltung beigetragen.
Aber die kirchlichen Repräsentanten überschätzten auch rein zahlenmäßig das Verlangen der Bevölkerung, zur Kirche zurückzukehren. Zwar wurden 1945 in den westlichen Besatzungszonen etwa 47000 Eintritte gezählt und 1946, auf dem Höhepunkt der Rückbewegung, waren es rund 75000; doch bereits 1949 standen 43000 Eintritten 86000 Austritte gegenüber. Insgesamt brachte die gesamte Nachkriegszeit der evangelischen Kirche einen Zugewinn von etwa 75000 Eintritten. Vergleicht man diese Zahl mit den 1024042 Austritten in den Jahren 1937–1939 (im Deutschen Reich, bei 88618 Ein- und Übertritten), wird schnell das relativ begrenzte Ausmaß der Rückkehr zur Kirche in diesen Jahren deutlich.[7]

Im Spannungsfeld des Ost-West-Gegensatzes (1947–1963)

Die Bruderräte hatten aufgrund der Stabilisierung der Landeskirchen und vollends im Zuge der Errichtung der EKD erheblich an innerkirchlichem Einfluß verloren. Aber sie waren darum keineswegs gewillt, auf die Mitgestaltung der kirchlichen Entwicklung zu verzichten. Ausdruck dieses Wollens war das »Wort des Bruderrates der Evangelischen Kirche in Deutschland zum politischen Weg unseres Volkes« vom 8. August 1947, nach dem Tagungsort auch kurz »Darmstädter Wort« genannt. Es stellte den Versuch dar, radikal gegen die in der Kirche – und durchaus auch in Teilen der Bruderräte selbst – herrschenden Tendenzen und Überlegungen anzusteuern. Das Ziel der sieben Abschnitte dieses Wortes[8] war die Aufnahme und Weiterführung der »Stuttgarter Schulderklärung« sowie die Aktualisierung der Barmer Theologischen Erklärung von 1934, insbesondere deren zweiter These, in der es hieß: »Durch Jesus Christus widerfährt uns frohe Befreiung aus den gottlosen Bindungen dieser Welt zu freiem, dankbarem Dienst an seinen Geschöpfen.« Die Bindung des Glaubens an Christus wurde entfaltet als Freiheit von Schuld *und* zugleich als die Freiheit gegenüber allen innerweltlichen Normen, Ideologien und Weltanschauungen. Nicht Standortlosigkeit oder Beliebigkeit des politischen Urteils wurden damit proklamiert, sondern eine Haltung, die der selbstverständlichen Einfügung des Christen und der Kirche in ideologisch-politische Fronten widersprach. Dahinter stand zum einen die Überzeugung, daß die Kirche sich auf keine ewigen Prinzipen berufen kann, auch auf kein unwandelbares christliches Naturrecht; aber daß sie zum andern berechtigt und verpflichtet ist, aufgrund der Bindung an Got-

tes Wort jeweils aktuell auch zum irdischen Wohlergehen der Menschen in allen ihren Lebensbereichen Stellung zu nehmen.
Leidenschaftliche Empörung und erbitterte Ablehnung löste jedoch weniger dieser theologische Ansatz aus als vielmehr dessen gesellschaftspolitische Konkretion. Mochte es noch angehen, wenn der »Traum einer besonderen deutschen Sendung« verworfen wurde: Sehr viel schwerer erträglich erschien angesichts der skizzierten Verhältnisse die Zurückweisung einer »christlichen Front«, die Ablehnung der Bildung einer politischen »Front der Guten gegen die Bösen, des Lichtes gegen die Finsternis, der Gerechten gegen die Ungerechten«. Und vollends ungeheuerlich mutete an, gerade angesichts der Vorgänge im anderen Teil Deutschlands, daß die Erklärung nicht nur den Antikommunismus zurückwies, sondern dem Marxismus Wahrheitsmomente zugestand, von denen die Kirche lernen müßte! Mochten einzelne Formulierungen dieses Wortes in ihrer Zuspitzung auch mißverständlich sein und die fehlende innerkirchliche Vorbereitung auf dieses Votum die Annahme zusätzlich erschwert haben: die breite Ablehnung des »Darmstädter Wortes« bis in bruderrätliche Kreise hinein und die Mischung aus Wut, Verständnislosigkeit und Abscheu, mit der diese Ablehnung geschah, zeigt besser als viele Worte, wo die große Mehrheit der evangelischen Christen politisch und weltanschaulich in diesen Jahren stand. Nichtsdestoweniger beharrte jene bruderrätliche Minderheit, allen Angriffen und Verleumdungen zum Trotz, unerschütterlich und engagiert bei ihren Bemühungen, eine Position zwischen den Fronten des immer schärfere Formen annehmenden kalten Krieges zwischen Ost und West festzuhalten. Folgerichtig waren diese evangelischen Christen dann auch Gegner der nun rasch voranschreitenden Westintegration der westdeutschen Besatzungszonen bzw. der Bundesrepublik und mehr oder weniger entschiedene Anhänger des Konzepts der »Brückenbildung« Gesamtdeutschlands zwischen dem kommunistischen Osten und dem kapitalistischen Westen.
Die Gründung der Bundesrepublik Deutschland brachte beiden Kirchen auch die Legalisierung ihrer bis dahin eingenommenen starken Stellung in der westdeutschen Öffentlichkeit. Entgegen z. T. erheblich weiter reichenden kirchlichen Forderungen übernahm der Parlamentarische Rat schließlich die Artikel 136–139 und 141 der Weimarer Verfassung von 1919 in das Bonner Grundgesetz (Art. 140). Danach blieben die Kirchen Körperschaften des öffentlichen Rechts, was ihnen neben der Befugnis zur Selbstverwaltung ermöglichte, anhand der staatlichen Steuerlisten die Kirchensteuern zu erheben; den Einzug dieser Steuern durch die Finanzämter hatte der Alliierte Kontrollrat bereits im Januar 1946 grundsätzlich erlaubt. Übernommen wurde ferner die Weitergeltung der überkommenen finanziellen Verpflichtungen des Staates gegenüber den Kirchen, die

Garantie des kirchlichen Eigentums sowie der Schutz des Sonntags und der kirchlichen Feiertage. Anerkannt blieb das Recht zur seelsorgerlichen Betätigung in Krankenhäusern und Gefängnissen, und Religion galt weiterhin als ordentliches Lehrfach in allen öffentlichen Schulen.
Es gelang auch der evangelischen Kirche in den folgenden Jahren, diese starke Position auf Bundes- und Länderebene noch erheblich auszubauen, angefangen bei der Sicherung der theologischen Fakultäten an den Universitäten bis weit in den Bereich des Sozialwesens, der Diakonie, hinein. Insgesamt entstand nun ein dichtes Geflecht juristisch abgesicherter direkter Mitwirkungsmöglichkeiten auf der Verbandsebene. Um nur einige Beispiele zu nennen: Kirchliche Vertreter sitzen im bayerischen Senat und in den Aufsichtsräten der Rundfunk- und Fernsehanstalten, in den Filmselbstkontrolle- und -förderungsausschüssen, sie gehören den Gremien zur Selbstkontrolle illustrierter Publikationen an, der Bundesprüfstelle für jugendgefährdende Schriften, der Bildungskommission des Deutschen Bildungsrates; sie finden sich in den Beiräten für Schulen, Lehrer- und Erwachsenenbildung, aber auch für Innere Führung bei der Bundeswehr, für Jugendwohlfahrt, Sozialhilfewesen, Vertriebene und Kriegsopfer; sie wirken mit im wissenschaftlichen Bereich des Bundesgesundheits- und Familienministeriums, in Ausschüssen für Strafvollzug und Bewährungshilfe, aber auch für Verbraucherfragen oder Fragen der Raumordnung.[9]
Diese gesamte Entwicklung wird nur verständlich, wenn man sie im Zusammenhang der Kooperation der Kirchen mit den sich schnell als staatstragend begreifenden Parteien der CDU/CSU sieht. Aufgrund der weithin gemeinsamen Zielsetzungen und Wertvorstellungen konnten einerseits beide Kirchen sich von der in der Nachkriegszeit wahrgenommenen weitgespannten Verantwortung zurückziehen, indem sie die Durchsetzung ihrer Interessen nun diesen Politikern anvertrauten: die andererseits, gerade in der Anfangszeit der Bundesrepublik, nicht unerheblich von der kirchlichen Legitimierung der zunächst ausgesprochen schwachen staatlichen Autorität profitierten. Mit alledem wurde freilich immer *auch* ein Verständnis des Verhältnisses von Staat und Kirche verfestigt, das letztlich in vordemokratischen und vorindustriellen Gegebenheiten wurzelte: Staat und Kirche zusammen reglementierten den Bereich der Öffentlichkeit und leiteten die Untertanen. Die Kirche insistierte dementsprechend folgerichtig auf der politischen Durchsetzung ihres öffentlichen Einflusses sowie der staatlichen Förderung ihrer gesellschaftlichen Zielsetzungen. Zumindest das hinter allen diesbezüglichen Einzelforderungen stehende Denkmodell hat der Bundesgerichtshof noch 1961 bestätigt, indem er den Kirchen grundsätzlich eine eigene Hoheitsgewalt neben der staatlichen eingeräumt hat.[10]

Angesichts dieser Entwicklung ist schon früh, nämlich in der unmittelbaren Nachkriegszeit, der Vorwurf einer gezielten kirchlichen Restauration erhoben worden. Insbesondere aus dem Lager der Bruderräte kam entschiedener, oft allerdings auch recht pauschaler Widerspruch. Insgesamt artikulierten sich noch einmal die unterschiedlichen Erfahrungen und Erkenntnisse aus den Jahren des Kirchenkampfes. Fraglos fand das in den »zerstörten« Kirchen aufgebaute bzw. anvisierte Modell der mündigen Gemeinde innerhalb der landeskirchlichen Neuordnung nun kaum einen oder überhaupt keinen Widerhall mehr. Die Kirchenleitungen und ihre Bürokratien regelten im wesentlichen wie eh und je das kirchliche Leben. Doch es wäre ungerecht, hinter dem erneuten Erstarken dieser und anderer Traditionen eine bewußt angesteuerte Restauration zu sehen. Zum einen hatten viele Kirchenführer aufgrund ihrer Erfahrungen in der Vergangenheit die Überzeugung gewonnen, daß nur eine starke und in der Öffentlichkeit einflußreiche Kirche in der Lage wäre, sich dem Staat gegenüber zu behaupten. Zum andern setzte man in allen kirchlichen Gruppen vorrangig auf einzelne Persönlichkeiten und reflektierte zu wenig das Gewicht überkommener Strukturen. Und ein übriges tat schließlich überall die Notwendigkeit, den dringenden Aufgaben – und dann auch den schnell zunehmenden Möglichkeiten – im eigenen Umkreis und Arbeitsfeld mit aller Kraft sich zuzuwenden. Zum gründlichen Nachdenken oder gar zum Legen neuer Fundamente blieb keine Zeit. »Unter schwierigsten Umständen«, erinnert sich ein Professor, »und nur in halber Besetzung begannen wir in Mainz, hungrig, frierend, während der Wintermonate auf einem Feldbett in der Universität schlafend, morgens ohne Frühstück auf der Toilette uns waschend, ohne Literatur außer der, welche wir selber hatten... Weil ich noch nie ein Kolleg gelesen hatte, mußte ich mich im Laufe von fünf Jahren durch das ganze Neue Testament von Matthäus bis zur Offenbarung des Johannes durcharbeiten, den Studenten jeweils nur einen halben Tag voraus und neun Stunden Vorbereitung für eine jede Stunde Vorlesung benötigend.«[11] Ähnlich sah es fast überall aus. Was Kritiker der politischen und kirchlichen Entwicklung damals und später als Restauration attackierten, war weithin schlicht dieser Wiederaufbau, bei dem in der Regel den aus dem Kriege Heimgekehrten sowohl die Ruhe als auch die Kräfte fehlten, Alternativen zu denken und zu gestalten. Innerhalb dieses Rahmens also agierten jene evangelische Christen, die mit Leidenschaft für die Einheit Deutschlands eintraten und die, nicht nur, aber doch auch deshalb, gegen die Wiederbewaffnung Westdeutschlands angingen. Spätestens von diesem Zeitpunkt an waren dann evangelische Theologen und Gemeindeglieder an allen grundlegenden politischen Entscheidungen, die in der Bundesrepublik gefällt wurden, wesentlich beteiligt.

Die Staatengründungen in West- und Ostdeutschland waren noch relativ gelassen hingenommen worden. Sie galten nur als Provisorium, weshalb der Rat der EKD am 12. Oktober 1949 in seinem »Wort zur Lage« auch erklären konnte: »Trotz aller Entscheidungen der weltlichen Mächte, die über uns herrschen, bleiben wir ein Volk und sind darum zu brüderlicher Gemeinschaft miteinander und zu brüderlicher Achtung voreinander verpflichtet.«[12] Der sich schnell verschärfende kalte Krieg traf dann freilich die in beiden Teilen Deutschlands verankerte EKD besonders hart. Was die Kirche angesichts dieser Situation für den Frieden tun könne, war deshalb die zentrale Frage bei der Tagung der Synode der EKD in Berlin-Weißensee, also im Ostteil der Stadt (23.–27.4.1950). Das »Wort zum Frieden«, das nach bewegten und leidenschaftlichen Diskussionen schließlich verabschiedet wurde, war zwar einigermaßen vage und allgemein gehalten; insbesondere die Vertreter des konfessionellen Luthertums hatten sich unter Berufung auf Luthers Zwei-Reiche-Lehre geweigert, direkt zu den politischen Ereignissen Stellung zu nehmen. Aber allein die Tatsache, daß man sich dieses Themas, das im deutschen Protestantismus kaum eine Tradition hatte, jetzt annahm, ist von schwer zu überschätzender Bedeutung und war Ausdruck eines gewandelten kirchlichen Selbstverständnisses. Die Friedensfrage ist seitdem, allen Schwankungen zum Trotz, eines der großen Themen der evangelischen Kirche geblieben.

In gewisser Weise gilt das auch für die Bemühungen um die deutsche Einheit. Existierten zunächst neben der EKD noch eine ganze Reihe gesamtdeutscher Organisationen, so blieb sie bald praktisch allein übrig. Die Bedeutung der zahllosen privaten, offiziösen und offiziellen Kontakte in allen diesen Jahren läßt sich kaum ermessen, bestenfalls erahnen, bedenkt man etwa, wie viele Gemeinsamkeiten hier trotz allem festgehalten wurden durch das andauernde Bemühen um gegenseitiges Verstehen und das Ausräumen von allerlei Vorurteilen. Wenn nach vierzig Jahren einer nicht nur politischen, sondern auch tiefgreifenden gesellschaftlichen und ideologischen Auseinanderentwicklung zumindest bis an das Ende der sechziger Jahre in nicht nur marginalen Kreisen Ost- und Westdeutschlands ein Gefühl der Zusammengehörigkeit bestand, ist das fraglos in einem hohen und besonderen Maß das Verdienst der Evangelischen Kirche in Deutschland in ihren vielfältigen Gliederungen gewesen.

Wirklich bewußt geworden ist dann weiteren, auch kirchlichen Kreisen, das Faktum der deutschen Spaltung erst in den erbitterten Auseinandersetzungen über die Frage der Wiederbewaffnung der Bundesrepublik. Hierbei haben evangelische Christen sowohl im Lager der Befürworter als auch der Gegner von Anfang an eine wesentliche Rolle gespielt. In der Situation einer weitverbreiteten Unruhe nach Ausbruch des Korea-Krieges erklärte der Rat der EKD am 27. August 1950 in Essen: »Einer Remilitarisierung Deutschlands können wir das Wort nicht reden, weder was den Westen noch was den Osten anbelangt. Die Pflicht der Kirche kann es immer nur sein, die schwer gerüsteten Mächte der Welt wieder und wieder zu bitten, dem heillosen Wettrüsten ein Ende zu machen und friedliche Wege zur Lösung der politischen Probleme zu suchen. In jedem Fall aber muß derjenige, der um seines christlichen Gewissens willen den Dienst mit der Waffe verweigert, die Freiheit haben, sein Gewissen unverletzt zu erhalten.«[13] Dieses zuletzt genannte Ziel ist im wesentlichen dauerhaft festgehalten worden. 1955 wurde die Evangelische Arbeitsgemeinschaft zur Betreuung der Kriegsdienstverweigerer (EAK) gegründet; nahezu alle Landeskirchen haben Beauftragte für die Beratung und den Beistand der Betroffenen in den staatlichen Prüfungsverfahren bestellt.

Die Linie der klaren Ablehnung jeder »Remilitarisierung« dagegen vermochte die EKD nicht durchzuhalten. Es kam zu leidenschaftlichen und erbitterten Auseinandersetzungen über dieses Thema, die die Kirche bis an den Rand der Spaltung brachten. Mehr und mehr kristallisierte sich dabei allerdings die öffentliche und zunehmend auch die innerkirchliche Isolierung der bruderrätlichen Kreise und insbesondere Martin Niemöllers (1892–1984) heraus. Die Mehrheit setzte aus einer Mischung von theologischen, politischen und emotionalen Motiven auf die Wiederbewaffnung im Rahmen einer umfassenden Westintegration der Bundesrepublik. Befriedigt konnte Adenauer nach einem Treffen mit zweiundzwanzig evangelischen Kirchenführern am 5. November 1951 in Königswinter – woran allerdings die engagiertesten Gegner der Aufrüstung (wie Niemöller, Heinemann oder Wilm aus Westfalen) nicht teilnahmen – konstatieren, daß er keineswegs mit einer geschlossenen Opposition der EKD gegen seine Politik zu rechnen hatte. Deprimierend mutete dagegen das Resultat für die Kirche an. Die Synode der EKD in Elbingerode (6.–10. 10. 1952) konnte nur feststellen, was ohnehin unübersehbar war: Daß nämlich unüberbrückbare Gegensätze im Blick auf die Frage der theologischen Zulässigkeit der militärischen Bewaffnung der Bundesrepublik in der Kirche bestanden und daß es, allen Anstrengungen zum Trotz, nicht gelungen war, auf der Basis des gemeinsamen Glaubens auch zu gemeinsamen Zielsetzungen des politischen Handelns zu gelangen.

Zu der 1952 noch keineswegs erledigten Brisanz der Auseinandersetzungen über die Wiederbewaffnung hatte nicht zuletzt die Tatsache beigetragen, daß der Linie Adenauers in der Gestalt des angesehenen CDU-Politikers und führenden Kirchenvertreters (Präses der Synode der EKD 1949–1955) Gustav Heinemann (1899–1976) ein entschiedener Gegner erwuchs. Aus Protest gegen Adenauers Remilitarisierungspläne war er

1950 als Innenminister zurückgetreten, hatte am 21. November 1951 die »Notgemeinschaft für den Frieden Europas« mit ins Leben gerufen und ein Jahr später die »Gesamtdeutsche Volkspartei« gegründet. Dieser Versuch, zusammen mit engagierten bruderrätlichen Gruppen in die Politik einzugreifen, scheiterte jedoch völlig; bei den Bundestagswahlen 1953 gewann die neue Partei lediglich 1,2 % der abgegebenen Stimmen. 1957 löste Heinemann die Gesamtdeutsche Volkspartei auf und empfahl seinen Anhängern, sich der SPD anzuschließen, wie er es auch selbst tat.

Diese Entwicklung dokumentiert deutlich, wie selbstverständlich inzwischen auch für breite kirchliche Kreise die Westintegration der Bundesrepublik geworden war und wie wenig Überzeugungskraft hier eine Politik besaß, die mit nationalen und moralischen Argumenten aus christlicher Verantwortung heraus einen Weg der Verständigung zwischen Ost und West suchte. Es gelang Heinemann und seinen Freunden nicht, dem Odium des schwärmerischen Pazifismus einerseits und andererseits dem Vorwurf der Unterwanderung und Steuerung seiner Partei durch Moskau zu entgehen. Steigender Wohlstand und ein massiver Antikommunismus – der durch die Vorgänge in der DDR ständig neue Nahrung erhielt – wirkten dann entscheidend mit an der zunehmenden Isolierung der Gegner der politischen Zielsetzungen Adenauers und der CDU/CSU.

Erheblich erfolgreicher verliefen in derselben Zeit die Verhandlungen zwischen dem Staat und den beiden Großkirchen über einen Militärseelsorgevertrag. Während in der kirchlichen Öffentlichkeit noch voller Engagement und Leidenschaft darüber gestritten wurde, ob eine Wiederbewaffnung überhaupt zulässig sei, kam es insgeheim zu den entscheidenden Weichenstellungen für den Aufbau der Militärseelsorge. Zwar hatte der Rat der EKD am 13. März 1952 grundsätzlich solchen Verhandlungen zwischen staatlichen und kirchlichen Vertretern zugestimmt; aber über wichtige Einzelheiten war doch auch er nur teilweise unterrichtet – und noch weniger waren es die Synodalen. So kam es, daß einerseits die EKD-Synode im Juni 1956 in Berlin beschließen konnte, keine neuen Fakten zu schaffen: während andererseits der Vertragsentwurf bereits seit 1955 in den meisten Gliedkirchen diskutiert wurde! Am 22. Februar 1957 wurde der fertige Text vom Ratsvorsitzenden, Bischof Otto Dibelius (1880 bis 1967), und dem Präsidenten der Kirchenkanzlei, Heinz Brunotte (1896–1984), auf der einen sowie dem Bundeskanzler Konrad Adenauer und Verteidigungsminister Franz Josef Strauß auf der anderen Seite feierlich unterzeichnet. Obwohl die Wogen der Empörung zunächst hoch gingen, stimmte die Synode der EKD dem Vertragswerk schließlich am 7. März 1957 mit 91 gegen 18 Stimmen zu – wobei die Mehrheit der Gegenstimmen *nicht* aus den Kirchen in der DDR kam.

Der Militärseelsorgevertrag integrierte die Pfarrer und Dekane in die Struktur der Bundeswehr – die sämtliche Kosten übernahm – und übertrug den Kirchen die Einrichtung und Durchführung eines »lebenskundlichen Unterrichts« für die Soldaten. Vor allem diese Entscheidung hat auch innerkirchlich zu bitterer und scharfer Kritik geführt. Versucht man nüchtern abzuwägen, bleibt das ungute Gefühl einer allzu starken Identifizierung der Kirche mit dem Staat und seinen politischen Zielen an dieser Stelle.

Mit außerordentlichen grundsätzlichen Schwierigkeiten wurde die Kirche dann auch an diesem Punkt aufgrund der Diskussion über die atomare Bewaffnung der Bundeswehr konfrontiert. Diese erbitterten Auseinandersetzungen folgten nahezu bruchlos auf den leidenschaftlichen Streit über das Recht oder Unrecht der Wiederbewaffnung. Zugleich markiert dieser Kampf, der sich nicht selten von den kirchenleitenden Gremien bis hinunter in die einzelnen Gemeinden fortsetzte, noch einmal in besonderer Klarheit die entscheidenden theologischen Positionen dieser fünfziger Jahre, nämlich das Konzept der Zwei-Reiche-Lehre des eher traditionell ausgerichteten Luthertums auf der einen Seite und auf der anderen das primär von Karl Barth geprägte Modell der Königsherrschaft Christi.

Erheblich später als in der westeuropäischen Öffentlichkeit begann die Auseinandersetzung über die Atomwaffen in der Bundesrepublik. Weder die Warnungen des »Göttinger Manifests« von 18 deutschen Atomphysikern (12.4.1957) noch die durch den Rundfunk verbreitete Rede Albert Schweitzers aus Anlaß der Verleihung des Friedensnobelpreises, in der er die Schrecken der neuen Waffen schilderte (23.4.1957), konnten aus diesem Problem ein Thema des Wahlkampfs machen. Nach dem 15. September 1957 – dem Tag, an dem die CDU/CSU die absolute Mehrheit errang – vermochten erst recht weder »Aufklärungskampagnen« unter dem Motto »Kampf dem Atomtod« und danach Ostermärsche noch auch Redeschlachten im Bundestag – wie jene in der Nacht des 23. Januar 1958, in der Heinemann der CDU/CSU entgegenhielt: »Es geht nicht um Christentum gegen Marxismus, ... sondern ... um die Erkenntnis, daß Christus nicht gegen Karl Marx gestorben ist, sondern für uns alle«[14] – die Regierung von ihrem als richtig erkannten Kurs abzubringen.

Die in dieser Situation tagende Synode der EKD in Berlin-Spandau (26.–30.4.1958), die alsbald als »Atomsynode« bekannt wurde, vermochte angesichts der erbitterten innerkirchlichen Gegensätze lediglich das Auseinanderbrechen der Synodalen und damit auch der EKD zu verhindern. Der »Beschluß« der Tagung stellte das unumwunden fest und schloß mit den Sätzen: »Wir bleiben unter dem Evangelium zusammen und bemühen uns um die Überwindung dieser Gegensätze. Wir bitten

Gott, er wolle uns durch sein Wort zu gemeinsamer Erkenntnis und Entscheidung führen.«[15]

Verschärft wiederholte sich hier, was bereits das Kennzeichen der Auseinandersetzung über die Remilitarisierung gewesen war: Man konnte sich über *den* Weg der Nachfolge nicht einigen; man stritt heiß, auch rücksichtslos untereinander darum, aber man hielt zuletzt doch fest, daß *alle*, also nicht nur die Freunde, sondern ebenso die theologischen, kirchenpolitischen und menschlichen Gegner von der Vergebung Gottes lebten. Die Erinnerung an diesen Sachverhalt macht die eigentliche Bedeutung jener »Atomsynode« aus.

Dieses Votum wies auch die Position der entschiedenen Barthianer zurück, die in einer »Anfrage« der Kirchlichen Bruderschaften von Rheinland und Westfalen an die Synode der EKD im März 1958 zehn Thesen formuliert hatten, deren letzte im Blick auf die geforderte Verdammung aller Atomwaffen aufgrund des christlichen Glaubens lautete: »Ein gegenteiliger Standpunkt oder Neutralität dieser Frage gegenüber ist christlich nicht vertretbar. Beides bedeutet die Verleugnung aller drei Artikel des christlichen Glaubens.«[16]

Die exakteste Gegenposition dazu formulierte, ganz im Geist des konfessionellen Luthertums, der Schweizer Theologe Emil Brunner in einem weithin beachteten Artikel »Pazifismus als Kriegsursache«, der mit dem bezeichnenden Satz abschloß: »Schuld daran [d.h. am atomaren Weltkrieg] wäre aber niemand so sehr wie die Pazifisten mit ihrer Verwechslung von moralischem Postulat und politischem Denken.«[17] Dahinter stand unverkennbar die von Luther hergeleitete Zwei-Reiche-Lehre, wonach die Welt böse war und blieb, man sie also nicht mit dem Evangelium bzw. der Bergpredigt regieren konnte. Konkret folgte daraus, daß Waffen, Kriege und Kriegsgefahr zur Wirklichkeit dieser Welt gehörten, weshalb der Gedanke der Abschreckung des Gegners und die Vorstellung eines Gleichgewichts des Schreckens durchaus naheliegend erschienen. Denn dazu hatte Gott nach dieser Auffassung neben dem Evangelium das Gesetz gegeben, alle Ordnungen und insbesondere den Staat: daß sie dem Übel wehrten und das Böse in Schach hielten.

Das Problem des theologischen Konzepts der Königsherrschaft Christi war das Überspringen der politischen Realitäten; die offene Flanke der Zwei-Reiche-Lehre die Überantwortung des Themas und letztlich auch der Verantwortung an die Fachleute. Einen beachtlichen Versuch, beiden Engführungen zu entgehen, machte dann Helmut Gollwitzer. In seiner Ende 1957 erschienenen Broschüre »Die Christen und die Atomwaffen« hatte der Schüler Barths mit Nachdruck darauf hingewiesen, daß die alte christliche Theorie vom »gerechten Krieg« durch die Atomwaffen endgültig überholt sei. Diese Linie der rationalen Entfaltung des Herrschafts-

Pfarrer Heinrich Albertz, einer der bedeutendsten Kirchenmänner, die die evangelische Kirche und die SPD einander näher brachten.

willens Gottes führte Gollwitzer 1959 – also angesichts der faktisch erfolgten atomaren Aufrüstung im Westen wie im Osten – insofern fort, als er sich mit Vernunftgründen gegen den so laut gepriesenen Realismus des atomaren Patts wandte. »Diese Rüstung vergiftet den Frieden, den sie erhält; denn die Regierungen müssen durch die Propaganda des Kalten Krieges, also durch Verteufelung der Gegenseite, ihre Völker willig machen zu den Lasten und Risiken dieser Rüstung; Soldaten und Techniker müssen systematisch zur Abgabe jeder persönlichen Verantwortung, d. h. zur blinden, abstrakten Pflichterfüllung als Rädchen im Apparat erzogen werden; durch äußeres und inneres Training für einen mörderischen Ernstfall, zu dem sie bereit sein müssen, damit überhaupt abgeschreckt werden kann, muß an ihnen ›Seelenmord‹ getrieben werden...«[18] Im gleichen Zusammenhang formulierte Gollwitzer die noch immer unabgegoltene Forderung: »daß der entscheidende Beitrag der Christen auch in der gegenwärtigen politischen Situation in der Überwindung der Angst besteht«.

Von unmittelbar zukunftsträchtiger Bedeutung war in der gleichen Zeit die Annäherung zwischen SPD und evangelischer Kirche. Nach 1945 bestanden beiderseits die alten tiefen Gräben wie zuvor. Nur mühsam gelangten einzelne hier und da darüber hinaus. Das »Darmstädter Wort« hatte die Versöhnungsbereitschaft einer kirchlichen Minderheit signalisiert; einzelne Theologen und Kirchenführer aus dem Umkreis der kirchlichen Bruderschaften setzten diese Bemühungen fort. Auf der anderen Seite mühten sich Persönlichkeiten, die vom Religiösen Sozialismus der Weimarer Zeit geprägt waren –, wie Adolf Arndt und Ludwig Metzger – um Verständigung, daneben Carlo Schmid und Willi Eichler, dann Gustav Heinemann und seine Freunde, schließlich Herbert Wehner. Das Ergebnis auch dieser Bemühungen war die Formulierung und Durchsetzung des Godesberger Programms der SPD (1959). Hier wurde erstmals offiziell nicht nur vom gläubigen Individuum geredet, sondern von einem eigenen kirchlichen Auftrag, den die SPD partnerschaftlich akzeptieren wollte. Der entscheidende Text lautet: »Die Sozialdemokratische Partei achtet die Kirchen und die Religionsgemeinschaften, ihren besonderen Auftrag und ihre Eigenständigkeit. Sie bejaht ihren öffentlichrechtlichen Schutz. Zur Zusammenarbeit mit den Kirchen und Religionsgemeinschaften im Sinne einer freien Partnerschaft ist sie stets bereit. Sie begrüßt es, daß Menschen aus ihrer religiösen Bindung heraus eine Verpflichtung zum sozialen Handeln und zur Verantwortung in der Gesellschaft bejahen.«[19]

Damit waren endlich die Voraussetzungen für den Abbau einer rund hundertjährigen beiderseitigen Feindschaft geschaffen. Natürlich wurden die alten Vorurteile und Vorbehalte nicht im Handumdrehen überwunden. Aber innerhalb weniger Jahre entwickelte sich nun doch, vor allem in der jüngeren Generation, eine der SPD nahestehende oder direkt in ihr beheimatete Mentalität, in der soziale und religiöse, betont politische und entschieden christliche Reformvorstellungen sich mischten.

Jahre des Umbruchs (1964–1987)

In den frühen sechziger Jahren zeichneten sich auf nahezu sämtlichen Gebieten der Bundesrepublik tiefgreifende Beunruhigungen und Veränderungen ab. Mit der Bildung der Großen Koalition im November 1966 wurden diese Impulse zumindest teilweise auch in die Politik übernommen. Fortschritt, Rationalität, gesellschaftliche Veränderung oder Humanisierung waren einige jener Schlagworte, die den strukturellen und mentalen Wandel in der Öffentlichkeit signalisierten. Von entscheidender Bedeutung war für diesen Prozeß nicht zuletzt die Tatsache, daß nun erstmals auf den verschiedensten Ebenen eine Generation in den Vordergrund trat, die nicht mehr durch die Erfahrungen der Jahre vor 1933 geprägt war.

Die evangelische Kirche wurde von dieser Entwicklung ebenso schnell wie gründlich erfaßt. Einmal mehr spiegelte sich in ihr die enge Verflochtenheit mit der sie umgebenden Gesellschaft, damit aber auch deren Pluralität. Innerhalb weniger Jahre veränderte sich sowohl die theologische als auch die kirchliche Szenerie völlig; der Erfolg von Jürgen Moltmanns »Theologie der Hoffnung« (1964) mit seiner Bloch-Rezeption ist dafür ein Indiz; aber nicht minder die erhebliche Wirkung, die von der ökumenischen Weltkonferenz der Kommission für Kirchen und Gesellschaft in Genf (1966) sowie von der vierten Vollversammlung des Ökumenischen Rates der Kirchen in Uppsala (1968) ausging. Themen und Probleme der Länder der Dritten Welt gehörten von da an in steigendem Maße in den kirchlichen Denk- und Argumentationshorizont mit hinein.

Aber nicht allein in der Theologie oder auf der obersten Ebene kirchenleitender Gremien vollzogen sich wesentliche Veränderungen. Diese wirkten sich vielmehr unübersehbar bis in die Ortsgemeinden hinein aus, z. T. tief einschneidend in traditionelle Glaubensformen und -überzeugungen. Am bedingungslosesten öffnete sich ein Großteil der Studentengemeinden den neuen Tendenzen, mit einer nicht nur für Außenstehende oft irritierenden Intensität der Zuwendung zu neomarxistischen Analysen und politischem Engagement – anstelle der bislang vor allem üblichen Bibelarbeiten. Innerhalb dieser kirchlichen Institutionen, aber schnell auch darüber hinausgreifend und in andere Bewegungen mündend – oder umgekehrt von daher in die kirchlichen Organisationen eindringend – existierte nun ein erhebliches, meist jugendliches Protestpotential, das allerdings im einzelnen alles andere als einheitlich war. Neben primär gesellschaftlichen und politischen Zielsetzungen – wie sie etwa von der Außerparlamentarischen Opposition (APO) in der Zeit der Großen Koalition oder der Studentenbewegung vertreten wurden – standen neue religiöse Gruppen – wie z. B. die »Jesus People«; und noch einmal andere Akzente setzten und setzen die »Grünen«, die verschiedenen ökologischen Gruppen sowie die vielfältigen Kreise der Friedensbewegung. Welches Ausmaß an Kreativität und konstruktiver Arbeit hier in den unterschiedlichsten Kreisen und Gruppen vorhanden ist, haben beispielhaft die letzten Kirchentage, vor allem in Berlin (1977), Nürnberg (1979) und Hamburg (1981) sowie Hannover (1983) und Düsseldorf (1985) gezeigt.

Verständlich wird auf diesem bewegten Hintergrund jedenfalls die in der gleichen Zeit zunehmende Beunruhigung konservativer Kirchenchristen. Pfarrer und Gemeinden vermochten oftmals das, was sie hörten und erlebten, nur als Abfall vom Christentum zu deuten, als Verfälschung der zeitlos wahren evangelischen Lehre (Fundamentalismus) und als Preisgabe des lebendigen, persönlich erfahrenen Glaubens an Jesus Christus (Evangelikale). Die Rede von einem neuen und schlimmeren Kirchenkampf als im »Dritten Reich« macht die Runde, verbunden mit der Aufforderung an die Gemeinden, sich dagegen zusammenzuschließen. Am

12. Januar 1966 fand im Bahnhofssaal in Hamm in Westfalen die Gründungsversammlung der »Bekenntnisbewegung ›Kein anderes Evangelium‹« statt, am 6. März die erste Großkundgebung in der Dortmunder Westfalenhalle, der sich andere anschlossen. Getragen von einer Welle von Zustimmung und Sympathie bis in die Kirchenleitungen hinein, forderten die Evangelikalen, den Kirchentag in Hannover (1967) nach ihren Vorstellungen zu gestalten. Das gelang nicht. Ebensowenig gelang es, durch eine eigene »Ökumene Erklärung« (Berliner Erklärung, 23. 5. 1974) entscheidenden Einfluß auf den weltweit starken Evangelikalismus zu gewinnen und insofern Druck auf die Zentrale des Ökumenischen Rates der Kirchen in Genf auszuüben. Die Evangelikalen vor allem in der Dritten Welt waren und sind sehr viel offener als ihre deutschen Gesinnungsgenossen und keineswegs wie diese gewillt, die Verantwortung für soziale und politische Fragen aus ihrem Verständnis des christlichen Glaubens auszuklammern oder lediglich in einem betont konservativen Sinn zu beantworten.
Trotz solcher Rückschläge besitzen die evangelikalen und fundamentali-

Evangelischer Kirchentag in Hannover 1983: der Abschlußgottesdienst glich zeitweilig einer Friedensdemonstration.

stischen Kreise nach wie vor ein erhebliches Gewicht innerhalb der Kirche, nicht zuletzt aufgrund ihres z. T. starken Einflusses auf die kirchliche Jugendarbeit. Zusammengefaßt sind gegenwärtig sieben Gruppen dieser Richtung in der 1970 gegründeten »Konferenz Bekennender Gemeinschaften in den evangelischen Kirchen Deutschlands« (KBG). In ihrer Ordnung heißt es: sie »wissen sich von Jesus Christus gerufen, als einzelne und miteinander in ihren Kirchen für die schrift- und bekenntnisgebundene Verkündigung des Evangeliums zu beten und zu arbeiten, sich mit dem Evangelium zu ihrem Heiland und Herrn zu bekennen und nach ihren Möglichkeiten der Entstellung der Botschaft zu widerstehen mit dem Ziel der inneren Erweckung und Erneuerung ihrer Kirchen«.[20]
Nach ihrem häufig betonten Selbstverständnis sind diese Gemeinschaften »unpolitisch« bzw. politisch neutral. Tatsächlich kann davon jedoch nicht die Rede sein. Mindestens die 1965 (als »Notgemeinschaft evangelischer Deutscher«) gegründete »Evangelische Notgemeinschaft in Deutschland«, aber auch die »Evangelische Sammlung Berlin« (seit 1967) nahmen von Anfang an sehr entschieden politisch Stellung – und zwar in einem ausgesprochen konservativen, wenn nicht sogar reaktionären Sinn. Wer in dieser Hinsicht das Schrifttum aller evangelikalen Gruppen durchmustert, stößt nicht zufällig auf eine nur in Nuancen unterschiedene einheitlich rechtsorientierte Grundüberzeugung in diesem Lager. Neuerdings wird sie auch gezielt politisch ausgesprochen. So betonte etwa der Hauptvorstand der Evangelischen Allianz 1986 bei einem Gespräch mit der Bundesregierung nachdrücklich seine Übereinstimmung mit der von Bundeskanzler Kohl eingeleiteten geistigen und politischen »Wende«. Inzwischen ist das Bestreben dieser Kreise eindeutig darauf gerichtet, langfristig parallele Organisationen zu sämtlichen Einrichtungen der angeblich »linken« EKD aufzubauen – und zwar mit einem erheblichen finanziellen und publizistischen Aufwand.
Anlaß für die Gründung der erwähnten »Notgemeinschaft« war die Veröffentlichung der Denkschrift der EKD über »Die Lage der Vertriebenen und das Verhältnis des deutschen Volkes zu seinen östlichen Nachbarn« im Oktober 1965, die sog. »Ostdenkschrift«.[21] Sie stellte einen neuen, freilich in dieser Prägnanz – und dann auch Wirkung – bis heute nie wieder erreichten Typ kirchlicher Verlautbarungen dar. Waren für die Äußerungen und Worte der Kirche bis dahin zumeist ein hoher Anspruch und relativ geringe Konkretheit kennzeichnend gewesen, so äußerten sich hier Sachkenner, legten unterschiedliche Argumente vor und waren mit alledem bestrebt, zu einer von jedem einzelnen Christen selbst zu verantwortenden Urteilsfindung beizutragen, entsprechend dem personalen Charakter des evangelischen Glaubensverständnisses. Dieselbe Linie wurde in vielen anderen Denkschriften verfolgt. Stets ging es darum,

Antworten zu geben auf die sozialen und politischen Herausforderungen der Zeit. Insofern bieten diese Texte grundlegende Materialien zu einer modernen protestantischen Sozialethik. Inhaltlich lassen sich diese Aussagen als Verteidigung und Entfaltung der Zielsetzungen des Grundgesetzes beschreiben. Die Denkschriften der EKD wollen somit einen Beitrag liefern für den Prozeß der demokratischen Meinungsbildung; sie sind bemüht, den einzelnen Christen und die Gemeinde durch Argumente zum Umdenken und zur Neuorientierung zu bewegen.

Die Zielsetzung der »Ostdenkschrift« war die Konkretisierung der christlichen Friedensbotschaft, vor allem im Blick auf Polen. Jahrzehntelang war mit den Heimatvertriebenen im Geist des Antikommunismus und der Devise »Recht auf Heimat« Politik gemacht worden. Nun wurde, bei allem Verständnis für diese Menschen, jene Devise umgekehrt auf die Millionen in den ehemals deutschen Gebieten geborenen Polen angewandt: drängte diese Tatsache nicht zur Anerkennung der Oder-Neiße-Linie als der Westgrenze Polens? Die Verfasser der Denkschrift weigerten sich allerdings ausdrücklich, hieraus direkte politische Anweisungen abzuleiten. Sie wollten Tabus aufbrechen, Gespräche ermöglichen, zu offenen und nüchternen Auseinandersetzungen auch mit dem Gegner befreien. Faktisch hat die evangelische Kirche mit dieser Schrift einen entscheidenden Schritt in Richtung auf die Versöhnung mit den Völkern Osteuropas und insbesondere Polen getan; die Durchsetzung der neuen Ostpolitik der sozialliberalen Koalition wäre ohne diese Voraussetzung kaum möglich gewesen. In demselben Sinn, wie die Kirche sich hier und auch zuvor schon grundsätzlich für Frieden und Versöhnung engagierte, versuchte und versucht sie es weiterhin; die Friedensdenkschrift der EKD vom Oktober 1981, aber auch die Erklärung des Moderamens des Reformierten Bundes vom 12. Juni 1982 belegen das.

Die »Ostdenkschrift« löste eine qualitativ und quantitativ ungemein vielschichtige, vor allem jedoch leidenschaftliche Diskussion in der Bundesrepublik, aber auch in anderen europäischen Staaten aus. Für die Kirche kristallisierte sich dabei eine Reihe von grundsätzlich bis heute aktuellen strukturellen sowie inhaltlichen Problemen heraus. Dem Diskussionsangebot in dieser und auch den folgenden Denkschriften mit hohem intellektuellem Niveau entspricht in der Regel keine oder kaum eine Vorbereitung der Gemeinden und noch weniger eine Nacharbeit mit ihnen. Damit aber droht die Gefahr, daß die Äußerungen der Experten über einen großen Teil der evangelischen Christen schlicht hinweggehen – während umgekehrt manche Sachverständigen geneigt sind, sich eher am Ideal der Ausgewogenheit zu orientieren als an der Notwendigkeit einer klaren Wegweisung für die Gemeinden. Die »Ostdenkschrift« war in dieser Hinsicht vorbildlich verfahren. Die ihr folgende erregte, z. T. empörte, ja haßerfüllte Diskussion belegte, daß selbst kirchlich engagierte Kreise die behutsame Loslösung der letzten zwei Jahrzehnte von den Parolen und Idolen des Nationalprotestantismus nur begrenzt oder überhaupt nicht wahrgenommen hatten. Die Erbitterung und Enttäuschung dieser Menschen galten einer Kirche, die sich geändert hatte – und die nun auch von ihnen ganz konkret Änderung und Erneuerung in Richtung auf Versöhnungsbereitschaft und Friedensgesinnung erwartete.

Wenige Jahre später nur wurden allerdings auch andere Forderungen an die Kirchen in der Öffentlichkeit laut. Sie gipfelten in dem am 28. Januar 1973 von den Jungdemokraten beschlossenen und nach erbitterter Diskussion am 1. Oktober 1974 auf dem Bundesparteitag in Hamburg in entschärfter Form angenommenen »Kirchenpapier« der FDP. Die Zielsetzung war die möglichst umfassende Trennung von Staat und Kirche, die möglichst weitreichende Freiheit des einzelnen *von* der Kirche sowie die Zurückstufung der Kirche auf die Vereinsebene. Mit alledem erreichte die Partei eine ansehnliche Publizität; aber eine politische Chance, ihre Vorstellungen durchzusetzen, hatte sie keinen Augenblick.

Das hat den Kirchen die Auseinandersetzung fraglos erheblich erleichtert. Leicht gemacht wurde ihnen die Zurückweisung des FDP-Papiers auch deshalb, weil dieses – vor allem in der ursprünglichen Fassung – sich mehr durch antikirchliche Vorurteile als durch Sachkenntnis auszeichnete. Wichtiger war jedoch, daß die FDP bei ihrem Vorstoß die Eigenart des Lösungsprozesses der Gesellschaft von den traditionellen kirchlichen Bindungen und Normen gründlich verkannt hatte. Sie meinte, *das* thematisieren und davon politisch profitieren zu können, was für einen wachsenden Teil der Bevölkerung gerade kein politisch relevantes Thema mehr war.

Nichtsdestoweniger signalisiert das Kirchenpapier der FDP vom Herbst 1974 eine Tendenzwende in der Bundesrepublik im Verhältnis von Staat und Kirche. Daß eine in der Regierungsverantwortung stehende Partei Thesen vertrat und Positionen anstrebte, die der Entwicklung seit 1945 direkt widersprachen, war neu. Die grundsätzliche Herausforderung an die Kirche, die darin lag, wurde von dieser allerdings nicht angenommen. Es kam kaum zu wirklichen Besinnungen über die neue Situation. Zu sicher und selbstverständlich erschien nach wie vor der rechtliche und politische Schutz der eigenen Position.

Die Säkularisation der bundesrepublikanischen Gesellschaft schreitet voran, die Erosion kirchlicher Traditionen und Bindungen nimmt weiter zu, verdeckt, unauffällig eher als spektakulär. Aber es wäre verfehlt, nur auf diesen Prozeß zu blicken. Daneben existiert ein keineswegs schrumpfendes Potential von Menschen, die nicht nur religiös, sondern bewußt christlich geprägt sind und die nach neuen Orientierungen und Werten ebenso fragen, wie sie bereit sind, soziale Bindungen und Aufgaben zu übernehmen. Lebendig sind weiterhin zahllose Orts- und Kerngemeinden, in denen nach wie vor das Leben der Kirche pulsiert. Schließlich spielen Kirchenleitungen, wohl auch Theologien und Theologen eine Rolle. Wie diese unterschiedlichen Elemente sich in Zukunft mischen, welche Tendenzen gefördert, welche zurückgestaut werden, steht dahin. Eindeutig ist nur, daß sie nicht losgelöst voneinander, sondern zusammen auch künftig das Bild der evangelischen Kirche in der Bundesrepublik Deutschland bestimmen werden.

Anmerkungen

1 Schriftwechsel Joachim Beckmann, 1945, im Archiv der Rheinischen Landeskirche, Düsseldorf.
2 Wolf D. Hauschild, Art. Evangelische Kirche in Deutschland, in: Theologische Real-Enzyklopädie, Bd. 8 (1981), S. 600.
3 Der Text mitsamt den unterschiedlichen Deutungen und Interpretationen findet sich bei Martin Greschat (Hrsg.), Die Schuld der Kirche. Dokumente und Reflexionen zur Stuttgarter Schulderklärung vom 18./19. Oktober 1945, München 1982.
4 Helmut Pütz (Hrsg.), Konrad Adenauer und die CDU der britischen Besatzungszone. 1946–1949, Bonn 1975, S. 109.
5 Fritz Söhlmann (Hrsg.), Treysa 1945. Die Konferenz der evangelischen Kirchenführer 27.–31. August 1945, Lüneburg 1946, S. 102–104, Zitat S. 103.
6 Waldemar Besson, Wie ich mich geändert habe, in: Vierteljahrshefte für Zeitgeschichte 19 (1971), S. 389–403, Zitat S. 399.
7 Kirchliches Jahrbuch 1951, Gütersloh 1952, S. 381–383; Statistische Beilage Nr. 4 zum Amtsblatt der EKD, Nr. 8, 1952.
8 Karl Kupisch (Hrsg.), Quellen zur Geschichte des deutschen Protestantismus von 1945 bis zur Gegenwart, Teil 1, Hamburg 1971, S. 57–59.
9 Ausführlich hierzu P. v. Tiling, Die Kirche in der pluralistischen Gesellschaft, in: Zeitschrift für evangelisches Kirchenrecht 14 (1968/69), S. 238–277; grundsätzlich dazu Wolfgang Huber, Kirche und Öffentlichkeit, Stuttgart 1973.
10 Jürgen Hach, Gesellschaft und Religion in der Bundesrepublik Deutschland, Heidelberg 1980, S. 141.
11 Ernst Käsemann, Kirchliche Konflikte, Bd. 1, Göttingen 1982, S. 33.
12 Amtsblatt der EKD, Nr. 10, 1949; auch bei Günter Heidtmann (Hrsg.), Hat die Kirche geschwiegen? Das öffentliche Wort der Evangelischen Kirche aus den Jahren 1945–54, Berlin 1954, S. 52.
13 Kirchliches Jahrbuch 1950, Gütersloh 1951, S. 165.
14 Christian Walther (Hrsg.), Atomwaffen und Ethik. Der deutsche Protestantismus und die atomare Aufrüstung 1954–1961, Dokumente und Kommentare, München 1981, S. 122.
15 Ebenda, S. 139.
16 Ebenda, S. 84.

17 Ebenda, S. 63.
18 Helmut Gollwitzer, Zum Ergebnis der bisherigen Beratungen, in: Günter Howe (Hrsg.), Atomzeitalter, Krieg und Frieden, Witten–Berlin 1959, S. 247–267, Zitate S. 259, S. 265.
19 Zitiert bei Martin Möller, Das Verhältnis von evangelischer Kirche und sozialdemokratischer Partei in den Jahren 1945 bis 1950, Marburg 1979, S. 200.
20 Erwin Fahlbusch, Kirchenkunde der Gegenwart, Stuttgart 1979, S. 127.
21 Der Text dieser und der übrigen Denkschriften ist jetzt bequem zugänglich: Die Denkschriften der Evangelischen Kirche in Deutschland, 2 Bde. in 3, Gütersloh 1978.

Literatur

Armin Boyens, Martin Greschat u. a., Kirchen in der Nachkriegszeit. Vier zeitgeschichtliche Beiträge, Göttingen 1979
Victor Conzernius, Martin Greschat, Hermann Kocher (Hrsg.), Die Zeit nach 1945 als Thema kirchlicher Zeitgeschichte, Göttingen 1988
Jürgen Hach, Gesellschaft und Religion in der Bundesrepublik Deutschland, Heidelberg 1980
Gisela Helwig, Detlef Urban (Hrsg.), Kirchen und Gesellschaft in beiden deutschen Staaten, Köln 1987
Stewart W. Herman, The Rebirth of the German Church, New York–London 1946
Hans-Wolfgang Hessler (Hrsg.), Protestanten und ihre Kirche in der Bundesrepublik Deutschland, München–Wien 1976
Wolfgang Huber, Kirche und Öffentlichkeit, Stuttgart 1973
Werner Jochmann, Evangelische Kirche und politische Neuorientierung in Deutschland 1945, in: Deutschland in der Weltpolitik des 19. und 20. Jahrhunderts, Festschrift für Fritz Fischer, Düsseldorf 1973, S. 545–562
Diether Koch, Heinemann und die Deutschlandfrage, München 1972
Bernd W. Kubbig, Kirche und Kriegsdienstverweigerung in der BRD, Stuttgart 1974
Annemarie Smith-von Osten, Von Treysa 1945 bis Eisenach 1948. Zur Geschichte der Grundordnung der Evangelischen Kirche in Deutschland, Göttingen 1980
Frederic Spotts, Kirchen und Politik in Deutschland, Stuttgart 1976
Klaus Steuber, Militärseelsorge in der Bundesrepublik Deutschland. Eine Untersuchung zum Verhältnis Staat und Kirche, Mainz 1972
Johanna Vogel, Kirche und Wiederbewaffnung. Die Haltung der Evangelischen Kirche in Deutschland in den Auseinandersetzungen um die Wiederbewaffnung in der Bundesrepublik 1949–1956, Göttingen 1978

Chronik

1933

Der NS-Staat begünstigt die einem völkisch-nationalistischen Christentum anhängenden »Deutschen Christen« (DC) und versucht mit ihrer Hilfe, die evangelischen Kirchen gleichzuschalten.

3.–5.4. 1. Reichstag der Glaubensbewegung DC.

5.9. »Braune Synode« der APU mit Einführung des Arierparagraphen in der Kirche (Beginn des Kirchenkampfes durch Auszug der bekenntnisgebundenen Minorität).

21.9. Gründung des Pfarrernotbundes durch Martin Niemöller (gegen die Geltung des Arierparagraphen in der Kirche).

27.9. 1. Nationalsynode der Deutschen Evangelischen Kirche (DEK) in Wittenberg (Ludwig Müller zum Reichsbischof gewählt).

13.11. Antikirchliche und antisemitische Sportpalastkundgebung der DC in Berlin (als Folge davon Massenaustritte aus der Glaubensbewegung DC).

1934

22.4. Ulmer Tag: Treffen von Vertretern Württembergs, Bayerns, des Pfarrernotbundes, der Bekenntnissynoden von Rheinland, Westfalen, Berlin-Brandenburg gegen die kirchliche Gleichschaltung.

29.–31.5. 1. Bekenntnissynode der DEK in Barmen; theologische Erklärung in 6 Thesen; Gründung des Bruderrats der DEK als Kern der auf dem Boden des evangelischen Bekenntnisses stehenden Kirchenopposition gegen Deutsche Christen und Nationalsozialismus (zur Abgrenzung gegenüber DC und anpassungswilligen Teilen in den evangelischen Kirchen »Bekennende Kirche« genannt).

19./20.10. 2. Bekenntnissynode von Dahlem.

22.11. 1. Vorläufige Kirchenleitung der BK installiert.

1935

24.9. Gesetz zur Sicherung der DEK; Reichskirchenausschuß (und in der Folge: Landeskirchenausschüsse) eingesetzt von Minister Kerrl zur »Befriedung« der Kirche.

1936

11.3. Rat der Ev.-Luth. Kirche Deutschlands gegründet.

12.3. 2. Vorläufige Kirchenleitung (nur noch Sprecherin der »zerstörten Kirchen«).

28.5. Denkschrift der 2. Vorläufigen Kirchenleitung an Hitler (Zusammenstellung des Unrechts und der Gewalttaten im »Dritten Reich«).

1937

12.2. Rücktritt des Reichskirchenausschusses.

22.–23.6. Tagung des »Wittenberger Bundes« (zur Organisation der »Mitte«).

1.7. Verhaftung Martin Niemöllers (führt nach Freispruch im Februar 1938 zur Einweisung ins Konzentrationslager).

1940

14.3. »13 Punkte« über das Verhältnis von Staat und Kirche im »Warthegau« (Polen).

1941

Dez. Beginn des kirchlichen Einigungswerkes unter Bischof Wurm.

1943

Schreiben Wurms an führende nationalsozialistische Persönlichkeiten gegen Unrecht und Gewalttaten.

25.4. Endgültige Fassung der Sätze (Wurms u. a.) über »Auftrag und Dienst der Kirche«.

1945

9.4. Hinrichtung Dietrich Bonhoeffers.

21.–24.8. Tagung des Reichsbruderrats in Frankfurt.

24.–26.8. Tagung des Lutherrates in Treysa.

27.–31.8. Kirchenversammlung in Treysa (»Statut von Treysa«). Gründung des Hilfswerks der Evangelischen Kirchen in Deutschland.

29.9.–12.10. Gründungstagung für die ersten evangelischen Akademien in Bad Boll.

18./19.10. Sitzung des Rates der EKD in Stuttgart (»Stuttgarter Schulderklärung«).

1946

2.5. Stellungnahme des Rates der EKD und aller Kirchenleitungen zur Entnazifizierung.

1947

8.8. »Wort des Bruderrates der EKD zum politischen Weg unseres Volkes« (»Darmstädter Wort«).

1948

6.–8.7. Konstituierung der Vereinigten Evangelisch-Lutherischen Kirche (VELKD) in Eisenach.

13.7. Annahme der Grundordnung der EKD durch die Kirchenversammlung in Eisenach.

22.8.–4.9. 1. Weltkirchenkonferenz in Amsterdam.

1949

9.–13.1. Erste ordnungsgemäße Synode der EKD in Bethel.

28.7.–1.8. Konstituierung des Deutschen Evangelischen Kirchentages in Hannover.

1950

23.–27.4. Tagung der Synode der EKD in Berlin-Weißensee.

27.8. Wort des Rates der EKD gegen Remilitarisierung (anläßlich des Kirchentages in Essen).

1951

5.11. Treffen Adenauers mit 22 evangelischen Kirchenvertretern in Königswinter.

1952

6.–10.10. Tagung der Synode der EKD in Elbingerode.

29./30.10. Gründung der Gesamtdeutschen Volkspartei (GVP).

1955

16.12. Ratschlag der EKD zur gesetzlichen Regelung des Schutzes der Kriegsdienstverweigerer.

1957

22.2. Unterzeichnung des Militärseelsorgevertrages.

1./2.11. Arnoldshainer Thesen zur Abendmahlsgemeinschaft.

1958

März Anfrage der Kirchlichen Bruderschaft im Rheinland und in Westfalen an die Synode der EKD.

26.–30.4. Tagung der Synode der EKD in Berlin-Spandau (»Atomsynode«).

1961

19.11.–5.12. Weltkirchenkonferenz in Neu-Dehli.

1965

1.10. »Die Lage der Vertriebenen und das Verhältnis des deutschen Volkes zu seinen östlichen Nachbarn« (»Ostdenkschrift« der EKD).

1966

12.1. Gründungsversammlung der »Bekenntnisbewegung ›Kein anderes Evangelium‹«.

13.–18.3. EKD-Synode über »Vertreibung und Versöhnung«.

17.3. Gründung der »Notgemeinschaft evangelischer Deutscher« (später umbenannt in »Evangelische Notgemeinschaft in Deutschland«).

12.–26.7. Weltkonferenz »Kirche und Gesellschaft« in Genf.

1968

4.4. Martin Luther King ermordet.

4.–20.7. 4. Weltkirchenkonferenz in Uppsala.

1969

10.6. Gründung des »Bundes der Evangelischen Kirchen in der DDR«.

1970

7.10. Gründung der »Konferenz Bekennender Gemeinschaften in den evangelischen Kirchen Deutschlands« (KBG).

1974

23.5. »Berliner Erklärung« des evangelikalen Flügels der deutschen evangelischen Kirchen zur Ökumene.

1.10. »Freie Kirche im Freien Staat«, »Kirchenpapier« der FDP, auf dem Bundesparteitag in Hamburg beschlossen.

1980

11.1. Beschluß der rheinischen Landessynode »Zur Erneuerung des Verhältnisses von Christen und Juden«.

16.3. »Mission unter Israel – auch heute«. Erklärung der Konferenz bekennender Gemeinschaften in den evangelischen Kirchen Deutschlands.

17.11. Begegnung zwischen Papst Johannes Paul II. und dem Rat der EKD in Mainz.

1981

17.–21.6. »Fürchte dich nicht«. 19. Deutscher Evangelischer Kirchentag in Hamburg.

Okt. »Frieden wahren, fördern und erneuern«. Friedensdenkschrift der EKD.

1982

12.6. Friedenserklärung des Moderamens des Reformierten Bundes.

7.–17.11. »Angst, Vertrauen, Frieden«. Kirchliche Friedenswochen in der Deutschen Demokratischen Republik und in der Bundesrepublik Deutschland.

1983

8.–12.6. »Umkehr zum Leben«. 20. Deutscher Evangelischer Kirchentag in Hannover.

24.7.–10.8. »Jesus Christus, das Leben der Welt«. 6. Vollversammlung des ÖRK in Vancouver.

15.–22.10. Aktionswoche der Friedensbewegung in der Bundesrepublik Deutschland.

1984

20.–22.1. Regionaltagung der Christlichen Friedenskonferenz in Heidelberg.

3.5. Gemeinsames Wort der EKD und des Bundes der Evangelischen Kirchen in der DDR an die Gemeinden zum Gedenken an die Barmer Theologische Erklärung.

13.9. »Was wird aus der Kirche?« Dokumentation der EKD zum Verhältnis evangelischer Christen zur Kirche.

9.–11.11. Ökumenische Versammlung der Christen in der Friedensbewegung in Siegen.

1985

1.3. »Um Frieden beten – den Frieden tun«. Weltgebetstag der Frauen.

5.–9.6. »Die Erde ist des Herrn«. 21. Deutscher Evangelischer Kirchentag in Düsseldorf.

1.10. »Evangelische Kirche und freiheitliche Demokratie«. Denkschrift der EKD.

28.10. EKD-Studie über die neuen Informations- und Kommunikationstechniken.

1986

27.3. »Hoffnung auf Frieden«. Gemeinsames Wort des Bundes der Evangelischen Kirchen in der DDR und der EKD an die Gemeinden.

8.10. Erstes Treffen nach Kriegsende des Rates der EKD und des Zentralrats der Juden in Frankfurt am Main.

11.10. Massendemonstration der Friedensbewegung gegen die Stationierung von US-Raketen im Hunsrück.

1987

17.–21.6. »Seht, welch ein Mensch«. 22. Deutscher Evangelischer Kirchentag in Frankfurt am Main.

Günter Hollenstein

Die Katholische Kirche

Die Grundlagen und Strukturen

Die katholische Kirche in der Bundesrepublik – das waren nach der Volkszählung des Jahres 1970 27,07 Millionen Menschen oder 44,6 Prozent der Bevölkerung. Die evangelische Kirche zählte zum Vergleich 28,48 Millionen und ihr Anteil lag demnach bei 47,0 Prozent. Zehn Jahre später war der Anteil der Katholiken auf 43,5%, der der Protestanten auf 42,8% zurückgegangen. Nimmt man den sonntäglichen Gottesdienstbesuch als Gradmesser zur Verbundenheit mit der katholischen Kirche, denn die Teilnahme an der Messe gehört zu ihren Geboten und die Abwesenheit gilt als Sünde, dann stellt man einen noch stärkeren Rückgang fest. 1946 nahmen etwa 55 Prozent der Katholiken am sonntäglichen Gottesdienst teil, 1978 lag dieser Anteil nur noch bei 30,3 Prozent. 1985 registrierte die Kirchenstatistik mit 75000 Austritten wiederum mehr als in den Jahren zuvor. Lediglich 1974 war die Zahl derer, die der Kirche den Rücken kehrten, mit 83000 höher. Inzwischen nehmen nur noch 25 Prozent der Katholiken am sonntäglichen Gottesdienst teil. Und mit 113000 kirchlichen Trauungen wurde 1985 der niedrigste Stand seit 1945 registriert. Rund 24000 Priester sorgen für die seelsorgerische Betreuung der Katholiken. Sie arbeiten in 22 Diözesen (zählt man Berlin mit seiner Sonderstellung hinzu), an deren Spitze als Oberhaupt ein Bischof steht. Er ist oberster Dienstherr aller Angestellten einer Diözese; als Arbeitgeber hat die Kirche die Gewerkschaften erfolgreich aus ihrem Wirkungskreis verbannt. Der Gegensatz von Arbeit und Kapital sei innerhalb der Kirche aufgehoben, heißt die von den Oberhirten gefundene Begründung. Der Priester hat eine starke Stellung in der Gemeinde. Zwar gibt es seit der Würzburger Synode eine Art Laienvertretung, repräsentiert im gewählten Pfarrgemeinderat oder auf Diözesanebene im Katholikenrat. Ihre Funktion ist allerdings nur eine beratende. Die letzte Entscheidung fällt dem Pfarrer beziehungsweise dem Bischof zu. Als Laienorganisation und

Rechte Seite: Verwaltungsgliederung der katholischen Kirche mit ihren fünf Kirchenprovinzen. – *Quelle:* Fischer Informationsatlas Bundesrepublik Deutschland, Frankfurt 1982, S. 129.

VERWALTUNGSGLIEDERUNG
DER KATHOLISCHEN KIRCHE
DIE 5 KIRCHENPROVINZEN DER BUNDESREPUBLIK DEUTSCHLAND
Kirchenprovinz
Erzbistum
Bistümer
Köln
Köln
Aachen, Essen, Limburg, Münster, Osnabrück, Trier
Paderborn
Paderborn
Fulda, Hildesheim
Bamberg
Bamberg
Eichstätt, Speyer, Würzburg
Freiburg
Freiburg
Mainz, Rottenburg
München-Freising
München-Freising
Augsburg, Passau, Regensburg
Grenzen der Bundesländer
Gebietsgrenzen eines Bistums
Sitz eines Erzbischofs
Sitz eines Bischofs
Katholische Akademie
Phil.-Theologische Hochschule (katholisch
theologische (katholische) Hochschulfakultät
OSNABRÜCK
Hamburg
SCHWERIN
Schwerin (Osnabrück)
Worphausen
MÜNSTER
HILDESHEIM
OSNA
BRÜCK
BERLIN
Berlin* (West)
Generalvikariat
Berlin (Ost)
Osnabrück
Hannover
Hildesheim
Münster
MÜNSTER
Bielefeld
Magdeburg (Paderborn)
Essen
Bochum
Paderborn
Goslar
Duisburg
Dortmund
(Hildesheim)
MAGDEBURG
Krefeld
Sch.
Warburg
M.
W.
PADERBORN
GÖRLITZ
ESSEN
Mö.
KÖLN
Bensberg
Kassel
ERFURT
AACHEN
Köln
Siegen
Görlitz
Aachen
B.W.
Bad Honnef
MEININGEN
Bonn
Marburg
FULDA
MEISSEN
Bautzen
H.
LIMBURG
Gießen
Meiningen (Würzburg)
Limburg
MAINZ
Fulda
Bischofsvikariat
Frankfurt
TRIER
DIE 7 JURISDIKTIONEN IN DER DDR
Trier
Mainz
WÜRZBURG
2 exemte Bistümer:
Berlin
Meißen
Würzburg
Bayreuth
MAINZ
Bamberg
4 apostolische Administraturen:
Erfurt-Meiningen
Görlitz
Magdeburg
Schwerin
BAMBERG
SPEYER
Speyer
Nürnberg
Saarbrücken
EICHSTÄTT
Eichstätt
Regensburg
FREIBURG
Stuttgart
ROTTENBURG
REGENSBURG
PASSAU
Tübingen
Rottenburg
Passau
Augsburg
Freiburg
München
AUGSBURG
MÜNCHEN-FREISING
Benediktbeuren
* Berlin (West): Sonderstellung Residenz des Bischofs in Berlin (Ost) Generalvikar als sein Stellvertreter in Berlin (West)
(Meiningen ist Jurisdiktionsbezirk, aber der Administration Erfurt angegliedert.
W. = Bornheim-Walberberg
. = Hellenthal
ö. = Mönchengladbach
. = Mülheim
Sch. = Schwerte
W. = Wuppertal

Unter großer Anteilnahme der Kölner Bevölkerung findet im Jahr 1948 die 700-Jahr-Feier des Kölner Domes statt. Auf dem Foto Ausschnitt aus der Prozession des selbstbewußten Klerus.

Gegenpol zur Deutschen Bischofskonferenz fungiert das Zentralkomitee der deutschen Katholiken, das allerdings in Glaubensfragen ebenso wenig Kompetenz beanspruchen darf, wie es etwa die in der Forschung tätigen Theologen können. Das aktive Leben der Katholiken spielt sich immer noch sehr stark in den 102 Verbänden ab, die etwa drei Millionen Mitglieder haben. Zu den größten zählen der Bund der Deutschen Katholischen Jugend (BDKJ), der als Dachverband der kirchlichen Jugendorganisationen 17 Organisationen mit 300000 bis 350000 Mitgliedern repräsentiert. Die größten Einzelverbände sind die Katholische Arbeitnehmer Bewegung (KAB) mit 300000 und der Familienverband Kolping mit 250000 Mitgliedern. Kolping, ursprünglich als Handwerkerverband gegründet, hat sich zwischenzeitlich in den meisten Pfarrgemeinden als Träger von Bildungsarbeit, von Familienferien und Lebenshilfe etabliert.

Der neue Staat

Nach dem Zusammenbruch des Hitler-Regimes schien es, als hätten die Kirche und ihre Amtsträger das Hitlerreich unbeschadet und unangefochten überstanden. Karl Otmar Freiherr von Aretin konstatierte, daß der Katholizismus nach 1945 großes Ansehen in einer Welt besaß, die sich längst abgewöhnt hatte, christlich zu denken und zu handeln.[1] Dieses moralische Ansehen hätte dem Wort der Kirche und ihrem damaligen Repräsentanten Papst Pius XII. größtes Gewicht gegeben.
Die ersten Jahre nach dem Krieg hatte auch die katholische Kirche alle Hände voll zu tun, sich der materiellen Nöte des deutschen Volkes anzunehmen. Eine der herausragendsten Persönlichkeiten jener Zeit war der Kölner Kardinal und Erzbischof Joseph Frings, der in den ersten Nachkriegsjahren zu jenen gehörte, die ungebrochen und selbstbewußt den alliierten Siegern gegenüber auftraten. Populär wurde die Silvesterpredigt 1946, in der Frings Mundraub und Kohlendiebstahl aus dem Sündenkatalog strich. Das Wort »Fringsen« machte damals die Runde. Der Kölner Kardinal war auch einer der ersten, der die These von der Kollektivschuld der Deutschen zurückwies. Als »Turm des Widerstands« galt nach dem Krieg auch der Münchner Kardinal Michael von Faulhaber, an dessen mutige Adventspredigten des Dezembers 1933 man sich jetzt wieder erinnerte. Faulhaber war einer jener wenigen, die sich dem immer gewalttätiger ausgreifenden Nationalsozialismus entgegengestellt hatten und über die religiösen und sittlichen Werte des Judentums zu einer Zeit predigte, als dessen Vernichtung schon vorbereitet wurde.
In der Weimarer Republik hatten die katholischen Verbände eine gewichtige Rolle gespielt, und die Zentrumspartei (bzw. die Bayerische Volkspartei) verstand sich auch als Interessenvertretung der katholischen Kirche im Parlament. Nach 1945 konnte an diese Tradition – trotz der Neugründung einer Deutschen Zentrumspartei mit Schwerpunkten im Rheinland und gewissen Erfolgen in Niedersachsen – nicht wieder angeknüpft werden. Auch das katholische Verbandswesen erreichte weder den Umfang noch die Bedeutung, die es vor 1933 gehabt hatte.
Erst 1952 gelang wieder eine Vereinheitlichung unter dem Dachverband »Zentralkomitee der deutschen Katholiken« (ZdK). Seine Zwitterstellung konnte er bis heute nicht aufgeben. Auf der einen Seite betrachtet er sich als höchstes Laiengremium des bundesdeutschen Katholizismus, und von daher ist es auch erklärlich, daß Politiker hier ihr Engagement suchten. Daß beispielsweise sozialdemokratische Politiker wie Georg Leber oder Hermann Schmitt-Vockenhausen in der Führung des ZdK saßen, war eine große Überraschung, hatte sich die Kirche doch stets nur an der Seite der CDU engagiert. Den Eindruck des »Feigenblatts« kann man

deshalb kaum von der Hand weisen. Die andere Seite war die Funktion, die seitens der Bischöfe dem Laiengremium zudiktiert wurde. Sie wollten über das ZdK ihren eigenen Einfluß konsequent in die Verbände hineintragen. Die Erklärungen, die vom ZdK abgegeben wurden und werden, lassen an dieser Doppelrolle keinen Zweifel. Es waren fast stets Abziehbilder dessen, was die Oberhirten in ihren Briefen verkündet hatten, ein bißchen verbindlicher im Ton und jede innerkirchliche Kritik vermeidend.

Die katholische Kirche wollte ihren Einfluß nach dem Zweiten Weltkrieg vor allem in die CDU hineintragen. Auch innerkirchlich wurde die Frage einer fundamentalen Neuordnung der gesamten Gesellschaft aufgeworfen, etwa in dem Sinne, wie es Johannes Albers anläßlich eines Berichts über die Tagung der CDU-Sozialausschüsse am 21. und 22. Februar 1947 formulierte: »Die Zeiten bloßer sozialpolitischer Reparaturen am kapitalistischen Wirtschaftssystem sind vorüber. Eine Neuordnung unserer Wirtschaft von Grund auf ist das Gebot der Stunde.« Die Ideen, die sich an diese Forderung knüpften, fanden den konsequentesten Niederschlag im Ahlener Programm der CDU von 1947, an dessen Formulierung

»Nicht klagen, handeln!« war das Motto des 72. Deutschen Kirchentages in Mainz (1. bis 5.9.1948). Abgebildet in der 1. Reihe v.l.n.r.: Nuntius Muench, Kardinal Frings (Köln), Erzbischof Jäger (Paderborn), Bischof Berning (Osnabrück).

Albers beteiligt war und in dem der christliche Sozialismus »erfunden« wurde. Warum dieses Reizwort aus der endgültigen Fassung wieder verschwand, erklärt Rudolf Uertz[2] mit dem theologisch motivierten, politiktheoretischen Verständnis der evangelischen Unionsmitglieder, das eine christliche, das heißt theologisch-ethische Legitimierung jeglicher politischer und sozialer Ordnungsmodelle ausschließe, da Politik und Wirtschaft in der protestantischen Sozialtheorie einen »eigengesetzlichen« Raum bildeten.

Vergleicht man diese größtenteils Theorie gebliebenen Schriften und Vorstellungen mit dem Alltagsgeschäft der damaligen Oberhirten, tauchen freilich Zweifel auf, ob der katholischen Kirche wirklich an einer grundlegenden Neuordnung gelegen war oder ob es ihr nicht eher darum ging, den verbliebenen Einfluß zu stärken und auszudehnen. Dem Franzosen Alfred Grosser fällt auf[3], daß die Kirchen hierzulande immer noch eine privilegierte Stellung in der Gesellschaft haben, die auf einem rechtlichen Status beruht. In Deutschland, wo es im Gegensatz zu Frankreich keine Trennung von Kirche und Staat gegeben hat, finde man kaum ein Formular, wo nicht die Religionszugehörigkeit eingetragen werde. Der Staat wird zudem zum »Geldeintreiber der Kirchen«, der Austritt aus ihr ist an eine Einspruchserklärung gebunden. Als die FDP in einem umstrittenen Kirchenpapier für die konsequente Trennung von Kirche und Staat eintrat, war ihr folgerichtig der Protest sicher.

Der damalige bayerische Kultusminister Hans Maier, Vorsitzender des Zentralkomitees der deutschen Katholiken, stufte den Einfluß der Kirchen an der Entstehungsgeschichte der Bundesrepublik relativ gering ein: »Die politischen Existenzfragen mußten ohne speziellen Beitrag der Kirchen gelöst werden.«[4] Ihr Anteil an der Konsolidierung der Bonner Demokratie sei nicht auf simple Formen einer kirchlichen Einflußnahme zu bringen, er äußere sich mehr auf indirekte, vermittelte Weise und nehme nur selten die Form zielvoller, politischer Aktionen an.

Was die katholische Seite anbetrifft, stehen diesem Urteil durchaus konkrete Forderungen entgegen, wie sie etwa an das Grundgesetz vor seiner Verabschiedung gerichtet wurden. Sie lassen erkennen, daß weitreichende Mitwirkungsmöglichkeiten bei den Belangen des Staates immer wieder im Vordergrund standen. Schwieriger als zu Zeiten der Weimarer Republik aber war die Umsetzung. Denn anders als dort, wo die katholische Kirche in der Zentrumspartei eine Art Speerspitze zur Verwirklichung ihrer Forderungen hatte, mußte sie sich nach dem Zweiten Weltkrieg ihre Bündnispartner auf politischem Terrain neu suchen. Sie sah zwar die CDU als Mitstreiter für ihre Belange an, dort saßen aber nicht nur Katholiken, sondern die Christdemokraten öffneten sich als »Volkspartei« auch den Protestanten. 1945 erhob die damalige Fuldaer Bischofs-

konferenz im wesentlichen zwei Ansprüche: Sie forderte vom Staat die Einrichtung von Bekenntnisschulen und die baldige Herausgabe kirchlicher Zeitungen. Damit einher ging die Wiederaufrichtung einer moralischen Instanz, wenn etwa der Zentralrat der deutschen Kolpingfamilie 1946 »im Interesse eines moralisch gesunden Ehe- und Familienlebens, die Säuberung von Presse, Rundfunk, Kino, Theater von aller dekadenten Sittenlosigkeit« verlangte.
Bei den Grundgesetz-Beratungen im Parlamentarischen Rat traten dann die ideologischen Gegensätze schroff zutage. Die Kirchen verlangten die Garantie ihrer autonomen Rechte als öffentlich-rechtliche Institutionen, Einfluß auf die weltanschauliche Gestaltung des Schulwesens, Durchsetzung ihrer theologischen Vorstellungen in den Bereichen Ehe und Familie, Schutz des Lebens und Recht auf Unversehrtheit des Körpers. 1949, als die Fuldaer Bischofskonferenz sich in Pützchen bei Bonn zu einer außerordentlichen Beratung zusammenfand, machte Kardinal Frings unmißverständlich klar, worum es der katholischen Kirche ging. Er äußerte nicht nur die Befürchtung, daß in dem geplanten Grundgesetz »wichtigste und für den Aufbau eines gesunden staatlichen Lebens unentbehrliche Grundrechte« außer acht gelassen würden, sondern bestand auch auf einer Festschreibung des unter der Hitler-Diktatur geschlossenen, umstrittenen Konkordats. Die Angriffe, die in diesem Zusammenhang gegen den Heiligen Stuhl gerichtet worden seien, hätten die Bischöfe und das ganze katholische Volk »aufs tiefste« verletzt: »Wir erwarten, daß die Bundesverfassung eine Garantie für die Aufrechterhaltung des vom Heiligen Stuhl mit dem Deutschen Reich abgeschlossenen Konkordats enthält.«
Wie einseitig sich die Kirche abgrenzte, zeigte sich schon relativ früh. Am 28. Juni 1949 beschloß das »Heilige Offizium«, die Wächterinstanz über den Glauben beim Vatikan, Kommunisten vom Empfang der kirchlichen Sakramente auszuschließen, und im selben Jahr wurde anläßlich der Wahlen eindeutig Partei bezogen. Die deutschen Bischöfe erklärten unmißverständlich, »daß Abgeordnete der sozialistischen und liberalistischen Weltanschauung in Bonn für wesentliche christliche Forderungen kein Verständnis gezeigt haben«. Gleichzeitig wurde den »christlich gesinnten Abgeordneten« für ihre »mutige und wirksame Vertretung der elterlichen und kirchlichen Rechte« in Bonn gedankt. Die Wähler entschieden sich mehrheitlich für die bürgerlichen Parteien bei der ersten Bundestagswahl. Ihren personalen Einfluß aber machten die Bischöfe im Rahmen eines konfessionellen Proporzes geltend, der die Besetzung höchster Staatsämter betraf. Was freilich den Kampf für die moralischen und geistigen Werte anbetraf, nutzte die Parteilichkeit auf lange Sicht gesehen nicht viel. Die Kirche konnte den nach der Zeit des Wirtschafts-

wachstums einsetzenden Reformkurs in der Politik, insbesondere dort, wo es den ihr am meisten am Herzen liegenden Teil der Stellung der Familie in der Gesellschaft angeht, zwar bremsen, verhinderte aber Veränderungen wie etwa die von ihr vehement bekämpfte Novellierung des Abtreibungsparagraphen 218, des Scheidungsrechts oder die Durchsetzung staatlicher Schulen schließlich doch nicht. Ausgerechnet in einem wunden Punkt aber gab ihr das Bundesverfassungsgericht schon 1955 recht, als es die Verbindlichkeit des Reichskonkordats von 1933 feststellte.

Kirche und Nationalsozialismus

Am 23. August 1945 veröffentlichte der deutsche Episkopat einen gemeinsamen Hirtenbrief zu den Ereignissen im Dritten Reich: »Furchtbares ist schon vor dem Kriege in Deutschland und während des Krieges durch Deutsche in den besetzten Ländern geschehen. Wir beklagen es zutiefst: Viele Deutsche, auch aus unseren Reihen, haben sich von den falschen Lehren des Nationalsozialismus betören lassen, sind bei den Verbrechen gegen menschliche Freiheit und menschliche Würde gleichgültig geblieben; viele leisteten durch ihre Haltung den Verbrechen Vorschub, viele sind selber Verbrecher geworden. Schwere Verantwortung trifft jene, die aufgrund ihrer Stellung wissen konnten, was bei uns vorging, die durch ihren Einfluß solche Verbrechen hätten verhindern können und es nicht getan haben, ja diese Verbrechen ermöglicht und sich dadurch mit den Verbrechern solidarisch erklärt haben.« Das bischöfliche Schreiben klammerte freilich die Frage der eigenen Verantwortung geschickt aus. Es wurde zwar eingeräumt, daß auch kirchliche Würdenträger Fehler gemacht hatten, sie wurden jedoch nicht ausdrücklich benannt. Schwerer aber wog, daß ein ausdrückliches Wort zur Wiedergutmachung an den ermordeten Juden fehlte. Das Verhältnis zwischen Katholiken und Juden war erst 1980 Gegenstand einer bischöflichen Erklärung, die zur Versöhnung aufrief.

Die Auswirkungen des Nationalsozialismus wurden zunächst rein theologisch gedeutet, der »Abfall von der Kirche« galt als der Grund der Exzesse jener Zeit schlechthin. Rückkehr zu Frömmigkeit und Gebet wurden zur »Heilung« empfohlen. Charakteristisch für diese Haltung ist der Fastenhirtenbrief Kardinal Faulhabers vom 8. Februar 1946.[5] Ein Abgrund von Bosheit und Not habe sich in den jüngstvergangenen Jahren in unserem Volk aufgetan, klagte der Kardinal. »Aus der Tiefe der Hölle kamen die Dämonen legionsweise herauf...«

Die Debatte über die Rolle der katholischen Kirche zur Zeit des NS-Regimes setzte erst relativ spät ein. Zwar glaubte der Freiburger Erzbischof Conrad Gröber bereits 1945, eine Kollektivschuld der Deutschen

sei abzulehnen und es gebe genug Dokumente dafür, daß weite Kreise des deutschen Volkes den Tyrannen gegenüber nicht die Hände in den Schoß gelegt hätten. Und das Gebet, das als Folge des Reichskonkordats im Anschluß an jeden Hauptgottesdienst für das »Wohlergehen des Deutschen Reiches und Volkes« eingelegt worden war, enthielt 1949 stillschweigend auf Anweisung des Kölner Kardinals Frings nunmehr die Formulierung »Erleuchte seine Regierung«. Bis dahin war von der »Erleuchtung seiner Führer mit dem Licht der Weisheit« die Rede gewesen. Das Thema wurde bis zum Ende der 50er Jahre konsequent verdrängt, und nicht die Kirche rührte es auf, sondern die Anstöße kamen von außen, etwa vom Schriftsteller Rolf Hochhuth, der in seinem Theaterstück »Der Stellvertreter« kritisch auf das Verhältnis der Kirche zum Nationalsozialismus einging. Solche Anfragen wurden von den Kirchenführern immer wieder mit dem Hinweis auf den Hirtenbrief vom August 1945 beschieden; er sei ein »Schuldbekenntnis«, das »nichts an Härte und Deutlichkeit zu wünschen übrigließ«, wie das bischöfliche Ordinariat München noch 1965 mitteilte.
Der Historiker Konrad Repgen fand es denn auch »ein Phänomen«, daß sich der deutsche Katholizismus in den letzten hundert Jahren mit seiner eigenen Geschichte kaum befaßt habe. Der Druck wurde so stark, daß die Kirche ihre Archive öffnete und daß schließlich eine »Kommission für Zeitgeschichte« entstand, die sich speziell mit der Zeit vom Ende des Ersten bis zum Ende des Zweiten Weltkriegs befassen sollte – mitfinanziert von staatlichen Stellen und der Bischofskonferenz. Die erste Dokumentation, die 1965 vorgelegt wurde, förderte freilich wenig ans Licht, was auf eindeutigen Widerstand des Vatikans gegen das NS-Regime hingedeutet hätte. Die zeitweilige Auflehnung der Kirche erschöpfte sich in Feststellungen, Analysen und Protesten, die Papst Pius XII. wegen der eklatanten Verletzungen des zwischen dem Vatikan und Hitler geschlossenen Reichskonkordats präsentiert hatte. Nur hin und wieder fand die römische Kurie den Mut, zur nationalsozialistischen Weltanschauung Stellung zu nehmen, etwa in ihrer Note vom 14. Mai 1934: »Menschliche Norm ist undenkbar ohne Verankerung im Göttlichen. Diese Verankerung kann nicht liegen in einem gewillkürten Göttlichen der Rasse. Nicht in der Verabsolutierung der Nation. Ein solcher Gott wäre nichts weiter als das selbstgeschaffene Widerbild eigener Beschränktheit.«
Im wesentlichen läßt sich die Auseinandersetzung um die katholische Kirche im Dritten Reich an zwei Dokumenten zeigen. Das ist zum einen das bereits erwähnte mit Hitler geschlossene Konkordat, zum anderen die einzige in deutscher Sprache erschienene Enzyklika »Mit brennender Sorge« vom 14. März 1937. Die Kirche interpretierte das Reichskonkordat nachträglich als Bestreben, »die durch den Sog der Gleichschaltung

gefährdete unverkürzte christliche Verkündigung zu sichern« – so zuletzt in einer Erklärung des Sekretariats der Deutschen Bischofskonferenz vom 31. Januar 1979, als die Fernsehserie »Holocaust« abermals eine Diskussion um die Judenvernichtung entfacht hatte. Das Reichskonkordat sei die »vertragsrechtliche Form der Nicht-Anpassung der katholischen Kirche an das NS-System« gewesen (so Konrad Repgen) und für Episkopat und Vatikan der Ansatzpunkt, um die Verfolgung der Kirche immer wieder öffentlich als rechtswidrig zu brandmarken. Auch Hans Maier beurteilt die Haltung der Kirchen im Dritten Reich positiv: Gemeinsam seien sie Opfer der nationalsozialistischen Kirchenpolitik geworden, gemeinsam hätten sie dem totalitären Anspruch des NS-Regimes die »Entschiedenheit der Sendung der Christen« gegenübergestellt. Dieser Darstellung allerdings wird von verschiedenen Historikern nachhaltig widersprochen. Man braucht sich dabei gar nicht auf den umstrittenen Kirchenkritiker Karlheinz Deschner zu beziehen, der die Bischofskonferenz der öffentlichen Irreführung und Unwahrhaftigkeit bezichtigte, und für den Pius XII. der »quantitativ gesehen meistbelastete« Papst der Geschichte ist. Er habe alle faschistischen Verbrecher unterstützt, gleichzeitig aber in der Anwendung äußerer Machtmittel gegen die »bolschewistische Gefahr« doch eine »wesentliche Sendung und Aufgabe« erblickt. Zurückhaltender, aber in der Tendenz ähnlich, kommentiert etwa von Aretin, der meint, es bestünde heute kein Zweifel mehr, daß der Anpassungswille der katholischen Kirche und der deutschen Katholiken an das Dritte Reich weiter ging, als man angenommen hatte. Alfred Grosser vertritt den Standpunkt, alle Dokumente zeigten »übereinstimmend«, daß die Kirche mit dem Hitlerregime zusammenarbeitete und nur insoweit von ihm abrückte, als Katholiken und der Katholizismus angegriffen worden seien. »In dem Augenblick, da das Konkordat den Bischöfen im Juli 1933 auferlegte, der Regierung einen Treueeid zu leisten, hatte diese bereits Konzentrationslager eingerichtet und Kommunisten, Sozialisten und Juden verfolgt.«[6] Hochhuth schließlich brachte die provokante These ein, gerade kraft ihres Amtes hätte die Kirche die »teuflische Fratze« des Nationalsozialismus durchschauen müssen. In der Enzyklika »Mit brennender Sorge«, deren Verbreitung der NS-Staat verbot, heißt es zwar: »Der Anschauungsunterricht der vergangenen Jahre... enthüllt Machenschaften, die von Anfang an kein anderes Ziel kannten als den Vernichtungskampf.« Diese Aussage jedoch bezog sich keinesfalls auf die Greueltaten der Nationalsozialisten, die bis dahin offenkundig geworden waren, sondern fast einzig und allein auf die katholische Kirche als Institution. Die Unterdrückung bürgerlicher Freiheiten, die politische Gleichschaltung und selbst die Gewaltanwendung gegen die Opposition waren erst an zweiter Stelle gemeint. Wiederum Alfred Grosser knüpfte daran die Frage, ob es der Vatikan, als es darum ging, Maßnahmen gegen den Krieg oder später gegen die Massenvernichtung zu ergreifen, nicht vorgezogen habe, Katholiken im Schoße der Kirche zu behalten, die durch ihre Taufe und ihr Bekenntnis, nicht aber durch ihre Ethik und ihr Verhalten dem Katholizismus angehörten; in diesem Punkte habe sich die Kirche seit 1945 vielleicht am meisten geändert.

Wenn man sich, auch unter Zugrundelegung amtskirchlicher Rechtfertigungen, die Frage stellt, was den Vatikan bewogen haben mag, das Konkordat mit Hitler zu schließen, muß man sich mit dem Demokratieverständnis des Katholizismus befassen. Zu Zeiten des Kirchenkampfes unter Bismarck hatten die Katholiken erfahren müssen, daß man sie für ultramontan und national unzuverlässig hielt. In der Weimarer Republik schließlich praktizierten sie denselben Nationalismus, der nach dem Versailler Vertrag allgemeine Stimmungslage der Deutschen war. Als die Demokratie entstand, durch Revolution und Sturz der Monarchie, waren es auch die Katholiken, die sich die Frage stellten, ob dies denn auch legitim gewesen sei. Und als schließlich 1932/33 die Demokratie gefordert war, stimmte die katholische Zentrumspartei für das Ermächtigungsgesetz. August Bernhard Hasler zieht die Schlußfolgerung: »Die Kirche traf sich mit dem Faschismus dort, wo dieser antidemokratisch, antiliberal, antisozialistisch, antikommunistisch und antilaizistisch war. Der besonders seit dem Ersten Vatikanischen Konzil stark ausgeprägte Autoritätsgedanke war nicht ohne Affinität zur totalitär-politischen Führerkonzeption.«[7] Für diese Aussage sprechen nicht nur die hierarchischen Strukturen mit einem unfehlbaren Papst an der Spitze, der, dem Sonnenkönig Ludwig XIV. gleich, über die Auffassungen seiner Untergebenen bestimmt. Es gibt dafür auch in der Nachkriegszeit Belege. Als Willy Brandt mit dem Anspruch »Mehr Demokratie wagen« auftrat, forderte das Zentralkomitee der deutschen Katholiken eigenartige »Freiräume«: »Schule, Kirche oder Betrieb beispielsweise können nicht demokratisch organisiert werden«, heißt es in einem Thesenpapier des Jahres 1971. Und: »Heute sehen wir die Gefahr aufziehen, daß man im Namen eines pseudoreligiös übersteigerten Demokratismus den konkreten politischen Staat mitsamt seinen politischen Freiheiten zugrunde richtet. Die Demokratie-Ideologien bilden für den demokratischen Staat eine größere Gefahr als seine offenen Feinde.«

Auf ein äußerst kontroverses Echo stießen auch die anläßlich der zweiten »Pilgerreise« des Papstes Johannes Paul II. durch die Bundesrepublik im Mai 1987 erfolgten Seligsprechungen der zum katholischen Glauben konvertierten und von den Nationalsozialisten ermordeten Jüdin Edith Stein sowie des NS-Widerstandskämpfers und Jesuitenpaters Rupert Mayer. Während sich die Amtskirche in historischer Rückschau als Bollwerk im Kampf gegen den Nationalsozialismus darstellte, rügten kritische Katholiken abermals das Fehlen eines Schuldbekenntnisses der Bischofskonferenz zur Rolle der Kirche während der NS-Zeit. Eine solche Seligsprechung sei als unzureichende und verfälschende Vergangenheitsbewältigung abzulehnen, hieß es etwa bei der Initiative »Kirche von unten«, denn sie verschleiere lediglich die regimefreundliche Kirchenpolitik während des Dritten Reiches.

Die Arbeiterfrage

Nach dem Zweiten Weltkrieg wurde der ernsthafte Versuch unternommen, die in den Sozialenzykliken »Rerum novarum« und insbesondere »Quadragesimo anno« niedergelegten Auffassungen, eine Art Grundsatzprogramm, das der Überwindung der Klassengegensätze dienen sollte, in die Praxis des Alltags umzusetzen. Die von Ludwig Erhard propagierte soziale Marktwirtschaft wäre undenkbar ohne die Grundlage der katholischen Soziallehre. Weil eine solche Soziallehre dem deutschen Protestantismus etwa fehlt, hat er sich vergleichsweise sehr viel schwerer damit getan, auf die Gestaltung und Entwicklung der Verhältnisse einzuwirken. Für heutige Verhältnisse scheint es schier unvorstellbar, daß nach 1949 nicht etwa nur bei der SPD und beim DGB über Gemeinwirtschaft und Vergesellschaftung der Produktionsmittel geredet wurde, sondern daß sich auch die Kirche redlich mühte, schließlich den dritten Weg zwischen Kapitalismus und Kommunismus zu finden. Dazwischen gab es immer wieder maßgebliche Anstrengungen, wesentliche Teile marxistischer Gesellschaftskritik mit christlich-sozialem Denken in Einklang zu bringen, so etwa beim Kreis der Herausgeber der »Frankfurter Hefte« um Walter Dirks und Eugen Kogon. Das unbestreitbare Verdienst Konrad Adenauers in jener Zeit aber lag darin, einen katholisch-sozial dominierten mit einem bürgerlich-protestantischen Wirtschaftsflügel in Einklang zu bringen. Begünstigt wurde diese Entwicklung zweifellos dadurch, daß der Katholizismus nicht mehr an eine Weltanschauungspartei gebunden war, wie zu Weimarer Zeiten an das Zentrum, sondern daß Volksparteien entstanden, als Kind gemeinsamer Erfahrungen im Dritten Reich und genährt von ökumenischen wie politischen Impulsen gleichermaßen.
Katholische Vorstellungen flossen besonders stark in das Ahlener Programm der CDU von 1947 ein, in dem – wenn auch mit Abstrichen – christliche Soziallehre, die sich von der Moraltheologie ursprünglichen Sinnes gelöst und zu einer eigenständigen Wissenschaft entwickelt hatte, festgeschrieben wurde. Das Ahlener Programm ist gleichzeitig das Ergebnis eines innerkirchlichen Streites zwischen den Jesuiten und den Walberberger Dominikanern, in dem sich die letzteren durchsetzten. Ausge-

Die Altenpflege gehört zu den traditionellen Betätigungsfeldern der Kirche.

hend von der Diskussion um »christlichen Sozialismus« ging es dabei um eine unterschiedlich gesehene Zuständigkeit der Soziallehre. Die Jesuiten warfen den Dominikanern vor, sie hätten kein konkretes Ordnungsbild von der Wirtschaft. Die Dominikaner konterten, ihr Begriff von Politik und seine unabdingbare Verknüpfung mit der Ethik sei viel umfassender als jener der Jesuiten, die sich den modernen Politik- und Sozialwissenschaften allzu sehr anlehnten. Das aber sei nichts anderes als ein Bruch mit der klassischen Lehre Thomas von Aquins.
Für die Dominikaner freilich brachte diese ganzheitliche Betrachtung die

Schwierigkeit, daß sie ihr Sozialsystem nicht widerspruchsfrei entwickeln konnten. Andererseits erleichterten die ordnungspolitischen Widersprüche und die starke Betonung der sozial-ethisch-gesinnungsmäßigen Aspekte den liberalkonservativen Kräften in der CDU die innerparteiliche Auseinandersetzung mit dem christlichen Sozialismus. So läßt sich das Ahlener Programm auch als Konzept begreifen, den Sozialismus zu verhindern, indem er »von links« überholt wird.[8] Konrad Adenauer hatte dieses Programm für zwei Funktionen ausersehen. Einerseits sollte es dem christlichen Sozialismus weitgehend Rechnung tragen – allerdings unter Ausklammerung der wichtigen Forderung, die Planungs- und Lenkungsbefugnisse der Großindustrie den Händen der Selbstverwaltungskörperschaften oder einer obersten Planungsbehörde zu überantworten, die nur noch in sehr abgeschwächter Form auftauchte. Andererseits wollte Adenauer mit diesem Programm seinen privatwirtschaftlichen Intentionen ebenfalls Rechnung tragen. Ein Kompromißprogramm also, das den Parteiflügeln, je nachdem, ob es von links nach rechts oder umgekehrt gelesen wurde, entgegenkam. Bereits die Düsseldorfer Leitsätze vom Juli 1949 formulierten eine Absage an die Soziallehre der Walberberger. An seine Stelle trat eine neue Wirtschaftspolitik, maßgeblich vertreten von Ludwig Erhard, der die soziale Marktwirtschaft propagierte und neoliberale Grundsätze entwickelte, die sich eher funktionalen denn sozialpolitischen Aspekten der künftigen Wirtschaft zuwandten.

Schon in seiner Botschaft an den Bochumer Katholikentag 1949 hatte der Papst die seit »Rerum novarum« erhobene Forderung, Privateigentum nicht nur einer privilegierten Klasse zugänglich zu machen und Wege zu einer gerechteren Einkommensverteilung zu finden, betont: »Die Kirche läßt auch nicht davon ab, wirksam darauf hinzuarbeiten, daß der scheinbare Gegensatz zwischen Kapital und Arbeit, zwischen Unternehmer und Arbeiter aufgehe in einer höheren Einheit, in jener von der Natur selbst gewiesenen organischen Zusammenarbeit beider nach Werk und Wirtschaftssektor, in berufsständischer Gliederung.« Die Montanmitbestimmung, das Betriebsverfassungsgesetz, das Lastenausgleichsgesetz von 1952, die Förderung des Sparens durch Prämien, insbesondere zur Unterstützung des Eigenheimbaus, das Kindergeldgesetz seit 1954, die Rentenreform 1957, all dies sind Beispiele, wo katholische Soziallehre verwirklicht werden konnte. Freilich folgten den Fortschritten der Anfangszeit rasch Auseinandersetzungen und Ernüchterung. Zum einen wurde es zu Zeiten des Wirtschaftswunders schon frühzeitig auch auf katholischer Seite als »Skandal« empfunden, daß zwar die sozialpolitischen Initiativen zunahmen, der Aufschwung indes den Unternehmern in viel größerem Maße zugute kam als den Arbeitnehmern.

Dann entzündete sich ein tiefgehender Streit um die Mitbestimmung. So kritisierte etwa Gustav Gundlach (SJ), der die Soziallehre fast ebenso nachhaltig prägte wie der Jesuit Oswald von Nell-Breuning, eine Mitbestimmung, welche die aus dem Privateigentumsrecht fließende sittliche Verfügungsbefugnis und Verantwortung für die im Eigentum stehenden Produktionsmittel im Kern antasten würde. Nell-Breuning hingegen engagierte sich für die paritätische Mitbestimmung. Wie sehr sich die innerkirchlichen Auffassungen am Ende auseinander bewegt hatten, zeigt das Echo auf die Enzyklika »Mater et magistra« von Johannes XXIII. aus dem Jahr 1961. Anton Rauscher mutmaßt, daß der Tod Pius XII. bei den »fortschrittlichen« Katholiken »befreiend« gewirkt habe und man nur allzu gern bereit gewesen sei, die Grundsätze der katholischen Soziallehre möglichst rasch zu vergessen. »Ähnlich wie in der Theologie wurde die katholische Soziallehre über Nacht zu einer Art Brei, aus dem jeder das herausbacken konnte, was ihm gefiel...«[9]

Am schwindenden Einfluß der Soziallehre hat sicherlich das Wiedererstarken des DGB maßgeblichen Anteil und insbesondere der in die Kirche hineingetragene Kampf um die Einheitsgewerkschaft, bei dem die Katholiken am Ende unterlagen. Organisatorisch war dieser Bereich in der Katholischen Arbeitnehmer Bewegung (KAB) verankert. 1945 gab es nur noch etwa 25000 Mitglieder, die Führungsschicht hatte den Krieg nicht überlebt. Argwöhnisch begleitet von einigen Bischöfen, die einer verbandsfeindlichen Pastoralkonzeption das Wort redeten und denen vor allem die politische Ausrichtung der traditionellen Arbeitervereine mißfiel, unterstützt von anderen Oberhirten, die deren mutige Haltung während des NS-Regimes lobten, wurde erst 1971 wieder ein Bundesverband gegründet. 1962 war die Mitgliederzahl auf 160000 angestiegen.

Auch die KAB hatte zunächst den Gedanken der Einheitsgewerkschaft vertreten, nicht zuletzt im Hinblick auf das Scheitern der Richtungsgewerkschaften in der Weimarer Republik und ermuntert etwa durch den Kölner Erzbischof Kardinal Josef Frings, der am Vorabend des 1. Mai 1950 zu Mitgliedschaft und Mitarbeit im DGB aufrief. Freilich, die »Sozialpäpste« Pius XI. und Pius XII. hatten in ihren Enzykliken als Argument für die Einheitsgewerkschaft eher Zweckmäßigkeitsüberlegungen in den Vordergrund gerückt und deren Rahmen sehr eng bemessen. Die Gewerkschaften sollten sich auf die unmittelbare Interessenvertretung der Arbeitnehmer beschränken.

Im Bundestagswahlkampf 1953 trat ein lange schwelender Konflikt offen zutage: Hatte die KAB schon bei früheren Gelegenheiten die parteipolitisch angeblich einseitige Ausrichtung des DGB kritisiert, so war das Eintreten des DGB für die SPD der Tropfen, der das Faß zum Überlaufen brachte. Wollte die KAB zunächst eine eigene Fraktion im DGB durchsetzen, so war nunmehr die Einheitsgewerkschaft ernstlich in Frage ge-

III. Internationaler Kolpingtag in Köln (Mai 1965).

stellt, zumal auch Kardinal Frings jetzt eine »tiefgreifende Reorganisation« forderte und die Neugründung christlicher Gewerkschaften als »ultima ratio« nicht ausschloß. Am 30. November 1955 war es dann soweit. In Essen wurde unter maßgeblicher Beteiligung der KAB die »Christliche Gewerkschaftsbewegung« gegründet, unterstützt von den katholischen Bischöfen Westdeutschlands, abgelehnt von der evangelischen Kirche. Aber die Union gab allen negativen Erfahrungen zum Trotz einer Weiterarbeit im DGB den Vorzug, sie schätzte die Zukunftschancen der christlichen Gewerkschaften skeptisch ein. Als auch in der KAB mehrere tausend Mitglieder den neuen Kurs nicht mitmachten und austraten, wurde die Kampagne für die christliche Gewerkschaft abgeblasen, es hieß jetzt, man sei für alle Gewerkschaften »offen«. Mitte der 60er Jahre brachten es die christlichen Gewerkschaften auf 250000 Mitglieder, dem DGB gehörten zur selben Zeit 6,5 Millionen an. Die Absicht, eine gewichtige Alternativgewerkschaft zum DGB auf die Beine zu stellen, war mißlungen. In der KAB, die sich später sogar für neue Strukturen in der Kirche einsetzte, selbst wenn man sie nicht »demokratisieren« könne, wurde das Scheitern christlicher Gewerkschaften nicht ganz verschmerzt: »Hier in diesem Raum kommen wir mit den christlichen Gewerkschaften nicht zum Zuge«, bedauerte KAB-Vorsitzender Alfons Müller 1968 noch in seiner Eigenschaft als Verbandssekretär. »Wir haben das Feld nach 1945 den anderen überlassen, nun dürfen wir uns nicht beschweren.«

Die Ostpolitik

Zwei politische Probleme machten der katholischen Kirche in der Bundesrepublik besonders zu schaffen: die Teilung Deutschlands und das Verhältnis zum Osten, exemplarisch darstellbar im langen Weg zur Aussöhnung mit Polen. Wie sollte sich die Kirche mit einem von ihr abgelehnten System arrangieren, eine Kirche, die zwar keinen Nationalsozialisten aus ihren Reihen ausgeschlossen hatte, wohl aber schon 1949 Kommunisten nicht mehr zu den Sakramenten und damit zur vollen kirchlichen Gemeinschaft zulassen wollte? Zumindest das Verhältnis zu Polen scheint in einer Zeit, da ein polnischer Papst auf dem Stuhle Petri sitzt, geklärt; auch die deutschen Katholiken sind zur Aussöhnung bereit. In der Deutschlandfrage freilich herrscht Schweigen vor. Einerseits sollen die 1,2 Millionen katholischen Glaubensbrüder in der DDR nicht in Schwierigkeiten gebracht werden, andererseits ist die Sprachlosigkeit wohl auch zu einem Teil politischer Natur: Die Kirche hat sich mit den Verhältnissen abgefunden, wie beispielsweise die förmliche Abkoppelung der Fuldaer Bischofskonferenz von der Bischofskonferenz der DDR zeigt. Dieser Schritt kam übrigens nicht auf deutsche Initiative zustande, denn bisher fühlten sich die katholischen Oberhirten der Bundesrepublik schon rein symbolisch für die DDR mit zuständig. Am 26. Oktober 1978 gab der Vatikan ein entsprechendes Dekret heraus, begründet aus pastoralen Notwendigkeiten, weil die DDR-Bischöfe nicht mehr an Treffen der bundesdeutschen Bischofskonferenz teilnehmen durften. Das Dekret enthielt den Zusatz, daß die Existenz zweier unabhängiger Bischofskonferenzen die ungelösten Fragen zwischen den beiden deutschen Staaten nicht berühre. Im deutschen Episkopat wurde daraufhin versichert, man sei mit den Mitbrüdern der DDR weiterhin eng verbunden.

In der Praxis freilich ging die Entwicklung weit auseinander. Bereits ein Jahr später sah sich die Deutsche Bischofskonferenz außerstande, zu einer gemeinsamen Erklärung mit den DDR-Bischöfen zum Ausbruch des Zweiten Weltkriegs zu kommen. Den Hintergrund bildete eine Art ideologischer Grabenkrieg, den die Trennung der beiden Bischofskonferenzen ausgelöst hat. Die Oberhirten in der Bundesrepublik verschmerzten nicht, daß der Vatikan Fakten geschaffen hatte. Aus »politischen Gründen«, so äußerte sich seinerzeit ein Sekretär der deutschen Bischofskonferenz, betrachte man die Berliner Bischofskonferenz immer noch zur eigenen zugehörig. Anders übrigens die evangelische Kirche, die eine gemeinsame Erklärung mit den Glaubensbrüdern in der DDR zustande brachte.

Politisch hatte die katholische Kirche von Anfang an den Gedanken der Wiedervereinigung vertreten, und zwar einheitlich, wenn man etwa an Nell-Breuning auf der einen Seite denkt, der schon 1956 eine soziale Aufgabe darin sah, oder an den Vorsitzenden der Deutschen Bischofskonferenz, Julius Kardinal Döpfner, der angesichts des Mauerbaus am 13. August 1961 erklärte: »Deutsche Menschen in Mitteldeutschland stehen unter dem Kreuz, darum ist das ganze deutsche Volk unter das Kreuz gerufen.«

Noch deutlicher wurde das Bekenntnis zur Einheit Deutschlands beim 79. Deutschen Katholikentag 1962 in Hannover. Starkmut, Beharrlichkeit und Geduld seien notwendig, hieß es in einer einstimmig verabschiedeten Erklärung von 80 katholischen Verbänden und Organisationen, um die Verwirklichung des Selbstbestimmungsrechtes für alle Deutschen zu erreichen. Im Jahr darauf schließlich benutzten die katholischen Bischöfe die Friedensenzyklika »Pacem in terris« des Papstes Johannes XXIII. zur Abgrenzung gegenüber der DDR. In einem Hirtenwort erklärten sie, daß das Gemeinschaftsleben auf Freiheit und nicht auf Gewalt aufgebaut werden müsse. Schon vor der auch durch die Mauer optisch sichtbar gewordenen Spaltung hatte sich die Kirche kritisch mit der DDR befaßt, insbesondere unter dem Eindruck von immer größer werdenden Schikanen gegen die Geistlichkeit. Noch 1958 konnte ein Katholikentag im heutigen

Ost-Berlin dort stattfinden, wo die SED ansonsten ihre Tagungen abhielt. Bischof Döpfner nutzte die Situation zu einer unzweideutigen Anspielung. Hier zeigte sich, wie eine profane Veranstaltungsstätte zum Ort des Gebets und der Besinnung werden könne.
Die Aussöhnung mit Polen fiel dem bundesdeutschen Katholizismus besonders schwer, weil er sich nicht mit der Oder-Neiße-Grenze anfreunden konnte. Zu Zeiten, als die Ostverträge diskutiert wurden, hielt sich die Kirche zurück. Sie wollten zu den Polenverträgen schweigen, ließen die Bischöfe wissen, denn es sei nicht tunlich, in diesem innenpolitischen Streit Partei zu ergreifen. Während die Kirchenpresse landauf, landab gegen die Ostpolitik Front machte, weil sie angeblich nur sowjetischen Interessen diene und die totale Bonner Kapitulation vor dem Kreml bedeute, blieb es lange Zeit bei der Erklärung Kardinal Döpfners von 1970, die Bevölkerung der Bundesrepublik wünsche in ihrer Gesamtheit die Aussöhnung mit dem polnischen Volk und sei bereit, dafür Opfer zu bringen. Die Anerkennung der polnischen Westgrenze aber wurde schon zum damaligen Zeitpunkt von einer kritischen Basis gefordert. Der Bensberger Kreis, ein Zusammenschluß kirchenkritischer, meist intellektueller Katholiken, und mehrere namhafte Theologen ergriffen zu einer Zeit, in der manche Priester noch nach der Beichte Sühnegebete gegen die Verabschiedung der Ostverträge sprechen ließen, eindeutig Partei: »Das Heimatrecht der Polen in den ehemaligen deutschen Ostgebieten ist heute stärker als das der Heimatvertriebenen. Auf dieser Grundlage sollten Christen eher als alle anderen in der Lage sein, den Verzicht auf die ehemalige Heimat zu leisten oder den Betroffenen den Verzicht plausibel zu machen.«
Wegen des Streits um die Grenze kam der Dialog zwischen deutscher und polnischer Kirche nur schwer voran. Der polnische Episkopat hatte anläßlich des Konzils am 18. November 1965 einen langen Brief geschickt. Die Antwort der deutschen Seite, distanzierter und kühler, mußten die konsternierten polnischen Bischöfe als »Verhandlungsangebot« über die Grenze und das Heimatrecht mißverstehen. Bis Ende der siebziger Jahre war der Faden abgerissen. Dann kamen 1978 die polnischen Bischöfe, an der Spitze der Primas der Katholischen Kirche Polens, Kardinal Wyszynski und Kardinal Wojtyla (der spätere Papst), in die Bundesrepublik und beteten am Grab des Völkerapostels Bonifatius. Dieser Aufenthalt, dem sich später eine Pilgerreise des deutschen Episkopats nach Polen anschloß, wurde als bewußte Geste der Versöhnung und als historisches Ereignis gewertet.

Das Verhältnis zur Evangelischen Kirche

Im Grunde genommen müßte man meinen, der Zweite Weltkrieg hätte die seit der Reformation getrennten beiden Kirchen – evangelische und katholische – wieder näher aneinander herangeführt, war doch die Zeit des Nationalsozialismus auch ein gemeinsam erlebtes Martyrium. Aber das Gegenteil war zunächst der Fall. Die Katholiken, auf Geschlossenheit der eigenen Reihen bedacht und von der Identitätsfindung in einem neuen Staat voll in Anspruch genommen, schotteten sich anfänglich eher ab. Seltsames war da in Zeitungsberichten der ersten Nachkriegsjahre zu lesen, einer Zeit übrigens, wo durch Flucht und Vertreibung aus den ehemaligen Ostgebieten Deutschlands und den Nachbarländern der Anteil der Katholiken in der Bundesrepublik zunahm. Während Deutschland vor dem Krieg überwiegend ein evangelisches Land war, blieb etwa 1950 der Anteil der Katholiken nur noch wenig hinter dem der Protestanten zurück. Kleine Ärgernisse waren es, die das Nebeneinander der beiden Kirchen in jenen Jahren bestimmten und die Distanz offenbarten. 1953 etwa machte der »Ochsenfurter Zwischenfall« Schlagzeilen. Da hatte sich Bischof Döpfner geweigert, eine Zuckerfabrik einzuweihen, bloß weil auch ein evangelischer Pfarrer im Talar anwesend sein sollte und ebenfalls eine Weihehandlung vornehmen wollte. Ein Jahr später stritt man sich in Würzburg ernsthaft darüber, ob ein Katholik neben einem evangelischen Christen beerdigt werden dürfe, 1957 wurde in einer hessischen Gemeinde auf einem Spielplatz eine Liguster-Hecke gepflanzt, damit evangelische und katholische Kinder getrennt spielen konnten, und noch 1962 wurde von der Pädagogischen Hochschule Münchens vermeldet, daß dort der Turnunterricht nach Konfessionen getrennt stattfinde – Katholiken hätten eine andere Auffassung vom Leib als Protestanten.
Am sichtbarsten wurde die Entfernung der beiden Kirchen am 1. November 1950 dokumentiert, als der Papst das Dogma der leiblichen Aufnahme der Jungfrau Maria in den Himmel verkündete. Diese Entscheidung, bedauerte seinerzeit die Lutherische Bischofskonferenz, sei so verhängnisvoll und schmerzlich, daß die evangelisch-lutherischen Bischöfe als »Glieder am Leibe Christi« dazu nicht schweigen könnten. In der Tat: Gleich zwei existentielle Punkte, die die Trennung der beiden Kirchen ausmachen, waren berührt. Zum einen hatte, theologisch gesehen, Pius XII. die Mariologie, die der evangelischen Kirche fremd ist, weil sie Maria jene christusähnliche Würde einer besonderen Himmelfahrt abspricht und durch das katholische Bild der Mittlerin und Miterlöserin ihre biblische Rolle als Mutter Christi zerstört sieht, in den Rang einer unumstößlichen Glaubenswahrheit erhoben. Fast noch wichtiger aber war, daß der Papst erstmals seit dem Ersten Vatikanischen Konzil von der dort bestä-

tigten und umstrittenen Unfehlbarkeit wieder Gebrauch machte; dieses Dogma stellt aber ein unüberwindbares Hindernis auf dem Weg zur Einheit dar. Der katholische Unfehlbarkeits-Kritiker August Bernhard Hasler nannte das Dogma einen Luxus der Frömmigkeit und urteilte über seinen eigentlichen Sinn: »In diesem Akt wurde das ungebrochene päpstliche Selbstbewußtsein der Machtfülle auch auf dem Gebiet der Lehre sichtbar.«[10] Zu jener Zeit gab es zwar eine auch theologisch etwa von Karl Rahner unterstützte Bewegung »Una Sancta«. Bis zu Zeiten des Zweiten Vatikanischen Konzils aber blieben die Versuche der Annäherung auf Unverbindlichkeiten beschränkt.

Das Hauptproblem bildeten die konfessionsverschiedenen Ehen. Während die Mischehen in der Praxis ständig zunahmen, erklärten die Bischöfe etwa 1958 per Hirtenwort: »Wer vor der Mischehe warnt, zerstört nicht den konfessionellen Frieden, sondern hilft, vor dem Leid des gespaltenen Glaubens und seelischen Konflikten zu bewahren.« Eltern wurden aufgefordert, ihre Kinder in der katholischen Atmosphäre einer Familie zu erziehen, auch wenn sie nicht verhindern könnten, daß ihre Söhne und Töchter in den Betrieben, Büros und Fabriken andersgläubigen Menschen begegneten.

Am 1. Oktober 1970 riet Papst Paul VI. in einem neuen Mischehengesetz von solchen Ehen ab und legte kategorisch fest, daß gültige Ehen auch künftig nur vor einem katholischen Pfarrer geschlossen werden könnten. Den »ökumenischen Trauungen« wurde eine Absage erteilt. Auf massiven Druck des langsam erwachenden deutschen Reformkatholizismus an der Basis aber kamen alsbald »Ausführungsbestimmungen« der deutschen Bischofskonferenz zustande, die es dem katholischen Partner in der Praxis ersparen, eine Aufhebung des Mischehen-Verbots vom Bischof zu beantragen, um nicht in »schwerer Sünde« mit seinem Partner leben zu müssen. Dafür muß er sich die Auffassung zu eigen machen, daß die katholische Kirche »Verkünderin einer höheren Welt« sei. Erst 1985 wiesen der Rat der Evangelischen Kirche in Deutschland (EKD) und die katholische Bischofskonferenz in einem gemeinsam formulierten »Wort zur konfessionsverschiedenen Ehe« auf die »seelsorgerische Verantwortung« beider Kirchen hin. Die Bischöfe rückten – offenbar angesichts der Tatsache, daß in jüngster Zeit jede dritte Ehe in der Bundesrepublik zwischen konfessionsverschiedenen Partnern geschlossen wird – vom »Alleinerziehungsanspruch« der katholischen Kirche in bezug auf die Kinder aus einer solchen Ehe ab.

Die Gemeinsamkeiten wurden erst wieder im Rahmen des Konzils stärker in den Vordergrund gestellt, hatte doch Papst Johannes XXIII. ausdrücklich ein ökumenisches Konzil gewollt. Freilich war dies nicht eine Zusammenkunft etwa beider Kirchen, was naheliegend gewesen wäre.

Immerhin kamen aber beim Konzil und während der Gemeinsamen Synode der Bistümer einige Dokumente zustande, die theologisch Brücken zu schlagen versuchten. Freilich, der Tod Johannes XXIII. und das ängstliche Agieren seines Nachfolgers, der mit Warnungen, Einschränkungen und Verboten überbordende Fluten wieder in ein ruhigeres Flußbett bringen wollte und daher auch die Diskussion der Mischehengesetzgebung untersagte, machte die hochgesteckten Erwartungen schnell zunichte. Immerhin ist in einem Ökumenismusdekret davon die Rede, daß Kirchenspaltungen nicht ohne Schuld der Menschen auf beiden Seiten entstanden seien, daß aber den Menschen, die in solchen Gemeinschaften geboren sind und in ihnen den Glauben an Christus erlangen, die Schuld der Trennung nicht zur Last gelegt werden dürfe. »Die Katholische Kirche betrachtet sie als Brüder, in Verehrung und Liebe.« Und anerkannt wurde, daß evangelische Christen bei der Gedächtnisfeier des Todes und der Auferstehung des Herrn im heiligen Abendmahl die lebendige Gemeinschaft mit Christus bekennen, wenngleich sie die »vollständige« Wirklichkeit des eucharistischen Mysteriums nicht bewahrt hätten.
Zu den wichtigsten Leistungen im Sinne der Ökumene gehört zweifellos die Formulierung einer Einheitsübersetzung der Bibel, gehören gemeinsame Gebetstexte vor allem des Vaterunsers, des Gloria, des Agnus Dei und des Glaubensbekenntnisses. Ansonsten jedoch fällt auf, daß die evangelische und die katholische Kirche immer dann zu gemeinsamen Erklärungen fähig waren, wenn es um Abwehr ging, um Bewahrung des Vorhandenen, um Restauration, nicht um den Aufbruch zu neuen Ufern oder vielleicht auch neuen Wahrheiten. So wandten sie sich 1973 gegen die »Fristenlösung« bei der Schwangerschaftsunterbrechung. Als dann Jahre später, 1979, gemeinsame Grundwerte formuliert wurden, schaffte es die katholische Kirche, den Protestanten ihre eigene Formulierung zur Reform des Abtreibungsparagraphen aufzudrängen. Erstmals bekannte nun auch die EKD: »Daß in unserer Gesellschaft eine große Zahl ungeborener Kinder unter Berufung auf soziale Gründe getötet wird... ist Schuld vor Gott.« So deutlich war von evangelischer Seite die soziale Indikation nie angeprangert worden. Daß bei der Taufe und beim Abendmahl aber die Ökumene nach wie vor aufhört, daran änderte auch der Besuch Johannes Pauls II. in der Bundesrepublik im Jahr 1980 nicht viel. Es wurde zwar versprochen, den Problemen theologisch auf den Grund zu gehen, und der Papst räumte sogar Mitschuld der Katholiken an der Kirchenspaltung ein. Die seinerzeit eingesetzte gemeinsame Kommission erbrachte jedoch nur dürftige Ergebnisse, wie etwa das Versprechen, auf »polemische Ausbrüche« gegeneinander zu verzichten. Evangelische Christen bleiben jedoch weiterhin von der Eucharistie ausgeschlossen.

Das Konzil und seine Aufarbeitung in der Gemeinsamen Synode

Die Unruhe, die ab Mitte der 60er Jahre die Gesellschaft erfaßte, der Aufstand der Studenten, schließlich der Machtwechsel in Bonn 1969, als der Sozialdemokrat Willy Brandt mit dem Programm »Mehr Demokratie wagen« das Kanzleramt übernahm, färbte auf die Kirche ab. Es gab so etwas wie Fraktions- und Flügelbildungen. Katholizismus schien nicht mehr nur als konservative Lebenshaltung denkbar, sondern erwies sich vom Spektrum her plötzlich universaler. Weit geöffnet hatte dieses Fenster hin zur Welt schon das Zweite Vatikanische Konzil. Als es 1962 den Auftrag aussprach, in die Welt zu wirken, leitete der Theologe Johann Baptist Metz daraus die Schlußfolgerung ab, die Kirche müsse eine gesellschaftskritische Institution sein.
Diese Forderung ging weit über den traditionellen Rahmen der Amtskirche hinaus, und der Wunsch nach Öffnung wurde nicht zuletzt von prominenten Katholiken erhoben, die der Kirche eher mit Distanz gegenüberstanden. Zu ihnen gehörte der Schriftsteller Heinrich Böll, der 1976 urteilte, der Katholizismus in der Bundesrepublik sei isoliert wie auf einem Friedhof. Böll knüpfte damit an den Theologen Karl Rahner an, der die Kirche in bezug auf ihr Verhältnis zur Gesellschaft in einem »Ghetto« wähnte. Weniger lautstark, aber in ihren Werken um so eindringlicher, setzte sich Luise Rinser mit der Kirche auseinander, entwickelte Sympathie für jene Gruppen, die im Widerspruch zur Amtskirche lebten. Auch der Schriftsteller Walter Jens und der Herausgeber der Frankfurter Hefte, Walter Dirks, trugen mit ihren Veröffentlichungen zu einer kritischen Auseinandersetzung um die Praxis der katholischen Kirche bei. Die Bewegung, auf dem Konzil entstanden, fand ihren unmittelbaren Niederschlag beim Essener Katholikentag 1968, der gleichsam symbolisierte: Die trügerische Ruhe in der Kirche ist dahin, die mündig gewordenen Laien sind aufgestanden, um das Kirchenschiff selbst mitzusteuern. Unerhörtes wurde plötzlich zur Forderung erhoben. Da gab es ein katholisches Aktionskomitee, das den Rücktritt des Papstes verlangte. Und dieser sah sich genötigt, seine kurz vor dem Katholikentreffen verkündete und umstrittene Pillenenzyklika »Humanae vitae«, die jede Form der Schwangerschaftskontrolle außer der »natürlichen« untersagte und die Pille verbot, bei diesem Anlaß zu verteidigen. Humanae vitae hatte in den Augen August Bernhard Haslers[11] eine Autoritätskrise ausgelöst. Während der Papst selbst der Überzeugung war, es liege in dieser Frage eine bereits frühere unfehlbare Verkündigung des ordentlichen Lehramtes vor, schwächten etwa die deutschen Bischöfe die »Pillenenzyklika« als »Empfehlung« ab und verwiesen die verunsicherten Gläubigen auf ihr Gewissen.

Wichtigste Forderung jenes turbulenten Katholikentages, den die »Frankfurter Rundschau« mit dem Titel »Die gelungene Einübung des Ungehorsams« überschrieb, war die nach einem »Nationalkonzil«, wo über die Beschlüsse des Konzils nicht nur unter Oberhirten diskutiert werden sollte. Die Laien drängten zu aktiver Mitsprache im Sinne eines Demokratisierungsprozesses. Im Februar 1969 gaben die Bischöfe nach und beschlossen die Einberufung einer »Gemeinsamen Synode der Diözesen in der Bundesrepublik Deutschland«. Als sie dann zwei Jahre später endlich zustande kam, hatte sich der Wind bereits wieder etwas gedreht und die Konservativen wieder an Boden gewonnen. Am augenfälligsten spiegelte sich diese Entwicklung in der katholischen Publizistik wider. Kurz nach dem Essener Katholikentag erschien, unterstützt und gefördert von den Bischöfen, die katholische Wochenzeitung »Publik«, die einen forschen, linksliberalen Kurs vertrat und, ganz auf der progressiven Konzilswelle schwimmend, konsequent für mehr Demokratie in der Kirche kämpfte. Bereits 1971 wurde das Blatt eingestellt. Den Bischöfen war es nicht fromm genug, sie drehten kurzerhand den Geldhahn zu und förderten statt dessen lieber den konservativen »Rheinischen Merkur«.

Hinzu kam die Diskussion um den Abtreibungsparagraphen 218, bei der die Bischöfe ein wahres Kesseltreiben entfachten, und jeden Politiker, der dem Reformwerk zuneigte, gleich als unchristlich brandmarkten. Die Bischöfe argumentierten sogar mit einem Vergleich zwischen der Abtreibung und Hitlers Massenmorden. Die Synode, die schließlich am 3. Januar 1971 im Kiliansdom zu Würzburg begann, sich in insgesamt acht Vollversammlungen fortsetzte und am 23. November 1975 endete, kann als Bestandsaufnahme dessen angesehen werden, was im Deutschen Katholizismus an Reformen möglich schien. Gegen römischen Widerstand wurde die Laienpredigt eingeführt, das Verhältnis zwischen Kirche und Arbeiterschaft wurde freimütig als »fortwirkender Skandal« definiert, in der herausragenden Vorlage »Unsere Hoffnung« wurde schließlich der konkrete Versuch unternommen, den Vorwurf zu widerlegen, das Christentum könne »den Fragen und Ängsten, den Konflikten und Hoffnungen in unserer Lebenswelt, der mühsam verdeckten Sinnlosigkeit unseres sterblichen Lebens und unserer öffentlichen und individuellen Leidensgeschichten« nur noch verbrauchte Antworten liefern.[12] Wo konkrete Antworten freilich vonnöten gewesen wären, blieb es bei Halbwahrheiten. Nichts Brauchbares kam zum Thema Ehe und Sexualität zustande, die Fragen des Priesternachwuchses und des Zölibates wurden beiseite geschoben. Vor allem aber: Die von vielen engagierten Laien erhoffte Reform der Strukturen der Kirche fand nicht statt.

Im Gegenteil: Auf Druck Roms wurden einige der den Oberhirten abgetrotzten Zugeständnisse inzwischen wieder zurückgenommen. So dürfen Laien nicht mehr predigen, und die Bischöfe revidierten ihre Meinung über Meßdienerinnen, die nun aufgrund der päpstlichen Instruktion »Das unschätzbare Geschenk« in vielen Gemeinden wie zu alten Zeiten nicht mehr am Altar Dienst tun dürfen. So bleibt die Kirche eine streng strukturierte Männergesellschaft. Der Anspruch engagierter Frauen auf mehr Einfluß wurde abgewehrt. Dem Priestermangel rückte man nicht, wie viele gehofft hatten, mit der Abschaffung des Zölibats zu Leibe, sondern man schuf aus der Not den Beruf des Pastoralreferenten. Der ist zwar theologisch wie ein Priester ausgebildet, darf jedoch die Messe nicht feiern. Dafür ist ihm die Ehe erlaubt. Schon sorgen sich die Bischöfe angesichts der etwa 1130 Laientheologen in der Bundesrepublik darüber, daß der »einfache« Katholik den kleinen Unterschied zwischen Pastoralreferent und geweihtem Priester nicht mehr erkennt und deshalb der Zölibat abermals angefochten wird. Den Priestern wurde nach Jahren zunehmend legerer Kleidersitten wieder auferlegt, auch durch ihr äußeres Erscheinungsbild – Oratorianerkragen oder römisches Kollar – wieder für jedermann kenntlich zu sein.

Die größte und umfassendste Reform hatte sich in aller Stille vollzogen. Die Umgestaltung des Meßopfers nämlich, des zentralen Mittelpunktes katholischen Glaubens. Vordergründig wurde die Muttersprache eingeführt, der lateinische tridentinische Ritus des Mittelalters abgeschafft, und die Messe wird vom Priester fortan zum Volk gewendet gelesen. Das aber berührte auch den Kern des Verständnisses der Glaubensinhalte, nämlich den Vollzug des Blutopfers Jesu Christi am Kreuz in seiner unblutigen Weise als Gedächtnisfeier im Gottesdienst. Dies war verbunden mit einem radikalen Bruch der bisher gepflegten Tradition der katholischen Kirche.

Die lautlose Reform löste sowohl auf seiten der fortschrittlichen als auch der konservativen Katholiken – und dort am sichtbarsten im Auftreten des später suspendierten und abtrünnigen Erzbischofs Marcel Lefebvre – heftigen Widerstand aus. Alfred Lorenzer[13] sah von der fortschrittlichen Warte aus in der Abschaffung des tridentinischen Ritus nicht wie die Befürworter dieses Schrittes die Überwindung absolutistisch-barocker Herrschaftskultur, sondern durch die Überbetonung des Wortes und der Predigt eine systematische Pädagogisierung und Indoktrinierung – als Einbahnstraße einer Pseudodiskussion, als Mittel zunehmender Beeinflussung der Laien. Während der lateinische Kult einen Freiraum für die »Selbstbeschäftigung« der Laien, einen Spielraum für die Phantasie geboten habe, lösche die Zentrierung auf das Wort diese Freiheit aus. »Sie erweist sich als Moment der Beherrschung. Das Ritual wird zur Gleitschiene der Bevormundung.« Lorenzer beklagt auch zu Recht, daß die

Meßreform mit einem neuen Bildersturm einhergegangen sei, der an Barbarei grenze: kahle Chorwände, ein Steinblock als Altar, wie ein Fremdkörper etwa in einer barocken Kirche wirkend.
Die Anhänger Lefebvres freilich glauben, daß die Kirche das spezifisch Katholische zugunsten eines ökumenischen Christentums aufgegeben habe, bei dem Priester zu Pastoren oder »Vorsitzenden« werden wie in allen anderen christlichen Gemeinschaften, wo die Gemeinde ein »Mahl« hält zum Gedenken an das letzte Abendmahl, wo aus der Wandlungsformel, die Brot und Wein nach katholischem Verständnis in Leib und Blut Jesu Christi transformiert, ein Einsetzungsbericht, eine erinnernde Erzählung wird. »Es geht nicht um Traditionalismus gegen Progressismus«, beschreibt Rudolf Krämer-Badoni den Konflikt, »sondern darum, ob die Kirche nach dem letzten Konzil und der Liturgiereform noch die universale und einzige Kirche Jesu Christi zu sein glaubt, des wahren Gottes. Sollte sie nämlich die absolute Sicherheit des Glaubens aufgegeben haben... dann ist ihr Glaube nicht mehr verbindlich. Eine katholische Kirche, die sich im 20. Jahrhundert nach Christi Geburt auf die Suche nach der Wahrheit begibt, ist ein lächerlicher Verein, dem man beitreten mag wie einem Pfadfinderclub oder auch nicht, das ist völlig unwichtig und unter keinen Umständen noch irgendwie heilsnotwendig.«[14]
Unter Papst Johannes Paul II. war es zunächst zu einer Annäherung zwischen Lefebvre und dem Vatikan gekommen, der dem Kirchenrebellen und seinen Anhängern zugestand, die »alte« Messe zu feiern sowie einen Kandidaten Lefebvres zum Bischof weihen wollte. Am 30. Juni 1988 jedoch besiegelte der konservative Aufständler, dessen Nähe zu rechtsradikalen Kreisen immer offensichtlicher wurde, mit der unerlaubten Weihe von vier Bischöfen den Bruch mit Rom endgültig. Der Ausschluß Lefebvres und seiner vier Nachfolger aus der Kirche war die Konsequenz des Vatikans, wo der Ungehorsam des suspendierten Erzbischofs trotz dessen wachsender Anhängerschaft als »Drei-Groschen-Schisma« abgetan wurde. Seit der Trennung der Altkatholiken von der römisch-katholischen Kirche im Jahr 1870, die gegen das umstrittene Dogma von der Unfehlbarkeit des Papstes aufbegehrten, hatte es solch einen spektakulären Schritt nicht mehr gegeben.
Auf der anderen Seite wurden Theologen, die ganz konsequent auf der Konzilslinie lagen, mit dem Bannstrahl belegt, wie der populäre Fall Küng zeigt, dem kurz vor Weihnachten 1979 die Lehrbefugnis entzogen wurde. Dabei ist der Streit um halbe oder verkürzte Glaubenswahrheiten, der Zweifel an der Unfehlbarkeit des Papstes, der dort ausgetragen wurde, vergleichsweise harmloser Natur. Küng hatte lediglich »angefragt«, die katholische Kirche schlug mit härteren Mitteln zurück. Diese Überreaktion liegt vielleicht darin begründet, daß Küng mit seiner Inter-

pretation des Konzils letztlich jene repräsentiert, deren Kritik an der Unflexibilität der Kirche bisher die Identifikation mit dieser Institution erschwert hatte. Er bietet Hilfestellung für gläubige Zweifler und findet Sympathie bei intellektuellen Bürgerschichten. Darin witterten die Bischöfe und Rom eine schleichende Gefahr.
Nicht anders erging es 1987 der Theologin Uta Ranke-Heinemann, von der die biologische Jungfräulichkeit der Gottesmutter Maria angezweifelt worden war. Andere Theologen, wie der prominenteste Vertreter der »Theologie der Befreiung« in der Bundesrepublik, Johann Baptist Metz, haben weitaus provozierendere Thesen in die Welt gesetzt, ohne daß sie mit dem Entzug der »missio canonica«, einer ohnedies fragwürdigen Zensur des Lehramtes, bestraft worden wären. Der Kirche aber war ihre Zuständigkeit als letztgültige moralische Instanz wichtiger als alles andere. Dort reagierte sie empfindlicher als in allen anderen Bereichen, und gerade die Moraltheologen wandeln auf einem sehr schmalen Grat: In Fragen der Sexualität duldet die Kirche keine Aufweichung ihrer Lehre. Vorehelicher Geschlechtsverkehr, Ehebruch, die Anwendung von Verhütungsmitteln sowie Homosexualität sind mit dem Makel des Sittenwidrigen und der Sünde behaftet, selbst wenn fortschrittlichere Moraltheologen, wie etwa Franz Böckle, inzwischen vorsichtig formulieren, daß Normen und Gebote zwar verbindlich seien, jedoch im konkreten Fall keine ausnahmslose Gültigkeit besäßen. Auch gegenüber der Stellung der Frau in der Kirche und gegenüber dem Problem des zunehmenden Priestermangels verhält sich die Kirche intransigent. An die Zulassung verheirateter Männer zum Priesterdienst ist genauso wenig zu denken wie an eine volle Gleichberechtigung der Frau.

Die Papstbesuche in der Bundesrepublik

Nach einem stürmischen Jahrzehnt des Aufbruchs, nach einem langsamen Roll-Back in den 70er Jahren, versuchte die katholische Kirche in diesem Jahrzehnt wieder etwas von dem ihr angestammten Platz in der Gesellschaft zurückzuerobern. Wie sich die Bilder änderten: Sah man Ende der 60er Jahre eine diskutierende, kritische Christengemeinde auf den Katholikentagen, die provozierende Fragen aufwarf, schien etwa 1978 im großen und ganzen das geschafft, was die Kirchenoberen wollten: Ein Katholikentag der Frömmigkeit wurde in Freiburg abgehalten. Jugendliche, die sich zu Gebet und Meditation einfanden und die Gefallen am Stundengebet der Mönche fanden. Emotionale Tuchfühlung war gefragt, das Gemeinschaftserlebnis, vermittelt durch den Prior von Taizé, Roger Schutz oder die mit dem Friedensnobelpreis bedachte Mutter

Am Rande des Katholikentages in Düsseldorf (September 1982) organisierte der Bund der Deutschen Katholischen Jugend ein »Friedenscamp«.

Teresa. Johann Baptist Metz prägte die Formulierung von der »Schlafwagengesellschaft der Christenheit«, mahnte die jungen Leute, nicht Staffage einer verkrusteten, festgefahrenen und eigentlich nicht mehr wirklichen Glaubenspraxis zu sein. Nach zehn Jahren versuchten und letztlich mißlungenen Aufbruchs folgte die Zuflucht zum Atmosphärischen, der Wunsch nach einer heilen Christenwelt, die wenigstens für kurze Zeit in den gemeinsamen Gottesdiensten und Gesängen, in selbstversunkenem Tanz und Spiel Wirklichkeit geworden schien. Die allgemeine Unsicherheit im gesellschaftlichen Bereich fand ihren Ausdruck im Rückzug in die private und emotionale Glaubensidylle, dem Massenerlebnis, das nicht nach Zielen fragt, dem Wunsch nach Geborgenheit und Harmonie.
So blieb es auch bei den nachfolgenden Katholikentagen. 1982 in Düsseldorf sperrten sich die Kirchenoberen gegen den wachsenden Einfluß der Friedensbewegung auf die Diskussion um Nachrüstung und Atomraketen. 1984 in München freute sich der Vorsitzende der Bischofskonferenz, Kardinal Joseph Höffner, über die »Wiederbelebung des Religiösen«, während die »Süddeutsche Zeitung« eine »rein emotionale Fluchtbewegung« hin zur »Freizeit-Liturgie« registrierte und der in der Tradition Nell-Breunings stehende Jesuitenpater Franz Hengsbach gar von einem

»religiösen Supermarkt« sprach. 1986 in Aachen dominierten mehr als 40 Wallfahrten zu den im Dom gezeigten »Textilreliquien« – unter anderem eine angebliche Windel Jesu. Die »Pilgerreise in die Innerlichkeit« ließ einen derartigen Mangel an gedanklichem Profil erkennen, daß darob das Zentralkomitee eine »Denkpause« bis 1990 für die zunehmend umstritteneren Großveranstaltungen verordnete.
Unbehagen hatten bereits 1980 Theologen und kirchliche Gruppen geäußert, als sie zum bevorstehenden ersten Besuch von Papst Johannes Paul II. in der Bundesrepublik einen offenen Brief verfaßten: »Es hängt in hohem Maße auch von Ihnen ab, ob die christlichen Kirchen in unserem Lande die Zeichen der Zeit erkennen und wirklich das Salz der Erde bilden«, schrieben unter anderem Uta Ranke-Heinemann, Heinrich Böll, Erhard Eppler, Helmut Gollwitzer, Norbert Greinacher, Hans Küng, Jürgen Moltmann und Heinz Zahrnt. Besonders verantwortlich fühlten sie sich im Bestreben, nach fast 500 Jahren die bestehende Kirchentrennung endlich zu überwinden. Sehr viele Christen in Deutschland hätten kein Verständnis dafür, daß geschichtlich bedingte Streitfragen weitertradiert würden. Die Kirchentrennung sei eine der Ursachen dafür, daß die christlichen Kirchen immer mehr an Glaubwürdigkeit verlören.
Die Papstreise verlief ganz so, wie sie generalstabsmäßig und mit großem finanziellem Aufwand für den Herbst des Jahres 1980 geplant worden war. Ein christlicher Feldzug sollte gestartet werden, eine heile und mächtige katholische Kirchenwelt überall vorgeführt werden; die skeptisch gewordenen, gleichgültigen und abseits stehenden Katholiken wollten die Oberhirten wieder zu den Fahnen rufen. Sie brauchten aber auch Statisten um den sympathischen, menschenfreundlichen und medienbewußten Papst aus Polen. »Überlassen wir die Plätze vor dem Fernseher den Kranken«, hatte etwa der Regensburger Bischof Rudolf Graber an die Gläubigen appelliert und gefordert, das »kleine Opfer« der persönlichen Teilnahme auf sich zu nehmen. Natürlich könne man beispielsweise auch eine Wagner-Oper im Fernsehen sehen, aber ungleich tiefer sei der Eindruck und die Faszination, wenn man in Bayreuth inmitten von 1500 Zuschauern die Oper wirklich miterlebe. Wojtyla als Opernstar? Die sicherlich unbewußt gewählte Nähe zu Kitsch, Show und Glitter, zum opern- und operettenhaften kam dem Ereignis nahe, denkt man etwa an den Auftritt in Altötting. »Sie erleben in der Bundesrepublik eine Kirche, in der viel verwaltet, aber wenig Leben aus dem Glauben geweckt wird«, hieß es in einem der zahlreichen Briefe, die von Resignation kündigten, »eine Kirche, die oft mehr den Gesetzen der bürgerlichen Gesellschaft angepaßt ist statt dem Geist des Evangeliums angeglichen und Sauerteig einer veränderten Gesellschaft zu sein.«
Die Bilanz des Papst-Besuches war eine eindrucksvolle Bestätigung der

vorher geäußerten Befürchtungen. Der Papst zeigte sich zwar verbindlich im Ton, aber unnachgiebig gegenüber Forderungen. Der evangelischen Kirche etwa, die nach dem historischen Treffen mit dem Papst in Mainz gehofft hatte, nunmehr würden wenigstens die schwersten Hürden auf dem Weg zu einem besseren Miteinander geebnet, hielt Johannes Paul II. Tröstungen aus den Römer-Briefen des Apostels Paulus vor: »Wo die Sünde mächtig wurde, ist die Gnade übergroß geworden.« Ansonsten alles wie gehabt: Die priesterliche Ehelosigkeit wurde gepriesen, die kirchliche Sexualmoral bekräftigt, ja, der Papst dachte sogar laut über das »Geschenk« seiner besonderen Unfehlbarkeit nach – was den evangelischen Christen besonders schrill in den Ohren klingen mußte.
Fast einer perfekten Kopie der ersten Pilgerreise des Papstes in die Bundesrepublik glich der zweite Papstbesuch vom 30. April bis 4. Mai 1987 – freilich hatte die öffentliche Anteilnahme an diesem Ereignis ob der fast inflationären Zahl der Auslandsbesuche Johannes Paul II. beträchtlich abgenommen. Nach der Art des Staatsbesuches eines US-Präsidenten verlief auch diese Visite – auf wohlkalkulierte, organisierte Wirkung bedacht und die drängenden Probleme ausklammernd. Besonders ärgerlich

Papst Johannes Paul II. auf Reisen: hier beim Besuch in Köln am 1.5.1987, mit Kardinal Höffner die Messe zelebrierend.

war die mit den Seligsprechungen der Jüdin Edith Stein und des von den Nazis ermordeten Jesuitenpaters Rupert Mayer verbundene Rechtfertigung des Verhaltens der Bischöfe während der Hitler-Diktatur. Ihnen sei, beteuerte der Papst, keine andere Gegenwehr als Protest geblieben. Johannes Paul beklagte sich über die »fast völlige Freigabe der Abtreibung in Ihrem Land« und mußte sich vom evangelischen Bischof Martin Kruse ermahnen lassen, daß das ökumenische Feuer nicht Asche werden dürfe. Neue Akzente waren nicht zu erkennen, sieht man einmal von der »tiefen Besorgnis« des Heiligen Vaters über die Entwicklung bei Kohle und Stahl ab. Als »gesellschaftlichen Skandal« prangert der Papst bei einem Zechen-Besuch in Bottrop »unverschuldete« Arbeitslosigkeit an.

Die Katholische Kirche und die neuen Themen

Ende 1977 sorgte ein bemerkenswertes Memorandum, dem sich auch evangelische Theologen angeschlossen hatten, in der kirchlichen Welt der Bundesrepublik für Aufsehen. Fazit des acht Seiten starken Papiers: Die deutsche Kirche sei wieder einmal in den bösen Verdacht geraten, es mit den Mächtigen dieser irdischen Welt zu halten. Es ging um ein Unternehmen, das seit 1961 existierte und unter karitativem Aspekt zu einem Machtfaktor der Welt geworden war. Seinerzeit hatten die Bischöfe das Hilfswerk »Adveniat« ins Leben gerufen, eine Aktion, auf die Spendierfreudigkeit des Christenmenschen zugeschnitten und mit dem Ziel, seelsorgerische Arbeit in Lateinamerika zu fördern. Erkleckliche Summen kamen zustande: 86 Millionen DM im Jahr 1976, die Tendenz ist steigend.
Der Vorstoß des Memorandums zielte auf die nach Meinung der Kritiker falsche Verteilung der Gelder. Sie würden dazu mißbraucht, die Völker zu unterdrücken und an die herrschenden Verhältnisse, sprich: Diktatur, anzupassen. Wie immer sich auch die deutsche katholische Kirche mühte, den Vorwurf zu entkräften, ganz gelungen ist es ihr nie. Eine neue Lehre hatte Einzug in das abgeschottete Gedankengut kirchenoffiziöser Kreise gefunden, die unter dem einprägsamen Wort »Theologie der Befreiung« für ein verändertes, man könnte sagen, erweitertes Gesichtsfeld stand: Befreiung aus jahrhundertelangem Elend, Abhängigkeit und Entmündigung. »Erlösung« sollte nicht erst im Jenseits stattfinden, sondern konkrete Hoffnung der Menschen sein. Man erinnere sich an den Erzbischof von San Salvador, Romero, der diese Auffassung in dem von Bürgerkrieg zerrissenen Land konsequent vertrat, bis die Kugel eines Mörders seinem engagiert für die Freiheit eingesetzten Leben ein Ende bereitete.
Der brasilianische Befreiungstheologe Leonardo Boff, einer der maßgeb-

lichen Verfechter dieser Theologie, wurde vom Vatikan auf geradezu exemplarische Weise bestraft. Wie im Mittelalter wurde ihm »Schweigen« zu seinen umstrittenen Äußerungen auferlegt. Diese Strömungen der Befreiungstheologie, nachhaltig gefördert etwa von Metz und Greinacher, fanden aber auch in der bundesdeutschen katholischen Hierarchie keine Anerkennung. Der zum obersten Wächter für Glaubensfragen im Vatikan aufgestiegene ehemalige Erzbischof von München und Freising, Kardinal Joseph Ratzinger, verurteilte die Befreiungstheologie als »eine Art moderne Häresie mit marxistischem Einschlag«.
Trotzdem hat sie maßgebliche Anstöße gegeben, ein neues Bewußtsein insbesondere bei den jungen und engagierten Katholiken zu schaffen. Es entstand der Begriff der Basisgemeinden, in denen Katholiken der Lehre Jesu Christi wieder ein wenig näher kommen wollten als durch die kirchlichen Hierarchien. Metz sah in ihnen schon während des Freiburger Katholikentages 1978 nicht nur eine Bewegung, die Verunsicherung widerspiegele, sondern eine »diffuse Form dessen, was ich Kapitalismuskritik nennen würde, ein Bewußtsein über die menschenfeindlichen Folgen, die in diesem System stecken, ein ohnmächtiges, aber tatsächliches Interesse an den Zusammenhängen der Dritten Welt und Arbeiterpriester, die fast keiner wahrnimmt«. Solche Bewegungen reichten »tief in radikale christliche Existenzen« hinein und stellten eine unkonventionelle Form der Nachfolge Christi dar.[15]
Bald darauf präsentierte sich die innerkirchliche Opposition in zwei Gruppen. Zum einen waren es Kirchengemeinden, die nach dem Prinzip der Bürgerinitiativen arbeiteten und sich als »Kirche von unten« verstehen. Sie warfen den Bischöfen tiefes Mißtrauen gegenüber der »befreienden Eigendynamik« christlicher Botschaft vor, beklagten ein Klima der Einschüchterung und Angst und begehrten gegen den Weg in ein »vorkonziliares Ghetto« auf. Man wolle das freie Wort in der freien Gemeinde verteidigen, meinte ein Pfarrer anläßlich eines Treffens dieser Gruppen im März 1980. Zum Verhältnis zur Amtskirche meinen sie, man wolle so viel wie möglich mit ihr zusammen tun – notfalls aber auch ohne sie. Die andere Gruppe firmiert unter der Bezeichnung »Komitee zur Verteidigung der Christenrechte«. Sie kam anläßlich des Entzugs der Lehrbefugnis für Hans Küng zustande und sprach den beiden Kirchen das Recht ab, glaubwürdig für die Menschenrechte einzutreten, solange sie den Mitgliedern in deren eigenen Reihen versagt blieben. Das Christenrechts-Komitee sieht sich in einer Art Anwaltsfunktion und greift Fälle auf, in denen die Kirche ihre Macht – etwa als Arbeitgeber – ausnutzt. Mit der Problematik der Wiederverheiratung Geschiedener, der Situation der Frau oder von Minderheiten, wie den Homosexuellen, der Einschränkung theologischer Lehr- und Forschungsarbeit durch die Drohung der Bischöfe mit

dem Entzug der »missio canonica«, beschäftigt sich das Komitee ebenso wie mit der priesterlichen Ehelosigkeit.
Seit die »Kirche von unten« mit attraktiven, zeitnahen Gegenprogrammen zu Katholikentagen aufwartet, tut sich zunehmend eine Kluft auf, die der Hierarchie sichtlich Schwierigkeiten bereitet. Beim Katholikentag in München (1984) sah sich der Fuldaer Erzbischof Johannes Dyba, der zu den ultrakonservativen Oberhirten gehört, genötigt, diese Bewegung als »sauren Regen« zu brandmarken; »Theologie ohne Herz, Ideologie ohne Freude«.
Während der Papst die Atomrüstung verurteilte, brachte die deutsche Bischofskonferenz ein klares Wort nicht zustande. Beim Aachener Katholikentag 1986 grenzte der Präsident des Zentralkomitees, der CSU-Politiker Hans Maier, die Partei der Grünen aus. Die hätten mit ihren Parteitagsbeschlüssen zur Freigabe der Abtreibung »das Tischtuch mit der Kirche« zerschnitten, begründete Maier, warum im Gegensatz zu Politikern der CDU, CSU, SPD und FDP keine Einladungen an die Öko-Partei erfolgt seien. Und mit Maßregelungen reagierte die Bischofskonferenz auf aufmüpfige Thesen der Katholiken-Jugend, die beispielsweise mit einem »Programm zur Kriegsdienstverweigerung« für Aufsehen sorgte.

Anmerkungen

1 Karl Otmar Frhr. v. Aretin, 20 Jahre Katholizismus in Deutschland, in: Karl Dietrich Bracher (Hrsg.), Nach 25 Jahren. Eine Deutschland-Bilanz, München 1970, S. 335.
2 Rudolf Uertz, Christentum und Sozialismus in der frühen CDU. Grundlagen und Wirkungen der christlich-sozialen Ideen in der Union 1945–1949, Stuttgart 1981, S. 206.
3 Alfred Grosser, Geschichte Deutschlands seit 1945. Eine Bilanz, München 1974, S. 328.
4 Hans Maier, Die Kirchen, in: Richard Löwenthal und Hans-Peter Schwarz (Hrsg.), Die zweite Republik, 25 Jahre Bundesrepublik Deutschland – eine Bilanz, Stuttgart 1974, S. 500.
5 Abgedruckt in: Jürgen Weber (Hrsg.), Auf dem Wege zur Republik 1945 bis 1947, München 1978, S. 101.
6 Alfred Grosser, a. a. O., S. 332.
7 August Bernhard Hasler, Wie der Papst unfehlbar wurde. Macht und Ohnmacht eines Dogmas, München 1979, S. 217.
8 Rudolf Uertz, a. a. O., S. 192.
9 Anton Rauscher, Die katholische Soziallehre im gesellschaftlichen Entwicklungsprozeß der Nachkriegszeit, in: Albrecht Langner (Hrsg.), Katholizismus, Wirtschaftsordnung und Sozialpolitik 1945–1963, München 1980, S. 25.

10 August Bernhard Hasler, a.a.O., S. 222.
11 Ebenda, S. 230ff.
12 Vollständige Texte bei: Manfred Plate, Das deutsche Konzil, Freiburg 1975.
13 Alfred Lorenzer, Das Konzil der Buchhalter. Die Zerstörung der Sinnlichkeit. Eine Religionskritik, Frankfurt am Main 1981, S. 81.
14 Rudolf Krämer-Badoni, Revolution in der Kirche. Lefebvre und Rom, München 1980, S. 10.
15 Günter Hollenstein, »Radikale christliche Existenz«, in: Frankfurter Rundschau, 15.9.1978.

Literatur

Anselm Doering-Manteuffel, Katholizismus und Wiederbewaffnung. Die Haltung der deutschen Katholiken gegenüber der Wehrfrage 1948–1955, Mainz 1981
Günter von Gorschenek (Hrsg.), Katholiken und ihre Kirche in der Bundesrepublik Deutschland, München 1976
Norbert Greinmacher, H. T. Risse (Hrsg.), Bilanz des deutschen Katholizismus, Mainz 1966
Gerhard Kraiker, Politischer Katholizismus in der BRD. Eine ideologiekritische Analyse, Stuttgart 1972
Albrecht Langner (Hrsg.), Katholizismus, Wirtschaftsordnung und Sozialpolitik 1945–1963, Paderborn–München 1980
Albrecht Langner (Hrsg.), Katholizismus im politischen System der Bundesrepublik 1949–1963, Paderborn–München 1978
Alfred Lorenzer, Das Konzil der Buchhalter. Die Zerstörung der Sinnlichkeit. Eine Religionskritik, Frankfurt am Main 1981
Hans Maier (Hrsg.), Deutscher Katholizismus nach 1945. Kirche – Gesellschaft – Geschichte, München 1964
Ben van Onna, Martin Stankowski (Hrsg.), Kritischer Katholizismus, Frankfurt am Main, Hamburg 1966
Uta Ranke-Heinemann, Eunuchen für das Himmelreich, Hamburg 1988
Anton Rauscher (Hrsg.), Der soziale und politische Katholizismus. Entwicklungslinien in Deutschland 1803–1963, Bd. 2, München 1982
Burkhard van Schewick, Die Katholische Kirche und die Entstehung der Verfassungen in Westdeutschland 1945–1950, Mainz 1980

Chronik

1933

20.7. Unterzeichnung des Reichskonkordats.

1937

21.3. Die Enzyklika »Mit brennender Sorge« Pius XI. vom 14.3.1937 wird verlesen.

1945

Der Freiburger Bischof Gröber lehnt Kollektivschuld-These bei deutschen Verbrechen gegen die Juden ab.

23.8. Erste Tagung der deutschen Bischöfe nach dem Kriege in Fulda; Forderungen nach Einrichtung von Bekenntnisschulen und Herausgabe von kirchlichen Zeitungen; Vorstellungen beim Alliierten Kontrollrat gegen automatischen Arrest bei nominellen NSDAP-Mitgliedern und gegen die Vertreibung der Deutschen aus den Ostgebieten; in gemeinsamem Hirtenbrief wird eine politische Wertung der NS-Zeit vermieden.

1946

30.4. Hirtenbrief der katholischen Bischöfe der Britischen Zone kritisiert Besatzungspolitik der Alliierten und protestiert u. a. gegen Ausbeutung der deutschen Kriegsgefangenen.

1947

21./22.2. Sozialausschüsse der CDU fordern grundlegende Neuordnung der Wirtschaft.

21.8. Hirtenbrief der Fuldaer Bischofskonferenz mit Stellungnahme zur sozialen Frage im Sinne des christlichen Ständestaates.

1948

18.3. Öffentliche Kritik Kardinal Faulhabers an der Entnazifizierungspraxis.

1.–5.9. Erster Katholikentag seit 1932 (in Mainz).

23.10. Stellungnahme der Fuldaer Bischofskonferenz gegen die Rechtsprechung amerikanischer Militärgerichte in Dachau und Nürnberg (Nürnberger Kriegsverbrecherprozesse).

1949

28.5. Fuldaer Bischofskonferenz formuliert in Pützchen bei Bonn die Ansprüche der katholischen Kirche an das Grundgesetz.

14.8. Die katholischen Bischöfe fordern in erstem Wahlhirtenbrief dazu auf, CDU-Bewerber zu unterstützen.

1950

23.7. Der Kölner Kardinal Joseph Frings betont Unvereinbarkeit des christlichen Denkens mit der Wehrdienstverweigerung.

1.11. Dogma von der leiblichen Aufnahme Mariae in den Himmel führt zu Spannungen zwischen Katholiken und Protestanten.

1952

Zentralkomitee der Deutschen Katholiken formiert sich neu.

1953

30.9. Auseinandersetzung zwischen Konrad Adenauer und Reinhold Maier über die Gültigkeit des Reichskonkordats.

1954

1.10. Heftiger Protest der katholischen Kirche gegen die Einführung der christlichen Gemeinschaftsschule in Niedersachsen.

1955

30.11. Gründung der Christlichen Gewerkschaftsbewegung.

1956

19.12. Errichtung des Bistums Essen.

1957

26.3. Im Streit um Gemeinschaftsschule in Niedersachsen bestätigt das Bundesverfassungsgericht Gültigkeit des Reichskonkordats von 1933, erklärt aber dessen Ungültigkeit in Fällen mangelnder Bundeskompetenz (wie dem Schulwesen).

1958

11./12.1. »Münchner Gespräch« zwischen führenden Katholiken und Sozialdemokraten. Trotz bestehender Gemeinsamkeiten in manchen Punkten lehnt die katholische Seite den »demokratischen Sozialismus« nach wie vor ab.

13.–17.8. Katholikentag in Ost- und West-Berlin mit Hirtenwort, in dem sich die Bischöfe gegen die Mischehe aussprechen.

1961

15.5. Dritte grundlegende Sozialenzyklika der katholischen Kirche »Mater et magistra« unter Papst Johannes XXIII. veröffentlicht.

1963

11.4. Die deutschen Bischöfe verwenden die Friedensenzyklika »Pacem in terris« zur Abgrenzung gegenüber dem Osten.

1965

Neues Einheitsgesangbuch »Gotteslob« eingeführt. Einrichtung der Kommission für Zeitgeschichte zur Dokukmentation der NS-Zeit. Kontakte der deutschen Bischöfe mit dem polnischen Episkopat enthalten erste Ansätze zur Aussöhnung mit Polen.

30.6. Neue CDU/SPD-Koalition in Niedersachen verabschiedet Konkordat mit Schulgesetznovelle, die die Bekenntnisschule in Niedersachsen zuläßt.

8.12. II. Vatikanisches Konzil in Rom beendet seine Arbeit.

1966

17.7. Deutscher Katholikentag in Bamberg verabschiedet Erklärung zur Versöhnung mit Polen.

1970

Kardinal Döpfner als Vorsitzender der Deutschen Bischofskonferenz erklärt grundsätzliche Bereitschaft zur Aussöhnung mit Polen.

7.2. Joseph Kardinal Höffner legt 10 Thesen zur Verteidigung des Zölibats vor.

1.10. Papst Paul VI. warnt in einem Dekret vor Mischehen.

1971

Der Vatikan lehnt Aufhebung des Bannes gegen Luther ab.

3.1. Im Würzburger Kiliansdom beginnt die Gemeinsame Synode der Diözesen in der Bundesrepublik Deutschland. Das Zentralkomitee der deutschen Katholiken wendet sich gegen die zunehmende Demokratisierung in der Gesellschaft.

8.9. Augsburger Treffen zwischen Katholiken und Protestanten erarbeitet gemeinsame Stellungnahme zu Fragen des Gottesdienstes, der Ausländer und der Mischehe.

1972

Juni Anerkennung der Oder-Neiße-Linie durch Vatikan.

29.6. Deutsche Bischofskonferenz respektiert Neufestsetzung der Bistumsgrenzen in den ehemaligen deutschen Ostgebieten durch den Vatikan.

1973

Nach einer Kampagne gegen die Reform des Abtreibungsparagraphen 218 sind Katholiken und Protestanten gegen die Fristenlösung.

Herbst Deutsche Bischofskonferenz verbietet Priestern öffentliches Eintreten für politische Parteien.

1975

23.11. Auf der Gemeinsamen Synode der Bistümer erklären die Bischöfe ihr Schweigen zu den Polenverträgen mit der Zurückhaltung in innenpolitischen Streitfragen. Polens Episkopat antwortet der Deutschen Bischofskonferenz.

1977

Katholische Hilfsorganisationen geraten durch den Vorwurf ins Zwielicht, Diktaturen in Lateinamerika zu begünstigen.

1978

DDR-Bischofskonferenz wird per Vatikan-Dekret offiziell von bundesdeutscher Bischofskonferenz abgekoppelt.

Freiburger Katholikentag wird zum Katholikentag der neuen Frömmigkeit und des Rückzugs aus der Gesellschaft.

20.–25.9. Eine Delegation polnischer Bischöfe, unter anderem Primas Wyszynski und der spätere Papst Johannes Paul II., besuchen die Bundesrepublik.

1979

Deutsche Bischöfe nehmen anläßlich der Fernsehsendung »Holocaust« zur Judenvernichtung Stellung und fordern zur Versöhnung mit dem Judentum auf.

Katholiken und Protestanten formulieren gemeinsame Grundwerte.

15.12. Dem Theologieprofessor Hans Küng wird die Lehrbefugnis entzogen.

1980

Deutsche Bischöfe reisen nach Polen.

15.–19.11. Der Papst besucht die Bundesrepublik.

1985

Gemeinsames Wort der EKD und der Bischofskonferenz zu konfessionsverschiedenen Ehen. Katholiken verzichten auf den Alleinerziehungsanspruch auf die Kinder.

1986

22.1. Die zwischen der evangelischen und katholischen Kirche eingesetzte »Gemeinsame ökumenische Kommission« beendet ihre Arbeit ohne konkrete Ergebnisse.

1987

30.4.–4.5. Zweite Reise von Papst Johannes Paul II. in die Bundesrepublik; Seligsprechung von Edith Stein und Rupert Mayer.

22.9. Der Mainzer Bischof Karl Lehmann wird nach dem Tod Kardinal Joseph Höffners neuer Vorsitzender der Deutschen Bischofskonferenz. Damit entschieden sich die 56 anwesenden wahlberechtigten Oberhirten gegen den einzigen Kardinal, den Münchner Erzbischof Friedrich Wetter.

Angela Vogel

Frauen und Frauenbewegung

Artikel 3 II des Grundgesetzes und die Folgen

Dreieinhalb Jahre nach der militärischen Niederlage des Nationalsozialismus trat am 1. September 1948 der mit der Abfassung des Grundgesetzes betraute Parlamentarische Rat zusammen. Zu seinen Beratungsgegenständen gehörte – im Ausschuß für Grundsatzfragen – auch die künftige Stellung der Frau.

Von insgesamt 65 stimmberechtigten Mitgliedern waren 4 Frauen: Dr. Elisabeth Selbert (SPD; Rechtsanwältin und Notarin), Friederike Nadig (SPD; Bezirkssekretärin der Arbeiterwohlfahrt), Dr. Helene Weber (CDU; ehemalige Ministerialrätin) und Helene Wessel (Zentrum, später SPD; Fürsorgerin).

Die Geschichte des Gleichberechtigungsartikels ist paradigmatisch für die Geschichte der Frauen in der Bundesrepublik Deutschland. Es ging um Grundsätzliches – es ging um die *allgemeine* Stellung der Frauen im zu konstituierenden Staatswesen. Die Interessengegensätze waren denkbar scharf.

Der Vorsitzende des Grundsatzausschusses des Parlamentarischen Rates Hermann von Mangoldt trug am 30. November 1948 den zusammengefaßten CDU-Vorschlag vor: »Alle Menschen sind vor dem Gesetz gleich. Das Gesetz muß Gleiches gleich, es kann Verschiedenes nach seiner Eigenart behandeln. Jedoch dürfen die Grundrechte nicht angetastet werden.« Dagegen hielt es Dr. Elisabeth Selbert für eine »Selbstverständlichkeit«, daß man »heute weitergehen muß als in Weimar und daß man den Frauen die Gleichberechtigung auf allen Gebieten geben muß«. Sie bestand darauf, daß »die Frau ... nicht nur in staatsbürgerlichen Dingen gleichstehen« soll, »sondern ... auf allen Rechtsgebieten dem Mann gleichgestellt werden« muß.[1]

In der Tat dürfte letzteres der heikle Punkt gewesen sein: Mit dem Gleichberechtigungsartikel stand sehr viel mehr zur Disposition, nämlich die gesellschaftliche Stellung der Frau in Familie, Beruf und Öffentlichkeit, damit aber die bürgerlich-patriarchale Struktur überhaupt.

In der SPD-Fraktion hatte Frau Selbert sich mit ihrer Auffassung durchsetzen können, obwohl ihre Kollegin Friederike Nadig hinsichtlich des Familienrechts chaotische Rechtszustände befürchtete, käme der so gefaßte Gleichberechtigungsartikel durch. Im Grundsatzausschuß dagegen fand Frau Selbert zunächst keine Mehrheit. Trotz ihres Vorschlags, dem Gesetzgeber eine längere Frist zur Anpassung des bürgerlichen Rechts an das Grundrecht zu gewähren und der verharmlosenden Intervention von Carlo Schmid (SPD), es gehe den Frauen »letzten Endes... um die Ehre und nicht um ›Besserstellung‹«, wurde ihr Antrag auch in der zweiten Abstimmung mit 11 zu 9 Stimmen abgelehnt. Offenbar nahm man hier bewußt in Kauf, daß – so Frau Selbert – »unter Umständen die Annahme der Verfassung gefährdet« werde, als den Frauen grundrechtliche Gleichberechtigung zu gewähren. Vielleicht war man sich auch nicht darüber im klaren, welche Reaktionen in einer breiten Frauenöffentlichkeit eine solche Haltung erzeugen würde. Als jedenfalls Frau Selbert ihre Ankündigung umsetzte und in die Öffentlichkeit ging, schwenkten CDU und FDP um. Plötzlich fanden die Erfahrungen der Rechtsanwältin mit Fällen Gehör, in denen z. B. »heimkehrende Ehemänner selbstverständlich alles verkauften, was die Frau mit in die Ehe gebracht hatte, oder was an Möbeln und anderen Hausgegenständen vorhanden war«. Ähnlich lautete auch ein Gutachten der landwirtschaftlichen Frauenverbände über die Änderung des Güterrechts. Sie hatten festgestellt, daß »die Frauen... nicht einmal das Recht an dem (hätten), was sie in der Ehe miterarbeitet oder in den Kriegsjahren allein erarbeitet haben«.[2] Nun, und angesichts des Protestes der Industriegewerkschaft Metall, fast aller namhaften, nichtkonfessionellen Frauenverbände sowie sämtlicher weiblicher Abgeordneten aller Landtage außer dem Bayerischen, zahlreicher Resolutionen und sonstigen Protestschreiben sah sich der CDU-Abgeordnete Walter Strauß zu folgendem Bekenntnis veranlaßt. »Ich glaube, daß ich für die überwiegende Anzahl aller deutschen Männer und insbesondere aller deutschen Ehemänner spreche, wenn ich sage, daß der Grundsatz der Gleichberechtigung von Mann und Frau uns zumindest seit 1918 bereits so in Fleisch und Blut übergegangen ist, daß uns die Debatte etwas überrascht hat... Viele deutsche Männer haben erst in diesen Jahren erfahren, was Haushaltsarbeit bedeutet, besonders wenn sie gezwungen waren, an dieser Haushaltsarbeit mitzuwirken.« Theodor Heuss, dessen Frau, Elly Heuss-Knapp, in der Frauenbewegung keine Unbekannte war, verteidigte die vorangegangenen Entscheidungsprozesse ziemlich lapidar und meinte: »Es war weder ein Kavalier wie Herr Strauß noch eine Frauenrechtlerin da, sondern wir waren lauter verständige Frauen und Männer, die sich über diese Dinge ausgesprochen haben.« Und: »Das sind die Optimisten, die meinen, daß in den nächsten Jahren nichts anderes zu tun ist.«[3] Damit war die Bedeutung des Gleichberechtigungsartikels abgesteckt, er wurde zur Marginalie. Am 18. Januar 1949 nahm der Hauptausschuß des

Parlamentarischen Rates den Artikel 3 des Grundgesetzes in seiner 43. Sitzung an.
Die Abstimmungsniederlagen wie auch die Debatten selbst hatten jedoch gezeigt, in welche Richtung sich die Behandlung der Frauenfrage in den ersten Jahrzehnten nach dem Zweiten Weltkrieg bewegen würde. Darüber hinaus verdeutlichten sie, welche – vom Nationalsozialismus in bis dato unvergleichlich ideologischer Weise aufpolierte – Anthropologismen das Denken beherrschten. Vordergründig argumentierte man, »daß es Gleichstellung nicht geben könne, weil es keinen männlichen Mutterschutz und keine weibliche Wehrpflicht gebe«.[4] Es waren erst vier Jahre vergangen, seitdem Frauen in Deutschland zu Rüstungsindustriearbeiten zwangsrekrutiert oder als Wehrmachtshelferinnen herangezogen worden waren.
Zweifellos bedeutete die Verankerung des Gleichberechtigungsartikels, in der von Elisabeth Selbert hartnäckig verfochtenen Form, eine verfassungsgeberische Leistung, die den Frauen (wenn auch bescheidene) Handhaben gab. Doch stand Artikel 3 II des Grundgesetzes auch immer in Gefahr, Alibifunktion gegenüber einer gesellschaftlichen Realität zu erfüllen, die den Frauen in keinerlei Hinsicht Gleichberechtigung gewährte. Motto: Was wollt ihr denn, wir haben sie doch, die Gleichberechtigung!
In der Tat sprechen die Kämpfe in den folgenden Jahren eine eigene Sprache. Das vorläufige Bundespersonalgesetz von 1950 griff beispielsweise auf die von den Nationalsozialisten verschärfte und während der Kriegsjahre modifizierte Zölibatsklausel für weibliche Beamte zurück. § 63 Abs. 1 lautete: »Ein weiblicher Beamter kann, wenn er sich verehelicht, entlassen werden. Er ist zu entlassen, wenn er es beantragt. Er darf ohne Antrag nur entlassen werden, wenn seine wirtschaftliche Versorgung nach der Höhe des Familieneinkommens dauernd gesichert erscheint; die wirtschaftliche Versorgung gilt als dauernd gesichert, wenn der Ehemann in einem Beamtenverhältnis steht, mit dem auch ein Anspruch auf Ruhegehalt verbunden ist.« Das Gesetz zur Regelung der Wiedergutmachung nationalsozialistischen Unrechts für Angehörige im öffentlichen Dienst verfuhr ähnlich. »Obwohl bekannt war, daß ... der nationalsozialistische Staat der Verwendung weiblicher Beamter in Hoheitsstellen nicht günstig war, es vielmehr für richtig hielt, nur männliche Beamte auf solchen Posten amtieren zu lassen, wurden laut § 1 dieses Gesetzes nur solche benachteiligenden Maßnahmen als wiedergutmachungspflichtig aufgeführt, die aus ›Gründen der Rasse, des Glaubens oder der Weltanschauung‹ erfolgten; Benachteiligungen aus Gründen des Geschlechts blieben unerwähnt«, so kommentierte die Landesverwaltungsgerichtsrätin Hildegard Krüger die Schwachstellen der Wiedergutmachungsregelung. Auch

Unter strenger Aufsicht: die Ausbildung von weiblichen Bahnpolizisten in Wuppertal (1948).

das »Gesetz zur Regelung der Rechtsverhältnisse der unter Art. 131 des Grundgesetzes fallenden Personen« von 1951 mit seinem Vorläufer – dem »Gesetz über die Sofortmaßnahmen zur Sicherung der Unterbringung der unter Art. 131 des Grundgesetzes fallenden Personen« – benachteiligte Frauen erheblich. Die Unterbringungspflicht der Anstellungsbehörden wurde zugunsten der unter Art. 131 des Grundgesetzes fallenden Personen normiert. Das aber betraf fast ausschließlich männliche Beamte und jene Frauen, die bereits vor 1933 verbeamtet waren und 1950 dicht vor der Altersgrenze standen. Die höchst geringe Anzahl der Frauen, die während der NS-Zeit verbeamtet worden war, fiel kaum ins Gewicht, also Frauen, die in den Jahren von 1933 bis 1945 das 35. Lebensjahr vollendet hatten. Faktisch wirkte sich dieses Gesetz als Verbeamtungssperre für jüngere Frauen aus: »Man sehe sich zum Beweis für die Wirkung... die Zahlen der im höheren Dienst der Bundesministerien verwandten Beamtinnen an: jeder 3. Arbeitnehmer in Deutschland ist eine Frau. Jedoch verfügen einige Bundesministerien überhaupt nicht über weibliche Beamte; die Bundespost arbeitet mit 72000 Frauen, davon sind 1,4% im höheren Dienst, im mittleren Dienst nicht eine einzige Beamtin. Im Bundeswirtschaftsministerium werden im mittleren Dienst

keine, im höheren 2,9% beschäftigt«.[5] So waren die Resultate im Jahre 1952.
Mitte desselben Jahres lag den Frauenverbänden der Referentenentwurf zur Anpassung des Familienrechts an den Gleichberechtigungsartikel des Grundgesetzes vor. Bis auf die Neuregelung des Güterrechts und anderer familienrechtlicher Details sollte nach den Vorstellungen des Justizministeriums alles beim alten bleiben. Dagegen meldeten fast alle maßgeblichen Frauenverbände Protest an. Die Vereinigung weiblicher Juristen und Volkswirte e. V. wies den Referentenentwurf entschieden zurück: »Während der Kabinettsentwurf die Bestimmungen des bisherigen Rechts, die eine Minderstellung der Frau enthalten, praktisch beibehält, streicht er ohne weiteres alle bisherigen Bestimmungen, die eine Besserstellung der Frau vorsahen, wie z. B. den Aussteueranspruch der Tochter und die der Frau eingeräumten Vorrechte im Unterhaltsrecht. So geht das nicht. Entweder gewährt man der Frau echte Gleichberechtigung: dann mag man auch ihren – freiwillig in der Praxis längst geleisteten – Unterhaltsbeitrag in die rechtliche Regelung einbeziehen. Gewährt man ihr aber keine echte Gleichberechtigung, bleibt man also beim Patriarchat, dann mag auch die gesetzliche Pflicht des Mannes bestehenbleiben, den Familienaufwand allein oder vornehmlich zu bestreiten.« Die inkriminierten Artikel waren § 1354 des Bürgerlichen Gesetzbuches (allgemeines Entscheidungsrecht des Mannes) und § 1628 des Bürgerlichen Gesetzbuches (Stichentscheid des Vaters). »Das Grundgesetz hat dem Gesetzgeber nicht die Aufgabe gestellt, den § 1354 BGB in eine gefällig klingende und der heutigen Rechtspraxis entsprechende Fassung zu bringen, sondern eine neue, beide Ehegatten gleichberechtigende Regelung zu schaffen. Die im Kabinettsentwurf vorgesehene Fassung ist mithin verfassungswidrig«, argumentierten die Juristinnen erbost.
Am 26. September 1952 berichtete ein Vertreter des Rechtsausschusses des Bundesrates über die Beratungen zum Familienrecht. Auch hier hatten sich »tiefer gehende Meinungsverschiedenheiten... auf dem Gebiet des Entscheidungsrechts in Angelegenheiten des ehelichen Lebens und der elterlichen Gewalt« ergeben. »Gegen den Vorrang des Mannes oder Vaters... wurden in mehreren Ländern verfassungsrechtliche Bedenken erhoben und damit begründet, daß Art. 3 II des Grundgesetzes nach Wortlaut und Entstehungsgeschichte verbiete, die natürliche Verschiedenheit der Geschlechter zum Ausgangspunkt ungleicher Rechte zu machen. Art. 6 des Grundgesetzes schütze nicht die bisherige patriarchalische Ordnung, sondern eine Ehe und Familie, die beiden Ehegatten und Eltern gleiche Rechte und gleiche Pflichten gebe.« In der Frage »Angelegenheiten der elterlichen Gewalt« entschied der Rechtsausschuß, es sei »eine Regelung in Streitfällen notwendig, weil hier das Interesse des Kin-

des auf dem Spiel« stehe. Trotz verfassungsrechtlicher Bedenken, trotz des Einwandes, daß dadurch »die Mutter gerade auf dem Gebiet benachteiligt werde, auf dem ihr nach natürlichem Recht ein Vorrang zukomme«, bejahte der Ausschuß »das Entscheidungsrecht des Vaters als zulässiges Ordnungsprinzip«. Ferner wurde beschlossen, daß »an die Stelle des wegfallenden Aussteueranspruchs der Tochter, der sich wegen der Herstellung der Gleichberechtigung als Anspruch allein nicht mehr aufrechterhalten ließe, ...nunmehr ein elastischerer Ausstattungsanspruch treten (solle), der Söhnen und Töchtern gleichmäßig« zustehe, »dessen Inhalt sich im einzelnen nach den wirtschaftlichen Verhältnissen der Beteiligten und nach der Billigkeit richten« solle. Im übrigen sollte »entsprechend der veränderten Rechtsstellung der ehelichen Mutter... auch die uneheliche Mutter grundsätzlich das Recht auf Übertragung der elterlichen Gewalt« erhalten.[6] Der Bundestag hielt selbst die Neufassung des § 1354 des Bürgerlichen Gesetzbuches für bedenklich. Er werde »den tatsächlichen Verhältnissen des Lebens nicht gerecht«, denn »sehr leicht« könne »der Ehegatte ins Unrecht gesetzt werden..., der zwar das Beste der Familie gefördert, aber im Einzelfall nicht das Einvernehmen mit dem anderen Ehegatten herbeigeführt hat...«[7] Mit Schreiben vom 30. Januar 1953 fühlten sich die in den Fuldaer Bischofskonferenzen vereinten katholischen Oberhirten Deutschlands berufen, die künftigen Entscheidungen der Bundesregierung und des Parlaments in Gottes und der Kirche Sinn zu beeinflussen. So lobten sie ausdrücklich, daß die Bundesregierung »auch dem Schutz der *Institute* Ehe und Familie innerhalb des neuen Gesetzwerkes« Vorrang einräume, doch solle sie »im Sinne des natürlichen Ehe- und Familienbildes in den künftigen Gesetzesbestimmungen die Erstaufgabe der Ehefrau und Mutter im Hauswesen – für die Gesamtheit aller Familienmitglieder – klar« aussprechen.[8]
Eine Stellungnahme des Deutschen Gewerkschaftsbundes lag der Bundesregierung schon seit November 1952 vor. Er forderte die ersatzlose Streichung der § 1354 und § 1628 des Bürgerlichen Gesetzbuches.
Wie allenthalben längst befürchtet (oder herbeigewünscht?), überschritt der Gesetzgeber die ihm vorgeschriebene Anpassungsfrist nach Art. 117 des Grundgesetzes. Mit dem 1. April 1953 traten alle rechtlichen Bestimmungen außer Kraft, die dem Gleichberechtigungsartikel entgegenstanden. Die wichtigsten praktischen Wirkungen waren: Der Ehemann konnte fortan weder das Arbeitsverhältnis der Ehefrau kündigen, noch über ihr Vermögen verfügen. Eine Ehefrau war nun endlich berechtigt, ohne Zustimmung ihres Mannes am Geld- und Kreditverkehr teilzunehmen, d. h. z. B. schlicht, auch ein eigenes Konto zu eröffnen. Doch Recht war das eine, die Realität das ganz andere. Banker z. B. mochten sich das nicht bieten lassen. Mit Rundschreiben des

Bundesverbandes des Privaten Bankgewerbes e. V. vom 8. Juni 1953 wurde beispielsweise den angeschlossenen Instituten empfohlen, »in Anbetracht der höchstrichterlich noch nicht geklärten Rechtslage... nach *Möglichkeit* die Zustimmung des Ehemannes zu Rechtshandlungen der Ehefrau auch nach dem 31. März 1953 einzuholen... In Ergänzung der Ziffer AI 4 (Kreditaufnahme und Bestellung von Sicherheiten) ... jedoch« und »um in jedem Falle Rechtsnachteile zu vermeiden« solle »künftig bei Kreditaufnahmen und Bestellung von Kreditsicherheiten durch eine Ehefrau *ausnahmslos* die Zustimmung des Ehemannes« eingeholt werden.[9]
Derweil nahte unaufhaltsam die Frist, die zur Anpassung des Familienrechts gesetzt worden war. Die Versäumnisse setzten den Vorstand der CDU-Bundestagsfraktion unter Druck. Man faßte also eine Verlängerung bis zum 31. März 1955 ins Auge und wollte sogar eine Änderung des § 117 GG herbeiführen. Das freilich stieß selbst in der eigenen Partei auf bedenkliche Mienen. In Anpassungsfragen waren mittlerweile diverse Gerichte zu Entscheidungen gelangt und hatten, wie Elisabeth Schwarzhaupt betonte, »in vielen wesentlichen Fragen eine einhellige oder überwiegende Meinung gefunden, z. B. zum Verfügungsrecht der verheirateten Frau über ihr eingebrachtes Vermögen, zum Weiterbestehen der elterlichen Gewalt der wiederverheirateten Witwe, zur Gegenseitigkeit der Unterhaltspflicht und zur Verpflichtung des Mannes, der Frau einen Prozeßkostenvorschuß für die Scheidungsklage zu zahlen«.[10]
Am 18. Dezember 1953 erging die Entscheidung des Bundesverfassungsgerichts, »daß Art. 3 II des Grundgesetzes nicht nur ein politisches Programm, sondern eine echte Rechtsnorm ist«. Sie verbiete »die verschiedene Behandlung von Mann und Frau im Recht ebenso wie der folgende Absatz des Art. 3 die verschiedene Behandlung der Menschen nach Abstammung, Rasse, Sprache, Heimat, Herkunft, Glauben, religiösen oder politischen Anschauungen« untersage. Dem besonders von Vertretern der katholischen Kirche behaupteten Widerspruch zwischen Art. 3 II und Art. 6 I des Grundgesetzes, der Ehe und Familie unter den besonderen Schutz der staatlichen Ordnung stellt, widersprach das Bundesverfassungsgericht. Art. 3 II des Grundgesetzes verbiete nur, »die Frau als Frau im Vergleich zum Manne zu benachteiligen«. Um jedem Mißverständnis vorzubeugen, betonte das Bundesverfassungsgericht, daß dieses Verständnis »nichts damit zu tun« habe, daß die objektiven biologischen und besonders die arbeitsteiligen Unterschiede auch im Ehe- und Familienrecht berücksichtigt werden dürfen oder müssen«. Deshalb seien z. B. »alle Bestimmungen zum Schutze der Frau als Mutter zulässig ebenso wie die Berücksichtigung der Tatsache, daß in der Regel der Mann durch außerhäusliche Erwerbsarbeit und Bereitstellung von Barmitteln, die Frau

Elisabeth Schwarzhaupt (CDU) als Bundesministerin für das Gesundheitswesen vor dem Deutschen Bundestag (1962).

durch Haushaltsführung und Sorge um die Kinder der Familiengemeinschaft« diene.

Dreieinhalb Jahre nach diesem Urteil des Bundesverfassungsgerichts wurde das sogenannte Gleichberechtigungsgesetz am 18. Juni 1957 verkündet. Doch wieder mußte das Bundesverfassungsgericht angerufen werden, denn das ›Gleichberechtigungsgesetz‹ sah mitnichten Gleichberechtigung vor. Dem Vater war die alleinige Vertretungsmacht und Entscheidungsgewalt bei Meinungsverschiedenheiten der Eltern zugesprochen worden. In seiner Entscheidung wies das Bundesverfassungsgericht 1959 ausdrücklich das diesbezüglich stereotype Argument zurück, daß »der Schutz der Familie etwa ein Vorrecht des Vaters nötig mache« und erhob die »verfassungsgebotene Gleichberechtigung« zum »Strukturelement« der Familie: »Die zwischen den Eltern bestehende sittliche Lebensgemeinschaft und ihre gemeinsame, unteilbare Verantwortung gegenüber dem Kind führen in Verbindung mit dem umfassenden Gleichberechtigungsgebot der Verfassung im Bereich der elterlichen Gewalt zu voller Gleichordnung von Vater und Mutter.«

Die ehemalige Bundesverfassungsrichterin Erna Scheffler sah »mit dem Grundgesetz in der Rechtsprechung des Bundesverfassungsgerichts ... in Deutschland die Diskriminierung der Frau im Recht nahezu völlig bereinigt«, obwohl auch sie nicht von einer »tatsächlichen Gleichbewertung von Mann und Frau« sprechen wollte.[11] Daß das ›neue‹ Familienrecht im Zusammenhang mit der Rechtsprechung des Bundesverfassungsgerichts – durch die Verankerung des Leitbildes der Hausfrauenehe – die gesellschaftliche Diskriminierung der Frauen und deren Doppelbelastung außerordentlich begünstigt hatte, entging auch der Bundesverfassungsrichterin.

Erst im Laufe des kommenden Jahrzehnts rückte die Problematik dieser Entscheidungen ins allgemeine Bewußtsein. Spuren von Veränderungswilligkeiten finden sich freilich erst in der Reform des Familien-, Ehe- und Scheidungsrechts von 1977.

Leichte Griffolgen: Zur Entwicklung der Frauenarbeit

In der 1. Wahlperiode des Deutschen Bundestages brachte die KPD einen Konkretisierungsantrag zum Gleichberechtigungsgesetz ein. Er enthielt die Forderung an die Gesetzgeber, Frauen künftig Rechtsanspruch auf gleichen Lohn bei gleicher Arbeit zu gewähren, bzw. das Lohngleichheitsgebot gesetzlich zu verankern: »Heute stehen Hunderttausende von Frauen im Arbeitsprozeß, haben eine Familie zu versorgen und arbeiten unter Bedingungen, die wesentlich schlechter sind als die der Männer.«[12] Das mochte der Bundestag gern glauben, allein, es fehlte der Wille, daran etwas zu verändern. Sah die CDU, wie die Kirchen, den Vollzugsschwerpunkt des Gleichberechtigungsgrundsatzes eher im Familien- und Eherecht, so sprachen sich FDP, die Deutsche Partei und – in gewissem Sinne – auch das Zentrum gegen eine gesetzliche Verankerung des Lohngleichheitsgebots aus. Dieser Punkt falle, so argumentierte man taktisch geschickt, in den Aufgabenbereich der Gewerkschaft. Er sei Gegenstand von Tarifverhandlungen und des Tarifrechts.

Taktischen Manövern gegenüber noch nie abgeneigt, konnte sich auch die SPD – historische Sachwalterin ›weiblicher Emanzipation‹ – zu keiner klaren Haltung entschließen. Ergo verschwand der Antrag im Ausschuß für Rechtswesen und Verfassungsrecht und damit aus der parlamentarischen Diskussion.

Aber auch die Gewerkschaften fühlten sich überfordert. Allein der persönlichen Initiative des Gewerkschafters Bruno Eisenberger war es zu verdanken, daß sich in der Frage der damals existierenden Frauenlohngruppen überhaupt etwas rührte. Für eine Hilfsarbeiterin aus der Holzindustrie prozessierte er bis zum Bundesarbeitsgericht. Am 15. Januar 1955 kam es zu einem Grundsatzurteil. Das Bundesarbeitsgericht stellte darin fest, daß der Gleichheitsgrundsatz des Art. 3 II des Grundgesetzes nicht nur die staatliche Gewalt, sondern auch die Tarifparteien – also Unternehmerverbände und Gewerkschaften – als unmittelbar geltendes Recht binde: »Eine Tarifklausel, die generell und schematisch weiblichen Arbeitskräften bei gleicher Arbeit nur einen bestimmten Hundertsatz der tariflichen Löhne als Mindestlohn zubilligt, verstößt gegen den Lohngleichheitsgrundsatz und ist nichtig.« Doch, so führte das Bundesarbeitsgericht weiter aus, könnten neue Lohnkategorien geschaffen werden, »insbesondere auch für leichtere und schwerere Arbeiten, die näher bezeichnet werden« sollten. »Sollte eine solche Methode der Tarifangleichung dazu führen, daß Frauen alsdann geringer entlohnt werden, weil gerade sie es sind, die leichtere Arbeit leisten, so bestehen dagegen keine rechtlichen Bedenken.«[13] Im gleichen Jahr verabschiedete – auch auf Betreiben der im Deutschen Frauenring zusammengefaßten Frauenverbände – der Deutsche Bundestag die Konvention Nr. 100 der Internationalen Arbeitsorganisation, in der sich die Mitgliedsstaaten verpflichteten, dafür zu sorgen, daß in ihrem Land Männer und Frauen gleich entlohnt werden. An die Stelle der Frauenlohngruppen und die mit ihnen verbundenen schematischen Lohnabschlagsklauseln traten nun die auch heute noch geltenden Lohngruppen für »leichtere« und »einfache« Arbeit, die sogenannten *Leichtlohngruppen*. Die damalige Interessenlage war eindeutig: Die Unternehmer stellten sich auf den Standpunkt, die Anhebung der Frauenlöhne um etwa 25 % nur schwer verkraften zu können. Und die Gewerkschaften glaubten, mit ihren damals anstehenden Forderungen nach der 40-Stunden-Woche sowie nach Einführung des Urlaubsgeldes nicht durchzukommen, wenn sie gleichzeitig kompromißlos auf der Abschaffung der Frauenlohngruppen beharren würden.

Wie funktional und einseitig interessenbegünstigend die Entscheidung des Bundesarbeitsgerichts war – schon 1956 einigte sich der Vorstand der IG Metall mit dem Gesamtverband der metallindustriellen Arbeitgeberverbände auf Lohngruppentexte mit dem Merkmal ›ohne besondere Anforderungen an die körperliche Leistungsfähigkeit‹ –, verdeutlichen die Entwicklungen weiblicher Berufstätigkeit nach dem Zweiten Weltkrieg. Schon bald nach der Währungsreform von 1948 stieg weibliche Erwerbstätigkeit sprunghaft um 32 % an.[14] Trotz massiver öffentlicher Propaganda zugunsten Ehe, Familie und Mutterschaft waren 1950 7,949 Millionen (= 31,4 %) und 1953 schon 8,603 Millionen (= 33,1 %) Frauen erwerbstätig. Von den genannten 7,9 Millionen weiblichen Erwerbstätigen waren 1950 34,7 % verheiratet, d. h. sie waren in der Regel doppelbelastet, und 10,5 % waren verwitwet oder geschieden.[15] Bis 1970 stieg der

Prozentsatz der verheirateten weiblichen Erwerbstätigen auf 40% an. Insgesamt nahm von 1950 bis 1971 weibliche Erwerbstätigkeit um 83% zu, wobei sich der Anteil verheirateter Frauen von 1950 bis 1968 mehr als verdoppelte. Schon 1962 war jede vierte berufstätige Frau Mutter von mindestens einem Kind unter 14 Jahren. Die Zahl der abhängigen weiblichen Erwerbstätigen erhöhte sich von 1967 bis 1976 von 7,218 auf 8,499 Millionen Frauen.[16] Der Presse- und Informationsdienst der Bundesregierung sah darin ein huldvolles Entgegenkommen: »Bei einem Mangel an Arbeitskräften ist die Wirtschaft immer mehr zur Beschäftigung auch verheirateter Frauen bereit...« Und: »Die... höhere Zahl der Arbeitnehmerinnen seit 1950 rekrutiert sich zu einem großen Teil aus der sogenannten ›stillen Reserve‹ der Ehefrauen.« Irgendwelche Hilfen für dreifach belastete Frauen (als Erwerbstätige, Hausfrau und Mutter) verzeichnete das »Deutschlandbuch« des Presse- und Informationsdienstes 1960 nicht, wohl aber die Sorge um sinkende Geburtsraten.[17] Die aus der ›stillen Reserve‹ an die Arbeitsfront Rekrutierten vermehrten das Heer der unterbezahlten und zumeist kaum qualifizierten Frauen in den unteren Berufspositionen, die, als solche mobil, überall kurz angelernt und billig eingesetzt werden konnten. 1954 waren 41,7% aller weiblichen Beschäftigten Arbeiterinnen. 21,7% waren Angestellte oder Beamtinnen und 36,6% Selbständige oder mithelfende Familienangehörige. Im »Deutschlandbuch« stellte die Bundesregierung besonders heraus, daß es 1956 104000 Betriebsinhaberinnen im Handwerk, 179000 mithelfende Familienangehörige (Meisterfrauen etc.), 86000 Gehilfinnen und sonstige Fachkräfte und 72000 weibliche Lehrlinge im Handwerk gab. »Im großen Umfang kommen im Handwerk Frauen über die Lehrlingsausbildung und die Gesellenpraxis zur Meisterprüfung und zur selbständigen Existenz. Das gilt besonders für die typischen Frauenberufe der Damenschneiderei, der Putzmacherin und der Wäscheschneiderin. Es gibt aber auch zahlreiche Inhaberinnen von Wäscherei- und Plätterei-, Fotografensowie von Goldschmiede- oder anderen Kunsthandwerkbetrieben der verschiedensten Zweige«, so die Bundesregierung.[18] Das von dieser Seite ungewohnte Lob für Minderheiten hatte so seine Gründe. Noch 1979 wurden »¾ aller Frauen mit abgeschlossener Berufsausbildung... in Betrieben mit weniger als 100 Beschäftigten ausgebildet, 41% sogar in Kleinbetrieben mit weniger als 10 Mitarbeitern.«[19] Was das für die gegenwärtige Ausbildungslage weiblicher Jugendlicher heißt, ist klar: die Wirtschaftskonzentration im allgemeinen und die Rezession im besonderen treibt vor allem kleinere Betriebe in Konkurs. Auch die dual konzipierte Berufsbildungspolitik geht vor allem zu Lasten des weiblichen Nachwuchses.

Bis 1975 hatte sich das Quotenverhältnis zwischen Arbeiterinnen

(= 32%) und weiblichen Angestellten (= 49 %) auffällig verschoben. Das sagt einiges über Qualifikationsverbesserungen aus und deutet auf leichte Branchenverlagerungen bestimmter, typischer Frauenberufe hin. 1960 hatte der Anteil der weiblichen Erwerbstätigen mit abgeschlossener Berufsausbildung nicht einmal 25 % betragen; er stieg bis 1970 auf ca. 33 %. Der Anteil der weiblichen Erwerbstätigen mit Hauptschulabschluß ohne betriebliche Berufsausbildung sank von 56,7 % auf 46,9 %, derjenigen mit Realschulabschluß von 4 % auf 3,7 %, der mit Abitur von 0,6 % auf 0,4 %, während der weibliche Anteil mit Berufsfach- und Ingenieurausbildung von 11,9 % auf 12,4 % und der mit Hochschulabschluß von 2 % auf 3,1 % anstieg (1970).[20] Darauf bezogen konnte Helge Pross 1975 feststellen, daß »die wichtigsten Bildungsgrenzen... nicht zwischen dem Lager der Hausfrauen und dem der berufstätigen Frauen..., sondern zwischen den Frauen unter und über dreißig« verliefen. Trotz dieses Qualifikationssprungs lagen auch noch 1980 »die Bruttoverdienste der Frauen... unter denen der Männer, wenn sich auch der Abstand verringert hat: 1960 verdienten die Arbeiterinnen durchschnittlich um 40,3 % weniger als die Arbeiter, 1978 betrug die Differenz 31,3 %. Die weiblichen Angestellten verdienten 1960 um 44,1 % weniger als die männlichen Angestellten, 1978 waren es 35,5 %. 14,1 % der Männer, aber nur 2 % der Frauen hatten 1978 ein Monatseinkommen von 2500,– DM oder mehr. Ein Einkommen von weniger als 1000,– DM hatten 53,4 % der Frauen, aber nur 12 % der Männer.«[21] Die Bundesministerin für Jugend, Familie und Gesundheit, Antje Huber, sah 1980 darin weniger eine »direkte Lohndiskriminierung« dokumentiert als vielmehr eine »strukturelle Benachteiligung von Frauen«.[22] Wie eins ins andere übergeht und kaum mehr unterscheidbar wird, zeigt das Beispiel der Triumph-Adler-Werke in Frankfurt. Mitte Oktober 1982 gewannen dort beschäftigte Frauen ihren fast dreijährigen Kampf um gleichen Lohn für gleiche Arbeit vor dem Arbeitsgericht. Die Firma wurde dazu verurteilt, den im Frankfurter Werk am Fließband arbeitenden Frauen rückwirkend den gleichen Lohn zu zahlen wie den Männern. Bislang waren die Männer in Lohngruppe 5, die Frauen in Lohngruppe 2 eingestuft. Das Urteil in der Tasche haben die Frauen dennoch zunächst »Steine statt Brot« (Frankfurter Rundschau). Denn: Sofort nach dem Urteil schritt die Firma zu innerbetrieblichen Maßnahmen. Die Frauen wurden – unter Umgehung des Betriebsrates – auf andere Arbeitsplätze versetzt, selbstverständlich Arbeitsplätze mit der Lohngruppe 2. Die Firma begründete ihre Maßnahme mit Rationalisierungsnotwendigkeiten. Und der Betriebsrat schwieg, weil er offenbar eine Lohnabstufung der männlichen Kollegen fürchtete, wenn er den Frauenkampf unterstützt.

Solche innerbetrieblichen Maßnahmen hatte wohl auch die Studie des

Rationalisierungskuratoriums der deutschen Wirtschaft im Auge, in der 1978 zu lesen war: »Die vorfindliche Struktur der Frauenerwerbsarbeit ist charakterisiert durch im Vergleich zur Männerarbeit im Durchschnitt deutlich geringere Chancen in bezug auf Arbeitsplatzeinsatz, Qualifikationsanforderungen und Entlohnung sowie durch ein stark verengtes Spektrum von Auswahlmöglichkeiten im Arbeitsplatzangebot... So ist ein großer Teil aller Arbeiterinnen in der Industrie auf wenige Industriezweige bzw. -gruppen konzentriert und überwiegend in ungelernten oder angelernten Tätigkeiten mit geringem Qualifikationsniveau beschäftigt. Und obwohl sich die Zahl der weiblichen Angestellten in den letzten 20 Jahren verdoppelt hat, zeigt sich auch hier eine Beschränkung auf wenige Bereiche, in denen Frauen vorwiegend an gering qualifizierten Arbeitsplätzen beschäftigt sind.«[23]

Das allerdings dürfte für so manche Arbeitgeberverbände kein Problem gewesen sein. Eine kleine Wesensschau auf »die Frau« hatte längst ergeben, daß sie »in der Regel ein bewußt positives, körperlich betontes Lebensgefühl besitzt« und deshalb »meistens eine besondere Freude am

Frauen der 50er Jahre – fixiert auf Zweisamkeit. Die von Professor Eiermann entworfene Sitzbank kostete 1955 DM 250,–.

leichten Ablauf der Griffolgen (hat): die fließenden Bewegungen eines Arbeitsganges bereiten ihr häufig einen geradezu ästhetischen Genuß«.[24]

Die Frau als nutzbares Debilitäts- und Defizitärwesen, solche Legitimierungszynismen haben Tradition. Noch in den 50er Jahren wurde in wissenschaftlich aufbereiteten Abhandlungen mit der ganzen Strenge des Gedankens erwogen, ob sich die Frau überhaupt für das Berufsleben eigne. Fragen wie »Birgt die moderne Berufswelt in sich Momente, denen die Frau (und nur die Frau) nicht gewachsen ist, bzw. die ihr Mensch-Sein gefährden können?« trugen dem Publikum zeitgerechte ›Teils-Teils-Antworten‹ ein und dem Probanden die Doktorwürde für sein Werk mit dem Titel »Die Berufstätigkeit der Frau als soziologisches Problem«.

So konnten die Frauen letztendlich nichts als dankbar sein, in den ästhetischen Genuß von Fließbandarbeiten kommen zu dürfen! Aber die Verwertung ihrer Arbeitskraft, die Arbeitsstrukturen, oder alles was mit Lohn, Arbeitsbedingungen und -organisation zu tun hat, überhaupt in Frage zu stellen, welch eine Hybris, welch ein Aufstand wider die Natur. Bei den Frauen lag generell die Beweispflicht zu zeigen, daß sie überhaupt fähig und in der Lage waren, als Geschlechtswesen »Frau« außerhäuslich zu arbeiten und sich zu qualifizieren, ohne ihre wahre Bestimmung »Hausfrau und Mutter« zu vernachlässigen. Kritikfähigkeit und Problembewußtsein galt (und gilt zuweilen heute noch) als Beweis des Gegenteils. Nicht wenige Frauen akzeptierten diesen Legitimationszwang, wie aus so manchen Beiträgen und Erläuterungen zur Frauenarbeit insgesamt hervorgeht, die von Verfasserinnen stammen. Fast nirgends findet sich die Frage nach der Legitimation derer, die solche Beweise wie selbstverständlich einforderten. Im Gegenteil, in Fällen des Zweifels haben Mädchen und Frauen auch heute noch die Gründe ›ihres‹ Scheiterns bei sich selbst zu suchen; nicht anders als vor 20 Jahren, als die Redakteurin der Frankfurter Allgemeinen Zeitung Brigitte Beer durchaus wohlwollend schrieb: »Was die Frauen heute zum Bau einer veränderten, noch nach neuen Formen suchenden Gesellschaft beitragen, ist weniger, als sie ihrer Begabung nach geben könnten. Sie werden daran gehindert durch zählebige Vorurteile gegen ihre Fähigkeiten und gegen ihr Wirken in der Öffentlichkeit, aber sie stehen sich auch selbst im Weg. Sie setzen ihre beruflichen Ziele häufig von vorneherein niedriger an, als es ihrer Begabung nach gerechtfertigt wäre. Sie wählen ihren Beruf oft nicht nach Neigung und Anlage, sondern nach der Kürze der Ausbildung und raschen Verdienstmöglichkeiten. Sie bescheiden sich leichter als ihre Brüder, wenn ihre Berufsziele den Eltern zu kostspielig sind.« Zwei Gründe machte die Redakteurin dafür aus: »Der eine ist ein Mangel an Selbstbewußtsein; viele Mädchen glauben, sie könnten es mit den Männern im Berufsleben doch niemals voll aufnehmen. Der zweite Grund reicht an die Wurzeln ihrer Existenz: immer wird die Frau dem Heim, der Familie, in erster Linie aber der Mutterschaft mit einem entscheidenden Teil ihrer Wünsche, Hoffnungen und Verpflichtungen verhaftet bleiben, auch wenn sie in der äußeren Welt andere Ziele und Aufgaben sieht. So denkt ein Mädchen, das seinen Lebensplan entwirft, in zwei Richtungen. Wenn sie einen Beruf wählt, bedeutet das für sie nicht Verzicht auf Ehe und Kinder. Die überwiegende Meinung der Öffentlichkeit ist jedoch, daß beides sich nicht ohne Schaden vereinen lasse. Daher betrachten viele Mädchen den Beruf nur als eine Art von Rückversicherung.«[25] Dieser Text erschien zwei Jahre nach dem Urteil des Bundesverfassungsgerichts, in dem bundesdeutschen Ehefrauen Berufstätigkeit als Zuverdienst verordnet und den Ehemännern die Möglichkeit gegeben worden war, gegen Berufsidentifikationen ihrer Ehefrauen Einspruch zu erheben. Letzteres, wenn sie über das Motiv, die Familie mit zu erhalten, hinausgingen oder aber der Ehemann der Meinung war, die Erfüllung der Hausarbeitspflichten werde beeinträchtigt.

Tatsächlich standen bis tief in die 60er Jahre alle sozialen, ideologischen, rechtlichen und ökonomischen Zeichen so, daß Mädchen und Frauen in permanente Rollen- und Normenkonflikte gerieten und geraten mußten. Und die hatten sie mit sich alleine auszumachen. Was immer sie taten: sie kollidierten in jedem Fall mit irgendeinem verinnerlichten oder an sie herangetragenen Anspruch. Sind verheiratete Frauen berufstätig, sorgt sich die Öffentlichkeit lüstern um die »Schlüsselkinder« (so geschehen Ende der 50er Jahre, als die Regenbogenpresse »Bilder von weinenden Kindern mit dem Haustürschlüssel um den Hals« veröffentlichte und damit berufstätige Mütter unter Druck setzte[26]). Sind Ehefrauen aber nicht berufstätig, droht ihnen – je nach Konjunktur – gleichfalls der Bannstrahl der öffentlichen Meinung. Da werden dann z. B. folgende Fragen gestellt: Kann »die Volkswirtschaft überhaupt auf die Dauer auf einen Teil von Arbeitskräften verzichten?« Ist es »mit dem demokratischen Gleichheitsgrundsatz vorüber..., wenn ein Teil der Bevölkerung (die Gruppe der verheirateten Frauen ohne oder mit 14jährigen Kindern) über mehr Muße und persönliche Freiheit verfügt als andere Bevölkerungsgruppen bei gleichzeitiger geringerer Leistung zum Brutto-Sozialprodukt (wenn man überhaupt – entgegen der volkswirtschaftlichen Gesamtrechnung – den Beitrag der Hausfrauentätigkeit miterfaßt)?« Oder schließlich: Ist »die Nichterwerbsarbeit dieser Gruppe von verheirateten Frauen lediglich als Familienluxus, als private Verteilung des Familienbudgets« zu betrachten?[27] Wie nicht anders zu vermuten, entstanden solche Fragen in Zeiten der Hochkonjunktur. Die Absicht war zu klar, um noch einzuleuchten: Im Namen des zweifelhaften theoretischen Konstrukts »Volkswirtschaft« – und geschickt manipulativ an latente Übervorteilungsängste und weiblichkeitsfeindliche Tendenzen in weiten Bevölkerungskreisen appellierend – sollte sozusagen die letzte billige einheimische Arbeitskraft aus häuslichen Winkeln hervorgezerrt werden.

Dieser Trend kippte in den 70er Jahren wieder um und schärfte ein gewisses Erinnerungsvermögen: ... war die eigentliche Wesensbestimmung der Frau nicht die Mutterschaft? War nicht überhaupt mehr Mütterlichkeit nötig in einer bürokratisch verstellten und entfremdeten Welt? ... Ja, sind Frauen am Fließband und vor Bildschirmen überhaupt glücklich? Leiden sie nicht unter dem Zwang zur Erwerbsarbeit, dem Zwang zur Gleichberechtigung? Haben Frauen überhaupt eine Wahl und können Mütter sein, wenn sie Mütter sein wollen? Fragen über Fragen, eifrig blätterte man in Amtsstuben, in Parteibüros, in Konferenzsälen in diversen, längst verstaubten Studien und wurde fündig: angesichts der Krise sollten Doppelverdienerinnen ans Gemeinwohl denken, so hieß es bald. Doch es hatten auch Sprachschöpfungen Konjunktur wie etwa »Emanzipationshysterie«.

So erlebten erst die Arbeiterinnen und dann niedrig qualifizierte weibliche Angestellte in den achtziger Jahren, daß ihre Arbeitskraft durch die Mikroelektronik entweder überflüssig oder nur noch sporadisch nachgefragt wurde. Die Konjunktur schleifte, die Märkte schrumpften, Überkapazitäten allüberall, und es tauchten neue Begriffe auf, Begriffe, die wohl die wenigsten Frauen direkt auf sich selbst bezogen; Begriffe wie »kapazitätsorientierte variable Arbeitszeit«, »Flexibilisierung«, »Just in time«, »Rand- und Kernbelegschaften« etwa. Die Wirtschaft rüstete, um Produktion und Verwaltung, um Handel und Dienstleistungen ›auf Abruf‹ und ›rund um die Uhr‹ zu installieren – die Mikroelektronik begann ihren wahren Charakter zu zeigen. Leiharbeit, unter der Hand befristete Arbeitsverträge, Arbeit auf Abruf, Werkverträge, Hausfrauenschichten und ein wachsendes Erwerbslosenheer: Die Wirtschaft setzte Zeichen, die Technik entwertete mühsam erworbene Qualifikationen im Nu, und es war nur noch eine Frage der Zeit, wann der Gesetzgeber nachziehen würde. 1985 trat denn auch das sprachlich geheimnisvolle »Beschäftigungsförderungsgesetz« in Kraft, dessen Inhalt befristete Arbeitsverträge ebenso legalisierte wie einen erheblich verminderten Kündigungsschutz. Wenig später stellte man Teilzeitarbeit formal mit Vollzeitarbeit gleich und bereitete eine Revision der Arbeitszeitordnung vor. Frauen sollten nun auch nachts arbeiten ›dürfen‹, Samstags- und Sonntagsarbeit sollte häufiger möglich sein. Erwerbstätige Frauen waren davon besonders hart getroffen, wenn auch wenig qualifizierte Frauen in anderer Weise als die in den 60er und 70er Jahren stark angewachsene Schar qualifizierter und hochqualifizierter Frauen.

Berufliche Unsicherheiten erschwerten nun allen das Leben, zwangen zu vermehrten Anpassungsleistungen und hievten Frauen so oder so auf einen Schleudersitz.
Waren 1978 ›nur‹ 504116 Frauen erwerbslos, so stieg ihre Zahl 1983 auf 985120 und überschritt im August 1988 die Millionengrenze um 54770 erwerbslos Gemeldete.[28] Schon 1982 arbeiteten ca. 1,6 Millionen Frauen in sozialversicherungspflichtiger Teilzeit – bis 1986 werden es 1,8 Millionen sein. In prekären Arbeitsverhältnissen zählt man zu dieser Zeit schon 1,6 Millionen Frauen, oft in mehreren zugleich, um überhaupt genug zum Leben zu haben: ohne Sozialversicherung und Rentenanspruch, ohne Rechte, ohne Schutz, erzwungen flexibel, zu miserablen Bedingungen und ebenso miserabel bezahlt.[29] Schlecht bezahlt sind sie auch in Vollzeitarbeitsplätzen, dies zum Vergleich: Schon 1981 hatten von den rund 5,4 Millionen weiblichen Angestellten 37,8 % weniger als 1000,– DM mtl., 2,5 Millionen verdienten zwischen 1000,– DM und 1800,– DM und *nur* 12,9 % erhielten mehr. 56,5 % der Arbeiterinnen kamen mit weniger als 1000,– DM, 1,2 Millionen zwischen 1000,– DM und 1800,– DM nach Hause. Nur 51000 Arbeiterinnen verdienten mehr – ein Hinweis darauf, wie wenige Facharbeiterfrauen bis dato die innerbetrieblichen Hierarchiestufen erklommen hatten. Selbst unter den Beamtinnen verdienten nur wenig mehr als die Hälfte über 1800,– DM.[30] Unter dem Druck der wachsenden Erwerbslosigkeit und durch innerbetriebliche Umstrukturierungen (Herabstufungen) haben sich diese Verhältnisse für ganze Einkommensgruppen weiblicher Erwerbstätiger seither eher verschlechtert denn verbessert – 1988 verdienten Arbeiterinnen im Durchschnitt 43,9 %, Industrieangestellte 53,2 % und Angestellte im Dienstleistungsbereich 45 % weniger als ihre männlichen Kollegen!
Trotz allgemein wachsender Erwerbslosigkeit und schwindender Attraktivität von Arbeitsplätzen drängten gleichwohl mehr Frauen auf den Arbeitsmarkt als jemals zuvor – und das war nicht nur durch die geburtenstarken Jahrgänge bedingt, wie die Bundesanstalt für Arbeit 1988 ausdrücklich betonte. Und so war es wohl dem neuerlichen Konjunkturaufschwung *und* der Anpassung von Frauen an ›Flexi‹-Bedingungen zuzurechnen, daß trotz überproportionaler Frauenerwerbslosigkeit (im Vergleich zu der der Männer) die absolute Zahl weiblicher Erwerbstätiger von 7,5 Millionen 1970 auf fast 9 Millionen im Jahre 1985 stieg. Zuwächse – es ist zu ahnen – verzeichneten (die mitgezählten) Teilzeitarbeitsplätze und »Jede-Frau-Tätigkeiten« auf der einen und qualifizierte Angestelltentätigkeiten auf der anderen Seite, also die inzwischen berüchtigten 50/60-Stunden-Jobs.[31]
Das aber heißt: Frauenerwerbstätigkeit spaltete sich in den 80er Jahren a) in Erwerbsunterbeschäftigung bei Niedrigqualifikation (außer im Forschungs- und Hochschulbereich) und b) Überbeschäftigung in Mittel- und

Hochqualifikationsberufen auf, wobei auch für hochqualifizierte Frauen zutrifft, was die Publizistin Carola Stern knapp, aber treffend sagte: sie leisten mehr und erhalten weniger.

Von der korporativen zur autonomen Frauenbewegung

Nach dem Zusammenbruch 1945 entstanden in vielen Großstädten Frauenausschüsse, die – ähnlich wie die antifaschistischen Arbeiterausschüsse – überparteilich waren und erste kommunalpolitische Neuansätze darstellten. So in Frankfurt, Köln, Düsseldorf, Duisburg und Essen. »Der Frauenausschuß will durch Unterbreitung entsprechender Vorschläge und praktische Mithilfe die Arbeit der Stadtverwaltung zwecks Überwindung der Schwierigkeiten des täglichen Lebens unterstützen. Er will durch Aufklärung in Wort und Schrift die Frau im demokratischen Geist erziehen und ferner mitwirken im Kampf um die Gleichberechtigung der Frau auf politischem, wirtschaftlichem und sozialem Gebiet, in der kulturellen Betreuung von Frauen sowie in der Schaffung von Frauenberatungsstellen und Frauenheimen«, so lautete das Programm des Frauenausschusses Duisburg von 1949.[32] Im gleichen Jahr trat der Frankfurter Frauenausschuß mit einem 8-Punkte-Katalog an die Öffentlichkeit:

1. Gleichberechtigung der Frau
2. Mitwirkung in der Verwaltung
3. Gleiches Recht auf Arbeit und gleicher Lohn
4. Gerechte Beteiligung der Frau in den Berufsvertretungen
5. Hinzuziehung im Rechtswesen
6. Neuordnung des Familienrechts
7. Mehr Frauen in führenden Stellen und im Erziehungswesen
8. Höhere Wertschätzung der Frauenarbeit

Gleichzeitig forderte er »die Frauen aller Städte und Gemeinden auf, lokale Frauenausschüsse zu gründen, die dann später in einer einheitlichen Organisation unter Leitung des Frankfurter Frauenausschusses zusammengefaßt werden sollten mit dem Fernziel einer Vereinigung aller Frauenorganisationen in ganz Deutschland«. Für Gabriele Strecker, die erste von der amerikanischen Militärregierung bestallte Leiterin des Hessischen Frauenfunks, war dies der Versuch, »eine Frauenbewegung zu schaffen, die der Zeit entsprach«, nämlich Aufbau von unten, strenge Überparteilichkeit, Unabhängigkeit von staatlichen Institutionen, eine einheitliche, »keine Klassen mehr kennende Interessenvertretung«.[33]
Im Mai 1947 fand in Bad Boll die 1. Interzonale Frauenkonferenz statt,

und im Juni 1947 schlossen sich 15 Frauenverbände in Bad Pyrmont zur »Arbeitsgemeinschaft überkonfessioneller und überparteilicher Frauenorganisationen« zusammen. Im Oktober 1949 wurde an demselben Ort der »Deutsche Frauenring e. V.« unter dem Vorsitz der ehemaligen Regierungspräsidentin von Hannover und späteren Staatssekretärin Theanolte Bähnisch gegründet. Ab 1951 erschien das Informationsorgan des »Deutschen Frauenrings«, der »Informationsdienst für Frauenfragen e. V.« in Bad Godesberg.[34] Die frühe Organisationsgeschichte der Nachkriegsfrauenbewegung ist bislang wenig erforscht. Ungeklärt ist z. B. auch, ob die im »Deutschen Frauenring« u. a. zusammengeschlossenen Frauenausschüsse auch über längere Zeitspannen hinweg personelle Kontinuitäten aufgewiesen haben oder ob die einsetzende, feindselige Abgrenzung gegen Osten – wie gegen kommunistisches Denken allgemein – jene Frauen abdrängte, die mit Gleichberechtigung mehr verbanden als Gleichwertigkeit auf der Basis traditionaler Geschlechterarbeitsteilung. Gabriele Streckers Polemik gegen den »Demokratischen Frauenbund Deutschlands« (DFD), er sei eine Gründung »aus den vorgebildeten Kadern der Frauenausschüsse – die ursprünglich unter anderen Zeichen angetreten« seien –, läßt auf massive Konflikte in den westzonalen Frauenausschüssen schließen. Ähnliches ist zu ihrer sonderbaren Kritik zu vermuten, in der »Ostzone« sei Gleichberechtigung »einfach dekretiert« worden, das dortige Familienrecht sei »der Frau in ihrer fraulichen Substanz feindlich« und die Frauen bildeten »im großen Arbeitshaus der ›Zone‹ ... die Reservearmee, aus der man immer neue Arbeitsrekruten herausholen« könne.[35] Überparteilichkeit mochte also in Sachen Kommunismus Parteilichkeit gegen ihn heißen. Wie auch immer, Tatsache ist, daß das Selbstverständnis und der Aktionsradius der bundesdeutschen Frauenbewegung bald wesentlich konservativ geprägt war und darin an die traditionelle bürgerliche Frauenbewegung vor 1933 anschloß. Die Jahre zwischen 1933 und 1945 blieben für sie – wie für andere gesellschaftliche Gruppierungen in der Bundesrepublik auch – lange Zeit tabu, waren das »dämonische Rätsel«, wie die einst weithin bekannte konservative Frauenrechtlerin Gertrud Bäumer 1946 in »Der neue Weg der deutschen Frau« schrieb. Aktuell zu tun habe man es jetzt mit »bevölkerungspolitischen Veränderungen«, die »doch das Schicksal eines jeden, vor allem aber das der Frauen (beeinflussen), die zahlenmäßig als unbestrittene Sieger – leider – aus der biologischen Katastrophe des Krieges« hervorgegangen seien.[36]

Auf der Dreijahreskonferenz des International Council of Women (IWC) am 2. April 1951 in Athen wurde der »Deutsche Frauenring« als vollberechtigtes Mitglied in den IWC aufgenommen und fand damit wieder Anschluß an die internationale Frauenbewegung. Die Aufgaben des »Deutschen Frauenrings« schilderte Theanolte Bähnisch vor den in Athen versammelten Frauen:

1. Staatsbürgerliche Erziehung und Vorbereitung von Frauen auf eine Arbeit in der politischen Öffentlichkeit, staatsbürgerliche Kurse, höhere Frauenquoten in leitenden, politischen Stellungen usw.
2. Mitarbeit im Rechtsausschuß an der Rechtsreform zu Art. 3 des Grundgesetzes
3. Beteiligung an der Lösung von Fragen der Volks- und Heimwirtschaft: Berufung des Deutschen Frauenrings in Ausschüsse der Behörden und Fachverbände, Hinzuziehung zu den Verbrauchervertretungen, Zusammenarbeit mit Handel und Industrie, mit Preisüberwachungsstellen und mit der Wirtschaftspresse
4. Als beratendes Mitglied Vertretung in Bau- und Wohnungsausschüssen der Städte und Gemeinden; Mitarbeit an Wohnungs- und Siedlungsfragen. Kontaktierung der Fachverbände; Mitgliedschaft in verschiedenen Forschungsausschüssen, dem Institut für Bauforschung und im Normenausschuß. Den »Deutschen Frauenring« vertretende Architektinnen und Wohnungsexpertinnen arbeiten a) an der Zusammenstellung von Material für rationellen Wohnungsbau, b) an der Rationalisierung der Hauswirtschaft (Geräte und Arbeitsvorgänge), c) an Raumgestaltung und der Konstruktion »geschmackvoller und zeitgemäßer Möbelformen«.[37]

Die eher konservativ-puritanischen Züge des Arbeitsprogramms verdeutlichen sich in den beiden Schwerpunkten »Kulturelle Arbeit« und »Sozialpolitik«. Zur kulturellen Arbeit hieß es: »Im Mittelpunkt ... steht für uns das Bild vom rechten Menschen ... Ziel ist der Wiederaufbau der seelischen Substanz im Menschen.« Wie die Arbeit in den darunterfallenden Bereichen Erziehung und Bildung und die Beobachtung von Schrifttum, Rundfunk, Film und Theater aussah, läßt sich angesichts der zitierten Leitmotivik denken. Auf den Fahnen stand Kampf gegen Schmutz und Schund und die Zusammenarbeit mit der freiwilligen Selbstkontrolle der deutschen Filmwirtschaft. ›Keine Experimente‹, das galt auch für die bürgerlichen Frauenorganisationen der ersten zweieinhalb Nachkriegsjahrzehnte. Deren vorwiegend ältere Mitglieder hatten kaum sozio-ökonomische oder andere prinzipielle Neuerungsinteressen, noch unternahmen sie größere Ausflüge ins Reich von Veränderungsphantasien. Im Rahmen der Sozialpolitik spielte die Gesundheitspflege eine große Rolle. Man kämpfte gegen Tabak- und Alkoholsucht, gegen Geschlechtskrankheiten und Prostitution und erwirkte »Fürsorge- und Bewahrungsmaßnahmen«. Auch das Schlußlicht des Punktekatalogs war Anliegen, nämlich die »Förderung der beruflichen Interessen«. Darunter fielen

Berufslaufbahnfragen, Probleme im Tarifwesen und die Stellung der berufstätigen, verheirateten Frau. In dieser Form blieb der Arbeitskatalog des »Deutschen Frauenrings« lange gültig. Neue Impulse kamen in der zweiten Hälfte der 60er Jahre wohl nicht zufällig von außen.
Binnen weniger Jahre nach seiner Gründung war für den »Deutschen Frauenring« – in Zusammenarbeit mit dem seit 1949 im Bundesinnenministerium existierenden Frauenreferat und allen angeschlossenen berufsständischen und konfessionellen Frauenverbänden – nichts so signifikant wie seine bürokratisch genormte Institutionalisierung. Kämpferische Töne waren nur in den Anfangsjahren vereinzelt zu hören. Wenig später sind sie wohl in verbandsinternen Widersprüchen, in der Flut von Petitionen, Eingaben, Appellationen, Tagungen, Expertisenerstellung und Ausschußtätigkeiten untergegangen. Beispielsweise hatte der Verband nie die Tatsache kontrovers diskutiert, daß in ihm Unternehmerinnen neben Arbeiterinnen organisiert waren. Ihrer Struktur und Zusammensetzung gehorchend, wandten sich die Frauenverbände dort, wo sie keine dezidierten Eigeninteressen ökonomischer, ideologischer oder sozialer Natur verfochten, dem Dasein der Frauen als Bürgerinnen zu. Das war sozusagen der abstrakteste gemeinsame Nenner. Dorothea Karsten, erste Leiterin des Frauenreferats im Bundesinnenministerium, sah die Frauenorganisationen selbst »als hohe Schule für die erstrebte Zusammenarbeit im Sinne organischer Partnerschaft« mit Männern in öffentlichen und politischen Gremien. Staatsbürgerkunde und politische Erziehung von Frauen standen immer wieder auf Tagungs- und Seminarprogrammen. Selbstredend war man der Ansicht, daß die weibliche Unterrepräsentanz – der Begriff »Diskriminierung« wurde erst später gängig – auf Kommunal-, Länder- und Bundesebene auf entsprechende politische und interessenbedingte Qualifikationsdefizite bei Frauen zurückzuführen sei. Die Frauen sollten sich die harten Brotkanten aneignen: das vorgefertigte, gar nicht erst zur Diskussion stehende Wissen über staatliche Institutionen, Bürokratien, die demokratischen Organisationen, Entscheidungsprozesse, -wege und Wahlvorgänge. Sie sollten lernen, wie es funktioniert, wie es gemacht wird. Als Demokratinnen und Mütter künftiger Generationen von Staatsbürgern hatten sie ein politisches Pflichtpensum zu absolvieren. So offerierte man den Frauen – freilich in nettem, plauderndem Ton – verselbständigte Polit-Abstrakta. Sanft aufbereitet, im Kern aber autoritativ, versuchte man den Mythos jener Jahre unanfechtbar zu machen, nämlich »Sachlichkeit« und damit das herrschende Demokratie- und Politikverständnis.
Zugleich wurden die Frauen offen gewarnt: »Die Formen und Ordnungen dieser Welt sind vom Mann entwickelt und geprägt ... Der Rhythmus in der Öffentlichkeit ist männlicher Rhythmus. Ganz anders als in der

Familie sind die Aufgaben, die im Beruf und im sonstigen öffentlichen Bereich zu erfüllen sind ... sie sind versachlicht und dienen sehr oft einem nicht sichtbaren, unbekannt bleibenden (!) Empfängerkreis. Unbewußt, ungewollt und unmerklich, im ganzen aber auch ohne Widerspruch hat die Frau sich dieser männlich geprägten Welt und ihren Ordnungen angepaßt, die ihrem Wesen und ihren andersgearteten körperlichen und seelischen Bedürfnissen im Grunde diametral entgegengesetzt sind.«[38] Das manipulative Spiel mit der Angst von Frauen, scheinbar gesicherte Identitäten zu verlieren, die Beschwörung des Teufelswerks der Vermännlichung und die Anspielungen auf Wissensdefizite, die Unbekannte mißbrauchen könnten (naive Frauen, die unbewußt Moskaus 5. Kolonne werden), das alles mußte die weitverbreitete Rede vom schmutzigen Geschäft »Politik« verstärken. Die Drohung, daß »die Frauen in der Öffentlichkeit nicht mehr wie in der Familie als etwas Wesenseigenes betrachtet und behandelt werden, sondern als Abbild des Mannes«[39], wie es Dorothea Karsten fomulierte, spiegelte aber auch gängige Frauenmoral: *Jede* weibliche Beschäftigung hatte ein Opfer zu sein. Als Frau in der Polit-Welt der Männer zu arbeiten, bedeutete Leiden und Verzicht auf die Äußerungen des weiblichen Wesens: Emotionalität, Personenbezug, Passivität, Hingabefähigkeit und natürlich, wie es die evangelische Kirche sah, Verzicht auf Familie, wesensverwirklichende Hausarbeit und Kindererziehung. In kritikloser Affirmation des Bestehenden, unter anderem durch diese so merkwürdigen Anthropologisierungen gesellschaftlicher Resultate *und* Machtkonstellationen, paralysierten sich – alles in allem – die Frauenorganisationen selbst. Interessenwahrnehmung war zwar gefordert, doch eigentlich nicht wirklich möglich, weil eben unweiblich. So gerieten Demokratie und Wesensbestimmung des Weiblichen tendenziell in Gegensatz zueinander. Gemäß ihrer faktischen Unterdrückungssituation in Familie, Beruf und Politik wurde die Frau als Frau implizit zu dem nicht demokratiefähigen Wesen erklärt, das aber, weil es nun einmal in einer Demokratie lebt, Rechte, vor allem aber Pflichten hat und deshalb so tun muß, als ob es diese auch wahrnehmen könnte. Schließlich brauchte man z. B. die kostenlose, ehrenamtliche Sozialarbeit der Frauen in den Gemeinden, aber auch an den Nahtstellen zwischen Parteien und Wahlvolk, eine vor allem den CDU-Frauen reservierte Aufgabe.[40] Nicht einmal der argumentative Widerspruch war für die verwaltete Frauenbewegung auflösbar, darin überlebte sie sich selbst. In ihrer weiteren Geschichte hinkte sie den wirklichen Ereignissen hinterher. Oder besser, sie wurde von ihnen überrascht. Allzu fixiert auf Behörden, Parteien, Parlamente und weibliches Wahlverhalten, auf geltende Normen politischen Agierens, auf berufsständische Interessen, auf Verbraucherschutz und Konsumentinnenberatung, verkannte sie die Zeichen der Zeit. Obwohl

auch die vom »Deutschen Frauenring« mitinitiierte »Frauenenquête« und deren – allerdings von der Notstandsgesetzgebung völlig in den Hintergrund gedrängten – Anhörungen bereits 1966 gezeigt hatten, daß sich die objektive und subjektive Situation der Frauen unerträglich zuspitzte, obwohl der auf den Straßen wedelnde ›studentische Mob‹ (so titulierte Springers Bild-Zeitung die protestierenden Studenten) für neue, dieser Republik bisher unvorstellbare, unerhörte Art von Reinlichkeit sorgte und objektiv eine politische Sensibilisierung für gesellschaftliche Probleme ausdrückte, war die verwaltete Frauenbewegung nicht in der Lage, die Signale aufzunehmen. Die Neue Frauenbewegung entstand unabhängig und teilweise gegen sie. Das war auch in anderer Hinsicht kein Zufall. Der gesellschaftliche Entstehungsort der Neuen Frauenbewegung lag so ziemlich außerhalb des politischen Blickfeldes der etablierten Frauenorganisationen. Es war aber der Ort, an dem sich die vorhandenen Widersprüche für Frauen am schärfsten bemerkbar machten *und* an dem Frauen am ehesten die Probleme selbstbewußt aufnehmen konnten: im kritisch gesinnten, studentischen Milieu.
1969 gründeten sieben höchst gestreßte, doppelbelastete SDS-Frauen in Berlin den »Aktionsrat zur Befreiung der Frau«. Damit reagierten sie auf

Die sexuelle Revolte der 60er Jahre begründete sich für viele auch in den Schriften des Psychoanalytikers Wilhelm Reich.

den SDS (= Sozialistischer deutscher Studentenbund) und sonstige dreiste Mannsherrlichkeit. Geschickt gezielte, überreife Tomaten in Richtung SDS-Jungpatriarchen aber – so geschehen auf der 23. Delegiertenkonferenz des SDS 1968 in Frankfurt – wurden zum eigentlichen Gründungssymbol der Neuen oder Autonomen Frauenbewegung. Sie ließen ahnen, wie künftig mit Weiblichkeitsetikettierung wie »weich, emotional, personenbezogen« umgegangen werden würde. Im Grundsatzpapier des Aktionsrates hieß es später noch recht trocken: »Die Frauen linker Männer empfinden den Widerspruch zwischen dem politischen Anspruch und ihrer eigenen abhängigen Situation am schärfsten, sie fallen praktisch für die politische Arbeit, die sie als notwendig erkannt haben, aus, weil ihnen im wesentlichen die Sorge für die Kinder überlassen bleibt...«[41]
Derweil skandierte der 1968 gegründete Frankfurter Weiberrat: »Befreit die sozialistischen Eminenzen von ihren bürgerlichen Schwänzen!«
Der Feminismus hatte die politische Landschaft betreten und ist heute aus ihr nicht mehr wegzudenken.
»Wenn man feministische Zeitungen und Zeitschriften, Flugblätter, Broschüren und Bücher der letzten zehn Jahre studiert, so fällt einem auf: Die Frauen, die sich zum Beginn der siebziger Jahre zusammenschlossen, glaubten wirklich, sie seien die Begründerinnen der Frauenbewegung«, so faßt beispielsweise Renate Wiggershaus ihren Eindruck zusammen.[42]
Daß dem so war, hing im wesentlichen damit zusammen, daß die bundesrepublikanische Nachkriegsgesellschaft die Geschichte der Frau generell – und die der Frauenemanzipation besonders – entstellt, verdrängt, verschwiegen oder der Lächerlichkeit preisgegeben hatte. Das hatte u. a. nicht nur die traditionelle Frauenbewegung geprägt, es sollte auch die Neue Frauenbewegung prägen, und zwar in spezifischer Weise. So stellten sich die Einzelkonflikte, an denen sie sich entzündete, erst nach und nach als grundsätzlich gesellschaftliche heraus. Nur sehr wenigen Frauen war anfangs klar, daß sie gegen Diskriminierungen, Unterprivilegierung und Abhängigkeit zu kämpfen begonnen hatten, die systemimmanent tragend sind und die ihr Geschlecht als solches – nur eben graduell verschieden – betrafen.[43] Erst als zahlreiche Frauen, auch im Zusammenhang mit dem aktionsreichen Kampf gegen den Abtreibungsparagraphen 218 des Strafgesetzbuches mit dem Slogan »Mein Bauch gehört mir!« zusammenfanden, wurden die Probleme transparenter. Als sie nämlich das in der je einzelnen Privatheit individuell Erlebte und Erfahrene zusammentrugen und wider alle Tabuisierungen öffentlich machten, wurden gesellschaftliche Methodik, Struktur und ökonomische Funktionalität weiblicher Diskriminierung erkennbar. Die Privatisierung in der Form der Hausfrauenehe, die weibliche Konkurrenz um den Mann, der sexuelle Objektstatus und die den Frauen ansozialisierten und qua verloge-

ner Moral stabilisierten Sprechverbote – was sogenannte Intimitäten, zwischengeschlechtliche Umgangsweisen und weibliche Bedürfnisse anging – erwiesen sich als probate Mittel, patriarchale Strukturen zu erhalten: Jede Frau mochte in ihrer individuellen Isolation und verinnerlichten Konkurrenzhaltung gegenüber dem eigenen Geschlecht glauben, daß es an ihr selbst, oder den besonderen Umständen liege, daß es nur ihr so ergehe, weil sie eben doch zu ungeschickt, zu unbegabt, zu unqualifiziert, zu dumm, zu häßlich..., also eben ›nur eine Frau‹ sei. Immer deutlicher wurden auch die Folgen der langen Unterdrückungsgeschichte, nämlich Minderwertigkeitsgefühle, Verachtung für das eigene Geschlecht und daraus resultierende, selbstzerstörerische Anpassungsbereitschaften. »Sisterhood« und »Frauenpower« dagegen wurden zum gänzlich neuen Gefühl. Euphorische Selbstentdeckungen in neuer Gemeinsamkeit führten zur Setzung eigen-williger Kriterien. Die Forderungen nach Selbstbestimmung und Selbstverwirklichung zogen radikale Infragestellungen jener *für* Frauen entworfenen Verhaltensmuster nach sich. Geltende Weiblichkeitsmoralitäten, Frauenbilder (»Frauen zerschlagt Ideologien, die uns nur wollen auf Knien!«), geschlechtsspezifische Arbeitsteilungen (»Frauen kriegen Kinder, Männer sind Erfinder«) und Rollenzuweisungen (»Wir haben begriffen, was unsere Rolle war, politisch eine Null, im Bett immer da«)[44] wurden zu wichtigen Themen der Neuen Frauenbewegung, wohl erstmalig in der jüngeren Geschichte von Frauen selbst völlig neu aufgerollt und überdacht. Der Schock allerdings, auf diesem Weg mit der eigenen historischen Nicht-Existenz und der fehlenden Realisation von Weiblichkeit in der Sprache, den Wissenschaften, der Kunst, der Architektur und Technik konfrontiert worden zu sein, sitzt bis heute tief.
Anfang der 70er Jahre bildeten sich in den Großstädten und später auch in den Regionen zahllose Frauenzentren, -foren und -selbsthilfegruppen. 1972 erschien das erste Frauenhandbuch, verfaßt von der Westberliner Frauengruppe »Brot und Rosen«. Es behandelte vorwiegend die Abtreibungsproblematik und Fragen einer neuen weiblichen Gesundheitspolitik. Die folgenden Jahre waren von vielfachen Aktionen und Aktivitäten geprägt. 1973 trafen sich die Delegierten der Frauengruppen in München; hier setzte erstmals die Diskussion um Matriarchat und Lohn für Hausarbeit ein. Im September 1974 fand der erste nationale Selbstorganisationskongreß in Bochum statt, im November kurz darauf der internationale Frauenkongreß in Frankfurt. Mittlerweile waren die jeweils dazu und zu anderen Anlässen stattfindenden Frauenfêten mit mehr als 1000 Teilnehmerinnen, organisiert von Frauen für Frauen, längst sprichwörtlich; der Ausschluß von Männern erregte nicht nur in Szene-Kreisen Zorn und heftige Vorwürfe.[45]
Im Februar 1975 äußerte sich der nationale Frauenkongreß in Mannheim/

Ludwigshafen noch einmal zum § 218 StGB und zur damals anstehenden Entscheidung des Bundesverfassungsgerichts. Am 26. April 1974 hatte der Bundestag die Fristenregelung angenommen, d. h. die Legalisierung der Abtreibung innerhalb der ersten drei Monate, wenn vor dem Schwangerschaftsabbruch eine ärztliche Beratung erfolgte. Dagegen hatten die CDU/CSU-regierten Länder und die CDU/CSU-Bundestagsfraktion beim Bundesverfassungsgericht geklagt. Die Fristenlösung garantiere nicht mehr das Recht auf Leben und sei für verfassungswidrig zu erklären. Mit Urteil vom 25. Februar 1975 entschied das Bundesverfassungsgericht im Sinne der CDU/CSU. Fünf von sieben Richtern brachten die Fristenregelung zu Fall. Sie gingen davon aus, daß der Staat »grundsätzlich von einer Pflicht zur Austragung der Schwangerschaft« ausgehen müsse. Somit sei der Schwangerschaftsabbruch »grundsätzlich als Unrecht« anzusehen. In das Urteil fand auch folgender Satz Eingang: »Viele Frauen ... lehnen die Schwangerschaft ab, weil sie nicht willens sind, den damit verbundenen Verzicht und die natürlichen mütterlichen Pflichten zu übernehmen.«[46]
Im Juni 1975 organisierte das Frauenzentrum Frankfurt die erste öffentlich bekanntgemachte Abtreibungsfahrt nach Holland. In regelmäßigem Turnus fanden diese Fahrten ungefähr 2 Jahre lang statt, bis das Frauenzentrum nicht mehr länger bereit war, das Problem des Abbruchs in der Bundesrepublik durch Export zu umgehen. Eine Genehmigung zum Abbruch, insbesondere die soziale Indikation zu erhalten, ist bis heute ein Spießrutenlaufen durch Arztpraxen und Behörden. Längst waren den Frauenzentren Ärzte bekannt, die heftigst gegen die Fristenlösung operiert hatten und nebenbei, im Dunkel der Illegalität, Abtreibungen gegen hohe Summen durchführten. Das magere Krankenscheinentgelt für eine Abtreibung kann natürlich bis heute mit den früheren Einnahmen nicht konkurrieren.
Im März 1976 fand in Brüssel das Internationale Tribunal »Gewalt gegen Frauen« statt.[47] Im gleichen Jahr liefen Kampagnen einiger großstädtischer Frauenzentren gegen Gynäkologen, die in Verdacht standen, Patientinnen vergewaltigt zu haben. Im März 1977 fand in München der Anti-Gewalt-Kongreß statt. Die erste Sommeruniversität für Frauen, 1976 in Berlin, leitete eine Reihe weiterer Initiativen in den Bereichen Wissenschaft, Frauenforschung und -praxis ein. Im Frühjahr 1978 gründete sich in Köln der Verein »Sozialwissenschaftliche Forschung und Praxis für Frauen e. V.«, und schon im November 1978 fand der Kongreß »Feministische Theorie und Praxis in sozialen und pädagogischen Berufsfeldern« statt. Seit 1977 demonstrierten großstädtische Frauen am 30. April, in der Walpurgisnacht (»Wir holen uns die Nacht zurück und später noch viel mehr!«); diese Demonstrationen sind als außergewöhn-

lich spektakuläre Ereignisse in die Geschichte der Auseinandersetzung zwischen den Geschlechtern eingegangen. Ein relativ dichtes Netz von Frauenprojekten trug all diese Initiativen, längst war ein weiblich geprägtes, gegenkulturelles Milieu entstanden: Frauen betrieben Selbsthilfegruppen, Gesprächskreise, Werkstätten, Cafés, Kneipen, Verlage, Rock-Bands, Buch- und andere Läden und wohnten zusammen in Frauenwohngemeinschaften. Wie notwendig es war, eine eigene Frauenöffentlichkeit zu schaffen, hatten die Kämpfe um den § 218 bereits gezeigt. Die entstehende weibliche Gegenkultur setzte weitere Akzente, forderte einen kontinuierlichen Informationsfluß und Diskussionsforen. »Es begann, als wir Anfang der 70er Jahre anfingen, miteinander zu reden und zu handeln. Immer, wenn wir dann am nächsten Tag die Zeitungen aufschlugen, war klar: Wir brauchen unsere eigenen Zeitungen! Zeitungen, in denen wir unverzerrt schreiben können, was wir denken, tun und hoffen. Zeitungen, in denen wir unverblümt sagen können, was wir halten von der Lage der Frauen heute«, so Alice Schwarzer 1981.[48]
Die erste Nummer der Berliner Frauenzeitschrift »Courage« erschien im September 1976, herausgegeben von sogenannten nicht-professionellen ›Bewegungsfrauen‹. Nichtprofessionalität, inhaltlich aus der Unterdrükkungsgeschichte der Frauen begründet, spielte ja bekanntlich in der Neuen Frauenbewegung eine große Rolle. 1977 startete »Emma«, verfaßt von Journalistinnen, die es satt hatten, dem männerbeherrschten Medienbetrieb auf Gnade oder Ungnade weiterhin ausgeliefert zu sein. Vorläuferin beider Zeitschriften war das »Journal«, herausgegeben von dem Verlagskollektiv »Frauenoffensive« in München, dem heute wohl wichtigsten Frauenbuchverlag in der Bundesrepublik. Schon dessen zweite Nummer »Feminismus und Ökologie« vom April 1975 verdeutlichte den innovativen Denk- und Aktionsradius der Neuen Frauenbewegung. Tatsächlich war sie es, die die radikale Technikdiskussion der Alternativbewegung auf den Weg brachte und Wesentliches zur Entwicklung von Alternativlebensformen beitrug. Teile der Frauenbewegung wurden im Umweltschutz, in der Anti-Atomkraft- und Friedensbewegung aktiv. Auch in der SPD und – freilich zaghafter – in den durch und durch männerbeherrschten Gewerkschaften – regten sich neue Geister. Frauen fragten, wie es denn nun um Gleichbehandlung und Frauendiskriminierung real bestellt sei. Auch hier bildeten sich informelle Gruppen und Zirkel, erhielt etwa die »Arbeitsgemeinschaft sozialdemokratischer Frauen« Auftrieb. Am 2. Januar 1979 konnte sie einen ersten Erfolg vorweisen. Der Hamburger Senat richtete die erste »Leitstelle Gleichstellung der Frau« ein. Skeptisch beurteilt und zurückhaltend in der Öffentlichkeit aufgenommen, wird die »Leitstelle« dennoch bald Modell stehen für viele ähnliche Einrichtungen. Es sollte ohnehin nur noch eine Frage

der Zeit sein, bis sich ›Institutionsfrauen‹ und ›Frauenbewegungsfrauen‹ einander annäherten und begannen, politische Spielräume neu zu vermessen.

Für den ›harten‹ Kern der Neuen Frauenbewegung blieben freilich die Selbsthilfeprojekte zentral – gleich, ob es sich um soziale, kulturelle oder ökonomisch orientierte Initiativen handelte. Doch, es wurde Ende der 70er Jahre immer deutlicher, ihr Elan schwand. Es zeichnete sich langsam ab: die Neue Frauenbewegung war an ihre inneren und ihre äußeren Grenzen gestoßen. Im Zeichen zunehmender Erwerbslosigkeit bekamen auch Frauenprojekte die Folgen der Arbeitsmarktkrise immer deutlicher zu spüren. Sie verwickelten sich in schier unauflösbare Widersprüche; die Erwartungen, anders miteinander umzugehen und neue weibliche Identitäten zu entwickeln, hatten sich oft nicht eingelöst; Endlosdiskussionen ohne greifbare Ergebnisse keimten auf, Projekte zerbrachen, zerstreuten sich in alle Winde. Die nicht überwundene, nicht wirklich überwundene Erziehung zur Weiblichkeit aus gleichsam grauer Vorzeit entfaltete eine unheimliche Dialektik – überformt von den Wirkungen schichtspezifischer Sozialisation, der jeweiligen Biographie der einzelnen Frau und einer ihr möglichen Zukunft.[49] Kinder? Beruf? Frauenpolitik, und wo, und wie das schaffen. Viele Frauen gingen inzwischen ins 30. Lebensjahr oder waren noch älter, und quälten sich nun mit all den Fragen, die kein Mann sich je so stellen muß, schon gar nicht alternativ. Kinder und Beruf und Frauenpolitik? Oder? Von der Antwort hing die Qualität des beruflichen Alltags ab oder aber die Entwicklung der Kinder. Und dann die ›Beziehungskisten‹, dieses ewige Hin- und Hergerissensein zwischen den Erwartungen, dem Druck der Männer und den eigenen, oft so widersprüchlichen Wünschen, den Selbstzweifeln, dem schwankenden Mut. Tatsächlich änderte sich auch in jenen Jahren das Verhalten der Männer – sie zogen die Softielatzhosen aus. In die Literatur, in Filme und Bilder ergossen sich Männerphantasien und ihre Botschaft war deutlich: Schluß mit der Kastration, das lassen wir uns nicht länger bieten. – Die Wende hatte eingesetzt.

Eisiger Wind blies der Frauenbewegung ins Gesicht, die Geschlechterkonkurrenz feierte neue Triumphe – kulturell, sozial *und* ökonomisch, angesagt war die Zweidrittelgesellschaft, und da konnte jede sehen, wo sie bleibt. Konfrontiert mit wachsendem Marktdruck und einer gezielten Wirtschaftspolitik des ›teuren Geldes‹ taugte bald auch so manche feministisch-alternative Nischenexistenz nicht mehr. Andere retteten sich, so oder so. Mittels erneuter Arbeitsteilung und Arbeitseffektivierung entstanden neue Hierarchien. Die herrschende Wirtschaftslogik schrieb sich wieder ein. Aus Feministinnen wurden Jungunternehmerinnen, und im übrigen das, was qua Studium angelegt war: Juristin, Lehrerin, Ärztin,

Wissenschaftlerin, Journalistin, Betriebswirtin – seltener Chemikerin, Physikerin, Ingenieurin, Redakteurin, Steuerberaterin. Ein nicht mehr über den jeweiligen Ehemann definierter weiblicher Mittelstand schälte sich heraus, das Schicht- und Klassenspezifische, das Trennende zwischen Frauen trotz ihres gemeinsamen Geschlechterschicksals rückte ins Bewußtsein. Frauenfragen waren damit nicht obsolet, sie stellten sich jetzt differenzierter – und verlangten differenzierte Lösungsstrategien. So bereitete sich der Weg: zurück in eine institutionelle Politik, wohl wissend, daß dort weibliche Politik noch nie betrieben worden war. »Feminismus«, so bekräftigte Charlotte Bunch 1984 in »Emma«, »ist für jedes Thema relevant, ob es nun der Staatshaushalt oder die Biogenetik oder die Gewalt ist. Er darf auf keinen Fall auf das Ghetto der ›Frauen-Fragen‹ eingeschränkt werden.«[50]

Im Ghetto der Frauenfragen hatten sich mittlerweile die autonomen Frauenhäuser wiedergefunden. Ihre Lage war so zwiespältig wie nie zuvor. Hatten sie einerseits öffentliche Aufmerksamkeit, gleichsam als dienliche ›Familienfeuerwehr‹ gefunden, so störten sie die Wendegesellschaft doch erheblich. Zu sehr erinnerten sie daran, was sich hinter den honigsüß reaktivierten Ideologisierungen der Familie ›als Schutzraum‹ vor den Unbilden einer feindlichen Gesellschaft – was sich hinter der Fassade der »sanften Macht der Familie« in Wahrheit so häufig verbarg.[51]

Schon in den 70er Jahren hatten ja anerkannte Untersuchungen belegt, daß weibliche Wünsche nach Selbständigkeit, oder auch Versuche von Frauen, minimalste demokratische Rechte – wie z. B. Koalitionsfreiheit oder Freizügigkeit – im Alltag wahrzunehmen, von Ehemännern oder Lebensgefährten aus *allen* sozialen Schichten mit Gewalt beantwortet wurden. Akademiker wie Arbeiter schlugen zu, vergewaltigten, erpreßten und terrorisierten ›ihre‹ Frauen. Daran hatte sich so viel nicht geändert, außer daß inzwischen der Druck in deklassierten Lebensverhältnissen angewachsen war: da hatten Männer nichts mehr – außer die Verfügungsgewalt über ›ihre‹ Frauen – der letzte Rest von Machtteilhabe, die die Gesellschaft ihnen noch bot. Im Mai 1988 erbrachte eine EMNID-Umfrage, erstellt im Auftrag des Bundesjustizministeriums, daß jede/r *sechste* Bundesbürger/in persönlich Fälle von Vergewaltigung in der Ehe kennt und jede/r *dritte* Mißhandlungen. Interessant war, daß ein erheblicher Prozentsatz der Befragten Vergewaltigung nicht als Mißhandlung begriff!

Das erste Frauenhaus war 1976 in West-Berlin entstanden, konzeptionell an einen ähnlichen Versuch in London angelehnt. Das Beispiel machte Schule, vor allem in Städten. Der Andrang flüchtender Frauen wuchs, doch die Mittel flossen immer spärlicher. Längst hatten die Frauenhäuser Anerkennung für ihre Arbeit gefunden, in die freilich so manches sozial- und familienpolitische Kalkül einfloß – es sollte in den 80er Jahren die

Oberhand gewinnen.[52] Frauenhäuser hatten jetzt als Zufluchtstätte für mißhandelte (Ehe-)Frauen und Kinder zu dienen, nicht weniger, aber auch *nicht* mehr. Mittels ökonomischer Knute schanzte man ihnen fürsorgerische Aufgaben zu, damit alles so weiter laufen konnte wie bisher. Ein Versuch der »grünen« Frauen, den bedrängten Frauenhäusern mit einer gesetzlichen Stiftung zur Hilfe zu eilen, scheiterte ebenso wie eine Petition, die die Frauenhäuser selbst beim Deutschen Bundestag stellten. Anerkennung ja, finanzielle Unabhängigkeit nein: an den Frauenhäusern exekutierte die konservativ-liberale Bundesregierung zuerst ihr Konzept aus der Mottenkiste, ›ehren‹amtliche Sozialarbeit von Frauen erneut zu erzwingen. Im übrigen verwies man die Frauenhäuser auf das Bundessozialhilfegesetz. Andere Zuschüsse wurden nach politischer Opportunität vergeben, Stellen zusammengestrichen und Gelder, wenn überhaupt, nur noch an diplomierte Sozialarbeiterinnen ausgezahlt. Die ›Staatsknete‹ erwies sich als Falle: sie machte der Autonomie der Frauenhäuser den Garaus und schnitt den ›Wildwuchs‹ auf das funktional Brauchbare zurück: still und nichtöffentlich sollten sie fortan arbeiten – wie das Müttergenesungswerk.

Gemeint war damit natürlich noch viel mehr, nämlich der Anspruch von Frauen auf Integrität ihrer Leiblichkeit, ihr Selbstbestimmungsrecht und die Unverletzbarkeit ihrer Körper. Um genau dies zu sichern, bedurfte und bedarf es freier Bewegungsräume, brauchen Frauen Alternativen.

Doch genau dort sicherte sich der Staat den Zugriff über die Sozialhilfe – einen Zugriff, der im Zuge des Ausbaus flächendeckender humangenetischer Praktiken und einer industriellen Reproduktionsmedizin so bedrohlich werden kann wie die Möglichkeit für Frauen lebensrettend, sich der Gewalt und dem Gebärzwang zu entziehen. Frauenkörper sind der Rohstoff für die Humangenetik und die Reproduktionsmedizin, Eier und Föten inzwischen hochlukrative Handelsobjekte. Die Humangentechnologie verspricht, eine Goldgrube zu werden, nur – man muß des Rohstoffs habhaft sein! Bürgerliche Rechte für Frauen, vor allem das Recht auf körperliche Unversehrtheit, werden da einmal mehr hinderlich, denn, wer weiß es nicht: Reproduktionsmedizin ist für Frauen eine qualvolle Tortur und mit Geld kaum aufzuwiegen.[53]

Der Kampf um die Frauenhäuser, die Kampagnen gegen »Pro Familia«, der Wille des Gesetzgebers, Vergewaltigung in der Ehe nicht zu bestrafen, die infamen, organisierten Aktionen gegen die soziale Indikation, die Lockmittelstiftung »Mutter und Kind«, das Beratungsgesetz zur Erschwerung des Schwangerschaftsabbruchs, der Memminger Abtreibungsprozeß gegen einen Arzt, die Änderungen im Adoptionsrecht, damit Schwangere gebären müssen und das Kind sodann ›freigeben‹ können: all diese Kämpfe, Gesetze und Verfügungen drehen sich um

Menschenproduktion. Im Zeichen der atomaren Bedrohung durch Sprengköpfe und Atomkraftwerke, von Umweltverseuchung, Erbgutschädigungen und wachsender Sterilität in der Bevölkerung sollen Frauen ideologisch belehrt und dazu gezwungen werden, ihren Körper zur Verfügung zu stellen. Angelhaken ist und bleibt dabei ein angeblich genetisch determinierter, weiblicher Kinderwunsch, der freilich, wie die Praxis zeigt, bei vielen Frauen ohne Zwang nicht entsteht. Davon zeugt die Existenz des § 218, davon zeugen auch die Frauenhäuser.

Alte Forderungen, neue Praxis

Bereits in den 70er Jahren hatten sich auch Frauen aus der Neuen Frauenbewegung der grün-alternativen Sammlungsbewegung angeschlossen. Aus ihr ging 1980 die Partei der »Grünen« hervor. Gleichzeitig mit der »Bonner Wende« zogen 1982 – neben 17 grünen Männern – 10 grüne Frauen ein und stellten, peinlich genug, auf einen Schlag 20 % aller im Bundestag überhaupt vertretenen Frauen. Blitzartig mochte so mancher Wählerin bewußt geworden sein, daß die weibliche Unterrepräsentanz mit nicht mal 10 % insgesamt – etwa so viel wie 1919 – wenig mit dem Qualifikationsniveau oder der politischen Abstinenz von Frauen zu tun haben konnte.

Die Frauen der »Grünen« saßen im Parlament, weil sie sich aussichtsreiche Listenplätze erkämpft hatten – das war das ganze Geheimnis. In den etablierten Parteien entschieden darüber Männer – und sie entschieden – bis auf einige handverlesene Alibifrauen – immer für sich, Motto: selber essen macht wohlgenährt. Keine Frauen in der Politik, wo doch landauf, landab Frauen in und außerhalb institutioneller Strukturen emsig politisch arbeiten? Die Frage avancierte zum Politikum, zumal die Bundesrepublik Deutschland am 17. Juli 1980 bei der Weltfrauenkonferenz der UNO das »Übereinkommen zur Beseitigung jeder Form von Diskriminierung der Frau« unterzeichnet und zugesichert hatte, dazu einen eigenen Gesetzesentwurf zu erarbeiten. Das eine tun und das andere verkünden? Böse blickten Wählerinnen nach Bonn; Wählerinnen, die – gut ausgebildet – häufig entnervt auf Warteposten saßen und auf ihren eigenen familiären und beruflichen Wegen genauso blockiert, ausgetrickst und gedemütigt wurden wie die Parteifrauen in Bonn oder anderswo. Wählerinnen aber auch, die sich endlich von Frauen vertreten sehen wollten, von denen sie annahmen, daß wenigstens *sie* ihre wachsenden Schwierigkeiten, ihre Probleme als Frauen sähen. Solche Wünsche trieben auch konservativ-konventionelle Wählerinnen um. Folge: Politiker aller Couleur kamen in Zugzwang, und das Jahr 1983 geriet zum Jahr der

Die Fraktion der Grünen im Bundestag wurde zeitweilig geführt von sechs gleichberechtigten Sprecherinnen – ein Novum in der Geschichte dieses Hauses. Obere Reihe v.l.n.r.: Waltraud Schoppe, Annemarie Borgmann, Erika Hickel. Untere Reihe: Christa Nickel, Antje Vollmer, Heidi Dann.

klagend und fordernd erhobenen Zeigefinger. In Hessen dozierte Ministerpräsident Holger Börner über die niederschmetternden Erkenntnisse, die ihm die politisch kompetenzlose »Zentralstelle für Frauenfragen« über die Lage der Frauen geliefert hatte, währenddessen die Leiterin der Zentralstelle stumm zu sitzen hatte.[54]
Im Düsseldorfer Landtag vermied man solche Blößen, Frauenangelegenheiten waren dort sowieso Männersache. Doch auch Friedhelm Farthmann hatte Düsteres zu vermelden und beschwor die Abgeordneten, den Frauen drohe eine »Rückkehr ins Biedermeier«, zumal nach dem Sturz der sozial-liberalen Koalition.[55] Als wollte sie Farthmann Lügen strafen, unterbreitete sodann die Berliner CDU den Vorschlag, Frauenförderpläne für den öffentlichen Dienst zu erarbeiten. Doch schon legte Hessen ein »Gesetz zur Gleichbehandlung am Arbeitsplatz« vor, woraufhin Bundeskanzler Kohl in Bonn »neue arbeitsrechtliche Bestimmungen« für Frauen ankündigte. [56] Im Juli 1983 willigte die Bundesregierung ein, das

UNO-Übereinkommen gegen Frauendiskriminierung zu realisieren – wenn der Passus entfalle, der weiblichen Wehrdienst ermögliche. Auch die FDP zeigte sich plötzlich rührig. Sie forderte die Einsetzung einer Gleichberechtigungs-Kommission, konstruiert etwa analog zum Status des Wehrbeauftragten.

Das Jahr 1983 hörte noch viele solcher Fensterreden. Die konservativ-liberale Bundesregierung war indes fest entschlossen, andere, nämlich modernistisch-traditionelle Wege zu gehen.

Ganz im Sinne wirtschafts- und bevölkerungspolitischer Ziele steuerte sie auf eine Dualisierung vorhandener Frauenpotentiale und eine Spaltung der Frauenwelt zu – freilich in voller Widersprüchlichkeit und im Zickzack-Kurs. Diese Frauenpolitik sollte erstens nichts kosten, möglichst noch Einsparungen bringen und zweitens haperte es an der Durchsetzbarkeit.

So verlautbarte man vorerst schmeichelnde Worte, sprach emsig von künftiger Frauenförderung, Wertewandel und Selbsthilfe. Man redete einer wahren Emanzipation das Wort, die nur Wahlfreiheit, aber keinen Zwang zur Erwerbsarbeit vertrüge. Man huldigte der »Neuen Frau« und versprach längst fällige Reformen im Renten-, Arbeits- und Sozialrecht und kassierte derweil schon bestehende Frauenrechte ein. Frauen sollten auch nicht länger benachteiligt werden durch Schutzgesetze. Echte rheinländische Emphase aber brach aus, als Norbert Blüm, seines Zeichens Arbeitsminister, von Teilzeitarbeit, von sanfter Macht und der gesellschaftlich wegweisenden Neuen Mütterlichkeit schwärmte. Blüms Vorstellungen sollte die grüne Abgeordnete Potthast im Hohen Haus freilich den »berühmt-berüchtigten Zuckerguß über einem riesigen Scheißhaufen« nennen, was Abgeordnete stark empörte.[57] Diese Frauen waren ihnen sowieso des Teufels, stellten sie doch seit wenigen Tagen die erste weibliche Fraktion einer Partei überhaupt.

Am 12. April 1984 fand im Deutschen Bundestag die Beratung einer großen Anfrage der SPD zum Thema »Frauenarbeitslosigkeit« und ihres Gesetzentwurfs zur »Sicherung der Gleichbehandlung von Männern und Frauen am Arbeitsplatz« statt. Sogleich kritisierten grüne Frauen: mit der Sprache fange es an, die SPD unterschlage, daß Frauen nie arbeitslos sind, daß sie mit ihrer übersehenen Arbeit ohne Lohn 600 Milliarden DM erschaffen, die nirgends in Mark und Pfennig auftauche. Es könne sich deshalb nur um Frauenerwerbslosigkeit, nicht aber um Frauenarbeitslosigkeit handeln, während Männer ohne Job tatsächlich arbeitslos seien.

Die Debatte sollte in die Geschichte des Bundestags als die erste Gleichbehandlungsdebatte eingehen, die das Hohe Haus je führte. Die EG hatte die Bundesregierung angemahnt, bis zum »1. Oktober 1984 Voraussetzungen dafür zu schaffen«, daß der »Zugang zur Beschäftigung, zur Berufsausbildung und zum beruflichen Aufstieg sowie in bezug auf die Arbeitsbedingungen auch im Bereich des öffentlichen Dienstes, einschließlich des Beamtenrechts für Frauen gesichert« sei.[58] Doch die Bundesregierung befand sich in erheblichem Verzug. Die Debatte verdeutlichte aber rasch, wie sie gedachte, die Voraussetzungen dafür zu schaffen, nämlich nach Maßgabe ihrer von der Abgeordneten Frau Verhülsdonk vorgetragenen Erkenntnis: »Die einen müssen voll arbeiten, obwohl sie weniger arbeiten wollen; die anderen können gar nicht arbeiten, obwohl sie nur halb arbeiten wollen. Das schreit doch nach einer Regelung.« Die sah nun vor, mit »einem Gesetz zur Förderung der Beschäftigung« die Arbeitszeit flexibler zu gestalten, also z. B. »vielfältige Möglichkeiten der Teilzeitarbeit attraktiv« zu machen – »auch in qualifizierten Berufen«, weil das »Müttern und Vätern mit Familienpflichten ebenso wie älteren Arbeitnehmern« nütze. Wie die Frauen von teilzeithalbierten Löhnen, von teilzeithalbierten Renten und teilzeithalbiertem Erwerbslosengeld leben sollten, das sagte die Abgeordnete nicht. Wohl aber sagte sie, Mädchen und Frauen sollten sich frühzeitig weiterbilden, neue Berufsbilder müßten entwickelt und Frauenförderpläne aufgestellt werden. Die Frauenweiterbildung sei weniger von den Betrieben als vielmehr im Rahmen des Arbeitsförderungsgesetzes zu finanzieren. Weiterbildung könne »für viele die Chance bedeuten, aus der assistierenden Rolle in die Funktion der fachlich orientierten Mitarbeiterin aufzusteigen«.[59] Vier Jahre später sollte der Arbeitsminister ankündigen, genau *diese* Mittel würden rigoros zusammengestrichen.

Flexibel die Frau für »Jede-Tätigkeit« je nach Bedarf: die Frauenpolitik der konservativ-liberalen Regierung stellte propagandistisch verbal *nur* auf die Familienfrau ab. Außer Müttern gab es in der Republik keine Frauen. Solche Frauen waren ›nur‹ Nichtmütter. Kind und Mann waren in allen Reden immer schon mitgeliefert. Es schimmerte da das simple Kalkül durch, Frauen, die der Gebärpflicht nicht nachkamen, zu diskriminieren und zu marginalisieren, schließlich hatte dieser Trick schon einmal funktioniert.

Mit solcher Politik freilich sank die Popularität der konservativ-liberalen Koalition bei bundesdeutschen Frauen erheblich – obwohl sie mit dem Beschäftigungsförderungsgesetz oder mit der Reform des Scheidungsfolgenrechts 1986 Frauen durchaus auch einzuschüchtern vermocht hatte. Die wachsende Not allerdings, eine auch hierzulande einsetzende Feminisierung der Armut, ließ Frauen dennoch immer häufiger im Sinne der Regierung handeln. Besonders junge Frauen – von Ausbildungsplatz- und Jobsuche entmutigt – trieb es in die Hausfrauenehe zurück. Steigende Heiratsziffern und ca. 16000 Geburten *deutscher* Kinder im Jahr

1987 gegenüber 1986 ließ denn auch eine um die demographische Entwicklung auffällig besorgte Presse erfreut aufmerken: Ein Anfang sei gemacht, wenn es auch noch lange nicht reiche.
Frauen aus Teilen der Frauenbewegung, in zahlreichen Verbänden, den Gewerkschaften, bei den Grünen und in der SPD sahen zusammen mit Wissenschaftlerinnen solche Tendenzen mit wachsendem Unmut. Da drohten de facto die Intentionen der angemahnten EG-Antidiskriminierungsanpassung ins pure Gegenteil verkehrt und alles für Frauen Erreichte – so minimal es auch immer war – zunichte gemacht zu werden. Was also tun?
Insbesondere grüne Frauen griffen in diesem Zusammenhang auf eine Diskussion zurück, die zwar 1979 durch das negative Votum der Enquête-Kommission »Frau und Gesellschaft« blockiert, aber nicht zum Verstummen gebracht worden war: die Debatte um die Quotierung von Erwerbsplätzen im öffentlichen Dienst, in der Privatwirtschaft und überall sonst. Grüne und autonome Frauen an der Basis hatten das Für und Wider, hatten die rechtlichen, die sozialen, die soziokulturellen und endlich auch Selbstverständnisfragen in Sachen Quotierung landauf, landab durchdiskutiert und geprüft, die Zahl der Quotierungsanhängerinnen wuchs. Seit Juni 1984 existierte im Land Hessen das Tolerierungsbündnis zwischen SPD und den Grünen, es sollte in der rot-grünen Koalition münden. Schon die Tolerierungsvereinbarungen sahen ein »Frauenaktionsprogramm« vor[60], dessen Bestimmungen die Bundesgrünen weiterentwikkelten und teilweise in ihren Entwurf eines Antidiskriminierungsgesetzes einbauten – insbesondere in das Quotierungsgesetz von 1985. Im gleichen Jahr beschlossen die Hessengrünen die Quotierung und richteten ein Landesfrauenreferat ein. Nachdem das sogenannte »Müttermanifest« im Mai 1986 kräftige Akzente in puncto Mütterarbeit versus Frauenerwerbsarbeit gesetzt und für Irritationen gesorgt hatte, zogen die Bundesgrünen gleichwohl noch im Jahre 1986 nach. Zur Bundestagswahl 1987 wollten sie möglichst paritätisch besetzt antreten *und* bessere innerparteiliche Arbeitsbedingungen für Frauen mit Kindern schaffen, um den Propagandistinnen des »Müttermanifestes« entgegenzukommen. Gleiche Forderungen richteten sie an die Bundesregierung und an die anderen Parteien. Eines freilich war schon durchgesetzt: nach langer Suche hatten die Frauen herausgefunden, warum ihre Stimmen über die Verstärkeranlage des Hohen Hauses immer so anders, so kreischend und schrill klangen. Des Rätsels Lösung: Auch der Verstärker war männerzentriert und technisch nur auf tiefere Frequenzbereiche eingestellt, nicht aber auf die höheren von Frauenstimmen.
Wie nicht anders zu erwarten, wiesen die etablierten Parteien eine Quotierung zurück. Die Warnung der FDP-Politikerin Irmgard Adam-

Schwaetzer freilich, es sei ein »Irrtum«, zu mehr Gleichberechtigung durch »möglichst viele Sonderrechte und Schutzvorschriften« zu kommen[61], teilten nicht mehr viele Frauen in der Gesellschaft. Hier hatte sich schon die Einsicht verbreitet, daß Privilegierte ihre Privilegien nicht freiwillig hergeben. Und so konnte im selben Jahr Mechthild Jansen in »Halbe-Halbe. Der Streit um die Quotierung« konstatieren: »In der Tat wird ›Quotierung und Frauenförderung‹ mittlerweile in allen Teilen der Frauenbewegung, den außerparlamentarischen Gruppen, den Gewerkschaften, Parteien, dem Deutschen Frauenrat und anderen Institutionen in neuer Weise breit diskutiert und zu einem großen Teil bereits entschieden befürwortet.«[62]

Im Bewußtsein freilich, daß Quotierung allein und unter gegebenen Bedingungen massenhafter Erwerbslosigkeit politisch wenig sinnvoll sei, hatte die grüne Abgeordnete Marieluise Beck-Oberdorf schon 1984 den Kampf um die Verkürzung der Arbeitszeit für alle zu einem Frauenanliegen gemacht und einen Schulterschluß mit Gewerkschaftsfrauen eingeleitet.

Quotierung und Arbeitszeitverkürzung: 1988 zog auch die SPD nach. Die sozialdemokratischen Frauen setzten einen – wenn auch zeitlich gestaffelten – Quotierungsbeschluß durch, beglückwünscht jetzt von den meisten Bundestagsfrauen im 11. Deutschen Bundestag. Im Land sind inzwischen zahlreiche Gleichstellungsstellen, kommunale Frauenbüros und Frauenreferentinnenposten entstanden, mit unterschiedlichen Kompetenzen, Stellenbeschreibungen und verwaltungstechnischen Zuordnungen.

Doch inzwischen haben viele Frauen ihren ›Dienst‹ schon wieder quittiert – zu unergiebig war das Geschäft, zu stark die Abhängigkeiten von den jeweils unterschiedlich kolorierten Dienstherren, zu wenig sach- und aufgabenbezogen ihre Arbeit. Längst zeichnet sich ein neues, ein weibliches Arbeitsverständnis in Politik und Verwaltung, Wirtschaft und Industrie ab, was Martin Baethge und Herbert Oberbeck in ihrer profunden Studie »Zukunft der Angestellten« als eine auf »den Tätigkeitsinhalt bezogene Orientierung« im Gegensatz zur männlichen Arbeitshaltung, vor allem »Einfluß« zu gewinnen, beschrieben haben.[63]

Verschobene Probleme, neue Kämpfe um alte Konflikte: Zukunft zeichnet sich nicht ab, Verregelung statt dessen und neue Fronten. Sisypha ist unser aller Name!

Anmerkungen

1 Marielouise Janssen-Jurreit, Sexismus. Über die Abtreibung der Frauenfrage, Frankfurt am Main 1979, S. 308ff.
2 Ebenda, S. 309 und S. 312.
3 Ebenda, S. 312f.
4 Ebenda, S. 307.
5 Hildegard Krüger, Die Rechtstellung der Beamtin, in: Informationsdienst für Frauenfragen e. V. (IFf), Nr. 4, 1952, S. 6f.
6 IFf, Nr. 7, 1952, Anlage B, S. 1ff.; Faktisch bedeutete das eine Schlechterstellung der Töchter, viele Eltern sahen das Ausbildungsgebot nicht ein, weil die Tochter ja sowieso heirate.
7 IFf, Nr. 8, 1952, Anlage C, S. 1.
8 IFf, Nr. 2, 1953, Anlage C, S. 1 und S. 3.
9 IFf, Nr. 6, 1953, Anlage A.
10 Elisabeth Schwarzhaupt, Verlängerung der Frist für die Familienrechtsreform, in: IFf, Nr. 10, Anlage C, S. 2f.
11 Erna Scheffler, Zwölf Jahre Rechtsprechung des BVG zu den Bestimmungen des Grundgesetzes für die Gleichberechtigung von Mann und Frau und über den Schutz von Ehe und Familie – ein Überblick – in: IFf, Nr. 9, 1964, S. 4ff.; vgl. Erna Scheffler, BVerfGE, Bd. 10, S. 53ff.
12 Ines Reich-Hilweg, Männer und Frauen sind gleichberechtigt, Art. 3, Abs. 2 GG, Frankfurt am Main 1979, S. 30.
13 Herta Däubler-Gmelin, Frauenarbeitslosigkeit oder Reserve zurück an den Herd, Reinbek 1977, S. 37.
14 Maria Tritz, Die berufstätige Frau, in: Die Frau in unserer Zeit, Oldenburg 1954, S. 116.
15 Norbert Schmidt, Die Berufstätigkeit der Frau als soziologisches Problem, Stuttgart 1959, S. 47.
16 Ilona Schöll-Schwinghammer, Lothar Lappe, Arbeitsbedingungen und Arbeitsbewußtsein erwerbstätiger Frauen, Frankfurt am Main 1978, S. 2.
17 Die Frau, in: Deutschlandbuch, Hrsg. Presse- und Informationsdienst der Bundesregierung, Bonn 1960, S. 673.
18 Ebenda, S. 668.
19 Udo Kollenberg, Zur Situation der Frau in der Industriegesellschaft, in: Helga Wex, Frau und Industriegesellschaft: Plädoyer für die freiheitliche Alternative Partnerschaft, Köln 1979, S. 36.
20 Barbara Hegelheimer, Berufsqualifikation und Berufschancen von Frauen in der BRD, Berlin 1977, S. 39.
21 Helge Pross, Die Wirklichkeit der Hausfrau. Die 1. repräsentative Untersuchung über nichterwerbstätige Ehefrauen. Wie leben sie? Wie denken sie? Wie sehen sie sich selbst?, Reinbek 1975, S. 57.
22 Frauen '80, Hrsg. Bundesminister für Jugend, Familie und Gesundheit, Bonn-Bad Godesberg 1980, S. 17.
23 Schöll-Schwinghammer, a. a. O., S. 1.
24 Helga Läge, Die Industriefähigkeit der Frau, Schriftenreihe der Landesvereinigung der industriellen Arbeitgeberverbände Nordrhein-Westfalen, Düsseldorf

1962, zit. nach Giesela Kessler, Frauenarbeit »leicht und einfach«, FrauenBilderLesebuch, Reinbek 1982, S. 189ff.

25 Brigitte Beer, Mädchenerziehung in einer veränderten Welt, in: Frauen der Zeit zu Fragen der Zeit, München 1961, S. 58.

26 Vgl. den Vortrag der Gewerkschafterin Hilde Junker-Seeliger, Die Frau im Spannungsfeld zwischen Beruf und Familie, in: Die berufstätige Frau heute und morgen. Referate und Diskussionen auf einer Tagung der Gesellschaft für Sozialen Fortschritt in Bad Godesberg am 3. Mai 1966, S. 31; vgl. auch: Ludwig Preller, Die berufstätige Frau als Glied der Gesellschaft, in: Die berufstätige..., a. a. O., S. 52ff.

27 Rosemarie Nave-Herz, Das Dilemma der Frau in unserer Gesellschaft. Der Anachronismus in den Rollenerwartungen, Neuwied 1972, S. 52.

28 Zur Sache 1/84, Probleme der Frau in unserer Gesellschaft. Frauenarbeitslosigkeit. Sicherung der Gleichbehandlung u. a., Bonn 1984, S. 32ff.; Statistisches Bundesamt (Hrsg.), Frauen in Familie, Beruf und Gesellschaft, Ausgabe 1983.

29 Arbeitsgruppe Alternative Wirtschaftspolitik, Memorandum '87, Köln 1987.

30 Statist. Bundesamt, a. a. O., S. 84.

31 Karin Gottschall, Verdrängung statt Integration? in: Wo liegt der Frauen Glück? hrsg. von den GRÜNEN im Bundestag/AK Frauenpolitik, 1988, S. 29.

32 Frauen in der Nachkriegszeit und im Wirtschaftswunder 1945–1960, in: Frauenalltag und Frauenbewegung im 20. Jahrhundert, Historisches Museum Frankfurt, Frankfurt am Main 1980, S. IV/25.

33 Gabriele Strecker, 100 Jahre Frauenbewegung in Deutschland, Wiesbaden 1950, S. 34f.

34 Renate Wiggershaus, Geschichte der Frauen und der Frauenbewegung, Wuppertal 1979, S. 93ff.; Gründungsvereine waren: die Arbeitsgemeinschaft katholischer Frauen, die Evangelische Frauenarbeit Deutschlands, der Jüdische Frauenbund, der Deutsche Landfrauenverband, die Arbeitsgemeinschaft für Mädchen- und Frauenbildung, der Deutsche Verband berufstätiger Frauen, die Frauenabteilungen des Deutschen Gewerkschaftsbundes und der Deutschen Angestellten Gewerkschaft, der Staatsbürgerinnenverband. Hinzu kamen: Vereinigung weiblicher Juristinnen und Volkswirte, der Deutsche Hausfrauenbund, der Deutsche Ärztinnen-Bund, der Deutsche Berufsverband der Sozialarbeiterinnen und der Verband Deutscher Frauenkultur e. V.

35 Strecker, a. a. O., S. 44.

36 Gertrud Bäumer, Der neue Weg der deutschen Frau, Stuttgart 1946, S. 6.

37 Strecker, a. a. O., S. 33.

38 Vgl. Hannah Vogt, Die Fibel der Staatsbürgerin, hrsg. vom Büro für Frauenfragen in der Gesellschaft zur Gestaltung öffentlichen Lebens, Wiesbaden 1952.

39 Dorothee Karsten, Frauenfragen im heutigen Deutschland, in: Die Frau in unserer Zeit, a. a. O., S. 96.

40 Die Frau im Beruf, Hamburg, 1954, S. 31f.; vgl. Gabriele Bremme, Die politische Rolle der Frau in Deutschland, Göttingen 1956, S. 224.

41 Rote Presse Korrespondenz (RPK) Oktober 1969.

42 Wiggershaus, a. a. O., S. 111.

43 Erste theoretische Ansätze erarbeitete Jutta Menschik, in: Gleichberechtigung oder Emanzipation? Die Frau im Erwerbsleben der BRD, Frankfurt am Main 1971, S. 166f.
44 »Von heute an gibt's mein Programm«, 1. Frauenplatte im Verlag Frauenoffensive München o. J.
45 Lottemi Doormann (Hrsg.), Keiner schiebt uns weg. Zwischenbilanz der Frauenbewegung in der BRD, Weinheim–Basel 1979.
46 Irene Hübner, Die »Aktion 218«, in: Doormann, a. a. O., S. 162.
47 Gewalt gegen Frauen, Beiträge zum Internationalen Tribunal über Gewalt gegen Frauen, Brüssel 1976, Hrsg. Frauenzentrum Berlin e. V.
48 Alice Schwarzer (Hrsg.), Das Emma-Buch, München 1981, S. 11.
49 Gunhild Schöller, Feminismus und linke Politik, Berlin 1985, S. 33ff.
50 Charlotte Bunch, Machen wir endlich wieder Politik!, in: Emma Nr. 10, 1984, S. 33ff.
51 Dagmar Ohl/Ursula Rösener, Und bist du nicht willig..., Ausmaß und Ursachen von Frauenmißhandlung in der Familie, Frankfurt am Main 1979.
52 Frankfurter Rundschau (künftig: FR), 25. April 1984; 16. März 1985.
53 Gaby Zipfel (Hrsg.), Reproduktionsmedizin. Die Enteignung der weiblichen Natur, Hamburg 1987; Helga Dierichs, Swanette Sonnemann, Schwestern im Streit: Reproduktionstechnologien, in: Frankfurter Frauenblatt Nr. 7/8, 1988, S. 28f.
54 FAZ, 29.4.1983; FR, 29.4.1983.
55 FR, 11.1.1983.
56 Handelsblatt, 6.5.1983.
57 Zur Sache 1/84, a. a. O., S. 128.
58 Zur Sache 1/84, a. a. O., S. 77.
59 Zur Sache 1/84, a. a. O., S. 94f.
60 Die GRÜNEN im Landtag (Hrsg.), Dokumentation: Vereinbarungen zwischen SPD und GRÜNEN für die 11. Legislaturperiode, Wiesbaden o. J., S. 57ff.
61 FR, 8.3.1986.
62 Mechthild Jansen (Hrsg.), Halbe-Halbe. Der Streit um die Quotierung, Berlin 1986, S. 8.
63 Martin Baethge, Herbert Oberbeck, Zukunft der Angestellten, Frankfurt am Main, 1986, S. 352f.

Literatur

Gabriele Bremme, Die politische Rolle der Frau in Deutschland, Göttingen 1956

Herta Däubler-Gmelin, Frauenarbeitslosigkeit oder Reserve zurück an den Herd, Reinbek 1977

Dokumentation: Vereinbarung zwischen SPD und GRÜNEN für die 11. Legislaturperiode, Wiesbaden o. J. (1984)

Dokumentation: Wir klagen an... Tribunal gegen § 218, Hamburg 1981

Lottemi Doormann (Hrsg.), Keiner schiebt uns weg. Zwischenbilanz der Frauenbewegung in der BRD, Weinheim–Basel 1979

Dorothea Frandsen, Ursula Daldrup, Der Frauenbericht der Bundesregierung, rechtliche Konsequenzen I, Hannover 1969
FrauenBilderLesebuch, Reinbek 1982
Die Frau im Beruf. Tatbestände, Erfahrungen und Vorschläge zu drängenden Fragen in der weiblichen Berufsarbeit und in der Lebensgestaltung der berufstätigen Frau, hrsg. im Auftrag der Studiengemeinschaft der Evangelischen Akademien von Heinrich Greeven, Hamburg 1954
Frauenjahrbuch, hrsg. und hergestellt von Frankfurter Frauen, Frankfurt am Main 1975
Frauen in der Zeit zu Fragen der Zeit, hrsg. von Barbara Bondy, München 1961
Die GRÜNEN im Bundestag/AK-Frauenpolitik (Hrsg.), Wo liegt der Frauen Glück? Neue Wege zwischen Beruf und Kindern
Die GRÜNEN Hessen Frauenreferat (Hrsg.), Gold, Liebe, Abenteuer. Lebensentwürfe von Frauen, Frankfurt am Main 1988
Margarete Heinz, Politisches Bewußtsein der Frauen, München 1971
Mechthild Jansen (Hrsg.), Halbe – Halbe. Der Streit um die Quotierung, Berlin 1986
Marielouise Janssen-Jurreit, Sexismus. Über die Abtreibung der Frauenfrage, Frankfurt 1979
Informationsdienst für Frauenfragen e. V. (IFf), Bonn-Bad Godesberg 1951 – 1980
Ulrike Meinhof, Falsches Bewußtsein, in: Christa Rotzoll, Emanzipation und Ehe, München 1969
Rosemarie Nave-Herz, Das Dilemma der Frau in unserer Gesellschaft. Der Anachronismus in den Rollenerwartungen, Neuwied 1972
Dagmar Ohl/Ursula Rösener, Und bist du nicht willig... Ausmaß und Ursachen von Frauenmißhandlung in der Familie, Ffm 1979
Claudia Pinl, Das Arbeitnehmerpatriarchat – Die Frauenpolitik der Gewerkschaften, Köln 1977
Helge Pross, Die Wirklichkeit der Hausfrau. Die 1. repräsentative Untersuchung über nichterwerbstätige Ehefrauen. Wie leben sie? Wie denken sie? Wie sehen sie sich selbst?, Reinbek 1975
Ines Reich-Hilweg, Männer und Frauen sind gleichberechtigt, Art. 3, Abs. 2 GG, Frankfurt 1979
Hans-Dieter Schmidt u. a., Frauenfeindlichkeit, Sozialpsychologische Aspekte der Misogynie, München 1973
Norbert Schmidt, Die Berufstätigkeit der Frau als soziologisches Problem, Stuttgart 1959
Gunhild Schöller, Feminismus und linke Politik, Selbstverlag, Berlin 2. Auflg. 1986
Ilona Schöll-Schwinghammer u. a., Arbeitsbedingungen und Arbeitsbewußtsein erwerbstätiger Frauen, Frankfurt 1978
Alice Schwarzer, Das Emma-Buch, München 1981
Statistisches Bundesamt, Frauen in der Familie, Beruf und Gesellschaft, Wiesbaden 1983
Gabriele Strecker, 100 Jahre Frauenbewegung in Deutschland, Wiesbaden 1950
Gabriele Strecker, Frau-Sein heute, Weilheim 1965

Renate Wiggershaus, Geschichte der Frauen und der Frauenbewegung, Wuppertal 1979
Gaby Zipfel (Hrsg.), Reproduktionsmedizin, Die Enteignung der weiblichen Natur, Hamburg 1987
Zur Sache 1/81. Themen Parlamentarischer Beratung. Frau und Gesellschaft (II)
Zur Sache 1/84. Themen Parlamentarischer Beratung. Probleme der Frau in unserer Gesellschaft. (Große Anfrage – Gesetzesentwürfe u. a.)

Chronik

1946–1949

Entstehung von Frauenausschüssen in westzonalen Großkommunen und Wiedergründung von Frauenorganisationen, die schon vor 1933 existiert hatten.

1949

23.5. Verkündung des Grundgesetzes, Art. 3 II sieht die Gleichberechtigung von Mann und Frau vor.
Gründung des »Deutschen Frauenrings e. V.« in Bad Pyrmont. Einrichtung des Frauenreferats im Bundesinnenministerium.

1950

17.5. Zölibatsklausel für weibliche Beamte im vorläufigen Bundespersonalgesetz.

1951

»Informationsdienst für Frauenfragen e. V.«, herausgegeben vom »Deutschen Frauenring e. V.«, erscheint erstmals in Bad Godesberg.
Aufnahme des »Deutschen Frauenrings e. V.« in den »International Council of Women« in Athen.

1953

18.12. Das Bundesverfassungsgericht erklärt den Art. 3 II des Grundgesetzes zur echten Rechtsnorm; damit Außerkrafttreten aller dem Art. 3 II des Grundgesetzes entgegenstehenden Paragraphen im Bürgerlichen Gesetzbuch (Familienrecht), da der Gesetzgeber die in Art. 117 des Grundgesetzes vorgesehene Anpassungsfrist versäumte.

31.3. Internationales Übereinkommen über die politischen Rechte der Frau (tritt für die Bundesrepublik erst am 2.2.1971 in Kraft).

1955

15.1. Das Bundesarbeitsgericht verbietet Frauenlohngruppen.

1957

Das ›Gleichberechtigungsgesetz‹ wird verkündet (in Kraft am 1.7.1958).

1959

29.7. Das Bundesverfassungsgericht korrigiert das sogenannte ›Gleichberechtigungsgesetz‹.

1966

Sept. Frauenenquête der Bundesregierung.

1969

Gründung des »Aktionsrates zur Befreiung der Frau« durch SDS-Frauen in West-Berlin.

1970

Erste regionale Kampagnen der ›Frauenaktion 70‹ gegen den § 218 StGB.

1971

Im »stern« bekennen 374 zum Teil prominente Frauen: »Ich habe abgetrieben«.

Mehrere hunderttausend Frauen nehmen im Sommer an Großdemonstrationen gegen den § 218 StGB teil.

»Aktion 218« überreicht dem Bundesjustizminister 86500 »Solidaritätserklärungen zur Abschaffung des 218« und 3000 Abtreibungsselbstanzeigen.

Nov. Frauen sammeln auf Demonstrationen öffentlich Geld für eine Abtreibung.

1972

Das erste Frauenfest mit über 1000 Teilnehmerinnen findet in Berlin statt.

Gründung der »Arbeitsgemeinschaft sozialdemokratischer Frauen« (ASF).

Der Deutsche Gewerkschaftsbund erklärt das Jahr zum »Jahr der Arbeitnehmerin«.

März 1. Bundesfrauenkongreß mit 35 Gruppen aus ca. 20 Städten tagt in Frankfurt.

Mai In Köln findet das Frauentribunal gegen den § 218 StGB statt.

16.10. Die gesetzliche Rentenversicherung wird durch das Rentenreformgesetz auch für Hausfrauen geöffnet.

1973

Streik der Pierburger Arbeiterinnen in Neuss: Gleicher Lohn für gleiche Arbeit.

Febr. Treffen von Delegierten aller Frauengruppen in München.

1974

Aktion »Gerechte Eingruppierung« der IG Druck und Papier.

Febr. In Berlin erklärt die Frauengruppe »Brot und Rosen« öffentlich, ge-

	gen 5 Ärzte Anzeige erstattet zu haben wegen Notzucht, Beleidigung, Betrug, Steuerhinterziehung u. a.
März	329 Mediziner bezichtigen sich im »stern« des Verstoßes gegen das Abtreibungsverbot.
26.4.	Annahme des Fristenentwurfs; Neufassung des § 218 StGB durch den Bundestag.
Sept.	Nationaler Kongreß der Frauengruppen in Bochum.
November	Der internationale Frauenkongreß tagt in Frankfurt: Motto »Frauen gemeinsam sind stark«.
	Die 1. Nummer des »Journals« des Verlags »Frauenoffensive« erscheint in München.
	1975
Febr.	Der nationale Frauenkongreß tagt in Mannheim/Ludwigshafen zum Thema des § 218 StGB und zur anstehenden Entscheidung des Bundesverfassungsgerichts.
25.2.	Das Bundesverfassungsgericht korrigiert die Fristenregelung.
Juni	Das Frauenzentrum Frankfurt startet die erste öffentlich bekanntgemachte Abtreibungsfahrt nach Holland.
	1976
	Erste Sommer-Universität in Berlin.
	Gründung des ersten Hauses für geschlagene Frauen in Berlin.
März	Internationales Tribunal »Gewalt gegen Frauen« in Brüssel.
Juni	Die Neufassung des Abtreibungsgesetzes tritt in Kraft; Straffreiheit für die medizinische, eugenische, kriminologische und soziale Indikation.
Sept.	1. Nummer der Frauenzeitschrift »Courage«.
	1977
Febr.	1. Nummer von »Emma«.
März	Anti-Gewalt-Kongreß tagt in München.
30.4.	1. Walpurgisnacht-Demonstration.
	Die Arbeitsgemeinschaft sozialdemokratischer Frauen (AsF) fordert die Einrichtung von Gleichstellungsstellen für Frauen.
1.7.	Reform des Ehe-, Familien- und Scheidungsrechts tritt mit dem 1. Gesetz zur Reform des Ehe- und Familienrechts in Kraft.
	1978
	Gründung des Vereins »Sozialwissenschaftliche Forschung und Praxis für Frauen e. V.« in Köln.
	Tagung des Kongresses »Feministische Theorie und Praxis in sozialen und pädagogischen Berufsfeldern«.
	1979
Jan.	In Hamburg wird die erste Gleichstellungsstelle der Bundesrepublik Deutschland eingerichtet.

Sept. Öffentliche Anhörung zur Arbeit der Enquête-Kommission »Frau und Gesellschaft«. Die Kommission empfiehlt Ausbau und Kompetenzerweiterung der schon bestehenden Gleichstellungsstellen, lehnt aber ein »Antidiskriminierungsgesetz« und »Frauenquotierung« ab.

1980

Juli Die Bundesrepublik Deutschland unterzeichnet bei der Weltfrauenkonferenz der UNO das »Übereinkommen zur Beseitigung jeder Form von Diskriminierung der Frau«.

Aug. Bericht der Enquête-Kommission »Frau und Gesellschaft«.

1981

Okt. Während der 19. CDA-Bundestagung stellt Norbert Blüm das neue frauenpolitische Programm mit dem Titel »Wir sind für die Mütter« vor. Es werden die Leitsätze »Die sanfte Macht der Familie« beschlossen.

1982

Die Partei, die »Grünen«, zieht mit 27 Abgeordneten, davon 10 Frauen in den Bundestag ein. Im 10. Deutschen Bundestag sind 51 Frauen insgesamt vertreten.

1983

Juli Die Bundesregierung billigt das Übereinkommen der UNO gegen jegliche Diskriminierung der Frau. Es tritt nach Ratifizierung in Kraft.

Dez. Familienminister Heiner Geißler stellt das Programm »Zum Schutz des ungeborenen Lebens« vor.

1984

März SPD und Grüne beschließen im Hessischen Landtag das »Aktionsprogramm für Frauen«.

April Die grüne Bundestagsfraktion bilden 6 Frauen.

Erste Gleichbehandlungsdebatte im Deutschen Bundestag. Die EG hatte die Bundesregierung angemahnt, bis zum 1. 10. 1984 Voraussetzungen zur beruflichen Gleichstellung für Frauen zu schaffen.

Juli In Kassel tritt die erste kommunale Frauenbeauftragte in Hessen ihre Aufgabe an.

1985

Jan. Neue CDU-Leitsätze zum Thema »Frau in der Gesellschaft« verabschiedet.

Febr. Frauendebatte im Bundestag. Die SPD-Frauen fordern Frauenförderpläne, die FDP-Frauen ein Gleichstellungsgesetz. Die Grünen verlangen eine Bundesstiftung für die »Frauenhäuser«.

Die Hessischen Grünen beschließen die Quotierung und wählen eine Landesfrauenbeauftragte.

Der Europäische Gerichtshof rügt die Bonner Regierung. Die EG-Richtlinien zur Gleichbehandlung seien unzulänglich umgesetzt.
Die hessische SPD-Grünen-Koalition ernennt eine »Bevollmächtigte der Landesregierung für Frauenangelegenheiten«.
Die Bundes-Grünen stellen den Entwurf eines Anti-Diskriminierungsgesetzes vor. Es enthält eine Quotierungsregelung von 50 % zu 50 % für Staat, Verbände und Privatwirtschaft.
Anläßlich des Landesparteitages der Hamburger SPD fordert die Professorin Heide Pfarr eine Quotierungsregelung für die SPD.
In Köln findet der Kongreß »Frauen gegen Gentechnik und Reproduktionstechnik« statt, veranstaltet u. a. vom Verein Sozialwissenschaftliche Forschung und Praxis für Frauen.

1986

Arbeitsämter sollen künftig Stellen und Ausbildungsangebote nur noch geschlechtsneutral ausgeschrieben entgegennehmen.
Die Bundes-Grünen verabschieden die Quotierungsregelung.
April Die Reform des Scheidungsfolgenrechts tritt in Kraft – die Schuldfrage spielt bei der Unterhaltszahlung wieder eine Rolle.

1988

Aug. Die SPD beschließt eine innerparteiliche Quotierungsregelung.

Ulrich Chaussy
Jugend

Die Nachkriegsjahre: Wohnung, Arbeit, Brot und Bildung

15,5 Millionen Kinder und Jugendliche bis zu 20 Jahren ermittelte die erste offizielle Volkszählung des Statistischen Bundesamtes in der Bundesrepublik im Jahr 1950, ein Jahr nach der Gründung der Republik. Mit dieser Zahl ist in ungefähr eine Personengruppe umrissen, die zwar keinen Einfluß auf die Entstehung und Ausgestaltung der nationalsozialistischen Gewaltherrschaft besaß, die aber in voller Härte die Folgen des politischen, militärischen und wirtschaftlichen Zusammenbruches zu spüren bekam.
Wie einschneidend die unmittelbaren Kriegsfolgen die Situation der Kinder und Jugendlichen in der Bundesrepublik beeinflußt haben, erläutert schon das dürre Zahlenmaterial. Im Bundesgebiet gab es nach dem Zweiten Weltkrieg etwa 1250000 Kinder und Jugendliche, die ihre Väter durch den Krieg verloren hatten. 250000 von ihnen waren Vollwaisen, sie hatten also auch ihre Mütter verloren. Die schwer ermittelbaren genauen Zahlen lauteten für das Land Bayern alleine im Jahr 1949: 244462 Kinder und Jugendliche ohne Väter; 3455 von ihnen hatten auch keine Mütter mehr. Die Situation der 1,25 Millionen Halbwaisen war von der zwangsweisen Berufstätigkeit der Mütter geprägt. Diese Kinder und Jugendlichen blieben sich meist den Tag über selbst überlassen. Die Älteren unter ihnen mußten neben ihrer Arbeit für die Schule oder am Ausbildungsplatz frühzeitig die Verantwortung für die Aufsicht über die jüngeren Geschwister und erhebliche Mitarbeit im Haushalt übernehmen.
Vergleichbar hart, wenn nicht noch härter, war das Schicksal einer anderen Gruppe. Im Bundesgebiet lebten Ende 1949 insgesamt 1555000 jugendliche Heimatvertriebene im Alter von 14 bis 24 Jahren. Der durch die Bombenangriffe dezimierte Wohnraum war zu dieser Zeit selbst für die im Gebiet der Bundesrepublik traditionell ansässige Bevölkerung zu knapp. So waren 730000 dieser jugendlichen Flüchtlinge in provisorischen Lagern und Notunterkünften auf dem Land untergebracht. Allein in Bayern lebten Ende 1949 27000 Jugendliche in 496 provisorischen sogenannten »Massenlagern«. In Schleswig-Holstein war die Enge noch drangvoller, dort hatte man 61034 Jugendliche in 491 großen Lagern zusammengepfercht.

Doch selbst wenn den Flüchtlingen von den Behörden einmal Wohnraum zugesprochen war, wurden sie zumeist gegenüber den Einheimischen benachteiligt. Das »Jugendaufbauwerk« wertete in einem Bericht im Januar 1950 über die Situation der Flüchtlingsjugend dieses Beispiel aus einer nicht genannten hessischen Kleinstadt als typisch: Dort lebten im Schnitt drei Einheimische in zwei Räumen, während sich bei den Heimatvertriebenen durchschnittlich neun Personen mit zwei Zimmern ungefähr gleicher Größe zufriedengeben mußten. Ein nicht unerheblicher Teil der Flüchtlinge im jugendlichen Alter zwischen 14 und 24 aber war obdachlos. Im Februar 1950 schätzt die Zeitung »Die Welt« ihre Zahl auf 100000.
Trotz aller Wiederaufbau-Anstrengungen dauert die materiell ungesicherte Situation für große Teile der Jugendlichen über Jahre hinaus an. Im April 1952 veröffentlicht der »Kommunalpolitische Ausschuß der SPD« diese Zahlen: »Neun Millionen Kinder und Jugendliche wohnen unzulänglich, oft menschenunwürdig. Rund die Hälfte all der über 300000 Lagerinsassen sind Kinder und Heranwachsende.« Und noch 1956 wohnen im gesamten Bundesgebiet etwa 100000 Jugendliche in Heimen oder sogenannten Jugenddörfern. Ebenfalls in diesem Jahr 1956 gibt es allein in Bayern noch immer 216 »kriegsbedingte« Wohnlager mit insgesamt 48000 Bewohnern. 12000 dieser Lagerbewohner sind Kinder und Jugendliche bis 14 Jahre.
Der Bericht der SPD-Kommunalpolitiker zitierte auch eine Untersuchung des Kieler Gesundheitsamtes über die Ernährungs- und Wirtschaftslage der dortigen Schuljugend. Diese Untersuchung kann zumindest für alle Jugendlichen in städtischen Regionen als repräsentativ gelten.
Die Kieler Gesundheitsbeamten berichteten, daß wirtschaftlich schwache Familien außerstande waren, ihren Kindern ausreichend Nahrung zu kaufen. Bei diesen Kindern und Jugendlichen bestand ein bedenkliches Eiweißdefizit. Die tägliche Eiweißmenge betrug nur die Hälfte und der Anteil an hochwertigem tierischen Eiweiß nur etwa ein Fünftel der zur Erhaltung von Gesundheit und Leistungsfähigkeit nötigen Menge. 55% aller befragten zehn- und elfjährigen Kinder bekamen nicht einmal regelmäßig Milch. 5% aller befragten Kinder und Jugendlichen darbten nach den Worten der Kieler Studie »in jeder Beziehung«, 16% bis 20% wurden zwar mengenmäßig ausreichend, aber sehr eintönig und unbefriedigend ernährt. Bei 13% aller Berufsschüler mußte der Ernährungs- und Allgemeinzustand im Jahr 1951 als »mangelhaft« bezeichnet werden. Die Kieler Gesundheitsbeamten schlossen ihren Bericht mit dem Fazit: »Die Gesunderhaltung der Kinder beginnt, wieder ein soziales Problem zu werden.«

Im Oktober 1949 wandte sich der Bayerische Staatsminister für Arbeit und Soziale Fürsorge mit einem auf kleinen Flugzetteln tausendfach verbreiteten »Aufruf zur Behebung der Berufsnot der Jugend« an die Öffentlichkeit. In dem Appell des Ministers heißt es: »Über 80000 Jugendliche sind in Bayern ohne Arbeit oder Berufsausbildung. Tausende von ihnen sind jugendliche Flüchtlinge und leben in Massenlagern unter unwürdigen sozialen Verhältnissen. *Handwerker, Industrielle und Kaufleute: Schafft Lehrstellen für unsere Jugendlichen!* Nur einer von zehn Jugendlichen kann heute eine Lehrstelle erhalten. Der Lehrling von heute ist der Facharbeiter von morgen. Eine geordnete Berufsausbildung ist die beste Erziehung zum Staatsbürger. Müßiggang dagegen, wenn auch unverschuldeter, ist eine sittliche Gefahr und führt zur verneinenden Grundhaltung gegenüber Staat und Gesellschaft... Die Bereitstellung von Wohnraum für Lehrlinge ist für die Behebung der Berufsnot der Jugend genauso wichtig wie die Lehrplätze selbst! Darum: *Nehmt Lehrlinge in euren Familienkreis auf und meldet Unterkunftsmöglichkeiten beim Arbeitsamt.*«[1]

Nicht nur den bayerischen Arbeitsminister veranlaßte zu dieser Zeit der Blick auf die Arbeitslosenziffern zu düsteren Zukunftsahnungen. Ein Berichterstatter der »Deutschen Zeitung/Wirtschaftszeitung« erkannte beim Blick auf die hohe Jugendarbeitslosigkeit die »Merkmale einer vorrevolutionären Situation«. Im Mai 1950 waren beinahe eine halbe Million (genau: 472121) Jugendliche im Alter unter 25 Jahren arbeitslos gemeldet. Arbeitslos gemeldet sein konnte ein Jugendlicher aber nur dann, wenn er schon einmal einen Arbeitsplatz gehabt und verloren hatte. Zusammen mit der Zahl der beschäftigungslosen Schulabgänger und der nicht bei der Arbeitsverwaltung registrierten Arbeitslosen schätzte der damalige Chef der Arbeitsgemeinschaft Jugendaufbauwerk, Dr. Rolf Lenhartz, die Gesamtzahl der 14- bis 24jährigen Arbeitslosen jedoch auf insgesamt 700000. (Das Jugendaufbauwerk war ein Zusammenschluß verschiedener Organisationen, der Industrie-, Handels- und Handwerkskammern, der Gewerkschaften, kommunaler und staatlicher Stellen, der den Aufbau und die Verwaltung von Jugendheimen und die Schaffung von Ausbildungsplätzen betrieb.) Der Anteil der Jugendlichen an den Arbeitslosen insgesamt betrug 20 bis 25%. Ganz anders als von den meisten erwartet und befürchtet reagierten die jugendlichen Arbeitslosen selbst. Von politisierter oder gar »vorrevolutionärer« Stimmung fern, kam es weder zu Demonstrationen noch zu politischen Initiativen oder Organisationen zur Bekämpfung der Arbeitslosigkeit. Der Sozialwissenschaftler Heinz Kluth erklärte (1955) dieses Stillhalten mit einem völlig veränderten Selbstverständnis der Jungarbeitergeneration im Nachkriegsdeutschland. Die Arbeitslosigkeit wurde vor allem als Folge ge-

samtgesellschaftlicher Vorgänge wie der Ost-West-Spannungen, des Zweiten Weltkrieges, der Überbevölkerung und der Besetzung Deutschlands begriffen.[2] Organisatorische Zusammenschlüsse junger Arbeitsloser gab es nicht, in Gruppen wie der »Interessengemeinschaft der Arbeitslosen« (IGA), der »Selbsthilfe der Erwerbslosen« oder dem »Bund der Erwerbslosen und Schaffenden Deutschlands« stand die Vermittlung von Arbeitsstellen und kurzfristigen Aushilfsarbeiten für Arbeitslose aller Altersklassen im Vordergrund. Ferner bemühte man sich um soziale Vergünstigungen für Arbeitslose. Die Diskussion der politischen oder psychosozialen Bedeutung der Arbeitslosigkeit für die einzelnen war kein Programmpunkt offizieller Aktivitäten solcher pragmatisch orientierten Gruppen. Die Aufarbeitung all dieser Fragen war den privaten Stammtischgesprächen der Arbeitslosen und deren Familien überlassen.
Nach dem absoluten Höchststand der Beschäftigungslosigkeit in der Bundesrepublik Anfang Februar 1950 blieb die Jugendarbeitslosigkeit noch bis 1952 auf einem außerordentlich hohen Stand. 1952 führte die Statistik noch immer 307529 Jugendliche ohne Arbeit auf. Von da an verstärkte sich ein schon zwischen 1950 und 1952 beginnender Trend, nach dem die Arbeitslosigkeit der jüngeren Jahrgänge schneller abgebaut werden konnte als die der älteren.
Bis 1955 schrumpfte die Zahl der jungen Arbeitslosen unter 25 Jahren auf 33053, eine Zahl, die nur für diese Altersgruppe schon jetzt eine annähernde Vollbeschäftigung signalisierte – dies zu einem Zeitpunkt, zu dem insgesamt noch über eine Million Personen keinen Arbeitsplatz hatten. Zehn Jahre nach dem Ende des Zweiten Weltkrieges und sechs Jahre nach der Gründung der Bundesrepublik verschwand das Problem Jugendarbeitslosigkeit aus Zeitungsschlagzeilen und öffentlichen Diskussionen – weil es dieses Problem zwischen 1959 und 1975 im nennenswerten Umfang nicht gab.
Auf der »1. Interzonalen Gewerkschafts-Jugend-Konferenz« in Hallthurm bei München waren 1948 die Vertreter der Gewerkschaften entschlossen, die Stellung der Jugendlichen im Arbeitsleben und der Berufsausbildung gesellschaftspolitisch völlig neu zu definieren. In einem Beschluß forderten sie: »Der Grundsatz muß endgültig anerkannt werden, daß das Lehrverhältnis kein Erziehungsverhältnis, sondern ein Arbeitsverhältnis besonderer Art ist. Der Lehrling ist nicht mehr Objekt eines patriarchalischen Verhältnisses. Daraus ergibt sich die Berechtigung und Notwendigkeit zur Aufhebung des Züchtigungsrechtes, der zum Teil reaktionären Bestimmungen der Gewerbeverordnung und der aus der Nazizeit noch bestehenden Musterlehrverträge sowie zur Ausschaltung des beherrschenden Einflusses der Innungen, Industrie-, Handels- und Handwerkskammern auf die Gestaltung der Lohnverträge.«[3]

Die Situation der Jugendlichen in den Betrieben in den ersten Jahren der Bundesrepublik war jedoch überwiegend nicht von den genannten neuen politischen Rahmenbedingungen und erst recht nicht von den noch weitergehenden Forderungen der Gewerkschaften bestimmt. Im Vordergrund stand eine Arbeitsmarktsituation, in der es ein gewaltiges Überangebot an jungen Arbeitskräften und einen drastischen Mangel an Ausbildungs- und Arbeitsplätzen gab.
1950, auf dem Höhepunkt der allgemeinen Arbeitslosigkeit, war auch der Mangel an Ausbildungsplätzen eklatant. Der Leiter des Referates der Bundesregierung für arbeits- und heimatlose Jugend, Dr. Heinrich Lades, erläuterte in einem Gespräch mit der »Süddeutschen Zeitung« die allgemeine Situation mit den Zahlen für Bayern: Dort standen nach seinen Angaben im Juni 1950 für 60600 Lehrstellenbewerber gerade 9300 neue Lehrstellen zur Verfügung. Noch schlimmere Zahlen nannte wenige Monate später – nach der Schulentlassung dieses Jahres 1950 – der bayerische Staatssekretär Wolfgang Jänicke. Zwar war das Angebot an Lehrstellen bis dahin auf 12813 Plätze erweitert worden, die Zahl der Berufsanwärter war im gleichen Zeitraum aber auf 164000 gestiegen. Noch zwei Jahre später, im September 1952, nennt Dr. Rolf Lenhartz, der Geschäftsführer im Jugendaufbauwerk, ähnliche Zahlen. Zu diesem Zeitpunkt kommen auf jede für einen männlichen Bewerber ausgeschriebene Stelle drei bis acht Jugendliche, auf jede der für weibliche Jugendliche ausgeschriebenen Stellen sechs bis siebzehn Bewerberinnen. Dies waren Durchschnittszahlen für das gesamte Bundesgebiet. Abgesehen davon, daß weiterhin eine große Zahl von Bewerbern überhaupt keinen Ausbildungsplatz erhielt, fürchtete Lenhartz Auswirkungen auch auf die Jugendlichen, die schließlich eine Lehrstelle erhielten. Die »Diktatur der objektiven Berufsnot« führe zur »erzwungenen Berufswahl« und bewirke dadurch bei Tausenden der auf dem Arbeitsmarkt untergebrachten Jugendlichen eine »subjektive Berufsnot«.
Nicht nur die Arbeitsmarktsituation bis zur Mitte der fünfziger Jahre, auch die arbeitsrechtliche Stellung der Jugendlichen in den Betrieben in diesem Zeitraum illustrierte das Sprichwort: Lehrjahre sind keine Herrenjahre. Zwar sah das im Oktober 1952 vom Bundestag verabschiedete Betriebsverfassungsgesetz die Bildung einer Jugendvertretung in allen Betrieben mit mindestens fünf jugendlichen Beschäftigten unter 18 Jahren vor – es gewährte aber keinerlei Kündigungsschutz für die gewählten Jugendvertreter. Hinzu kam, daß im selben Zeitraum die überwiegende Zahl aller Ausbildungsverhältnisse – etwa zwei Drittel – in Handwerksbetrieben stattfand, nur etwa 17% im industriellen Bereich. In den kleinen Handwerksbetrieben aber, die noch bis in die sechziger Jahre die Hauptlast bei der Ausbildung jugendlicher Berufsanwärter trugen, blieben jene

Unterricht in einer West-Berliner Schulklasse (1950).

partriarchalischen Verhältnisse erhalten, deren Abschaffung die Gewerkschaften zur Demokratisierung des Arbeitslebens gefordert hatten. Selbst das Züchtigungsrecht galt weiter, und von der Beanstandung ausbildungsfremder Arbeiten wagte damals kein Lehrling öffentlich zu sprechen. Lehrlingsmißbrauch, wie ihn Helmut Schelsky 1952 festgestellt und beschrieben hatte, blieb aber auch in den 60er Jahren an der Tagesordnung. Belege dafür, daß im zweiten Lehrjahr die Ausbildung in den Hintergrund rückte, weil die Lehrherren an der Erfüllung eines möglichst hohen Arbeitspensums interessierter waren als an der Qualität der Leistungen und an der Vermittlung von Fertigkeiten und Kenntnissen, finden sich in empirischen Studien, die auf Gesprächen zwischen Lehrlingen und Sozialwissenschaftlern basieren.[4]

In Kiel gab es vor dem Ausbruch des Zweiten Weltkrieges 1134 Unterrichtsräume in den Schulen der Stadt. Von diesen 1134 Klassenzimmern waren am 1. September 1945 gerade noch 100 erhalten und benutzbar. Noch 1952 fehlte trotz sieben Jahre Wiederaufbau ein Viertel des Schulraumbestandes von 1939. Die Schülerzahl aber war durch die Einschulung der geburtenstarken Jahrgänge 1943 – 1945 von 35000 auf 54000 angestiegen. In dieser Enge herrschten unvorstellbare Unterrichtsbedingungen. In den Volksschulen waren die Räume mit durchschnittlich 73 Schülern belegt, in den Oberschulen mit 41 und in den Berufsschulen sogar mit 133.

Kiel war ein Extrem, aber keine Ausnahme. 1952 fehlten in Köln 64% des Schulraumbestandes von 1939, in Düsseldorf und Bremen 32%, in Bonn 33%, in München 35%, in Mannheim 57% und in Berlin 80% – immerhin verglichen mit den Zahlen von 1939. Zugleich aber waren im ganzen Land die Schülerzahlen gegenüber 1939 um etwa ein Drittel angestiegen. Im Überblick errechneten die Statistiker, daß im Mai 1950 in der gesamten Bundesrepublik 6135000 Schüler die Volksschulen besuchten. Sie verteilten sich auf 137000 Schulklassen, für die es aber nur 127000 Lehrer und gerade 88000 Schulräume gab. Lehrer- und Schulraummangel führten über Jahre hinaus zu einer spürbaren Unterversorgung mit Unterricht. Zudem erzwangen die äußeren Bedingungen einen stark auf disziplinarische Beherrschung der Schülermassen ausgerichteten Unterrichtsstil. Es gab vorerst so gut wie keinen Spielraum für die Erprobung von Unterrichtsmodellen mit verstärkter Eigenbeteiligung der Schüler.

Damit war frühzeitig ein Widerspruch organisiert, der sich erst in der späteren Geschichte der Bundesrepublik schrittweise entfalten sollte: Während demokratische Werte und Zielvorstellungen – in Abgrenzung zur Vermittlung der totalitären Ideologie der NS-Zeit – zu prägenden Leitideen des Bildungssystems und aller Unterrichtsinhalte erklärt und in den Klassenzimmern theoretisch proklamiert wurden, war das praktische Erlernen und die modellhafte Umsetzung demokratischer Verhaltensweisen im Alltag des Bildungssystems vorerst blockiert. Dies soll keineswegs zu einem technischen Problem bagatellisiert werden: Da waren 1952 53% aller Lehrer in der Bundesrepublik über 45 Jahre alt, das heißt, weit mehr als die Hälfte von ihnen unterrichtete schon in der NS-Zeit. Ohne diese Personengruppe pauschal als Verfechter des Nationalsozialismus denunzieren zu wollen, mag die Zahl einen Begriff davon geben, daß es im Bildungswesen wohl einen Prozeß der Umorientierung, nicht aber eine unbelastete »Stunde Null« des demokratischen Neuanfangs gegeben hat.

Ab Mitte der fünfziger Jahre entspannte sich die Lage der Jugendlichen in der Bundesrepublik zusehends. Dies wurde besonders im Bereich der Berufsbildung deutlich – und hat ganz offenbar wirtschaftliche Gründe. Wiederaufbau und Nachkriegsboom entwickelten eine Dynamik auf dem Arbeitsmarkt, die innerhalb von nicht ganz 10 Jahren den Lehrstellenmangel von 1949 bis 1954 in ein Lehrstellenüberangebot verwandelte: 1959 blieben in der Bundesrepublik bereits 144000 Lehrstellen unbesetzt. Es war unter diesen Umständen alles andere als zufällig, daß nun endlich eine seit 1952 geplante Reform des Jugendarbeitsschutzgesetzes nach über achtjähriger Verzögerung im Oktober 1960 vom Bundestag beschlossen wurde. Das neue Jugendarbeitsschutzgesetz verbietet erstmals

Akkord- und Fließbandarbeit für alle unter 18jährigen und reduziert u. a. die wöchentliche Arbeitszeit von 48 auf 44 Stunden für über 16jährige, auf 40 Stunden für unter 16jährige Jugendliche.

Junge Staatsbürger

In den Nachkriegsjahren und zu Beginn der Bonner Republik wurde immer wieder die Auffassung laut, das politische Verhalten der Jugend sei von »Apathie« gekennzeichnet. Die Kommentatoren der Zeitungen schrieben, ein »Ekel vor dem Kollektiven« sei in der Jugend weit verbreitet. Die mangelnde Teilnahme Jugendlicher an politischen Ereignissen veranlaßte die Politiker zu wiederholten Appellen an die Jugendlichen, sie möchten doch nicht abseits stehen und sich am politischen Willensbildungsprozeß beteiligen. Diese schwer meßbare Beteiligung fiel in einem der wenigen überprüfbaren Fälle tatsächlich sehr mäßig aus. Wahlanalysen der ersten beiden Bundestagswahlen zeigen, daß die Gruppe der 21 – 25jährigen Jungwähler die schwächste Wahlbeteiligung aller Altersgruppen der Wahlberechtigten aufwiesen. 1953 gingen gerade 77,6 % der 21 – 25jährigen zur Wahl, die Gesamtbeteiligung jedoch lag bei dieser Wahl bei 86,3 %.
Vor allem amerikanische Politiker waren sich offensichtlich darüber im klaren, daß der Versuch, in den Westzonen parlamentarisch-demokratische Verhältnisse einzuführen, zum Scheitern verurteilt sein müsse, wenn es nicht gelänge, die in der NS-Zeit aufgewachsenen Jugendlichen »umzuerziehen«. Im Gegensatz zur Haltung der erwachsenen Bevölkerung setzte man dabei jedoch auf rein pädagogische Maßnahmen und sparte Bestrafungsaktionen aus. Die Altersgrenze für Entnazifizierungsverfahren lag bei 18 Jahren.
Die amerikanische Regierung ließ sich ihre Jugendarbeit in Deutschland viel Geld kosten. Allein bis Herbst 1950 flossen Dollar im Wert von 60 Millionen DM dafür nach Westdeutschland. Herzstück der damit finanzierten Aktivitäten waren die GYA-Heime. GYA stand für German Youth Activities. 247 GYA-Heime gab es im September 1950, ihre Unterhaltung kostete die Amerikaner allein im ersten Halbjahr 1950 4,5 Millionen DM. Das Konzept der GYA-Heime war nicht von den Anfängen im Jahr 1946 an politisch. 1951 beschrieb die Programmdirektorin der GYA-Organisation, Mrs. Mary Jane O'Donovan-Rossa, die Entwicklung so: »Die erste Zeit – wir bezeichnen sie heute als die Schokolade-Bonbon-Ära – zeichnete sich hauptsächlich dadurch aus, daß unsere amerikanischen Soldaten mit den deutschen Kindern ganz wie mit der amerikanischen Jugend umgingen, sie mit Candy und Coca-Cola versorgten, sie kleine

Jazz-Bands bilden ließen und Baseball und Football mit ihnen spielten, denn den gerade erst in Deutschland eingetroffenen Offizieren war zu diesem Zeitpunkt die deutsche Lebensart noch unbekannt.«[5]
Dann jedoch wurde die Arbeit der GYA-Heime zunehmend politisiert. Neben Sport- und Unterhaltungsveranstaltungen kamen Expertenvorträge zur Erläuterung der Funktion demokratischer Staatseinrichtungen und politische Diskussionen ins Programm. Zugleich wurde der Versuch unternommen, innerhalb der Heime selbst die Jugendlichen in demokratische Strukturen einzubeziehen.
»So wählten die einzelnen Gruppen in von ihnen selbst zu bestimmenden Wahlarten einen Vertreter ihrer Gruppe, während dann wiederum die Vertreter der Gruppen einen Präsidenten wählten, dessen Aufgabe es sei, der Leitung der GYA die Wünsche der Jugendlichen zu übermitteln und zu einer ersprießlichen Zusammenarbeit zu kommen. Bereits die jüngsten GYA-Teilnehmer im Alter von 10 Jahren beteiligten sich mit großer Freude an diesen Wahlen, dem ›Verfassungsleben‹ der GYA.«[6]
Ebenfalls auf amerikanische Initiative hin wurden »Jugendforen« abgehalten. Das waren Diskussionsabende auf Gemeindeebene zu einzelnen politischen Themen, die für Jugendliche von Belang waren – wie etwa die Frage der Wiederbewaffnung. In den Westzonen waren das bis 1950 insgesamt etwa 50000 Veranstaltungen. Gemeinsam mit deutschen Jugendorganisationen und in Zusammenarbeit mit deutschen Behörden veranstaltete GYA in vielen Gemeinden der amerikanischen Zone die sogenannten »Jugend-Amtstage«: Behörden hielten eine Art »Tag der offenen Tür« ab, jedoch mit dem Zusatz, daß die Rollen der Kommunalpolitiker und -beamten für diesen einen Tag von Jugendlichen übernommen wurden. Die Jugendlichen sollten durch derartige Rollenspiele zu »community activities« motiviert werden und begreifen, daß demokratische Beteiligung im unmittelbaren Lebensumkreis ansetzen kann und soll.

Auch bei den Bemühungen auf deutscher Seite stand der Versuch im Vordergrund, die Jugendlichen zur Mitarbeit in demokratischen Organisationen und Institutionen zu gewinnen. In verschiedenen Regionen des Bundesgebietes riefen Kommunalpolitiker sogenannte »Jugendparlamente« ins Leben, wie beispielsweise im März 1950 im fränkischen Landkreis Miltenberg. Die Beschlußbefugnisse der Jugendlichen waren minimal, und über eine Fortsetzung der zu Beginn publizistisch gefeierten und angeblich von den Jugendlichen begeistert aufgenommenen Jugendparlamente ist nach den Berichten über die Konstituierung solcher Gremien nichts mehr zu erfahren. Nahezu keine Auseinandersetzung gab es mit der Vergangenheit der älteren Jugend-Jahrgänge in den verschiedenen Gliederungen der Hitler-Jugend. Eine Diskussionswoche demokrati-

scher Jugendverbände aus Nordrhein-Westfalen mit ehemaligen Angehörigen der Hitler-Jugend im Oktober 1949 war jedenfalls ein so spektakulärer Vorgang, daß die zur Berichterstattung angereisten Journalisten in der Überzahl waren, die Diskussion beherrschten und so die unbefangene Diskussion der eigentlich betroffenen Teilnehmer zeitweise unterbanden. Das Thema NS-Vergangenheit wurde durch die Entnazifizierungsverfahren rein administrativ »bewältigt« – ein Punkt, an dem das Verhalten der alliierten Siegermächte der auf deutscher Seite bestehenden Berührungsangst mit der eigenen Vergangenheit verhängnisvoll in die Hände spielte.
Die Politiker der jungen Republik reagierten auf den vorsichtigen Rückzug vieler Jugendlicher aus dem politischen Leben eher mit hilflos anmutenden Ritualen als mit handfester inhaltlicher Auseinandersetzung mit dem Bewußtsein der Jugendlichen. Aufgeschreckt durch die überdurchschnittlich geringe Wahlbeteiligung der Jungwähler bei den ersten beiden Bundestagswahlen 1949 und 1953 erprobten Politiker in einigen Gemeinden diese neue Idee: Sie organisierten sogenannte »Freisprechungsfeiern« für alle 21jährigen Jugendlichen ihrer Gemeinde (zum Beispiel in München), mit der Absicht, den Geburtstagskindern mit salbungsvollen Reden und einer Urkunde symbolisch ihre Aufnahme in die Bürgerschaft bewußt zu machen. Auch diese Freisprechungsfeiern ließ man nach einiger Zeit wieder einschlafen.

Organisierte Aktivität: Jugendverbände

Der von den Nationalsozialisten gewaltsam unterdrückte Pluralismus der Jugendverbände stellte sich nach 1945 wieder von alleine ein: Traditionelle Jugendverbände wie die der evangelischen und katholischen Kirchen, der bündischen, sozialistischen und gewerkschaftlichen Jugend formierten sich neu. Fast gleichzeitig schlossen sich die wichtigsten und zahlenmäßig stärksten unter ihnen auf Landesebene in den sogenannten Landesjugendringen, auf Bundesebene im Deutschen Bundesjugendring (DBJR) zusammen. Diese freiwilligen Zusammenschlüsse in der Form von Körperschaften des öffentlichen Rechts und insbesondere deren Satzungen reflektierten von Anfang an den Anspruch der Mitgliedsverbände auf Autonomie gegenüber staatlichen und politischen Institutionen der Republik. Entsprechend der föderalistischen Struktur der Bundesrepublik verstanden sich die Landesjugendringe als eigenständige Vertretungen von jugendpolitischen Interessen gegenüber den Landesparlamenten, -regierungen und der Öffentlichkeit in den Bundesländern, der Bundesjugendring als bundesweite Interessenvertretung gegenüber Bundesregierung und Bundestag. In dieser Rolle wurden Landesjugendringe und Bundesjugendring auch von Anfang an staatlicherseits anerkannt. Die Verteilung staatlicher Mittel für die Jugendarbeit der Verbände – institutionalisiert auf Bundesebene durch den erstmals 1950 erstellten Bundesjugendplan und auf Länderebene durch entsprechende Jugendprogramme der Bundesländer – wird seither über die Jugendringe abgewickelt. Die Zuteilung dieser Geldmittel erfolgt nach der Mitgliedsstärke der Verbände, ihre Verwendung im Rahmen der Satzungszwecke steht den einzelnen Organisationen frei, soweit nicht zweckgebundene Einzelzuschüsse davon betroffen sind. Mittelsperrungen – die es bislang nur selten gab – können nur dann auferlegt werden, wenn schwerwiegende Verstöße gegen die in den Satzungen von Landes- und Bundesjugendringen festgelegten Rahmenbedingungen organisierter Jugend vorliegen.

Diese Rahmenbedingungen sind im Fall des DBJR deutlich anti-faschistisch und demokratisch. So definiert der DBJR im § 2 zu seinen Aufgaben u. a.: »Förderung der Persönlichkeit, insbesondere durch Förderung

Pfadfinderinnen auf dem Bundestreffen des Deutschen Pfadfinderbundes in Königstein/Taunus.

des sozialen und demokratischen Verhaltens, der politischen Bildung, der Aus- und Weiterbildung, der Leibeserziehung und der Entfaltung kultureller Interessen junger Menschen« und, noch deutlicher: »militaristischen, nationalistischen, rassendiskriminierenden und totalitären Tendenzen entgegenzuwirken und diese zu bekämpfen.«

Mit Blick auf die großen, nationalen Strukturen scheint die organisierte Jugendarbeit schon im Jahr 1949 demokratisch-pluralistischen Ansprüchen voll zu genügen. Interessante interne Veränderungsprozesse spielen sich jedoch unterhalb der meist von betagten Jugendfunktionären verwalteten Superstrukturen der Großverbände ab. Sie wurden aber erst im Laufe der sechziger Jahre nach außen hin deutlich. Die je nach Verbandstradition verschiedenen Jugendaktivitäten wurden in den fünfziger Jahren unverwandelt wiederaufgegriffen. Wie selbstverständlich gruppierten sich vorerst weiterhin alle Aktivitäten um den traditionellen Vereinszweck oder die zum inhaltlichen Zentrum erklärten ideologischen oder religiösen Grundlagen: Pfadfinderlager für Pfadfinder, Bibelstunden für die kirchliche Jugend, Leibesübungen für die Sportjugend. Doch bereits gegen Ende der fünfziger Jahre drückt sich das Ungenügen an diesen traditionellen und starren »Ein-Punkt-Konzepten« im stillen Exodus vieler Mitglieder aus. Die Mitgliedszahlen der organisierten Jugend steigen nur noch unwesentlich, stagnieren gar oder gehen zurück.

Vereinzelt ab Mitte der 60er Jahre und auf breiter Front seit Anfang der siebziger Jahre zeigen Konflikte innerhalb der verschiedensten Organisationen erhebliche Veränderungen im Selbstverständnis der organisierten Jugendlichen an. Ob als sozialistische »Falken« oder katholische Landjugendliche – sie verweigern im zunehmenden Maße die kritiklose Gefolgschaft gegenüber den politischen, religiösen oder moralischen Vorgaben und Anforderungen der vorgesetzten oder traditionell befreundeten Erwachseneninstitutionen.

Früh sichtbar wurden diese Risse zwischen dem sozialistischen Jugendverband »Die Falken« und der SPD im Jahr 1963. Bei einer Gedenkstunde im ehemaligen Konzentrationslager Theresienstadt wirbelten die Worte einer Sprecherin der »Falken«-Delegation zu Hause in der Bundesrepublik viel Staub auf: »Die Notwendigkeit einer Fahrt nach Theresienstadt ergibt sich aus dem politischen Versagen der politischen Führungsschichten der Bundesrepublik, die bisher nicht den Versuch unternommen haben, an diesem Ort deutscher Schande zu dokumentieren, daß es auch ein anderes Deutschland als das der großen und kleinen Eichmänner, der Heydrich, der Globke und der Oberländer gibt. In unserer Heimat hat man die Scham verdrängt.«[7] Sprecher aller Parteien reagierten damals empört auf die als Nestbeschmutzung empfundene Äußerung, der Berliner SPD-Jugendsenator Kurt Neubauer drohte mit Mittelsperrungen für die »Falken«. Im gleichen Jahr 1963 durchzogen die »Falken« heftige verbandsinterne Auseinandersetzungen um die Beteiligung an den Ostermärschen der Atomwaffengegner. Ende der sechziger Jahre rückten einige Zeltlager der »Falken« ins grelle Licht der Öffentlichkeit. Gemeinschaftsduschen und gemeinsame Schlafräume für Jungen und Mädchen, Diskussionen gar über Partnerschaft und Sexualität und moralische Tabus wurden allen Ernstes als Mobilisierung der Jugendlichen »gegen Staat, Gesellschaft und Elternhaus, gegen die bestehende Ordnung schlechthin«[8] dargestellt. Schon ein paar Jahre später, im Jahr 1972, konnten ähnliche Vorgänge in der bundesdeutschen Erwachsenengesellschaft, die unterdessen die Flurschäden doppelter und verklemmter Sexualmoral an sich selbst mit der verbissenen Aufklärungsgymnastik eines Oswalt Kolle zu heilen versuchte, nur noch im Kreis kirchlicher Jugendverbände so etwas wie Empörung auslösen. Der Christliche Verein Junger Männer (CVJM) Hamburg erregte die pietistischen Gemüter in den eigenen Reihen mit einem »Sexualleitfaden«, in dem es u. a. hieß: »Sexualität ist eine Lebenskraft gegen den Tod... Wir erkennen einen veränderten Lebensstil an, der sich in einer unbefangenen, bejahenden Haltung zur sexuellen Frage ausdrückt... Dieser neue Stil läßt auf Wunsch der Jugendlichen gemeinsames Saunieren, Nacktbaden etc. und gemeinsame Schlafräume zu.«[9] Reichten diese Formulierungen von 1972 zum Ausschluß der Hamburger Gruppe aus dem Bundesverband der Christlichen Jungen Männer, so benannten sich die bundesweit vier Jahre später in »Christlicher Verein Junger Menschen« um, weil man mittlerweile nicht nur in Hamburg die Gruppen auch für die Mitarbeit junger Mädchen geöffnet hatte.

Die selbstbewußte Zuwendung der Jugendlichen zu eigenen Fragestellungen und Problemen machte schließlich auch nicht vor den katholischen Jugendorganisationen halt. Spektakulärster Ausdruck dieses von der Mutter- und Amtskirche unerwünschten Freimutes waren die kritischen Anmerkungen der Sprecherin des Bundes der Deutschen Katholischen Jugend, Barbara Engl, die sie Papst Johannes Paul II. während seiner Deutschland-Reise 1980 bei einer vom Fernsehen live bis in den letzten Winkel der Republik übertragenen Veranstaltung persönlich vortrug. Erstaunt vernahm der Papst, daß die deutsche katholische Jugend jedenfalls nicht mit seinen ex cathedra verkündeten Ansichten über Sexualität und voreheliche Partnerschaft sowie dem Gebot der Ehelosigkeit für Priester zufrieden sei.

Auf ähnlich kritische Distanz zum traditionellen Herkommen und den Auffassungen ihres gesellschaftlichen Umfeldes gingen nahezu alle Jugendorganisationen auch in wichtigen politischen Fragen. So macht heute die früher eindeutig den Unionsparteien sehr nahestehende Katholische

Landjugendbewegung gegen Atomkraftwerke mobil. So kritisierten ab 1972 alle wichtigen Jugendverbände anhaltend und schließlich auch auf der Ebene des Bundesjugendringes den Radikalenerlaß. Und heute stellen die kirchlichen Jugendverbände ein ganz erhebliches Potential an Aktivisten innerhalb der Friedensbewegung. Ganz generell hat sich das Engagement von der schöngeistigen und besinnlichen Erbauung weg zum konkreten sozialen Engagement hin bewegt. Aktionen und Aufklärungskampagnen gegen Hunger und Armut in der Dritten Welt und für benachteiligte Gruppen in der eigenen Umgebung – wie etwa die Behinderten oder ausländische Mitbürger – prägen mehr und mehr das allgemeine Bild.

Präzise Angaben über den Organisationsgrad bundesdeutscher Jugendlicher sind im Laufe der letzten Jahre immer schwieriger geworden. Dies liegt daran, daß Doppelmitgliedschaften und informelle Mitgliedschaften zugenommen haben. Nach Angaben des Bundesjugendringes sind in den ihm angeschlossenen 17 Jugendverbänden derzeit rund 5 Millionen Jugendliche organisiert.

Jugendeigene Aktivitäten: Junge Presse

Vor 1945 gab es kaum Schülerzeitungen in Deutschland. Das Gros der von Schülern verantworteten Publikationen waren die sogenannten »Bierzeitungen« der Abiturienten, in der die Schulabgänger mit Zoten und Lehrerstilblüten ihren Abgang von der Schule feierten. Amerikanische Re-education-Offiziere brachten die Idee einer regelmäßig erscheinenden, an den Ereignissen des Schullebens anknüpfenden Schülerzeitung aus Amerika in die Bundesrepublik. Schülerredakteure und vor allem die Anfang der fünfziger Jahre gegründeten Schülerzeitungs-Arbeitsgemeinschaften wurden von den Amerikahäusern tatkräftig mit Material und Finanzen unterstützt. So schlossen sich schon im September 1950 die hessischen Schülerredakteure zur »Arbeitsgemeinschaft Hessischer Schülerzeitungen« zusammen, die bayerischen zur »Presse der Jugend«. Schließlich wurde am 17. Mai 1952 der bundesweite Verband »Junge Presse« gegründet.

Die Schülerzeitungen breiteten sich vor allem an den höheren Schulen schnell aus. Bundesweit gab es 1953 etwa 200, 1956 waren es 350, 1962 über 600, 1968 1500; mittlerweile ist ihre Zahl bis Ende 1981 auf etwa 3000 angestiegen. Von Anfang an hielten sich die bundesdeutschen Schülerredakteure nicht an die streng unpolitischen Vorbilder der amerikanischen »High School Papers«, in denen ausschließlich schulinterne Probleme diskutiert wurden. Auch ein sehr gewichtiger Ratgeber konnte sich mit seiner Auffassung nicht durchsetzen: »Von der aktuellen Tagespolitik solltet ihr in den Schülerzeitungen die Finger lassen. Es genügt, meine ich, wenn sich darüber Männer und Frauen mit einiger Lebenserfahrung auseinandersetzen.« – So soll Bundeskanzler Konrad Adenauer der 1953 gegründeten Schülerzeitung »Schülerecho« auf die briefliche Anfrage der Berliner Schülerredakteure schriftlich geantwortet haben. Unbeeindruckt von den Vorstellungen vieler Erwachsener befaßten sich fast alle Schülerredakteure von Anfang an neben schulischen auch mit allgemein politischen Themen. Eine 1961 an fünfzig Schülerzeitungen durchgeführte Inhaltsanalyse kam zu dem Schluß, daß ein Fünftel aller redaktionellen Seiten mit politischen Artikeln belegt waren. Über die Hälfte der dort behandelten Themen waren Reportagen über das geteilte Berlin, Berichte über die Lebensverhältnisse in der DDR (die damals freilich noch von allen »Zone« genannt, bestenfalls in Anführungszeichen gesetzt wurde), ferner Auseinandersetzungen mit der Bedeutung solcher Begriffe wie »Dialektischer Materialismus«, »Kommunismus« oder »Sozialismus« – Themen, die sich direkt oder indirekt mit der Zweiteilung Deutschlands befaßten. Ebenso debattierten die Schülerredakteure die Wiederbewaffnungspläne der Bundesregierung, und nach der Gründung der Bundeswehr das Für und Wider von Wehrdienst und Kriegsdienstverweigerung. Der kritische Tonfall vieler dieser Artikel mißfiel der Bundeswehr einmal so sehr, daß alle Werbeschaltungen in Schülerzeitungen für einige Monate ausgesetzt wurden.

Ende der sechziger Jahre wurden die Schülerzeitungen zum Diskussionsforum der durch die Studentenbewegung aufgeworfenen Themen: Der Vietnam-Krieg, die Notstandsgesetze und die Rolle der Springer-Presse kamen beinahe in jeder Publikation vor. Anfang der siebziger Jahre nahmen dann Artikel über Sexualität, Drogenproblematik, antiautoritäre Erziehung und das Für und Wider der Wehrdienstverweigerung breiten Raum ein.

Per Schulverfassung unterliegen die Schülerzeitungen in nahezu allen Bundesländern (Ausnahme: Hessen) der Oberaufsicht der Schulleitung. Die Schülerzeitungen werden in der Regel vor der Drucklegung vom Schuldirektor oder einem Vertrauenslehrer durchgesehen und können zensiert werden. Seit Anfang der siebziger Jahre haben sich Zensurfälle oder nachträgliche Vertriebsverbote gehäuft. Beanstandet wurden und werden vor allem Artikel über Sexualität und Unterrichtskritiken, seltener mahnen Direktoren auch einmal die »Verletzung religiöser Gefühle« oder die »Beleidigung hochstehender Persönlichkeiten« oder ähnliches an.

Oft haben die der Zensur überdrüssigen Schülerredakteure den Weg gewählt, außerhalb des Schulbereiches sogenannte »jugendeigene Zeitungen« zu gründen. Diese müssen dann zwar außerhalb des Schulgeländes vertrieben werden, unterliegen aber keinem besonderen Rechtsverhältnis, sondern nur den allgemeinen Pressegesetzen.

Ohne mich: Jugend und Wiederbewaffnung

Die Debatte um die Wiederbewaffnung Deutschlands wurde für viele Jugendliche zum Prüfstein für die Übereinstimmung von Anspruch und politischer Wirklichkeit in der Bonner Demokratie. Bis 1949/1950 schien es in Sachen Remilitarisierung keinerlei wesentliche Differenzen zwischen der in der Bevölkerung nach den Erfahrungen des Zweiten Weltkrieges weitverbreiteten pazifistischen Grundstimmung und der Haltung der Regierenden zu geben. Die Reaktion der Jugendlichen auf den Schwenk der regierungsamtlichen Politik in Sachen Wiederbewaffnung war nur atmosphärisch einheitlich, politisch jedoch sehr diffus und, näher betrachtet, hilflos. Anfang 1951 tauchten überall im Bundesgebiet an den Hemdkragen und Revers vor allem junger Männer Blechplaketten auf: Sie zeigten einen derben Kommißstiefel und zu beiden Seiten des Stiefelschafts die eingeprägten und einprägsamen Worte: »Ohne mich.«
Hinter dieser Parole standen teilweise sehr verschiedene Motive und Begründungen. Drei wichtige Positionen lassen sich dabei unterscheiden.

- »Zuerst einmal sind diejenigen an der Reihe, Westeuropa zu verteidigen, die unseren Soldaten 1945 die Waffen aus der Hand nahmen, in der festen Absicht, sie ihnen nie wieder zu geben. Und zwar sollen sie das so lange tun, bis der Schaden wiedergutgemacht ist, den sie in und an uns angerichtet haben.« Diese Begründung eines 19jährigen Studenten für die doch eigentlich pazifistische Parole repräsentierte eine nicht unwichtige Strömung auch unter Jugendlichen. Noch in der NS-Zeit eingeschworen auf ein Verständnis nationaler Souveränität, das sich zentral auch auf militärische Stärke gründete, empfanden nicht wenige Jugendliche die Entmilitarisierung Deutschlands als nationale Kränkung – dies teils unabhängig von ihrer Stellung zum Nationalsozialismus – und verweigerten sich deshalb den Plänen für eine Wiederbewaffnung. Ein Teil dieser Jugendlichen empfand es aus demselben Grund als Provokation, daß nach den anfänglichen Plänen der Regierung Adenauers deutsche Truppenkontingente einer Europäischen Armee unter fremdem Oberbefehl operieren sollten.
- Die in der westdeutschen FDJ organisierten Jugendlichen waren der Auffassung, daß der Aufbau westdeutscher Streitkräfte eine direkte Kriegsvorbereitung darstelle und deshalb verhindert werden müsse.

Ihre Argumentation basierte ebenfalls nicht auf grundsätzlichen pazifistischen Überzeugungen, da die Frage nach der Aufstellung von Truppen nicht allgemein, sondern nur für die Bundesrepublik verneint wurde. Nach dem Verbot der FDJ als verfassungsfeindlicher Organisation im Juni 1951 versuchten die ehemaligen FDJ-Mitglieder gezwungenermaßen, ihre Auffassung in anderen Initiativen und Organisationen zur Geltung zu bringen.
- »Mein Vater ist in Rußland gefallen, und meine Mutter mußte jahrelang warten, bis sie eine dürftige Rente erhielt. Noch heute muß ich ihr mit einem Teil meines Einkommens helfen. Da denken die schon wieder an ein neues Militär. Und im übrigen: Wir haben ja noch nicht einmal einen Friedensvertrag.« Antworten wie diese eines 22jährigen Facharbeiters waren am häufigsten zu hören; sie finden den geringsten Eingang in die politische Diskussion. »Ohne mich« bedeutete für diese Jugendlichen eine grundsätzliche Ablehnung des Militärs unter dem Eindruck der verheerenden Folgen des zurückliegenden Krieges.

Umfrageergebnisse signalisierten immer wieder die starke Betroffenheit junger Bundesbürger in der Frage der Wiederbewaffnung. Die regelmäßig gemessene »Fieberkurve der Wehrbereitschaft« schwankt heftig in den Jahren 1951 bis 1956: Zwischen 16 und 27% der 16–30jährigen wollten »gern Soldat« werden, und je nach Zeitpunkt der Befragung standen ihnen in diesen Jahren 71 bis 79% der Befragten gleichen Alters gegenüber, die nicht Soldat werden wollten. (Interessanterweise ermöglichte das EMNID-Institut bei seinen Umfragen zeitweise eine dritte Antwortmöglichkeit. Außer: »Möchte gern Soldat werden« und »Möchte nicht Soldat werden« gab es die Antwort: »Bin unter bestimmten Umständen bereit.« Unter diesen besonderen Umständen wurde neben der »Bedrohung aus dem Osten« auch die »Einführung der gesetzlichen Wehrpflicht« aufgeführt. Die Wehrpflicht aber war unter anderem der politische Zankapfel, um den es in der Debatte ging. In der Presseberichterstattung über die Umfrageergebnisse wurden dann oft die Prozentsätze derjenigen, die »gern Soldat« werden wollten [nie mehr als ein Drittel der Befragten] mit denjenigen zusammengezogen, die »unter bestimmten Umständen« Soldat zu werden bereit waren [immerhin zwischen ein und zwei Drittel der Befragten]. Nur so erschienen zeitweise in der veröffentlichten Meinung die Gegner der Wiederbewaffnung als eine Minderheit.)
Im Verhältnis zur atmosphärisch wie demoskopisch ermittelbaren Ablehnung der Wiederbewaffnungspläne fiel der politisch spürbare Widerstand von Jugendlichen jedoch überraschend schwach aus. Noch am deutlichsten artikulierte die bereits verbotene FDJ mit ihrer »Jugendkarawane für den Frieden« nach Essen am 11. Mai 1952 ihre Position. Zu dieser

Veranstaltung kamen 30000 Jugendliche. Bei schweren Straßenkämpfen wurde der junge Kommunist Philipp Müller von der Polizei erschossen. Eine pazifistische Position ohne block- oder parteipolitische Einschränkungen fand kaum einen organisatorischen Rückhalt. Der Deutsche Bundesjugendring erachtete die Frage als ein parteipolitisches Problem, zu dem er auf Grund seiner parteipolitischen Neutralität keine Stellung abzugeben habe. Die katholische Jugend erklärte frühzeitig ihre Zustimmung zur Wiederbewaffnung und forderte bereits 1952 die Einführung der allgemeinen Wehrpflicht. Lediglich die »Sozialistische Jugend Deutschlands – Die Falken« reagierte mit zugleich eindeutig pazifistischen und differenziert argumentierenden Stellungnahmen. So machte etwa der Bezirkssauschuß Mittelfranken im Februar 1952 in einer Resolution seine Überzeugung kund, daß »jede Remilitarisierung und Wiederaufrüstung die soziale Sicherheit der Bundesrepublik« gefährde und »links- wie rechtsradikalen Kreisen neuen Auftrieb« ermögliche, daß »die Aufstellung deutscher Divisionen den Zusammenschluß von Ost- und Westdeutschland verhindern« werde; zugleich erklärten die Falken aber auch, daß »die KPD und ihre Gliederungen nicht befugt« seien, »zur Frage der Remilitarisierung und Wiederaufrüstung Stellung zu nehmen, solange sie nicht mit gleicher Konsequenz diesen Standpunkt auch in der Ostzone vertreten«.[10]

Studentenbewegung und Außerparlamentarische Opposition

Am 18. Februar 1968 demonstrierten etwa 15000 meist jugendliche Teilnehmer des vom Sozialistischen Deutschen Studentenbund veranstalteten Vietnam-Kongresses in West-Berlin gegen die Kriegführung Amerikas in Südostasien. Die Teilnehmer des Kongresses kamen überwiegend aus der Bundesrepublik und West-Berlin, erschienen waren jedoch auch Delegationen studentischer Vietnamkriegsgegner aus anderen westeuropäischen Ländern.

Der Westberliner Vietnam-Kongreß war der vorläufige Höhepunkt einer schon Ende 1965 begonnenen Aufklärungs- und Demonstrationskampagne. An ihrem Beginn stand eine in wenigen, kleinen Studentengruppen vornehmlich des Berliner SDS geführte theoretische Auseinandersetzung um das Verhältnis der entwickelten westlichen (und östlichen) Industrienationen zu den armen Ländern der Dritten Welt. Sie führte zu der Erkenntnis, daß es auch heute, Jahrzehnte nach dem Ende des Kanonenboot-Imperialismus des 19. Jahrhunderts, einen anderen, aber in seinen Folgen ebenso fatalen Fortbestand des Imperialismus gab. Die Analyse lautete, daß an die Stelle unmittelbarer militärischer und politischer

Unterdrückung nun eine politisch-ökonomische Abhängigkeit der Dritten Welt von der Ersten Welt getreten war, die in ihren sozialen Folgen für die Betroffenen auf das gleiche Ergebnis hinauslief: Armut, Hunger, Ausplünderung der Rohstoffreserven dieser Länder. Vietnam galt der Studentengeneration von 1968 als Präzedenzfall dieses Verhältnisses.
Die Politisierung dieser Erkenntnisse, ihre Zuspitzung zum offenen gesellschaftsweiten Protest aber resultierte nicht nur aus dem seminarmäßigen Studium von Büchern und Dokumenten. In zweierlei Hinsicht war der Vietnam-Krieg eine Premiere. Er war der erste Krieg, dessen ungeschminkte Brutalität und Grausamkeit durch das Medium Fernsehen unmittelbar und für fast jedermann erfahrbar wurde. Zugleich mit der Ausstrahlung der Kriegsberichte dokumentierten die Medien die endlos wiederholte Legitimation, mit der Amerika bei der Führung des unerklärten Krieges auftrat. In Vietnam, so hieß es, würden die Freiheit und die Werte der gesamten westlichen Welt gegen den Kommunismus verteidigt. Erst die offen erfahrbare Kluft zwischen Anspruch und Wirklichkeit des Vietnam-Krieges setzte die Protestbewegung in Gang. Ihre Friedensappelle an die kriegführende Macht Amerika und an die deutsche Öffentlichkeit leiteten sich aus eben jenem Kodex politischer Moral ab, der den Kern amerikanischer »Reeducation« und des deutschen, antifaschistischen Neubeginns nach 1945 ausgemacht hatte.
Die erste Welle politisch bewußt artikulierten Jugendprotestes nach dem Zweiten Weltkrieg wurde in der veröffentlichten Meinung der Bundesrepublik mit allen Merkmalen der Staatsfeindlichkeit behaftet. Dabei hielten sich sowohl die Ziele wie auch die Methoden der kritischen Jugend über lange Zeit in dem vom Grundgesetz garantierten verfassungsgemäßen Rahmen. Die Belebung der politischen Bürgerrechte einer Demokratie – insbesondere die Instrumente öffentlicher Manifestationen und Demonstrationen – wurden als quasi illegaler Druck der Straße denunziert, die Demonstranten aufgeteilt in den mehrheitlichen Mob, der von einer Minderheit radikalisierter Rädelsführer beherrscht und mißbraucht werde. Im Zentrum der vor allem von der Boulevardpresse betriebenen Dämonisierung stand im Jahr 1967 und Anfang 1968 der Berliner Soziologiestudent Rudi Dutschke, eines der führenden Mitglieder des Berliner SDS.
Die Radikalisierung der Studentenbewegung, die neben dem Engagement gegen den Vietnamkrieg schwerpunktmäßig und seit Jahren ungehört und erfolglos die Demokratisierung von Schulen und Universitäten forderte, setzte erst mit der wiederholten Erfahrung ein, daß demokratisch-legaler Protest immer wieder ohne Wirkung verpuffte. Dutschke formulierte auf diesem Hintergrund: »Mit Provokationen können wir uns einen öffentlichen Raum schaffen, in den wir unsere Ideen, unsere Wün-

sche und unsere Bedürfnisse hineinlegen können. Ohne Provokation werden wir überhaupt nicht wahrgenommen. Darum sind die Provokationen unerläßliche Voraussetzung für die ›Öffentlichkeit‹.«[11]
Im Rückblick waren die von den rebellischen Studenten bewußt angepeilten »Regelverletzungen« von einer gutmütigen Harmlosigkeit, die sich später so mancher Universitätsrektor oder Polizeichef händeringend zurückwünschte. Gewalt – und auch Gewalt gegen Sachen – war lange Zeit tabu. Die Durchbrechung polizeilicher Demonstrationsauflagen – etwa einen Protestzug anstelle durch menschenleere Umgehungsstraßen durch ein belebtes Einkaufsviertel zu führen – waren noch das Äußerste. Oft verlegten sich die Studenten auf satirische Formen der Provokation. Beliebt waren z. B. Parolen wie: »Unter den Talaren/Der Muff von tausend Jahren« – säuberlich auf ein Transparent gepinselt, das den reformunwilligen Professoren der Hamburger Universität vorangetragen wurde.
Zwei Daten markieren jedoch entscheidende Eskalationen der Auseinandersetzung zwischen kritischer Studentenschaft und Staatsgewalt. Am 2. Juni 1967 wurde der unbewaffnete Student Benno Ohnesorg während einer Demonstration gegen den in West-Berlin weilenden Schah von Persien von dem Polizeiobermeister Karl-Heinz Kurras erschossen. Die tödlichen Schüsse auf Ohnesorg fielen nach einer wochenlangen Pressekampagne der überwiegenden Mehrheit der Berliner Boulevardpresse gegen die Studentenschaft.
Mit dem Tod von Benno Ohnesorg und einem anläßlich seines Begräbnisses in Hannover stattfindenden Studentenkongreß über die »Bedingungen des Widerstandes« sprang der Funke der antiautoritären Rebellion von West-Berlin an die Universitäten im Bundesgebiet über. Zugleich richtete sich die kritische Aufmerksamkeit der Studenten von jetzt an verstärkt auf innenpolitische Probleme. Die Reaktion des Staates auf den moralisch motivierten antiimperialistischen Protest hatte Zweifel an der Funktionstüchtigkeit demokratischer Öffentlichkeit und Willensbildung in der Bundesrepublik geweckt. Noch im Herbst 1967 tauchten diese Zweifel als neue Arbeitsschwerpunkte der antiautoritären Studentenbewegung auf. Eine vor allem gegen das Verlagshaus Axel Springer gerichtete Kampagne zur Entflechtung des deutschen Pressewesens begann mit der Parole: »Enteignet Springer!«; eine weitere richtete sich gegen die von der Großen Koalition aus SPD und CDU/CSU geplante Verabschiedung der Notstandsgesetze.
Am 11. April 1968 verübte der 23jährige Arbeiter Josef Bachmann auf dem Kurfürstendamm in Berlin ein Pistolenattentat auf den Studentenführer Dutschke. Seinen Haß auf Dutschke, den er persönlich gar nicht kannte, hatte sich Bachmann durch die Lektüre der rechtsextremistischen »Nationalzeitung« und der »BILD«-Zeitung angelesen. Dutschke

12.4.1968: Das Attentat auf Rudi Dutschke vom Vortage löste die bis dahin schwersten Unruhen in der BRD und West-Berlin aus.

wurde lebensgefährlich verletzt, mußte sich aus dem politischen Leben jahrelang zurückziehen und starb 11 Jahre danach an den Spätfolgen des Attentats. Die Schüsse auf Dutschke lösten im April 1968 die bis dahin schwersten Straßenunruhen in der Bundesrepublik und West-Berlin aus. In allen großen Städten versuchten Demonstranten, die Redaktionen und Druckereien des Springer-Verlages zu stürmen, dessen Zeitungen am intensivsten gegen die kritische Studentenschaft mobil gemacht hatten (BILD-Schlagzeile vom 7.2.68: »Stoppt den Terror der Jung-Roten jetzt!«).

Die bei dieser Gelegenheit gescheiterte Machtprobe der studentischen Minderheit mit der Staatsgewalt setzte innerhalb der antiautoritären Studentenbewegung einen fatalen Selbstzersetzungsprozeß in Gang. Die bis dahin organisatorisch diffuse Bewegung, deren Stärke in kritischer Argumentation und subversiven Kleinaktionen lag, spaltete sich in eine Vielzahl straff organisierter Kadergruppen und Kleinparteien. In ihnen galt plötzlich der gedanklich einfältige Rückgriff auf anachronistische Sozialismus-Konzepte und autoritäre Organisationsstrukturen als Ausweg aus der gesellschaftlichen Isolation der bislang rein studentischen Bewegung.

Tatsächlich waren diese Versuche der Wiederbelebung proletarisch-kommunistischer Parteitraditionen der Weg der Studentenbewegung in die gesellschaftliche Bedeutungslosigkeit. Die noch so konfusen Konzepte spontaner Auflehnung in Schule, Universität oder Betrieb hatten die neuralgischen Punkte der Leistungsgesellschaft weit präziser getroffen als alle folgenden Versuche, die nicht nur per Ideologie zur »nivellierten Mittelstandsgesellschaft« gemodelte Wirtschaftswunderrepublik mit dem kapitalistischen Zweiklassenstaat des 19. Jahrhunderts gleichzusetzen.

Die Studentenbewegung verstand sich als APO, als Außerparlamentarische Opposition. Der Name bedeutet mehr als die Anerkennung der politischen Tatsache, daß es im Bundestag seit der Bildung der Großen Koalition im Dezember 1966 nur noch die vergleichsweise winzige Oppositionsfraktion der FDP gab. Das Selbstverständnis als APO war programmatisch. Den bestehenden Parteistrukturen, der pluralistischen Demokratie und der Institution des Parlamentes wurde die Fähigkeit abgesprochen, prinzipielle Opposition aufnehmen und zulassen zu können. In Dutschkes Worten: »Wenn wir sagen: außerparlamentarisch, soll das heißen, daß wir ein System direkter Demokratie anzielen – und zwar von Rätedemokratie, die es den Menschen erlaubt, ihre zeitweiligen Vertreter direkt zu wählen und abzuwählen, wie sie es auf der Grundlage eines gegen jedwede Form von Herrschaft kritischen Bewußtseins für erforderlich halten.«[12]

Logischerweise ging von den exponierten Vertretern der antiautoritären Studentenbewegung auch keinerlei Organisations- oder Parteigründung aus. Im Verständnis ihrer Aktivisten war Gesellschaftsveränderung nicht mit der Eroberung der politischen Macht in einem revolutionären Akt, sondern nur durch kontinuierliche Aufklärung und Bewußtseinsbildung in der Bevölkerung zu erreichen. Als Modell politischen Verhaltens galt die von Dutschke ausgegebene Parole vom »langen Marsch durch die Institutionen«.

Kurzfristig beeinflußte die Rebellion der Studenten zunächst den Machtwechsel innerhalb der als »etabliert« angesehenen Parteienlandschaft mit. Viele, die nach dem Mai 1968 nicht zu neugegründeten politischen Sekten abwanderten oder sich aus der Politik zurückzogen, sympathisierten jetzt mit der SPD und besonders ihrer Jugendorganisation. Die Jungsozialisten in der SPD erlebten den stärksten Mitgliederzustrom seit ihrer Gründung. Bei den Bundestagswahlen 1969 und 1972 erzielten die Sozialdemokraten bei den Jung- und Erstwählern erhebliche Stimmengewinne.

Am 28. Januar 1972 beschlossen die Ministerpräsidenten der Länder und der damalige sozialdemokratische Bundeskanzler Willy Brandt die unter

dem Namen »Radikalenerlaß« bekannt gewordenen »Grundsätze zur Frage der verfassungsfeindlichen Kräfte im öffentlichen Dienst«.
Bis Anfang 1982 wurden auf Grund dieses Erlasses über mehr als 1,4 Millionen Bewerber für den öffentlichen Dienst Erkundigungen bei den zuständigen Landesämtern für Verfassungsschutz eingezogen. In mehr als 25 000 Fällen waren »Erkenntnisse« über die Bewerber vorhanden, die in etwa 16000 Fällen den anfragenden Einstellungsbehörden mitgeteilt wurden. Diese »Erkenntnisse« führten nach – allerdings unvollständigen amtlichen Angaben – in mindestens 1102 Fällen zur Ablehnung der Bewerber. Weit tiefgehender, als die je nach Bundesland von 0,05 % bis 2,4 % schwankende Ablehnungsquote das anzeigen kann, waren die politischen Wirkungen des Radikalenerlasses. Die Praxis der Regelanfrage institutionalisierte das Mißtrauen des Staates gegenüber seinen jungen Bürgern als Normalfall, unterwarf die Berufsanwärter entwürdigenden Gesinnungsverhören und ließ die Politikerreden zu Makulatur werden, in denen die jungen Staatsbürger voll Pathos zu Kritik und Mündigkeit ermuntert wurden. Die Staatsverdrossenheit Jugendlicher, die im Laufe der siebziger Jahre immer deutlicher registriert wurde, hat in der Praxis des Radikalenerlasses eine ihrer Ursachen.

Die neue Jugendarbeitslosigkeit

»Falls Sie, öffentliche und private Arbeitgeber und verantwortliche Politiker und Volksvertreter, noch irgendein Interesse an uns haben, schreiben Sie uns bitte.« So inserierten am 17. März 1976 50 Schülerinnen und Schüler der Abschlußklassen der Freiburger Vigeliusschule II nach ihrer über Wochen und Monate erfolglosen Lehrstellensuche in der Badener Zeitung. Erstmals seit den fünfziger Jahren gab es wieder eine nennenswerte Jugendarbeitslosigkeit, eine Entwicklung, die im Jahr 1974 begann.
Mit der 1974 einsetzenden wirtschaftlichen Abwärtsentwicklung verschlechterte sich zunehmend die Situation der jugendlichen Arbeitnehmer auf dem Arbeitsmarkt. Während im Herbst 1973 lediglich 21000 unter 20 Jahren ohne Arbeit waren, erhöhte sich ihre Zahl bis zum September 1975 auf rund 115750 und unterschritt noch ein Jahr später nur knapp die 100000-Grenze. Die spezifische Arbeitslosenquote der Jugendlichen entsprach bis Anfang 1974 der für alle Arbeitslosen insgesamt ermittelten Quote (Anteil der Arbeitslosen an der Gesamtzahl der unselbständigen Erwerbspersonen). Im weiteren Jahresverlauf und auch 1975 wurden Jugendliche in überdurchschnittlichem Maße arbeitslos. So stand im September 1975 einer allgemeinen Arbeitslosenquote von 4,4 %

eine Quote von 6,2 % bei den Jugendlichen gegenüber. Auch im Oktober 1976 lag die Arbeitslosenquote der Jugendlichen noch über der allgemeinen Arbeitslosigkeit. Besonders diese Zahlen machen begreiflich, warum die Jugendlichen in den siebziger Jahren das Faktum Arbeitslosigkeit dann auch so anders als die Jugendlichen der fünfziger Jahre verarbeitet haben. Wurde die eigene Arbeitslosigkeit von den Jugendlichen zu Beginn der fünfziger Jahre vor allem auf dem Hintergrund eines kollektiven, nationalen Mißgeschickes interpretiert, so empfand die Mehrheit der betroffenen Jugendlichen ab Mitte der 70er Jahre die Arbeitslosigkeit, wenn nicht als eigene Schuld und eigenes Versagen, so doch als Unfähigkeit, sich durchzusetzen. Für diese Jugendlichen stand nicht das Versagen des Bildungs- und Beschäftigungssystems im Vordergrund, obwohl sich das zahlenmäßig deutlich feststellen läßt. Denn die Anzahl der Ausbildungsplätze in der Wirtschaft begann ausgerechnet in einer Zeit zu sinken, in der sie kräftig hätte steigen müssen. Die Zahl der angebotenen Ausbildungsplätze sank nach einer Untersuchung des Bundesbildungsministeriums nämlich im Jahr 1974 auf 400000 (1971: 600000), als die Zahl der Lehrstellenanwärter auf Grund höherer Schulentlassungszahlen und stärkerer Bereitschaft, einen qualifizierten Beruf zu erlernen, für die kommenden Jahre zu steigen begann.

Sinnlich erfahrbar waren für die Jugendlichen aber nicht die komplizierten bildungsökonomischen Verschiebungen, sondern die eigene Ausgrenzung aus einem trotz Rezession scheinbar voll funktionierenden Wirtschaftsprozeß, der es ohne Blessuren verkraften konnte, auf mehr als 100000 junge Arbeitskräfte zu verzichten. Unter diesen Umständen kam es vor, daß junge Arbeitslose auch nach dem Verlust ihres Arbeitsplatzes wie üblich aufstanden, frühstückten, zur gewohnten Zeit das Haus verließen und abends nach dem simulierten Arbeitsschluß wieder heimkehrten. 30 % aller Erwerbslosen berichteten bei einer Stichprobenuntersuchung des Nürnberger Institutes für Arbeitsmarkt- und Berufsforschung, sie hätten ihre Arbeitslosigkeit den Verwandten am Ort verschwiegen, 4 % hielten sie sogar vor ihren engsten Verwandten verborgen.

Anders als in den fünfziger Jahren kam es aber in den siebziger Jahren zu politischer Gegenwehr Jugendlicher gegen ihre Arbeitslosigkeit. Wichtiger noch als Protestaktionen und Demonstrationen wog dabei die Gründung verschiedener autonomer Selbsthilfegruppen wie etwa der ASH (= Arbeiter-Selbsthilfe) Frankfurt oder der ASH München. Die Mitglieder dieser lokalen Gruppen beschränkten sich nicht darauf, die durch die Arbeitslosigkeit entstandenen Probleme in der Gruppe zu besprechen und damit die soziale Isolation zu verringern. Die Arbeitslosen schlossen sich darüber hinaus z. B. zu Handwerkskollektiven zusammen und schufen sich auf diesem Weg selbst zumindest vorübergehende Arbeits- und

Verdienstmöglichkeiten. Wenn diese Kollektive auch selten zu langfristig stabilen Arbeitsplätzen führten, waren sie dennoch beispielgebend. Gruppen wie die ASH Frankfurt oder München zeigten, daß junge Arbeitslose nicht zur Passivität, zum Abwarten auf beschäftigungspolitische Initiativen anderer allein angewiesen sind.
Doch im Laufe der achtziger Jahre kommt der Existenz der Selbsthilfe-Szene allenfalls noch symbolische Bedeutung zu. Strukturelle Arbeitslosigkeit und das Hineinwachsen außerordentlich geburtenstarker Jahrgänge führten zu kontinuierlich hohen Arbeitslosenzahlen. So waren im Winter 1982/83 ca. 200000 Jugendliche, im Winter 1987/88 ca. 480000 Jugendliche arbeitslos.
In dem Maß, in dem von Jugendlichen eigenformulierte Gegenentwürfe zum gesellschaftlichen Schicksal der Arbeitslosigkeit ausblieben, ist auf dem Markt der empirischen Sozialforschung ein immer heftigerer Kampf um die angeblich authentischen Verarbeitungsstrategien der Jugendlichen entstanden. Die Zusammenschau einiger in kurzem Abstand durchgeführter Erhebungen mag den geringen heuristischen Wert solcher Studien verdeutlichen. Kritisch gelesen, vermitteln sie – für sich genommen – vor allem das Erkenntnisinteresse der jeweiligen Auftraggeber und ergeben – nebeneinandergehalten – ein Bild verwirrender Unübersichtlichkeit: So will eine 1987 im Auftrag der Illustrierten »QUICK« bei 1003 repräsentativ ausgewählten Jugendlichen zwischen 13 und 17 Jahren durchgeführte Studie belegen: »Jugend geht mit Schwung in die Zukunft«; von »Null-Bock«-Stimmung könne keine Rede sein. Auf die Frage der EMNID Interviewer: »Glaubst du, daß es dir leichtfallen wird, dich im Beruf durchzusetzen, oder hast du eher Angst, zu versagen?« gaben 81 % an, sie glaubten sich leicht durchsetzen zu können, 18 % antworteten, sie hätten Angst zu versagen. – Im gleichen Zeitraum, ebenfalls Ende 1987, veranstaltete INFRATEST im Auftrag des nordrhein-westfälischen Städtebauministeriums eine Umfrage bei 2000 repräsentativ ausgewählten Bundesbürgern. Darin wurden die in allen Altersgruppen negativ beurteilten Chancen auf ein Ende der Massenarbeitslosigkeit von den unter 25jährigen Befragten am düstersten beschrieben: 93 % waren der Ansicht, ein Ende der Arbeitslosigkeit sei nicht in Sicht.

Jugendzentren

»Wir wollen unsere Freizeit frei und nicht einseitig festgelegt verbringen: Posaunenbläser blasen nur, Süßwasserangler angeln nur, Kaninchenzüchter züchten nur. Wir wollen mehr. Wir wollen Musik hören und machen, quatschen, malen, flippern, filmen, photographieren, diskutieren, drukken, lesen, Tee trinken... und das alles nicht im Verein und nach Stundenplan.« Diese Sätze stammen aus einem Flugblatt einer Jugendzentrumsinitiative im niedersächsischen Landkreis Harburg. Die Harburger Initiative war Anfang 1974 eine von etwa 1000 ähnlichen Gruppen im gesamten Bundesgebiet. Begonnen hat die Geschichte der mehr oder weniger abhängigen oder unabhängigen Jugendzentren in der Bundesrepublik wiederum bereits in den ersten Nachkriegsjahren mit den GYA-Heimen der amerikanischen Besatzungsmacht. Diese Heime unterschieden sich von den bis dahin in Deutschland bekannten »Vereinsheimen« darin, daß sie für alle Jugendlichen, unabhängig von jeder Vereinsmitgliedschaft offen waren. Ab Anfang der fünfziger Jahre wurden sie nach und nach durch deutsche Sozialarbeiter betreut und gingen dann meist in die kommunale Trägerschaft der jeweiligen Städte und Gemeinden über. Gewöhnlich fungierten als Trägerverein die jeweiligen Unterorganisationen der Landesjugendringe, die Kreis-, Stadt- oder Bezirksjugendringe. Dennoch blieb die Zahl der sogenannten »offenen« Jugendheime, Jugendtreffs oder Freizeitheime auch langfristig weit hinter der Zahl der nur für Mitglieder offenen Jugend-Vereinsheime zurück. Eine Untersuchung aus dem Jahr 1974 ermittelte insgesamt 15289 Jugendhäuser in der Bundesrepublik, von denen aber nur 2685 Heime der offenen Tür waren.

Bereits in den sechziger Jahren gab es Indizien dafür, daß diese Struktur des Angebotes den sich allmählich verändernden Bedürfnissen nach Geselligkeit nicht mehr gerecht wurde. Die sogenannten »Halbstarkenkrawalle« im Anschluß an Rock'n' Roll-Konzerte oder -filme sind nur ein Beweis dafür, daß es eine wachsende Zahl von Jugendlichen gab, deren Interessen durch das an folkloristischen Traditionen, sportlichen, kulturellen und politischen Aktivitäten orientierte Angebot des Vereinswesens nicht mehr befriedigt wurden.

Noch bis zum Ende der sechziger Jahre blieben die Jugendlichen, die nicht ins Konzept einer organisatorisch um Vereinszwecke gruppierten Jugendarbeit paßten, passive Objekte verständnislos moralisierender Interpretationen von Journalisten, Vereinsjugendfunktionären und anderen berufenen oder selbsternannten Pädagogen. Erst Anfang der siebziger Jahre begann eine schnell wachsende Zahl von Jugendlichen nach dem Vorbild der rebellierenden Studenten das Unbehagen an der eigenen Freizeitsituation zu politisieren. Die bislang richtungslose Unzufriedenheit mit den bestehenden Angeboten wurde konkretisiert und begründet. Im Mittelpunkt stand der Vorwurf der Jugendlichen, die Inhalte und Aktivitäten der eigenen Freizeit von Erwachsenen vorgeschrieben und reglementiert zu bekommen, zur Selbstentfaltung dagegen keine Gelegenheit zu erhalten. Alle Kritik mündete in der einen zentralen Forderung: Räume zu erhalten, in denen Jugendliche selbständig

und selbstverantwortlich ihre Freizeitgestaltung in die Hand nehmen konnten.
Seit 1971 sprossen überall in der Bundesrepublik Jugendzentrums-Initiativen wie Pilze aus dem Boden. Bis 1974 waren es bereits über 1000. Eine Fragebogenaktion der Jugendredaktion des Südfunk-Fernsehens in Stuttgart bei 252 Initiativgruppen ergab, daß jede der Initiativen durchschnittlich etwa 50 aktive Mitglieder und 400 Sympathisanten zählte.
Sehr viele Jugendzentrums-Initiativen scheiterten und scheitern noch heute an der Angst und dem Unwillen von Kommunalpolitikern, denen die aus ihrer Sicht mangelnde Kalkulierbarkeit der darin entfalteten Aktivitäten ein Dorn im Auge ist. Selbst wenn es auf das Bemühen von Jugendlichen hin zu einer Bewilligung von Räumen, Sachmitteln und zumeist Sozialarbeiterstellen kommt, sind Dauerkonflikte zwischen Jugendlichen und Kommunalpolitikern um Vorgänge im Jugendzentrum meist programmiert. Zum einen stören sich Stadt- und Gemeindeväter oft an politischen Aktivitäten oder Veranstaltungen im Jugendzentrum. Nicht selten sind Versuche, politisch unliebsame Aktivitäten schon in den Satzungsvereinbarungen mit den Trägervereinen auszuschließen. Zum anderen entwickeln sich Jugendzentren mit ihrem offenen Konzept naturgemäß auch zu Treffpunkten jugendlicher Rand- und Problemgruppen. Die Tatsache, daß Angehörige von Rockergruppen oder auch Jugendliche mit Drogenproblemen hier ausnahmsweise nicht ausgegrenzt sind, sondern sogar der Versuch unternommen wird, sie in die Angebote und Aktivitäten anderer Jugendzentrumsbesucher einzubeziehen, wurde und wird oft schon beim Auftreten geringfügiger Probleme auf den Kopf gestellt: Die Jugendzentren erscheinen dann im vereinten Vorurteil von Lokalpresse und Kommunalpolitikern als »Rauschgifthöhlen«, als »Brutstätten von Kriminalität« oder »politischem Extremismus«.
Die Lebendigkeit dieses Denkmodells hat die spektakuläre Nürnberger Massenverhaftung vom 5. März 1981 erwiesen. Auf Grund der Annahme, daß sich einige Teilnehmer einer nicht genehmigten Demonstration in der Nürnberger Innenstadt danach in das städtische Jugendzentrum »KOMM« begeben haben sollen, wurden sämtliche 141 an diesem Abend zufällig anwesenden Besucher des Jugendzentrums verhaftet und mit Gerichtsverfahren überzogen. Jeder dieser 141 Jugendlichen, deren einzige nachweisliche Gemeinsamkeit an diesem Abend der Besuch des Jugendzentrums war, erhielt einen gleichlautenden hektographierten Haftbefehl. Der Haftgrund darin lautete: schwerer Landfriedensbruch.

Von der Wohngemeinschaft zum »Hotel Mama«

»Sieben Erwachsene und zwei Kinder zogen im Februar 1967 in das Berliner SDS-Zentrum. Sie wollten gemeinsam politisch arbeiten. Doch kurz nach dem Einzug begannen die Privatprobleme das Zusammenleben zu beherrschen. Es war nicht mehr zu übersehen, daß die Frauen in der Küche kochten, während die Männer politisch diskutierten. Oder: Ein unglückliches Verhältnis konnte nicht mehr im sorgfältig abgedichteten Privatbereich vergraben werden, wenn man den ganzen Tag zusammenlebte. Hatten wir zunächst geglaubt, daß sich im Verlauf einer politischen Zusammenarbeit auch die individuellen Schwierigkeiten der kollektiven Bearbeitung erschließen würden, so merkten wir schnell: Wir mußten uns erst einmal mit jahrelang abgewehrten individuellen Problemen befassen, ehe wir produktiv würden arbeiten können.«[13] Mit diesem programmatischen Anspruch begann die Geschichte der Wohngemeinschaften – im Zusammenhang mit der Studentenbewegung, aus deren Reihen die ersten Wohngemeinschaftsbewohner kamen. Selbstveränderung als Voraussetzung politischer Veränderung nach außen, die Einsicht, daß eine Gesellschaft nicht lediglich mit strukturellen Modellen im Kopf, sondern erst mit eigener Fähigkeit zu wirklich sozialem Verhalten verändert werden kann, diesen Ausgangspunkt der Kommunen I und II in West-Berlin sparten die Diskussionen und die Darstellung der neuen Wohnformen in der veröffentlichten Meinung aus. Gehalten hat sich der Kalauer: »Wer zweimal mit derselben pennt, gehört schon zum Establishment.« Er blieb mit der Kraft verdrängter Phantasie bei denen haften, die selbst nicht in einer Wohngemeinschaft wohnten oder diese Wohnform aus eigener Anschauung kannten.

Denn – abgesehen von der durch den österreichischen Aktionskünstler Otto Mühl gegründeten AAO-Kommune – es hat eine diesem Kalauer entsprechende Struktur privater und sexueller Beziehungen nie gegeben. Verordnete Promiskuität war niemals das Konzept der Wohngemeinschaftsbewegung. Die praktischen Erfahrungen der Wohngemeinschaftsbewohner zeigten meistens, daß die Abgrenzung der einzelnen Persönlichkeit schon weit vor der sexuellen Intimsphäre begann und eine Gruppe gut daran tat, der Verschiedenheit und Individualität ihrer einzelnen Mitglieder Raum zu geben. Dies ist durchaus wörtlich zu verstehen: In den meisten Wohngemeinschaften ist es bis heute dabei geblieben, daß jeder einzelne Bewohner sein einzelnes Zimmer für sich hat.

Mittlerweile ist es unmöglich geworden, ein »Konzept Wohngemeinschaft« auszumachen. Anders als zu Beginn der Wohngemeinschaftsbewegung, an dem das Miteinander-Wohnen als politisches Projekt gedacht und geplant wurde, gruppieren sich heute Wohngemeinschaften recht

spontan und vor allem ohne theoretisches Konzept über das »richtige Zusammenleben«. Je weniger sich die Wohngemeinschaften im strengen Sinne politisch begriffen (und sich deshalb auch nicht mehr so viel nach außen wandten), desto mannigfaltiger blühten im verborgenen die verschiedensten Gruppen mit einem breiten Spektrum an Lebensstilen.
Konkrete Daten und Zahlenangaben über Wohngemeinschaften sind kaum zu gewinnen. Das beginnt damit, daß Wohngemeinschaften als von der Familie abweichende Wohnform in keiner Sozialstatistik erfaßt sind, weder in den Meldeämtern noch den Hauszählungen des Statistischen Bundesamtes. 1978 schätzte der »Spiegel«, daß zu dieser Zeit rund 80000 Bundesbürger in etwa 10000 Wohngemeinschaften lebten.
Im selben Jahr erschien die bislang einzige ausführliche empirische Studie über Wohngemeinschaften in der Bundesrepublik.[14] In ihr gibt die Nürnberger Sozialwissenschaftlerin Gudrun Cyprian die Ergebnisse einer ausführlichen Befragung von rund 100 Wohngemeinschaften wieder. Allein 56 % aller befragten Wohngemeinschaftsbewohner in der Cyprian-Studie sind Studenten. Nur 5,4 % haben lediglich einen Hauptschulabschluß. Diese Zahlen machen deutlich, daß die Bereitschaft zum Anschluß an eine Wohngemeinschaft mit zunehmender Schulbildung ansteigt. Lehrlinge, die in Wohngemeinschaften ziehen, sind die Ausnahme. 78 %, also mehr als drei Viertel der befragten Wohngemeinschaftsbewohner, sind zwischen 21 und 30 Jahre alt. 37 Jahre und älter waren in den untersuchten Gruppen nur 3,2 % der Bewohner. In einigen Jahren freilich könnte sich dieses Bild ändern. Immerhin erklärten drei von vier befragten Wohngemeinschaftsmitgliedern, daß sie nach einem eventuellen Auszug aus der bisherigen Gruppe auf jeden Fall wieder den Anschluß an eine neue Wohngemeinschaft suchen wollten. Auf keinen Fall wollen diese 75 % alleine wohnen oder nur mit einem Partner zusammenziehen. Ein anderes Befragungsergebnis belegt, daß das Leben in der Wohngemeinschaft als eine relativ dauerhafte Antwort auf neue soziale Bedürfnisse nach einem vertrauten Zusammenleben jenseits der Familie angesehen wird. Akzeptieren nicht selten Eltern das Leben ihrer Kinder in einer Wohngemeinschaft nur unter dem Aspekt, es handele sich dabei um ein Durchgangsstadium für die Zeit von Ausbildung und Studium, das, wenn überhaupt, dann aus finanziellen Gründen geduldet wird, geben die meist jugendlichen Bewohner von Wohngemeinschaften ganz anderen Motiven für das Zusammenleben Priorität. Das ökonomische Motiv (»Wohngemeinschaft ist billiger!«) spielt eine ganz untergeordnete Rolle. Auf die Frage, warum sie denn in eine Wohngemeinschaft gezogen seien, stuften die Befragten andere Motive als weit wichtiger ein: An erster Stelle stand das Interesse an »persönlicher Entwicklung«, an zweiter das Bedürfnis nach »gefühlsmäßiger Geborgenheit« und an dritter Stelle die »Ableh-

Thomas T., 26, Journalist, Postbote; Irmi P., 33, Studentin; Sabine B., 29, Diplom-Soziologin, arbeitslos; Monika H., 28, Magistra der Philosophie; Michel M., 34, Volksschullehrer, arbeitslos; Achim von P., Theatermaler.
»Was die Leute über uns denken und reden, ist uns gleichgültig.«

nung bürgerlichen Lebens«. Pragmatische Vorteile, also auch die finanziellen, wurden erst an achter Stelle genannt. Den meisten Befragten sind gemeinsame politische Arbeit, der Abbau traditioneller Geschlechterrollen und die Veränderung ihrer Paarbeziehung noch wichtiger. Befragt, ob sich diese Motive und ihre Rangfolge im Laufe des Wohngemeinschaftslebens verändert hätten, gaben die meisten an, daß ihre Beweggründe auch nach einiger Gruppenerfahrung die gleichen geblieben seien. Wenn also in der Untersuchung von Gudrun Cyprian zugleich festgehalten ist, daß rund 60 % aller Wohngemeinschaftsmitglieder nur zwischen ein und zwei Jahre in derselben Gruppe bleiben, so heißt das wohl, daß sie eher von einer bestimmten Gruppe ablassen als von ihren Motiven und Wünschen, in einer Wohngemeinschaft zu leben. Bleibt es in der Lebenspraxis der Befragten bei diesen Einstellungen, dann hat das Thema »Wohngemeinschaft« die Chance, in einer zukünftigen Geschichte der Bundesrepublik vielleicht unter der Rubrik »Familie« abgehandelt zu werden.
Sind Formen der Wohngemeinschaft in den siebziger und beginnenden achtziger Jahren als die jugendspezifische Abweichung von der üblichen Familiensozialisation anzusehen, zeichnet sich ab Mitte der achtziger Jahre eine erneute Trendwende ab. Die im Durchschnitt immer längere

Ausbildungszeit und eine zunehmende Unsicherheit, ob nach dieser Ausbildung der Schritt ins Berufsleben gelingt, wird in der Bundesrepublik (wie auch in anderen westlichen Ländern wie Frankreich oder den USA) als Grund dafür angesehen, daß sich der bei Jugendlichen in den siebziger Jahren beobachtbare Trend, in immer früheren Jahren das Elternhaus zu verlassen, mittlerweile radikal umgekehrt hat. Immer häufiger ist zu beobachten, daß Jugendliche und junge Erwachsene die früher für den Abschied aus der Familien-Wohnsituation günstigen und akzeptierten Zäsuren (Ende der Lehrzeit, Abitur, Beginn des Studiums) nicht nutzen und es statt dessen vorziehen, weiterhin im Elternhaus zu leben. Das Phänomen der »neuen Generation von Nesthockern« (Der SPIEGEL, 4.4.1988) ist, vergleichbar der Wohngemeinschafts-Bewegung der siebziger Jahre, ebenfalls ein Minderheiten- und Mittelschichts-Phänomen. Dennoch kann – mit aller Vorsicht – dieser Verzicht auf neue, experimentelle Lebensformen und der Rückgriff auf die überkommene Familienstruktur als ein neuer Konservativismus gewertet werden, dessen Ursache im Verlust konkreter und machbarer Utopien begründet liegt.

»Neue Jugendbewegung«

Seit Herbst 1980 kam es in mehreren Städten des Bundesgebietes und vor allem in West-Berlin zu gewalttätigen Auseinandersetzungen zwischen Jugendlichen und der Polizei. Anlaß waren zumeist die polizeilichen Aktionen gegen die seit dieser Zeit in Städten wie Nürnberg, Frankfurt, Hamburg, Köln und West-Berlin von Jugendlichen unternommenen Hausbesetzungen. Der Kampf um die besetzten Häuser beleuchtete jedoch schlagartig mehr als das sattsam bekannte Faktum einer neuen Wohnungsnot. Der entschlossene Aktionismus der Hausbesetzer und das Scheitern eilig organisierter Dialogversuche zwischen ihnen und den verantwortlichen Politikern offenbarte eine ungeahnt tiefe Kluft der Kontrahenten. Politiker und Pressevertreter konstatierten bei den von ihnen so getauften Vertretern der »neuen Jugendbewegung« eine »Theorie- und Sprachlosigkeit«. Benny Härlin, Journalist bei der Berliner »Tageszeitung« und Bewohner eines besetzten Hauses, widersprach dieser Auffassung in einem Beitrag für das »Kursbuch«:

»Es stimmt auch nicht, daß sie sprachlos wären, im Gegenteil, sie sprechen viele verschiedene Sprachen: die des abgebrochenen Hauptschülers und die des Diplompolitologen, die Softy-Sprache des Alternativen und die Macho-Sprache des Punk. Was an eigenen Begriffen oder besser gemeinsamen Code-Worten kreiert wurde, zeichnet sich vor allem durch Vieldeutigkeit, Offenheit für unterschiedliche Bedeutungen oder aber durch ganz banale Prägnanz ab. Es ist die Rede von Power, Widerstand und Leben, von den Betonfaschisten, den Plastikfressern und den Schweinen. Nicht ist die Rede von Kommunismus oder Sozialismus, auch nicht von Öko-Sozialismus. Und das A im Kreis, das weder an Häuserwänden noch in Flugblättern fehlen darf, steht nur einigen für Anarchie, sonst eher für Anders oder ›Wir wollen alles – aber subito‹. ›A wie Abschaum, Asozial, Arbeitslos, Ananasmarmelade, AKW, Autonomie‹ las ich einmal auf einer Lederjacke... ›Die 68er Opas‹, schreibt ein Teil der Bewegung, ›haben immer noch nicht begriffen, daß wir nicht für die Öffentlichkeit kämpfen, sondern für uns, und zwar nicht gegen einen Mißstand, sondern für ein selbstbestimmtes Leben in allen Bereichen. Autonomie, aber subito!... Wir machen Aktionen nicht für die tierisch-ernste Aktion, sondern weils Spaß macht.‹«[15]

Die nach den Studentenprotesten des Jahres 1968 heftigsten Jugendunruhen in der Geschichte der Bundesrepublik lösten eine Welle von wissenschaftlichen Untersuchungen und parlamentarischen Aktivitäten aus. Als gesichertes Ergebnis kann gelten, daß Parteien, Politiker und staatliche Institutionen in den Augen der bundesdeutschen Jugendlichen erheblich an Glaubwürdigkeit verloren haben. Dabei ist eindeutig, daß dieser Verlust an Glaubwürdigkeit weit über die in Bürgerinitiativen oder der Hausbesetzerbewegung aktive kleine Minderheit von Jugendlichen hinausgeht. Nach den Erhebungen der Shell-Studie[16] etwa fühlten sich von der repräsentativen Gesamtheit von 1077 befragten Jugendlichen 32 % »keiner Partei nahe«. (Die restlichen Ergebnisse: 24 % standen der SPD, 20 % den GRÜNEN, 18 % der CDU/CSU, 6 % der FDP und weniger als 0,5 % DKP, KBW, NPD nahe.)

Sowohl die soziale Zusammensetzung als auch die Zielsetzungen der protestierenden Jugend zu Anfang der 80er Jahre unterschieden sich deutlich von der 68er-Studentenbewegung. Heute spielen die Studenten eine eher marginale Rolle. 1968 prägte die überwiegend antikapitalistisch-sozialistisch orientierte Ideologie der »Neuen Linken« das Bild der Protestbewegung. Anfang der 80er Jahre haben traditionelle ideologische Konzepte keine Bedeutung mehr. In Verruf geraten sind nicht nur liberalkapitalistische, sondern auch die der Tradition der Arbeiterbewegung entstammenden sozialistischen Konzepte. Integrierende Zielvorstellungen der ideologisch nicht fixierten Jugendopposition sind der Widerstand gegen die Umweltzerstörung und den internationalen Rüstungswettlauf. Fester Bestandteil sind außerparlamentarische Aktionen und Kundgebungen, wie etwa die bislang größten Demonstrationen in der Geschichte der Bundesrepublik, die Friedenskundgebungen in Bonn am 10. Oktober 1981 und am 10. Juni 1982 mit 300000 bzw. 400000 Teilnehmern.

Noch nicht entschieden ist die zukünftige Strategie. In Frage steht, ob und

Jugend der 80er Jahre: oben »Punk-Ladies« in Berlin-Kreuzberg 1981; unten sogenannte »Teds«, ebenfalls Berlin, 1985.

wieweit neben den Formen außerparlamentarischer Aufklärung und Aktionen die Mitarbeit auf parlamentarischer Ebene gesucht werden soll. Wie die Wahlerfolge der Grünen und Alternativen Parteien (und besonders ihre hohen Stimmanteile bei den Jung- und Erstwählern) zeigen, hat sich das Potential der Jugendopposition kontinuierlich verbreitert.

Die Friedensbewegung hatte sich in der Folge mit einem eigenartigen Paradoxon auseinanderzusetzen. Sie scheiterte – trotz ihrer beeindrukkenden zahlenmäßigen Stärke – mit ihrer erklärten Zielsetzung, die sogenannte »Nachrüstung« von atomaren Mittelstreckenraketen zu verhindern. Ab 1983 wurden trotz aller Demonstrationen und Blockadeaktionen vor Militärdepots Pershing II-Raketen und Marschflugkörper vom Typ Cruise Missile in der Bundesrepublik stationiert. Vier Jahre später, 1987, vereinbarten US-Präsident Ronald Reagan und der sowjetische Generalsekretär Michail Gorbatschow den Abbau aller Mittelstreckenraketen in Ost und West und leiteten damit eine neue Phase der Entspannungspolitik zwischen den Supermächten ein. Der amerikanische Präsident interpretierte dies als die Konsequenz seiner »Politik der Stärke«. Der sowjetische Generalsekretär reklamierte den Abrüstungserfolg für seine »Politik des neuen Denkens«, das unter anderem auch die Abkehr von einer hegemonial konzipierten Militärstrategie bedeute. Das historische Verdienst der Friedensbewegung wurde so in den Hintergrund gedrängt: die systematische Demontage des dem Kalten Krieg entstammenden Feindbild-Denkens und der hartnäckige Verweis darauf, daß ein atomarer Krieg nicht zu gewinnen ist.

Auch die in den achtziger Jahren weiter erstarkende ökologische Bewegung hat sich immer deutlicher mit beständig neuen Ohnmachtserfahrungen auseinanderzusetzen. Beispiele sind das nach wie vor voranschreitende Waldsterben, die Vergiftung der Luft und der Gewässer, die weiterhin ungebrochene Nutzung der Atomkraft als Energiequelle.

Am 26. April 1986 ereignete sich im sowjetischen Atomkraftwerk Tschernobyl ein GAU (Größter Anzunehmender Unfall), der große Mengen von Radioaktivität freisetzte und weite Teile von Ost-, Nord- und Westeuropa verstrahlte. Bis dahin waren Hinweise auf die singuläre Gefährlichkeit der Atomenergie-Gewinnung als Panikmache abgetan worden. Doch auch nach Tschernobyl wird mit der Wiederaufarbeitungsanlage für abgebrannte Kernbrennstäbe in Wackersdorf in der Bundesrepublik noch immer auf einen Ausbau der risikoreichen Atomtechnologie gesetzt. Der Anti-Atom-und-Ökologie-Bewegung sind die breite Information und Aufklärung großer Bevölkerungsschichten über diese Thematik zuzuschreiben. Gruppen wie GREENPEACE oder ROBIN WOOD bedienen sich dabei kalkulierter Regelverletzungen:

Sie verhindern das Auslaufen von Giftmüll-Verklappungs-Transportern auf See oder besteigen Kraftwerkskamine. Grenze ihres Einsatzes ist die Gefährdung ihres eigenen Körpers. An den Rändern der Anti-Atom- und Ökologiebewegung jedoch ist auch die Meinung anzutreffen, demokratisch legitimierter Protest bis zur Sitzblockade sei fruchtlos, wenn überhaupt, könne nur militanter und unkalkulierbarer Widerstand die mächtigen pressure-groups in Industrie und Staat zur Aufgabe ihrer industriepolitischen Ziele bewegen. »Autonome Gruppen« (die Namensgebung kommt nicht aus der Sozial- oder Jugendforschung, sie stammt von den so Bezeichneten selbst) – befürworten Gewalt gegen Sachen und in der Auseinandersetzung mit der Polizei bei Demonstrationen. Ein klares strategisches Konzept ist dabei nicht absehbar. Oft scheint diese Gewalt bereits Produkt absoluter Resignation zu sein. Als nach der Ermordung zweier Polizisten auf einer Demonstration von Autonomen am 2. November 1987 während einer Demonstration gegen die Frankfurter Startbahn West überall Reporter ausschwärmten, diktierte ein Autonomer, der sich »Cat« nannte, dem Reporter der »Süddeutschen Zeitung« in die Feder: »Gewalt ist eine Form von Selbstverwirklichung. Es kann noch so sinnlos sein – wenn du auf die Sachen, die du haßt, auf Nazi- oder Bullenwagen, auf Bauten, die die Umwelt zerstören, voll die Steine wirfst, wenn die Rollen des Alltags mal verdreht werden, das ist so ein geiles Gefühl, das gibt es überhaupt nicht. Da tue ich echt etwas für mich. Da habe ich mich nicht wie jeder andere Scheißbürger zu Hause hingesetzt und die Zeitung aufgeschlagen und gesagt: Ja, ja, ist das alles schlimm.«

Anmerkungen

1 »Aufruf zur Behebung der Berufsnot der Jugend«, Flugblatt vom 20. 10. 1949, hrsg. vom Bayerischen Staatsminister für Arbeit und Soziale Fürsorge, Zeitungsarchiv des Bayerischen Rundfunks, Akte F 13.
2 Heinz Kluth, Arbeiterjugend – Begriff und Wirklichkeit, in: Helmut Schelsky (Hrsg.), Arbeiterjugend gestern und heute, Heidelberg 1955, S. 16–174.
3 Protokoll über die 1. Interzonale und Gewerkschafts-Jugend-Konferenz, München-Hallthurm, 15., 16. und 17. Jan. 1948, einberufen und durchgeführt von der Interzonenkonferenz der deutschen Gewerkschaften.
4 Viggo Graf Blücher, Die Generation der Ungefangenen, Düsseldorf u. Köln 1966.
5 Fünf Jahre »German Youth Activities«, in: Die Neue Zeitung 17. 11. 1951.
6 Ebenda.
7 Mißklang bei Jugendreise in die ČSSR, in: Süddeutsche Zeitung 3. 10. 1963.
8 Verlogenes Spiel mit Jugendlichen – Politik und Sexualität im »Falken«-Lager, in: Die Welt 14. 8. 1969.
9 Den Namen CVJM ablegen?, in: Frankfurter Allgemeine Zeitung 16. 8. 1972.

10 Die Südpost 21.2.1952.
11 Rudi Dutschke, Mein langer Marsch, Reinbek 1980, S. 79.
12 Ebenda, S. 13.
13 Kommune 2 (Christel Bookhagen, Eike Hemmer, Jan Raspe, Eberhard Schultz), Kindererziehung in der Kommune, in: Kursbuch 17 (Juni 1969), S. 151.
14 Gudrun Cyprian, Sozialisation in Wohngemeinschaften, Stuttgart 1978.
15 Benny Härlin: Von Haus zu Haus – Berliner Bewegungsstudien, in Kursbuch 65 (Okt. 1981), S. 14ff.
16 Jugend 81. Lebensentwürfe, Alltagskulturen, Zukunftsbilder, hrsg. vom Jugendwerk der Deutschen Shell, Opladen 1982.

Literatur

Viggo Graf Blücher, Die Generation der Unbefangenen, Düsseldorf, Köln 1966
Gudrun Cyprian, Sozialisation in Wohngemeinschaften, Stuttgart 1978
»Jugend 81. Lebensentwürfe, Alltagskulturen, Zukunftsbilder«, hrsg. vom Jugendwerk der Deutschen Shell, Opladen 1982
Jugendprotest im demokratischen Staat, hrsg. vom Presse- und Informationszentrum des Bundestages, Speyer 1982
Günter Kaiser, Jugendkriminalität, Weinheim–Basel 1977
Heinz Kluth, Arbeiterjugend – Begriff und Wirklicheit, in: Helmut Schelsky (Hrsg.), Arbeiterjugend gestern und heute, Heidelberg 1955
Kommune 2, Versuch einer Revolutionierung des bürgerlichen Individuums, Berlin 1969
Ulrich Lohmar, Die arbeitende Jugend im Spannungsfeld der Organisation in Staat und Gesellschaft, in: Helmut Schelsky (Hrsg.), Arbeiterjugend gestern und heute, Heidelberg 1955
Karl Markus Michel, Tilman Spengler (Hrsg.), Kursbuch 65. Der große Bruch – Revolte 81, Berlin 1981
Karl Markus Michel, Harald Wieser (Hrsg.), Kursbuch 54. Jugend, Berlin 1978
Rebellion der Studenten oder die neue Opposition, eine Analyse von Uwe Bergmann u. a., Reinbek 1968
Helmut Schelsky, Die spektische Generation, Düsseldorf–Köln 1957

Chronik

1949

18.–20.5. Gründung des Deutschen Bundesjugendringes (DBJR), der Bundesarbeitsgemeinschaft Jugendaufbauwerk und der Arbeitsgemeinschaft für Jugendpflege und Jugendfürsorge in Rothenburg o. d. T.

1950

18.12. Die Bundesregierung verkündet den Bundesjugendplan, der von jetzt an jährlich fortgeschrieben wird.

1954

9.6. Gesetz über die Verbreitung jugendgefährdender Schriften. Die Bundesprüfstelle für jugendgefährdende Schriften wird eingerichtet.

1961

11.8. Neufassung des Jugendwohlfahrtsgesetzes.

1963

5.7. Das deutsch-französische Jugendwerk wird errichtet. An seinen Maßnahmen nehmen bis Anfang 1980 2,9 Millionen Jugendliche aus beiden Ländern teil.

1965

14.6. Der erste Jugendbericht der Bundesregierung wird veröffentlicht.

1967

2.6. Bei Demonstrationen Berliner Studenten gegen den Schah-Besuch wird der Student Benno Ohnesorg von einem Polizisten erschossen.

26.9. Rücktritt des Berliner Bürgermeisters Heinrich Albertz im Zusammenhang mit den Studentenunruhen vom Juni.

1968

15.1. Zweiter Jugendbericht mit den Themen Aus- und Fortbildung der Mitarbeiter in der Jugendhilfe und Jugend und Bundeswehr.

9.2. Der Bundestag debattiert über die Unruhe der Jugend.

18.2. Studentenausschreitungen in West-Berlin gegen USA und Vietnamkrieg.

Ostern Schwere Studentenunruhen im gesamten Bundesgebiet nach dem Attentat auf Rudi Dutschke.

30.4. Sondersitzung des Bundestages über die Osterunruhen der Studenten.

1969

14.8. Verabschiedung des Berufsbildungsgesetzes, das die Ausbildungsverhältnisse bundeseinheitlich regelt; Lehrlinge heißen jetzt »Auszubildende«.

1970

27.6. Ergänzung und Veränderung des Jugendwohlfahrtsgesetzes führt zur Verbesserung der Stellung von nichtehelichen Kindern und der rechtlichen Stellung der Mutter.

31.7. Herabsetzung des aktiven Wahlalters auf 18 Jahre.

5.11. Bundesregierung beschließt das Aktionsprogramm berufliche Bildung zur Verbesserung der Qualifikation der Ausbilder und zur Schaffung neuer Ausbildungsstätten.

1971

10.11. Reform des Betriebsverfassungsgesetzes verbessert die rechtliche Stellung der Jugendvertretung im Betrieb.

1974

22.3. Herabsetzung der Volljährigkeit von 21 auf 18 Jahre; die Ehemündigkeit der Frauen wird von 16 auf 18 Jahre heraufgesetzt.

1976

13.1. Novellierung des Jugendarbeitsschutzgesetzes führt für Jugendliche die Fünf-Tage-Woche, den Acht-Stunden-Tag, die Vierzig-Stunden-Woche und die Erhöhung des Urlaubs von 24 auf 25–30 Urlaubstage ein, erweitert den Katalog der Beschäftigungsverbote und verbessert den Gesundheitsschutz.

21.1. Bundestag beschließt 300-Millionen-Sonderprogramm zur Bekämpfung der Jugendarbeitslosigkeit.

1978

17.2. Regierungschefs von Bund und Ländern beschließen ein bis 1982 reichendes Programm zur Minderung von Beschäftigungsrisiken bei Jugendlichen mit geplanten Investitionen von 1,1 Milliarden DM.

8.11. Bundeskabinett beschließt Reform der Jugendhilfe.

1980

Dez. Schwere Jugendunruhen und Hausbesetzungen vor allem in West-Berlin.

1981

5.3. Massenverhaftung von Jugendlichen im Nürnberger Kommunikationszentrum »KOMM«.

26.5. Bundestag beschließt Einsetzung der Enquête-Kommission »Jugendprotest im demokratischen Staat«.

10.10. Großdemonstration für Frieden und Abrüstung mit 300000 Menschen in Bonn.

1982

10.6. Zweite Friedensdemonstration in Bonn mit 400000–500000 Teilnehmern.

1986

26.4. GAU im sowjetischen Kernkraftwerk Tschernobyl. Demonstrationen und Aktionen gegen Atomkraftwerke, Forderung nach dem Ausstieg aus der Kernenergie.

Hanna Brunhöber
Wohnen

Für die meisten Menschen ist das Haus oder die Wohnung nicht nur der Ort, an dem sie schlafen, essen, lieben und streiten. Die sprichwörtliche Tür, die sie hinter sich schließen, signalisiert den Rückzug in einen Bereich, der Sicherheit und Schutz gewährt. Geborgenheit und Gemütlichkeit, familiäre Traulichkeit und Selbstverwirklichung, Geselligkeit und Fernsehabend – all das bietet der häusliche Rahmen. Wenn die private Wohnumwelt durchschnittlich alle fünf Jahre neu gestaltet wird, wenn über 50 % der Deutschen nahezu jeden Abend zu Hause verbringen, wenn der Wunsch nach einer größeren und schöneren Wohnung in den Ranglisten der Bundesbürger auf den vorderen Plätzen zu finden ist, wenn fast nirgends – außerhalb des Berufslebens – so viel Energie, Zeitaufwand und Eigenleistung aufgebracht wird wie bei der Verschönerung der eigenen vier Wände, dann steckt hierin nicht nur das Streben nach Brauchbarkeit, Gemütlichkeit und Schönheit. Je größer die Erfahrung von Sachzwang und Ohnmacht in Beruf und Politik und je geringer die Chance des einzelnen, seine Bedürfnisse einzubringen oder gar berücksichtigt zu sehen, um so mehr verlagert sich offenbar der Wunsch nach selbstbestimmtem Handeln in den Freizeit- und vor allem in den Wohnbereich. Die Wohnung, ein Spielraum für Leben also? Ein Ort der Freiheit, der Privatheit und des Glücks jenseits der Zwänge der Arbeit, geschützt vor den Eingriffen der großen Politik, verborgen vor den Augen der Öffentlichkeit? Ein geschichtsloser Raum, abhängig nur vom altersbedingten Wandel der Bedürfnisse im Fluß der Lebenszeit und den zur Verfügung stehenden finanziellen Mitteln? Ein Bereich, in den politische, wirtschaftliche und soziale Entwicklungen nur ereignishaft hereinragen?
Der Blick nicht nur auf die nüchtern zweckmäßigen Fassaden der meisten nach dem Krieg hochgezogenen Neubaublöcke, die einfallslosen Grundrisse der meisten Sozialwohnungen, die eintönigen Reihen- und Einfamilienhausweiden an den Rändern von Städten und Dörfern, auf kleine Kinderzimmer, hohe Mieten und schlechte Verkehrsanbindung läßt daran zweifeln. Auch die im deutschen Wohnzimmer jeweils vorherrschenden Moden – von der historisierenden Ornamentik altdeutscher Konzerttruhen über die neue Sachlichkeit Braunscher Rundfunkgeräte bis zu High-Tech und Trans-High-Tech moderner Stereo- und Videoanlagen – stellen dies in Frage. Stereotypisches Wohnverhalten und ästhe-

tische Gleichförmigkeiten, zeitgenössisches Stilchaos und Postmoderne bei der Formgestaltung, die Produktpalette der einschlägigen Konsumgüterindustrie deuten insgesamt nur wenig individuelle Gestaltungsfreiheit, dafür um so mehr zeit- und gesellschaftsbedingte Prägung an. »Die Wohnungen, die nach 1945 gebaut wurden« – so faßten es 1979 Mitarbeiter des Deutschen Werkbundes, der seit 1907 mehr Mut zum Wohnen fordert, zusammen, »sehen fast überall gleich aus und sind ähnlich möbliert. Trotz aller Heimwerkerei findet man selten überraschende und eigenständige Alternativen zum normierten Wohnen von der Stange.« Und sie stellten die naheliegende Frage: »Woher aber rührt diese Uniformität bei so viel Anstrengung, sich eigenständig zu geben?«[1]

Wohnen, das ist offenbar doch nicht nur Ausdruck ureigenster Bedürfnisse und Verhaltensweisen. Wohnen, das ist auch schlichte Anpassung an Umweltformen, wie sie durch bestimmte politische, wirtschaftliche und soziale Gegebenheiten zustande gekommen sind. Menge und Art des Wohnungs-, Haus- und Möbelangebots, die Richtung der Stadt- und Dorfentwicklung, die Qualität des Wohnumfelds, die rechtliche Ausgestaltung der Eigentums- und Mietverhältnisse, die Normierung der Architektur durch Baugesetze und Verordnungen, die Schwerpunkte der Wohnungs- und Städtebaupolitik, der Anteil der Wohnkosten am zur Verfügung stehenden Einkommen und nicht zuletzt die durch Massenmedien und Bezugsgruppen verbreiteten Leitbilder für »Schöneres Wohnen« – all dies bildet den Rahmen, innerhalb dessen man sich noch allemal einzurichten hat. Dazu kommt das verbreitete Bedürfnis, mit der eigenen Wohnung zu repräsentieren, zu zeigen, wie weit man es gebracht hat, was man sich alles leisten kann, welchen persönlichen Hintergrund und welchen gesellschaftlichen Standort man hat. Im Ergebnis jedenfalls stellen die Erscheinungsformen der Wohnkultur der Bundesrepublik meist nur die oberflächliche Abwandlung bestimmter, immer wieder auftauchender Grundmuster dar.

Die Vereinheitlichung der Wohnkultur – der Trend zum normierten Wohnen

Versucht man die Entwicklung der Wohnverhältnisse der Bundesrepublik in den letzten Jahren zusammenzufassen, so gehört zu den auffälligsten Erscheinungen ein – im übrigen auch in anderen gesellschaftlichen Bereichen feststellbarer – Trend zur Vereinheitlichung. Der Herausbildung und Befestigung eines durchschnittlichen Wohnmusters entspricht die fortschreitende Austilgung aller traditionellen, klassen- und regionenspezifischen Verschiedenheiten. Sei es im Norden oder Süden, in der Stadt

und auf dem Dorf, im Arbeiter- oder Angestelltenhaushalt, überall verschwinden unaufhaltsam und unwiederbringlich viele jener kulturellen und sozialen Besonderheiten, die unserer Gesellschaft jahrhundertelang das Gepräge und den betreffenden Gruppen, Schichten und Regionen ihr Selbstverständnis und ihr Zugehörigkeitsgefühl gaben.
Der Prozeß der Angleichung von Wohn- und Lebensformen kann nun durchaus nicht nur negativ als Pauperisierung der Vielfalt des Alltagslebens[2] oder als Zerstörung der ehemals in dörflichen Nachbarschaften idyllisch gegliederten Arbeits- und Wohnzusammenhänge[3] gesehen werden. Die Herstellung gleicher Lebens- und Wohnchancen für alle, die Verbreitung und Anerkennung des – bislang nur den herrschenden Klassen und Schichten vorbehaltenen – Bedürfnisses nach einer räumlich wie sozial befriedigenden Wohnsituation, das Bewußtsein vom aus der Würde des Menschen und der Gewähr seiner individuellen Entfaltung folgenden Recht auf die Unverletzlichkeit der Wohnung – all dies trägt der Tatsache Rechnung, daß Wohnverhältnisse jahrhundertelang eben nicht nur Folge, sondern auch Bedingung sozialer Ungleichheit waren. Daß also die Wohnungs-, Stadt- und Regionalpolitik in 40 Jahren Bundesrepublik nicht nur zum »Wohnungswunder«, sondern auch zur Uniformierung der Bau-, Umwelt- und Einrichtungsformen führte, daß die technologisch-industrielle Entwicklung im Bau- und Möbelgewerbe zwar die Verbilligung, aber eben auch die Serienfertigung ihrer Produkte mit sich brachte, daß die über Wohnzeitschriften, Kataloge, Schaufenster und Fernsehspiele verbreiteten Leitbilder »Schöneren Wohnens« zwar durchaus geschmacksbildend, aber eben in Richtung auf den Absatzbedarf der am Wohnen verdienenden Industrien vereinheitlichend wirkten, und schließlich, daß die allgemeine Durchsetzung eines vormals auf Bürgertum und Großstädte beschränkten Lebens- und Wohnstils mit der nachbarschaftlichen Enge auch dessen alltagspraktische Solidarität und Idylle wegfegte: dies alles sind Zeichen für Emanzipation und Anpassung zugleich. Von den Brüchen und Widersprüchen auf dem Weg zu einer einheitlichen Wohn- und Alltagskultur, von überlagernden sozialen Differenzierungen, von zeitlichen Verzögerungen, von unfreiwilligen und freiwilligen Abweichungen vom allgemeinen Trend, von alten Wohnghettos und neuen Wohnsubkulturen soll hier nicht abgesehen werden. Ob aber die viel zitierte »neue Wohnungsnot« in den Ballungsgebieten und die vereinzelte Suche nach alternativen Lebensformen in Wohngemeinschaften und besetzten Häusern tatsächlich bereits Indizien für eine tiefgreifende Struktur- und Sinnkrise und erste Versuche selbstbestimmten Lebens sind, oder auch weiterhin, wie gehabt, »not- und sonderverwaltet« und lediglich als Stilattitüde im »postmodernen« Pluralismus geduldet werden, ist noch nicht entschieden.

Sozialer Wohnungsbau und Eigenheim – Die politische Durchsetzung der Standardwohnung für jedermann

Der breite Konsens, den die Regierung Adenauer in den 50er Jahren bei der Bevölkerung fand, ist ohne Bezug auf das »Wohnungswunder Bundesrepublik« und die damit in ursächlichen Zusammenhang gebrachte Wohnungsbaupolitik nicht zu erklären. Mit der Förderung von Wohnungsbau und Eigenheim, mit der verbindlichen Festsetzung von Maßstäben für Größe und Ausstattung der neu erbauten Wohnungen und mit der Subventionierung der Wohnkosten gelang es schließlich, das allgemeine und akute Wohnungsproblem zu lösen. Kernstück des unter der Federführung des FDP-Wohnungsbauministers Eberhard Wildermuth ausgearbeiteten ersten Wohnungsbaugesetzes von 1950 war der soziale Wohnungsbau: der schnelle Bau von möglichst vielen Wohnungen »die nach Größe, Ausstattung und Miete (Belastung) für die breiten Schichten des Volkes bestimmt und geeignet sind«.[4] Das hiermit bundeseinheitlich eingeleitete Wohnungsbauprogramm machte mit seinem gestaffelten System öffentlicher Zuwendungen und Zugeständnisse – je nachdem, ob es sich um sozialen, steuerbegünstigten oder freifinanzierten Wohnungsbau handelte – allein bis zum Jahr 1956 die Errichtung von rund drei Millionen Wohnungen möglich.

Nun war die Wohnungsnot durchaus nicht erst ein Problem der jungen Bundesrepublik. Bereits vor dem Zweiten Weltkrieg hatte der Wohnungsbau – trotz gezielter Werbung für den Kleinsiedlungsbau – mitnichten den Bedarf gedeckt. Mit der Umstellung auf Kriegswirtschaft war die Bautätigkeit noch weiter eingeschränkt worden, und seit der Jahreswende 1941/42 hatten die Bombenangriffe der Alliierten in den Städten zu schweren Zerstörungen geführt. Berlin z. B. hatte fast die Hälfte, Köln, Dortmund, Duisburg und Kassel hatten zwischen 60 und 70 % der Wohnungen verloren. Es gab damals eine »Verordnung zur Wohnraumlenkung«[5], große Bevölkerungsgruppen wurden aus den Städten evakuiert, und mit dem »Deutschen Wohnungshilfswerk« von 1943 war eine Behelfsheimaktion gegründet worden. Die Wohnraumbewirtschaftung, zunächst per Gesetz Nr. 48/1946 des Alliierten Kontrollrats geregelt, und die spätere bundesdeutsche Rechtsgrundlage von 1953 war nur eine Fortsetzung der schon im Krieg eingeführten Mangelverwaltung. Desgleichen stellte das erste Wohnungsbaugesetz, was Finanzierung, Programmatik, Durchführung und Formen – z. B. die Unterscheidung von Geschoßwohnung, Eigenheim und Kleinsiedlung – betraf, nur eine geringe Abwandlung der Wohnungspolitik der Weimarer Republik und der NS-Zeit dar[6]. Als Ausdruck für das gänzliche Fehlen praktikabler Gegenmodelle für den Wiederaufbau und von Vorschlägen für die Reform der Bodenordnung war dieses Gesetz mit den Stimmen fast aller damals im Bundestag vertretenen Parteien zustande gekommen. Die Konzentration auf den allgemeinen Mietwohnungsbau – einer der Gründe für die Zustimmung der SPD – rückte dabei schon mit der Novellierung von 1953, später mit der Akzentverschiebung im zweiten Wohnungsbaugesetz von 1956, in den Hintergrund. Das neue »Wohnungsbau- und Familienheimgesetz« hatte nunmehr die Zielsetzung, »den Wohnungsmangel zu beseitigen und für weite Kreise der Bevölkerung breit gestreutes Eigentum zu schaffen«[7]. Durch die »Förderung des Eigenbesitzes« – so ein bekanntes Wort des späteren Wohnungsbauministers Paul Lücke (CDU), sollten »aus besitzlosen Proletariern verantwortungsbewußte Staatsbürger« gemacht werden.

Der mit der Begünstigung des Eigenheims propagierte Haustypus – Kleinhaus, Familienheim – war seit der durch die Arbeiterwohnungsfrage und die starke städtische Verdichtung in den Mietskasernen im 19. Jahrhundert aufgeworfenen Wohnungsdebatte schon immer das Ideal eher konservativ ausgerichteter Reformkonzepte.[8] Zwar hatten die auf Selbsthilfe und Selbstverwaltung basierenden, in Deutschland seit Mitte des letzten Jahrhunderts gegründeten Wohnungsgenossenschaften nicht nur für die damalige Zeit durchaus beispielhafte Bau- und Raumkonzepte wie Wohnhöfe und Blockbebauungen mit gemeinschaftlich zu nutzenden Innenhöfen im Geschoßwohnungsbau entwickelt. Doch auch der Gründer der ersten deutschen Mietgenossenschaft 1852 in Berlin, C. W. Hoffmann, wurde nicht müde, zu betonen, daß diese »zum Nutzen sowohl für die Beteiligten als für das Ganze eigentumslose Arbeiter in arbeitende Eigentümer verwandeln«[9] wolle. Hierin war die Hinwendung zu Familie und Eigentum bereits enthalten, die die späteren Entwicklungen zur Raumauflösung und Landschaftszersiedelung mitbegünstigen sollte. Obwohl weitsichtige Stadtplaner jener Zeit damals schon vor der Entstehung der Vorstädte als Folge der Eigenheimförderung gewarnt hatten, wurde im Dritten Reich – in Abgrenzung gegen die Idee der Genossenschaften – vor allem für den Kleinsiedlungsbau geworben. Selbst die zu Beginn der 60er Jahre auftauchenden Zweifel am Wohnwert mehrstöckiger Neubaublöcke und Hochhäuser vermochten ihre konservative Herkunft meist nicht zu verleugnen: Vermassung, Vereinsamung, Unmenschlichkeit, Verwahrlosung, Kriminalität waren die Argumente[10], die sich bruchlos in die mit dem »Lücke-Plan«[11] – in Anlehnung an die Gartenstadtbewegung[12] – begonnene Großoffensive zur Förderung des Eigenheims mit Garten eingliedern ließen.

Die finanzielle und ideologische Ausrichtung der Wohnungspolitik auf die Eigentumsbildung erfolgte durchaus folgerichtig in engem Zusammenhang mit der schrittweisen Wiederherstellung des freien Wohnungsmarktes. »Die Wohnungszwangswirtschaft« – so hieß es beispielsweise in der Begründung zum »Lücke-Plan« – »enthält Beschränkungen des Eigentums, die nur so lange vertretbar sind, als die Wohnungsnot politisch und sozial keine andere Wahl läßt... Weder mit der Eigentumsgarantie des Grundgesetzes noch mit dem Gleichheitsgrundsatz ist es vereinbar, das Grundeigentum auf die Dauer unter ein Ausnahme- und Sonderrecht zu stellen. Es ist auch nicht möglich, im Wohnungsbau für die Bildung neuen Eigentums zu werben, ... wenn nicht sichergestellt wird, daß das bereits vorhandene Eigentum in seinem rechtlichen und wirtschaftlichen Bestand erhalten werden kann.«

Der meßbare Erfolg dieser Politik war ablesbar an der Entwicklung der Wohnungsversorgung und der steigenden Eigentumsquote der Bundesrepublik (Tabelle 1).

Bereits 1965 fehlten nur noch 1,5 Millionen Wohnungen, die meisten Bundesbürger hatten ihre Notunterkünfte, Flüchtlingslager und Untermietzimmer verlassen, fast 35 % hatten sogar Wohnungseigentum erworben (Tabelle 2).

Ende der 60er Jahre war damit zu Recht weder traditionelle Arbeiter- noch akute Nachkriegswohnungsnot ein (politisches) Thema.

Mit den Wohnungsbaurichtlinien der Länder waren außerdem erstmals wohnungspolitische Maßstäbe für eine als angemessen geltende Woh-

Tabelle 1: Bevölkerung nach dem Wohnverhältnis
(Ergebnis der privaten Umfrageforschung)

<table>
<tr><th>Es wohnten: in %</th><th>1948</th><th>1955</th><th>1960</th><th>1963</th><th>1966</th><th>1968</th><th>1970</th><th>1972</th><th>1976</th><th>1977</th><th>1978</th></tr>
<tr><td>Zur Miete</td><td>54</td><td>59</td><td>61</td><td>59</td><td>56</td><td>56</td><td>55</td><td rowspan="2">61</td><td rowspan="2">53</td><td>46</td><td>56</td></tr>
<tr><td>Zur Untermiete</td><td>13</td><td>9</td><td>5</td><td>4</td><td>6</td><td>6</td><td>5</td><td>1</td><td>1</td></tr>
<tr><td>Im eigenen Haus</td><td>26</td><td>28</td><td>32</td><td>33</td><td>35</td><td>36</td><td>37</td><td>35</td><td rowspan="2">47</td><td>51</td><td rowspan="2">41</td></tr>
<tr><td>In Eigentumswohng.</td><td></td><td>1</td><td>1</td><td>2</td><td>3</td><td>2</td><td>2</td><td>3</td><td>1</td></tr>
<tr><td>Andere/ Keine Antwort</td><td>7</td><td>3</td><td>1</td><td>2</td><td>0</td><td>0</td><td>1</td><td>1</td><td>0</td><td>0</td><td>2</td></tr>
<tr><td>Insgesamt</td><td>100</td><td>100</td><td>100</td><td>100</td><td>100</td><td>100</td><td>100</td><td>100</td><td>100</td><td>100</td><td>100</td></tr>
</table>

Quellen: Elisabeth Noelle, Erich Peter Neumann (Hrsg.), Jahrbuch der öffentlichen Meinung 1968 bis 1973, Allensbach 1973, S. 7; Elisabeth Noelle-Neumann (Hrsg.), Allensbacher Jahrbuch der Demoskopie 1977, Allensbach 1977, S. 246; Divo Inmar, Die Wohnwünsche der Bundesbürger, Frankfurt 1972, S. 38; Schöner Wohnen (Hrsg.), Wohnwert und Alternativen, 1978, S. 35; Mannheimer Wohlfahrtssurvey 1978, Grundauszählung, aus: Wolfgang Glatzer, Wohnungsversorgung im Wohlfahrtsstaat, Frankfurt, New York 1980, S. 246.

Tabelle 2: Wer wohnt im eigenen Haus? Wer wohnt zur Miete?

Es wohnen	in der eigenen Wohnung		zur Miete		zur Untermiete	
	absolut	%	absolut	%	absolut	%
Haushalte insgesamt	7417000	33,5	13456400	60,8	1255700	5,7
davon						
Selbständige	1359600	66,7	653800	32,2	23600	1,1
Beamte/Angestellte	1635400	28,6	3812700	67,0	250200	4,4
Arbeiter	2135100	31,2	4182800	61,3	505200	7,5
Nichterwerbstätige	2286900	30,2	4807100	63,4	476700	6,4

Aus: Michael Andritzky, Gert Selle (Hrsg.), Lernbereich Wohnen, Bd. 1, Reinbek 1979, S. 77.

nungsversorgung gesetzlich festgelegt worden. Vorgeschrieben waren im sozialen Wohnungsbau eine – je nach Familiengröße – bestimmte Wohnungsgröße, ein eigener Eingang, Keller, Trockenräume und eine – meist vom übrigen Wohnungsbereich abgegrenzte – kleine Arbeitsküche. Sosehr diese Standards auch durch bürokratische Entscheidung von oben, ohne Anhörung oder Befragung der Betroffenen zustande kamen, sie bewirkten jedenfalls, daß sich die Wohnungsqualität der in der Vergangenheit weniger begünstigten Schichten schrittweise verbesserte. Zumindest seit Beginn der 60er Jahre war die Ausstattung neuer Wohnungen mit Bad, WC und Sammelheizung selbstverständlich; immerhin hatten noch ein gutes Drittel der vor 1900 erbauten Wohnungen kein eigenes WC im Gebäude, fast die Hälfte der zwischen 1919 und 1948 errichteten Häuser kein Bad und nahezu 80 % nur Ofenheizung. Entsprechend negativ fielen die in der Bevölkerung damals ermittelten Bewertungen der Bau- und Sozialstruktur von Altstadt- und Sanierungsvierteln aus. In den Augen ihrer Mitmenschen schnitten die Bewohner von Neubauvierteln auch insgesamt besser ab: sie verdienten mehr, waren gebildeter und standen in gehobeneren Berufen.[13] Die hier beispielhaft angeführten Meinungen mögen für das Lebensgefühl der damaligen Zeit stehen: jenseits der Zerstörungen des Krieges, des Verlusts der Heimat und der Verunsicherung des »Zusammenbruchs« war für viele bis weit in die sechziger Jahre hinein die neue Wohnung Sinnbild des Neubeginns. Fortschritt und Modernität, Zukunftsorientiertheit und Bruch mit der Vergangenheit – all dies drückte sich im Umgang der Bundesbürger mit ihren Wohnungen, in ihren Vorstellungen vom »gelungenen Wohnen« ebenso wie in ihrem Drang zum eigenen Häuschen im Grünen aus.

Als hinderlich für eine wirklich breitere Eigentumsstreuung sollte sich

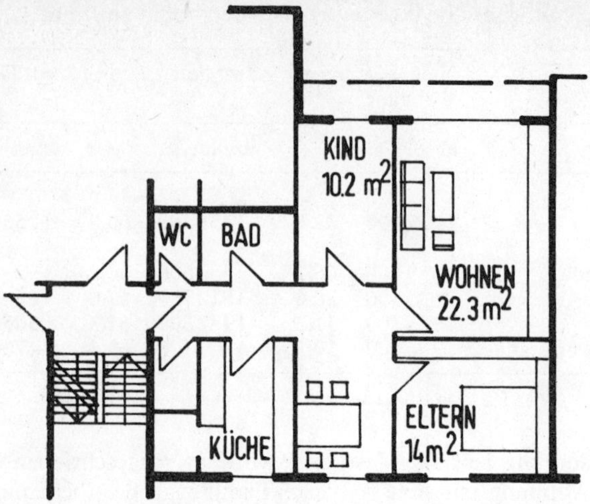

Sozialer Wohnungsbau (Grundriß): Jagdfeldring, Haar bei München. Zeichnung: Hans Nerlinger.

allerdings die bereits in den 60er Jahren begonnene und dann durch die sozialliberale Koalition beschleunigte Umstrukturierung der staatlichen Subventionsmechanismen für den Wohnungsbau erweisen. In diesen Jahren war durch die Finanzierungstechniken des »Lücke-Plans«, die zunehmenden Verpflichtungen aus der Vergangenheit und die steigenden Boden-, Bau- und Kreditkosten der Subventionsaufwand pro gebauter Sozialwohnung stark angestiegen und der Anteil der fertiggestellten Sozialwohnungen am Gesamtbauvolumen entsprechend gesunken. Seit Mitte der 70er Jahre jedoch – dem Beginn eines erneuten Eigenheimbooms – wurde der überwiegende Teil öffentlicher Gelder – neben der Modernisierungs- und Städtebauförderung und dem Wohngeld – für Steuervergüngstigungen und Bausparförderungen im privaten Eigenheimbau vergeben. Ein Verfahren, das grundsätzlich nicht die niedrigeren – wie ursprünglich beabsichtigt –, sondern die höheren Einkommensschichten begünstigte. So entfiel beispielsweise im Jahr 1972 auf die Haushalte der obersten Einkommensklasse mehr als das Achtfache des Subventionsbetrages, der an die Haushalte der untersten Einkommensklasse ging. Damit entwickelte sich die staatlich geförderte Eigentumsbildung stetig zu einer Sache der Besserverdienenden: im Ergebnis stieg die Eigentumsquote der 20 % Haushalte mit dem höchsten Einkommen von 45,1 % im Jahr 1965 auf 54,1 % im Jahr 1978. Daneben wurde und

Tabelle 3: Verteilung der Vergünstigungen für Eigentümer auf Einkommensklassen im Jahr 1972

Einkommensklasse	Eigentümerhaushalte		Steuervergünstigungen		Öffentliche Förderung		Lastenzuschüsse		Vergünstigungen zusammen		Durchschn. Förderungsbetrag
in DM	1000	%	Mill. DM	%	Mill. DM	%	Mill. DM	%	Mill. DM	%	DM
unter 800	1170	16,6	63	2,7	53	5,5	10	11	126	3,7	108
800–1200	1623	23,0	325	14,0	195	20,4	30	33	550	16,3	339
1200–1600	1442	20,4	472	20,3	236	24,7	29	31	737	21,9	511
1600–2000	1071	15,2	407	17,5	190	19,9	13	14	610	18,1	570
2000–2500	766	10,8	360	15,5	149	15,6	8	9	517	15,3	675
2500–3000	375	5,3	214	9,2	66	6,9	2	2	282	8,4	752
3000 und mehr	616	8,7	484	20,8	66	6,9	.	.	550	16,3	893
Insgesamt	7064 *	100,0	2325	100,0	955	100,0	91*	100	3371*	100,0	477

* Abweichungen in der Summe durch Runden.

Quelle: Rudi Ulbrich, Verteilungswirkungen des Förderungssystems für den Wohnungsbau, Bonn 1980, S. 213.

wird ein wachsender Teil von Anspruchsberechtigten über das Wohngeldsystem dauersubventioniert, während sich gleichzeitig die Wohnverhältnisse der sozial schwächeren Gruppen – kinderreiche Familien, alleinstehende Mütter, Behinderte, Rentner und Ausländer – eher verschlechtern als verbessern. Daß die klassischen Mittel der Wohnungspolitik, sozialer Wohnungsbau und Eigenheimförderung, immer weniger dazu geeignet sind, die Probleme der »neuen Wohnungsnot« zu bewältigen, wird heute auch von ihren ehemaligen Verfechtern kaum mehr bestritten.

Von der Wohnungspolitik zur Stadtentwicklung
Die Standardisierung des Wohnumfelds

Die staatlichen Rezepte zur Bewältigung des Wohnungsproblems der Nachkriegszeit hatten jedoch auch andere unvorhergesehene Folgen. Die intensiven Stadtrandbebauungen und die damit auftauchenden Versorgungslücken einerseits und die Ballung von Dienstleistungsunternehmen in den Stadtkernen mit den dadurch bedingten einseitigen Nutzungsstrukturen andererseits führten zu einem neuen Problembewußtsein im Hinblick auf die Wohnsituation der Bundesbürger: ins Blickfeld kam, daß zur angestrebten Schaffung »gleicher Lebensverhältnisse« eben nicht nur die ausreichende Versorgung mit Wohnraum, sondern auch die Ausstattung und Gestaltung des Wohnumfelds – mit Einkaufsmöglichkeiten, Schulen, Krankenhäusern, Parkanlagen und kulturellen Einrichtungen – erforderlich war[14]. Die Einbeziehung des Wohnumfelds ins politische Kalkül drückte sich in einer Aktualisierung städte- und raumplanerischer Fragestellungen aus, wie sie in den 20er Jahren, vor allem durch die Wohnungsgenossenschaften, schon einmal diskutiert worden waren.
Nun hatte es auch in der ersten Phase des Wiederaufbaus städtebauliche Leitbilder und Vorstellungen gegeben. Unter Rückgriff auf die Lebens- und Kulturreformbewegung der Jahrhundertwende und deren Wiederbelebung in der NS-Zeit waren damals unter anderem das »bodenständige Bauen« und der »organische Städtebau« propagiert worden. Gegen die Gefahr der Proletarisierung der Gesellschaft in den Städten (»die zerstörten Großstädte dürfen nicht wieder zu Gespensterhöhlen der sozialen Fragen werden«) richteten sich solche Gestaltungsgrundsätze beispielsweise derart, »daß bodenständige landschaftsgebundene Wohnhäuser und Siedlungskörper entstehen, bei denen die Grundrisse und das Hausbild als organische Einheit zur Geltung kommen«. Um den Gefährdungen des Großstadtlebens durch »Vermassung«, »Entwurzelung« und »Zusammenballung großer Menschenmassen auf kleinem Raum« zu begegnen, sollte der Wohnungsbau dezentralisiert werden, d. h. die Wohn-

stätten auf ländliche Bezirke sowie in – überschaubare – Mittel- und Kleinstädte verlagert werden. Die entsprechenden Raumordnungs- und Städtebauleitbilder der ersten Nachkriegszeit hießen demnach »Entballung«, »Auflockerung« und »Begrünung«.[15] Diesem bodenständigen Bauen entsprach durchaus das anfängliche Festhalten an der handwerklichen Produktionsweise und die Ablehnung von Mechanisierung und Rationalisierung im Baugewerbe. Der Siedlungsbau sollte »in technisch primitiver Methode organisiert« werden, »ähnlich wie dies in den Jahren 1931 und 1932 bei den vorstädtischen Kleinsiedlungen vielfach mit Erfolg geschehen ist« – so hieß es etwa in den Wohntypenvorschlägen aus dem bayerischen Arbeitsministerium. Der Unterschied zu den damals so erfolgreichen Maßnahmen sollte lediglich die – wegen des Mangels an Baustoffen und Fachkräften – »geschlossene Bauweise« sein, das heißt der überwiegende Bau von Gruppen- und Reihenhäusern. »Bodenständiges Bauen« und »organischer Städtebau« verleugneten damit – wie Heide Berndt schon 1968 nachgewiesen hat[16] – ihre geschichtliche Kontinuität nicht. In den 30er wie in den 50er Jahren stand dahinter ein Denkmodell, das sich die Gesellschaft als natürlichen Gliederungs- und Ordnungszusammenhang vorstellte. »Wie die Masse der Menschen durch Gruppierung und Gliederung organisiert und übersichtlich gemacht wird, so kann auch der Stadtraum, die Masse der städtischen Baugebiete als das bauliche und räumliche Gefäß des menschlichen Lebens, nur durch Gliederung in überschaubare Einheiten, das heißt ›organisiert‹ werden.«[17] Eine wichtige Rolle sollte dabei die Nachbarschaftseinheit spielen. In ihrem Buch »Großstadtforschung« hatte Elisabeth Pfeil 1950 noch geschrieben: »In der Idee der Nachbarschaft ist der richtende Gedanke für das Zusammensiedeln innerhalb der Großstadt gefunden ... Mit ihr wurde der formlosen Großstadt die durchgeformte, der endlosen die übersehbare, der vereinzelnden die ins Gemeinleben einfügende, der entwurzelnden die heimatgebende Großstadt gegenübergestellt ... Größe wird überwunden nicht durch Begrenzung, sondern durch Gliederung.«[18]

Erstmals ins Wanken gerieten Bodenständigkeit und Organismusanalogien durch den Einbruch der Technik in das generell rückständige Bauwesen. Während nach Kriegsende verhältnismäßig arbeitsintensiv operiert wurde, bestimmten später – die Berliner Bauausstellung von 1957 markierte da die Wende – industrielle Fertigungsweisen und rationelle Serienproduktion zunächst den Miet- und dann auch den Eigentumswohnungsbau. Nicht nur daß sich mit der Einführung der Systembauweise in der Bauwirtschaft damit erstmals kapitalintensivere Methoden durchsetzten, auch die anfängliche Selbsthilfe zur Mobilisierung brachliegender Arbeitskräfte wurde später mehr und mehr durch angespartes Eigenkapital ersetzt: 1952 gab es in der Bundesrepublik 571000 Bausparverträge, 1957

waren es bereits über zwei Millionen. Gleichförmigkeit und geringe Qualität vieler Gebäude und Siedlungen der Nachkriegszeit waren jedoch nicht nur die unmittelbare Folge des industrialisierten Bauens an sich, sondern auch der fehlenden städtebaulichen Gesamtplanung. Erst die Ende der fünfziger Jahre an den Stadträndern entstandenen monofunktionalen Schlafstädte brachten städtebauliche Neuorientierungen.
Das Bundesbaugesetz von 1960 und die dort niedergelegte Musterbauordnung der Länder markierten von daher den zeitlichen Abschluß der Wiederaufbauphase im Bereich der Städte. Bis dahin hatte es in der deutschen Geschichte noch kein einheitliches Gesetz zu Fragen der räumlichen Ordnung gegeben. Einerseits sollte nun mit dem Gesetz der Baulandmarkt endgültig liberalisiert werden, andererseits sollten mit gemeindlicher Planungshoheit und Beschränkungen privater Baufreiheit den kommunalen und städtebaulichen Belangen erstmals bundespolitisch Rechnung getragen werden. Ideologisch anknüpfend an die von dem französischen Architekten Le Corbusier geforderte Trennung von Wohn- und Arbeitsstätte (die »Charta von Athen«)[19] setzte sich soweit die doch eher unorganische Gliederung der Städte in ihre Funktionsbereiche auch auf politischer Ebene durch.
Schon Mitte der 60er Jahre wurden jedoch städtische Fehlentwicklungen manifest, die das Instrumentarium des Bundesbaugesetzes zunehmend weniger geeignet für eine zukunftsweisende Wohnungs- und Städtebaupolitik erscheinen ließen. Insbesondere die anhaltenden Preissteigerungen auf dem Bodenmarkt waren dafür verantwortlich, daß die eingesessene Wohnbevölkerung und viele kleinere Handwerks- und Gewerbebetriebe durch finanzstarke Kaufhäuser, Dienstleistungsunternehmen und Imbißketten aus den Innenstädten verdrängt wurden. Dies wiederum hatte eine zunehmende Belastung des Innenraums der Städte durch Flächenansprüche, Lärm- und Schadstoffemissionen des fließenden und ruhenden Verkehrs zur Folge. Außerhalb der Geschäfts- und Bürozeiten verödeten die Innenstädte, und die öffentlichen Straßen und Plätze verloren ihre Kommunikationsfunktion. Das Abwandern der Wohnbevölkerung an den Stadtrand und ins Stadtumfeld führte zugleich dazu, daß Landschaften zersiedelt und Erholungsflächen und Grüngürtel zerstört wurden, um Bauland zu beschaffen. In neu errichteten Siedlungen fehlte es oft an ausreichender Infrastruktur und kulturellen Angeboten, wodurch die Einwohner auf die Stadt angewiesen blieben.
Die folgende Offensive zur »Stadterneuerung« brachte mit der Verabschiedung des sieben Jahre lang diskutierten Städtebauförderungsgesetzes 1971 nicht nur ein Sanierungskonzept zur Fortsetzung der Wohnungsbaupolitik mit anderen Mitteln, sondern den Kommunen erstmals brauchbare rechtliche Grundlagen zur Verbesserung ihres Planungsin-

strumentariums. Veränderungssperre, Teilungsgenehmigungserfordernis und gemeindliche Vorkaufsrechte sind hier nur einige Stichworte. Die städtebauliche Planung kann sich seither auf den Flächennutzungsplan stützen, in dem die Gemeinde die beabsichtigte Nutzung ihres Grund und Bodens darstellt, und auf Bebauungspläne, die die bauliche Nutzbarkeit bestimmter Grundstücke verbindlich festlegen. Zugleich waren Regelungen der Zulässigkcit baulicher Vorhaben im Innen- und Außenbereich getroffen worden. Durch eine Änderung des Grundgesetzes (Art. 104a) wurde für die Bundesregierung die Möglichkeit des Einsatzes von Städtebauförderungsmitteln geschaffen. Nicht zuletzt die institutionelle Verankerung einer Bürgerbeteiligung sollte dafür sorgen, daß die »humane Stadt« entstand.

Dabei ging es, wie der erste Wohnungsbauminister aus den Reihen der SPD, Lauritz Lauritzen, 1967 festgestellt hatte, »nicht nur darum, alte Gebäude oder gewisse alte Baugebiete zu erneuern und zu modernisieren... Sowohl in den Verdichtungsräumen als auch in den ländlichen Gebieten entsprechen die vorhandenen baulichen Strukturen oft nicht mehr den modernen Funktionen... Die Stadt- und Dorferneuerung ist daher zu einer der wichtigsten Aufgaben der Zukunft geworden.«[20] Mit diesem Stichwort war auch der Perspektivenwechsel angesprochen: erstmals wurde der Außenbereich der Wohnung, das Wohnumfeld, ins (wohnungspolitische) Blickfeld gerückt, nachdem bereits seit den 60er Jahren Kritik an der »Unwirtlichkeit der Städte« und an der Unterversorgung der Neubaugebiete mit privaten und sozialen Dienstleistungseinrichtungen laut geworden war. Im Raumordnungsbericht von 1974 hatte die Bundesregierung programmatisch gefordert, »für die Bevölkerung in allen Teilräumen des Bundesgebiets die räumlichen Voraussetzungen für gleiche Lebensverhältnisse zu schaffen«. Entsprechend sollte durch die »Entwicklungsgenehmigung« im Entwurf zur Novelle zum Bundesbaugesetz die Voraussetzung dafür geschaffen werden, die bisher nach Bundesland, Gemeinde und Stadtviertel höchst unterschiedlichen Versorgungssituationen einander anzugleichen.

Der Städtebaubericht von 1975 zog dann die Konsequenz: in seinem Stadtbauprogramm bezog er die Erreichbarkeit von Infrastruktureinrichtungen und Grünflächen im Wohnumfeld ausdrücklich in seine Forderungen für den sozialen Wohnungsbau und die Objektsanierungen in Altbaugebieten mit ein. Im Rückblick hatten die daraufhin einsetzenden Verbesserungen von Wohnumfeld und Altbausubstanz zwar die geplanten sozialen Aufwertungs-, aber zugleich ungeplante soziale Umschichtungsprozesse zur Folge. Zwar konnte die Stadtflucht der Besserverdienenden mit den Folgeproblemen Landschaftszersiedelung, Verkehrs- und Energieanbindung, Segregation in den Städten bis zur Entstehung ghettoähnlicher Altstadtviertel gestoppt werden. Die mietpreistreibenden Effekte der Wohnumfeldverbesserung und die (seit dem Wohnungsmodernisierungsgesetz von 1976) damit verbundene Umwandlung von billigen Miet- in teure Eigentumswohnungen waren aber letztlich mit verantwortlich für die »erzwungene Mobilität« der Schlechterverdienenden und die »neue Wohnungsnot« in den Ballungsgebieten.

Nachdem insbesondere die Städtetage wiederholt gefordert hatten, das herrschende Baurecht vor allem im Sinne einer Rechts- und Verwaltungsvereinfachung zu novellieren, trat im Dezember 1986 das Baugesetzbuch (BauGB) in Kraft, das das bisher voneinander getrennte Bundesbaugesetz (von 1960) und das Städtebauförderungsgesetz (von 1971) zusammenführte und vereinheitlichte.

Im Mittelpunkt dieses Gesetzes stehen noch mehr als bisher die Aufgaben der Stadterneuerung und Innenentwicklung, des Umwelt- und Denkmalschutzes, der Strukturpolitik und der verbrauchernahen Versorgung sowie schließlich der Strukturwandel in Kur- und Fremdenverkehrsorten.

Inwieweit das rechtliche Instrumentarium »greift«, kann noch nicht abgeschätzt werden. Immerhin wurde das Gesetz von Anfang an als bloße »Teilnovellierung« kritisiert, da es den gegenwärtig vorrangigen Problemen der Ökologie, der Zersiedelung der Außenbereiche und der Vergroßstädterung in Ballungsgebieten nur unzureichend gerecht wird. Im übrigen sind die Beteiligungsmöglichkeiten der betroffenen Bürger und Bürgerinnen wohl eher eingeschränkt als erweitert, und für Umweltverbände, wie etwa von der SPD gefordert, erst gar nicht eingeräumt worden. Von seiten der Kommunen wird darüber hinaus beklagt, daß kommunale oder regionale Handlungsansätze (etwa zur Beseitigung von Versorgungsengpässen für Haushalte mit geringen Einkommen) bislang an der Art der Verteilung der wohnungspolitischen Förderungsmittel durch Bund und Länder scheitern.

Der Rückblick auf 40 Jahre Wohnungsversorgung und Wohnungspolitik in der Bundesrepublik erhellt, daß es bis heute letztlich nicht gelungen ist, die »Wohnungsfrage« wirklich zu lösen. Zwar kann rein rechnerisch kaum mehr von einem absoluten Mangel an Wohnraum oder wohnungsbezogener Infrastruktur gesprochen werden. Gleichwohl zeigt die in den letzten Jahren ins Blickfeld geratene »neue Wohnungsnot« – womit die Segmentierung des Wohnungsmarktes in unter- und gutversorgte Haushalte, eine sinkende Schwelle der Eigentumsfähigkeit und eine steigende Anzahl akuter Notfälle angesprochen ist – daß das Grundproblem noch immer dasselbe ist: der Wohnungsmarkt stellt eine gute und zufriedenstellende Wohnsituation offenbar nur zu Preisen bereit, die die Zahlungsfähigkeit eines wachsenden Teils der Haushalte übersteigt. Betroffen sind damit aber immer noch diejenigen Gruppen, die schon immer im Mittelpunkt der Wohnungsfrage standen: einkommensschwache Haushalte, kinderreiche Familien, alleinerziehende Frauen, Ausländer und Arbeitslose. Angesichts überdurchschnittlich steigender Miet-, Bau- und Immobilienpreise und seit den 80er Jahren stagnierender Realeinkommen der Arbeitnehmerhaushalte kommt hinzu, daß sich die Grenze zwischen Marktfähigkeit und Problemgruppenzugehörigkeit verschiebt. Die Suche nach einer neuen Wohnung – wenn höhere Wohnkosten oder Abstriche vom Wohnbedarf nicht in Kauf genommen werden können – ist von daher für wachsende Bevölkerungsgruppen von vornherein fast aussichtslos geworden. Insgesamt ergibt sich so das Bild einer Stufenleiter der Wohnungsversorgung, deren einzelne Sprossen immer weiter auseinandergezogen werden, und auf deren unterster Stufe die verschiedensten Benachteiligungen kumulieren. Die Wohnungsfrage ist damit heute nicht mehr nur eine Frage der Anzahl fertiggestellter Neubauten, sondern der Verteilung des zur Verfügung stehenden Bestandes und der gleichmäßigen Verbesserung seiner Qualität.[21]

Wohnbedürfnisse und Wohnleitbilder

Zumindest in der ersten Phase der Wohnungspolitik der Ära Adenauer waren die Wünsche derer, für die geplant und gebaut wurde, sowohl von staatlichen wie privaten Planungsbüros grundsätzlich ausgeblendet worden. Von den zukünftigen Beziehern der Wohnungen war lediglich die Ein- und Anpassung an die vorgegebenen Durchschnittsmaße gefordert. Die Festlegung dessen, wieviel Quadratmeter der Mensch zum Schlafen, Spielen, Kochen und Essen braucht, wieviel Freifläche und wieviel Grün ihm zur Erholung zur Verfügung stehen soll, welche Entfernung zur nächsten Bushaltestelle ihm gerade noch zuzumuten ist, all das war letztlich Ergebnis von Entscheidungen, die von den Betroffenen nicht beeinflußt werden konnten. Kritik daran gab es selten genug. Immerhin hatte beispielsweise die Gemeinnützige Wohnungsbaugesellschaft »Neue Heimat« schon 1955 Einwände gegen diese gängige Planungspraxis vorgebracht: »Insgesamt kann man sich des Eindrucks nicht erwehren, daß die frühere Wohnungsbauproduktion, die bisherige Wohnungsverteilung und Wohnungsbewirtschaftung nur bedingt den geäußerten Wünschen dieser Wohnbevölkerung und ihrer kaufbereiten Nachfrage entspricht, was sich sowohl in Hinsicht auf die Wohnungen selbst als auch... auf die städteplanerische Lage der Wohnungen sagen läßt.«[22]
Und Elisabeth Pfeil hatte Anfang der 50er Jahre in einer der ersten Wohnwunschuntersuchungen geschrieben (damals wurden alljährlich zwischen

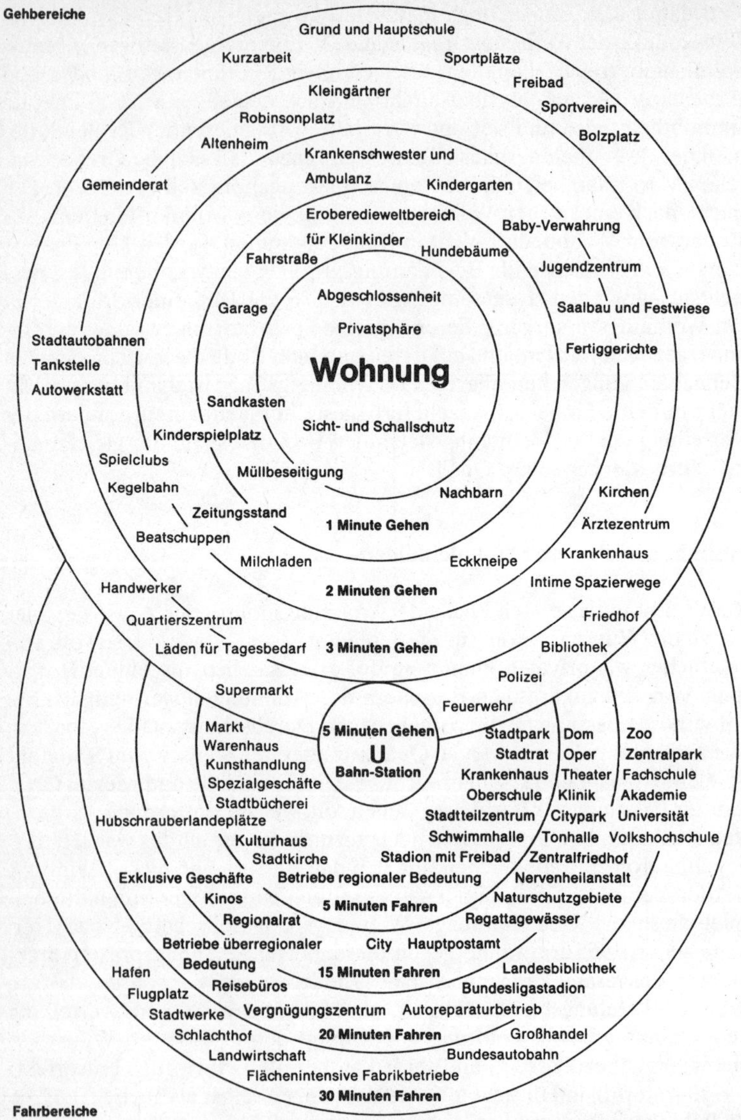

Wohnstandort und Infrastruktureinrichtungen nach der räumlichen Entfernung. – *Quelle:* Ausstellungskatalog »Profitopolis«.

300000 und 500000 Wohnungen fertiggestellt): »Niemand weiß, wie die Menschen, für die ganze Wohnblocks und Stadtteile gebaut werden, eigentlich wohnen wollen. Niemand vermag mehr als oberflächlich anzugeben, wie sie darin leben und welche Tiefenwirkungen von dem Hausen in diesen Wohnungen ausgehen, Wohnungen, die ihren wahren Bedürfnissen – vielleicht – nicht entsprechen ... So wurde – zu unabsehbarem Schaden – bisher versäumt, spezifische Wohnbedürfnisse, subjektiven und objektiven Bedarf, zu ermitteln, ehe man an die Bauplanung ging.«[23]
Deutlicher war der österreichische Maler Friedensreich Hundertwasser 1958 mit seinem »Verschimmelungs-Manifest gegen den Rationalismus in der Architektur« geworden: »Es muß endlich aufhören«, forderte er, »daß Menschen ihr Quartier beziehen wie die Hendeln und die Kaninchen ihren Stall.«[24] Zu allem Überfluß begann der »anonyme Bürger«, für den man so wohlwollend geplant und gebaut hatte, in Bürger-, Mieter- und Stadtteilinitiativen auch noch den Aufstand zu proben. Dennoch gilt mit wenigen Ausnahmen die Mitbestimmung der durch die Wohnungs- und Stadtplanung Betroffenen, ihre Beteiligung am Planungsverfahren und die Einbeziehung ihrer Erfahrungen und Wünsche auch heute immer noch als eine Seltenheit. Zur Begründung verweist man vielfach – von links und von rechts – auf die Inkompetenz der Bewohner eines Hauses oder eines Stadtviertels, auf ihre fehlende Kritikfähigkeit oder gar auf ihre durch die Konsumgesellschaft entstellten Bedürfnisse. Zum Beweis führte man vielfach die in bezug auf den Wohnwert von Neubauwohnungen – trotz offenkundiger Mängel – durchweg ermittelten Zufriedenheitsbekundungen an oder nahm diese gar als nachträgliche Bestätigung vorausschauender staatlicher und architektonischer Planungstätigkeit. Nur wenig wurde so berücksichtigt, daß entsprechende Unzufriedenheitsäußerungen auch deshalb nicht zu erhalten waren, weil diese ursächlich als persönliche Unfähigkeit zur optimalen Lebensgestaltung empfunden werden konnten. Zudem war in der Perspektive der eigenen Lebensgeschichte selbst die kleine, hellhörige und schlecht zu beheizende Neubauwohnung am Stadtrand eine Verbesserung des Wohnstandards und Ausdruck der Teilhabe am gesellschaftlichen Aufschwung im Nachkriegsdeutschland. Im eigenen Bad, der eigenen Küche und dem eigenen Eingang, wie er für alle Sozialwohnungen vorgeschrieben war, war für den einzelnen die Anerkennung des Rechts auf ein Privatleben erfahrbar geworden. Die in dieser Wohnform vergegenständlichte Trennung von öffentlichem und privatem Raum hatte dazu geführt, daß den meisten Menschen ihre (und sei es auch nur 80 qm) Wohnung als Ordnung individueller Selbstentfaltung und gestalterischer Freiheit gilt.
Daß das Möbelszenario der meisten Wohnungen in Deutschland, von den massigen Couchgarnituren im – nacheinander – historisierenden, organi-

schen, altdeutschen, skandinavischen oder englischen Stil über die großflächigen Bücher- und Schrankwände bis zu den Madonnen, Jagdszenen oder Landschaftsidyllen überm Sofa, selbst noch Reminiszenz an einen ehedem auf Repräsentation ausgerichteten großbürgerlichen Wohnstil ist, ist kaum verwunderlich. Die selbst auf kleinstem Raum so häufig anzutreffende Nachahmung dessen, was das Bürgertum früher in herrschaftlichen Villen und Stadthäusern hinter Parkhecken und schmiedeeisernen Gittern an »Wohnkultur« entwickelte, beweist die trotz aller Wandlungen besonders im familiären Bereich nach wie vor ungebrochene Gültigkeit des »Repräsentationspostulats«.[25] Damals wie heute wird um soziale Anerkennung durch die äußere Darstellung des Besitzes und Lebensstandards geworben. Damals wie heute gelten Größe und dekorative Ausstattung des Wohnzimmers oder »Salons« als Zeichen »demonstrativer Muße«. Damals wie heute dienen die Einrichtungsgegenstände nicht nur dem Gebrauch, sondern als vergegenständlichte Zeichen für Werte, die der Bewohner schätzt (»viel Freizeit«), und deren Wertschätzung er nach außen darzustellen wünscht. Wohlbefinden, Gemütlichkeit und Geborgenheit resultieren so weit weniger aus der Unverwechselbarkeit und Eigenart der Wohnung, sondern vielmehr aus ihrer Tauglichkeit für die eigene Selbstdarstellung. Diese Symbolkraft des Mobiliars hat denn auch jenen – je nach sozialer Schicht unterschiedlich stark ausgeprägten – Anpassungsdruck zur Folge, der letztlich für die stereotype Formenarmut, für die Variation der immer gleichen Grundmuster und für die anhaltende Erfolglosigkeit der Geschmackserziehung im Wohnbereich mitverantwortlich ist. Die Durchsetzbarkeit der jeweils in bestimmten Zeitabläufen über Markt und Medien verbreiteten Leitbilder in bezug auf »Gelungenes Wohnen« hängt dabei selbst wiederum vom technologischen, wirtschaftlichen und politischen Entwicklungsstand und dem einschlägigen Epochenbewußtsein ab. Die (in der Mitte des vorigen Jahrhunderts begonnene) industrielle Serienfertigung der Möbel machte es möglich, daß sich bestimmte, jeweils als modisch geltende, Wohnformen derart massenhaft verbreiten und für das ausgeborgte historisierende Selbstdarstellungsbedürfnis aller Schichten gleichermaßen in Dienst genommen werden konnten. Deshalb erscheint das typische Mobiliar im Wohnzimmer der Bundesbürger – 1955 oder 1980 – oft nur als Abbild der in Prospekten und Wohnzeitschriften niedergelegten Einrichtungsratschläge. Deshalb auch stößt man so oft auf jene scheinbar willkürliche Zusammenstellung von Versatzstücken zum namenlosen »Stil« in ihrer Wohnumwelt der Bundesbürger. So machte erst der Siegeszug des Kunststoffs in den 50er Jahren die massenhafte Produktion der bahnbrechenden Entwürfe des Bauhauses möglich, durch die bereits in den 20er Jahren Wohnvorgänge nach dem Vorbild der Arbeitsvorgänge zerlegt, gemessen und in

Wohnzimmer der 50er Jahre mit »Nierentisch«, schalenförmigen Cocktailsesseln, Konzerttruhe, beweglichen Plastiktütenlampen – *Quelle:* Michael Andritzky, Gert Selle (Hrsg.), Lernbereich Wohnen, Bd. 1, Reinbek 1979.

Raum umgesetzt worden waren. Die – unter anderem – hieraus resultierende und heute in den meisten Haushalten vorfindliche »Arbeits- und Funktionsküche« mit platzsparenden Einbaumöbeln, resopalbeschichteten Oberflächen und technischen Haushaltsgeräten ist vor diesem Hintergrund eben nicht nur Beweis für gewandelte Koch-, Eß- und Kommunikationsbedürfnisse, wie gern behauptet wird. Erst die Bewertung der funktionalen Gestaltungsgrundsätze des technischen Küchen-Designs als »modern«, als Ausdruck des »morgen«, traf auf jenes Bewußtsein, das die 50er Jahre prägte: Aufbruch, Fortschritt und Bruch mit der unheilvollen Vergangenheit. Die von der aufblühenden Möbelindustrie der jungen Bundesrepublik in einer Flut von Möbelratgebern und Prospekten propagierten Einrichtungsgegenstände wirkten auf ihren dünnen, schräggestellten Beinen leicht und schwerelos, ließen sich einfach zerlegen und verschieben und waren für die engen Neubauwohnungen der damaligen Zeit wie geschaffen. Organische, stromlinienförmige, asymmetrische und dynamische Formen bestimmten die Gestaltungsgrundsätze. Die schalenförmigen Cocktailsessel, der Nierentisch, der Blumenhocker mit Pailletten aus Resopal, die dreiarmigen beweglichen Plastiktütenlampen, die trapezförmigen Schränke und Konzerttruhen auf abgeschrägten Beinen, die herz- oder muschelförmigen Schälchen und Aschenbecher und nicht zuletzt die abstrakten Muster auf Teppichen und Tapeten – dieses

Wohnzimmer 1982. *Foto:* Hans Nerlinger.

ganze typische Arsenal der Alltagskultur der 50er Jahre sollte vor allem den Schwung des im Zeichen eines Wirtschaftswunders ablaufenden Neuanfangs ausdrücken. Im Mittelpunkt dieser Wohnästhetik, die Gebrauchsgegenstände zu Skulpturen werden ließ, stand der Versuch, zwischen der neuen Begeisterung für die Technik und der alten Liebe zur Natur zu vermitteln. Die naturnahen Formen der Alltagsobjekte sollten Ausdruck dieser engen Beziehung sein. Wenngleich die tatsächliche Durchsetzung dieser heute wieder in den Vordergrund des modischen Interesses gerückten Formen in der Alltagskultur der Bundesbürger auch meist überschätzt werden dürfte, so waren sie doch unzweifelbar Bezugspunkt individueller Wohnvorstellungen. Überall wurden überflüssige Ornamente und Verzierungen an den aus dem Krieg erretteten Möbelstücken entfernt und die Überreste des »Gelsenkirchener Barocks« mit modernem Lack überzogen. Man war modern, man ging mit der Zeit, man vermied es, zurückzublicken. Selbst die viel später wieder auftauchende Vorliebe für das »Alte« – das laut Möbelratgeber heute ruhig neben dem Modernen seinen Platz haben darf – ist im Innen- wie Außenbereich des Wohnens eher äußerlicher Denkmalschutz als Ausdruck historischen Bewußtseins. Einer um sich greifenden Krisen- und Zukunftsangst wird auf den Spuren der neuen Nostalgiebewegung die Heimeligkeit der »guten alten Zeit« entgegengesetzt. Dabei beginnt »sich das Repertoire der Gegenstände zur Sicherung familiärer Gemütlichkeit im Raum der Straßen und Plätze zu verdoppeln«: den antiken Bauernschränken in der Diele entsprechen die mittelalterlichen Schränke und bäuerlichen Grillstuben im Stadtkern, dem altdeutschen oder altenglischen Einrichtungsstil die Kaufhäuser mit Fachwerkverkleidung, den üppigen Blumenfenstern die Pflanztröge und Wasserspiele in den Fußgängerzonen.[26] Durch Antiquitäten im Wohnzimmer und – unter dem Motto »Unser Dorf soll schöner werden« – restaurierte Fassaden im Dorfkern wird eine fiktive Atmosphäre der Vergangenheit heraufbeschworen. Die so im privaten und öffentlichen Raum vor Augen geführten romantischen Abziehbilder einer heilen Welt sollen jenen Sinngehalt und jene Fluchträume bieten, die in einer zunehmend als bedrohlich erfahrenen Gegenwart nicht mehr vorhanden zu sein scheinen.

Wohnverhalten – die Angleichung des Lebensstils

Gemeinde- und Stadtsoziologen haben eine im Lauf der Geschichte der Bundesrepublik sich verstärkende Tendenz zur Verallgemeinerung des »urbanen Lebensstils« festgestellt und in diesem Zusammenhang schon früh von der zunehmenden Verstädterung der Gesellschaft gesprochen.[27] »Sorgfältig gepflegte Distanz« und »Stilisierung des darstellenden Verhaltens«[28] sind die Kennzeichen dieses ursprünglich eher großstädtischen Verkehrsmusters, das heute von allen gesellschaftlichen Gruppen übernommen, nicht nur in Ballungsgebieten, sondern auch in kleinen Gemeinden gepflegt, und – im Zuge des Strukturwandels im ländlichen Raum – sogar von der Landbevölkerung gesucht wird. Beschleunigt wurde diese mit der Trennung des öffentlichen vom privaten Raum längst eingeleitete Entwicklung insbesondere durch die Folgen der großen Wohndichte, wie sie die neuerbauten Viertel an den Rändern von Dörfern und Städten in den ersten Jahren nach dem Krieg kennzeichnete. Wenn hier räumliche Nachbarschaft und gegenseitige Vertraulichkeit ebenso deckungsgleich gewesen wären wie in der vorindustriellen Einheit von Arbeits- und Lebenszusammenhang, hätte sich zugleich die soziale Kontrolle unerträglich verschärft. An die Stelle traditioneller Nachbarschaft trat so ein überlokal gestreuter und meist arbeitsbedingter Kontaktkreis, ergänzt durch die soziale Ferne zu den räumlich nahen Wohnungsnachbarn. Daß diese Entwicklung – mitbedingt durch die Motorisierung – nicht ohne weiteres umkehrbar ist, läßt sich am Scheitern des städteplanerischen Versuchs der sechziger Jahre zeigen, die Wiederherstellung nachbarschaftlicher Zusammenhänge als Heilmittel für viele negativen Folgen des Massenwohnungsbaus zu nutzen. »Die Planer«, so schrieb Alfred Lorenzer in einem berühmt gewordenen Pamphlet gegen diese Art von Fortschrittlichkeit, »wollten die Leiden der alten Stadt auf zwei Geleisen zugleich überwinden. Ihre Unzweckmäßigkeit sollte durch ein funktionalisiertes Bauen gebannt, ihre Unpersönlichkeit durch die montierte Kommunikation behoben werden.«[29] Auch dieser Versuch der Wiederbelebung eines Konzepts der engen Lebensgemeinschaften vergangener Jahrhunderte war so neu nicht: bereits in der ersten Phase des Wiederaufbaus lebte die Nachbarschaftsidee zum ersten Male auf. Im Unterschied zu damals wurde jetzt allerdings der Entwicklung der Dinge nicht geharrt: vielmehr sollte qua Gemeinwesenarbeit bewußt nachgeholfen werden. Unberücksichtigt blieben auch hier die aus gesellschaftlichen Veränderungen herrührenden neuen Bedürfnisse und Verkehrsformen der Betroffenen und die für diese gerade charakteristische Abgrenzung des Wohnbereichs gegenüber dem öffentlichen Raum. Den neugierigen Augen der Nachbarn gerade entronnen, zeigten die Bundesbürger jedenfalls insgesamt nur geringe Neigung für die verordnete nachbarschaftliche Kommunikation.

Nun haben sich gerade in den letzten Jahren spontan Ansätze für neue Formen nachbarschaftlicher Kommunikation und sozialer Aktion im Wohngebiet entwickelt, die der Anonymität und dem Formalismus des urbanen Lebensstils entgegengesetzt zu sein scheinen. Mieter und Mieterinnen schlossen sich zusammen, um gemeinsam gegen Mieterhöhungen, die zwangsweise Umwandlung von Miet- in Eigentumswohnungen und Zweckentfremdung von Wohnraum vorzugehen, und setzten sich für Innenhofbegrünung, Mietergärten und Nachbarschaftszoos ein. Stadtteilgruppen versuchten Beteiligungsformen bei Gebietssanierungen, Maßnahmen zur Verkehrsberuhigung und die Erhaltung von Stadtbäumen im Quartier durchzusetzen. Bürgerinitiativen schließlich kämpften gegen Bodenspekulation, Lärm- und Schadstoffemissionen durch Verkehr und Gewerbebetriebe, für die Erhaltung städtischer Naherholungsräume und eine ökologische Stadtgestaltung. Gemeinsam war jedoch den meisten dieser Aktivitäten, daß sie nur wenig mit der alten Nachbarschaftsidylle und dafür um so mehr mit den neuartigen Wohnproblemen zu tun hatten. Entzündet an punktuellen Defizienzen im Wohnquartier, verschwanden sie meist sang- und klanglos wieder, wenn die entsprechenden Nahziele erreicht waren oder wenn sich herausgestellt hatte, daß sie nicht zu erreichen waren. Nachbarschaft entstand also dort, wo die Bewohner zur Durchsetzung ihrer Interessen in der Öffentlichkeit eine Handlungsgemeinschaft gründeten, und sie bestand nur so lange fort, wie das Bindeglied, die gemeinsame Öffentlichkeitsarbeit, vorhanden war.[30] Repräsentativer Wohn- und urbaner Lebensstil, die beiden Hauptkennzeichen der Wohnkultur der Bundesrepublik, wurden dadurch allenfalls vereinzelt aufgehoben.

Anders wohnen?

Im erklärten Gegensatz zum Erscheinungsbild einer zusehends – trotz sozialer Differenzierung – nivellierten Wohnkultur, in der schöpferische Impulse selten werden, stehen seit den 60er Jahren Wohn- und Hausgemeinschaften, Kommunen und Großfamilien. Experimentiert wird hier nicht nur mit unkonventionellen architektonischen Konzepten, ökologischer Bauweise, Dachbegrünung und sanfter Sanierung, sondern auch mit Entwürfen selbstbestimmter persönlicher Kultur und Lebensweise.[31]

Daß es selbst bei den spektakulären Hausbesetzungen der 80er Jahre nicht nur um das Mißverhältnis zwischen leerstehenden und vom Abriß bedrohten Wohnraum einerseits und der zunehmenden Anzahl wohnungssuchender Dringlichkeitsfälle andererseits ging, haben deren meist jugendliche Protagonisten immer wieder deutlich gemacht: »Anders wohnen« und »anders leben« hieß die Devise. So sehr sich die neuen Wohnmodelle auch im einzelnen im Hinblick auf zugrunde liegende Motivation und Weltbild unterscheiden, allen Versuchen ist das Anliegen der selbstbewußten, phantasievollen und eigenverantwortlichen Organisation und Gestaltung eines Lebens- und Wohnzusammenhangs eigen, das die in der Enge der Kleinfamilie wie der normierten Standardwohnung gleichermaßen erfahrene Phantasie- und Beziehungslosigkeit überwinden will. Jenseits der Konsum-, Darstellungs- und Repräsentationszwänge der herrschenden Wohnkultur soll – jedenfalls dem Anspruch nach – ein authentisches Leben in »Oasen der Freiheit« erprobt werden. Inwieweit diese Wohnsub- und Alternativkultur Ausdruck aufkeimenden Unbehagens an »verordnetem Dasein« oder nur unkonventionelle Lebensweise einer neuen Boheme ist, vermag noch nicht abgeschätzt zu werden. Noch lebt die überwältigende Mehrheit der Deutschen unverdrossen getreu dem Grundsatz: »Weiter wohnen wie gewohnt.«

Anmerkungen

1 Michael Andritzky, Gert Selle (Hrsg.), Lernbereich Wohnen. Didaktisches Sachbuch zur Wohnumwelt vom Kinderzimmer bis zur Stadt, Reinbek 1979, Bd. I, S. 14.

2 So etwa Henri Lefèbvre, Das Alltagsleben in der modernen Welt, Frankfurt am Main 1972, und Thomas Leithäuser u. a., Entwurf zu einer Empirie des Alltagsbewußtseins, Frankfurt am Main 1977.

3 wie z. B. Reimer Gronemeyer, Hans-Eckehard Bahr (Hrsg.), Nachbarschaft im Neubaublock – empirische Untersuchungen zur Gemeinwesenarbeit, theoretische Studien zur Wohnsituation, Weinheim – Basel 1977.

4 § 1 WoBauG; zitiert nach Werner Marondel (Hrsg.), Wohnungsbaugesetze, WoBauG, München 1979.
5 Verordnung zur Wohnraumlenkung, RGBl, 1943 I, S. 127.
6 Auf diesen Zusammenhang hat besonders Joachim Petsch hingewiesen, Architektur und Städtebau in den 50er Jahren, in: Kalter Krieg und Capri-Sonne: Die fünfziger Jahre. Politik – Alltag – Opposition, zusammengestellt von Eckhard Siepmann, Berlin 1981, S. 220 ff.
7 WoBauG 1956, § 1, Abs. 2.
8 Eine Zusammenfassung dieser älteren Wohnungsdebatte findet sich bei Peter Feldbauer, Stadtwachstum und Wohnungsnot. Determinanten unzureichender Wohnungsversorgung in Wien von 1848 bis 1914, München 1977, S. 214 ff.; die defiziente Urbanisierung in den neu entstehenden Industrieansiedlungen untersuchen z. B. Franz J. Brüggemeier, Lutz Niethammer, Schlafgänger, Schnapskasinos und schwerindustrielle Kolonie. Aspekte der Arbeiterwohnungsfrage im Ruhrgebiet vor dem ersten Weltkrieg, in: Jürgen Reulecke, Wollhard Weber (Hrsg.), Fabrik – Familie – Feierabend. Beiträge zur Sozialgeschichte des Alltags im Industriezeitalter, Wuppertal 1978, S. 135 ff.
9 Zit. nach Janos Zimmermann, Eine historische Betrachtung städtischer Wohnumweltsituationen, in: Michael Andritzky, Gert Selle (Hrsg.), Lernbereich Wohnen, Bd. 2, a. a. O., S. 225 ff. (hier: S. 235), wo ein Überblick über die gesamte Stadtentwicklung bis heute gegeben wird.
10 Eine Zusammenfassung der Hochhauskritik dieser Zeit findet sich bei Ulfert Herlyn, Ingrid Herlyn, Wohnverhältnisse in der BRD, Frankfurt am Main 1976, S. 72 ff.
11 Das Gesetz über den Abbau der Wohnungszwangswirtschaft und über ein soziales Miet- und Wohnrecht hrsg. von Günther Pergande, München 1961.
12 1898 hatte der Engländer E. Howard die »Garden City and Town Planning Association« gegründet, die in den 50er Jahren auch als »Gartenstadtbewegung« in der Bundesrepublik den Eigenheimbau beeinflußte.
13 Beispielhaft sei hier verwiesen auf eine Studie von Gerhard G. Dittrich, Wohnwert. Ansätze zu einer empirischen Bestimmung, Nürnberg 1974 (hier: S. 156, 158).
14 Erstmals offiziell auch im Städtebaubericht der Bundesregierung 1975.
15 Ein Beispiel aus dieser Zeit: Bayerisches Arbeitsministerium (Hrsg.), Das Wohnhaus im Aufbau. Die Wohntypenvorschläge für den Wohnungsbau 1946 in Bayern, München 1946 (o. S.); Mitbegründer der zugrunde liegenden Geschichts- und Gesellschaftsdeutung war Wilhelm Röpke, Die Gesellschaftskrisis der Gegenwart, Erlenbach – Zürich 1948^5 (1. Auflage 1942).
16 Heide Berndt, Das Gesellschaftsbild bei Stadtplanern, Stuttgart 1968.
17 Stellvertretend für andere Johannes Göderitz u. a., Die gegliederte und aufgelockerte Stadt (Archiv für Städtebau und Landesplanung Bd. 4), Tübingen 1957, S. 24.
18 Elisabeth Pfeil, Großstadtforschung, Bremen-Horn 1950, S. 126 (ein Buch, das im übrigen zeigt, daß völkisches Gedankengut durchaus nicht nur eine deutsche Eigenart war).
19 Le Corbusier, Die Charta von Athen, Reinbek 1962.
20 Lauritz Lauritzen, Aspekte des Wohnungs- und Städtebaus, Schriften des deut-

schen Verbandes für Wohnungswesen, Städtebau und Raumplanung, Heft 70, Köln 1967, S. 36.

21 Vgl. Heik Afheldt u. a. (Hrsg.), Wohnungsversorgung und Wohnungspolitik in der Großstadtregion, Gerlingen 1987, S. 10ff.

22 »Neue Heimat« (Gemeinnützige Wohnungs- und Siedlungsgesellschaft) (Hrsg.), So möchte ich wohnen (Ergebnisse einer wohnungswirtschaftlichen Befragung in 11 deutschen Städten), Hamburg 1955, 2 Bde., hier: Bd. 1, S. 15.

23 Elisabeth Pfeil, Die Wohnwünsche der Bergarbeiter: Soziologische Erhebung, Deutung und Kritik der Wohnvorstellungen eines Berufes, Tübingen 1954, hier: S. 4f.

24 Veröffentlicht in U. Conrads (Hrsg.), Programme und Manifeste zur Architektur des 20. Jahrhunderts, Gütersloh 1964.

25 Über Wohnbedürfnisse, Wohnleitbilder und die Zeichenhaftigkeit der Möbel v. a. Margret Tränkle, Wohnkultur und Wohnweisen, Tübinger Schloß 1972, und Alphons Silbermann, Vom Wohnen der Deutschen. Eine soziologische Studie über das Wohnerlebnis, Köln 1963.

26 Werner Durth, Die Inszenierung der Alltagswelt. Zur Kritik der Stadtgestaltung, Braunschweig 1977, S. 13; siehe hierzu auch den bereits erwähnten Aufsatz von Hermann Sturm.

27 Hans Oswald, Die überschätzte Stadt, Olten – Freiburg 1966.

28 Nach Hans Paul Bahrdt, Die moderne Großstadt. Soziologische Überlegungen zum Städtebau, Reinbek 1961, S. 42.

29 Alfred Lorenzer, Städtebau: Funktionalismus und Sozialmontage? Zur sozialpsychologischen Funktion der Architektur, in: Heide Berndt, Alfred Lorenzer, Klaus Horn, Architektur als Ideologie, Frankfurt am Main 1968, S. 51ff., S. 60.

30 Ein Gegenbeispiel ist etwa die Arbeitersiedlung Eisenheim, wo sich über Nachbarschaftshilfe eine kulturell und politisch gerichtete Arbeiterinitiative herausbildete und aufgrund des Bewußtseins von der gemeinsamen Klassenlage auch über einen längeren Zeitraum bestehenblieb: vgl. etwa Roland Günter u. a.: Eisenheim. Die Erfahrung einer Arbeiterkolonie, in: Lutz Niethammer, Wohnen im Wandel, Beiträge zur Geschichte des Alltags in der bürgerlichen Gesellschaft, Wuppertal 1979, S. 188f.

31 Bekanntestes Beispiel war die Kommune 2, Versuch der Revolutionierung des bürgerlichen Individuums, Berlin 1969; dazu auch Grete Meyer-Ehlers u. a. (Hrsg.), Kollektive Wohnformen. Erfahrungen, Vorstellungen, Raumbedürfnisse in Wohngemeinschaften, Wohngruppen und Wohnverbänden (im Auftrag des Bundesministeriums für Städtebau und Wohnungswesen), Wiesbaden 1973.

Literatur

Heik Afheldt u. a. (Hrsg.), Wohnungsversorgung und Wohnungspolitik in der Großstadtregion, Gerlingen 1987

Michael Andritzky, Gert Selle (Hrsg.), Lernbereich Wohnen. Didaktisches Sachbuch zur Wohnumwelt vom Kinderzimmer bis zur Stadt, 2 Bde., Reinbek 1979

Dieter Beisel (Hrsg.), Bauen und Wohnen. Anregungen und Vorschläge für eine natürlichere Wohnwelt, München 1987

Helmut Brede, Barbara Dietrich, Berhard Kohaupt, Politische Ökonomie des Bodens und der Wohnungsfrage, Frankfurt am Main 1976

Kalter Krieg und Capri-Sonne: Die fünfziger Jahre. Politik – Alltag – Opposition, zusammengestellt von Eckhard Siepmann, Berlin 1981

Herlinde Koelbl, Manfred Sack, Das deutsche Wohnzimmer, München 1980

Alexander Mitscherlich, Die Unwirtlichkeit unserer Städte. Anstiftung zum Unfrieden, Frankfurt am Main 1965

Eberhard Mühlich (Bearbeiter), Zusammenhang von gebauter Umwelt und sozialem Verhalten im Wohn- und Wohnumweltbereich (im Auftrag des Bundesministers für Raumordnung, Bauwesen und Städtebau), Bonn – Bad Godesberg 1977

Lutz Niethammer u. a. (Hrsg.), »Die Menschen machen ihre Geschichte nicht aus freien Stücken, aber sie machen sie selbst«, Berlin 1985

Lutz Niethammer (Hrsg.), Wohnen im Wandel. Beiträge zur Geschichte des Alltags in der bürgerlichen Gesellschaft, Wuppertal 1979

Hans Oswald, Ergebnisse der deutschen Gemeindesoziologie nach 1950, in: Archiv für Kommunalwissenschaften, 5. Jg., Stuttgart 1966, S. 93ff.

Renate Petzinger, Marlo Riege, Die neue Wohnungsnot. Wohnungswunder Bundesrepublik, Hamburg 1981

Marlo Riege, Staatliche Wohnungspolitik in der BRD, in: Hermann Korte (Hrsg.), Soziologie der Stadt, München 1972, S. 77f.

Manfred Sack, Architektur in der »ZEIT«. Kritiken und Reportagen über Häuser, Städte und Projekte, Luzern – Frankfurt am Main 1979

Gerd Schmidt-Eichstädt, Einführung in das neue Städtebaurecht, Stuttgart 1987

Gert Selle, Design-Geschichte in Deutschland, Köln 1987

Umweltbundesamt Berlin (Hrsg.), Ökologisches Bauen, Wiesbaden 1982

Württembergischer Kunstverein (Hrsg.), Szenen der Volkskunst (Das Buch zur Ausstellung), Stuttgart, o. J.

Chronik

1851
Erste Ausstellung von Industrieprodukten auf der ersten Weltausstellung in London.

1907
»Deutscher Werkbund« gegründet, der bis heute Impulse zum neuen Bauen, zur Wohnreform und zum Design gibt. Aus dem Programm von 1910: Ziel ist, »einen Sammelpunkt zu bilden für alle, welche die gewerbliche Arbeit als ein Stück ... der allgemeinen Kulturarbeit ansehen«.

1919
Gründung des Bauhauses in Weimar durch Walter Gropius mit dem Ziel, Kunst, Industrie und Handwerk gestalterisch zu vereinen. Das

Bauhaus wurde 1933 aufgelöst; erst Ende der 50er Jahre findet eine erste Rezeption der funktionalistischen Gestaltungsgrundsätze in der BRD statt.

1946

Alliierter Kontrollratsbeschluß verfügt Wohnraumbewirtschaftung.

1949

»Neues Wohnen« – die erste Werkbundausstellung nach dem Krieg in Köln.

1950

Jedem Bundesbürger stehen 15 qm Wohnfläche und 0,6 Räume zur Verfügung; 80 % der Wohnungen haben kein Bad; rein rechnerisch fehlen rund 6 Millionen Wohnungen.

24.4. Erstes Wohnungsbaugesetz mit dem Ziel der Erhöhung des Wohnungsbestandes.

1952

17.3. Mit dem Wohnungsbauprämiengesetz wird die Grundlage für die Bausparförderung gelegt.

»Mensch und Form in unserer Zeit« heißt die Ausstellung bei den Ruhrfestspielen in Recklinghausen.

1953

Hermann Staudinger erhält den Nobelpreis für Chemie; er gilt als Vater des Kunststoffs.

25.8. Novellierung des 1. Wohnungsbaugesetzes; Förderung des Eigenheimbaus rückt damit in den Vordergrund.

1954

21.12. Wohnungsbauprämiengesetz.

1956

27.6. Zweites Wohnungsbaugesetz (»Wohnungsbau- und Familienheimgesetz»).

1957

6.7.–29.9. Im Berliner Hansa-Viertel findet die »Interbau«, die Internationale Bauausstellung, statt.

29.10. Paul Lücke wird Wohnungsbauminister (bis Okt. 1965).

1960

23.6. Mit dem »Gesetz über den Abbau der Wohnungszwangswirtschaft und über ein soziales Miet- und Wohnrecht« tritt der »Lücke-Plan« in Kraft; u. a. wird der bisherige Mieterschutz durch die Einführung einer Sozialklausel (§ 556) im BGB ersetzt.

29.6. Mit dem Bundesbaugesetz wird der Baulandmarkt in den freien Markt übergeführt.

1963

Die ersten »weißen Kreise«, Gebiete, in denen die Mietpreisbindung aufgehoben ist, werden registriert.

1965

1.4. 1. Wohngeldgesetz als begleitende Maßnahme zur Freigabe der Mieten.

24.8. Gesetz zur verstärkten Eigentumsbildung im Wohnungsbau und zur Sicherung der Zweckbestimmung von Sozialwohnungen.

1968

Jedem Bundesbürger stehen 24 qm Wohnfläche und 1,0 Wohnräume zur Verfügung.

1970

1.12. Städtebaubericht der Bundesregierung: 800000 Haushalte sind in Baracken oder sonstigen Wohngelegenheiten untergebracht, ca. eine Million Wohnungen sind abbruchreif.

1971

23.7. Gründung des Darmstädter Instituts »Wohnen und Umwelt«.

27.7. Städtebauförderungsgesetz regelt Sanierungs- und Entwicklungsmaßnahmen in den Gemeinden.

4.11. Gesetz zur Verbesserung des Mietrechts und zur Begrenzung des Mietenanstiegs.

25.11. Rechtsstellung der Mieter wird durch das Wohnraumkündigungsschutzgesetz grundsätzlich verbessert.

29.11. Eröffnung der Ausstellung »profitopolis« mit dem Untertitel »Der Mensch braucht eine andere Stadt« in München (bis 13.2.1972).

1975

1.1. Kündigungsschutzbestimmungen werden Dauerrecht.

10.4. Gesetzesinitiative mit dem Ziel der Eigentumsbildung auch bei Schlechterverdienenden wird vom Bundesrat endgültig abgelehnt.

1976

23.3. Gesetz zur Förderung von Wohnungseigentum und Wohnbesitz im sozialen Wohnungsbau.

1977

Eine Gruppe von Architekten beschließt die »Charta von Machu Picchu« (in Anlehnung an die Charta von Athen) und fordert die städtische Integration.

1.1. Wohnungsmodernisierungs- und Energieeinsparungsgesetz tritt in Kraft.

1978
Jedem Bundesbürger stehen 30 qm Wohnfläche und 1,7 Räume zur Verfügung; 60 % der Wohnungen haben ein Bad; die Eigentümerquote liegt bei 38 %; 700000 Wohnungen sind als leerstehend bekannt; die ersten Häuser werden besetzt.

1972–1981
steigen die Baupreise für baureifes Land in der BRD um 135 %; in manchen Großstädten (Stuttgart) um 270 %.

1980
6 % aller privaten Haushalte beziehen Wohngeld; 1982 waren es 7 %.

1983
»Liberalisierung« des Vergleichsmietensystems.

1986
Baugesetzbuch tritt in Kraft.

Josef-Otto Freudenreich und Michael Maurer
Sport

Die vermeintliche Stunde Null in Deutschland, sie hätte nicht nur für das gesellschaftliche und politische System des Nachkriegsdeutschland ein radikaler Neuanfang sein können. Sie hätte auch den Startpunkt eines neuen Sportsystems bedeuten können. Doch der Sport ist eben keine freischwebende Größe, er ist abhängig von den politischen und gesellschaftlichen Rahmenbedingungen. So paßte er sich der nationalsozialistischen Diktatur an, und so war er auch im Nachkriegsdeutschland ein Spiegelbild der gesellschaftlichen und politischen Entwicklung. Das Vereinswesen lebte wie vordem wieder auf, und auch die Funktionärsschicht wies nach einer kurzen Schamfrist viele altbekannte Gesichter auf.
Dabei hatten sich die Alliierten den Neuanfang nach 1945 ganz anders vorgestellt. Nachdem der Nationalsozialistische Reichsbund für Leibesübungen und die ihm angeschlossenen Vereine noch bis Mitte Dezember 1945 weiterbestanden, wurden sie durch die Kontrollratsdirektive Nummer 23 am 17. Dezember 1945 verboten und zum 1. Januar 1946 aufgelöst. Jede Neugründung von Sportorganisationen mußte von den örtlichen alliierten Besatzungsbehörden genehmigt werden und unterlag deren Kontrolle. Allerdings gab es unter den verschiedenen Besatzungsmächten durchaus unterschiedliche Vorstellungen. In der sowjetischen Zone wurden die Auflagen der Kontrollratsdirektive rigoros umgesetzt und die alten Vereine und Verbände zerschlagen. Bei den einzelnen Kommunen wurden Sportämter eingerichtet, die den Sportbetrieb organisieren sollten. Die wichtigsten Funktionen innerhalb dieser Sportämter übernahmen zumeist ehemalige KPD-Funktionäre, die sich auf die Tradition des Arbeitersports in Deutschland beriefen und diese fortführen wollten. Ihr organisatorisches und ideologisches Vorbild war das Sportsystem der UdSSR. Die Briten und Amerikaner sahen dagegen in der Bildung neuer Sportvereine die Möglichkeit, in einem überschaubaren Rahmen demokratische Spielregeln einzuüben. Die Franzosen betrachteten den deutschen Sport argwöhnisch. Ihre Vorbehalte richteten sich vor allem gegen die Turner, deren Lager sich in der Vergangenheit immer wieder als »Hort antifranzösischer Tendenzen« erwiesen hatte.[1]
Die bürokratischen Hürden waren jedoch nicht die einzigen Schwierigkeiten beim Neuaufbau des Sports in Deutschland. Es gab auch erhebliche praktische Hindernisse. Sportplätze und Turnhallen waren durch

den Krieg zu einem großen Teil zerstört oder mußten in den Nachkriegsjahren zweckentfremdet werden: als Quartiere für die obdachlos gewordene Bevölkerung sowie die Flüchtlinge. Dennoch fanden bereits im Sommer 1945 wieder die ersten wettkampfmäßigen Fußballspiele statt. Im November 1945 begann die Meisterschaftsrunde der Süddeutschen Fußball-Liga in der amerikanischen Zone, an der sich 16 Mannschaften beteiligten. Fast gleichzeitig organisierten die Leichtathleten im August 1945 erste Wettkämpfe nach dem Krieg und trugen ein Jahr später, im August 1946, bereits die erste offizielle Deutsche Meisterschaft nach der Kapitulation aus.

Die uneinheitliche Linie der alliierten Besatzungsmächte in ihrer Sportpolitik eröffnete den Funktionären der unterschiedlichen Lager viele Möglichkeiten, die ideologischen Kämpfe der Vergangenheit wieder aufleben zu lassen. Die Kontroverse zwischen bürgerlicher Sportbewegung und Arbeitersport, die bereits in der Weimarer Republik ausgetragen worden war, feierte fröhliche Urständ. Dabei war man sich grundsätzlich einig, eine gemeinsame Sportorganisation aufzubauen. Um dieses Ziel zu erreichen, war die Arbeitersportbewegung sogar bereit, auf eine Restauration ihrer Organisationen zu verzichten. Diese waren von den Nationalsozialisten verboten und verfolgt worden, oder hatten sich nach dem Ermächtigungsgesetz Hitlers im Frühjahr 1933 selbst aufgelöst. Die Entscheidung, nach 1945 zugunsten eines Einheitsverbandes auf eine eigenständige Arbeitersportbewegung zu verzichten, war nicht unumstritten. Vor allem in der SPD gab es in dieser Frage heftige Kämpfe, ehe eine eigens einberufene Sportkonferenz im September 1946 in Frankfurt einstimmig den Verzicht beschloß. Das neue Schlagwort der Arbeitersportler lautete: »Sozialistische Durchdringung der Gesamtbewegung.« An der Frage, wie denn diese Gesamtbewegung aussehen sollte, entzündeten sich jedoch sogleich Konflikte mit den bürgerlichen Sportfunktionären. Während die ehemaligen Arbeitersportler gemäß ihrer Tradition hauptsächlich in Süd- und Norddeutschland Landessportbünde gründeten, in denen die Vereine fachübergreifend zusammengeschlossen waren, lehnte das bürgerliche Lager diesen in seinen Augen zentralistischen Einheitssport ab. Die Bürgerlichen, die ihre Hochburg in Westdeutschland hatten, befürworteten statt dessen das Fachverbandsprinzip, nach dem der Zusammenschluß der Vereine nur innerhalb der einzelnen Sportarten erfolgen sollte. Beide Parteien beeilten sich, möglichst schnell vollendete Tatsachen zu schaffen.

So hoben die Landessportbünde 1948 ihre »Deutsche Sportarbeitsgemeinschaft« aus der Taufe und gründeten die Spitzenverbände im Gegenzug ihre »Arbeitsgemeinschaft Deutscher Sportfachverbände«. Im Oktober 1948 einigten sich beide auf einen gemeinsamen Dachverband, die

»Arbeitsgemeinschaft Deutscher Sport« (ADS), die als erster offizieller Zusammenschluß des Nachkriegssports den wichtigsten Markstein auf dem Weg zum »Deutschen Sportbund« darstellte. Nachdem im September 1949 die Proklamation der Bundesrepublik Deutschland und anschließend die Gründung des »Nationalen Olympischen Komitees« (NOK) mit dem Zusatz »für Deutschland« erfolgt waren, gaben die Alliierten ihre Vorbehalte gegenüber einem bundesdeutschen Sportdachverband auf. Am 10. Dezember 1950 konnte somit in Hannover der »Deutsche Sportbund« (DSB) gegründet werden, erster Präsident wurde Willi Daume (bis 1970).
In diesem DSB hatte sich alles zusammengefunden: bürgerliche, konfessionelle und Arbeitersportbewegung, Vertreter von zentralistischen und föderalistischen, von fachlichen und fachübergreifenden Konzeptionen. Der Kompromiß sah vor, daß Landessportbünde und Spitzenverbände im DSB gleichberechtigt vertreten sind und ergänzt werden durch Sportverbände mit besonderer Aufgabenstellung, Verbände für Wissenschaft und Bildung sowie Förderverbände. Doch dominiert wurde die Organisation von den Anhängern des bürgerlichen Sports. Kurz und knapp: Der DSB ist »eine Gemeinschaft des guten Willens auf der Basis des kleinsten gemeinsamen Nenners«.[2]

Die Entnazifizierung im Sport

Die Frage nach Kontinuität oder Neubeginn im deutschen Sport kann nicht nur von der institutionellen Seite her gesehen werden, sie muß auch unter dem Gesichtspunkt der Führungsschicht betrachtet werden. Nach 1945 sollten nur Personen, die als »Entlastete« eingestuft wurden, ein Vorstandsamt in Verein oder Verband bekleiden dürfen. »Hauptschuldige« oder »Belastete« sollten ganz aus den Vereinen ausgeschlossen werden. Für Funktionärsposten blieben somit nur die nationalsozialistisch unbelasteten Arbeitersportler übrig. Doch ebenso wie in der Gesellschaft des Nachkriegsdeutschlands mißlang auch im Sport die Entnazifizierung gründlich. Zum einen wurden die Arbeitersportler häufig nur als ein Alibi gegenüber den Besatzungsmächten benutzt, während sich die Vereine in ihrer personellen Zusammensetzung nur unwesentlich von derjenigen während des Nationalsozialismus unterschieden. Zum anderen wurde selbst von den Westmächten die Entnazifizierung nicht konsequent betrieben, da es darum ging, die Bundesrepublik fest ans westliche Lager zu binden. So übernahmen parallel zur politischen und gesellschaftlichen Entwicklung auch im Sport schon bald die während des Nationalsozialismus aktiven Kräfte wieder das Ruder. Carl Diem, einer der Betroffenen,

fand denn auch eine zynisch anmutende Begründung für die Verdrängung der Arbeitersportler, die seiner Meinung nach »jahrzehntelang aus der Verwaltung des Sports ausgeschieden, zwar in ihrem alten Verband eine tüchtige Leistung vollbracht hatten, aber doch nicht jene gesteigerte Verwaltungserfahrung im freien Sport besaßen«.[3]
Carl Diem bietet eines der besten Beispiele für die Kontinuität der Personen im Nationalsozialismus und im Nachkriegsdeutschland. Als Generalsekretär des Organisationskomitees (OK) für die Olympischen Spiele 1936 war er mitverantwortlich für die gelungene Propaganda-Schau des nationalsozialistischen Regimes bei den Sommerspielen in Berlin. Diem vertrat die Auffassung, der Sport sei die beste Vorbereitung für den jungen Menschen auf den Krieg, eine »Schule der Vaterlandsverteidigung«. Diem war zwar kein überzeugter Nationalsozialist, doch er muß »zu jenem Kreis von Fachleuten gerechnet werden, die ihre Dienstethik über die politische Moral gestellt und somit das NS-Regime getragen und funktionsfähig gehalten haben«.[4] Nach seiner Arbeit als Generalsekretär des OK wurde er 1938 Direktor des Internationalen Olympischen Instituts in Berlin sowie 1939 Leiter der Auslandsabteilung des Nationalsozialistischen Reichsbundes für Leibesübungen. Seine Nachkriegs-Karriere erlebte ihren Höhepunkt, als er 1947 Direktor der Sporthochschule Köln wurde. Ein Amt, das er bis zu seinem Tod im Jahre 1962 innehatte.
Neben Diem übernahmen auch andere NS-Sportfunktionäre bald wieder bedeutende Posten. Guido von Mengden beispielsweise, Stabsleiter und Chefpropagandist des nationalsozialistischen Reichssportführers Hans von Tschammer und Osten, brachte es zum hauptamtlichen Geschäftsführer des DSB sowie der Deutschen Olympischen Gesellschaft (DOG). Karl Ritter von Halt war während des Nationalsozialismus Vorsitzender des Leichtathletik-Verbandes und in den letzten Kriegsmonaten 1945 sogar Reichssportführer. Als Kriegsverbrecher verurteilt, saß er bis 1950 im ehemaligen KZ Buchenwald, wurde aber bald nach seiner Entlassung 1951 Vorsitzender des neugegründeten NOK für Deutschland und Ehrenpräsident des Deutschen Leichtathletik-Verbandes.

Die Fußball-Weltmeisterschaft 1954

Wir sind wieder wer, dieses Lebensgefühl war charakteristisch für die 50er Jahre. Das gesteigerte Selbstbewußtsein gründete sich in erster Linie auf die wirtschaftliche Leistungsfähigkeit des neuen Staates. Doch das für die Psyche der Bundesdeutschen wichtige sportliche Gegenstück zum Wirtschaftswunder fehlte noch. Zwar wurde 1948 schon die erste deutsche Meisterschaft nach dem Krieg ausgespielt (im Endspiel in Köln besiegte

der 1. FC Nürnberg den 1. FC Kaiserslautern 2 : 1), doch die internationale Anerkennung fehlte noch. Den Anfang dazu machte 1950 das Nachbarland Schweiz. Als der Deutsche Fußball-Bund (DFB) in den internationalen Fußball-Verband Fifa aufgenommen worden war, erklärte sich die Schweiz sofort bereit, das erste Länderspiel nach dem Krieg gegen Deutschland auszutragen. Das Stuttgarter Neckarstadion wurde für diesen »bisher größten Tag des deutschen Sports in der Nachkriegszeit«[5] ausgewählt. 103000 Zuschauer preßten sich am 22. November 1950, dem Buß- und Bettag, in das Stadion. Angesichts der sportpolitischen Bedeutung dieses Länderspiels war das Ergebnis zweitrangig: die bundesdeutsche Nationalmannschaft gewann durch ein Elfmeter-Tor von Herbert Burdenski (Werder Bremen) mit 1 : 0. Der Neuanfang war damit gemacht, der bundesdeutsche Fußball international wieder hoffähig geworden.
Vier Jahre später zog die DFB-Elf unter Bundestrainer Sepp Herberger bei der Weltmeisterschaft in der Schweiz sogar völlig überraschend in das Endspiel ein. Dabei traf sie auf Ungarn, das nach dem triumphalen 6 : 3-Sieg im Londoner Wembley-Stadion über England – der ersten Niederlage der Engländer gegen eine Mannschaft vom Kontinent – als beste Mannschaft der Welt galt. In der Vorrunde war die zweite Garnitur des DFB, die Herberger aus taktischen Erwägungen aufgestellt hatte, den Ungarn mit 3 : 8 unterlegen. »Ich habe gesehen, was ich sehen wollte«, zu diesem aufschlußreichen Ergebnis war Sepp Herberger gekommen, nachdem er die Ungarn vor dem Endspiel eingehend studiert hatte. Die Frage war nur, ob seine Mannschaft in der Lage sein würde, die Erkenntnisse auch umzusetzen. Zunächst sah es nicht danach aus, an jenem 4. Juli 1954 im Berner Wankdorf-Stadion. Durch Tore von Puskás und Czibor führte der hohe Favorit schon nach acht Minuten mit 2 : 0. Doch schon eine Minute später gelang dem Nürnberger Max Morlock der Anschlußtreffer zum 2 : 1. Kurz vor der Halbzeit dann sogar der Ausgleich: Nach einem Eckstoß von Fritz Walter – im Training stundenlang geübt – drosch Helmut Rahn den Ball unhaltbar ins ungarische Tor. In der 84. Spielminute passierte schließlich das, was Fußballfans heute noch in Entzücken versetzt: Helmut Rahn brachte durch einen Schuß aus 14 Metern Entfernung die deutsche Mannschaft mit 3 : 2 in Führung. »Der Boß hat so gewaltig geschossen, daß er durch seinen eigenen Schwung zu Fall kommt, aber noch im Fallen sieht er, daß seine flache Bombe für Torhüter Grosits unerreichbar ist«, so schilderte der Kapitän der Nationalelf, Fritz Walter, das entscheidende Tor in diesem Spiel. Sepp Herberger hatte sein Ziel erreicht, auf das er drei Jahre lang kontinuierlich hingearbeitet hatte. Und die französische Sportzeitung »L'Equipe« stellte fest, was die Bundesbürger am meisten freute: die wirtschaftliche Wiedergeburt Deutschlands habe sich nun auch ins Fußballerische übertragen.[6]

»Wir sind wieder wer«: Die deutsche Nationalmannschaft gewinnt gegen Ungarn in Bern (1954).

Der Gewinn der Fußball-Weltmeisterschaft 1954 war der größte Erfolg des Nachkriegsfußballs in Deutschland – und er sollte es auch einige Jahre bleiben. Denn die Weltmeisterschaften 1958 in Schweden und 1962 in Chile brachten empfindliche Rückschläge. Für Bundestrainer Sepp Herberger war eine Ursache für diesen Rückschritt das unübersichtliche System der Regionalligen, das er als einen Hemmschuh für die Nationalmannschaft ansah. Zudem stellte sich heraus, daß das Vertragsspielerstatut nicht mehr den Verhältnissen entsprach, längst wurde den Stars mehr gezahlt, als eigentlich erlaubt gewesen wäre. Am 6. Oktober 1962 beschloß der DFB deshalb nach jahrelangen Diskussionen, eine Bundesliga mit 16 Mannschaften zu bilden. Allerdings war es kein uneingeschränktes Ja zum Berufssport, denn der DFB war um enge Grenzen bemüht. So sollten die Gehälter der Spieler auf 1200 Mark beschränkt bleiben, Handgelder sollten nicht mehr als 10000 Mark betragen und für die Ablösesummen wurde eine Obergrenze von 50000 Mark festgelegt. Die Vereine unterliefen jedoch von Anfang an das Bundesliga-Statut und zahlten höhere Handgelder als erlaubt oder halfen den Spielern bei deren beruflicher Absicherung. Ein bei den Spielern beliebter Verein war der 1. FC Köln, der, »unbemerkt von der Konkurrenz, seine Spieler (über Bausparverträge und durch Prämientricks) besser als die anderen« bezahlte.[7]

So war es kein purer Zufall, daß ausgerechnet der 1. FC Köln die erste Bundesliga-Meisterschaft errang.
Angesichts des Verhaltens der Vereine war es auch kein Wunder, daß das Bundesliga-Statut insgesamt nur fünf Jahre lang Bestand hatte. 1968 wurden sämtliche 1963 beschlossenen Beschränkungen wieder aufgehoben. Die Gehälter wurden zwischen Verein und Spieler beziehungsweise dessen Manager ausgehandelt, die Ablösesummen machten die Vereine unter sich aus. Der DFB sprang als Schlichter nur dann ein, wenn sich die Vereine nicht einigen konnten. Die Gesetze der Marktwirtschaft hatten somit auch im Berufsfußball Einzug gehalten. »Das freie Spiel der Kräfte, Angebot und Nachfrage regeln auch den Berufssport und pendeln die Preise ein – von Auswüchsen, die an sich selbst zugrunde gehen, einmal abgesehen.«[8]
Wie sehr der Profi-Sport zur Show verkommen war, wie sehr die gesellschaftlichen Verhältnisse auch vom Sport Besitz ergriffen hatten, dies wurde exemplarisch deutlich am Bundesliga-Skandal. Am 6. Juni 1971 feierte der Offenbacher Obst-Großhändler Horst Gregorio Canellas zu-

Schalke 04 gewinnt 1958 die deutsche Meisterschaft im Spiel gegen den HSV.

sammen mit zahlreichen Gästen und ausgewählten Pressevertretern seinen 50. Geburtstag. Es war ein Tag nach dem Abstieg von Kickers Offenbach, deren Präsident Canellas war, aus der Fußball-Bundesliga. Mitten in der Feier ließ Canellas die Bombe platzen: Untermauert durch Tonband-Mitschnitte von Telefongesprächen enthüllte er, daß der Kampf gegen den Bundesliga-Abstieg in der Saison 1970/71 durch Bestechung manipuliert worden war. Trotz umfangreicher Zahlungen war Offenbach am Ende jedoch Tabellenvorletzter und mußte absteigen. Diese Tatsache war es wohl, die den Stein ins Rollen brachte. Neben Offenbach hatten auch Bielefeld und Oberhausen bestochen, insgesamt wurden rund zwei Millionen Mark an Bestechungs- und Schweigegeldern bezahlt. Sowohl die Sportgerichtsbarkeit des DFB als auch ordentliche Gerichte (wegen Meineidverfahren) waren mit der Aufklärung des Skandales beschäftigt. Nur vier Vereine (VfL Bochum, Borussia Dortmund, 1. FC Kaiserslautern und Hamburger SV) hatten eine weiße Weste. Insgesamt 52 Spieler gaben zu, Geld angenommen zu haben, sechs Vereinsfunktionäre wurden verurteilt, drei Trainer waren in die Bestechungen verwickelt.
Die Folge war ein vorübergehender Vertrauensverlust bei den Fans, der sich in drastisch gesunkenen Zuschauerzahlen in der folgenden Saison niederschlug. Der Bundesliga-Skandal zeigte aber auch, daß im Sport ebenso wie in der Gesellschaft in erster Linie der Erfolg, und nicht die Leistung zählt. Erfolg um jeden Preis, wenn es sein muß mit unerlaubten Mitteln, dieses Prinzip hatten sich die Beteiligten am Millionen-Unternehmen Fußball-Bundesliga zu eigen gemacht. »Der Spitzenfußball ist zu einem harten Geschäft geworden, in dem es um Marktanteile oder überhaupt um die Teilnahme am Markt geht. Wem jedoch ein Marktausschluß droht (was gleichzeitig die Gefährdung der materiellen Existenz bedeutet), der wird sich mit allen Mitteln dagegen wehren.«[9]

Der deutsch-deutsche Sportverkehr

Jahrzehntelang hat es im internationalen Sport kein diffizileres Problem gegeben als den innerdeutschen Sportverkehr. Als »querelle d'allemand«, als grund- und nutzloses Streiten, empfanden die genervten Funktionäre des internationalen Sports die Konflikte zwischen den Deutschen. Das Grundproblem des innerdeutschen Sportverkehrs war, daß nicht nur die Interessen zweier gegensätzlicher Gesellschaftssysteme aufeinanderprallten, sondern auch noch zwei ganz unterschiedliche Auffassungen vom Sport. Die größeren Probleme aus dieser Konstellation ergaben sich zweifellos für den bundesdeutschen Sport. Er mußte nicht nur

versuchen, seine eigenen Vorstellungen gegenüber der DDR durchzusetzen, sondern hatte gleichzeitig gemäß seinem Selbstverständnis als unpolitische Bewegung die massiven Einmischungsversuche der Politik abzuwehren.
Schon zwei Jahre vor der Gründung des DSB war in der sowjetisch besetzten Zone Deutschlands am 1. Oktober 1948 eine Dachorganisation des Sports gegründet worden, der Deutsche Sportausschuß (DSA). Die Sportbewegung setzte sich zum Ziel, an der »Schaffung einer neuen Kultur« mitzuarbeiten. Die Umsetzung dieser Vorgabe wurde der Freien Deutschen Jugend (FDJ) und dem Freien Deutschen Gewerkschaftsbund (FDGB) übertragen. Die vom FDGB gegründeten Betriebssportgemeinschaften wurden zum Rückgrat einer Massensportbewegung, die den Leistungssport anfangs strikt ablehnte. Ein Umschwung trat erst ein, als Walter Ulbricht (damals Generalsekretär des Zentralkomitees der SED) 1950 gegen den Widerstand eines Teils des Politbüros die Gründung der Deutschen Hochschule für Körperkultur (DHfK) durchsetzte. Damit war ein erster Schritt hin zum Leistungssport getan, und die DHfK entwickelte sich schnell zur zentralen Forschungs- und Lehranstalt des DDR-Sports. Der 1950 eingeleitete Trend wurde ein Jahr später mit der Gründung des Nationalen Olympischen Komitees der DDR unter Vorsitz von Kurt Edel fortgesetzt. Die bis dahin einschneidendste Veränderung erfuhr der DDR-Sport im April 1957 mit der Gründung des Deutschen Turn- und Sportbundes (DTSB) – er trägt seit 1974 den Zusatz »der DDR« –, der den DSA ablöste. Der DTSB ist eine Einheitsorganisation, in der sämtliche Einzelverbände aufgegangen sind. Einzige Ausnahme: die 1952 eingeführte paramilitärische Gesellschaft für Sport und Technik (GST), die zur wehrsportlichen Ausbildung der Jugendlichen in der DDR dient. Die Beweggründe, die zur Einrichtung des DTSB führten, waren vor allem praktischer Natur. Es hatte sich nämlich gezeigt, daß die verschiedenen Sportvereinigungen nicht in der Lage waren, ihre Arbeit sinnvoll zu koordinieren. Vor allem die Zusammenarbeit zwischen den staatlichen und gewerkschaftlichen Sportbehörden funktionierte nicht reibungslos.
Die große Bedeutung, die der Sport in der sozialistischen Gesellschaft hat, läßt sich daran ermessen, daß die DDR erstmals in der deutschen Verfassungsgeschichte Sport und Körperkultur in ihrer Verfassung verankert hat. In der am 9. April 1968 nach einem Volksentscheid in Kraft getretenen Verfassung der DDR heißt es in Artikel 18, Satz 3: »Körperkultur, Sport und Touristik als Elemente der sozialistischen Kultur dienen der allseitigen körperlichen und geistigen Entwicklung der Bürger.« Dafür, daß der Sport diesen Stellenwert erhalten hat und daß er konsequent in den Dienst der Politik gestellt wurde – die einprägsame Losung hieß

»Jeder Sportler ein Aktivist!« –, war vor allem Walter Ulbricht verantwortlich. Er hatte erkannt, daß sich der Sport vorzüglich als Mittel zur Stabilisierung des Systems, zur Identifikation der Bevölkerung mit dem Staat eignet. Gleichzeitig diente der Sport der DDR dazu, ihre internationale Anerkennung voranzutreiben. Die Athleten hatten den Auftrag, als »Diplomaten im Trainingsanzug« das Renommee ihres Staates im Ausland zu steigern. Und sie hatten damit Erfolg, schließlich wurden die Hoheitssymbole der DDR zuerst im Sport international anerkannt. Die vielleicht wichtigste außenpolitische Funktion des DDR-Sports war zumindest in den Anfangsjahren die Demonstration der Systemüberlegenheit. Diese Funktion hat der DDR-Sport jedoch in den zurückliegenden beiden Jahrzehnten mehr und mehr eingebüßt. Dafür waren mehrere Faktoren verantwortlich. Zum einen paßte die althergebrachte Sportideologie nicht mehr in die gewandelte politische Landschaft, in der der »Kalte Krieg« durch das Prinzip der friedlichen Koexistenz ersetzt worden war. Zum anderen hatte die DDR, gemessen an internationalen Erfolgen, den Kampf im Bereich des Hochleistungssports spätestens Ende der 60er, Anfang der 70er Jahre endgültig zu ihren Gunsten entschieden. Dagegen hatte sich auch gezeigt, daß die wirtschaftliche Leistungsfähigkeit des zweiten deutschen Staates doch erheblich hinter der sportlichen zurückblieb. Erich Honecker zog nach seinem Amtsantritt als Generalsekretär des ZK der SED im Jahre 1971 die Konsequenz aus dieser Entwicklung: Er stellte den Sport wieder verstärkt in den Dienst innen- und gesellschaftspolitischer Ziele. Sportpolitik müsse seiner Ansicht nach »als Einheit von Innen- und Außenpolitik... betrachtet werden, wobei das Primat der Innenpolitik zu beachten sei«.[10]

Maßgebend für die Entwicklung der innerdeutschen Sportbeziehungen waren in den Anfangsjahren die politischen Maximen der beiden Regierungen. In Adenauers Konzept der Westintegration gab es keinen Spielraum für Wiedervereinigungspläne, wie sie Ulbricht Anfang der 50er Jahre artikulierte. Adenauer lehnte deshalb direkte Kontakte zur DDR ab, war folgerichtig auch gegen einen gesamtdeutschen Sportverkehr. Er forderte auch im Sport den Alleinvertretungsanspruch der Bundesrepublik auf internationaler Ebene. Die westdeutschen Sportfunktionäre folgten dieser Linie und gründeten ihre Organisationen als gesamtdeutsche Verbände. »Deutsche an einen Tisch!« – diesen Leitspruch hatte dagegen die Volkskammer der DDR im September 1951 für den innerdeutschen Sportverkehr ausgegeben. Die SED sah eine der Hauptaufgaben des Sports darin, sich für die »Herstellung eines einheitlichen, demokratischen, friedliebenden und unabhängigen Deutschlands«[11] einzusetzen. Den ersten Tiefpunkt erlebten die deutsch-deutschen Sportkontakte im September 1952, als der DSB aufgrund der »Oberweseler Beschlüsse« die

Beziehungen abbrach. Der Grund: die DDR hatte Sonderregelungen für Westberliner Sportler im Sportverkehr eingeführt. Dieser Schritt fand die Zustimmung Adenauers, der ausrichten ließ, er habe von dem Beschluß »mit Dank Kenntnis genommen«.[12] Die »Oberweseler Beschlüsse« galten jedoch nur wenige Monate, da sie auf heftige Kritik in den Fachverbänden gestoßen waren. So einigten sich denn im Dezember 1952 DSB und DSA, ihre Beziehungen gemäß den olympischen Regeln zu gestalten. Politische Propaganda sollte es demnach nicht mehr geben, ebenso keine Sonderregelungen für Westberliner Sportler. Die Fachverbände des DSB sicherten im Gegenzug zu, die Bemühungen der DDR-Sportverbände um internationale Anerkennung zu unterstützen. Diese Zusage konterkarierte jedoch die Außenpolitik der Regierung Adenauer, vor allem die ihr zugrunde liegende Hallstein-Doktrin. Sollte der Alleinvertretungsanspruch der Bundesrepublik aufrechterhalten werden, so durfte es in internationalen Verbänden keine zwei deutschen Mitgliedsorganisationen geben. Die Bundesregierung versuchte deshalb, »durch ständige Eingriffe in den internationalen Sportverkehr den bundesdeutschen Sport an einer faktischen Anerkennung der Eigenstaatlichkeit der DDR zu hindern«.[13] Der Mauerbau brachte 1961 erneut den völligen Abbruch der Kontakte. In seinen »Düsseldorfer Beschlüssen«, gefaßt auf Druck der Bundesregierung und des Berliner Senats, untersagte es der DSB seinen Mitgliedern, zu Sportwettkämpfen in die DDR zu fahren. Gleichzeitig sorgte die Bundesregierung dafür, daß sämtliche NATO-Staaten ein Einreiseverbot für Sportler aus der DDR erließen.

Der Durchbruch zu geregelten Beziehungen zwischen den beiden deutschen Sportverbänden verlief in zwei Etappen. Als erstes erfolgte die sportliche Anerkennung der DDR durch das IOC, als zweites schuf die Normalisierung auf politischer Ebene günstigere Voraussetzungen für den Sportverkehr. Nachdem die DDR – zum Teil mit Hilfe der Fachverbände der Bundesrepublik – schon in vielen internationalen Sportfachverbänden vertreten war, gab das IOC auf seiner 63. Sitzung in Madrid 1965 dem Antrag des NOK der DDR statt, künftig eine eigene Mannschaft zu Olympischen Spielen zu entsenden. Im Oktober 1968 folgte die vollständige Anerkennung des NOK der DDR durch das IOC. Die DDR konnte nun mit eigener Flagge und eigener Hymne auftreten. Dieser Anerkennung vorangegangen war ein 17 Jahre dauernder Kampf. Denn noch 1951 hatte das IOC den Aufnahmeantrag des NOK der DDR abgelehnt. Das NOK der Bundesrepublik, das mit dem Zusatz »für Deutschland« den Alleinvertregungsanspruch dokumentierte, wurde dagegen voll anerkannt. Das IOC beschloß aber gleichzeitig, beide NOK sollten Verhandlungen über ein gemeinsames Komitee sowie eine gemeinsame Mannschaft für die Olympischen Spiele führen. Dies war eine politische

Entscheidung, mit der sich das IOC um eine klare Haltung drückte. Es räumte dem NOK der Bundesrepublik einen Alleinvertretungsanspruch ein, der aus sportpolitischer Sicht nicht zu rechtfertigen war.

Die Bildung einer gesamtdeutschen Mannschaft für die Olympischen Spiele 1952 in Helsinki scheiterte dann aber an den Bedingungen der westdeutschen Sportführer. So starteten in Helsinki als deutsche Vertreter lediglich Sportler der Bundesrepublik und des Saarlandes. Die erste gesamtdeutsche Olympiamannschaft trat erst 1956 in Cortina d'Ampezzo und Melbourne an. 1955 hatte das IOC das NOK der DDR unter der Bedingung provisorisch anerkannt, daß eine gesamtdeutsche Mannschaft zustande käme. Wie 1956 so stellte die Bundesrepublik auch 1960 in Squaw Valley und Rom den größeren Teil der Mannschaft. Doch die DDR machte ihren Rückstand im Hochleistungssport kontinuierlich wett und schickte bereits 1964 zu den Sommerspielen in Tokio mehr Athleten als die Bundesrepublik. Nach der Anerkennung des NOK der DDR 1965 starteten bei den Olympischen Spielen 1968 in Grenoble und Mexiko erstmals zwei getrennte deutsche Mannschaften – wenn auch unter einer gemeinsamen Flagge und Hymne (»Freude, schöner Götterfunken« aus Beethovens Neunter). Mit eigener Flagge und Hymne trat die DDR dann erstmals 1972 auf – bei den Olympischen Spielen in Sapporo und München.

Nachdem die Regierung Kiesinger/Brandt 1969 das Hissen der Flagge und das Abspielen der Hymne der DDR gestattet hatte, war die Grundlage für die Wiederaufnahme der Sportgespräche zwischen DSB und DTSB geschaffen. Die neue Ostpolitik der Regierung Brandt erleichterte diese Gespräche zusätzlich. In den »20 Kasseler Punkten« vom März 1970 hatte Bundeskanzler Brandt den Wunsch festgehalten, die Zusammenarbeit im Sport zu verstärken. Im Zuge der Unterzeichnung des Verkehrsvertrages am 17. Oktober 1972 sowie des Grundlagenvertrages am 8. November 1972 gelang den politischen Unterhändlern schließlich auch der Durchbruch im Sport. DSB und DTSB unterzeichneten am 8. Mai 1974 ein Protokoll über die Regelung der Sportbeziehungen. Allerdings blieb in der Folgezeit die Zahl der deutsch-deutschen Sportbegegnungen weit hinter den Erwartungen des DSB zurück. Immerhin gelang eine Steigerung von 40 Begegnungen 1974 auf 84 im Jahr 1986. Zudem verliefen die Begegnungen nicht wie gewünscht: Kontakte auf den unteren Ebenen, zwischen Jugendlichen oder im grenznahen Bereich finden kaum statt. Auch gibt es nach den Erfahrungen bisher wenig Gespräche unter den Athleten oder zwischen Athleten und Zuschauern bei deutsch-deutschen Sportbegegnungen.

Vom unpolitischen zum politischen Sport

Nach den Erfahrungen mit dem politischen Sport des Nationalsozialismus gab sich die Sportbewegung Nachkriegsdeutschlands lange Zeit der Illusion hin, Sport könne unpolitisch sein. Der Sport sollte eine von politischen oder wirtschaftlichen Zwängen unabhängige Insel in der Nachkriegsgesellschaft sein. Wie so vieles im bundesdeutschen Sport ging auch diese Idee auf die Tradition der bürgerlichen Sportbewegung zurück, für die der Sport in erster Linie Spiel und damit zweckfrei war. In seiner Satzung legte der DSB sich auf parteipolitische Neutralität fest, was allerdings zu einem fast apolitischen Verhalten bei vielen Funktionären führte. Im Widerspruch zur Theorie des »unpolitischen Sport« stand jedoch, daß der DSB stets seine bildungs- und gesellschaftspolitische Bedeutung betonte. Dies erkannte auch das Bundesinnenministerium und begann 1950 mit der Sportförderung nach dem Subsidiaritätsprinzip. Bis 1958 wurde der Förderbetrag von 300000 Mark auf 2,4 Millionen Mark gesteigert. Doch obwohl die Regierung Adenauer den Sport förderte und seine gesellschaftlichen Bemühungen anerkannte, maß sie ihm nur eine geringe Bedeutung bei. Auch das Grundgesetz trägt nicht unbedingt zur Aufwertung des Sports bei. Er wird nicht einmal gesondert erwähnt, sondern dem kulturellen Bereich zugeordnet, für den eine staatliche Lenkung ausgeschlossen ist.
Parallel zur Politik waren auch große Teile der Gesellschaft in der Frühphase der Bundesrepublik am Sport nicht interessiert. DSB-Präsident Willi Daume machte dafür die völlige »Zerstörung der moralischen Substanz des Sports« im Nationalsozialismus verantwortlich. Das Glück des Sports in den 50er Jahren war allerdings, daß er zwei wichtige politische und gesellschaftliche Aufgaben ohne große Unterstützung von außen erfüllte. Zum einen spiegelten die sportlichen Erfolge wie der Gewinn der Fußball-Weltmeisterschaft 1954 die wirtschaftliche Potenz des Weststaats wider. Zum anderen entschied der bundesdeutsche Sport den Systemvergleich mit der DDR damals noch klar zu seinen Gunsten. »Trotz oder gerade wegen des fehlenden direkten staatlichen Einflusses kam es zu einer letzten Blüte im Leistungssport auf individueller, weitgehend zufallsabhängiger Basis.«[14]
Während des sportlichen Hochs in den 50er Jahren wurde es aber versäumt, den Leistungsstandard für die Zukunft zu sichern. Ein Versäumnis, das sich ein Jahrzehnt später vor allem im Systemvergleich mit der DDR rächte. Von 1960 bis 1970 verdoppelte sich die Mitgliederzahl des DSB von 5,2 auf 10,1 Millionen. Der DSB war als Dachverband des deutschen Sports mit seiner Konzeption nun weder den Anforderungen im Spitzen- noch denen im Breitensport gewachsen. Ein Wandel im Verhält-

nis zwischen dem organisierten Sport und der Politik in der Bundesrepublik begann sich abzuzeichnen. Beschleunigt wurde dieser Wandel 1966 durch die überraschende Vergabe der Olympischen Spiele 1972 nach München durch das IOC. Angesichts des Leistungsstandes des DDR-Sports drohte dem bundesdeutschen Hochleistungssport ausgerechnet bei den Spielen im eigenen Land ein herber Prestigeverlust.

Am 15. Oktober 1966, ein halbes Jahr nach der IOC-Entscheidung für München, verabschiedete der Hauptausschuß des DSB die »Charta des Deutschen Sports«. Sie diente als Grundlage für die neue Sportpolitik, deren Kernthese das »Programm der Partnerschaft« war. Da die Gesellschaft vom Sport Höchstleistungen erwarte, sei sie auch dazu verpflichtet, den Leistungssport und die Leistungssportler zu unterstützen. Und sowohl »Partnerschaft« als auch »Unterstützung« meinten in erster Linie finanzielle Zuschüsse. Auf staatlicher Seite war spätestens nach dem unbefriedigenden Abschneiden bei den Olympischen Sommerspielen 1968 in Mexiko das Vertrauen in die eigenständige Kraft der Sportbewegung erschöpft. Nur noch staatliche Förderung schien gewährleisten zu können, daß das wirtschaftliche und politische System der Bundesrepublik 1972 durch den Sport adäquat vertreten sein würde. Der Sport wurde zur »öffentlichen Aufgabe« erklärt. Bund und Länder bekannten sich zum 1960 von der Deutschen Olympischen Gesellschaft (DOG) vorgelegten »Goldenen Plan« zur Förderung sowohl des Spitzen- als auch des Breitensports. Innerhalb von 15 Jahren sollten laut Goldenem Plan Erholungs-, Spiel- und Sportanlagen im Wert von 6,3 Milliarden Mark errichtet werden. Die Sportförderung wurde aufgeteilt: Der Bund nahm sich des Hochleistungssports an, während sich die Länder um den Breiten- und Freizeitsport kümmerten. Begründet wurde diese Entscheidung mit der gesamtstaatlichen Repräsentationsfunktion des Spitzensports.

Parallel zum Engagement der Bundesregierung im Sport beteiligte sich Mitte der 60er Jahre auch die Wirtschaft an der nationalen Aufgabe. 1967 wurde mit Hilfe des DSB und der DOG die »Stiftung Deutsche Sporthilfe« gegründet. In ihr, die bis 1973 direkte staatliche Zuschüsse erhielt und sich auch heute noch zu großen Teilen aus staatlichen Mitteln (Sonderbriefmarken, Glücksspirale) finanziert, war der gesamte Hochadel der deutschen Industrie vertreten. Das Interesse der Industrie erläuterte 1973 der damalige Springer-Bevollmächtigte Eberhard von Brauchitsch ungeschminkt: »Es gibt zwischen dem Bekenntnis zur Leistung im Sport mit der Endstufe des Spitzensports und der Leistung in der Wirtschaft als Grundlage einer Funktionsfähigkeit dieser Wirtschaft einen untrennbaren Zusammenhang.«[15] Allerdings erbrachten die vereinten Anstrengungen von Sport, Wirtschaft und Politik zumindest im Hinblick auf die

Olympischen Spiele 1972 nicht den erwünschten Erfolg. Die DDR entschied den »Systemvergleich« zu ihren Gunsten, und es zeigte sich, daß ihr Sportsystem – gemessen am puren Erfolg – dem bundesdeutschen überlegen war. Krüger kommt deshalb zu dem Fazit: »Der BRD-Sport kann mit seinen Aktionen unter unökonomischem Einsatz größter finanzieller Mittel immer wieder Einzelerfolge erringen, denen jedoch etwas von der Zufälligkeit der Selektion in einem ›kapitalistischen‹ System anhaftet.«[16]

Den sportlichen Erfolg hat die »konzertierte Aktion« vor den Olympischen Spielen 1972 also nicht gebracht. Dafür wurde das Ende der Theorie vom »unpolitischen Sport« und gleichzeitig die Abhängigkeit des Sports von der Politik sichtbar. Bundespräsident Gustav Heinemann machte dies 1973 auf dem Deutschen Turnfest in Stuttgart deutlich, als er erklärte, der Sport könne »keine unpolitische Oase mehr sein«. Ein Jahr später wählte der DSB erstmals einen Politiker, Willi Weyer (FDP), zu seinem Präsidenten. Weyer forderte die Sportorganisation auf, politische Akzente zu setzen und beendete 1975 das Gerede vom unpolitischen Sport: »Der Sport ist Teil unserer gesellschaftlichen Wirklichkeit und inzwischen auf dem besten Wege, sich politisch auf diese veränderte Position einzustellen, was nichts anderes heißt, als den Sport eben auch als ein politisches Handeln zu sehen und zu verstehen.«[17]

Die Funktion des Sports

Auch wenn der Sport oft und gerne als die »schönste Nebensache der Welt« dargestellt wird, so ist er gerade dieses nicht. Der Sport erfüllt in der Gesellschaftsordnung der Bundesrepublik wichtige Funktionen, auch wenn das Gefühl dafür in der Sportbewegung unterentwickelt ist. So mißt sich beispielsweise der DSB in seiner »Charta des Deutschen Sports« nur biologische, pädagogische und soziale Funktionen bei – und dies hauptsächlich in bezug auf den Breiten- und Freizeitsport: Sport wirke als Ausgleich zur Arbeit, diene der Wiederherstellung und Erhaltung der Gesundheit. Für die Gesellschaft wichtige soziale Lernprozesse könnten in den Vereinen umgesetzt werden, was zur besseren Integration beitrage. Zur Bedeutung des Hochleistungssports fehlen jedoch vom DSB klare Aussagen. Dabei entfaltet gerade dieser Bereich vielschichtige politische Funktionen. Erfolge im Hochleistungssport tragen zur besseren Identifikation des einzelnen mit der gesellschaftlichen und politischen Ordnung bei, wirken somit systemstabilisierend. Der Staat wiederum benutzt sportliche Erfolge seiner Bürger zur Selbstdarstellung nach innen und außen. Und nicht zuletzt üben Stars im Sport eine Vorbildfunktion aus,

durch die sie die dominierenden Werte und Normen der Gesellschaft weitertransportieren, in der Gesellschaft der Bundesrepublik beispielsweise das Bekenntnis zur individuellen (Höchst-)Leistung.
Gerade dieser Faktor war es, durch den der Hochleistungssport im Vorfeld der Olympischen Spiele 1972 und vor dem Hintergrund der Studentenunruhen von 1968 in den Mittelpunkt der Diskussion gerückt war. Die »neue Linke« rechnete radikal mit dem Ideal der bürgerlichen Sportbewegung ab, nach dem der Sport als Gegenpol zur Arbeit zu definieren ist. Bero Rigauer kommt etwa aufgrund der Trainingsmethoden oder der wissenschaftlichen Begleitung des Trainings zu dem Schluß, daß Arbeit und Sport eine »strukturelle Affinität« aufweisen. Sein Fazit: »Der Anspruch des Leistungssports, der Arbeit gegenüber eine komplementäre Funktion zu erfüllen, ist nicht mehr haltbar.«[18] Der Sport spiegelt nach Ansicht seiner Kritiker geradezu idealtypisch die Normen der Leistungsgesellschaft wider.
Auf diese Kritik antwortete beispielsweise Hans Lenk, ein ehemaliger Leistungssportler (Schlagmann im Olympia-Achter von Rom 1960) und später Professor für Philosophie an der Universität Karlsruhe. Er entwarf ein neues Leitbild, das des »mündigen Athleten«.[19] Dieser sollte seiner Ansicht nach beruflich abgesichert sein und zu einem kritischen Sportler erzogen werden. Der Athlet solle sein Leistungsverhalten analysieren

Schulsport im Nikolaus-Cusanus-Gymnasium in Bonn-Bad Godesberg.

und diskutieren. Diese Vorschläge sind zum Teil in das heutige Konzept des »humanen Hochleistungssports« eingeflossen. Wobei zu fragen ist, ob der Begriff des »humanen Hochleistungssports« nicht ein Widerspruch in sich ist.

Die sportliche Aufrüstung der 70er Jahre

Die sozialliberale Regierung Brandt/Scheel – von konservativen Funktionären stets mißtrauisch beobachtet – war es, die im Vorfeld der Münchner Spiele die Gelegenheit sah, ihr Ja zum (Spitzen-)sport nachdrücklich zu dokumentieren. In ihre Zeit fiel die leistungssportliche Aufrüstung, die in der Geschichte der Bundesrepublik bis dahin beispiellos war. Das Ziel war dabei, dem – nach Medaillen betrachtet – offenkundig effizienten Zentralismus der DDR ein eigenes Fördersystem entgegenzusetzen, das zwar nach wie vor föderalistisch aufgebaut, aber dennoch zentral lenkbar sein sollte. Damit war der Bund als Förderinstanz des Spitzensports in der Pflicht, der er mit der Finanzierung folgender Steuerungsinstitutionen bereitwillig nachkam: Der Bundesausschuß für Leistungssport (BA-L) wurde neugegliedert und zur DSB-Schaltstelle, die zusammen mit den Fachverbänden gemeinsame Maßnahmen zur Förderung des Hochleistungssports plant und durchführt (1969). Ein Jahr später wurde das Bundesinstitut für Sportwissenschaft (BISp) aus der Taufe gehoben, mit dem Auftrag, wissenschaftliche Forschungsergebnisse für die Praxis umzusetzen. In der Kölner Denkfabrik sollte Zweckforschung insbesondere auf den Gebieten Medizin, Psychologie, Soziologie, Bewegungs- und Trainingslehre betrieben werden. Dem BISp angegliedert ist der Beauftragte der Bundesregierung für Doping-Analytik, Professor Manfred Donike. Im gleichen Jahr wurde die Deutsche Sportkonferenz (DSK) eingerichtet. Ihr gehören Vertreter des Sports, der drei staatlichen Ebenen (Bund, Länder, Kommunen) sowie der Parteien an. Wesentliche Aufgabe sollte die Abstimmung von Fördermaßnahmen sein. Bundesstützpunkte wurden erstmals in nennenswertem Maß eingerichtet, weil die örtlichen Trainingsmöglichkeiten vielfach unzureichend waren und die Spitzensportler zentral zusammengezogen werden sollten. Hinzu kamen Sportinternate, Sportkompanien bei Bundeswehr und Bundesgrenzschutz. 1974 führte der Mangel an qualifizierten Betreuern zur Gründung der Trainerakademie e. V. in Köln. Die Einrichtung dient der Aus-, Fort- und Weiterbildung von Trainern.
Welche Zuwachsraten im Etat der Bundesregierung mit dieser Aufrüstung verbunden waren, zeigen die Aufwendungen des Bundesministeriums des Innern, das fast ausschließlich den Spitzensport versorgt. Die

Mittel für die Finanzierung der Bundestrainer (1967: 775000/1970: 2600000 Mark), von Sportstätten für den Hochleistungssport (1967: 6,7 Millionen/1970: 17,2 Millionen Mark), für zentrale Maßnahmen (1965: 11000000/1970: 17400000 Mark) stiegen um ein Vielfaches.

Trotz dieser gewaltigen Anstrengungen sollten die Olympischen Spiele von München heiter sein, »der Welt ein Bild des neuen Deutschlands zeigen«, wie es Bundeskanzler Brandt nach den Erfahrungen mit Hitlers Propagandaschau 1936 nannte. Am zehnten Wettkampftag, dem Dienstag, 5. September 1972, fand die Heiterkeit ein jähes Ende. Acht palästinensische Terroristen drangen in das Quartier der israelischen Mannschaft in der Conollystraße 31 ein, erschossen zwei Israeli und nahmen neun als Geiseln. Die Regierung Israels lehnte die Forderung nach Freilassung von 200 verurteilten Kampfgefährten der Palästinenser ab. Abends sagte die Bundesregierung der Organisation »Schwarzer September« freies Geleit mit den Geiseln vom Luftwaffenstützpunkt Fürstenfeldbruck zu. Doch dort eröffneten Scharfschützen der Polizei das Feuer, worauf die Palästinenser die Transporthubschrauber in die Luft sprengten. Bilanz der Aktion: Alle Geiseln, fünf Terroristen und ein Polizist sind tot. Die Spiele gingen weiter, als letzte Amtshandlung von IOC-Präsident Avery Brundage verfügt, der danach im Alter von fast 85 Jahren zurücktrat. Doch die Fehler der Sicherheitskräfte, schrieb die Londoner Times, »haben alle Freude und allen Ruhm der Spiele in München zerstört«.

Der Sport blieb dennoch das Hätschelkind der Politik, von allen Parteien mit Wohlwollen betrachtet. Gleichgültig, welchen Sportbericht welcher Bundesregierung man zur Hand nimmt – sie sind weitgehend identisch. Ob christ-, sozial- oder freidemokratisch, die Grundsätze staatlicher Sportpolitik sind dieselben: 1. Der Sport muß seine Autonomie bewahren. 2. Staatliche Hilfe wird gewährt, wenn die Kräfte des Sports nicht ausreichen (Subsidiaritätsprinzip). 3. Staat und Sport arbeiten partnerschaftlich zusammen.

Der Konsens über alle Parteien hinweg findet sich auch in den Programmen der damals im Bundestag vertretenen Parteien wieder. Eine kleine Auswahl: »Die CDU bekennt sich auch im Sport zum Leistungsprinzip. Leistungssport und Breitensport sind keine Gegensätze.« »Die SPD bejaht die sportliche Leistung als einen wesentlichen Teil des sportlichen Angebots für alle.« »Spitzensport entspricht dem Grundgedanken des Sports: Leistung und Wettbewerb. Die FDP bekennt sich zur sportlichen Höchstleistung.« Nicht von ungefähr vermerkte Ministerialrat Rüdiger Piro, seines Zeichens Sekretär des Sportausschusses des Deutschen Bundestages[20], daß die Parteien in ihren »Grundaussagen nahezu deckungsgleich« seien. Alle sind für Sport, so Piro, weil Sport die herrlichste Nebensache der Welt sei. An dieser Übereinstimmung hat sich bis heute nur in Nuancen etwas geändert, wenn man einmal davon absieht, daß CDU/FDP den Leistungsaspekt und die Sozialdemokraten den sozialen Charakter des Sports stärker betonen. Bei den Grünen beginnt, nach anfänglicher Ignorierung des Sports, erst Ende der 80er Jahre ein eigenständiges Sportprogramm sich abzuzeichnen, das eindeutig breiten- und freizeitorientiert ist. Wenn es einen gesellschaftlichen Bereich in der Bundesrepublik gab, in dem die 68er Jahre ohne direkten Einfluß blieben, dann war es der Sport. Einmal abgesehen von der linken Sportkritik, die mit Verdikten wie »Sport ohne Leistung ist Kappes« (DSB-Präsident Willi Weyer) schnell ins Abseits gedrängt war, präsentierte sich der Sport auch in den 70er Jahren und darüber hinaus als autoritäres System. Unvergessen der berühmt-berüchtigte Zwischenruf des hohen Funktionärs Georg von Opel beim DSB-Bundestag 1970 in Mainz, wo erstmals eine Debatte über zwei Präsidentschaftskandidaten stattfinden sollte: »Dies ist kein politisches Parlament, wir sind unter Sportkameraden, wo das Wort Demokratie nicht hingehört.«

Der Rhetoriker und ehemalige Fußballtorwart Walter Jens war es, der sich 1975 in die Höhle des Löwen wagte und dort Wahres mutig aussprach. In seiner Festrede zum 75jährigen Bestehen des Deutschen Fußballbundes (DFB) forderte er den Verband zu einer Abrechnung auf, »bei der auch gefragt werden muß, ob da nicht vielleicht eine Entsprechung zwischen einer scheinbar unpolitischen, in Wahrheit konservativen, den Status quo absichernden Ideologie und bestimmten autoritären Organisationsformen im deutschen Vereinsleben bestände, die demokratischer Strukturierung entbehren: allmächtige Exekutive, hierarchischer Aufbau, mangelnde Transparenz der Entschlüsse«.

Einer, der all dies in einer Person vereinigt, ist Hermann Neuberger. Der DFB-Präsident steht dem mitgliederstärksten Verband im Deutschen Sportbund seit 1975 vor, gegen sein Votum fällt keine wirklich wichtige Entscheidung im organisierten Sport. International ist er durch seine Tätigkeit als Organisationschef mehrerer Fußball-Weltmeisterschaften (Argentinien 1978, Mexiko 1986 und Italien 1990) sowie durch seine Nähe zu autoritären Regimes hervorgetreten. Zu zweifelhafter Berühmtheit ist seine Einschätzung der argentinischen Militärjunta, die für Zehntausende von Toten, Verschwundenen und politischen Gefangenen verantwortlich war, gelangt: »Die Wende zum Besseren trat mit der Übernahme der Macht durch die Militärs ein.« In diese Linie paßt auch die Rechtfertigung des Besuchs des Altnazis Hans-Ulrich Rudel im Quartier Ascochinga der DFB-Elf. »Ich hoffe doch nicht«, erklärte der einstige Wehrmachtsoffizier Neuberger 1978, »daß man ihm seine Kampffliegertätigkeit aus dem Zweiten Weltkrieg vorwerfen will.«

Der Autokrat Neuberger ist im deutschen Sport nur in seiner Machtfülle ein Einzelfall, die Gesinnung teilen viele. Sie alle stehen in der Tradition einer Sportbewegung, die lieber nach autoritären Mustern funktioniert, als von der geistigen Auseinandersetzung lebt. Besonders deutlich haben dies die jungen Athleten zu spüren bekommen, die sich 1981 zur Initiative »Sportler für den Frieden – gegen Atomraketen« zusammenfanden. Über 5000 Sportler haben sich über die Jahre zu den Zielen der Bewegung bekannt – unter ihnen 200 Olympiamedaillengewinner, Welt- und Europameister wie Bob Beamon, Valerie Borsow, Michael Groß, Cornelia Hanisch oder Fußballer wie Karl Allgöwer, Hans-Günter Bruns und Ewald Lienen – trotz massiver Einschüchterungsversuche. Der auch für den Sport zuständige Innenminister Friedrich Zimmermann (CSU) hielt ihnen vor, kommunistisch unterwandert zu sein und setzte den Verfassungsschutz auf sie an, einige Verbände verboten ihren Aktiven kurzerhand die Teilnahme an Veranstaltungen der Initiative. Ihren Sprecher, den Ruder-Olympiasieger von 1960, Horst Meyer, denunzierte ein Berliner CDU-Sportpolitiker beim DSB als »Kommunisten«. Nur NOK-Präsident Willi Daume, den Meyer heute berät, hatte keine Berührungsängste und war zum 1. Sport- und Spielfest der Initiative (1983) als »Freund« und mit der Losung angereist: »Nur wer kriecht, stolpert nicht.« Der Deutsche Sportbund distanzierte sich statt dessen stets. Sein Präsident, der frühere nordrhein-westfälische Innenminister Willi Weyer (FDP), verwies auf die DSB-Resolution zu »Sport und Frieden« von 1983, die festlegte, daß der Sport keine Kompetenz für Stellungnahmen zu allgemeinpolitischen, also auch nicht zu sicherheits- und friedenspolitischen Fragen habe. Drei Jahre nach dem von ihm durchgesetzten Olympia-Boykott eine bemerkenswerte Aussage. Der Berliner Sportwissenschaftler Sven Güldenpfennig hatte dafür eine schlüssige Erklärung: »Die gemeinsame Logik in der Befürwortung des Olympia-Boykotts und in der Ablehnung einer Unterstützung der Friedensbewegung liegt darin, daß sie sich in die herrschenden Konzeptionen der allgemeinen internationalen Politik einfügen.« Weyers Nachfolger Hans Hansen, bis 1988 Sprecher der CDU-Landtagsfraktion in Schleswig-Holstein und seit 1986 an der DSB-Spitze, hat im Zuge der Gorbatschowschen Öffnungspolitik als eine der ersten Amtshandlungen die Friedensfreunde zu einem Meinungsaustausch eingeladen.

Der Olympia-Boykott 1980

Am 20. Januar 1980 verkündete US-Präsident Jimmy Carter sein Ultimatum: Sollte die Sowjetunion ihre Truppen nicht bis zum 20. Februar aus Afghanistan abgezogen haben, werde die USA nicht an den Olympischen

Sommerspielen in Moskau teilnehmen. Carter, der sich im Jahr der Präsidentschaftswahlen in großen innen- und außenpolitischen Schwierigkeiten befand, nutzte den öffentlichkeitswirksamen, aber politisch und wirtschaftlich harmlosen Boykottaufruf zur eigenen Profilierung. In Bundeskanzler Helmut Schmidt (SPD) fand er seinen treuesten Verbündeten. Am 5. März 1980 verabschiedeten beide eine gemeinsame Erklärung, in der sie einen Start »ihrer« Sportler in der UdSSR »nicht für angebracht halten, solange die sowjetische Besetzung Afghanistans andauert«. Beide Politiker setzten sich damit über die Regeln des Internationalen Olympischen Komitees (IOC) hinweg, dessen Nationale Olympischen Komitees (NOK) alleine über die Teilnahme zu entscheiden haben. Carter und Schmidt holten sich die nachträgliche Legitimation durch starken politischen Druck auf die Sportorganisationen. Vizepräsident Walter Mondale erklärte unmittelbar vor der Abstimmung des US-amerikanischen NOK, die »künftige Sicherheit der zivilisierten Welt« hänge von der Entscheidung ab. Justizminister Benjamin Civiletti drohte den Entzug der Sportlerpässe an. Das US-NOK beschloß den Boykott. Helmut Schmidt führte die olympischen Prinzipien Friede und Völkerverständigung ins Feld. Wenn man ihnen verpflichtet bleiben wolle, verbiete sich eine Teilnahme an den Sommerspielen. Ergo gedenke die Bundesregierung »keinesfalls«, Reisen von Sportlern nach Moskau zu finanzieren. Die Schmidtsche Position wurde am 23. April mit überwältigender Mehrheit vom Deutschen Bundestag bestätigt: 446 Abgeordnete stimmten für die »Empfehlung«, acht SPD-Parlamentarier dagegen, neun enthielten sich. Damit war auch die Entscheidung des NOK für Deutschland präjudiziert. Willi Weyer, der noch am 22. Januar 1980 davor warnte, den Sport zum »Knüppel der Politik« zu machen, versuchte jetzt, den Sport mit Macht auf Linie zu zwingen, »um das Bündnis mit den Amerikanern nicht zu gefährden«. Sehr zu Hilfe kam ihm dabei ein Umschwenken der veröffentlichten Meinung. Nachdem die Boykottfrage zum Thema »staatsbürgerlicher Verantwortung« (Schmidt) und zum Prüfstein für die Solidarität mit den USA geworden war, wurde sie fast ausschließlich von Politikredakteuren behandelt. Die Sportjournalisten – zugegebenermaßen häufig überfordert – hatten fortan zu schweigen bzw. gaben freiwillig das Terrain preis, was manche Beobachter als Entmündigung eines ganzen Berufsstandes werteten.

NOK-Präsident Willi Daume, der von Beginn an gegen einen Boykott kämpfte, stand damit auf verlorenem Posten. Ein letztes Mal warf er sein ganzes sportpolitisches Gewicht in die Waagschale, als das NOK am 15. Mai im Düsseldorfer Hotel »Intercontinental« zum Schwur schritt. »Sportler sind keine manipulierbaren Marionetten, die zwischendurch strammstehen«, schleuderte er seinem Gegenspieler Weyer entgegen,

doch das Votum war klar: Mit 59 zu 40 Stimmen wurde die Nichtteilnahme beschlossen. Im Juni beglückwünschte Kanzler Schmidt den DSB-Präsidenten: »Die deutsche Öffentlichkeit hat sich davon überzeugt, daß ein Gremium des Sports eine letztlich politische Frage frei und demokratisch entschieden hat.«
Jene, die davon am härtesten betroffen waren, wurden nicht gefragt: die Sportler. Laut einer Erhebung der Illustrierten stern waren 145 von 179 befragten Olympiakandidaten für eine Teilnahme. In einem Interview mit der Frankfurter Rundschau äußerte darüber der Sprecher der bundesrepublikanischen Leichtathletikmannschaft, Günther Lohre, seine tiefe Bestürzung. Sein Vorwurf an die Politiker (»wir sind Schachfiguren, die man herumschiebt«) wertete die Zeitung als »Zeugnis der Ohnmacht der Sportler und der Arroganz politischer Macht, die zuerst den Athleten heiß auf Medaillen macht, ihn aber kaltstellt, wenn es ihr Kalkül so will«. Lohre attackierte in dem Gespräch jedoch nicht nur die Boykott-Politiker (»solange der Handel mit der Sowjetunion wichtiger ist, halte ich es für eine unglaubliche Verlogenheit, jetzt plötzlich mit der Moral der Olympischen Spiele zu argumentieren«), sondern räumte auch eigene Versäumnisse ein. Die Sportler, so der schwäbische Stabhochspringer, hätten es nicht gelernt, sich politisch zu äußern. »Was der Sportler gelernt hat, ist die perfekte Drehung beim Diskuswurf, nicht aber solidarisches Verhalten und politisches Bewußtsein«, resümierte der damals 26jährige. Immerhin: Die aufgeschreckten Athleten, «die sich viele Jahre unter persönlichen Opfern gequält haben« (Daume), forderten jetzt mehr Mitwirkungs- und Mitbestimmungsrechte in den Gremien der Sportorganisationen und bekamen sie auch. Für Daume aber war der Weg an die Spitze des IOC verbaut. Nicht er, der vor dem Boykott als aussichtsreicher Kandidat für die Nachfolge von Lord Killanin galt, wurde am 16. Juli 1980 zum IOC-Präsidenten gewählt, sondern der spanische Diplomat Juan Antonio Samaranch.
Neben der Bundesrepublik schlossen sich in Europa noch Albanien, Liechtenstein, Norwegen, die Türkei und Monaco dem Boykott an. 1982 leistete Willi Weyer öffentlich Selbstkritik, als er vor dem Düsseldorfer DSB-Bundestag die Frage stellte, ob der Sport »nicht zu leicht einer Empfehlung der sozial-liberalen Koalition folgte«. Im selben Jahr bezeichnete der SPD-Vorsitzende Willy Brandt die auch von ihm einst mitgetragene Entscheidung als »objektiv gesehen großen Unsinn«.
Ein Jahr nach dem Moskau-Boykott kehrte Willi Daume mit dem wegweisenden Olympischen Kongreß von Baden-Baden (23. bis 28.9.1981) auf die sportpolitische Bühne zurück. Es war sein Weltparlament des Sports, das den immer ziemlich anachronistisch anmutenden Zirkel alter Herren den Realitäten annäherte. Der Dortmunder Industrielle war es

selbst, der die wohl bahnbrechendste Neuerung im IOC nach dem Zweiten Weltkrieg auf den Weg brachte: die Änderung der Regel 26, des sogenannten Amateurparagraphen. Mit jahrzehntelanger Verspätung wurde nun endlich sanktioniert, was im Hochleistungssport, auch bei den Amateuren, gang und gäbe war: die Bezahlung für das citius-altius-fortius. Die widerspenstigen Ostblocknationen gewann Daume mit der Klausel, daß Direktzahlungen von Unternehmen an Athleten ausgeschlossen sind, »doch je nach Wirtschafts- und Gesellschaftsordnung können Gelder staatlicher, industrieller oder privater Herkunft in zentrale Fonds fließen, die unter der Kontrolle der zuständigen Sportorganisationen stehen«. Die Trennlinie zwischen Professionalismus und Amateursport war damit endgültig verwischt, die ebenfalls in Baden-Baden abgesegnete Zulassung der Tennisprofis zu den Olympischen Spielen 1988 in Seoul nur noch eine logische Folge. Apropos Seoul: In Baden-Baden bekamen die Südkoreaner den völlig überraschenden Zuschlag. Alle Welt hatte erwartet, daß das japanische Nagoya als Austragungsort für die Sommerspiele 1988 gewählt werden würde, doch die Japaner sorgten selbst für den plötzlichen Stimmungsumschwung, indem sie im Stile von Kolonialisten gegenüber dem Nachbarn Korea auftraten. Selbst die Kreditwürdigkeit sprachen sie den Mitbewerbern ab. Die politische Dimension der Olympia-Vergabe an das südkoreanische Militärregime wurde in Baden-Baden nicht thematisiert.
Die Öffnung des IOC war eine längst überfällige Anpassung an die Wirklichkeit des Sports, der in den vergangenen 20 Jahren vor allem durch zwei Prozesse gekennzeichnet war: durch die Professionalisierung und Kommerzialisierung. Ein magisches Dreieck war entstanden. Hier der Athlet, der seine Höchstleistung nur als full-time-Sportler erreichen konnte und entsprechende Gegenleistungen erwartete. Dort die Wirtschaft, die den Sport(ler) als effizienten Werbeträger einsetzte und als Mittler die Medien, die das Geschäft mit immer umfangreicherer Berichterstattung in Schwung hielten[21].
Als Einstiegsdatum für organisierte Werbung mit dem Sport in der Bundesrepublik können die Olympischen Winterspiele 1964 in Innsbruck gelten. Von diesem Zeitpunkt an sichteten die Werbeagenturen und -manager erstmals planmäßig die Sporttermine nach Reklamemöglichkeiten. Den entscheidenden Schub erhielt das Sportwerbegeschäft jedoch erst mit dem Beschluß des Deutschen Fußballbundes (DFB) im Jahre 1973, die Trikotwerbung in der Bundesliga zuzulassen. Maßgeblich daran beteiligt war der Schnapsfabrikant Günter Mast (Jägermeister), der als Pionier der Schleichwerbung mit Macht in die Öffentlichkeit drängte. 1982 erweiterte die Europäische Fußball-Union (Uefa) dieses Recht auf die Europapokal-Wettbewerbe. Die Vertragssummen

von 150000 Mark pro Jahr und Verein haben inzwischen bis zu zehnfache Höhen erreicht.
Über die Gesamtaufwendungen auf dem Sportwerbesektor in den 70er Jahren gibt es keine verläßlichen Zahlen, sie dürften sich im zweistelligen Millionenbereich bewegen. In den 80er Jahren steigerten sich die Aufwendungen. Firmen wie Daimler-Benz (15 Millionen DM), Bayer (12 Millionen), Opel (10), Commodore (8), Agfa (8), BASF (7), bis hin zur Deutschen Bank, die allein in Boris Becker drei Millionen Mark investierte, betrieben gezieltes Sportsponsoring. Die exorbitanten Steigerungsraten im Sportwerbeetat lassen vermuten, daß das Geld rentabel angelegt ist. 1985 sind es 150 Millionen Mark, ein Jahr später bereits 350 Millionen, 1988 werden 700 Millionen zusammengezählt. Die Motive waren bei allen dieselben: Steigerung des Umsatzes, des Bekanntheitsgrades und/oder eine Imageverbesserung qua Sport. Wenn Opel zum Beispiel mit Steffi Graf wirbt, soll das Hosenträger-Image der Rüsselsheimer Produkte geliftet werden. Wenn die Deutsche Bank sich Beckers bedient, dann ist nicht in erster Linie die Umsatzsteigerung das Ziel, sondern das Relativieren des Nadelstreifenhabitus, das die Suche nach jungen Kunden und dynamischen, mittelständischen Unternehmen erschwert. Eckart van Hooven, Vorstandsmitglied der Bank, hat das so beschrieben: »Sein Name steht für die Abwehr von Leistungsverweigerung, Nassauermentalität und Wehleidigkeit.« Der Korrektheit halber sei freilich hinzugefügt, daß das Frankfurter Kreditinstitut den Kontrakt mit Becker nicht verlängert hat. Der zweifache Wimbledonsieger hatte sich zuviele Eskapaden, Rüpeleien geleistet, war in seinen Leistungen zu schwankend und hatte dadurch seine Vorbildfunktion, seine Rolle als Geheimwaffe gegen die Null-Bock-Generation verloren.
Solche Unwägbarkeiten sind das spezifische Risiko von Sportwerbung. Um es zu minimieren, betreibt der größte Konzern der Republik, Daimler-Benz, zum Beispiel keine personenbezogene Reklame. Beworben wird nur, was zur edlen Marke paßt: Golf, Tennis, Segeln, Reiten. Wobei die Zeiten des stillen Mäzenatentums, wie weiland in den 60er Jahren, als der Ratzeburger Rudertrainer Karl Adam immer wieder mal einen Scheck überreicht bekam, auch bei Daimler längst vorbei sind. Sponsor ist man nur noch dort, wo Firmenname und -logo groß im Fernseh-Bild sind.

Das Fernsehen als Motor der Kommerzialisierung des Sports

Es ist wohl nicht übertrieben zu sagen, daß nichts den Sport im Nachkriegsdeutschland so nachhaltig beeinflußt hat wie das Fernsehen. Wobei, nach den Erkenntnissen der ausgehenden 80er Jahre, auch der Umkehrschluß erlaubt ist. Die Anfänge dieser Allianz reichen ins Jahr 1954 zurück, als Sepp Herbergers Mannen Fußball-Weltmeister in Bern wurden. Sprunghaft stieg die Zahl der Fernsehgeräte von 11658 auf 84278 an, heute sind es über 20 Millionen, was fast der Vollversorgung aller privaten Haushalte gleichkommt. Der Bildschirm (98,6 Prozent) rangiert dabei noch vor dem Staubsauger (96,6) in der Liste der Gebrauchsgüter. Während zu Herbergers Zeiten noch keine Einschaltquoten ermittelt wurden, geschieht dies seit 1963 – in diesem Jahr nahm auch das Zweite Deutsche Fernsehen (ZDF) seinen Sendebetrieb auf – mit großer Akribie. Das neue Medium erzielte mit dem Sport enorme Aufmerksamkeit. 81 Prozent aller TV-Geräte waren beispielsweise beim Fußballspiel Deutschland–UdSSR anno 1966 eingeschaltet, die Schlußfeier bei den Olympischen Spielen in München registrierte immer noch 67 Prozent. Solche Werte werden heute nicht mehr erzielt, absolute Spitzenergebnisse pendeln sich bei 50 Prozent oder rund 20 Millionen Zuschauern ein. Diese Quoten beziehen sich aber nicht mehr nur auf »König Fußball«, sondern auch auf den Tennissport, seitdem Boris Becker mit seinen beiden Wimbledonsiegen den Boom entfachte. Das Daviscup-Finale zwischen der Bundesrepublik und Schweden am 22. Dezember 1985 verfolgten 20,59 Millionen Zuschauer.

Die elektronischen Programmacher haben dieses massive öffentliche Interesse am Showsport in mehr TV-Sport umgesetzt. Innerhalb eines Jahrzehnts haben sie den Anteil am Gesamtprogramm auf zehn Prozent verdoppelt und auch inhaltlich neue Maßstäbe gesetzt. Der Grund ist einfach zu benennen: Am 1. Januar 1984 trat die kommerzielle Konkurrenz auf den Plan. Von nun an wurden im öffentlich-rechtlichen Fernsehen, das laut Staatsvertrag informieren, bilden und unterhalten soll, alle Kanäle dem Sport geöffnet. Der 9. März 1986 sollte dabei einen Markstein setzen. An jenem Sonntag übertrug das Erste Deutsche Fernsehen von 18 Uhr bis nach Mitternacht die Daviscup-Begegnung zwischen der Bundesrepublik und Mexiko, live und ohne Unterbrechung durch Nachrichten, Kulturmagazine oder sonstige Nachdenklichkeiten. Vor der Existenz der privaten Sender SAT 1 und RTL-plus wäre dies noch undenkbar gewesen. Öffentlich-rechtliche Programmstrukturen, die früher heilig gewesen waren, wurden jetzt durcheinandergewirbelt, als hätte es nie feste Sendeplätze gegeben. Ein altgedienter Fernsehmann wie Horst Siefart, der jahrzehntelang die Übertragung von Olympischen Spielen und Fußball-Weltmeisterschaften koordiniert hat, mochte sich nur noch wundern. »Früher«, erklärte er, »hätte mich mein Chefredakteur auf meinen Geisteszustand hin überprüfen lassen, wenn ich die Idee gehabt hätte, mit Tennis und Fußball die Tagesschau zu verdrängen.« Heute ist dies Realität, weil der Showsport zum zentralen Objekt der Begierde im Mediengeschäft geworden ist. »Sport ist die attraktivste Unterhaltung, die wir in Deutschland haben«, verkündete zum Beispiel einer, der es wissen mußte: Hans Rudolf Beierlein, der einst als Manager von Udo Jürgens, Heino und Gilbert Bécaud zu ansehnlichem Reichtum kam. Sozusagen als Beleg zitiert der Münchner Impresario eine Befragung der Programmzeitschrift Hörzu: »Wenn Sie die Fernsehgebühren nicht pauschal bezahlen müßten, sondern gezielt drei Sendungen finanzieren könnten – welche wären das?« wollte das Springer-Blatt wissen. Die Antwort: Nach der Tagesschau mit 29 Prozent folgte bereits die Sportschau mit 24, noch vor »Wetten, daß...« mit 18 Prozent. Entsprechend wird um die hochkarätige Ware Sport, die die wirksamste Waffe im Kampf um Einschaltquoten zu sein scheint, gefeilscht.[22]

Der elektronische Kampf um den Sport

Bis 1984 waren die in der ARD zusammengeschlossenen Sender und das ZDF quasi noch Monopolisten, somit alleinige Ansprechpartner für den Sport. Die Übertragungsrechte wurden durch den sogenannten Globalvertrag geregelt, den der Deutsche Sportbund (DSB) für alle seine Spitzenverbände und Landessportbünde mit ARD/ZDF unterzeichnete. Zuletzt galt der Kontrakt von 1985 bis 1990 und war mit 30 Millionen Mark dotiert. Nicht miteinbezogen waren der Deutsche Eishockeybund und der Deutsche Fußballbund (DFB), der seine Bundesliga- und Länderspiele in eigener Regie vermarktete. Jahr für Jahr hat der DFB seine Forderungen höher geschraubt, bis er 1987 bei 18 Millionen Mark pro Jahr lag. Ausgegliedert hatten die Fußballfunktionäre bereits 1985 die Rechte für Pokal- und Länderspiele, die Hans Rudolf Beierlein fortan als Makler zwischen DFB sowie den öffentlich-rechtlichen und privaten Fernsehanbietern verkaufte. Der entscheidende Durchbruch gelang dem DFB jedoch erst drei Jahre später, als die Bertelsmann-Tochter »Ufa Film- und Fernsehunion« 135 Millionen Mark für einen Dreijahreskontrakt über die Bundesligalizenzen bot. Innerhalb eines Jahres waren damit die Honorare für den Ligafußball um 250 Prozent gestiegen, was den Konflikt im nunmehr dualen Rundfunksystem der Bundesrepublik programmieren mußte. Um den Streit nicht vollends eskalieren zu lassen – ARD und

ZDF drohten zwischenzeitlich mit dem Ausstieg aus der Bundesliga –, übernahm der DFB 1988 noch einmal die Rolle des Verhandlungspartners. Die öffentlich-rechtlichen Anstalten konnten sich noch einmal für ein Jahr zum Preis von 21,5 Millionen Mark in die Bundesliga einkaufen und damit ihre Sportschau am Samstag sichern. Von 1989 an müssen sie sich in diesem Poker jedoch ausschließlich mit Bertelsmann/Ufa auseinandersetzen, die nicht nur ihr eingesetztes Kapital verzinst sehen möchten, sondern auch ihrem wenig erfolgreichen Sender RTL-plus auf die Sprünge helfen wollen. Das heißt, ARD und ZDF werden sich immer schwerer tun, an die heiß begehrte Ware Fußball heranzukommen.
Als handelnde Personen werden in diesem richtungsweisenden Deal in die Geschichte eingehen: Manfred Lahnstein, das Bertelsmann-Vorstandsmitglied, das den Privaten mit diesem Coup eine Tür weit aufgestoßen hat. Gerhard Mayer-Vorfelder, Präsident des VfB Stuttgart, Sprecher der Bundesligavereine und baden-württembergischer Kultusminister, der das Projekt aus finanziellen und medienpolitischen Gründen durchgepeitscht hat. Und schließlich Hermann Neuberger, der DFB-Präsident, der das Kunststück fertiggebracht hat, die aufgebrachte Öffentlichkeit mit seinem Kompromiß der einjährigen Interimsregelung ruhigzustellen. Seit jenem historischen Pakt, besiegelt am 25. Mai 1988 im Stuttgarter Schloßgarten-Hotel, ist der Sport endgültig zu einem Markt geworden, auf dem der meistbietende sich die schönsten Stücke aussuchen darf. Daß dies mittel- und langfristig eine Schwächung des öffentlich-rechtlichen Rundfunksystems bedeutet, daß es diese exorbitante Preissteigerung nur zu Lasten seiner übrigen Programmsparten finanzieren kann, liegt ebenso klar auf der Hand wie die Erkenntnis, daß der Showsport einer der Hebel, wenn nicht gar der Hebel schlechthin ist, die kommerziellen Anbieter hochzupäppeln.

Die Basis des industriell-sportlichen Komplexes: der Wertewandel in der Gesellschaft

In den vergangenen 20 Jahren haben die Soziologen ein spannendes Phänomen beobachtet: Die Deutschen fühlen sich nicht mehr der Max Weberschen protestantischen Leistungsethik verpflichtet. In dem Maße, wie der Arbeitsbereich seine dominante Stellung verloren hat, gewannen Freizeit, Familie und Bildung an Boden. Zieht man vergleichende Erhebungen[23] zu Rate, werden dramatische Neuorientierungen in den Lebenseinstellungen deutlich. 1960 wollten noch 61 % vor allem etwas leisten und nur 27 Prozent das Leben genießen. 1972 lag das Verhältnis bereits bei 44 zu 27 und 1976 rangierte der Lebensgenuß (42 %) bereits vor dem Leistungswillen (39%). Typisch deutsche Eigenschaften wie Disziplin, Anpassung, Unterordnung, Gehorsam traten hinter Werten wie Selbstbestimmung, Kommunikation, Kreativität zurück. Aus dem Ursachenbündel für diesen Wandel (Bildungssystem, Wohlfahrtsstaat, Familie u. ä.) seien an dieser Stelle nur zwei herausgegriffen. Zum einen entspricht es der Logik der industriellen Produktion, einen relativ eigenständigen Freizeitbereich zu erzeugen, der nicht mehr nur zur Regeneration genutzt wird, sondern ein Wirtschaftsfaktor eigener Art ist, wobei neue Lebensstile profitabel vermarktet werden können. Zum anderen wird der Wertewandel durch eine extensive Nutzung der Massenmedien, insbesondere des Fernsehens unterstützt. Gerade das Fernsehen greift die hedonistischen Bedürfnisse durch immer mehr Unterhaltungssendungen auf. Genau hier hat der Showsport seinen Platz, neue Helden wie Boris Becker haben darin ihre Basis. Ganz aufschlußreich dabei die unterschiedliche Akzeptanz von Becker und seiner Kollegin Stefanie Graf. Die sportlich wesentlich erfolgreichere Tennisspielerin bewegt die Gemüter längst nicht in dem Maße wie ihr badischer Nachbar. Frau Graf arbeitet Tennis, Herr Becker lebt es.

Der Sportsoziologe Helmut Digel faßt die Änderungen im Freizeitverhal-

Breitensport: Am 5. Berliner Straßenmarathon vom 29.9.1986 nahmen 13580 Läufer aus 56 Nationen teil, darunter 1058 Frauen.

ten der Bundesbürger in drei Punkten zusammen: 1. Zunahme kommunikativer Aktivitäten. 2. Zunehmendes Ausleben von Körperlichkeit. 3. Zunehmende Reisebedürfnisse, die sehr häufig mit Sport gekoppelt sind. Korrespondierend dazu hat sich das Zeitbudget gravierend vergrößert. Nach Berechnungen von EMNID vermehrte sich die Zahl der Jahresfreizeitstunden von 2413 im Jahr 1969 über 2874 (1972) bis zu 3151 Stunden im Jahr 1982.

Der Sport ist einer der wesentlichen Nutznießer dieser Entwicklung. Allein der rasante Anstieg der Mitgliederzahlen des Deutschen Sportbundes[24] von Beginn der 70er Jahre an spricht eine deutliche Sprache. Wenn man den Freizeitforschern wie Horst W. Opaschowski glauben darf, dann sind die Bundesdeutschen ein Volk von Fitneßaposteln. 22 Millionen Menschen, also mehr als ein Drittel der Bevölkerung, treiben Sport, wovon eine Million Leistungs-, zehn Millionen Aktiv- und elf Millionen Gelegenheitssportler seien. Lediglich elf Millionen seien absolute Nichtsportler.[25]

Für den organisierten Sport ist diese Welle jedoch mit gewaltigen Problemen verbunden. Seine Basis, die Vereine, sehen sich in diesem Prozeß mit Ansprüchen konfrontiert, die die meisten nicht mehr erfüllen können. Wenn Leistung nicht mehr das A und O ist, gerät das ganze Sinnprinzip des deutschen Vereins ins Wanken, wenn dem Sportinteressierten Bodybuilding wichtiger ist als Reckturnen, steht die Vereinsstruktur zur Disposition. Nicht von ungefähr kommen die Bemühungen der Klubs, sich diesen neuen Bedürfnissen anzupassen, und sei es nur mit eigenen Fitneßstudios. Deren rapides Anwachsen auf über 4000 (Stand 1988) ist ein guter Indikator für die neue Körperlichkeit. Weitere Aufschlüsse darüber liefern die Statistiken des Instituts für Freizeitwirtschaft, die den Sportarten Fußball, Handball, Leichtathletik, Rudern und Tischtennis Einbußen von bis zu 20 Prozent bis 1990 prophezeien, während Judo, Golf, Saunen, Skihochtouren, Skilanglauf, Squash und Windsurfen Zuwächse von 60 Prozent verzeichnen sollen.

Der Sport, der sich als größtes historisches Verdienst der Nachkriegsgeschichte seine Einheit zurechnet, sieht eben diese existentiell bedroht. Das noch in den 60er Jahren homogene Sportsystem, das in dem sogenannten Pyramidenmodell symbolisiert wurde – unten der Breitensport als Basis, oben der Hochleistungssport als Spitze – zerfällt heute in eigenständige Modelle. Helmut Digel[26] nennt fünf: 1. Leistungssport (Wettkampf, Spannung, »Amateur«, Vereinsmitgliedschaft), 2. Medien-Sport (Kommerz, Medien, Wettkampf, Profi, Arbeitsvertrag), 3. Freizeitsport (Spaß, Freude, Mitmachen, Selbstwert, offene Organisation), 4. Alternativsport (Subkultur, Körperkultur, Entspannung, offene Organisation) und 5. Instrumenteller Sport (Soziale Dienstleistung, soziales Erzie-

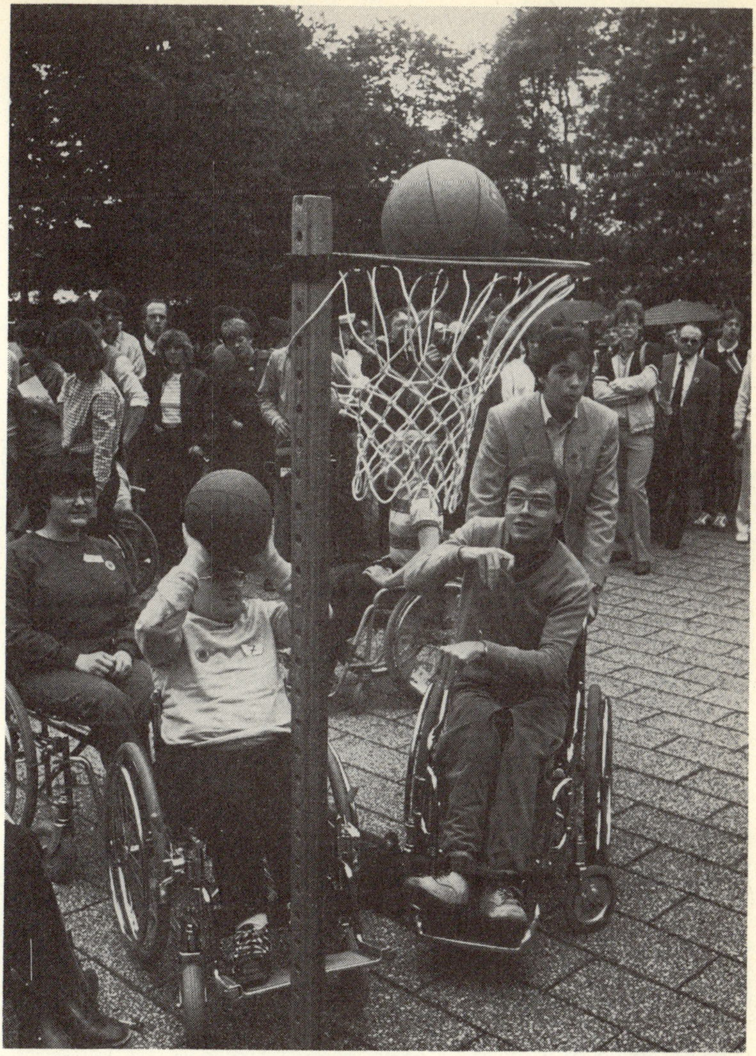

Behindertensportgruppe beim Korbballspiel im Park der Villa Hammerschmidt (1983).

hungsinstrument, Rehabilitation). Der Sprengsatz, der in dieser Ausdifferenzierung liegt, hat den Deutschen Sportbund bewogen, 1984 einen Jahrhundert-Kongreß zu planen, um Lösungsmöglichkeiten zu finden. Im November 1987 fand er im Berliner Congress-Centrum statt, mit dem gesamten wissenschaftlichen Potential, das der Sport aufzuweisen hatte. Fazit der dreitägigen Konferenz: Die Zukunft des Sports ist offen, wohin die Reise geht, werden die Sporttreibenden und die Sportbetriebe entscheiden.

Am Beispiel des Hochleistungssports lassen sich die Konflikte beispielhaft zeigen. Zum einen kollidiert das hochkomplexe System der Spitzenleistung mit den traditionellen Strukturen des Vereinssports. Weltmeister wird man heute nur noch, wenn ein Team von Spezialisten den Athleten, der den Sport zu seinem Beruf gemacht hat, rund um die Uhr betreut. Zum anderen schreckt eben diese Aussicht auf jahrelanges Sich-quälen-Müssen eben jene Jugendlichen ab, die den Erfolg zur Bedürfnisbefriedigung sofort wollen. Hinzu kommt die Erkenntnis, daß Spitzenleistungen im internationalen Maßstab in vielen Fällen nur noch mit Manipulationen am Menschen möglich sind.

Der exemplarische Fall ist Birgit Dressel. Am 10. April 1987 starb die 26jährige Siebenkämpferin, vollgepumpt mit Medikamenten, deren Wirkungsweise nicht mehr zu kontrollieren war und schließlich in einem toxisch-allergischen Geschehen endete. Bis heute ist die Todesursache nicht näher definiert, kein Schuldiger gefunden. Es blieb bei der Erkenntnis der Mainzer Staatsanwaltschaft, daß »nicht mit an Sicherheit grenzender Wahrscheinlichkeit festgestellt werden kann, welche möglichen Ursachen den Tod von Frau Dressel verursachten«. Allein bei ihrem Vertrauensarzt Armin Klümper hatte sie von 1981 an 400 Spritzen injiziert bekommen.

Der Präsident des Deutschen Leichtathletikverbandes (DLV), Eberhard Munzert, war fassungslos. Er verlangte Aufklärung und gab Gutachten im Fall Dressel in Auftrag. Eine Klärung brachten auch sie nicht, nur ihn ins Abseits. Verbandsvertreter schleuderten ihm den Zynismus ins Gesicht, die Athleten könnten sich auch zu Tode spritzen, wenn sie meinten, sie müßten es tun. Sie seien schließlich mündig. Ein Jahr später erklärte der DLV den Fall Dressel für abgeschlossen. Am 14. August 1988 trat Eberhard Munzert zurück. Auch wegen Birgit Dressel.

Anmerkungen

1 Arnd Krüger, Sport und Politik, Hannover 1975, S. 90.
2 Franz Nitsch, Dreißig Jahre DSB, in: Horst Ueberhorst (Hrsg.), Geschichte der Leibesübungen, Band 3/2, Berlin 1982, S. 840.
3 Carl Diem, Weltgeschichte des Sports, Stuttgart 1971[3], S. 1020.

4 Hans Joachim Teichler, Der Weg Carl Diems vom DRA-Generalsekretär zum kommissarischen Führer des Gaues Ausland im NSRL, in: Zeitschrift für Sozial- und Zeitgeschichte des Sports, 1/1987, S. 83.
5 Klaus Grundgeiger, Not und Spiele, Stuttgart 1985, S. 214.
6 Zit. nach Gerd Krämer, Im Dress der elf Besten, München 1961, S. 284.
7 Frank Grube/Gerhard Richter, Soziologie eines Sportskandals, in: Grube/Richter (Hrsg.), Leistungssport in der Erfolgsgesellschaft, Hamburg 1973, S. 77.
8 Manfred Blödorn, Fußballprofis, Hamburg 1974, S. 40.
9 Grube/Richter, 1973, S. 89.
10 Gunter Holzweißig, Diplomatie im Trainingsanzug, München 1981, S. 24.
11 Zit. nach Krüger, Sport und Politik, S. 100.
12 Zit. nach Ulrich Pabst, Sport – Medium der Politik?, Berlin 1980, S. 151.
13 Sigmar Fischer, Sport und internationale Politik, in: Wichard Woyke (Hrsg.), Handwörterbuch der internationalen Politik, Opladen 1980[2], S. 331.
14 Krüger, Sport und Politik, S. 110.
15 Zit. nach Jürgen Pedersen, Sportpolitik in der BRD, Lollar 1977, S. 80.
16 Krüger, Sport und Politik, S. 185.
17 Weyer äußerte dies in einem Gespräch mit den Vorsitzenden der SPD am 25. Oktober 1975, zit. nach Ueberhorst, Geschichte der Leibesübungen, S. 797.
18 Bero Rigauer, Sport und Arbeit, Frankfurt am Main 1969, S. 37.
19 Vgl. Hans Lenk, Leistungssport in der Erfolgsgesellschaft, in: Grube/Richter, 1973, S. 158.
20 Vgl. Bundeszentrale für politische Bildung, Gesellschaftliche Funktionen des Sports, darin: Rüdiger Piro, Grundsätze staatlicher Sportförderung, Bonn 1984, S. 34 ff.
21 Vgl. Josef-Otto Freudenreich, Wie der Sport sich verkauft, in: Die Zeit, 17. 1. 1986. Ders., Zur Vermarktung des Sports durch die Medien, in: Medium 2/86. Ders., Wir schreiben Sport – der Sport in der Presse, in: Helmut Digel, Sport und Berichterstattung, Reinbek 1983
22 Vgl. auch die Explosion bei den TV-Lizenzgebühren für die Olympischen Spiele: 1960 Rom: 1,2 Millionen DM, 1972 München 12 Millionen, 1976 Montreal 40 Millionen, 1980 Moskau 80 Millionen, 1984 Los Angeles 225 Millionen, 1988 Calgary 309 Millionen, 1988 Seoul 500 Millionen DM.
23 B.A.T. Freizeitforschungsinstitut, Sekundäranalyse nach Daten von Allensbach (1965), Emnid (1972 und 1976), Hamburg 1983.
24 Vgl. die Mitgliederzahlen des Deutschen Sportbunds (DSB) 1950: 3204005, 1965: 6831980, 1970: 10121546, 1975: 13449905, 1980: 16924027, 1987: 20043290. Durch Doppelmitgliedschaften müssen davon etwa 10 % abgezogen werden.
25 Vgl. die Mitgliederentwicklung im Deutschen Tennisbund: 1960: 190743, 1970: 355753, 1975: 683440, 1980: 1274828, 1984: 1643186, 1987: 1844580. Die 9000 Tennisvereine verfügen über 38000 Plätze (Stand 1988). Nicht organisiert sind weitere fünf Millionen Tennisspieler.
26 Zit. nach Deutscher Sportbund, Die Zukunft des Sports, Materialien zum Kongreß »Menschen im Sport 2000«, Schorndorf 1986, S. 39.

Literatur

Hajo Bernett, Guido von Mengden, Generalstabschef des deutschen Sports, Berlin 1976
Manfred Blödorn, Fußballprofis, Hamburg 1974
Deutscher Sportbund, Die Zukunft des Sports. Materialien zum Kongreß »Menschen im Sport 2000«, Schorndorf 1986
Carl Diem, Ein Leben für den Sport, Ratingen 1978
Ders., Weltgeschichte des Sports, Stuttgart 1971[3]
Helmut Digel, Sport und Berichterstattung, Reinbek 1983
Karlheinz Gieseler (Hrsg.), Der Sport in der Bundesrepublik Deutschland, Wiesbaden 1983
Klaus Grundgeiger, Not und Spiele, Stuttgart 1985
Frank Grube / Gerhard Richter (Hrsg.), Leistungssport in der Erfolgsgesellschaft, Hamburg 1973
Josef Hackforth, Siegfried Weischenberg, Sport und Massenmedien, Bad Homburg 1978
Gunter Holzweißig, Diplomatie im Trainingsanzug, München 1981
Willi Knecht, Die ungleichen Brüder, Mainz 1971
Ders., Das Medaillenkollektiv, Berlin 1978
Gerd Krämer, Im Dress der elf Besten, München 1961
Christian von Krockow, Sport, Gesellschaft, Politik, München 1980
Arnd Krüger, Sport und Gesellschaft, Hannover 1980
Ders., Sport und Politik, Hannover 1975
Hans Lenk, Werte, Ziele, Wirklichkeit der modernen Olympischen Spiele, Schorndorf 1972
Ewald Lienen (Hrsg.), Sport, Politik und Profit. Lust und Frust, Reinbek 1983
Siegfried Moosburger, Ideologie und Leibeserziehung im 19. und 20. Jahrhundert, Ahrensburg 1972
Ulrich Pabst, Sport – Medium der Politik?, Berlin 1980
Jürgen Pedersen, Sportpolitik in der BRD, Lollar 1977
Rolf Pfeiffer, Sport und Politik. Die Boykottdiskussionen um die Olympischen Spiele von Mexiko-City 1968 bis Los Angeles 1984, Frankfurt 1984
Frank R. Pfetsch u. a., Leistungssport und Gesellschaftssystem, Schorndorf 1975
Bero Rigauer, Sport und Arbeit, Frankfurt 1969
Heinz-Egon Rösch, Politik und Sport in Geschichte und Gegenwart, Freiburg 1980
Helmut Schelsky, Frieden auf Zeit, Die Zukunft der Olympischen Spiele, Osnabrück 1973
Hans-Jürgen Schulke, Sport, Wissenschaft und Politik in der BRD, Köln 1975
Artur vom Stein, Massenmedien und Spitzensport, Frankfurt a. M. 1988
Dieter Steinhöfer, Hans von Tschammer und Osten, Berlin 1973
Heinz Timmermann, Geschichte und Struktur der Arbeitersportbewegung, Ahrensburg 1973
Horst Ueberhorst, Von Athen bis München, Berlin 1971[2]
Ders., Frisch, frei, stark und treu. Die Arbeitersportbewegung in Deutschland, Düsseldorf 1973

Ders., (Hrsg.), Geschichte der Leibesübungen, Bd. 3/2, Berlin 1982
Dieter Voigt, Soziologie in der DDR, Köln 1975
Hans-Joachim Winkler, Sport und politische Bildung, Opladen 1972
Willibald Weichert, Sportpolitik und Sportcurriculum, Ahrensburg 1976
Andrzej Wohl, Soziologie des Sports, Köln 1981

Chronik

1945

17.12. Alle Vereine, die dem Nationalsozialistischen Reichsbund für Leibesübungen angehörten, werden durch die Kontrollratsdirektive Nr. 23 verboten und aufgelöst.

1946

Sept. Eine Sportkonferenz der SPD beschließt in Frankfurt den Verzicht auf einen eigenständigen Arbeitersport.

1948

Okt. Als Dachorganisation des Sports in der sowjetisch besetzten Zone wird der Deutsche Sportausschuß gegründet.
Die Sportfunktionäre in den drei westlichen Zonen rufen die Arbeitsgemeinschaft Deutscher Sport ins Leben.

1949

24.9. Nationales Olympisches Komitee für Deutschland in der Bundesrepublik gegründet.

1950

22.10. Deutsche Hochschule für Körperkultur in der DDR gegründet.
22.11. Erstes Fußball-Länderspiel einer DFB-Elf nach dem Krieg (1:0 gegen die Schweiz in Stuttgart)
10.12. Deutscher Sportbund (DSB) in Hannover gegründet.

1951

22.4. NOK der DDR gegründet.
7.–9.5. NOK der Bundesrepublik wird in das IOC aufgenommen, das der DDR nicht.

1954

4.7. Bundesdeutsche Fußball-Nationalmannschaft wird durch einen 3:2-Endspielsieg über Ungarn in Bern Weltmeister.

1956

Erstmals gesamtdeutsche Mannschaften bei den Olympischen Spielen in Cortina d'Ampezzo und Melbourne.

1957

27./28.4. Gründung des Deutschen Turn- und Sportbundes (DTSB), seit 1974 mit dem Zusatz »der DDR«.

1962

6.10. DFB beschließt Einführung der Fußball-Bundesliga.

1965

Okt. IOC gibt Antrag des NOK der DDR statt, künftig eine eigene Mannschaft zu Olympischen Spielen zu entsenden.

1966

15.10. DSB bindet sich durch die »Charta des Deutschen Sports« enger an den Staat.

1967

Stiftung Deutsche Sporthilfe gegründet.

1968

Okt. Vollständige Anerkennung des NOK der DDR durch das IOC bei Olympischen Spielen in Grenoble und Mexiko-City; erstmals zwei getrennte Mannschaften, aber unter gemeinsamer Flagge.

1971

6.6. Der Vorsitzende der Offenbacher Kickers, Horst Gregorio Canellas, enthüllt den Bestechungsskandal in der Fußball-Bundesliga.

1972

26.8.–11.9. Olympische Spiele in München; die DDR tritt wie schon in Sapporo unter eigener Flagge und Hymne auf.

18.6. Die Bundesrepublik gewinnt die Fußball-Europameisterschaft durch einen 3:0-Sieg über die UdSSR.

1973

Der Deutsche Fußballbund (DFB) läßt Trikotwerbung in der Bundesliga zu.

1974

8. Mai DSB und DTS unterzeichnen ein Protokoll über die Regelung der innerdeutschen Sportbeziehungen; der Sportverkehr zwischen der BRD und der DDR wird künftig durch einen jährlich auszuhandelnden Sportkalender geregelt.

7.7. Die Bundesrepublik gewinnt die Fußball-Weltmeisterschaft durch einen 2:1-Sieg über Holland.

Wegen Schleichwerbung übertragen ARD/ZDF weder die Schwimm-EM in Wien noch die Leichtathletik-EM in Rom und die Ruder-WM in Luzern. Die Fußball-WM wird trotz massiver Reklame in voller Länge gesendet.

30.11. Der Deutsche Sportbund (DSB) verabschiedet Leitlinien für die Werbung im Sport.

1976

Febr. Die Skiläuferin Rosi Mittermaier gewinnt zwei Goldmedaillen bei den Olympischen Spielen in Innsbruck.

17.7.–1.8. Bei den Olympischen Spielen in Montreal plant der Deutsche Schwimmverband die »Aktion Luftdusche«. Den Schwimmern soll Luft in den Darm geblasen werden, um ihren Auftrieb zu erhöhen. Das Unternehmen scheitert, weil keine diskreten Räumlichkeiten zur Verfügung stehen.

1977

28.4. Sepp Herberger (1936–1964 DFB-Bundestrainer) gestorben.

3.12. DSB verabschiedet Rahmenrichtlinien zur Bekämpfung des Dopings.

1980

15.5. Das Nationale Olympische Komitee für Deutschland verzichtet auf die Teilnahme an den Olympischen Spielen in Moskau.

16.7. Juan Antonio Samaranch wird IOC-Präsident.

6.12. Feier zum 30jährigen Bestehen des DSB in Berlin mit Bundespräsident Carstens.

1981

23.–28.9. Olympischer Kongreß in Baden-Baden; das IOC nimmt erstmals Frauen auf.

Die Initiative »Sportler für den Frieden« gründet sich.

1983

3.12. DSB verabschiedet Resolution zu Sport und Frieden.

1984

25.5. DSB verabschiedet umweltpolitische Grundsätze.

13.7. Franz Beckenbauer löst Jupp Derwall als DFB-Trainer ab.

1985

1.1. Start des privaten Fernsehens in der Bundesrepublik.

7.7. Boris Becker siegt in Wimbledon. Die Deutsche Bank schließt mit ihm für drei Jahre einen Drei-Millionen-Mark-Werbevertrag.

1986

2.5. Hans Hansen wird neuer DSB-Präsident.

6.7. Boris Beckers zweiter Wimbledonsieg.

17.12. Bei einem Besuch im Vatikan überreicht Boris Becker Papst Johannes Paul II. einen Puma-Tennisschläger.

1987

10.4. Die Siebenkämpferin Birgit Dressel stirbt unter nie völlig geklärten Umständen, nachdem sie eine jahrelange Medikamentierung hinter sich hat.

25.8. Willy Weyer (DSB-Präsident 1974–1986) gestorben.

1988

25.5. DFB verkauft Übertragungsrechte für die Fußball-Bundesliga an die Bertelsmann-Tochter »Ufa«. Der Preis: 135 Millionen für drei Jahre.

2.7. Steffi Graf gewinnt in Wimbledon.

22.6. Bei der Fußball-Europameisterschaft wird die BRD dritter nach einer 1:2-Halbfinal-Niederlage gegen Holland.

Dieter Rucht

Protestbewegungen

Noch in den frühen 1960er Jahren kamen Analysen zur politischen Kultur in der Bundesrepublik zu dem Befund, es herrsche eine unpolitische, konfliktscheue, demokratisch wenig gefestigte Untertanenmentalität vor. Heute bietet sich ein ganz anderes Bild. Erst in der Längsschnittbetrachtung und in ländervergleichender Sicht wird sichtbar, wie sehr die Bundesrepublik zu einem herausragenden Exempel bürgerschaftlichen Aufbegehrens geworden ist. Ein dicht geknüpftes Netz von Protestbewegungen mit jeweils eigenen thematisch und organisatorisch identifizierbaren Bewegungs»kernen« sowie einem weit darüber hinausreichenden Umfeld von Sympathisanten ist entstanden. Es gibt kaum noch ein technisch-industrielles Großprojekt, kaum eine grundlegende politische Weichenstellung oder ein herausragendes Ereignis, das nicht die Aufmerksamkeit und Aktivität außerparlamentarischer Protestgruppen auf sich zöge. Protest und Widerstand sind allgegenwärtig geworden, haben sich veralltäglicht. Damit ist freilich auch ihre Dramatik, ihr unkonventioneller, verunsichernder und bedrohlicher Charakter geschwunden.

Die Vorstellung eines kontinuierlichen Wandels von einer angepaßten, konfliktscheuen Untertanenkultur zu einer vitalen Protestkultur entspricht allerdings nicht ganz der Wirklichkeit. Weder fehlte es in den 50er und frühen 60er Jahren an außerparlamentarischen Protesten noch hat die heute spürbare Unruhe überall Platz gegriffen. Auch vollzog sich der Zuwachs an Protestaktivitäten in den vergangenen Jahrzehnten keineswegs kontinuierlich, sondern war von einem ausgeprägten Auf und Ab einzelner, bewegungsspezifischer Aktivitätszyklen markiert. Man könnte versuchen, diese Entwicklungsdynamik nicht nur in ihren äußerlich sichtbaren Wellenschlägen, sondern auch in ihren eher verborgenen Tiefenströmungen nachzuzeichnen. Letztere lassen sich im Groben als zwei übergreifende Strömungszyklen fassen. Deren erster war von den restaurativen Nachkriegsjahrzehnten bestimmt. Er fand seinen Höhepunkt und Abschluß in der Studentenrevolte. Diese bildete zugleich aber auch den Auftakt zu einem zweiten, alle späteren Einzelbewegungen umspannenden Protestzyklus, der durch einen ökonomischen, politischen und sozio-kulturellen Modernisierungsschub eingeleitet wurde. Der zweite Protestzyklus kulminierte in den späten 1970er und den frühen 1980er Jahren und hat sich in den letzten Jahren deutlich abgeflacht. Die

Interpretationsfolie solcher langgestreckten Zyklen wird allerdings in der überwiegend deskriptiven Darstellungsform nicht explizit herausgearbeitet.

Wider Restauration und Rüstung

Nach dem von außen herbeigeführten Ende der nationalsozialistischen Herrschaft in Deutschland schienen die Vorzeichen für eine radikale demokratische und soziale Neuordnung günstig. Als Voraussetzungen oder Elemente dafür wurden vor allem auf seiten der politischen Linken eine Ablösung der bisherigen Eliten, Sozialisierungen von Industriezweigen, weitreichende Mitbestimmungsrechte und ein entschiedener Antimilitarismus propagiert. Doch die frühen Weichenstellungen in den Besatzungszonen, schließlich auch die Verfassungen der Länder und des Bundes blieben hinter vielen Erwartungen der »fortschrittlichen Kräfte« zurück.

Vor allem aber mußten die in mehreren Schritten Anfang der 50er Jahre beschlossene Wiederbewaffnung und die bald darauf angekündigte Stationierung von Atomwaffen – ob in Hand der Alliierten oder in Hand bundesdeutscher Militärs – bei all jenen Empörung hervorrufen, die in der dauerhaften Entmilitarisierung Deutschlands eine Vorbedingung der Wiedervereinigung und letztlich des friedlichen Zusammenlebens in Europa sahen. Obgleich Meinungsumfragen zufolge bei der Mehrheit der Bevölkerung zunächst wenig »Wehrbereitschaft« zu spüren war, boten doch andererseits der schnell sichtbare wirtschaftliche Erfolg sowie der verbreitete – und systematisch geförderte – Antikommunismus einen starken Rückhalt für die Strategie der politischen und militärischen Westintegration – ein Kurs, dem auch die SPD nach anfänglichen Vorbehalten konsequent folgte.

Gleichwohl entfalteten sich sehr bunt zusammengesetzte Bewegungen der außerparlamentarischen Opposition. Ihr gemeinsamer Nenner bildete das Bemühen um Frieden und Abrüstung. Im Groben gesehen lassen sich mehrere thematische und organisatorische Zusammenhänge identifizieren.

Den unmittelbar nach Kriegsende spontan entstandenen antifaschistischen Aktionsausschüssen, den »Antifas«, standen die alliierten Militärregierungen ambivalent gegenüber. In ihrem Beitrag zur lokalen Reorganisation der Verwaltung und zur Entnazifizierung waren sie willkommen; als basisdemokratische, hochpolitisierte Gruppen, die sich auch als Keimzellen zur Reorganisation der Arbeiterbewegung verstanden, blieben sie jedoch suspekt. Folgerichtig wurden sie von den Behörden der Alliierten schon bald verboten oder nur mit Einschränkungen zugelassen; sie scheiterten aber auch an ihrem mangelnden organisatorischen und programmatischen Profil. Die sehr schnell in zentralistische Strukturen mündende Neuorganisation der Arbeiterschaft ging an diesen spontaneistischen und aktivistischen Gruppen vorbei und setzte in ihrer politischen Ausrichtung eher auf einen sozialintegrativen Kurs, der für eine Praxis des radikaldemokratischen Antifaschismus wenig Raum ließ.

Auch der stark von der KPD und der SED beeinflußten Volkskongreßbewegung für die deutsche »Einheit und den gerechten Frieden« standen Gewerkschaften und Sozialdemokratie in den Westzonen im wesentlichen ablehnend gegenüber. Diese Bewegung war von Anfang an von Spannungen zwischen kommunistischen und bürgerlichen Gruppierungen geprägt. Während sie in der sowjetisch verwalteten Zone spätestens mit dem zweiten Deutschen Volkskongreß vom März 1948 als Vorstufe zum Aufbau einer eigenen Staatsorganisation diente, wurden etliche Landeskongresse in den Westzonen nicht zuletzt auf das Betreiben von Sozialdemokraten hin verboten. Schließlich nahm auch die faktische Auseinanderentwicklung der Zonen als Folge der Blockbildung zwischen den Alliierten der Volkskongreßbewegung ihre Antriebskraft. Das Motiv der Wiederherstellung der deutschen Einheit blieb jedoch für einzelne Gruppierungen wie etwa die im November 1952 gegründete Gesamtdeutsche Volkspartei zentral. Es spielte bei Teilen der Bewegungen gegen die Wiederbewaffnung und gegen die Atombewaffnung eine bedeutsame Rolle.

Die Pläne zur Wiederbewaffnung der Bundesrepublik, die vor dem Hintergrund der wachsenden blockpolitischen Konfrontation bereits 1948 in die Diskussion gekommen waren, jedoch erst später konkretere Formen angenommen hatten, lösten die erste große außerparlamentarische Oppositionsbewegung der Nachkriegszeit aus. Diese Bewegung bezog ihre Resonanz aus einer weitverbreiteten, allerdings auch sehr diffusen antimilitaristischen Stimmung, die noch von den frischen Kriegserfahrungen geprägt war. Die Bewegung selbst war vom spannungsreichen Nebeneinander von bürgerlichen Neutralisten und Pazifisten, Christen, Kommunisten sowie oppositionellen Gruppierungen innerhalb der Sozialdemokratie und der Gewerkschaften geprägt.

Im Zentrum der Aktivitäten stand das Bemühen um eine Volksbefragung zur Wiederbewaffnung und zum Abschluß eines Friedensvertrags. Entsprechende Forderungen – bzw. ersatzweise eine Neuwahl der Bundesregierung – hatte Martin Niemöller in einem Offenen Brief vom Oktober 1950 an den Bundeskanzler gerichtet und damit zwar nicht beim Adressaten, aber doch bei vielen gesellschaftlichen Gruppierungen große Resonanz gefunden. Die praktische Initiative zur Verwirklichung der Volksbefragung wurde maßgeblich von der KPD getragen, die bereits im Januar 1951 in Essen den Kongreß »Rettet den Frieden« organisierte. Analoge Anstrengungen machten auch die bürgerlichen Neutralisten, darunter Mitglieder der nach dem Kriege wiederauferstandenen drei pazifistischen Verbände, mit ihrem »Deutschen Kongreß« im März 1951 in Frankfurt. Vertreter von 35 Organisationen nahmen daran teil. Hier und auf nachfolgenden Versammlungen in Bonn und Köln trat die ideologische und programmatische Heterogenität innerhalb des bürgerlichen Lagers offen zutage. Der Einigungsversuch scheiterte. Auf einer Nachfolgeveranstaltung zum Essener Kongreß im April 1951 wurde die Forderung nach einer Volksbefragung erneuert. Zehn Tage später jedoch verbot die Bundesregierung nicht nur die Befragung, sondern alle daran aktiv beteiligten Organisationen. Politische Unterstützung gegen das plebiszitäre »Machwerk der Kommunisten« fand sie in der Führung der Sozialdemokratie und der Gewerkschaften.

Die Kampagne zur Volksbefragung wurde zwar zunächst fortgesetzt, stand jedoch angesichts polizeilicher Versammlungsauflösungen, Beschlagnahmungen von Informationsmaterial und Wahlurnen sowie Verboten insbesondere kommunistischer Zeitungen unter einem denkbar ungünstigen Vorzeichen. Die Organisatoren registrierten 8781 Polizeieinsätze, 7331 Festnahmen und über 1000 Strafverfahren. Gleichwohl hatten sich nach ihren Angaben rund 9,1 Millionen Bürger gegen die Remilitarisierung und für den Abschluß eines Friedensvertrages ausgesprochen. Der Kampagne haftete allerdings das Stigma an, sie verfolge das Ziel – so die regierungsamtliche Deutung –, »die Bevölkerung des Bundesgebiets für einen kommunistischen Umsturzversuch reif zu machen«. Unbeeindruckt von solchen Verdächtigungen setzten sich in der Folgezeit vorübergehend jugendliche Aktionsgruppen aus kirchlichen, pazifistischen, sozialdemokratischen und sozialistischen Kreisen für eine Neutralitätspolitik ein, riefen zu »direkten Aktionen« des Widerstands gegen die Wiederbewaffnung auf und erklärten, sich nicht an einer Musterung für den Wehrdienst und an einer Kriegsproduktion beteiligen zu wollen. Trotz eines kurzfristig erlassenen Verbots der nordrhein-westfälischen Landesregierung versammelten sich im Mai 1952 rund 30000 Jugendliche zu einer Demonstration in Essen. Allerdings bröckelte diese jugendspezifische Mobilisierung bald ab. Teile der bürgerlichen Neutralisten suchten mit der Gründung der Gesamtdeutschen Volkspartei den Weg in die parlamentarische Arena. Doch weder ihnen noch den Kommunisten gelang es in der Bundestagswahl vom September 1953, die verbreitete Skepsis gegenüber Remilitarisierungsplänen in wahlpolitische Erfolge umzumünzen.

Die Spitzen von SPD und Gewerkschaften vermieden es trotz oder auch

wegen des anhaltenden Widerstands auch in ihren eigenen Reihen gegen die Wiederbewaffnung, sich prinzipiell in der einen oder anderen Richtung festzulegen. Mit der Frankfurter Paulskirchenversammlung im Januar 1955 und zahlreichen Parallelveranstaltungen schien die Bewegung gegen die Wiederbewaffnung einen neuen Aufschwung zu nehmen. Bemerkenswert war insbesondere die vormals unerreichte Breite des sich nun abzeichnenden Aktionsbündnisses. Es sollte vor allem darum gehen, die Festschreibung der Spaltung Deutschlands zu verhindern und in diesem Sinne die parlamentarische Willensbildung zu beeinflussen. Doch die unerwartet klare Zustimmung des Deutschen Bundestages zu den Pariser Verträgen im Februar 1955 ließ auch diese Initiative schnell abklingen.
Der Schritt von der Wiederbewaffnung der Bundesrepublik zu ihrer atomaren Aufrüstung war letztlich nur die logische Konsequenz des eingeschlagenen Wegs. Doch er führte zu einer überraschend breiten und heftigen Welle des Protests. Eine katalysatorische Funktion hierfür hatte die »Erklärung der Göttinger Achtzehn« vom April 1957. Führende Atomwissenschaftler der Bundesrepublik forderten den ausdrücklichen und freiwilligen Verzicht auf Atomwaffen und erklärten ihre Absicht, sich in keiner Weise an der Herstellung, Erprobung oder dem Einsatz von Atomwaffen zu beteiligen. Anders als zuvor konnte dieser Vorstoß nicht irregeleiteten Idealisten oder kommunistischen Umstürzlern zugeschrieben werden. Es folgte eine Flut von zustimmenden Reaktionen, eine Unterschriftensammlung im Mai 1957, die Gründung eines »Bürgerkomitee gegen Atomgefahren«, ein Appell von 44 Professoren an die Gewerkschaften und eine erste größere Protestkundgebung im Februar 1958 in Tübingen, die vom Ortsverband der SPD und dem lokalen SDS mitorganisiert worden war. Kurz darauf kam es unter weitgehender Beteiligung der Gruppierungen, die auch die Paulskirchenbewegung des Jahres 1955 getragen hatten, zur Gründung des Ausschusses »Kampf dem Atomtod«, der dann bereits im März 1958 seine Auftaktkundgebung in Frankfurt und im April eine Großkundgebung mit rund 150000 Teilnehmern organisierte. In der Folge entstanden in zahlreichen Städten regionale und lokale Ausschüsse, Komitees und Unterstützergruppen, in denen viele Sozialdemokraten und Gewerkschafter mitarbeiteten. Forderungen nach gewerkschaftlichen Kampfmaßnahmen bis hin zu einem Generalstreik gegen die atomare Bewaffnung der Bundeswehr stießen allerdings bei den Gewerkschaftsführungen auf taube Ohren.
Noch während auf lokaler und regionaler Ebene weitere Aktionskomitees gegründet wurden, begannen die stärker auf Wahlerfolge, sozialen Frieden und Probleme der Arbeitswelt bedachten Spitzen von Sozialdemokratie und Gewerkschaften bereits von der Protestbewegung abzurükken. Einzelne Ausschüsse bestanden zwar noch Jahre fort; doch die Be-

wegung insgesamt hatte ihren organisatorischen Rückhalt verloren. Sie zerfaserte und zerfiel, ohne daß allerdings ihr Anliegen in Vergessenheit geraten wäre.

Vor allem die humanistisch und religiös orientierten Pazifisten zogen aus den vorangegangenen Erfahrungen mit den Großorganisationen der Linken den Schluß, sich stärker auf eigene Kräfte und Aktionsformen zu besinnen. Den ersten sichtbaren Auftakt bildete ein kurzfristig geplanter Protestmarsch im Jahr 1960 mit rund 1000 Marsch- und Kundgebungsteilnehmern gegen die Stationierung einer Raketenbatterie in Bergen-Hohne bei Celle. Für die Initiatoren waren hierbei die Ostermarschbewegung der britischen Campaign for Nuclear Disarmament und entsprechende Aktivitäten in anderen Ländern richtungweisend. Im Unterschied zu vorangegangenen Bewegungen hielt man nun zu Großorganisationen bewußt Distanz. Allerdings wurde das Prinzip des lockeren, auf individuellem Engagement basierenden Aktionsverbundes durch einen mit weitgehenden Kompetenzen ausgestatteten »zentralen Ausschuß« und einen kurz darauf entstandenen »ständigen Arbeitsausschuß« konterkariert.

Neben den jährlichen Ostermärschen mit ständig wachsenden Teilnehmerzahlen (1961: 23000; 1964: 100000; 1966: 145000; 1968: 300000) wurden zu verschiedenen Anlässen (»Antikriegstag am 1. September, Hiroshima-Tag am 6. August, Kernwaffenversuche, Kuba-Krise usw.) auch kleinere Aktionen wie Mahnwachen und Informationsstände, Unterschriftensammlungen und Informationsveranstaltungen durchgeführt.

Die zunächst stark auf dem moralischen Engagement von Einzelpersonen gründende Bewegung vollzog einen schrittweisen Politisierungsprozeß. Das Ergebnis waren immer offensivere Forderungen nach der Einstellung von Atomwaffenversuchen und Atomwaffenproduktion, dem Verzicht auf die Stationierung atomar gerüsteter Truppen auf deutschem Territorium und nach einer atomwaffenfreien Zone in Mitteleuropa. Ab Mitte der 60er Jahre verbreiterte sich die Bewegung noch einmal thematisch und personell. Das Anliegen der Opposition gegen die Notstandsgesetze wurde aufgegriffen. Die beginnende Studenten- und Schülerbewegung überschwemmte die alten Kerne der Ostermarschbewegung, deren thematischer Brennpunkt zunehmend von anderen Themen überlagert wurde (Beteiligung an Aktionen gegen den Springer Verlag; Vietnam-Krieg; Demokratisierungsforderungen). Der Ostermarsch von 1968 war zwar äußerlich der Höhepunkt der Bewegung; doch hatte sich inzwischen die Studentenbewegung mit ihren Themen und Aktionen zum treibenden Motor der außerparlamentarischen Opposition entwickelt, die nun definitiv über den engen Rahmen der Ostermarschbewegung hinausgewachsen war.

Revolutionäre Ungeduld: Die Studentenbewegung

Die Studentenbewegung, die ab 1966 an Schwungkraft gewann, speiste sich aus mehreren Wurzeln. An den Universitäten selbst bildete der bereits 1961 aus der SPD ausgeschlossene Sozialistische Deutsche Studentenbund (SDS) das politisch-organisatorische und intellektuelle Zentrum. Die Aktivitäten des SDS konzentrierten sich zunächst stark auf den hochschulpolitischen Bereich, ohne freilich darauf beschränkt zu bleiben. Dies zeigen etwa der Frankfurter »Kongreß für Demokratie – gegen Restauration und Militarismus« im Mai 1959 oder Berliner Aktionen gegen Vertreter des autoritären Franco-Regimes im Juli 1961.
Eine zweite Wurzel bildete die Ostermarschbewegung, wobei sich ab 1965 die Proteste gegen den Vietnamkrieg als naheliegende Brücke zwischen der Friedensbewegung und der aufkeimenden Studentenbewegung anboten. (Erste größere einschlägige Aktionen der Studenten waren die Viet-

Die studentischen Revolutionäre – mit und ohne Krawatte – während des Internationalen Vietnam-Kongresses im Auditorium maximum der TU Berlin. Am Rednerpult K. D. Wolff, auf dem Podium v.l.: Klaus Meschkat, Johannes Agnoli (Assistenten der FU), Christian Semler (SDS), Gaston Salvatore (Chile), Rudi Dutschke, Günter Amendt (Studentenvertreter der TU), Kurt Steinhaus und Tariq Ali (Pakistan).

nam-Ausstellung des Berliner SDS im Dezember 1965 und die Plakataktion »Amis raus aus Vietnam« im Februar 1966, welche die Verhaftung von vier SDS-Mitgliedern und damit wiederum eine Demonstration mit einer Sitzblockade sowie Eierwürfe auf das Berliner Amerikahaus nach sich zogen.)

Eine dritte Wurzel der Studentenrevolte war die Protestbewegung gegen die Notstandsgesetze. Nach einer längeren Anlaufphase nahm diese Bewegung einen unerwarteten Aufschwung durch die »Spiegelaffäre«. Mit den Kongressen »Demokratie vor dem Notstand« (Mai 1965 in Bonn mit 1500 Teilnehmern) und »Notstand der Demokratie« (Oktober 1966 mit 5000 Teilnehmern in Frankfurt; Abschlußkundgebung mit 20000 Teilnehmern) erreichte die Kampagne einen ersten Höhepunkt. Nicht zu Unrecht wurden die Pläne zur Verankerung einer Notstandsregelung in der Verfassung – ein erster Entwurf war bereits 1960 vorgelegt worden – als innenpolitisches Komplement zur Militarisierung gesehen. Hieraus ergaben sich naheliegende thematische Brückenschläge und personelle Verbindungen zwischen der Ostermarschbewegung und deren Vorläufern einerseits und der Notstandsopposition andererseits. Charakteristisch für die Bewegung gegen die Notstandsgesetze war das enge Bündnis zwischen Intellektuellen, kritischen Kirchenvertretern und Gewerkschaften. Nicht nur die IG Metall als deren entschiedenste und mächtigste Bastion, sondern alle Einzelgewerkschaften hatten in offiziellen Beschlüssen die Notstandsregelung zunächst abgelehnt. Entsprechend spannungsreich war zunächst das Verhältnis zur SPD, die bereits frühzeitig der Notstandsregelung zuneigte. Während sich unter dem Einfluß der Studentenbewegung Teile der Notstandsopposition radikalisierten, diese Gruppierungen nahezu flächendeckende Einzelaktionen durchführten und im Mai 1968 mit dem Sternmarsch auf Bonn den Höhepunkt der Massenmobilisierung erreichten, war der DGB mit seiner parallelen Veranstaltung in Dortmund bereits sichtbar aus der Bewegung ausgeschert. Wochen später versagten auch die letzten Einzelgewerkschaften dem »Kuratorium Notstand der Demokratie« ihre Unterstützung und entzogen damit der Bewegung – in bemerkenswerter Parallelität zu ihrem Verhalten gegenüber der »Kampf dem Atomtod«-Opposition – ihr wichtigstes organisatorisches Fundament und einen Teil ihrer Massenbasis. Dieser Schritt besiegelte zugleich die Absorption der Notstandsopposition durch die Studentenbewegung.

Eine vierte bedeutende, wenngleich aufgrund ihrer schwachen personellen Basis vielfach unterschätzte Wurzel der Studentenbewegung bildete das subkulturelle Milieu der künstlerischen Avantgarde, die sich in den losen Netzwerken der Situationistischen Internationale und der Subversiven Aktion zusammengefunden hatte. Hier liegt eine der Quellen für die

von der Studentenbewegung praktizierten neuen Aktionsformen, für phantasievolle, gegen das Spießbürgertum gerichtete provokative Akte (»Politik als Happening«). Von hier kamen auch wesentliche Impulse für die lebenspraktischen politischen Experimente der Wohnkommunen oder für die Praxis der antiautoritären Erziehung.
Der externe Verlauf der Studentenrevolte mit ihren Kongressen, Streiks und Besetzungen sowie Demonstrationen und Blockaden stand hinreichend im Blickpunkt der Öffentlichkeit, so daß hier einige allgemeinere Charakterisierungen genügen mögen.
Die Studentenbewegung unterschied sich in mehrfacher Hinsicht von den meisten vorangegangenen Protestbewegungen. Zum einen hatte sie aufgrund ihrer Verankerung in den Hochschulen eine sehr selektive Rekrutierungsbasis und einen klaren räumlich-sozialen Bezugspunkt. Das erleichterte einerseits die interne Mobilisierung, setzte jedoch andererseits der externen Mobilisierung Grenzen. Dies, aber auch ihr verbalradikaler, revolutionärer Impuls sowie ihre spontaneistischen Aktionselemente erklären auch die Distanz der auf parlamentarisches Engagement bzw. auf Sozialpartnerschaft eingeschworenen Großorganisation von SPD und Gewerkschaften. In ihrem Anliegen der Demokratisierung des Bildungssystems und der Gesamtgesellschaft oder in ihrer Kritik am Engagement der USA in Vietnam fand sie zwar die diffuse Zustimmung dieser Organisationen; in ihren provokativen Regelverletzungen und ihrer politischen Radikalität stieß die Bewegung jedoch nicht nur dort, sondern in der breiten Öffentlichkeit auf Skepsis oder gar aggressive Ablehnung. Sie schuf damit weitgehend ungewollt ein Klima für Repressionsmaßnahmen, was die Revoltierenden wiederum zu verschärfter Radikalität veranlaßte, welche in die späteren terroristischen Akte mündete.
Obgleich der SDS das politische Herzstück der Studentenbewegung darstellte, war die Bewegung insgesamt keineswegs zentral koordiniert und strategisch angeleitet. Die gesamte Ereigniskette, angefangen von den ersten Protestversammlungen, Streiks, Demonstrationen und Kongressen des Jahres 1965, dann den Schüssen auf Benno Ohnesorg (Juni 1967) und Rudi Dutschke (April 1968), den Straßenschlachten und Massendemonstrationen, schließlich den internen Flügelkämpfen, der Selbstauflösung des SDS und der endgültigen Aufsplitterung der Bewegung, unterlag keiner Regie oder inneren Zwangsläufigkeit. Dieser nur wenige Jahre währende Spannungsbogen zeigt, daß sich hier weitgehend naturwüchsig eine Dynamik von Aktion und Reaktion entfaltet hatte, die sich am Ende gegen die Studentenbewegung kehrte. Nicht zuletzt verstärkte ihre soziale Isolierung, die – anders als in Italien und Frankreich – lediglich gegenüber der kritischen Intelligenz und der Schülerschaft durchbrochen wurde, einen Radikalisierungsprozeß auf immer schmalerer sozialer Basis. Darin

offenbarte sich ein Erfahrungsverlust, wie er am deutlichsten in den Grabenkämpfen kommunistischer Splitterparteien und den terroristischen Aktionen zutage trat. Erste Anzeichen für diesen Auflösungsprozeß waren bereits gegen Ende des Jahres 1968 erkennbar an der internen Fraktionierung des SDS (der Frankfurter »Weiberrat« kritisierte auf der Hannoveraner Delegiertenkonferenz im November 1968 den »Kanon einander bekämpfender Fraktionen«) und der zerbröselnden Boykottbewegung an der Frankfurter Universität im Januar 1969.
Unmittelbare institutionelle Erfolge blieben der Studentenbewegung weitgehend versagt. Selbst die von ihr erkämpften universitären Mitbestimmungsrechte (Drittelparität) wurden später wieder kassiert. Kaum zu überschätzen sind jedoch die eher tiefgründigen Langzeitwirkungen der Studentenbewegung auf das Alltagsleben und die politische Kultur – ihr Beitrag zum unverkrampfteren Umgang mit Autoritäten, das Zurückdrängen des plumpen Antikommunismus, die Verstärkung partizipativer Forderungen, die kritischere Sicht auf den parlamentarischen Betrieb und die Mechanismen der Massenmedien, vor allem: die Sensibilität für die Widersprüche zwischen demokratischen Idealen und politischer Praxis.
Der wohl wichtigste greifbare Effekt der Studentenbewegung ist darin zu sehen, daß sie nachfolgende, freilich höchst eigenständige Protestbewegungen auf den Weg gebracht oder zumindest inspiriert hat. Dies gilt sicherlich für die Frauenbewegung und die Bürgerinitiativen, die sich bereits parallel zur Studentenbewegung entfalteten.

Politisierung des Alltags: Frauenbewegung und Bürgerinitiativen

Die autonome Frauenbewegung, die sich aus guten Gründen rückblickend als »neu« bezeichnet, hat sich unmittelbar aus der Studentenbewegung entwickelt. Es bestanden zu dieser Zeit keine Verbindungslinien zu den bürgerlichen (Einzelverbände des Deutschen Frauenrats) und den sozialistisch-kommunistischen Frauenorganisationen der Bundesrepublik (Demokratischer Frauenbund Deutschlands, Westdeutsche Frauenfriedensbewegung). Diese Organisationen suchten an ihre Traditionen vor 1933 anzuknüpfen, führten jedoch faktisch ein Schattendasein. Erste Gruppierungen der neuen Frauenbewegung wie der Frankfurter »Weiberrat« oder der Berliner »Aktionsrat zur Befreiung der Frau« waren Teile, zugleich aber bereits Entmischungsprodukte der Studentenbewegung. Ihre Entstehung verdanken sie dem eklatanten Widerspruch zwischen einer sich emanzipatorisch verstehenden Bewegung und der faktischen

Gewalt gegen Frauen und was frau dagegen tun kann.

Nachordnung der Frauen in der studentischen Politik und insbesondere innerhalb des SDS.

Zunächst ging es primär um die Theorie und Praxis einer sozialistischen Politik im Rahmen der im Prinzip akzeptierten studentischen Organisation. Doch schon bald führte der alte Streit um den Stellenwert der Klassenfrage im Verhältnis zur Geschlechterfrage zu einer Ausdifferenzierung von Gruppen und Strömungen, die lange Zeit bestimmend blieb. Einige orthodox-marxistische Frauenzirkel wandten sich der DKP zu, andere, undogmatischere sozialistische Gruppen wie der Berliner »Aktionsrat« und spätere »Sozialistische Frauenbund« behielten ihre organisatorische Autonomie bei; ein dritter Strang pochte auf die strikte Separierung von männerdominierten Organisationen und rückte die Patriarchatskritik gegenüber der Kapitalismuskritik in den Vordergrund; er entwickelte sich zum Kern der feministischen Bewegung im engeren Sinne.

Doch erst die nach französischem Vorbild gestartete Kampagne gegen die Abtreibungsregelung, die mit der Selbstbezichtigung von 374 Frauen in der Illustrierten »stern« (»Wir haben abgetrieben«) einen medienwirksamen Auftakt fand, durchbrach die Enge und Theorielastigkeit der bestehenden universitären Frauenzirkel. Nun hatte die diffuse Unzufriedenheit einen thematischen Brennpunkt und ein konkretes Ziel gefunden; nun war Raum für praktische Aktionen, für die Benennung von Bündnispartnern und Gegnern. Die Kampagne gegen den § 218 bedeutete eine entscheidende gesellschaftliche Öffnung für die Anliegen der Frauengruppen. Bis Mitte der 70er Jahre, dem Zeitpunkt der endgültigen Neuregelung der Abtreibungsfrage, dominierte diese Kampagne die Aktivitäten der Frauengruppen. Allerdings wurde schon zuvor das Themenspektrum erweitert (Gewalt gegen Frauen, Benachteiligung in der Arbeitswelt, Kritik sexistischer Sprache). Parallel dazu entstand ein weitgehend informelles organisatorisches Netz in Form von Frauenzentren, Frauenunitreffen, nationalen Delegiertenkonferenzen und sonstigen Kongressen. Hinzu kamen dann Frauenbuchläden und Frauenverlage (ab 1975), Frauenkneipen, Frauenhäuser und die alljährliche Frauensommeruniversität in Berlin (ab 1976), schließlich überregionale Frauenzeitschriften (Courage und Emma 1976/77).

In der zweiten Hälfte der 70er Jahre setzte dann ein Boom von Selbsterfahrungsgruppen, Schreibwerkstätten, therapeutischen Zirkeln, Frauengesundheitsgruppen, Frauenwohngemeinschaften und projektzentrierter Frauenarbeit ein, während zugleich größere öffentliche Protestaktionen ausblieben. Nach außen hin, aber selbst für manche frauenbewegte Beobachterinnen schien es, als habe die Bewegung ihren Zenit bereits überschritten. Faktisch jedoch handelte es sich eher um eine Konsolidierungsphase, verbunden mit einer wenig spektakulären, wenngleich durchaus erfolgreichen alltagsweltlichen Sensibilisierung für frauenspezifische Probleme. Anders als vorangegangenen Bewegungen war es der Frauenbewegung gelungen, sich durch den Aufbau einer eigenen, autonomen Infrastruktur zu stabilisieren und auf dieser Basis weit in andere gesellschaftliche Bereiche – etwa Parteien, Gewerkschaften und berufsständische Vereinigungen – hineinzuwirken.

Zeitlich parallel zur Frauenbewegung, jedoch nicht im unmittelbaren Kontext der Studentenbewegung, waren vorwiegend in den Städten zahlreiche Bürgerinitiativen entstanden. Es handelte sich in der Anfangsphase überwiegend um isoliert voneinander agierende Gruppen, denen es um Beseitigung einzelner Mißstände vor allem in den Bereichen Wohnen, Verkehr und soziale Randgruppen ging. Gemeinsam war den meisten dieser Gruppen neben dem Formprinzip der losen Basisinitiative der Anspruch, in aktivem bürgerschaftlichen Engagement auf Verwaltungen und Parteien einzuwirken, ohne selbst in partei- oder verbandsförmigen Organisationen aufzugehen. Die Bürgerinitiativen erstrebten nicht nur materielle äußere Verbesserungen, sondern suchten in ihrer Mehrheit Demokratie lebenspraktisch zu realisieren. Das galt für ihre Einmischung in kommunale Angelegenheiten, die bislang weitgehend Sache der »Entscheidungseliten« waren, wie für die Versuche, ein egalitäres Binnenverhältnis zu realisieren.

Das Formprinzip der Bürgerinitiative war die vielleicht erfolgreichste Innovation der politischen Kultur der späten 60er und der 70er Jahre, wie die schnell wachsende Zahl von Bürgerinitiativen und deren breite Anerkennung bei der Gesamtbevölkerung zeigen. Im Vergleich zur Studenten- und zur Frauenbewegung spielte der theoretische und ideologische Diskurs für die Bürgerinitiativen keine große Rolle. Nicht die Umwälzung der Gesamtgesellschaft, sondern konkrete, überschaubare Vorhaben wurden angestrebt. Dominierend waren eine pragmatische Grundhaltung und das Bemühen, ideologisch und parteipolitisch nicht vereinnahmt zu werden. Die selektive, eher partikulare Problemorientierung hatte allerdings auch zur Folge, daß mit Ausnahme des Umweltbereiches die Bürgerinitiativen kaum zu überregionalen Aktionen zusammenfanden und insoweit auch keine allzu stabilen Kommunikations- und Organisationsstrukturen entwickelten.

In ihrer Außenwirkung kamen den Bürgerinitiativen sicher ihr dominierender Mittelschichtcharakter, ihr hoher Akademikeranteil und damit verbundene Artikulations- und Einflußchancen zugute. Die Erfolgsbilanz dieser Gruppierungen fällt sehr differenziert aus. Neben der Erfüllung von Anliegen einzelner Initiativen sind im lokalen Bereich viele Teilerfolge, aber auch glatte Mißerfolge zu verzeichnen. Abgesehen von lokalen Partizipationsexperimenten hatten die Bürgerinitiativen jedoch

Spiel und Ernst – in wenigen Stunden wird das Anti-Atomdorf der »Freien Republik Wendland« zerstört sein.

keine grundlegenden institutionellen Reformen erreichen können. Die praktische Bedeutung von Beteiligungs- und Einspruchsrechten, wie sie etwa im Städtebauförderungsgesetz von 1971 fixiert wurden, ist nicht allzu hoch zu veranschlagen. Allerdings sollte nicht unterschätzt werden, daß allein die Existenz oder Wahrscheinlichkeit von aktivistischen Bürgergruppen sich bereits im Vorfeld mäßigend auf viele Planungs- und Modernisierungsprozesse ausgewirkt und diesen ein Stück ihres technokratischen Charakters genommen haben dürfte.

Gegen die Logik des Produktivismus: Anti-Atomkraft- und Ökologiebewegung

Bereits bei einem Teil der Bürgerinitiativen stand nicht die demokratisch-emanzipatorische Offensive, sondern eindeutig die Abwehr unerwünschter Folgelasten von Industrialisierungs- und Modernisierungsprozessen im Vordergrund. Diese reaktive und defensive Orientierung bestimmte zwangsläufig all jene Gruppierungen, die sich in grundlegender Weise, und bald auch in enger Kooperation bis hin zur nationalen und übernationalen Ebene, dem Umweltthema zuwandten. Dieses Anliegen war in der Bundesrepublik zunächst eher von etablierter Seite forciert worden. In diesem Sinne wirkten die Proklamation des europäischen Naturschutzjahres (1970), das Umweltprogramm der Bundesregierung (1970), die erste Veröffentlichung des Club of Rome (1971) und die Stockholmer Umweltschutzkonferenz (1972).
Die zeitliche und räumliche Dimension des ökologischen Problems, sichtbar etwa an der Studie zu den »Grenzen des Wachstums«, machte allen hierfür Sensibilisierten deutlich, daß kleine, allein auf örtliche Probleme bezogene und deshalb auch weitgehend isoliert voneinander agierende Bürgerinitiativen hoffnungslos überfordert waren. Somit formierten sich schon Anfang der 70er Jahre regionale Aktionsbünde und mit der Gründung des Bundesverbandes Umweltschutz im Jahr 1972 auch eine nationale Organisation.
Doch nicht der Umweltschutz im allgemeinen, wie es die Namen regionaler und nationaler Allianzen vermuten lassen könnten, sondern das Thema »Atomkraftwerke« bildete den über Jahre dominierenden Aktivitätsschwerpunkt der Ökologiebewegung. Obgleich einzelne Proteste gegen atomare Anlagen bis in die 60er und sogar die 50er Jahre zurückzuverfolgen sind, kam es erst in den frühen 70er Jahren zu signifikanten regionalen Protestaktionen gegen Atomkraftwerke. Allerdings hing es sehr von den jeweiligen örtlichen Bedingungen ab, ob und in welchem Ausmaß Widerstandsaktionen stattfinden konnten. Während etwa 1972/

73 im badischen Breisach der frühzeitige und entschiedene Protest gegen ein dort geplantes Atomkraftwerk die Preisgabe des Standortes – und die Verlegung ins benachbarte Wyhl – zur Folge hatte, regte sich gegen gleichartige und gleichzeitige Bauprojekte an anderen Orten (z. B. Biblis) kein nennenswerter Widerstand.
Mit den Ereignissen von Wyhl, insbesondere der mehrmonatigen Platzbesetzung von 1975, erlangte allerdings der antiatomare Protest schnell Breitenwirkung und bundesweite Aufmerksamkeit. Beschränkten sich zuvor gesellschaftliche Gruppen und Umweltschutzverbände vor allem auf argumentative Einwände – sichtbar etwa an den vom Bundesforschungsministerium dokumentierten Stellungnahmen zum vierten Atomprogramm im Jahr 1974 –, so verlagerte sich nach Mitte der 70er Jahre der Schwerpunkt auf langwierige gerichtliche Auseinandersetzungen und zum Teil sehr handgreifliche Protestaktionen.
Anders als in Wyhl, wo eine massenhafte und geschlossene Protestbewegung mit starkem Rückhalt bei der regionalen Bevölkerung letztlich das Projekt entscheidend verzögern und schließlich seine Preisgabe erreichen konnte, führten die Großdemonstrationen und zuweilen gewaltsamen Proteste an verschiedenen anderen Standorten zu keinem definitiven Erfolg der Atomkraftgegner. 1977, mit den Auseinandersetzungen um die geplanten Kraftwerke in Brokdorf, Grohnde, Kalkar und im französischen Malville, erreichte die Anti-AKW-Bewegung ihren ersten Höhepunkt und machte den Streit um die Atomkraft zum dominierenden innenpolitischen Thema. Zugleich aber mußte die Bewegung erfahren, daß angesichts des paramilitärisch gerüsteten Polizeiapparats Atomkraftwerke nicht auf dem Wege von Platzbesetzungen oder gar »Feldschlachten« zu verhindern waren. Nachdem nun ihrerseits die Befürworter der Atomkraft – u. a. mit von den Gewerkschaften zentral organisierten Großdemonstrationen – mobil gemacht und sich die Bevölkerung in der Frage der Atomenergie in nahezu gleich große Lager gespalten hatte, kam es auch auf politischer Ebene zu einer Patt-Situation. Dies brachte immerhin eine Reduzierung und Verzögerung des Atomprogramms mit sich. In der Folge gingen die Protestaktivitäten zurück. Der anhaltende und partiell erfolgreiche Widerstand gegen den Bau eines »nuklearen Entsorgungszentrums« (einschließlich Endlager und Wiederaufarbeitungsanlage) im niedersächsischen Gorleben, die bis dahin größten Protestkundgebungen im Frühjahr und Herbst 1979 in Hannover bzw. Bonn, schließlich eine ähnlich große Demonstration im Februar 1981 bei Brokdorf signalisierten jedoch, daß die Mobilisierungsfähigkeit der Anti-AKW-Bewegung keineswegs nachgelassen hatte, wenngleich das vormals dichte Netz von lokalen Protestinitiativen ausgedünnt war und sich viele Aktivisten der Friedensbewegung zuzuwenden begannen.

Parallel zum Aufstieg der Anti-Atomkraftbewegung hatten ganz generell Fragen des Umweltschutzes und der Ökologie an Bedeutung gewonnen. Wurde zunächst noch versucht, den nun allenthalben präsenten Umweltschutzgruppen mit dem Arbeitsplatzargument zu begegnen, so glaubten doch wachsende Kreise der Bevölkerung, daß die Mißachtung ökologischer Belange in langfristiger und gesamtwirtschaftlicher Perspektive auch die Bedingungen des ökonomischen Fortschritts untergraben würde. Somit fanden die Gruppierungen und Organisationen des Umweltschutzes, darunter auch der Bund für Umweltschutz Deutschland (gegr. 1975), Greenpeace Deutschland (1981) und sein radikaldemokratischer Ableger Robin Wood (1982) Zulauf und Sympathie.
Während sich die nationalen Organisationen vorwiegend der großen, flächendeckenden Probleme – einschließlich der Gesetzgebung und Handhabung des Umweltrechts – annahmen, intervenierten auf lokaler und regionaler Ebene überwiegend kleinere Gruppierungen und Aktionsbündnisse mit Blick auf konkrete Planungsprozesse, umweltrelevante Bauvorhaben und bereits bestehende Belastungsfaktoren. Einzelne regionale Konflikte gewannen freilich eine Symbolfunktion für die gesamte Umweltbewegung und bündelten ein breites Spektrum von Protestgruppen. Ein herausragendes Beispiel hierfür waren die langjährigen und heftigen Auseinandersetzungen um die Startbahn West des Frankfurter Flughafens.
Letztlich erwiesen sich jedoch die ökologischen Probleme als zu vielfältig und in ihrer Eigenart als zu spezifisch, um in ihrer Gesamtheit eine geschlossene Bewegung stimulieren zu können. Unter dem eher plakativ hochgehaltenen als tatsächlich handlungspraktischen bedeutsamen Nenner der Ökologiebewegung agierten in Wirklichkeit viele themen- und projektzentrierte Teilbewegungen. So kristallierten sich seit den späten 70er Jahren eigenständige Aktionsnetze von Gruppen in den Bereichen Verkehr (mit wiederum spezifischen Netzwerken z. B. der Initiativen gegen militärische Tiefflüge oder zur Eindämmung des Individualverkehrs), Chemie, Landwirtschaft, Ernährung und Gesundheit oder Umweltprobleme in der Dritten Welt heraus. All diese Gruppen waren und sind nicht oder nur über sehr viele Vermittlungsstufen miteinander verbunden. Auch die Partei der Grünen, die direkt aus den Umweltinitiativen der 70er Jahre hervorgegangen ist, kann lediglich einen kleinen Teil dieser Aktivitäten organisatorisch verklammern und in die Massenmedien und/oder das Parlament vermitteln.
Das Engagement all dieser Gruppen trug ganz erheblich zum hohen, wenngleich oft lediglich rein deklamatorisch bekundeten Rang des Umweltschutzes bei. Keine Partei, keine gesellschaftliche Organisation, die es sich noch leisten könnte, ausdrücklich Umweltbelange zu ignorieren.

Längst hat es auch die Produktwerbung und eine eigene Umweltschutzindustrie verstanden, aus der Not der Umweltproblematik Kapital zu schlagen.

Ausdifferenzierung und Stabilisierung des Bewegungssektors

Die teils bürgerkriegsähnlichen Auseinandersetzungen an den Bauzäunen von Atomkraftwerken im Jahr 1977 wie auch die Terroristenhysterie des »Deutschen Herbstes« im selben Jahr bedeuteten eine seit der Studentenbewegung nicht mehr gekannte innenpolitische Konfrontation. Zwar verloren diese beiden Konfliktherde in den folgenden Jahren an Sprengkraft; doch insgesamt schien sich die Bundesrepublik immer stärker in die Lager der »alten und der alternativen Politik« (Kurt Sontheimer) zu spalten. Nicht von ungefähr machte in dieser Zeit das Wort von den »zwei Kulturen« (Peter Glotz) die Runde; nicht von ungefähr stellten auch Sympathisanten der Alternativbewegung die Frage »Autonomie oder Getto?« (Wolfgang Kraushaar).
Alternativbewegung – das war in den späten 70er Jahren ein diffuser Sammelbegriff für die Vielfalt der Strömungen und Gruppierungen, die immer radikaler das »etablierte System« in seiner Gesamtheit herauszufordern schienen. Immerhin spiegelte der Begriff eine Ahnung, daß dieses so heterogene Protestspektrum nicht einfach ein Sammelsurium voneinander isolierter Ein-Punkt-Bewegungen darstellte, sondern daß diese durchaus einen Fundus an gemeinsamen politisch-ideologischen, sozialstrukturellen und organisatorischen Merkmalen aufwiesen, die später unter dem Stichwort »neue soziale Bewegungen« auf einen Nenner zu bringen versucht wurden.
Ab 1976/77 war die etablierte Politik zutiefst verunsichert. Ihre Repräsentanten reagierten gegenüber den Protestgruppen mit Wechselbädern der Umarmung (»die Sorgen und Nöte der Bürger ernst nehmen«) und Diffamierung (»Chaoten«, »Systemveränderer«). Nachdenklicheren Vertretern der politischen Eliten wurde deutlich, daß diese Gruppen schon aufgrund ihrer Themen wie auch ihrer breiten sozialstrukturellen Verankerung nicht so schnell wie die Studentenbewegung von der Bildfläche verschwinden würden. Unklar war aber, ob und wie die wachsende Flut von Protesten eingedämmt werden sollte.
Gemessen an der Vielfalt von Protestthemen, gemessen auch an der rein quantitativen Mobilisierungsfähigkeit der außerparlamentarischen Protestgruppen schien bis zum Höhepunkt der Friedensbewegung 1982/83 eine Aufwärtsentwicklung und Verdichtung der Protestaktionen stattzufinden. Im Frühjahr und Herbst 1979 beteiligten sich an Groß-

Zwischen 1960 und 1968 fanden alljährlich Ostermärsche mit wachsenden Teilnehmerzahlen (zuletzt 300 000 Menschen) statt. Seit 1982 wird die Tradition der Ostermärsche wieder fortgesetzt.

demonstrationen der Anti-Atomkraftbewegung jeweils rund 100000 Menschen; im Herbst 1981 versammelten sich 300000 Anhänger der Friedensbewegung in Bonn; an den Ostermärschen 1982 und einer Demonstration anläßlich des NATO-Gipfels im Juni 1982 soll sich jeweils eine halbe Million Menschen beteiligt haben. Zugleich war die Phase zwischen 1977 bis 1982/83 durch andere, intensive Konflikte markiert: Proteste um Rekrutenvereidigungen, Hausbesetzungen in Berlin, Freiburg und anderen Städten, Kämpfe um autonome Jugendzentren, um die Startbahn West und den Großflughafen München II usw.

Stärker im Schatten dieser großen Auseinandersetzungen hatte sich in jenen Jahren eine Vielfalt weiterer themenspezifischer Gruppierungen formiert oder konsolidiert. Hierzu gehören die zunehmend offensiver auftretenden Gruppen der Alten (»Graue Panther«) und der Schwulen, Bürgerrechts- und Dritte-Welt-Gruppen, Wissenschafts- und Gesundheitsläden sowie die Selbsthilfegruppen im Sozialbereich, um nur einige zu nennen.

Insgesamt hatte sich spätestens bis 1982/83 eine ausdifferenzierte »Protestkultur« mit einer komplexen Infrastruktur und relativ stabilen lokalen Bewegungsmilieus entfaltet. Sie bildete die Voraussetzung für jene Kampagnen und Mobilisierungen – prototypisch etwa der Widerstand gegen die geplante Volkszählung 1983 –, die gleichsam aus dem Nichts zu kommen schienen. Zu dieser infrastrukturellen Basis gehören u. a. eine verzweigte Alternativpresse, die von der lokalen bis zur nationalen Ebene reicht, kleine Radiostationen, selbstverwaltete Tagungshäuser, Einrichtungen zur Projektfinanzierung wie das »Netzwerk Selbsthilfe«, ökologische Forschungsinstitute und Stiftungen, alternative Listen und grüne Parteien. Hinsichtlich ihrer Mobilisierungskraft und ihrer strukturellen Autonomie schienen Protestgruppen immer mehr an Boden zu gewinnen, während die etablierte Politik vermeintlich immer stärker in die Defensive geriet.

Eine genauere Analyse der frühen 80er Jahre könnte freilich zeigen, daß ungeachtet aller Expansionstendenzen der Protestgruppen und der Vielzahl manifester Konfrontationen die Verunsicherung der etablierten Politik nachließ. Mit Protesten war praktisch immer und überall zu rechnen, doch lag gerade darin bereits ein Moment der Berechenbarkeit. Auch war klar, daß die Proteströmungen zu heterogen und teils auch zu gegensätzlich waren, um wirklich als eine geschlossene politische Kraft auftreten zu können.

Es fehlte an ideologischer und programmatischer Einigkeit. Dies zeigte die Verzweigung der Frauenbewegung, aber auch die Gründungsphase der Grünen – also im letzten Fall selbst jener Gruppierungen, die sich

immerhin auf den gemeinsamen Nenner des parlamentarischen Engagements geeinigt hatten.
Für interne Konflikte in nahezu allen Einzelbewegungen sorgte darüber hinaus die »Organisationsfrage«. Sie brachte eine zuweilen durchaus vorteilhafte, zuweilen aber auch lähmende Spannung zwischen außerparlamentarischem und parlamentarischem Engagement, ebenso die Spannung zwischen großen, stärker lobbyistischen Formen zuneigenden Mitgliederorganisationen und den mehr auf direkte Aktionen drängenden informellen Kleingruppen. Dieser Widerspruch konnte selbst innerhalb *einer* Organisation zum Tragen kommen und – wie das Beispiel des Bundesverbandes Bürgerinitiativen Umweltschutz in den frühen 80er Jahren zeigt – zum Verlust politischer Stoßkraft führen.
Der zweite Dauerkonflikt seit 1977 war die »Gewaltfrage«, die sich vor allem mit der Formierung der »Autonomen« stellte. Während diese und noch radikalere Gruppen wie die »Revolutionären Zellen« glaubten, allein durch militantes Vorgehen und notfalls auch durch den Einsatz von Gewalt effektiven Widerstand ausüben zu können, sahen andere darin einen Irrweg, der es dem politischen Gegner erlaubte, das Anliegen der Protestgruppen insgesamt zu diskreditieren und bei der breiten Bevölkerung einen Rückhalt für repressive Gegenmaßnahmen zu erlangen.
Die genannten Widersprüche innerhalb der Protestbewegungen, von der etablierten Politik geschickt verstärkt durch eine Palette differenzierender Gegenstrategien (von Kooperationsbemühungen bis zur Kriminalisierung), erklären auch zu einem großen Teil die Serie von Niederlagen um 1982/83. In dieser Phase wurde deutlich, daß viele der heiß umstrittenen Projekte wie Startbahn West, Münchner Großflughafen, Atomkraftwerk in Brokdorf, atomare Zwischenlager in Gorleben und Ahaus oder Rhein-Main-Donau-Kanal nicht verhindert werden konnten. Zugleich waren die Jugendproteste bereits versandet, die Hausbesetzerkonflikte in Berlin und anderen Städten weitgehend »befriedet«. Längst hingen – nach der Beendigung der »Staatsknetedebatte« um 1980 – viele alternative Projekte am Tropf kommunaler Fördermittel und Gelder der Bundesanstalt für Arbeit. Selbst mit Blick auf die so eindrucksvolle Friedensbewegung konnten Politiker lapidar feststellen: »Die demonstrieren, wir dislozieren.«
Das gesamte Repertoire des Protests war mit letztlich doch recht mäßigem Erfolg ausgeschöpft worden. Bei den Bewegungen selbst, aber auch beim politischen Publikum machten sich Ermüdungserscheinungen bemerkbar. Die Aufbruchstimmung der Frauenbewegung, die Zuversicht der Anti-Atomkraftbewegung, die Vision der Ökologiebewegung von einer anderen, »sanften« Gesellschaft, der noch 1980 auf dem Berliner TUNIX-Kongreß (TUNIX: ein selbstironisches Kürzel im Sinne von

»wir tun nichts mehr für diese Gesellschaft«) symbolisch bekundete Auszug aus dem »Modell Deutschland« – all dies war bereits verblaßt, zu einem Stück Protestgeschichte geworden.
Gewiß, Proteste, darunter große Massendemonstrationen wie auch handfeste Scharmützel mit Polizeikräften, blieben auch nach 1983 keineswegs aus. Einzelne Konfliktpunkte wie der Streit um die Wiederaufarbeitungsanlage in Wackersdorf, die Volkszählung von 1987 oder die Aktionen anläßlich der Tagung von Weltbank und Internationalem Währungsfonds 1988 in Berlin zeigen, daß die Protestbewegungen noch lange nicht am Ende sind. Unberechenbare äußere Ereignisse wie etwa die Katastrophe von Tschernobyl können einer eher lethargisch gewordenen Protestbewegung neuen Auftrieb verleihen. Auch zeichnen sich neue Konfliktthemen, etwa die Politisierung von Gen- und Reproduktionstechnologien, am Horizont der Protestzukünfte ab. Schließlich hat sich quer durch alle Kampagnen und Konflikte der vergangenen Jahre und Jahrzehnte ein kritisches, gleichsam frei flottierendes Potential angesammelt, das sich binnen kürzester Zeit an einen zunächst eher nebensächlich erscheinenden Konflikt anlagern und ihn zum bundesweiten Politikum erheben kann. Doch insgesamt scheint sich die bis 1982/83 währende intensive Spannung und schroffe Konfrontation abzuschwächen. Die Grundhaltung des Protests ist pragmatischer, nüchterner geworden. Statt kühner Gesellschaftsentwürfe sind eher Konzepte zur Beseitigung des Industriemülls gefragt. Nicht der frontale Kampf gegen »das System«, sondern bestenfalls die kleine Widersetzlichkeit *innerhalb* des Systems steht für die meisten Protestgruppen auf der Tagesordnung.

Brüche und Kontinuitätslinien

Die bisherige Geschichte der Bundesrepublik, die üblicherweise als eine Sequenz von Wahlperioden, Entscheidungen der Eliten, aber auch von Skandalen geschrieben wird, ist auch eine Geschichte von Protestbewegungen. Bilanziert man die zurückliegenden Jahrzehnte als Protestgeschichte, so wird sie nur in ihrer Doppelnatur von Brüchen und Kontinuitäten verständlich.
Brüche werden vor allem durch den jähen Fall von Protestbewegungen, das oft atemberaubende Tempo ihrer Themenwechsel markiert. Die diversen Einzelbewegungen haben Anfänge, Höhepunkte und Niedergänge; sie sind von »vorgefundenen Problemlagen«, jeweiligen politischen Rahmenbedingungen und generationsspezifischen Erfahrungen geprägt. So gesehen haben die Abrüstungskampagnen der 50er und 80er Jahre wenig gemeinsam; so gesehen wird auch die Distanz derer spürbar,

die sich als »78er Generation« von der »68er Generation der APO-Opas« absetzen. Die Studentenbewegung markierte eine ideologische und strukturelle Zäsur gegenüber der Alten Linken; die Frauenbewegung der 70er Jahre wie die Friedensbewegung der 80er Jahre etikettierte sich jeweils als »neu«; die alternativen Projekte entwickelten sich losgelöst von den Traditionslinien der Selbsthilfeorganisationen der Arbeiterbewegung, welche spätestens in den Nachkriegsjahrzehnten zu kommerziellen, bürokratischen Großorganisationen verkommen waren.
Und doch werden jenseits der themenspezifischen Kampagnen, der Verschiebung der Aktionsfelder und -formen sowie den generationsabhängigen Politikwahrnehmungen auch Kontinuitätslinien sichtbar. Dies gilt für politische Globalorientierungen, aus denen sich radikaldemokratische wie zivilisationskritische Strömungen speisen. Dies gilt für die Dauerthemen der Friedens- und Frauenproblematik. Dies gilt für bestimmte Formen der »direkten Aktion«. (Erinnert sei nur an die Besetzung der Insel Helgoland in den Jahren 1951/52 durch jugendliche Gruppen, die dort weitere Bombenabwürfe der britischen Besatzer zu Übungszwecken verhindern wollten.) Dies gilt für die organisatorische Beständigkeit etwa der pazifistischen Vereinigungen, die – von der nationalsozialistischen Ära abgesehen – bis zur Jahrhundertwende zurückreichen. Dies gilt endlich für das Jahrzehnte anhaltende Engagement von Einzelpersonen, gleich ob sie als halbprofessionelle »Bewegungsunternehmer« mühsame organisatorische Kleinarbeit leisten oder als renommierte »Persönlichkeiten des öffentlichen Lebens« wider den Stachel der Selbstzufriedenheit löcken.
Kontinuitätslinien dieser Art bedeuten notwendig Kontinuität im Wandel. Die Geschichte wiederholt sich nicht. Nachfolgende Bewegungen lernen – in Grenzen – von ihren Vorgängern. Bereits die Ostermarschbewegung hatte aus früheren Erfahrungen die Konsequenz gezogen, sich nicht mehr auf die Großorganisationen der Sozialdemokratie und der Gewerkschaften zu verlassen. Die Studentenbewegung hatte von der Alten Linken gelernt, daß Disziplin und Geschlossenheit auch Fesseln sein können. Die neuen sozialen Bewegungen haben gelernt, daß nicht unbedingt gesellschaftstheoretische Höhenflüge, revolutionäres Pathos, spontaneistische Aktion oder die »große Weigerung« (Herbert Marcuse) Garanten emanzipatorischer Entwicklungen darstellen, sondern daß es auch des Aufbaus eigener Infrastrukturen, der langwierigen, zähen, alltäglichen Anstrengung bedarf.
Insgesamt haben die Aktivitäten der Protestbewegungen in der Bundesrepublik über vier Jahrzehnte hinweg zu einem bemerkenswerten Wandel der politischen Kultur geführt. Politik wird als konflikthafter Prozeß anerkannt; die Legitimität außerparlamentarischer und plebiszitärer Akti-

vität hat zugenommen; die Toleranzräume gegenüber »unkonventionellem politischen Verhalten« einschließlich von Aktionen des zivilen Ungehorsams wurden ausgedehnt. Vergleicht man das restaurative Klima der Ära Adenauer mit dem heutigen Stand der Dinge, so erscheint diese Entwicklung einigen Beobachtern als beunruhigend oder gar dramatisch. Manche neigen dazu, die Gesamtheit der Proteste einem höchst problematischen antirationalistischen kulturellen Erbe, gar einer »hystérie allemande« zuzuschreiben. Dagegen erscheint die Deutung angemessener, es handle sich um einen nachgeholten Normalisierungsprozeß. Die Themen der Protestbewegung, die Formen der Auseinandersetzung finden sich in praktisch allen vergleichbaren Ländern, ja sie wurden teilweise erst von dort importiert.

Literatur

Werner Balsen, Karl Rössel, Hoch die internationale Solidarität. Zur Geschichte der Dritte-Welt-Bewegung in der Bundesrepublik, Köln 1986

Gerhard Bauss, Die Studentenbewegung der sechziger Jahre in der Bundesrepublik und West-Berlin, Handbuch, Köln 1977

Karl-Werner Brand, Vergleichendes Resümee, in: ders. (Hrsg.), Neue soziale Bewegungen in Westeuropa und den USA, Frankfurt am Main 1985, S. 306–334.

Karl-Werner Brand, Detlef Büsser, Dieter Rucht, Aufbruch in eine andere Gesellschaft. Neue soziale Bewegungen in der Bundesrepublik, Frankfurt am Main 1983, überarb. Neuausgabe 1986

Wilfried von Bredow, Rudolf H. Brocke, Krise und Protest. Ursprünge und Elemente der Friedensbewegung in Westeuropa, Opladen 1986

Andreas Buro, Zwischen sozial-liberalem Zerfall und konservativer Herrschaft. Zur Situation der Friedens- und Protestbewegungen, Offenbach 1982

Theodor Ebert, Ziviler Ungehorsam. Von der APO zur Friedensbewegung, Waldkirch 1984

Tilmann Fichter, Siegfried Lönnendonker, Kleine Geschichte des SDS, Berlin 1977

Frauenjahrbuch 1, hrsg. und hergestellt von Frankfurter Frauen, Frankfurt am Main 1975

Harald Glätzer, Landkommunen in der BRD – Flucht oder konkrete Utopie? Bielefeld 1978

Bernd Guggenberger, Bürgerinitiativen in der Parteiendemokratie, Stuttgart u. a. 1980

Ulrike Heider, Schülerprotest in der Bundesrepublik Deutschland, Frankfurt am Main 1984

Walter Hollstein, Die Gegengesellschaft. Alternative Lebensformen, Bonn 1979

Joseph Huber, Wer soll das alles ändern. Die Alternativen der Alternativbewegung, Berlin 1980

Uli Jäger, Michael Schmid-Vöhringer, »Wir werden nicht Ruhe geben...« Die Friedensbewegung in der Bundesrepublik Deutschland 1945–1982. Geschichte, Dokumente, Perspektiven, Tübingen 1982
Josef Janning, Hans-Josef Legrand, Helmut Zander (Hrsg.), Friedensbewegungen. Entwicklung und Folgen in der Bundesrepublik Deutschland, Europa und den USA, Köln 1987
Herbert Kitschelt, Kernenergie. Arena eines gesellschaftlichen Konflikts, Frankfurt am Main 1980
Wolfgang Kraushaar (Hrsg.), Autonomie oder Getto? Kontroversen über die Alternativbewegung, Frankfurt am Main 1978
M. Kuckuck, Student und Klassenkampf. Studentenbewegung in der BRD seit 1967, Hamburg 1974
Gerd Langguth, Protestbewegung. Entwicklung–Niedergang–Renaissance. Die Neue Linke seit 1968, Köln 1983
Thomas Leif, Die professionelle Bewegung, Friedensbewegung von innen, Bonn 1985
Ulrich Linse, Reinhard Falter, Dieter Rucht, Winfried Kretschmer, Von der Bittschrift zur Platzbesetzung. Konflikte um technische Großprojekte, Bonn 1988
Peter Cornelius Mayer-Tasch, Die Bürgerinitiativbewegung. Der aktive Bürger als rechts- und politikwissenschaftliches Problem, Reinbek 1985 (überarb. Neuausgabe; 5. Auflage)
Peter Mosler, Was wir wollten, was wir wurden. Zeugnisse der Studentenrevolte, erweit. Fassung, Reinbek 1988
Wilfried Nelles, Wolfgang Beywl, Selbstorganisation: Alternativen für Verbraucher. Bürgerinitiativen – Selbsthilfegruppen – Mieterorganisation – Bürgerbeteiligung – Neue soziale Bewegungen, Frankfurt am Main 1984
Karl A. Otto, Vom Ostermarsch zur APO. Geschichte der außerparlamentarischen Opposition in der Bundesrepublik 1960–70, Frankfurt am Main 1977
Joachim Raschke, Soziale Bewegungen. Ein historisch-systematischer Grundriß. Frankfurt am Main 1985
Lothar Rolke, Protestbewegungen in der Bundesrepublik, Opladen 1987
Roland Roth, Neue soziale Bewegungen in der politischen Kultur der Bundesrepublik – eine vorläufige Skizze, in: Karl-Werner Brand (Hrsg.), Neue soziale Bewegungen in Westeuropa und den USA, Frankfurt am Main 1985, S. 20–82
Roland Roth, Dieter Rucht (Hrsg.), Neue soziale Bewegungen in der Bundesrepublik Deutschland, Frankfurt am Main 1987
Dieter Rucht, Von Wyhl nach Gorleben. Bürger gegen Atomprogramm und nukleare Entsorgung, München 1980
Dieter Rucht (Hrsg.), Flughafenprojekte als Politikum. Die Konflikte in Stuttgart, München und Frankfurt, Frankfurt am Main 1984
Wolfgang Rüdig (1980), Bürgerinitiativen im Umweltschutz. Eine Bestandsaufnahme der empirischen Befunde, in: Volker Hauff (Hrsg.), Bürgerinitiativen in der Gesellschaft, Villingen-Schwenningen 1980, S. 119–184
Hans Karl Rupp, Außerparlamentarische Opposition in der Ära Adenauer, Köln 1970
Herrad Schenk, Die feministische Herausforderung. 150 Jahre Frauenbewegung in Deutschland, München 1983[3]

Alice Schwarzer, 10 Jahre Frauenbewegung. So fing es an!, Köln 1981
Johannes Schütte, Revolte und Verweigerung. Zur Politik und Sozialpsychologie der Sponti-Bewegung, Gießen 1980
Alf Trojan (Hrsg.), Wissen ist Macht. Eigenständig durch Selbsthilfe in Gruppen, Frankfurt am Main 1986
Fritz Vilmar und Brigitte Runge, Auf dem Weg zur Selbsthilfegesellschaft?, Essen 1986
Ulrike Wasmuth, Friedensbewegungen der 80er Jahre. Zur Analyse ihrer strukturellen und aktuellen Entstehungsbedingungen in der Bundesrepublik Deutschland und den Vereinigten Staaten nach 1945: Ein Vergleich, Gießen 1987

Chronik *

1945

Spontane Bildung von antifaschistischen Aktionsausschüssen (»Antifas«) in den vier Besatzungszonen.

1947/48

Von KPD und SED beeinflußte Volkskongreßbewegung für die deutsche »Einheit und gerechten Frieden«.

1950

Mai/Juni — Beginn der bis 1958 währenden »Volksbefragungsaktion«: meist von der KPD initiierte Unterschriftensammlungen und Betriebsabstimmungen für ein allgemeines Verbot von Atomwaffen (ca. 2 Mio. Voten nach Angaben der Organisatoren).

1951

28.1. — Von der KPD organisierter Essener Kongreß »Rettet den Frieden« mit 1700 Teilnehmern; Aufforderung an die Bundesregierung zu einer Volksbefragung über die Wiederbewaffnung und den Abschluß eines Friedensvertrags.

März — Über 9 Millionen Bürger sollen sich im Rahmen der von Kommunisten und bürgerlichen Neutralisten gestarteten Volksbefragungsaktion gegen die Remilitarisierung und für den Abschluß eines Friedensvertrages ausgesprochen haben. Es kommt zu Verboten, Beschlagnahmungen, über 7000 Festnahmen und der Einleitung von mehr als 1000 Gerichtsverfahren.

1951/52

Mehrmalige Besetzung der Insel Helgoland durch Jugendliche zur Verhinderung von britischen Bombardements zu Übungszwecken.

* Eine weitaus detailliertere, zugleich allerdings auch einige markante Lücken aufweisende Chronik von Protestaktivitäten und entsprechenden Reaktionen bieten Wolfgang Kraushaar (von 1955 bis 1970) und Friedrich Krotz (1970–1983), beide in Peter Mosler, Was wir wollten, was wir wurden. Zeugnisse der Studentenrevolte, erweiterte Fassung, Reinbek 1988.

1952

11.5. Trotz eines Verbots demonstrieren in Essen rund 30000 Menschen gegen die Wiederaufrüstung. Nach Auflösung der Versammlung werden durch Polizeischüsse zwei Menschen getötet, andere zum Teil schwer verletzt und 145 Personen festgenommen.

1955

29.1. Kundgebung in der Frankfurter Paulskirche unter Beteiligung von Sozialdemokraten, Gewerkschaftern, Bürgerlichen Neutralisten und Kirchenvertretern. Verabschiedung des »Deutschen Manifests« mit dem Ziel, die militärische Blockbildung zu verhindern und die Wiedervereinigung Deutschlands zu sichern; an anderen Orten finden Tausende von Kundgebungen statt.

Dez. Vierwöchige Protestaktion vor dem französischen Generalkonsulat in Hamburg gegen die Atombombenversuche im Pazifik.

1956

Juni Bildung des »Kampfbund gegen Atomschäden«.

1957

April »Appell der Göttinger Achtzehn« gegen die Atombewaffnung der Bundesrepublik.

1957/58

Breite Protestwelle im Rahmen der Kampagne »Kampf dem Atomtod; zunächst mit Unterstützung der Sozialdemokratie und der Gewerkschaften.

1958

15.4. Schweigemarsch von 5000 Studenten und Jungsozialisten in Berlin gegen die Atombewaffnung der Bundeswehr.

17.4. Massenkundgebung der Bewegung »Kampf dem Atomtod« mit rund 150000 Teilnehmern in Hamburg.

1960

8.1. Protestdemonstration des Landesjugendringes Berlin mit über 10000 Teilnehmern gegen antisemitische Schmierereien an Synagogen.

Apr. Erster Ostermarsch bei Hamburg mit etwa 1000 Marsch- und Kundgebungsteilnehmern.

1961 bis 1968

Alljährliche Ostermärsche mit wachsenden Teilnehmerzahlen: von 23000 (im Jahr 1961) über 100000 (1964) auf schließlich 300000 (1968).

1964

11.6. Demonstrationen von 2000 Berliner Studenten gegen die Wiederwahl von Bundespräsident Lübke, dem seine Nazi-Vergangenheit vorgeworfen wird.

Dez. Von über 1300 Persönlichkeiten des Kulturlebens sowie 206 Anwälten und Richtern unterzeichneter Appell der Humanistischen Union gegen die Notstands-Gesetzesentwürfe.

1965

30.5. Bonner Kongreß »Demokratie vor dem Notstand« mit rund 1500 Teilnehmern.

1.7. Vom Verband deutscher Studentenschaften veranstalteter Protestmarsch von 10000 Menschen in Berlin gegen den Bildungsnotstand.

1966

5.2. Im Anschluß an eine Vietnam-Demonstration mit rund 2500 Studenten wird das Berliner Amerikahaus mit Eiern beworfen und die Flagge auf halbmast gesetzt.

22.5. Kongreß des SDS »Vietnam – Analyse eines Exempels« in Frankfurt mit 2000 Studenten, Professoren und Gewerkschaftern.

22.–23.6. Protest und Sit-in von über 3000 Studenten der Berliner Freien Universität gegen das Raumverbot für politische Veranstaltungen.

6.7. Demonstration von rund 15000 Studenten gegen die Regierungsvorlage für ein Bayerisches Hochschulgesetz.

30.10. Kongreß »Notstand der Demokratie« in Frankfurt mit 5000 Teilnehmern und 20000 Zuhörern bei der Schlußkundgebung.

Nov. Demonstration von über 5000 Studenten und Schülern in München und von 3000 Gewerkschaftern, Studenten und Schülern in Köln gegen die NPD.

Dez. Von Hochschulgruppen veranstaltete Vietnam-Woche in Berlin; Aufforderung von Rudi Dutschke zur Bildung einer »Außerparlamentarischen Opposition«; »Polit-Happening« und Verhaftung mehrerer Demonstranten.

1967

1.1. Gründung der Kommune I, kurz darauf Ausschluß ihrer Mitglieder aus dem SDS u. a. wegen »falscher Unmittelbarkeit« und »Realitätsflucht«.

2.6. Auseinandersetzungen zwischen Demonstranten und Gegendemonstranten anläßlich des Schah-Besuchs in Berlin; der Student Benno Ohnesorg wird von einem Polizeibeamten von hinten erschossen; spontane Welle der Empörung und Demonstrationen in den folgenden Tagen in vielen Städten.

1.11. Gründungsversammlung der »Kritischen Universität« in Berlin.

Okt./Nov. Störungen von Universitätsfeiern in mehreren Städten (»Unter den Talaren – Muff von tausend Jahren«).

1968

Jan. Schüler in Bremen protestieren durch anhaltende Demonstrationen und Blockaden erfolgreich gegen die geplante Erhöhung der Verkehrstarife; ähnliche Aktionen folgen im Frühjahr in Bochum, Göttingen, Oberhausen und Kiel.

17./18.2. »Internationaler Vietnam-Kongreß« an der Berliner Technischen Universität; Schlußkundgebung mit 12000 Teilnehmern (Forderung nach »Zerschlagung der NATO«).

11.–15.4. Attentat auf Rudi Dutschke; Ansturm auf das Springer-Hochhaus; fünf Tage währende Straßenschlachten und Blockaden in Berlin unter Beteiligung Zehntausender von Demonstranten; über 1000 Verhaftungen; schwere Unruhen in anderen Städten; 2 Tote in München, 400 zum Teil Schwerverletzte, Solidaritätsdemonstrationen in vielen Städten des Auslands.

1.5. Eigenständige Kundgebungen der APO parallel zu den Mai-Veranstaltungen des DGB; 40000 Teilnehmer allein in Berlin.

11.5. Vom Kuratorium »Notstand der Demokratie« initiierter Sternmarsch auf Bonn mit über 60000 Demonstranten; gleichzeitige Konkurrenzveranstaltung des DGB in Dortmund; Flut von nachfolgenden Aktionen in über 50 Städten und mehr als 80000 Demonstranten anläßlich der zweiten Lesung der Notstandsgesetze.

Mai Auseinandersetzung an der Frankfurter Universität mit Besetzung des Rektorats, Demonstrationen und polizeilicher Räumung der Universität.

Juni Welle von Institutsbesetzungen und Aktionen zur Einführung der Drittelparität an bundesdeutschen Universitäten.

Sept. Interventionen von Frauen (einschließlich des Tomatenwurfs auf Hans-Jürgen Krahl) auf der 23. Delegiertenkonferenz des SDS in Frankfurt wegen der Unterdrückung von Frauen auch innerhalb des SDS.

4.11. 2000 Demonstranten in Berlin durchbrechen Barrieren der Polizei; Eroberung eines Wasserwerfers; anschließende Straßenschlachten; 20 verletzte Studenten. 130 verletzte Polizisten.

Dez. Beginn eines Boykotts von Lehrveranstaltungen an der Frankfurter Universität; später polizeiliche Räumungen.

1969

29.4. An der Freien Universität Berlin beginnt eine mehrmonatige Serie von Störungen und Sprengungen von Vorlesungen, die auch zu polizeilichen Räumungen führt.

Juni Aus Protest gegen die geplante Tariferhöhung der Nahverkehrsbetriebe in Hannover beginnen Jugendliche, Straßenbahnschienen zu blockieren und versuchen mit der »Rote-Punkt-Aktion« einen Transportdienst mit Privatautos zu organisieren. Der trotz Polizeieinsätzen und Festnahmen anhaltende Widerstand führt schließlich nach zehn Tagen zur Neufestsetzung der Tarife auf einem niederen Niveau.

1970

21.3. Der Bundesvorstand des SDS gibt die Auflösung des Verbandes bekannt.

1971

März Erster Bundesfrauenkongreß in Frankfurt mit Vertreterinnen aus 20 Städten.

6.6. 374 Frauen erklären in der Illustrierten »stern«: »Wir haben abgetrieben.«

1972

Juni 15 regionale Gruppierungen schließen sich zum Bundesverband Bürgerinitiativen Umweltschutz (BBU) zusammen.

Demonstrationszug nach Breisach gegen das dort geplante Atomkraftwerk.

1973

März Gründung der ersten Frauenzentren in Frankfurt und Berlin.

1974

Juni Sammeleinspruch von 90000 Bürgern gegen das geplante Atomkraftwerk in Wyhl.

1975

Erste Frauenbuchläden in München und Berlin; erster Frauenverlag (»Frauenoffensive«) in München.

23.2. Massenkundgebung von 28000 Menschen und anschließende (erneute) Platzbesetzung auf dem Gelände des geplanten Atomkraftwerks bei Wyhl; Besetzung bis Oktober 1975.

1976

6.6. 20000 Menschen beteiligen sich an dem vom Sozialistischen Büro organisierten »Antirepressionskongreß« in Frankfurt.

26.10. Protestkundgebung am Bauplatz des geplanten Atomkraftwerks in Brokdorf; vorübergehende Platzbesetzung und anschließende Räumung durch die Polizei.

Nov. Erstes Frauenhaus in Berlin.

13.11. Demonstration von 30000 Menschen gegen das geplante Atomkraftwerk in Brokdorf; beim Rückzug der Menge greifen unvermittelt Polizeikräfte ein; es kommt zur »Schlacht um Brokdorf« mit mehr als 700 Verletzten.

1977

19.2. Zwei gleichzeitige Großdemonstrationen mit je ca. 30000 Teilnehmern gegen das geplante Atomkraftwerk in Brokdorf; eine Veranstaltung findet in Nähe des Baugeländes, die andere im weiter entfernten Itzehoe statt.

19.2. Versuchte Platzbesetzung unter Führung von kommunistischen Gruppen an der Baustelle des Atomkraftwerks in Grohnde, schwere Auseinandersetzungen mit mehr als 300 Verletzten; Einrichtung eines »Anti-Atomdorfes« gegenüber dem Baugelände, das später von Polizeieinheiten geräumt wird.

28.7. Demonstration gegen den geplanten Schnellen Brüter im französischen Malville; Beteiligung zahlreicher bundesdeutscher Demonstranten, schwere Auseinandersetzungen; ein Demonstrant wird durch eine Gasgranate getötet, viele z. T. schwer verletzt.

24.9. Demonstrationen von über 50000 Menschen gegen den Schnellen Brüter in Kalkar; aufgrund großräumiger Polizeiabsperrungen und intensiver Kontrollen gelangen über 10000 Demonstranten nicht nach Kalkar.

Okt. Eröffnung des ersten Hauses für geschlagene Frauen in Berlin.

1978

29.3. Internationales Russell-Tribunal zur Lage der Menschenrechte am Beispiel der Berufsverbote und am Völkermord in Lateinamerika.

16.4. Demonstration von 15000 Antifaschisten in Köln gegen das Wiedererstarken des Neonazismus.

13.7. Gründung der »Grünen Aktion Zukunft« unter der Führung des aus der CDU ausgetretenen ehemaligen Bundestagsmitglieds Herbert Gruhl.

Nov. Gründung des »Netzwerk Selbsthilfe«; ursprünglich gedacht zur Unterstützung der vom Berufsverbot Betroffenen, entwickelt es sich rasch zu einem Finanzierungsinstrument für alternative Projekte mit über 30 regionalen Ablegern.

22.11. Nullnummer der alternativen »Tageszeitung« aus Berlin.

1979

25.3. Aufbruch von Atomkraftgegnern zum einwöchigen Treck von Gorleben nach Hannover; dort Abschlußkundgebung mit rund 100000 Menschen.

7.10. Mit den Wahlen in Bremen ziehen erstmals grüne Abgeordnete in ein Landesparlament ein.

14.10. Mehr als 100000 Menschen beteiligen sich an einer bundesweiten Demonstration gegen Atomkraftwerke in Bonn.

1980

Jan. Unerwartet große Beteiligung am TUNIX-Kongreß in West-Berlin, wo der Auszug aus dem »Modell Deutschland« verkündet wird.

13.1. Gründung der Grünen Bundespartei und Beschlußfassung über die Teilnahme an der Europawahl.

3.5. Mehr als 5000 Atomkraftgegner besetzen eine Tiefbohrstelle auf dem Gelände des geplanten Endlagers in Gorleben. Sie errichten ein Hüttendorf und rufen die »Freie Republik Wendland« aus. Das Hüttendorf wird nach vier Wochen gegen den gewaltfreien Widerstand der Platzbesetzer geräumt.

Nov. An 350 Orten in der Bundesrepublik und in allen Bezirken West-Berlins finden Veranstaltungen im Rahmen der »Friedenswochen« statt. Der »Krefelder Appell« gegen die Realisierung des NATO-Doppelbeschlusses wird gestartet. Bereits im Februar 1983 werden rund vier Millionen Unterschriften registriert.

16. 12. Nach der Räumung besetzter Häuser in Berlin kommt es zu Auseinandersetzung auf dem Kurfürstendamm. Viele Demonstranten werden verletzt, hunderte festgenommen.

1981

28. 2. Großdemonstration in Brokdorf mit mehr als 100000 Teilnehmern. Wegen weiträumiger Polizeisperren gelangt nur ein kleiner Teil der Demonstranten an den Bauzaun.

8. 3. Massenfestnahmen nach einer spontanen Demonstration für Hausbesetzer in Nürnberg.

17.–21. 6. Auf dem Evangelischen Kirchentag in Hamburg demonstrieren nahezu 100000 Menschen unter dem Motto »Fürchtet Euch, der Atomtod bedroht uns alle – Wehrt Euch!«

22. 9. Straßenschlachten in Berlin nach der Räumung von besetzten Häusern; Klaus Jürgen Rattay wird von einem Polizeifahrzeug überfahren und stirbt an der Unfallstelle.

10. 10. 300000 Menschen demonstrieren in Bonn auf der bislang größten Massenkundgebung dieser Art für Frieden und Abrüstung.

Okt. Aktionswoche der Friedensbewegung mit zahlreichen Veranstaltungen regionaler Koordinationsbüros.

15. 10. Mehr als 100000 Menschen protestieren in Wiesbaden gegen den Bau der Startbahn West.

1982

12. 3. Das 120. Frauenhaus in der Bundesrepublik wird eröffnet.

4. 4. Rund 40000 Menschen protestieren gegen ein positives Gerichtsurteil zum Bau des Atomkraftwerks Wyhl.

12. 4. Die seit 1968 abgerissene Tradition der Ostermärsche wird nach kleineren Kundgebungen in den Jahren 1980 und 1981 wieder aufgenommen; fast eine halbe Million Menschen beteiligt sich an den rund 50 Märschen und Veranstaltungen.

15. 5. Demonstrationen gegen den NATO-Doppelbeschluß und die Nachrüstung; in Hannover protestieren 20000 Menschen gegen die Waffen-Elektronik-Messe IDEE.

10. 6. Anläßlich eines Besuches von US-Präsident Reagan in Bonn (NATO-Gipfeltreffen) und in Berlin demonstriert in Bonn fast eine halbe Million Menschen.

Okt. Rund 20000 Menschen demonstrieren gegen den Schnellen Brüter in Kalkar.

4. 12. 70000 Schüler und Studenten demonstrieren u. a. gegen die Reduzierung der Ausbildungsförderung.

5. 12. Erstes bundesweites Treffen der Arbeitsloseninitiativen mit Vertretern von rund 250 Gruppen.

1983

6.3. 27 Abgeordnete der Grünen ziehen erstmals in den Bundestag ein.

Herbst Gegen die geplante Wiederaufarbeitungsanlage in Wackersdorf erheben 53000 Bürger Einwendungen.

Sept. Blockadeaktionen der Friedensbewegung in Mutlangen und Bitburg.

13.–22.10. Große Beteiligung an den Aktionswochen der Friedensbewegung; u. a. Bildung einer Friedenskette aus Menschen über die Schwäbische Alb; insgesamt kommt es zu über 3000 Ermittlungsverfahren.

21.11. Bislang größte Demonstration der Friedensbewegung in Bonn.

1984

17.6. »Volksbefragungsaktion« der Friedensbewegung parallel zu den Europawahlen; von rund 5 Millionen Befragten lehnen 80% die Stationierung neuer Raketensysteme ab.

26.–28.9. »Fulda-Gap«-Manöverbehinderungen; 220 Demonstranten werden festgenommen.

1985

Es häufen sich Anschläge auf Strommasten und Firmen, die am Bau von Atomkraftwerken beteiligt sind.

Febr. Protestdemonstration von 40000 Personen gegen die Wiederaufarbeitungsanlage (WAA) in Schwandorf.

Mai Rund 500000 Menschen beteiligen sich an den regionalen Ostermärschen.

Sommer Erste Platzbesetzung des Baugeländes der WAA in Wackersdorf; nach wenigen Stunden polizeiliche Räumung.

Okt. Protestdemonstration in München gegen die WAA mit über 50000 Teilnehmern.

Dez. Kundgebung mit mehr als 30000 Teilnehmern auf dem Baugelände für die geplante WAA in Wackersdorf; zweite Platzbesetzung und Errichtung eines Hüttendorfs; Räumung nach 40stündiger Besetzung; Bau eines zweiten Hüttendorfes über die Weihnachtsfeiertage; polizeiliche Räumung nach 18 Tagen; insgesamt wurden bei den Platzbesetzungen mehr als 1700 Personen festgenommen und erkennungsdienstlich behandelt.

1986

Apr. Eskalation der Auseinandersetzungen am Bauzaun in Wackersdorf; erstmals Einsatz des chemischen Reizstoffes CS durch die Polizei.

Mai Große und kleine Demonstrationen in vielen Städten in Reaktion auf die Katastrophe von Tschernobyl.

Erneute schwere Auseinandersetzungen am Bauzaun in Wackersdorf.

7.6. Eine Demonstration gegen die WAA wird durch die offensive Polizeitaktik weitgehend vereitelt.

Auf dem Weg zu einer Demonstration gegen das Atomkraftwerk in

Brokdorf werden Zehntausende aufgehalten. Es kommt zu schweren Auseinandersetzungen mit der Polizei. Zehntausend Menschen demonstrieren in Brokdorf.

12.6. In Reaktion auf die Brokdorfer Ereignisse vom 7.6. und den »Hamburger Kessel« (über 800 Demonstranten wurden am 8.6. bis zu 14 Stunden von Polizeieinheiten eingekesselt) demonstrieren rund 50000 Personen in Hamburg.

1987

Jan. 25 Richter und Richterinnen blockieren das Pershing II-Depot in Mutlangen.

16.4. Knapp 100000 Anhänger der Friedensbewegung versammeln sich in Bonn.

1988

Juli Im Genehmigungsverfahren für die Wiederaufarbeitungsanlage in Wackersdorf erheben 881000 Bürger Einspruch.

25.9. Demonstration von ca. 60000 Menschen gegen die Ausbeutung der Dritten Welt anläßlich der Tagung des Internationalen Währungsfonds und der Weltbank in Berlin.

Dez. Welle von studentischen Streiks und sonstigen Protestaktionen mit Schwerpunkt in Berlin und Frankfurt.

Kaspar Maase

Freizeit

Freizeit im sozialen Wandel

In der Freizeit des Bundesbürgers laufen verschiedene Stränge des sozialen Wandels zusammen mit dem Ergebnis eines neuartigen historischen Phänomens: Es macht jene tiefgreifende Veränderung der Lebensweise der Menschen anschaulich, die die gesamte Nachkriegsgeschichte wesentlich mitbestimmt hat. Freizeit als System von Handlungen wie als subjektive Lebensorientierung von Millionen bildet einen historischen Grundprozeß, dessen Betrachtung unerläßlich ist zum Verständnis der gesellschaftspolitischen Weichenstellungen in der Bundesrepublik.

Es geht dabei um grundlegende Dimensionen des Alltags der Bürger; so wollen wir uns im folgenden – unbeschadet aller theoretischen Fachdebatten – dem gängigen Verständnis von Freizeit anschließen: verhaltensbeliebige Zeit jenseits von Berufsarbeit und -ausbildung sowie natürlichen (Schlaf, Ernährung) wie sozialen (Haushalt, Hygiene, Behördenverkehr, gesellschaftliches Engagement) Verpflichtungen. Ihren besonderen historischen Charakter erhält Freizeit nun nicht als derart negativ abgegrenzter Zeitblock, sondern als konkrete Einheit von Tätigkeiten und damit verbundenen Lebenszielen, Empfindungen und Befriedigungen der Menschen. Als Grundzüge der Freizeit des Bundesbürgers kann man in diesem Sinn herausstellen: sinkender Anteil der Berufsarbeit an der gesamten Lebenszeit; Möglichkeit regelmäßiger Ferienreisen für große Teile der Bevölkerung; eine derartige Erhöhung der Einkommen, daß der Gebrauch von Waren und Dienstleistungen zu einem bestimmenden Zug der Freizeit werden kann; dynamische Entwicklung der Konsumgüterindustrie. Dem entspricht im Bewußtsein der Aufstieg von Freizeitmöglichkeiten und Freizeitgenuß zum erstrangigen Lebensinhalt und Lebensziel.

Für die historische Betrachtung entscheidend ist der Massencharakter dieser Entwicklungen, die nach 1945 auch die abhängig arbeitende Bevölkerung weitgehend erfaßten. Einzelne Linien dahin lassen sich schon seit dem Beginn des 20. Jahrhunderts ziehen: im vergnügungsorientierten Freizeitverhalten bessergestellter Gruppen der Arbeiterschaft vor allem zu Zeiten wirtschaftlichen Aufschwungs, in der Durchsetzung von Kinofilm und Rundfunk als Massenmedien, im nationalsozialistisch gelenkten

Massentourismus von »Kraft durch Freude«; ihre Verbindung auf revolutioniertem technischem Niveau zur Normalität für die abhängig Beschäftigten schuf die Freizeit des Bundesbürgers als Realität wie – gleichermaßen folgenreich – als Ideologie.
Die Geschichte der Freizeit in den Westzonen und der Bundesrepublik ist schwerlich anhand von ökonomischen oder politischen Schlüsseldaten nachzuzeichnen. Unser Gegenstand ist über weite Strecken der Alltag der Menschen, und dessen Wandlungen folgen in wesentlichen Zügen den Rhythmen langer Dauer. Wir wollen im folgenden versuchen, einige Phasen der Entwicklung zu charakterisieren, wenn auch sachliche Zusammenhänge und notwendige Verallgemeinerungen immer wieder erfordern, Linien durchzuziehen – und wenn auch jeder Periodisierungsversuch gerade bei diesem Gegenstand Momente von Willkür hat.

Rekonstruktion des Alltags

Für die Bevölkerung der westlichen Besatzungszonen konnte es Freizeit in unserem Verständnis zunächst praktisch nicht geben. Alle Kräfte und alle Zeit waren eingespannt für die Sicherung der elementaren Lebensgrundlagen. Nahrung, Kleidung, die vielen kleinen und großen Güter des Alltags waren nur durch zeitaufwendiges Suchen, Tauschen, »Organisieren« und ein Höchstmaß an Eigenleistung zu beschaffen. Wieviel Arbeit war nicht nötig, damit Millionen überhaupt erst wieder eine Unterkunft fanden! Zugleich konnte es bei aller Zerstörung und aller Not, trotz millionenfacher Suche nach einer neuen Heimat, nach den Angehörigen oder einer Arbeitsstelle nicht ausbleiben, daß sich wieder festere Muster im Alltag herausbildeten. Bedürfnisse nach Erholung und Entspannung, Unterhaltung und Bildung sich bemerkbar machten. Man ist verleitet zu sagen: Gerade weil die geistige und körperliche Kraft so konzentriert wurde auf den Kampf um das Lebensnotwendigste, waren die Ansätze und Werte der Freizeit, die sich im Rahmen des Möglichen entwickelten, kaum veränderte Neuauflagen der alten, überkommenen Verhaltensweisen, wenig berührt von den tiefgreifenden Umwälzungen der vergangenen 15 Jahre.
Beginnende Freizeit kristallisierte sich um Zuhause, Familie und Massenmedien. Man versuchte, vor allem für die Kinder, durch geordnetes und gemeinschaftliches Familienleben wieder Halt, Orientierung und Freude zu schaffen. Gespräche und Spiele sowie gemeinsame Unternehmungen vor allem am Sonntag sollten Geborgenheit und Zusammenhalt vermitteln, auf die die einzelnen in so hohem Maß angewiesen waren. Häusliche Arbeiten und Lektüre sowie vor allem der Rundfunk (etwa 7 Millionen

An der Havel in Berlin, um 1946.

private Empfänger zählte man nach dem Kriege noch) füllten die Abende. Wo möglich, wurde die Tradition des sonntäglichen Ausflugs »ins Grüne« wieder aufgenommen – zu Fuß, mit dem Fahrrad oder mit Bus und Bahn. Als Höhepunkte im Jahresrhythmus nahmen bald schon wieder regionale und kommerzielle Volksfeste ihren Platz ein: Kirchweih, Fasching, Winzer- und Schützenfeste. Sehr schnell hatten viele Lichtspieltheater wieder geöffnet; deutsche und namentlich amerikanische Filme zogen Massen an. 1945 waren schon 1150 Kinos in Betrieb, 1949 dann 3360; 1945 wurden etwa 150 Millionen Besucher, 1946 schon 300 und 1948 443 Millionen gezählt. Wenn auch die Beschäftigung mit Problemen der Gegenwart und der faschistischen Vergangenheit im Filmangebot vergleichsweise großen Raum einnahm – die Neigung zu Traumfabrikaten aus einer heilen Welt zeichnete sich im Publikumsgeschmack schon ab.

Auch in den ersten Nachkriegsjahren war Freizeit nicht für alle gleich. Wer infolge Vermögen und Beziehungen über eine große und gut eingerichtete Wohnung verfügte, konnte schon wieder bürgerliche Tradition mit Hausmusik und gepflegter Gastgeberschaft entfalten. Der oftmals bezeugte geistige Hunger und die Vielzahl so improvisierter wie engagierter kultureller Initiativen, der Nachholbedarf an Kenntnisnahme der geistigen und künstlerischen Entwicklung in der Welt, von der man 12 Jahre abgeschnitten war, bewegten nur kleine, hauptsächlich intellektuelle Minderheiten der jüngeren und mittleren Generation. Ihr Einsatz für einen moralischen und politischen Neubeginn konnte die Restauration im Zeichen des Kalten Krieges nicht aufhalten, in die die Trägheitstendenzen auf private Geborgenheit zugeschnittener Freizeit bequem einzupassen waren.

Weichenstellungen: Freizeit als Privat- und Konsumzeit

Freizeit im heutigen Sinn bildete sich bis etwa zur Mitte der 50er Jahre aus; wir finden am Ende dieser Periode schon alle Grundzüge entwickelt, die bis in die 80er Jahre die Freizeit des Bundesbürgers charakterisieren. Dies vor allem ist der Grund, warum die Jahre bis 1956 hier besonders ausführlich behandelt werden.

Der Normalisierung der Lebensverhältnisse, der Befreiung von täglicher Not und Unsicherheit entsprach auf der anderen Seite die Durchsetzung des strengen Zeitregimes der Berufsarbeit als Rahmen der Lebensführung. Mit dem Ingangkommen der Wirtschaft stieg die durchschnittliche wöchentliche Arbeitszeit von knapp 40 Stunden 1946/47 auf 48 Stunden an 6 Arbeitstagen im Jahr 1950 und blieb etwa auf dieser Höhe bis zum Herbst 1956. Die Entlastung des Alltags ließ an den Werktagabenden und am Sonntag frei verfügbare Zeit entstehen; hinzu kam zwischen 1950 und 1956 eine Einkommenssteigerung um rund 50%. Freizeit hat nur, wer auch Arbeit hat: Die Zahl der Arbeitslosen sank von 1,87 Millionen 1950 auf 0,87 Millionen 1956. Einer größeren Anzahl von Familien standen also mehr Mittel zur Verfügung, um sich von Eigenleistungen zu entlasten und gestiegene Wünsche zu erfüllen.

Worauf zielten diese Wünsche? Die Antwort in Kurzfassung lautet: eine glückliche und geordnete Familie, ein gemütliches und repräsentatives Heim, eine Urlaubsreise für die schönsten Wochen des Jahres. Verstärkt gleichermaßen durch die Erfahrungen der Nachkriegswirren, in denen oft allein die Familie Halt und Hilfe bot, wie durch die herrschende christlich-konservative Wertordnung bestimmte die Familie als Gegenpol zur Arbeitswelt wieder die Leitbilder privater Lebensführung. Freizeit war Familienzeit, Häuslichkeit zentrale Norm – dies um so eher, als die Einrichtung der eigenen vier Wände nach der Stillung von Nachholbedarf an Essen und Trinken und nach der Ausstattung mit seriöser und modischer Kleidung zum vorrangigen Anschaffungsprojekt in der ersten Hälfte der 50er Jahre wurde. Der Konsumentenkredit erlaubte eine wesentliche Ausdehnung der Wünsche – und schuf zugleich finanzielle Zwänge und

Abhängigkeiten, die angepaßtes Verhalten in Arbeit und Politik nahelegten: Mehr als jeder vierte Haushalt hatte 1953 Ratenzahlungen zu leisten[1]. Die Wohnung, die unter solchen Belastungen – nicht selten andere Wünsche bis zum Ausgehen oder Essen zurückstellend – eingerichtet worden war, sollte nun natürlich genutzt werden; und warum nicht zu Hause bleiben, wo es dort doch billiger und zwangloser zuging und Radio wie Illustrierte die Welt bequem in die eigenen vier Wände brachten? Vor allem mit den beliebten »Bunten Abenden«, mit Sportübertragungen und Musiksendungen (Wunschkonzerte), aber auch mit seinen Hörspielen war der Rundfunk *der* Gestalter der Abende daheim.
Einmal ausgehen zum Tanzen oder in eine Gaststätte, das bildete in der Arbeitswoche die große Ausnahme. Am ehesten lockte noch das Kino, zu dem es in den Städten niemand weit hatte. Bei Preisen um 1000 DM für ein Gerät war das Fernsehen zunächst ein Luxus, den sich nur wenige Privathaushalte leisteten. Das Fernsehspiel »Stille Nacht« eröffnete an Weihnachten 1952 die Ausstrahlung eines regelmäßigen TV-Programms, doch bis zum Frühjahr 1958 hatten sich erst eine Million Teilnehmer angemeldet. Zunächst waren viele von ihnen Gastwirte und Rundfunkhändler, die vor allem mit Sportübertragungen (Fußball-Weltmeisterschaft 1954!) Zuschauer anlockten; der Niedergang der Kneipen als Kommunikationsorte v. a. der Arbeiter wurde damit allerdings nicht aufgehalten.
Noch konnte das »Pantoffelkino« dem Vorstadt-Kino um die Ecke und den zentralen Lichtspiel-Palästen, wie sie selbstbewußt firmierten, keine Konkurrenz machen: Mit 818 Millionen Besuchern war 1956 das Glanzjahr der Filmindustrie. Am Film, z. B. an der »Sünderin« (1951) mit der für Augenblicke unbekleidet sichtbaren Hildegard Knef in der tragischen Rolle des vergeblich in die Anständigkeit strebenden Animiermädchens, entzündeten sich öffentliche Auseinandersetzungen um den sittlichen Zustand der Nation. Die Operettenseligkeit des »Schwarzwaldmädels«, 1950 mit 16 Millionen Besuchern der Erfolgsfilm, und die heile Welt von »Grün ist die Heide«, dem Kassenschlager des Jahres 1952, stabilisierten konservative Bilder von Gesellschaft- und Familienordnung. Streifen wie »Rommel«, »Canaris« und andere waren höchst massenwirksam bei der Überleitung oberflächlicher »Vergangenheitsbewältigung« in die Vorbereitung eines neuen »Wehrbeitrags« der Bundesrepublik.
In der wiedergewonnenen Normalität nach den Kriegs- und Trümmerjahren, die alle Grenzen der Privatheit, eines abgeschlossenen nichtöffentlichen Raums niedergerissen hatten, folgten Geselligkeit und Kommunikation recht festen Regeln. Der Verein, dem schon 1953 wieder fast ein Drittel der Bürger angehörte, war ebenso wie der Stammtisch der Männer und das Kaffeekränzchen der Frauen zumeist Ort streng behüte-

ter politikfreier Geselligkeit. Eine zweite Norm: Man verkehrte mit seinesgleichen. Wenn auch mit dem Neuaufbau der Städte und der Verbesserung des Lebensstandards viele Unterschiede in Lebensstil, Kleidung und Wohnsituation die Kraßheit der Vorkriegszeit verloren, so hatten Realität und Bewußtsein von Klassen- und Schichtunterschieden doch die »Volksgemeinschaft« wie die »Trümmergemeinschaft« überlebt; die Empfindlichkeit für ihre Wahrnehmung verfeinerte sich entsprechend den neuen Verhältnissen und sorgte mit dafür, daß Bekanntenkreis und Freizeitgesellung im wesentlichen dem eigenen Status entsprachen: Arbeiter verkehrten mit Arbeitern, Angestellte mit Angestellten, Akademiker mit Akademikern, Selbständige mit Selbständigen. Die Ausnahme, daß jemand über Freizeitbeziehungen zu »besseren Kreisen« den sozialen Aufstieg zu befördern oder zu dokumentieren suchte, bestätigt auf ihre Weise die Regel.

Dritter Grundsatz: Die eigenen vier Wände waren für Außenstehende tabu. Man half sich unter Nachbarn aus mit Zucker, der gerade fehlte, auch mit Werkzeug oder dem Staubsauger, den noch längst nicht alle Haushalte besaßen; die Frauen führten ihre Unterhaltungen im Treppenhaus, in der Waschküche und im Gemischtwarenladen wie die Männer auf dem Arbeitsweg und auf dem Fußballplatz – aber die eigene Wohnung wurde gehütet und nur auserwählten Gästen zugänglich gemacht. Hier waltete dieselbe aufmerksame Kontrolle wie bei der Beobachtung und Erörterung des Lebensstandards von Nachbarn und Kollegen.

Der Traum vom eigenen Haus rückte für viele in den Bereich des Realisierbaren. Eigenheimbau wurde wegen der erwünschten Bildung privaten Eigentums öffentlich gefördert, so daß am Ende der 50er Jahre mehr als die Hälfte der Wohnungen in Ein- und Zweifamilienhäusern entstand. Bis 1957 stieg der Anteil abhängig Beschäftigter an den Bauherren auf über 40%. Im Laufe der Jahre bedeutete das für Millionen, sich einzuschränken und den größten Teil der arbeitsfreien Zeit in die Beteiligung am Bau, in Reparaturen und Umbauten zu stecken.

Den Gegenpol zur häuslich verbrachten Werktagsfreizeit bildete das Streben aus der gewohnten Umgebung ins Grüne an Sonn- und Feiertagen – am stärksten selbstverständlich bei den Städtern. In vielen Familien war der Sonntagsspaziergang feste Regel, in anderen der Besuch der Männer auf dem Sportplatz des Lokalvereins oder in den Stadien der Fußball-Oberligen, die in der Saison 1947/48 den Spielbetrieb aufgenommen hatten. Viele zog es in die Klein- und Schrebergärten, die man sich zunehmend wohnlich einrichtete – und immer mehr nutzten die Möglichkeit zu einem Ausflug. Von Bahn und Fahrrad stieg, wer konnte, um auf Moped, Motorrad und – Erfüllung eines weiteren Wunschtraums – in den eigenen Wagen.[2] Als anglo-amerikanischer Import gewann

Der erste Familienausflug mit dem neuen Auto: Ford Taunus (1952).

das Camping schnell Anhänger, ermöglichte es doch relativ erschwinglichen und unabhängigen Kurz- wie Lang-Urlaub. Die einfachsten Ausrüstungen hatten auf dem Gepäckträger von Moped oder Motorrad Platz; die Popularität der neuen Freizeitform ließ sie schnell in Schlager und Karnevalslieder eingehen (»Da lachste dich kaputt, dat nennt man Camping!«).

Eine einschneidende Veränderung im Rhythmus Arbeit – Freizeit brachte die Entwicklung des Urlaubs. Bis zum Ende der 50er Jahre war der durchschnittliche Urlaubsanspruch bei etwa drei Wochen angelangt – und die steigenden Einkommen machten es wachsenden Teilen der arbeitenden Bevölkerung möglich, Ferienreisen zu unternehmen. 1955 hatte schon jeder zweite Erwachsene seit der Währungsreform mindestens eine

Die Mehrheit machte Urlaub auf »Balkonien«; beliebtestes Familienspiel war »Mensch ärgere Dich nicht« (1956).

Urlaubsreise gemacht; zwischen 1953 und 1956 ging jährlich ein knappes Drittel der Bevölkerung auf Reisen.

Das Bild des Tourismus in der öffentlichen Diskussion war schon damals (und ist bis heute) stark verzerrt; im Vordergrund standen Züge des organisierten Massen-Reisens – die Wirklichkeit war anders. Nur eine Minderheit[3] buchte die von Reise-Unternehmen durchgeplanten Pauschal-Angebote – der Normalfall war die Individualreise. Von den Urlaubern des Jahres 1956 wohnte nur jeder siebte im Hotel, jeder vierte bei Verwandten, und jeder elfte übernachtete im Camping-Zelt. Zum Sinnbild der bundesdeutschen Reisewelle wurden jedoch die Sonderzüge und Busse, die in den 50er Jahren die Urlauber an ihre Ferienziele oder von Sehenswürdigkeit zu Sehenswürdigkeit transportierten; die Bezeichnung

»Gesellschaftsreise« läßt heute noch die Aura von sozialem Aufstieg spüren, die mit dem Reise-Boom verbunden war.
Faszination und Sozialprestige, Erfahrung von Neuem wie Bestätigung für die im Wiederaufbau errungene Stellung der Bundesrepublik in der Welt – das versprach in erster Linie die Ferienreise ins Ausland. Leisten konnten sie sich 1954 5 % und 1956 gut 8 % der Bevölkerung – aber sie drang über die Massenmedien wie über das persönliche Gespräch, das Herumzeigen der Urlaubsfotos und ähnliche Wege ins allgemeine Bewußtsein. »Der Urlaub« – das war nicht der auf ein bis zwei Wochen beschränkte Zeitraum, er bildete vielmehr als Erlebnis wie als Ziel einen ausstrahlenden Bezugspunkt für das ganze, von ihm strukturierte Arbeitsjahr.
Schlager wie »Die Rose vom Wörthersee« und »Tulpen aus Amsterdam«, die »Capri-Fischer« und »Komm ein bißchen mit nach Italien« hielten die Ferien-Sehnsucht wach, ebenso Filme, Illustrierte und Werbung. Dabei war das Fernweh gebrochen durch den Wunsch, die Fremde nicht gar zu fremd anzutreffen. Obenan in der Gunst der Auslandsurlauber stand Österreich; und auch auf den »Teutonengrills« der norditalienischen Mittelmeerstrände konnte der deutsche Tourist bald die heimischen Lebens- und Ernährungsgewohnheiten beibehalten.
Wenn es allerdings um Freizeit-Moden ging, war man offen v. a. für US-amerikanische Importe; Hawaii-Hemden und Shorts, Bikinis, Jeans und Petticoats konnten sich zum Teil für lange etablieren. 1959 war das Jahr des Hula-Hoop-Reifens; der Versuch, ihn gekonnt um die Hüften kreisen zu lassen, endete ab und zu in der orthopädischen Behandlung.
1956 kam es in München, Frankfurt und anderen Städten zu größeren Auseinandersetzungen zwischen der Polizei und »Halbstarken« – jenen Jugendlichen, die den Ausdruck ihres Lebensgefühls in einer durch Rock 'n' Roll und Röhrenhosen, Juke-Box und Elvis-Presley-Tolle, das Filmidol James Dean und das Moped gegen die Erwachsenen abgegrenzten Freizeitwelt fanden. Im Oktober 1958 wurde bei einem Konzert des Rock-Stars Bill Haley die Einrichtung der Westberliner Waldbühne demoliert. Ohne sichtbaren Bezug zu den Massenbewegungen etwa gegen Wiederbewaffnung und Atomrüstung ließ der diffuse Protest der »Halbstarken« gegen »Wirtschaftswunder«-Sattheit schon ahnen, daß Freizeit in der Bundesrepublik eigene Spannungen und Konflikte hervorbringen würde.
Innerhalb weniger Jahre gewann das Dasein der Menschen nach dem wirtschaftlichen und moralischen Tiefpunkt des (meist als Niederlage empfundenen) Kriegsendes und der anschließenden Desorganisation eine Qualität, für deren subjektive Bewältigung die überkommenen Freizeitmuster nur konservative Orientierungen (Häuslichkeit, Privatismus,

das Eigenheim im Grünen) oder – oft! – gar keine Hilfen anboten. Die Notwendigkeit, eine Fülle neuer Verhaltensmöglichkeiten und -anforderungen zu verarbeiten, führte zur Konzentration des Bewußtseins auf Konsum und Freizeit. Für den Umgang mit der Chance, eine Wohnung nach eigenen Wünschen einzurichten, ein modernes Einfamilienhaus zu bauen, die mit der Motorisierung gewonnene Bewegungsfreiheit zu nutzen, über das Fernsehen auf Knopfdruck Informationen und Unterhaltung aus aller Welt ins Wohnzimmer zu holen, einen Urlaub gar ins Ausland zu planen, gab es keine Routine, die Entscheidungen erleichtert hätte; vielmehr mußte die Selbstverständlichkeit einer eingefahrenen Lebensweise, die von ständig neuen Überlegungen entlastete, erst entwikkelt werden.

Bei aller Verbesserung des Lebensstandards waren es real erst Minderheiten, die sich in den 50er Jahren die »Schlüssel«-Güter wie Fernsehgerät, PKW, moderne Wohnungseinrichtung, Auslandsreise und die damit verbundenen Erfahrungs- und Erfüllungsmöglichkeiten leisten konnten. Da zu diesen »Pioniergruppen« auch Arbeiter und Angestellte gehörten, schienen die Beglückungen der neuen Freizeit jedoch prinzipiell für alle erreichbar und bestimmten zunehmend die Lebensorientierung.[4]

Über die Faszination hinaus wurde Freizeit zum sinnlich eindrucksvollen »Beweis« für Richtigkeit und Überlegenheit der »Sozialen Marktwirtschaft« und der sie fundierenden Sozialpartnerschaft gegenüber den Alternativen einer klassenkämpferischen Arbeiterbewegung oder gar der sozialistischen Entwicklung in der DDR. Freizeitphänomene wie sportliche Erfolge (Olympia-Medaillen 1952, Fußball-Weltmeistertitel 1954) oder die Anschauung niedrigeren Konsumniveaus auf Auslandsreisen trugen bei zum Wiederaufbau einer nationalen Identität, in deren Mittelpunkt die wirtschaftliche Leistungsfähigkeit stand; der einzelne hatte daran teil, indem er Selbstwert aus harter und fleißiger Arbeit zog, für die ihn die Freizeit entschädigte. »Freudig schaffen – froh genießen«: so formulierte die Werbung für den Lloyd-Kleinwagen diese Einstellung.

Freizeit wurde zu einem Hauptfeld sozialer Selbsteinordnung. Die weitgehende Auflösung traditioneller Arbeitermilieus und der Verzicht auf die Wiederbegründung eigenständiger Kultur- und Freizeitorganisationen durch die Arbeiterbewegung begünstigten Individualisierungstendenzen: Freizeit gehörte nicht mehr zur Lage einer unterdrückten Klasse, die man mit vielen teilte – im Sonntagsanzug oder im Sportdreß hatte jeder die gleiche Chance. Die neue Freizeit in der Bundesrepublik wurde erfahren als Raum der Gleichheit, des Verschwindens alter Klassenschranken, des Aufstiegs der ehemals ausgeschlossenen Proletarier in die große Mittelschicht. Auf der anderen Seite reproduzierten sich Konkurrenz und Ungleichheit: Freizeit wurde zum Feld, auf dem man seinen sozialen Status demonstrierte durch das, was man sich leistete oder wozu man gehörte. Statt proletarischer und bürgerlicher Sportbewegung gab es nur mehr die eine Dachorganisation des Deutschen Sportbundes – doch in ihm erstanden die sozialen Distanzen zwischen Fußball- und Tennisclubs, zwischen einfachen Mitgliedern und Funktionären wieder auf. Vorherrschend aber blieb der Eindruck, daß die äußerliche Sinnfälligkeit von Klassenunterschieden – verglichen mit der Weimarer Republik – weitgehend aufgehoben war (damit auch im politischen Bewußtsein zurücktrat) und ein großer, selbst bestimmbarer Lebensbereich dem individuellen Streben nach Glück und Anerkennung geöffnet wurde.

Mit dieser Entwicklung verstärkte sich der Anspruch auf persönliche Entfaltung in der Freizeit. Die ganze Tragweite dieser Tendenz ist nur zu fassen, wenn man die elementaren sozialen Prozesse betrachtet, die ihr zugrunde liegen: die Ausdehnung der abhängigen Arbeit und die Intensivierung, Straffung und Vereinheitlichung der Arbeitsprozesse selbst, die häufig mit einer Sinnentleerung der Tätigkeit verbunden waren.[5]

Es prägten sich also Grundzüge abhängiger Berufstätigkeit weiter aus, die man seit Marx als Entfremdung bezeichnet und die die Identifikation mit der Arbeit, ihr Erleben als befriedigend und bereichernd, verhindern. Lohnarbeit wurde überwiegend erfahren als Unterordnung unter fremde Ziele und Weisungen, unter Kapitalinteressen und Maschinerie, als Zwang zu hoher Anpassung bei gleichzeitiger Unmöglichkeit, eigene Fähigkeiten und Bedürfnisse einzubringen – als verlorene statt sinnvoll erfüllte Zeit! Arbeit wurde aufgefaßt und ertragen als unvermeidliches Mittel, um die finanziellen Voraussetzungen für ein Leben nach den eigenen Wünschen in der Freizeit zu erlangen.

Erwartungen an die Freizeit entstanden im spontanen Gegenentwurf zur Erfahrung der Berufsarbeit als äußerlicher Zwang und fremdbestimmte Verpflichtung. Die Antworten auf die Frage, wozu Freizeit verwendet werden solle, sind anfangs der 60er Jahre ganz eindeutig: »Zur Erholung« (87 %); »um zu tun und zu lassen, was man selbst für richtig hält« (84 %); »um nach eigenem Belieben verfügen zu können« (81 %); »zur Erfüllung von persönlichen Interessen und Wünschen« (78 %); »für private Angelegenheiten« (74 %).[6]

Es herrschten also privatistische, sich subjektiv aus gesellschaftlichen Zusammenhängen und Verpflichtungen zurückziehende Vorstellungen von der »idealen Freizeit«. Solche Reaktionen verbanden sich mit Arbeitsbelastungen, die ein großes Bedürfnis nach Erholung und Abschalten hervorriefen und wenig freie Kräfte ließen, und mit einer Einkommenssituation, die meist zur Übernahme einer Fülle von häuslichen Reproduktionsaufgaben zwang: Hausarbeiten aller Art, Kinderbetreuung, Durchführung von Reparaturen und Dienstleistungen, Eigenproduktion im

Garten und durch handwerkliche Tätigkeit, Nähen, Stricken usw. Anstöße für spielerisch-kreative, solidarisch-verändernde und lernend-erkennende Aktivität gingen aus diesem Verhältnis von Arbeit und Freizeit kaum hervor.

Expansion und Gewöhnung

1956 begann die Verkürzung der Arbeitswoche; erstes Etappenziel war der freie Samstag. 1954 hatte der Deutsche Gewerkschaftsbund auf seinem dritten Bundeskongreß die stufenweise Einführung der 5-Tage-Woche zu 40 Arbeitsstunden als eine erstrangige Forderung verkündet. Er organisierte eine umfassende Kampagne für dieses Ziel; als besonders zugkräftig erwies sich ein Plakat, auf dem ein blonder Junge den Anspruch der Familie vorbrachte: »Samstags gehört Vati mir.« Nachdem eine zentrale Vereinbarung mit der Bundesvereinigung der Deutschen Arbeitgeberverbände (BDA) nicht zustande kam, schaffte die größte Einzelgewerkschaft, die IG Metall, den Durchbruch: Ab dem 1. Okober 1956 galten in der Metallindustrie neun Stunden an 5 Arbeitstagen als Normal-Arbeitszeit. Andere Gewerkschaften zogen nach; Ende 1958 erfaßte die Regelung etwa 14 Millionen Beschäftigte.

Erneut machte die IG Metall den Vorreiter zur Durchsetzung der 40-Stunden-Woche; nach einigen Verzögerungen auf Drängen der Unternehmer wurde sie schließlich im Januar 1967 in der Metallindustrie eingeführt und im gleichen Jahr noch auf ein gutes Drittel der Arbeiter und Angestellten ausgedehnt; Ende 1974 war für mehr als 90% der mit Tarifverträgen erfaßten Beschäftigten die 40-Stunden/5-Tage-Woche bei vollem Lohnausgleich erreicht.

Die wirkliche Arbeitsdauer lag teilweise deutlich höher. Bei den Arbeitern stieg die Überstundenzahl im Lauf der 60er Jahre von durchschnittlich zwei auf mehr als vier pro Woche, um in den 70er Jahren wieder auf rund zweieinhalb zu sinken. Hier wirkte sich der Teufelskreis einer Freizeitorientierung aus, die an relativ aufwendige Güter und Dienstleistungen gebunden war. In den verschiedensten Formen, von Überstunden und Schwarzarbeit bis zur Erledigung von Reparaturen und Arbeiten zu Hause, wurde arbeitsfreie Zeit gegen Geld eingetauscht, um die verbleibende Freizeit auf dem technisch höchsten und durch Werbung verbindlich gemachten Standard zu genießen: mit dem eigenen Wagen, in der teuer mit Hi-Fi- und Videogeräten ausgestatteten Wohnung, mit der modernsten Sportausrüstung, im Freizeitpark, beim Urlaub außerhalb Europas.

Es gab große Gruppen von abhängig Beschäftigten, die nicht unter Tarifverträge fielen; für sie galt noch die gesetzliche Arbeitszeitordnung von 1938 mit 48 Wochenstunden als Regel. Schließlich wurde für die Frauen vor allem seit dem Beginn der 60er Jahre Teilzeitarbeit eine zunehmend bedeutsame Form, die Belastungen durch Haushalt und Familie mit den Notwendigkeiten des Geldverdienens und (für kleine, aber wachsende Gruppen) auch mit dem Streben nach Selbständigkeit und sozialem Kontakt zu vereinen.[7]

All dies führte zu großen Abstufungen in der Arbeitszeit der abhängig Beschäftigten. Am Ende der 70er Jahre betrug sie bei rund einem Fünftel der Männer zum Teil erheblich mehr als 40 Stunden; von den Frauen arbeitete ein knappes Drittel bis zu 30 Wochenstunden, aber zugleich jede zehnte über 40 Stunden hinaus. Erheblich länger als der Durchschnitt tätig waren viele Selbständige – wobei man unterscheiden muß zwischen den stark belasteten Bauern und kleinen Gewerbetreibenden mit ihren Familien und jenen Freiberuflern, bei denen oft die scharfe Trennung von Arbeit und Freizeit bis zur weitgehenden Durchdringung (»Arbeitsessen«) aufgehoben ist.

Nach der Mitte der 50er Jahre war die wichtigste Veränderung der alltäglichen Zeitstruktur die Verlängerung des freien Wochenendes um einen Tag; die Arbeitsdauer an den Werktagen blieb weitgehend unverändert.

Mai-Demonstration des DGB in Bremen (1955).

Die »fünfte Jahreszeit« – Urlaub für die Massen (Borkum 1961).

In das Muster immer stärkerer Trennung von Arbeit und längeren Freizeitblöcken (dem das zunehmende subjektive Auseinanderfallen von Arbeits- und Freizeitwelt entsprach) gehörte, daß der Freizeitzuwachs sich seit dem Ende der 60er Jahre auf die Ausdehnung des Jahresurlaubs konzentrierte. Bis zum Beginn der 80er Jahre wurde in den meisten Tarifverträgen ein Urlaubsanspruch von fünf Wochen verankert; Regelungen über die zukünftige Verlängerung auf 6 Wochen waren in vielen Branchen schon getroffen. Ein Bundesurlaubsgesetz trat 1963 in Kraft und sicherte drei Wochen Mindesturlaub zu.

Urlaubsgeldregelungen erleichterten es, daß eine wachsende Zahl von Bürgern auch verreiste. 1972/1973 wurden gleich zwei »Schallmauern« des Reisebooms durchbrochen: Mehr als die Hälfte der Bevölkerung machte eine zumindest einwöchige Ferienreise – und mehr als die Hälfte der Urlauber zog es ins Ausland. Vor allem der Anteil der südeuropäischen Länder stieg (hinter dem noch immer beliebtesten Reiseziel Österreich) an: Italien, Spanien, Jugoslawien, Griechenland boten die Verwirklichung der bundesdeutschen Träume von Sonne und Meer, Wein und Vergessen des heimischen Alltags. Trotz der alljährlichen Staus auf den in- und ausländischen Schnellstraßen blieb der eigene PKW für die Touristen aus der Bundesrepublik *das* Transportmittel – zwei von drei Reisenden benutzten ihn.

Bis zum Anfang der 80er Jahre hielt der Aufschwung an; der Anteil derer, die keine Urlaubsreise machten, sank auf (immerhin noch!) rund 42% – fast zwei Drittel der Reisen überschritten die Grenzen der Bundesrepublik. Wie hat dies den Alltag beeinflußt? Offensichtlich war die Veränderung auf den Speisezetteln und in der Restaurant-Szene; die Pizza wurde z. B. eines der gängigen Gerichte hierzulande, und jeder Supermarkt bietet dazu eine Anzahl italienischer, französischer oder spanischer Weine. Von größerer Tragweite war sicher der Abbau national beschränkter Sichtweisen. Die Mehrheit der Urlauber akzeptierte die Touristenghettos, eine wachsende Zahl wurde jedoch seit den 60er Jahren »mündig«. Diese Reisenden gaben sich nicht mit zurechtgemachten Folklore-Fassaden zufrieden, sondern suchten auf eigene Faust ihre Eindrücke vom Gastland. Sie wollten nicht auf die fremde Kultur herabschauen, sondern sie im direkten und spontanen Kontakt mit den Menschen besser verstehen lernen. Sie stießen dabei nicht selten auf die tiefen sozialen Probleme in den Reiseländern Südeuropas oder gar anderer Erdteile; diese Erfahrung konnte Selbstgerechtigkeit fördern – sie ging aber zunehmend ein in das Bewußtsein der Brisanz von Hunger und Armut in der Welt und der Verpflichtung der Bundesrepublik etwa zur Entwicklungshilfe. Das wachsende Verständnis für die traditionelle Lebensweise in den weniger industriell geprägten Ländern trug nicht nur bei zur Toleranz gegenüber anderen Kulturen, es scheint sogar eine Triebkraft für die Verbreitung »alternativer« Lebensformen und -ansprüche geworden zu sein.

Die arbeitsfreie Zeit dehnte sich bis zur Mitte der 70er Jahre aus, sie bot mehr Menschen vielfältige Genüsse und Vergnügen – und zugleich sank die Faszination infolge Gewöhnung, wuchsen Rationalität und Souveränität im Umgang mit den Freizeitmöglichkeiten und -erfahrungen, vergrößerte sich der Raum für kritische Distanz. Diese Entwicklung veränderte auch die Rolle der Freizeitgüter PKW und Fernsehgerät.

1958 überstieg zum ersten Mal nach dem Krieg der Bestand an Autos die Zahl der Krafträder; 1965 nannten knapp 36% aller Privathaushalte einen Personenwagen ihr eigen, 1969 knapp die Hälfte, und bis 1978 stieg der Anteilsatz auf knapp 62% – mehr als vier Fünftel der Erwerbstätigenhaushalte besaßen ein Auto. War in den 50er Jahren der eigene Wagen noch Gegenstand geradezu zärtlicher Bewunderung und Pflege, den man mit Weißwandreifen schmückte und vor jedem Wochenende dem Ritual der Wäsche unterwarf, so gewann in der Folge eine rationale Benutzerhaltung gegenüber dem Gebrauchsgegenstand an Einfluß – ohne allerdings schon vorherrschend zu werden.

Im Verlauf der 60er Jahre löste der Fernsehapparat das Radio als bestimmendes häusliches Medium ab. 1965 war schon fast die Hälfte der Haushaltungen mit einem Gerät versorgt, 1978 mit 95% ein kaum noch zu steigernder Sättigungsgrad erreicht. Damit änderten sich die Nutzungsweisen. War am Ende der 50er Jahre das Programm noch Gegenstand besonderer Aufmerksamkeit, zu dem die beneideten Gerätebesitzer Verwandte und Bekannte einluden, so wurde mit den 70er Jahren ein eher beiläufiges Sehen parallel zu anderen häuslichen Tätigkeiten die Regel – wobei immer wieder einzelne Kriminalfilme, Unterhaltungsserien oder Sportübertragungen zum Faszinosum und Gesprächsthema der Nation avancierten. Sendungen wie die Sportschau am Samstagabend, Werner Höfers »Internationaler Frühschoppen« am Sonntagmittag oder die Serien im Vorabend-Werbeprogramm bildeten in Millionen Familien selbstverständliche Fixpunkte der Zeiteinteilung. Am stärksten nutzte sich die Glaubwürdigkeit der Massenmedien ab; sie sank seit 1970 in allen Befragungen kontinuierlich. 1985 hielten nur noch 3 von 10 Bundesbürgern die Fernsehberichterstattung für wahrheitsgetreu und objektiv.

Im Charakter der Freizeit brachte das Fernsehen keine grundlegende Änderung. Seit seiner Einführung beansprucht es mit rund 16 Stunden den größten Block an freier Zeit in der Woche. Dem fiel der Kinobesuch der Durchschnittsfamilie weitgehend zum Opfer. Nach dem Höhepunkt 1956 hatte sich die Zahl der Besucher bis 1964 mehr als halbiert, um dann 1976 einen Tiefpunkt zu erreichen. Damit veränderte sich der Charakter der Kino- und Filmkultur; ins Kino gingen seit Beginn der 70er Jahre überwiegend Jugendliche und junge Erwachsene, an sie richtete die Industrie ihr Angebot von Action und Abenteuer, Weltraummärchen und vermarkteter Sexualität. Für die Cineasten gab es, meist in eigenen Filmkunststudios, eine Nische – aber als gesellschaftlich wichtiges Verständigungsmittel, das drängende Fragen in massenbewegender Weise aufgreift, wirkte der Film nur noch in Ausnahmefällen, oft auf dem Umweg über den Bildschirm.

Kulturkritische Besorgnisse über die Verarmung der Massenkultur infolge des Fernsehens bestätigten sich aber nicht. Ohne Zweifel formte das Medium mit seinen intensiven sinnlichen Reizen (im Lauf der 70er Jahre setzten sich die Farbempfänger durch) Rezeptionsgewohnheiten vor allem in der jungen Generation, sicher veränderte die Erweiterung des Informations- und Unterhaltungsangebots in die weltweite Dimension das Bewußtsein und die Maßstäbe der Bundesbürger – aber die Schreckensvisionen einer süchtig vor den Bildschirm gebannten Masse wurden nicht Wirklichkeit. Solche Faszination gab es in den ersten Jahren, und sie war seither sicher ein Problem für viele Eltern – aber weder Bücher noch das persönliche Gespräch verloren in den 60er und 70er Jahren an Bedeutung. Zweifellos vertiefte die Kombination Fernsehen/Motorisierung die Parzellierung des Alltags in Arbeit, häuslich-private Werktagsfreizeit und immer weiter ausgedehnte familiäre Wochenend-Ausflüge – aber eine wichtige Entwicklung ist mit dem Raster der Kulturkritik überhaupt nicht zu erklären: Seit Beginn der 50er Jahre ist die Beteiligung an Vereinen und Parteien anhaltend gestiegen; in den 70er Jahren sprachen Bürgerinitiativen viele Menschen an. Während Gesang-, Musik- und Traditionsvereine zunehmend Nachwuchssorgen bekamen, kletterte die Mitgliederzahl in den Vereinen des Deutschen Sportbundes von 5,3 Millionen 1960 auf 10,1 Millionen 1970 und 16,9 Millionen 1980.

Darin drückten sich gewachsene Bedürfnisse nach außerhäuslichen Kontakten und Geselligkeit aus; trotz des Fernsehens wurde die Freizeit nicht passiver, sondern aktiver verbracht: Um die Mitte der 70er Jahre trieben mehr als doppelt so viele Bundesbürger regelmäßig Sport wie 20 Jahre zuvor. Die Notwendigkeit einer gesundheitsbewußten Lebensweise bestärkte gleichermaßen jene, die nur ab und zu Sport trieben, sie veränderte den Charakter des Urlaubs hin zu mehr eigener Aktivität – und sie verband sich mit dem Wunsch nach Aufspüren der eigenen Leistungsfähigkeit und Willenskräfte, nach intensivem Erleben von Körper, Natur und Zusammenspiel mit anderen. In den 70er Jahren fanden allerorten lockere »Theken-Mannschaften« und Alternativ-Vereine von Fußballern oder Volleyball-Begeisterten zusammen, die Tennis- und Squash-Zentren schossen am Rande der Städte aus dem Boden, die Jogger erhielten durch das Vorbild des US-Präsidenten Carter zusätzlichen Auftrieb. Vor allem Frauen hatten einen Nachholbedarf und waren an der sportlichen Aktivierung der Bundesbürger überdurchschnittlich beteiligt.

Wie sah nun »die Freizeit des Bundesbürgers« zu Beginn der 70er Jahre im Querschnitt aus? Einen guten Einblick gibt eine Zusammenstellung aus dem Jahr 1972 (Tabelle 1). Vor allem Erholung, häusliche Arbeiten und Verpflichtungen sowie Kommunikationsbedürfnisse bestimmten die ganz unspektakuläre Freizeit. Dies am stärksten an den Werktagen: Nichtstun und ein kurzer Schlaf nach der Arbeit waren notwendig, um verbrauchte Kräfte wiederherzustellen, damit überhaupt erst andere Aktivitäten möglich wurden. Noch vor häuslichen Arbeiten, Reparaturen und der Beschäftigung mit den Kindern rangierte der Zeitaufwand für die Massenmedien – in erster Linie das Fernsehen, dann die Lektüre von Zeitungen und Illustrierten. Hier verbanden sich Bedürfnisse nach körperlich-nervlicher Erholung mit solchen nach Unterhaltung und Information.

Gespräche fanden überwiegend im Familienkreis statt; Ausgehen, Empfangen und Abstatten von Besuchen oder gemeinsame Aktivitäten mit Freunden spielten am Werktag-Abend nur für die Jüngeren und Unverheirateten eine größere Rolle. Allenfalls 30% der arbeitsfreien Zeit wurden im Wochenverlauf außerhalb der Wohnung und des unmittelbaren Wohnumfeldes verbracht.

Tabelle 1: Die Freizeit der Bundesbürger (1972)

	am Werktag			am Samstag			am Sonntag		
	durchschnittl. Dauer Std.:Min.	Beteiligungsgrad %	durchschnittl. Dauer bei Beteilig. Std.:Min.	durchschnittl. Dauer Std.:Min.	Beteiligungsgrad %	durchschnittl. Dauer bei Beteilig. Std.:Min.	durchschnittl. Dauer Std.:Min.	Beteiligungsgrad %	durchschnittl. Dauer bei Beteilig. Std.:Min.
Fernsehen	1:29	69	2:09	2:11	76	2:54	1:53	72	2:37
Radio hören, Schallplatten, Tonband	59	39	2:31	1:04	40	2:40	49	33	2:28
Lesen	33	55	1:00	39	56	1:10	31	37	1:23
Hobby	9	9	1:37	9	10	1:34	10	10	1:42
Nichtstun, Ausspannen, Überlegen, Tagebuch ausfüllen	42	79	54	43	72	1:00	1:01	79	1:17
Unterhalten, Zusammensitzen, Telefonieren, Besuch haben	46	43	1:48	1:05	46	2:20	1:24	50	2:48
Besuch bei Verwandten, Freunden, Bekannten	28	18	2:40	1:01	24	4:17	1:21	30	4:27
Lokale, Café, »Ausgehen«, Tanzen, Vereinstreffen	14	9	2:33	24	13	3:06	33	20	2:38
Kino, Theater, Konzert, Vorträge, Ausstellungen, Kirche	4	3	2:02	8	8	1:45	24	24	1:40
Bummel, Spaziergang, Schwimmbad, Sport, Ausflug, Reise	24	18	2:17	52	29	2:58	2:11	64	3:27
Berufliche Tätigkeit, Arbeitsweg, Lernen	4:37	57	8:07	1:45	31	5:32	32	12	4:25
Einkäufe, Erledigungen	48	48	1:39	52	50	1:42	4	5	1:18
Beschäftigung mit Kindern	37	34	1:49	41	33	2:03	47	36	2:12
Arbeiten und Tätigkeiten im Haushalt	2:25	57	4:15	2:19	61	3:47	1:39	60	2:44
Gartenarbeit, Autowaschen, größere Reparaturen, Nähen, Stricken	41	29	2:20	1:03	38	2:44	9	6	2:16
Mahlzeiten, Körperpflege	2:13	99	2:14	2:24	99	2:25	2:29	99	2:30
Schlafen *	2:32	98	2:35	2:47	97	2:52	4:12	99	4:13

* Bei der Tagebucherfassung des Verhaltens wurden vier Nachtstunden ausgeklammert.

Quelle: Institut für angewandte Sozialwissenschaft (INFAS), Freizeitverhalten. Eine Sekundäranalyse, Bonn-Bad Godesberg o. J. [1973], S. 19.

In dieser Hinsicht ganz anders die Wochenenden: Zwar nahm man sich hier noch mehr Zeit für Schlafen, Nichtstun und Massenmedien. Nach der Erledigung während der Woche liegengebliebener Arbeiten und Verpflichtungen sowie von Einkäufen (zunehmend schon am Freitagnachmittag abgewickelt) verfügte man jedoch über zusammenhängende Freizeit sowie über Spannkraft und Motivation auch für anspruchsvollere Unternehmungen. Bei der Masse der Berufstätigen waren das Ausgehen, Besuche, Ausflugsfahrten mit dem Auto oder Fahrrad, sportlich-spielerische Vergnügung oder auch kulturelle Aktivitäten.
Mit großem Engagement wurden ausgeprägt kreative und Kenntnisse voraussetzende Tätigkeiten nur von Minderheiten betrieben. Das galt am deutlichsten für die traditionellen Künste – ihnen widmeten sich als Besucher oder Amateure höchstens 10 bis 15 % der Bevölkerung. In Schichten mit überdurchschnittlichem Bildungsniveau betrug der Anteil ein Mehrfaches; bei denen, die nur die Volksschule besucht und keine Lehre abgeschlossen hatten, wies er gegen Null – und dieses Verteilungsmuster zeigten viele Tätigkeiten: Berufliche und allgemeine Weiterbildung (maximal 10 %); intensives Verfolgen eines Hobbys (Sammeln, Züchten, Laienkunst – ebenfalls um 10 %). Mindestens einmal wöchentlich Sport trieben allenfalls 15 % der Erwachsenen. Für gewerkschaftliches, politisches oder sonst interessenvertretendes Engagement (etwa in Bürgerinitiativen) wandten höchstens 5–10 % Freizeit auf.
Mit geringerer Intensität verfolgt, war doch das Spektrum der Interessen und Genüsse der breiten Mehrheit recht weitgefächert: Populäre Musik und Unterhaltungsliteratur, Fernsehspiele und »Volkstheater«, Zeitungslektüre und handwerkliche Arbeiten, Baden und Wandern, Gartenarbeit, Vereinstätigkeiten wie Sport, Gesang oder freiwillige Feuerwehr, Beziehungen zu Verwandten, Bekannten, Kollegen und Nachbarn waren Elemente der Alltagskultur der Bundesbürger, die von vielgestaltigen Bedürfnissen ebenso zeugten wie von dem Versuch, sie im Rahmen gegebener Lebensbedingungen zu befriedigen.

Ungleichheit und Herrschaft

Fragen wir nach der gesellschaftspolitischen Qualität der Erfahrungen und Erkenntnisse in der Freizeit, dann muß man insgesamt feststellen: Angebote, die treffend Informationen und Einsichten vermittelten, realistisch und genußvoll Probleme und Wünsche, Erlebnisse und Hoffnungen der Menschen behandelten, zur Einsicht in die eigene Lage und zum Bewußtsein kollektiver Interessen beitrugen, Chancen für Lernprozesse zur Veränderung der eigenen Lebenssituation boten, gingen an der gro-

Tabelle 2: Berufliche Tätigkeit und Verteilung der Freizeitchancen

		FZ-Umfang	FZ-Verteilung	Urlaub	FZ-Infrastruktur	FZ-Angebot	davon: Bildungsangebot	Sport, Gesundh.-Vorsorge	Information, Kommunikation	Politische Beteiligung	Summe –	Summe +	Index
Arbeiter	jüngere a)	0	−2	−3	−2	−2	−2	0	−2	−2	−15	+ 0	−15
	ältere b)	0	−2	−2	−2	−2	−3	−3	−2	−1	−17	+ 0	−17
Angestellte	jüngere a)	0	0	−1	−1	−1	0	+2	0	−1	− 4	+ 2	− 2
	ältere b)	0	0	0	0	0	0	−1	0	+1	− 1	+ 1	0
Beamte	jüngere a)	0	−2	+1	0	0	0	+2	0	+1	− 2	+ 4	+ 2
	ältere b)	0	−1	+3	0	+1	0	−1	0	+3	− 2	+ 7	+ 5
Selbständige		−2	−2	−1	+2	+1	0	+1	+1	+2	− 5	+ 7	+ 2
Rentner		+3	+3	0	−2	−3	−3	−3	−2	−3	−16	+ 6	−10
Auszubildende		−1	0	−2	−1	−2	−2	−1	−1	−3	−13	+ 0	−13
Schüler/Studenten		+2	+2	+3	−1	−1	+3	+1	+2	−2	− 4	+13	+ 9
Hausfrauen		−1	−2	0	−1	−2	−2	0	−1	−2	−11	+ 0	−11
Problemgruppe Frauen mit Kleinkindern		−3	−3	−1	−2	−3	−2	−1	−3	−3	−21	+ 0	−21
Problemgruppe Schichtarbeiter		−3	−3	−2	−2	−3	−3	−2	−3	−3	−24	+ 0	−24
Ausländische Arbeitnehmer		−2	−2	−3	−3	−3	−3	−3	−3	−3	−25	+ 0	−25

a) bis 25 Jahre b) über 25 Jahre

0 = Normalfall
−1 = geringe Benachteiligung
−2 = deutliche Benachteiligung (mittlerer Wert der Abweichung nach unten)
−3 = extreme Benachteiligung (unterer Wert der Abweichung)
+1 = geringfügig überdurchschnittliche Chancen
+2 = deutliche Privilegierung (mittlerer Wert der Abweichung nach oben)
+3 = extreme Privilegierung (oberer Wert der Abweichung)

Quelle: Heribert Kohl, Freizeitpolitik, Frankfurt, Köln 1976, S. 65.

ßen Mehrheit weithin vorbei; ihre vielfältigen und weiterreichenden Bedürfnisse wurden auf Entspannung, Unterhaltung, Abwechslung, folgenlose Träumerei begrenzt.

Es war nicht so, daß sich auf der Grundlage der Alltagskultur nun die intensiveren, schöpferischen Freizeitaktivitäten gleichmäßig verteilten; sie konzentrierten sich vielmehr in einer relativ kleinen Gruppe derer, die durch Bildung und sozial-beruflichen Status ohnehin privilegiert waren: Angehörige der herrschenden Eliten sowie der Mittelschichten, vor allem der Intelligenz. Mit der Höhe von Schulabschluß und beruflicher Qualifikation stiegen Vielfalt, Intensität und Bewußtheit der Freizeit. Die Soziologen sprachen vom »Kumulationseffekt«: Wer sich z. B. beruflich weiterbildete, ging auch mit sehr viel höherer Wahrscheinlichkeit als der Durchschnitt ins Theater, las anspruchsvolle Literatur, trieb Sport, pflegte einen ausgedehnten Bekanntenkreis und engagierte sich eher gesellschaftlich.

Tabelle 2 faßt die Befunde vieler Untersuchungen zur Ungleichheit von Freizeitchancen in der ersten Hälfte der 70er Jahre zusammen. Sie stellt die Defizite der Freizeitnutzung in großen Teilen der Arbeiterklasse dar. Die Haupttendenz läßt sich so formulieren: In der Freizeit fand kein Ausgleich statt für die einschränkenden Wirkungen der Berufsarbeit auf Persönlichkeitsentfaltung und Lebenserfüllung, die die herrschende gesellschaftliche Arbeitsteilung für die große Mehrheit der Bevölkerung (neben Arbeitern und einem Großteil der Angestellten und einfachen Beamten auch für bedeutende Gruppen kleiner Landwirte, Handwerker und Geschäftsleute) mit sich brachte. Vielmehr wurde der gesellschaftliche Reichtum an Betätigungsmöglichkeiten überwiegend angeeignet durch jene Schichten, die von ihrer beruflichen Situation und dem damit verbundenen Status her ohnehin bevorzugt waren. Das heißt gesellschaftspolitisch: Massenfreizeit in der Bundesrepublik war – namentlich dort, wo sie von der Kulturindustrie bestimmt wurde – kein Ort für Anstöße zu selbständigem und interessenbewußtem Handeln der Lohnabhängigen und anderer in ihren Lebenschancen benachteiligter Gruppen – sie verfestigte vielmehr bestehende ökonomisch-politische Herrschaftsverhältnisse.

Seit dem Ende des Zweiten Weltkriegs hat sich die Freizeit der Bundesbürger tiefgreifend und mit anhaltender Dynamik verändert. Der gewerkschaftliche Verteilungskampf und die Anforderungen der modernen Wirtschaft selbst haben dafür gesorgt, daß die außerordentlich gestiegene Arbeitsproduktivität sich auch in verbesserten Lebensbedingungen niederschlug. Senkung der Arbeitszeiten, gestiegene Realeinkommen, höheres Bildungsniveau, individuelle Motorisierung, Entwicklung der Massenmedien, Ausbau der sozialen und kulturellen Infrastruktur haben

der Bevölkerung neue Felder gesellschaftlichen Reichtums an Bedürfnissen und Beziehungen, Fähigkeiten und Genüssen eröffnet.
Dies blieb jedoch ein quantitativer Prozeß, der die Gesellschaft ihrem mit großen Hoffnungen postulierten Verfassungsanspruch als demokratischer und sozialer Rechtsstaat nicht näher brachte. Es herrschte in der Massenfreizeit die Abkapselung gegenüber gesellschaftlichen Problemen, Interessenvertretung und Politik vor, es wurden die sozialen Unterschiede an Interessenbewußtsein und Handlungsfähigkeit eher vertieft als gemindert, es blieben Lebenschancen und gesellschaftlicher Einfluß der Lohnabhängigen weiterhin eng begrenzt. Unter diesem Gesichtspunkt erwies sich Freizeit nicht als der erhoffte und propagierte Ausgleich, sondern als Verlängerung aus der Arbeit herrührender sozialer Herrschaftsverhältnisse.

Wertwandel und Konflikt

Der »Ölpreisschock« von 1973 war Vorbote der tiefgreifenden Krise, die ein Jahr darauf begann. In diesem Zeitraum läßt sich ein Einschnitt markieren, in dessen Folge ein Bruch mit einigen zentralen Zügen der nach 1945 ausgebildeten Massenfreizeit begann.
Die wöchentliche Arbeitszeit konnte nicht weiter gesenkt werden, obwohl hohe Beschäftigungslosigkeit den Druck in Richtung auf eine Neuverteilung der Arbeit erhöhte. Die 40-Stunden-Woche wurde 1978 in den sogenannten »Tabu-Katalog« der Unternehmerverbände unter jene gesellschaftspolitischen Streitpunkte aufgenommen, bei denen keine Zugeständnisse gemacht werden sollten. So mußte die Brauerei-Industrie Nordrhein-Westfalens im Sommer 1978 eine schon ausgehandelte Arbeitszeitregelung auf Druck der Bundesvereinigung der Deutschen Arbeitgeberverbände hin zurückziehen, weil sie für einen Großteil der Beschäftigten weniger als 40 Stunden vorsah. Um die Jahreswende 1978/79 versuchte die IG Metall, einen Schritt in Richtung auf die inzwischen auch vom DGB aus beschäftigungspolitischen Gründen geforderte 35-Stunden-Woche voranzukommen. Nach Streik und Aussperrung konnte die Gewerkschaft ihr Hauptziel, das Durchbrechen der 40-Stunden-Schranke, nicht erreichen. Der 6 Wochen lang erbittert geführte Arbeitskampf machte klar: Arbeitszeitverkürzungen waren in Zukunft nicht mehr quasi automatisch als Nebenergebnis steigender Arbeitsproduktivität zu erwarten.
Wollte man die Tendenz der Veränderungen in Bewußtsein und Bestrebungen der Bundesbürger auf einen Nenner bringen, so könnte man formulieren: Freizeit wurde aus der konsensbildenden Ideologie zum

konfliktträchtigen Anspruch an Gesellschaft und Staat, Möglichkeiten zur Persönlichkeitsentfaltung in eigener, selbstbestimmter Tätigkeit zu sichern und auszuweiten. Diese Haltung wurde noch nicht vorherrschend, doch machte sie das wesentlich und anwachsend Neue aus. Verständlicherweise am weitesten ging der Wertwandel bei den nach dem Krieg Geborenen. Sie wuchsen schon in eine eingerichtete Freizeitwelt hinein und erfuhren sie nicht als Ergebnis mühevollen Wiederaufbaus, nicht als faszinierende Anziehungskraft technisch hochentwickelter Freizeitgüter, sondern als gegebenes Lebensniveau, von dem aus andere und höhere Ansprüche anzumelden waren. Die Polarität von Arbeit und Freizeit, die Kompensation fehlender Entfaltung im Beruf durch einen auf Konsum und Prestigekonkurrenz zugeschnittenen Lebensstil wurden zunehmend kritisch gesehen; in den seit der Mitte der 70er Jahre mit großem publizistischem Echo aufgenommenen Bewegungen »alternativer« Projekte und neuer Lebensformen schlug das Pendel am weitesten in die Gegenrichtung aus.

Schwächer wurde seit den 60er Jahren das »christlich-preußische« Arbeitsethos, das ungeachtet aller konkreten Belohnungen und persönlichen Befriedigungen schon in der Pflichterfüllung dort, wohin einen die gegebene Ordnung stellt, Lebenssinn findet; die moralische Überlegenheit von Arbeit gegenüber Nichtarbeit verringerte sich. Vor allem die steigende Entleerung, Rationalisierung und Intensivierung von Arbeitstätigkeiten verstärkten die Neigung, Lebenserfüllung und -genuß in der Freizeit zu suchen. Wie weit diese Entwicklung schon zu Beginn der 70er Jahre gediehen war, macht ein Umfrageergebnis von 1973 deutlich. Auf die Frage »Was ist Ihnen wichtiger in Ihrem Leben: Arbeit und Betrieb oder Familie und Freizeit?« entschieden sich 67% der Berufstätigen für Familie und Freizeit, nur 17% für Arbeit und Betrieb.[8] Zunehmend diskutierte man über Alternativen zur bisherigen Arbeitszeitregelung, erwog Teilzeitarbeit, geteilte Arbeitsplätze, flexible Arbeitszeiten – alles aus dem Wunsch nach einem ausgeglicheneren Verhältnis von Arbeit und Freizeit im Leben.

Im Zusammenhang mit der sozialliberalen Reformpolitik wurden »Lebensqualität« und »Humanisierung der Arbeitswelt« zu massenwirksamen Losungen. Neue soziale Bewegungen gewannen politischen und geistigen Einfluß: Bürgerinitiativen und Umweltschützer, »alternativer« und jugendlicher Protest antworteten auf Bedrohung und Zerstörung von Lebensbedingungen außerhalb der Arbeitswelt und speisten ihre radikalen Ausdrucksformen aus der Ablehnung einer »konsumfixierten« und damit an ein rücksichtsloses quantitatives Wachstum gefesselten Lebensweise.

Freizeit als gesellschaftlicher Faktor und die staatliche Aufgabe »Freizeitpolitik« fanden seit Beginn der 70er Jahre Aufmerksamkeit bei Wissen-

schaft und Verwaltung; eine ganz neue Disziplin, die Freizeitpädagogik, etablierte sich, Ausbildungsstätten für Freizeitberater (»Animateure«) schossen aus dem Boden – entsprechend der Einsicht, daß man Freizeit gesellschaftlich wie individuell nicht dem Selbstlauf überlassen dürfe.
Es kam vielerorts zu spektakulären Auseinandersetzungen um die Bedrohung von Erholungsgebieten oder lebendigen Stadtvierteln, um die Forderung nach autonomen Jugend- und Kulturzentren für eine selbstbestimmte und eigentätige Gestaltung der Freizeit. Die Veränderungen erfaßten weite Bereiche der Lebensweise: Die anhaltende Zunahme spielerisch-sportlicher Aktivität auch außerhalb der Vereine, die Wandlung des Urlaubs vom ausschließlichen Faulenzen und Flirten hin zu sportlichen, bildenden, auf Abenteuer und neue kulturelle Erfahrungen gerichteten Interessen, die Woge der Straßen-, Stadtteil- und Kulturfeste, die seit dem Beginn der 70er Jahre das Land überspülte, die Beteiligung an Möglichkeiten kreativer Eigenaktivität von den Volkshochschulen bis zur alternativen Kulturszene waren gleichgerichtete, einander verstärkende Entwicklungen; sie schränkten Konsumorientierung und Häuslichkeit ein und verliehen Werten wie Kommunikation, Selbsttätigkeit und Persönlichkeitsentfaltung Ausdruck.
Ohne Zweifel waren hier jeweils nur Minderheiten engagiert – vor allem die Jüngeren und die höher Qualifizierten. Die Dimensionen des untergründigen Wandels im Alltag wurden plötzlich in einer Art Zeitraffereffekt sichtbar, als das Allensbacher Institut für Demoskopie 1979 eine breit angelegte Umfrage wiederholte, die es 1953 durchgeführt hatte. Gaben damals 14% der Bürger an, sie lüden ihre Nachbarn zu sich ein, so waren es 1979 35%.[9] Einladungen von Freunden und Bekannten folgten 1953 häufig 31%, 1979 64%. Ebenso wurden Sportveranstaltungen, Vereinsabende, Treffen zum Kartenspielen, Betriebsfeste und politische Veranstaltungen öfter besucht.[10] Alle Formen außerhäuslicher und kommunikativer Aktivitäten waren beliebter geworden – für einen Zeitraum von nur 26 Jahren waren dies dramatische Veränderungen.

Sozialer Sprengstoff

Im Laufe der 80er Jahre machte sich das Konfliktpotential in Freizeitverhalten und -ansprüchen dann vielfach bemerkbar. Das folgte ganz wesentlich aus Veränderungen der wirtschaftlichen, sozialen und ökologischen Situation. Die anhaltende Massenarbeitslosigkeit wurde von den Gewerkschaften als Bedrohung empfunden und mußte die Forderung nach Arbeitszeitverkürzungen radikalisieren. Wie so oft schon machte die IG Metall den Blockadebrecher. Zusammen mit der ebenfalls traditionell

kampfstarken IG Druck und Papier stellte sie für die Tarifrunde 1984 die Forderung nach Arbeitszeitverkürzung auf 35 Stunden obenan.
Schon im Vorfeld entspann sich eine erbitterte geistig-politische Auseinandersetzung; die Senkung der wöchentlichen Arbeitszeit wurde als Schicksalsfrage für die Zukunft der Bundesrepublik dargestellt. Beschworen die Unternehmer unter der Parole »Die 35-Stunden-Woche schafft Arbeitsplätze – in Fernost!« den Niedergang der Konkurrenzfähigkeit auf dem Weltmarkt, so mobilisierten die Gewerkschaften neben dem Arbeitsplatzinteresse mit der Losung »Mehr Zeit zum Leben!« bewußt gestiegene Freizeitansprüche. Zum Erstaunen auch nicht weniger Funktionäre gelang es, nach dem Scheitern der Verhandlungen die notwendigen Mehrheiten in den Urabstimmungen zu erreichen.
Es kam zum längsten und in vieler Hinsicht schärfsten Arbeitskampf in der Geschichte der Bundesrepublik. Von April bis Juli 1984 streikten die Drucker mehr als 13 Wochen, die Metaller in Nordbaden/Nordwürttemberg und Hessen bis zu 7 Wochen; 155000 Beschäftigte wurden direkt und ca. 250000 indirekt (wegen fehlender Zulieferungen) ausgesperrt.[11] Im Ergebnis wurde die 40-Stunden-Mauer durchbrochen und eine neue Phase der Arbeitszeitverkürzung eingeleitet. Man einigte sich auf 38,5 Stunden wöchentlich; 1987 wurde die Marke dann ohne Wiederholung des für beide Seiten riskanten Waffengangs auf 37,5 Stunden heruntergesetzt – mit Vorbildwirkung für die restlichen Wirtschaftssektoren.
Der Kompromiß, 1984 herbeigeführt vom ehemaligen SPD-Bundesminister Leber, war aber nur möglich, weil die Gewerkschaften zustimmten, einen aus ihrer Interessenperspektive höchst gefährlichen Geist aus der Flasche zu lassen: die Flexibilisierung. Mit dem Wind der technischen Umwälzungen im Rücken beschritten die Unternehmen nämlich einen Rationalisierungspfad, der das gewohnte Verhältnis von Arbeit und Freizeit, seine gesellschaftlichen und individuell-lebenspraktischen Regelungen von Grund auf in Frage stellte. Sie wollten die Laufzeiten der teuren Anlagen verlängern und gleichzeitig die Arbeitszeiten hautnah an Markt- und Auftragslage anpassen. Die regelmäßige und gleiche Arbeitszeit innerhalb einer Belegschaft, der verläßlich planbare Feierabend und Urlaub, sogar der freie Samstag und die Sonntagsarbeitsruhe wurden in Frage gestellt; das mußte Empörung und Widerstand hervorrufen.
Entwicklungen der 70er Jahre erschienen nun in einem anderen Licht. Zur Mitte der 80er stand schon jeder dritte abhängig Beschäftigte gar nicht mehr im sogenannten »Normalarbeitsverhältnis« mit voller tariflicher Arbeitszeit, entsprechendem Einkommen und sozialem Schutz. Arbeitslose, Kurzarbeiter, Teilzeitbeschäftigte, Leiharbeitskräfte und Menschen in befristeten oder überhaupt nicht tariflich geschützten Arbeitsverhältnissen – waren sie Opfer kapitalistischer Modernisierungs-

strategie oder Vorreiter der flexiblen Tätigkeitsgesellschaft? Um die Zukunft von Arbeit und Freizeit entbrannte der wissenschaftliche und gesellschaftspolitische Streit. Die einen wiesen hin auf das gewachsene Bedürfnis nach Zeitsouveränität; das Niederreißen starrer Arbeitszeitschranken erlaube den einzelnen, verschiedene Ansprüche (Hausarbeit, Kindererziehung, Beruf, Freizeit) und Interessen (Nutzung von Freizeiteinrichtungen zu »Talzeiten«) paßgerecht zu verbinden. Die anderen sahen das Ende von Familien- und Freundschaftsbeziehungen programmiert, wenn jeder unterschiedlichen Zeitrhythmen folgen müsse, und machten auf die soziale Notlage vieler, insbesondere von Frauen, in ungeschützten und verkürzten Arbeitsverhältnissen aufmerksam. Erschien in der drohenden gewerkschaftlichen Frage »Wem gehört die Zeit?« aus der Tarifrunde 1987 der Gegenstand eines neuen Klassenkampfes?
Auf jeden Fall waren Aufsplitterung und wechselseitige Abschottung der Freizeitmuster nicht zu übersehen. Im »unteren Drittel« der Gesellschaft (so ein häufig gebrauchtes Bild) setzte sich die Massenarbeitslosigkeit fest (geschätzt um drei Millionen mit wachsendem Anteil Langzeitbetroffener und solcher, die keine Zahlungen mehr von der Arbeitsverwaltung erhalten). Der Anstieg der Sozialhilfeempfänger auf über drei Millionen machte die »neue Armut« unleugbar – auch wenn sie im Bild der Städte und Gemeinden kaum sichtbar war. Materielle und psychische Vorausset-

Freizeit in den Zentren der Arbeitslosigkeit – die Spielhalle.

zungen für aktive Freizeit wurden so untergraben. Sieht man von der »Randale» aggressionsgeladener jugendlicher Fußballfans ab, so schlug sich das vor allem im Boom von Spielhallen mit elektronischem Glücks- und Geschicklichkeitsspielgerät nieder; ihre Zahl ließ die der Kinos bald hinter sich.
Die Kommunen versuchten, den Arbeitslosen einen gewissen Freizeitstandard zu sichern. »Arbeitslosenpässe«, die neben ermäßigten Fahrpreisen für die öffentlichen Verkehrsmittel freien Eintritt in Schwimmbädern und Museen boten sowie verbilligte Karten für Arbeitslose in Kultureinrichtungen wurden weithin zur Norm. Ihre Wirkung allerdings blieb eng begrenzt: zum Überspringen der Bildungsbarrieren, zum Abschütteln der Lasten täglicher Lebenssicherung sowie der Resignation und Passivierung genügten die Erleichterungen nicht.

Künstliche Paradiese

War es die Wirkung der mit der politischen Wende in Bonn verbundenen Aufschwungs- und Leistungsideologie, war es eine von fin-de-siècle-Stimmungen getragene Reaktion auf die globalen Krisenmenetekel – in der Wahrnehmung der Zeitgenossen wurde die Freizeit der achtziger Jahre bestimmt von der Suche nach intensiven Erlebnissen, Steigerung des Lebensgefühls, Genuß und Luxus. Die Massenmedien sorgten dafür, daß auch exklusive Abenteuer wie Schlauchbootfahrten im Wildwasser oder die lebensgefährliche Artistik der »free climbers«, die überhängende Steilwände ohne mechanische Hilfsmittel bezwingen, in den Zeitgeist eingingen. Zu den traditionellen Eliten der Conspicious Consumption, des demonstrativen und distanzierenden Freizeitkonsums, stießen die Adepten des aus USA importierten Yuppie-Lebensstils: Jüngere, gutverdienende und karriereorientierte Großstädter, die bezüglich Kleidung, Restaurants, Urlaubsorten und Geschmack vorgaben, was als »in« gelten sollte. Parallelen zeigten sich auf unterschiedlichen Niveaus. Die Karriere des Sekt zum Lebensmittel zählt ebenso dazu wie die des Surfbretts zum »Segelboot des einfachen Mannes« – Mann durchaus als Geschlechtsbestimmung verstanden. Für einige Jahre war das Dachgestell zum Transport der Surfausstattung ein Status-Symbol, das manche auch in der kühlen Jahreszeit auf dem Auto montiert ließen.
Trotz stagnierender, z. T. sogar sinkender Realeinkommen der abhängig Beschäftigten in der ersten Hälfte der 80er Jahre beherrschten die Steigerung des Freizeitkonsums und eine neue Ästhetisierung der Warenwelt das Bild – einmal abgesehen von den Krisenregionen an der Küste und im Ruhrgebiet, wo Zeichen des Niedergangs mit den forcierten Symbolen

der High-Tech- und Genußkultur kraß zusammenstießen. Statistiker errechneten, daß rund 10 Prozent des Bruttosozialprodukts (220 Milliarden DM im Jahr 1986) für Freizeit und Urlaub ausgegeben wurden; bei einem vierköpfigen Arbeitnehmerhaushalt mit mittlerem Einkommen machte das gut fünfeinhalbtausend Mark aus, beinahe 15 Prozent des ausgabefähigen Budgets. Nach Jahren der Stagnation wurde 1987 ein Reisejahr der Superlative. Beinahe zwei Drittel der Bundesbürger machten eine Ferienreise, mehr als zwei Drittel davon ins Ausland (2,4 Millionen außerhalb Europas). Die Reisedauer verkürzte sich allerdings; bei der Mehrheit, weil nur so der Wunsch nach der Gegenwelt des Urlaubs zu finanzieren war – bei anderen, weil Zweit- und Drittreisen die Reize von Winter *und* Sommer, Skifahren *und* Tauchen, Lanzarote *und* Sri Lanka erschlossen. Die problematischen Seiten des Ferntourismus kamen ins Gerede mit der öffentlichen Kritik an den »Bums-Bombern«, die bundesdeutsche Touristen preiswert zu den Bordellen Thailands flogen.
Elementar äußerten sich intensivierte Lebensansprüche in gesteigertem Körper- und Gesundheitsbewußtsein. Sie waren nicht zu erklären ohne den Druck von Rationalisierungs- und Arbeitsmarktkonkurrenz, der Belastbarkeit und sportliche Erscheinung zu wichtigen Investitionsfeldern für den Verkauf der individuellen Arbeitskraft machte; aber der Boom von Bräunungsstudios und Fitnesszentren, kommerziellen Body-shaping-Einrichtungen und Bauchtanzkursen war doch Teil eines umfassenderen Einstellungswandels. Es ging um äußere Insignien lässig-sportlichen Lebensstils. Bis in die siebziger Jahre war der einfache blaue Trainingsanzug Teil proletarischen Habitus gewesen: Man zog zu Hause und im Garten die Straßenkleidung aus, um sie zu schonen und sich nicht eingeengt zu fühlen. Nun demonstrierte farbenfrohe, deutlich mit den konkurrierenden Markenzeichen geschmückte Sport- und Joggingmode zeitgemäß-lockere Einstellung. Der Turnschuh als Symbol einer Lebenshaltung erreichte den Zenit 1985, als der erste Landesminister diese Fußbekleidung zu seiner Vereidigung trug.
Sportlich-jugendliche Erscheinung wie Gesundheit erhofften sich viele angesichts wachsender zivilisatorischer Belastungen von bewußterer Ernährung. Aus den Zirkeln der Reformköstler und Vollwert-Jünger verbreitete sich z. B. das Müsli bis in die Kantinen und auf die Frühstücksbüfetts gutbürgerlicher Pensionen. Hier wirkte auch Aufklärung über den weltweiten Zusammenhang der Nahrungsmittelketten, die den hohen Fleischverbrauch der Industrieländer mit Hunger und Unterernährung in der Dritten Welt in Verbindung brachte.
Der Zeitgeist der 80er, wiewohl seine inflationäre Beschwörung damals als Anzeichen für die Herrschaft des außengeleiteten Persönlichkeitstyps interpretiert wurde, trug kein eindeutiges Profil. Wo ging die Suche nach

Selbstverwirklichung über in rücksichtslosen Individualismus? War das Klassenbewußtsein endgültig durch das Markenbewußtsein ersetzt, wie Kritiker vermuteten? Deutete das Engagement in den Gruppen und Netzwerken der Friedens-, Frauen-, Umwelt- und Dritte-Welt-Bewegungen auf wachsende Bereitschaft hin, gewonnene Freizeit nach dem häufig beschworenen Motto »Global denken – lokal handeln« zu investieren? Gehörte die Zukunft des Breitensports dem Konsum kommerzieller Dienstleistungen, oder entsprachen auf Selbsttätigkeit und Selbstorganisation gegründete Vereine eher den Bedürfnissen? Derartige Debatten wurden ein wichtiges Feld, auf dem um die ideologische Besetzung der mehrdeutigen Freizeit-Trends gekämpft wurde. Zwar stieg die Mitgliederzahl in den Vereinen des Deutschen Sportbundes bis 1987 auf über 20 Millionen (bei wachsendem Anteil älterer Menschen) an; aber die Initiatoren der Trimmaktionen der 70er Jahre fragten sich doch, ob sie nicht das Geschäft der kommerziellen Konkurrenten besorgt hätten. Ihre Kampagne unter dem Motto »Im Verein ist Sport am schönsten« zeugte nicht mehr von ungebrochenem Selbstbewußtsein.

Nicht zufällig wurde der Sport ein Feld, auf dem in den 80er Jahren Freizeit- und Warenwelt in neuer Qualität verschmolzen. Jeder Verein mit ein bißchen Ehrgeiz suchte nach Sponsoren zur Finanzierung der Handgelder und Prämien, ohne die kein Talent zu halten war. Während hier die Kommerzialisierung des Sports als (Zu-)Erwerbsquelle die Lebenseinstellungen zwölfjähriger Nachwuchskicker prägte, war auf Weltniveau die Entwicklung schon eine Schraubendrehung weiter. Populäre Sportstars der 80er Jahre wie die Tenniscracks Boris Becker und Steffi Graf übten ihre eigentliche Vorbildwirkung gar nicht mehr über sportliche Spitzenleistungen aus. Die Siegprämien der Turniere waren nur ein Taschengeld im Vergleich zu ihren Werbeeinkünften. »Man muß sich vermarkten können« – so lautete die eigentliche Botschaft dieser Freizeitidole an ihre Fans.

Das schillernde Ineinanderübergehen von Zweck und Mitteln unter der Dominanz des Kommerzes, des Verkaufens und Sich-Verkaufens war vielleicht *das* Signum der Freizeittrends in den 80ern. »Freizeit und Kultur sind Standortfaktoren« – so hieß die Leitlinie der Kommunalpolitik bis in die kleinsten Städte. Wer im Kampf um die Ansiedlung zukunfts- und steuerträchtiger Unternehmen mithalten wollte, wer Kaufkraft für Handel und Tourismus anziehen wollte, der mußte in Freizeit und Kultur investieren. Was in den 70er Jahren mit Denkmalschutz und Fußgängerzonen unter dem Zeichen der Lebensqualität in Gang gesetzt worden war, wurde jetzt zum flächendeckenden Styling der Innenstädte als Erlebnis- und Umsatzräume. Kulturburgen von postmodernen Museen und Konzertsälen bis zu eigens für kommerzielle Musical-Betreiber errichteten

Theater wurden so freigebig und zum Teil protzig errichtet, daß das Wort vom Neo-Wilhelminismus aufkam.
Kaufhäuser und Geschäfte bauten möglichst alle Barrieren und Verkaufstheken ab und öffneten sich dem Flanieren. Als urbane Anziehungspunkte erwiesen sich die prächtigen Galerien (nach dem nordamerikanischen Vorbild auch »Malls« geheißen), in denen architektonische Schauwerte und verkaufsfördernde Musikteppiche, Läden und Boutiquen, Schlemmerecken und Bars, Saunen und Sporteinrichtungen, begrünte Wasserspiele und medienvermittelte Show sich zu künstlichen Paradiesen vereinten; der ehemalige »Schaufensterbummel« war zur Totalinszenierung von Freizeit als Waren- und Konsumzeit gesteigert. Es zählt zu den charakteristischen Paradoxa dieser Entwicklung, daß die Werbung im kulturellen Bewußtsein zur ernsthaften Kunstgattung avancierte und sich nun selbst als Ware mit Freizeitwert verkaufen ließ. Ursprünglich nur zur Steigerung des Schallplattenverkaufs konzipiert, wurden Videoclips der Pop-Musik zur populären Kunst-Ware; ein abendfüllendes Programm aus preisgekrönten Werbespots lockte zahlende Kundschaft in die Kinos.
Neben den zum Ambiente durchgestylten außerhäuslichen Freizeitorten behauptete der Privatbereich seine Anziehungskraft. Das galt im Extrem für das »untere Drittel« auf der Schattenseite der ökonomischen Entwicklung. Die Vervielfachung der Fernsehprogramme vor allem kommerzieller Anbieter über Kabel und Satellit, in erster Linie aber der Einzug der Videorecorder (1986 schon in jedem fünften Haushalt) band zusätzliche Zeit an die AV-Medien. Jugendliche und jüngere Erwachsene taten sich zusammen und liehen in den allerorten eröffneten Videotheken Filme aus – nicht selten drei, vier oder fünf auf einmal für eine lange Nacht oder das Wochenende. So konnten sie bei guter Organisation für weit weniger als den Preis eines Kinobilletts ihr Vergnügen haben – gesteigert noch durch die Möglichkeiten, die die neue Technik mit Wiederholungen, Standbildern etc. bot. Was Wunder, daß die Statistik 1986 nur noch 1,7 Kinobesuche pro Kopf auswies – gerade ein Achtel des Spitzenjahres 1956. Berichte über steigenden Analphabetismus und schwindende Lektüre Jugendlicher führten zu Debatten, ob entwickelte Lesefähigkeit zum elitären Privileg werde.
Zugleich unterlief der Videomarkt die öffentlich geltende Moral. Zu den massenhaft ausgeliehenen und gekauften Filmen zählten harte Pornografie und sadistische Horrorprodukte, die bisher nur über äußerst beschränkte Zugangswege zu erreichen gewesen waren. Nun standen viele Eltern vor dem Problem, zu verhindern, daß in ihrer Abwesenheit die Kinder mit Freundinnen und Freunden Wettbewerbe veranstalteten, wer es am längsten vor dem Horror-Bildschirm aushielt – und in vielen Fällen wurde es nicht verhindert.

1983 begann in der Bundesrepublik die tief verunsichernde Debatte über die Immunschwächekrankheit AIDS, die vor allem durch sexuelle Kontakte übertragen wird. Konservative Kreise hofften, daß damit eine Renaissance von Ehe und sexueller Treue erzwungen und der Trend zur Freizügigkeit umgekehrt werde, der seit der zweiten Hälfte der 60er Jahre in der Öffentlichkeit dominierte. Stichhaltige Untersuchungen über Veränderungen im Verhalten und in den Freizeitorientierungen konnte aber keine Seite vorlegen.

Auch der subjektiv unpolitische Bürger wurde in den 80er Jahren darauf gestoßen, wie bedroht die Naturgrundlagen seiner Erholung und seines Vergnügens waren – zum Teil gerade als Folge von Freizeitaktivitäten. Seit dem Herbst 1981 machten die Medien das »Waldsterben« zum Gesprächsthema. Neben dem eher anonymen »sauren Regen« gerieten auch die Autofahrer als Verursacher in schlechtes Licht; es gab heiße Debatten über Geschwindigkeitsbegrenzung und Katalysatorzwang. Die Besucher der Mittelgebirge wie Schwarzwald und Harz wurden bald allerorten durch Hinweistafeln und Waldschadenswege für gelbe Nadeln und geschwächte Bäume sensibilisiert. Hatte man 1973 zur Treibstoffeinsparung in der Ölkrise noch einen »autofreien Sonntag« hingenommen, so fanden drastische Maßnahmen diesmal keine Mehrheit; nach ein paar Jahren Gewöhnung an die bedrohlichen Meldungen wurde wieder mehr und schneller mit dem privaten PKW gefahren. Damit wuchsen die Staus im Wochenend- und Urlaubsreiseverkehr; Schlangen von mehr als 50 km Länge ließen die Frage aufkommen, ob »die Deutschen stausüchtig« seien.

Die nächste Warnung erfolgte nach der Atomkatastrophe im russischen Tschernobyl, dessen atomare Wolke Anfang Mai 1986 nach Westen zog. Jogger und Pilzsammler, Eltern von Kindern, die draußen spielten, und Rasensportler waren in der Ausübung ihrer Freizeittätigkeiten durch radioaktive Niederschläge betroffen, bedroht und erschreckt. Der spektakuläre Erdrutsch im norditalienischen Veltlin-Tal 1987 machte die Frage nach der Verantwortung menschlicher Eingriffe gerade in die Bergwelt zum heiß umstrittenen Thema. War es »nur« der geschwächte Wald, dessen Wurzeln nun das Erdreich nicht mehr halten konnten – oder »rächte sich die Natur« für die Unterordnung unter die Ansprüche des Massenskisports und des damit zu machenden Geschäfts: immer brutalere Schneisen, breitere Pisten und leistungsfähigere Aufstiegshilfen in einem nur begrenzt belastbaren Gebiet!?

Die ökologische Katastrophe in der Nord- und Ostsee im Frühjahr und Sommer 1988 legte das Konfliktpotential der Freizeit in der Industriegesellschaft auf »klassische« Weise offen – und ebenso die Interessenspaltung, die durch die einzelnen hindurchläuft. Eine Algenblüte, genährt

Anwohner und Urlauber vereint zur Protestdemonstration auf der Insel Amrum (24.7.1988).

von der Überdüngung der See, erstickte den Großteil des tierischen Lebens; anschließend wurden an den Urlauberstränden massenhaft tote Robben angeschwemmt – Opfer der Schadstoffbelastung. Es gehört zum Charakter ökologischer Schäden, daß nie eine simple, eindeutige Schuldzuweisung möglich ist – aber daß die Bedrohung der Nordsee als Freizeitraum Ergebnis menschlicher Aktivität in Landwirtschaft, Chemieindustrie, Haushalt war, stand außer Frage.
Wirtschaftsinteressen (an intensiver chemisierter Agrarproduktion und billiger Entsorgung giftiger Abfallprodukte in die See) standen gegen Wirtschaftsinteressen (am Tourismus an der norddeutschen Küste), persönliche Interessen (an billigen Nahrungsmitteln und hohen Einkommen sowie bestimmten Arbeitsplätzen) standen gegen persönliche Interessen (an einem reizvollen und emotional besetzten Urlaubsgebiet mit seiner Flora und Fauna sowie an bestimmten Arbeitsplätzen). In den kunstvollen Freizeiträumen der Warenwelt konnte das Dilemma verdrängt werden – aufzuheben war es auf diese Weise nicht.

Unverdrossen wachsend: Schlangen und Staus im Urlaubsverkehr (1981).

Zwischenbilanz

Mit der Sicherung der Lebensgrundlagen seit dem Ende der 40er Jahre entfaltete sich Freizeit als private Gegenwelt zu Arbeit und Politik. Die Bürger entschädigten sich für die Mühen beim Wiederaufbau der persönlichen und gesellschaftlichen Existenz durch Konzentration auf die faszinierenden Güter und Erfahrungen, die der ungekannte Wohlstand bot. Man suchte sich abzuschotten gegen die harten sozialen und politischen Auseinandersetzungen der 50er Jahre wie gegen mehr als oberflächliche Kontakte jenseits des engsten Familien- und Freundeskreises. Freizeit und ihre Versprechungen wirkten als sozialpsychologische Absicherung einer Politik, die unter den Losungen »Wohlstand für alle« und »Keine Experimente« Leistung mobilisierte für den Wiederaufstieg bundesdeutscher Unternehmen und den Gegensatz von Lohnarbeit und Kapital in die Mechanismen sozialpartnerschaftlicher Konsensbildung einband.

Diese Grundstruktur entstand schon in der ersten Hälfte der 50er Jahre. Die folgenden zwei Jahrzehnte waren auf der Oberfläche gekennzeichnet durch die Mehrung von Freizeit und Wohlstand, durch die Erweiterung von Reizen, Angeboten und Genußmöglichkeiten der Konsumgüter-, Freizeit- und Kulturindustrie. Darunter begannen gegenläufige Prozesse einer Gewöhnung an ständigen Zuwachs des Verbrauchs, die Faszination der neuen Erfahrungen und Medien schliff sich ab; vor allem eine besser ausgebildete junge Generation begann ihre Ansprüche an Lebensqualität anzumelden. Spätestens seit den sozialen und politischen Erschütterungen in der zweiten Hälfte der 60er Jahre verstärkte der Verlust an selbstverständlicher Zukunftsgewißheit auch Unbehagen und Kritik am Kompensations- und Fluchtcharakter der Freizeit. Entfaltung und Genuß in der arbeitsfreien Zeit gewannen immer stärker den Rang eigenständiger und werthafter Lebensziele.

Ihre Verwirklichung erwies sich als abhängig von gesellschaftspolitischen und ökonomischen Entscheidungen über die weitere Gestaltung der Lebensbedingungen (Arbeitszeitpolitik, Umwelt, Infrastruktur, Stadtplanung etc.). Vor allem seit 1974 wurden Konflikte in der Reproduktionssphäre zum Auslöser breiter, vorwiegend von Jüngeren getragener Bewegungen, in denen konkrete Anlässe mit allgemeinem Unbehagen an der »konsumistischen und privatistischen« Lebensweise der Wirtschaftswundergeneration zusammenflossen.

Die Freizeit des Bundesbürgers wurde aus dem gesellschaftlichen Windschatten familiärer Privatheit ein Stück herausgetrieben. Sozialkulturelle Spaltungs- und Ausgrenzungstendenzen machten sie ebenso wie die Dramatik ökologischer Schäden in den 80er Jahren zum Ort der Entstehung und Austragung bedeutsamer Konflikte; subjektiv wie objektiv hat sie stärker die Rolle einer gesellschaftlich nicht beharrenden, sondern bewegenden Lebenssphäre angenommen.

Anmerkungen

1 Dieter Claessens, Arno Klönne, Armin Tschoepe, Sozialkunde der Bundesrepublik Deutschland, Bremen 1968², S. 274.

2 Die Zahl der Krafträder stieg von 515000 1948 auf den Höchststand von 2,49 Millionen im Jahr 1956, die der PKW im gleichen Zeitraum von 291000 und 1,9 Millionen.

3 1956 ca. 10%, 1978/79 ca. 16%. Mit der Zahl der Fernreisen gab es dann bis 1986 einen Anstieg auf ca. 27%.

4 Auf den korrespondierenden Mechanismus, daß aus dem restaurativen Verlauf der Nachkriegsentwicklung und dem Scheitern der Neuordnungsversuche der Arbeiterbewegung resignative, zum Rückzug auf das private Dasein führende Tendenzen folgten, kann hier nicht eingegangen werden – obwohl der Charakter der Freizeit ohne diese Faktoren nicht zu erklären ist.

5 Von 1950 bis 1960 stieg die Zahl der abhängig Beschäftigten um 5,1 Millionen; dies war verbunden mit einer Zunahme der durchschnittlichen Betriebsgröße.

6 Zit. nach Erwin K. Scheuch, Soziologie der Freizeit, in: Handbuch der empirischen Sozialforschung, Bd. 11, Stuttgart 1977², S. 82.

7 Von 1960 bis 1970 stieg die Zahl der teilzeitbeschäftigten Frauen um 80% auf knapp 3,2 Millionen; der Zuwachs war in den 70er Jahren v. a. wegen der die Frauen überdurchschnittlich treffenden Arbeitslosigkeit deutlich schwächer.

8 Axel R. Bunz, Rolf Jansen, Konrad Schacht, Qualität des Arbeitslebens, Bonn 1973, S. 254.

9 Institut für Demoskopie Allensbach, Eine Generation später. Bundesrepublik Deutschland 1953–1979, Allensbach 1981, S. 41.

10 Ebenda, S. 37.

11 Vgl. Gert Hautsch, Klaus Pickshaus, Klaus Priester, Der Arbeitskampf um die 35-Stunden-Woche, Frankfurt am Main 1984, v. a. S. 47–50.

Literatur

Bikini. Die fünfziger Jahre. Kalter Krieg und Capri-Sonne, Berlin 1981

Joachim Bischoff, Karlheinz Maldaner (Hrsg.), Kulturindustrie und Ideologie, 2 Teile, Hamburg 1980, 1981

Pierre Bourdieu, Die feinen Unterschiede, Frankfurt am Main 1982

CheShahShit. Die sechziger Jahre zwischen Cocktail und Molotow. Ein BilderLeseBuch, Berlin 1984

Wilfried Deppe, Drei Generationen Arbeiterleben. Eine sozio-biographische Darstellung, Frankfurt am Main – New York 1982

Hermann Glaser, Kulturgeschichte der Bundesrepublik Deutschland. Band 1: Zwischen Kapitulation und Währungsreform 1945–1948; Band 2: Zwischen Grundgesetz und Großer Koalition 1949–1967, München 1985, 1986
Frank Grube, Gerhard Richter, Die Gründerjahre der Bundesrepublik Deutschland zwischen 1945 und 1955, Hamburg 1981
Jürgen Habermas, Soziologische Notizen zum Verhältnis von Arbeit und Freizeit, in: Konkrete Vernunft, Festschrift für E. Rothacker, Bonn 1958
Herausgebergruppe Freizeit, Freizeit in der Kritik, Köln 1980
Jost Hermand, Kultur im Wiederaufbau. Die Bundesrepublik Deutschland 1945–1965, München 1986
Institut für Demoskopie Allensbach, Eine Generation später. Bundesrepublik Deutschland 1953–1979, Allensbach 1981
Heribert Kohl, Freizeitpolitik, Frankfurt am Main – Köln 1976
Dieter Kramer, Freizeit und Reproduktion der Arbeitskraft, Köln 1975
Kaspar Maase, Lebensweise der Lohnarbeiter in der Freizeit, Frankfurt am Main 1984
Ders., Leben einzeln und frei wie ein Baum und brüderlich wie ein Wald. Wandel der Arbeiterkultur und Zukunft der Lebensweise, Köln 1987
Christiane Müller-Wichmann, Zeitnot, Weinheim – Basel 1984
Dies., Von wegen Freizeit. Argumente pro und contra 7-Stunden-Tag, Frankfurt am Main 1987
Martin Osterland u. a., Materialien zur Arbeits- und Lebenssituation der Industriearbeiter in der BRD, Frankfurt am Main 1973
Perlonzeit. Wie die Frauen ihr Wirtschaftswunder erlebten. Berlin 1985
Erwin K. Scheuch, Soziologie der Freizeit, in: Handbuch der empirischen Sozialforschung, Bd. 11, Stuttgart 1977[2]
Friedrich H. Tenbruck, Alltagsnormen und Lebensgefühle in der Bundesrepublik, in: Richard Löwenthal, Hans-Peter Schwarz (Hrsg.). Die zweite Republik, Stuttgart 1974
Wem gehört die Zeit. Ein Lesebuch zum 6-Stunden-Tag, hrsg. von Ingrid Kurz-Scherf, Gisela Breil, Hamburg 1987

Chronik

	1946
Sept.	Erstes »Herbstfest« auf der Münchner »Wies'n« nach dem Krieg.
	1947
10.9.	Erste Ziehung der Süddeutschen Klassenlotterie.
Herbst	Beginn des Spielbetriebs in den Fußballoberligen.
	1950
1.5.	Abschaffung der Lebensmittelkarten.
Sept.	Zweites Nachkriegs-Oktoberfest in München: ca. 7 Mio. Besucher, 1,5 Mio. Maß Bier ausgeschenkt, 18481 Maßkrüge gestohlen.
10.12.	Gründung des Deutschen Sportbundes.

1952

25.12. Beginn eines regelmäßigen Fernsehprogramms erstmals im Nordwestdeutschen Rundfunk.

1953

19.3. Vorstellung des Messerschmitt-Kabinenrollers auf der Internationalen Automobilausstellung in Frankfurt.
Der PKW-Bestand überschreitet die Millionengrenze.

1954

1.10. Beginn des gemeinsamen Fernsehprogramms der ARD.

1955

Höchststand der Arbeitszeit mit rund 50 Wochenstunden.

1956

Höchststand an Kinobesuchern: 818 Millionen.
25.7. »Bremer Abkommen« zwischen IG Metall und »Gesamtmetall« über die Einführung der 5-Tage-Woche.
1.10. Beginn der 5-Tage/45-Stunden-Woche in der Metallindustrie.
Nov. Der Bayerische Rundfunk beginnt mit dem Werbefernsehen.

1960

»Goldener Plan« der Deutschen Olympischen Gesellschaft für den langfristigen Bau von Spiel- und Sportstätten vorgelegt.
Juli Abkommen zwischen IG Metall und »Gesamtmetall«über die stufenweise Einführung der 40-Stunden-Woche (»Bad Homburger Abkommen«).

1962

Die Antibabypille kommt in den Handel.

1963

8.1. Bundesurlaubsgesetz legt Mindesturlaub von 18 Werktagen fest.

1964

Juni Gründung der »Arbeitsgemeinschaft für Freizeit und Erholung« (AGFE) als Dachverband zur Behandlung übergreifender Freizeitfragen.

1965

8.4. Raumordnungsgesetz schreibt Natur- und Landschaftsschutz sowie Pflege und Ausbau von Erholungsgebieten vor.
Dez. Der 10millionste Fernsehempfänger wird angemeldet.

1967

Der 10millionste PKW wird zugelassen.

1.1. Einführung der 40-Stunden-Woche in der Metallindustrie.

25.8. Ausstrahlung der ersten Fernsehshow in Farbe.

1970

23.–26.6. »Erster Deutscher Freizeitkongreß«, veranstaltet von der AGFE und dem Siedlungsverband Ruhrkohlenbezirk.

1971

29.9. Vorlage eines Umweltprogramms durch die Bundesregierung, das zum Schutz der Umwelt auch die Kooperation staatlicher und gesellschaftlicher Kräfte (z. B. Bürgerinitiativen) vorsieht.

1972

11.–14.4. Internationale Arbeitstagung der IG Metall zum Thema »Verbesserung der Lebensqualität«.

2.7. Die AGFE wird umgewandelt in die »Deutsche Gesellschaft für Freizeit«.

1973

25.11. »Autofreier Sonntag«: Fahrverbot wegen der Ölkrise.

1974

2.4. Erste Stellungnahme einer Bundesregierung zur »Freizeitpolitik« durch das Bundesministerium für Jugend, Familie und Gesundheit (auf eine parlamentarische Anfrage hin).

30.9.–4.10. Dritter Deutscher Freizeitkongreß zum Thema »Freizeitpolitik in Bund, Ländern und Gemeinden«.

1975

2.5. Bundeswaldgesetz enthält Vorschriften zur Erhaltung des Waldes u. a. auch für Erholungszwecke.

1976

20.12. Bundesnaturschutzgesetz; Rahmenbedingungen für Natur- und Landschaftsschutz sowie für Landschaftsplanung werden darin kodifiziert.

1978

16.3. Festlegung des »Katalogs der zu koordinierenden lohn- und tarifpolitischen Fragen« durch die Bundesvereinigung der Deutschen Arbeitgeberverbände, der die Grenzen von 40-Stunden-Woche und 6 Wochen Jahresurlaub festschreibt.

28.11. Beginn des Arbeitskampfes in der nordrhein-westfälischen Stahlindustrie (bis 10.1.1979); der IG Metall mißlingt der »Einstieg in die 35-Stunden-Woche«.

1980

1.7. Bestand an PKW 23,2 Mio. (378 auf 1000 Einwohner); Jahresfahrleistung 12650 km.

1981

Sept./Okt. Die Bundesbürger haben nach eigenen Angaben im Schnitt täglich 4:18 Std. Freizeit.

1983

Die öffentliche Debatte um die Bedrohung durch die Immunschwächekrankheit AIDS beginnt.

1984

1.1. Beginn des Kabelfernsehpilotprojekts in Ludwigshafen und der Ausstrahlung des Privatsenders RTL per Satellit in Teile der Bundesrepublik.

3.4.–27.6. Streik und Aussperrung in der Druck- und Metallindustrie; Verkürzung der wöchentlichen Arbeitszeit auf 38,5 Stunden und Flexibilisierung der Arbeitszeit ist der Kompromiß.

16.10. Waldschadensbilanz: Jeder zweite Baum ist erkrankt.

1985

1.1. Das private Fernsehprogramm SAT I wird über den Satelliten ECS I bundesweit ausgestrahlt.

18.1. Smogalarm der höchsten Stufe III im Ruhrgebiet.

19.4. Der Bundestag beschließt das »Arbeitsförderungsgesetz« – ein wesentlicher Schritt zur Flexibilisierung der Arbeitsverhältnisse.

1987

20 Millionen Mitglieder im Deutschen Sportbund.

1988

24.7. Demonstrationen und Menschenketten in den Urlaubsgebieten der deutschen Nordsee unter der Losung »Unsere Nordsee – laßt sie leben«.

Die Mitarbeiter des Bandes

Hanna Brunhöber, geb. 1945, studierte Soziologie, Psychologie und Politologie, Diplom-Soziologin; arbeitet als Journalistin und in der politischen Jugend- und Erwachsenenbildung.

Ulrich Chaussy, geb. 1952, studierte Germanistik und Soziologie, M. A.; arbeitet als freier Journalist für Rundfunk und Fernsehen.
Veröffentlichungen: *Die drei Leben des Rudi Dutschke. Eine Biographie* (1983); *Oktoberfest. Ein Attentat* (1985); Mitarbeit an W. Benz (Hrsg.), *Rechtsradikalismus, Randerscheinung oder Renaissance?* (1980, Informationen zur Zeit, Bd. 4218).

Josef-Otto Freudenreich, geb. 1950, Diplom-Soziologe, Lehrbeauftragter für Sport und Politik an der Universität Karlsruhe (1981–83), seit 1986 Redakteur im Sportressort der Stuttgarter Zeitung.
Zahlreiche Veröffentlichungen zum Thema Sport-Politik-Wirtschaft-Medien.

Martin Greschat, geb. 1934, studierte Theologie, Dr. theol.; 1972 Professor für Kirchengeschichte und Kirchliche Zeitgeschichte in Münster, seit 1980 Universitätsprofessor für Kirchengeschichte in Gießen.
Jüngste Veröffentlichungen: *Theologen des Protestantismus*, 2 Bde. (1978, Hg.); *Das Zeitalter der Industriellen Revolution* (1980); *Die Schuld der Kirche* (1982); *Protestantismus und Politik* (1982, zus. mit G. Brakelmann und W. Jochmann); *Zwischen Widerspruch und Widerstand* (1987, Hrsg.).

Günter Hollenstein, geb. 1954, studierte Psychologie und Soziologie; 1977–1981 als politischer Redakteur in der Nachrichtenredaktion der »Frankfurter Rundschau« für Catholica zuständig, seit 1984 Korrespondent in Wiesbaden.
Neueste Publikation: *Der »ungeistliche« Geistliche* (1980).

Hermann Korte, geb. 1937, studierte nach Ausbildung zum Sozialarbeiter Soziologie, Volkswirtschaften und Ethnologie, Dr. sc. pol.; seit 1974 Professor für Soziologie an der Ruhr-Universität Bochum.
Zuletzt erschienen neben zahlreichen Aufsätzen vier Bücher: *Migration und ihre sozialen Folgen*, 1985; *Stadtsoziologie*, 1986; *Eine Gesellschaft im Aufbruch. Die Bundesrepublik in den 60er Jahren*, 1987 und *Über Norbert Elias. Das Werden eines Menschenwissenschaftlers*, 1988.

Michael Maurer, geb. 1960, Studium der Politikwissenschaft und Geschichte an der Universität Stuttgart (1982–88), Magisterarbeit: *Die politische Instrumenta-*

lisierung des Sports in Deutschland, seit 1987 Sportredakteur bei der Stuttgarter Zeitung.

Kaspar Maase, geb. 1946, studierte Germanistik, Soziologie und Kulturtheorie, Dr. phil., arbeitet als Kulturwissenschaftler am Institut für Marxistische Studien und Forschungen (IMSF) in Frankfurt.
Veröffentlichungen zur Theorie und Soziologie von Freizeit, Lebensweise und Kultur.

Dieter Rucht, geb. 1946, studierte Politikwissenschaften, Sport und Sozialkunde, Diplom-Politologe; 1. und 2. Staatsexamen für das Lehramt an Höheren Schulen. 1978–1983 wissenschaftlicher Assistent, 1983–1985 DFG-Stipendiat, 1986–1988 Sonderforschungsbereich (»Entwicklungsperspektiven der Arbeit«) an der Universität München, seit 1988 beim Wissenschaftszentrum Berlin (Soziale Probleme und soziale Bewegungen).
Veröffentlichungen: *Neue soziale Bewegungen in der Bundesrepublik Deutschland* (1987, zus. mit Roland Roth, als Hrsg.); *Von der Bittschrift zur Platzbesetzung, Konflikte um technische Großprojekte* (1988, zus. mit Ulrich Linse u. a.).

Angela Vogel, geb. 1947, studierte Politische Wissenschaften, Philosophie und Wirtschaftsgeschichte, Dr. phil.; lebt als freie Autorin in Frankfurt.
Publikationen: *Der deutsche Anarcho-Syndikalismus* (1977); Mitarbeit an: Mona Winter u. a., *Venusfliegenfalle, Sozialarbeit – Geometrisierung der Nächstenliebe* (1979), mehrere Features und Hörspiele.

Sach- und Ortsregister

Personenregister

Abbildungsnachweis

Andritzky, Michael / Gert Selle (Hrsg.), Lernbereich Wohnen, Band 1, Reinbek 1979: 263
Argus, Hamburg / Thomas Raupach: 376
Ausstellungskatalog »Profitopolis«: 260
Bildarchiv Preußischer Kulturbesitz, Berlin: 52, 126, 165, 212, 227
Deutsche Presse-Agentur, Frankfurt a. M.: Umschlagabbildung (rechts), 36, 39, 151, 169, 174, 193, 217, 317
Dloczik / Schüttler / Sternagel (Hrsg.), Der Fischer Informationsatlas Bundesrepublik Deutschland, Frankfurt a. M. 1982: 94, 125
Elefanten Press, Berlin / Günter Zint: 184
Evangelischer Pressedienst, Frankfurt a. M.: 90, 110, 113
Petra Gall / Zebra, Berlin: 321
Hermann Glaser, Roßtal: 347
Henschel, Berlin: 329
IN-Press, Bonn: 289
KNA-Bild, Frankfurt: 128, 136, 139
Koelbl, Herlinde / Manfred Sack, Das deutsche Wohnzimmer, Luzern / Frankfurt a. M. 1980: 236
Landesbildstelle Berlin: 13
Bildarchiv Maase, Bad Vilbel: 351, 352
Bildarchiv Maase-Schleichert, Bad Vilbel: 358
Merkatz, Joachim v. / Wolfgang Metzner, Deutschland-Taschenbuch, Berlin 1954: 14
Hans Nerdinger: 252, 264
PAN-Photo, Günter Zint: 324
Presse- und Informationsamt der Bundesregierung, Bundesbildstelle, Bonn: 301, 303
K. E. Schmidt, Bremen: 357
Spiegel-Bildarchiv, Hamburg: 64
Statistisches Jahrbuch, Wiesbaden 1986: 33
Süddeutscher Verlag / Bilderdienst München: Umschlagabbildung (links)
Ullstein Bilderdienst, Berlin: 57, 153, 239, 279, 280, 377
Angela Vogel, Frankfurt a. M.: 59
WI-Verlag, Düsseldorf / O. Rayermann: 370
Wirtschaft und Statistik 1/83: 25